SOMMAIRE

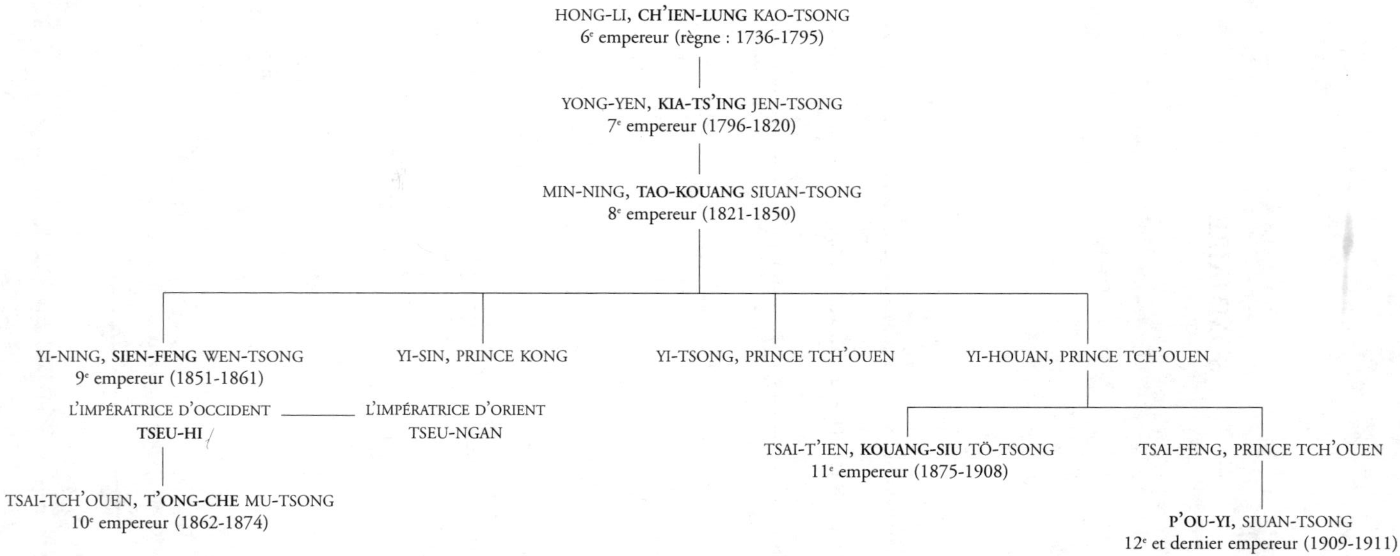
HONG-LI, **CH'IEN-LUNG** KAO-TSONG
6e empereur (règne : 1736-1795)
YONG-YEN, **KIA-TS'ING** JEN-TSONG
7e empereur (1796-1820)
MIN-NING, **TAO-KOUANG** SIUAN-TSONG
8e empereur (1821-1850)
YI-NING, **SIEN-FENG** WEN-TSONG
9e empereur (1851-1861)
YI-SIN, PRINCE KONG
YI-TSONG, PRINCE TCH'OUEN
YI-HOUAN, PRINCE TCH'OUEN
L'IMPÉRATRICE D'OCCIDENT
TSEU-HI
L'IMPÉRATRICE D'ORIENT
TSEU-NGAN
TSAI-TCH'OUEN, **T'ONG-CHE** MU-TSONG
10e empereur (1862-1874)
TSAI-T'IEN, **KOUANG-SIU** TÖ-TSONG
11e empereur (1875-1908)
TSAI-FENG, PRINCE TCH'OUEN
P'OU-YI, SIUAN-TSONG
12e et dernier empereur (1909-1911)

AVERTISSEMENT

aux lecteurs en possession de la première édition, non révisée, du tome I

Certains noms propres ont été modifiés pour des questions d'harmonisation générale de la transcription EFEO.

Ainsi, Yuan Shi-kai devient Yuan Che-k'ai ;
Li Hung-tchang devient Li Hong-tchang ;
K'ang You-wei devient K'ang Yeou-wei ;
Chang Chi-tung devient Tan Sseu-tong ;
Kouannin devient Kouan-yin ;
Hepei devient Hopei.

V
L'ASSASSINAT

1

Giuseppe Castiglione, cher artiste et ami,

La grâce du Tout-Puissant a permis que me parvienne l'autre jour une lettre de toi datant d'il y a cinq ans. Elle a erré tout ce temps de place en place pour finalement, chose surprenante, me parvenir le matin même de mon départ de Venise !

Il eût suffi, pour priver nos vieilles âmes d'un ultime contact en ce monde, que le postier changeât légèrement, par distraction, l'ordre de sa tournée en gondole, ou encore que ta lettre ne fût point rédigée sur ce papier d'Orient d'une étonnante solidité.

Et pourtant, j'ai pu la lire, dans l'atelier du palazzo, *une fois mes derniers préparatifs de voyage achevés.*

En fait, au cours des cinquante années écoulées depuis que nous nous sommes quittés, je t'ai écrit un nombre incalculable de lettres, et peut-être en as-tu fait de même.

Je ne sais combien de ces missives ont traversé les Sept Mers et sont parvenues jusqu'à toi, mais du moins, en ce qui me concerne, la première que j'ai reçue de toi est celle de ce matin miraculeux.

C'est de Paris, où je me trouve maintenant, que je prends la plume pour te répondre. Tu riras sans doute de ce parchemin sans comparaison avec le merveilleux papier de ton pays d'adoption, mais en Europe, il n'existe nulle autre matière capable d'endurer la rigueur des climats, au cas où cette missive mettrait elle aussi cinq années à t'atteindre. Je me sers de ma peinture à l'huile pour la rédiger, et la mettrai dans une enveloppe en trois épaisseurs, que j'ai fabriquée moi-même avec un morceau de mes toiles.

J'ai mis à profit ces quelques jours depuis mon arrivée à Paris, où m'attendait l'ennuyeuse tâche de restaurer les peintures murales de Versailles, pour demander de tes nouvelles à plusieurs jésuites que j'ai rencontrés.

Hélas, tous ces missionnaires avaient exercé leurs activités uniquement dans le Sud de la Chine, à Hong-kong ou Macao.

D'après ce qu'ils m'ont dit, la distance entre les villes du Sud et du Nord de ce pays est aussi énorme que celle qui sépare l'Europe de l'Afrique, et je n'ai pu apprendre sur ta vie autre chose que des rumeurs passées par plusieurs intermédiaires.

J'ai compris cependant un certain nombre de choses : que tu étais proche vassal d'un grand empereur du nom de Kao-lung. Que tu avais peint de lui de nombreux portraits, que tu avais tracé les plans de son palais, que tu t'occupais de médecine, de pharmaceutique et même d'urbanisme. Je dois t'avouer que, si ces nouvelles m'ont réjoui, j'en ai également conçu une certaine amertume.

Toi dont le talent était si vanté à Venise qu'on te donnait pour Léonard de Vinci réincarné et qu'on voyait en toi l'héritier légitime de Paolo Véronèse, à peine commençais-tu à être reconnu dans le monde de la peinture européenne, que tu es parti pour ce lointain pays d'Orient, où tu déploies aujourd'hui toutes ces activités.

Certes, un homme aussi médiocre que moi n'a pas qualité pour juger de ta vie. Toi qui quittas autrefois inopinément l'école de peinture pour entrer au séminaire malgré l'opposition de ton entourage, et choisis la voie des disciples de Dieu. C'est à ce moment-là que s'est décidée ta vie extraordinaire.

Laisse-moi te dire seulement ceci :

Moi qui ne t'arrivais pas à la cheville à l'école de peinture, me voilà aujourd'hui entouré d'une multitude d'élèves ; j'ai peint le plafond du palais de Würzburg, je jouis d'une grande renommée dans le monde de la peinture européenne. Après avoir restauré les peintures murales du château de Versailles, sur l'invitation du roi Louis, je me rendrai à Madrid, où le roi Charles III m'accordera un titre de noblesse. Il est certes stérile de penser à cela maintenant, mais en tant qu'ami et artiste, je ne peux m'empêcher, tout en me réjouissant de tes activités, de ressentir une certaine tristesse mêlée de regrets que tu ne sois pas resté à Venise pour déployer tes talents.

Ne te méprends pas : je ne méprise nullement la civilisation de ton pays d'adoption. Je suis simplement attristé de constater qu'il n'y a pas en Europe un seul génie capable de dénigrer ouvertement mes œuvres. Je suis également chagriné de ne pouvoir admirer tes peintures de mes yeux.

Je me suis toujours senti seul, depuis le moment où, debout sur le pont de l'Académie qui enjambe le Grand Canal, j'ai regardé s'éloigner ta gondole. Aujourd'hui, à quatre-vingts ans, j'ai même l'impression d'être resté figé sur place sur ce pont de bois vénitien, depuis ce jour lointain.

Ce matin-là, j'ai dû faire le deuil d'un nouveau Michel-Ange.

Quoi qu'il en soit, nous avons vieilli, toi et moi.

Le palais de Versailles, grâce auquel le Roi-Soleil a renforcé le prestige de la France, nécessite quelques travaux de restauration, cent ans après le début de sa construction.

Tu dois avoir des doutes et te demander comment un peintre comme moi, de l'école de Venise, peut se trouver à la tête de ces grands travaux.

Il y a une raison à cela.

Le château de Versailles, d'abord construit dans le style classique de Claude Perrault, est devenu à son achèvement une œuvre d'art pompeuse, pour ne pas dire de mauvais goût, à la gloire du Roi-Soleil.

Son envergure, sa riche ornementation, la complexité de ses sculptures et de son art décoratif, en font un exemple sans équivalent dans le monde de l'art à Paris. Ce palais, pourrait-on dire, est une sorte de monstre baroque.

On a donc fait appel à moi pour cette vieillerie sans le moindre lien avec les courants de l'art contemporain, ce vestige, en quelque sorte, du baroque italien.

J'ai passé cinq ans, de 1745 à 1750, à réaliser une énorme fresque murale, intitulée Antoine et Cléopâtre, *dans la salle de bal du palais Labbia. Puis, à partir de 1751, pendant trois ans, je me suis attelé à peindre le plafond et l'escalier de la résidence du prince-évêque de Würzburg, ainsi que le plafond de la salle du trône à Madrid. Mon art, synthèse des techniques décoratives utilisant la verrerie, le stuc, l'or, le marbre, a été acclamé comme le sommet du style baroque. Et si l'on a fait appel à moi pour la restauration du palais de Versailles, c'est justement parce que cela nécessitait une synthèse de l'art baroque.*

J'imagine ton sourire amer, toi qui sais mieux que personne quel médiocre artiste je suis, manquant d'imagination, inexpérimenté, et par-dessus tout, malhabile.

Ironie du sort : c'est la verrerie et la dorure, dont les techniques me donnaient tant de mal autrefois à l'école de peinture de Venise, qui ont fait ma réputation.

Toi qui nous surpassais déjà tous à l'école, ton génie baroque et ton habileté doivent faire merveille dans de nombreux domaines dans le lointain pays où tu vis. Venise a toujours souhaité envoyer de par le monde un second Léonard, un nouveau Michel-Ange.

A propos, hier, un autre miracle a eu lieu.

Lors d'un banquet auquel j'étais convié par Son Excellence le marquis de Marigny, président de l'Académie de peinture française, il m'a été donné de contempler une de tes œuvres.

Oui, une œuvre assez monumentale, en seize panneaux, réalisée par toi et trois de tes élèves, et intitulée La Victoire. *Ce banquet avait pour but d'exposer cette peinture magnifique aux yeux des nombreux artistes et personnages de renom rassemblés pour l'occasion. La brillante exécution du tableau a sidéré l'assistance, et une véritable marée humaine a défilé devant les deux panneaux exécutés de ta main et respectivement intitulés :* On force le camp établi à Gaban *et* La levée du siège de la Rivière Noire.

Quant à moi, je suis resté cloué sur place devant ce tableau, pleurant et tremblant d'émotion.

Les nobles de Paris ne pourront jamais comprendre : on eût cru voir le Paradis, *ce joyau peint sur les murs du palais des Doges, auquel se sont consacrés les plus grands maîtres vénitiens, Véronèse, Bassano, le Tintoret.*

Par-delà ces cinquante années écoulées, et par-delà les sept océans qui nous séparent, tu as fait revivre, sur une feuille de papier d'Orient, cette grande fresque du palais des Doges que nous avons autrefois admirée ensemble, frissonnant d'une émotion partagée.

Moi qui jouis d'une grande renommée en Europe, suis invité par la haute société parisienne, et pose au grand artiste vénitien, j'ai compris à ce moment précis ma petitesse et ma totale absence de talent.

Devant La Victoire *de Giuseppe Castiglione, j'ai pleuré comme un enfant, oubliant même d'en faire l'éloge.*

— Ce peintre chinois, Lang Shining, a un talent extraordinaire, n'est-ce pas ? m'a dit le marquis de Marigny en vidant sa coupe de champagne.

Que pouvais-je répondre, moi dont l'appréciation était ainsi sollicitée ? Comment aurais-je pu lui dire : ce peintre est un pur Vénitien, j'ai appris la peinture avec lui autrefois à la scuola Santa Lucia, nous avons arpenté ensemble la place Saint-Marc, eu des discussions passionnées au café Florian…

Giuseppe Castiglione, pourquoi n'as-tu pas signé de ton nom cette œuvre sublime ?

Ce tableau de La Victoire *a été envoyé à Paris par les soins de la Compagnie de Jésus d'Extrême-Orient. J'ai été fort étonné d'apprendre que l'empereur Ch'ien-lung ne manifestait pas la moindre velléité de faire admirer les œuvres d'art de son pays, mais faisait envoyer ce tableau à seule fin d'en commander une centaine de gravures. Le marquis de Marigny, qui est un fin connaisseur en peinture, s'en est ému lui aussi, et a voulu partager avec la haute société parisienne, au moins pour une soirée, l'émotion qu'il avait ressentie devant cette œuvre.*

Le marquis a sollicité mon avis quant au procédé de reproduction approprié. J'ai répondu sans hésiter qu'il fallait faire appel à Cochin, le graveur le plus réputé de Paris, et utiliser une plaque de cuivre d'au moins un mètre quatre-vingt sur quatre pour ne pas gâcher la minutie des détails. Même s'il faut finalement plier ces gravures pour les envoyer, cela vaut mieux que d'altérer la finesse extraordinaire du coup de pinceau.

J'espère que tu partageras mon avis sur ce point. Au fond de moi, je me suis réjoui en secret de pouvoir ainsi collaborer tant soit peu à ton œuvre.

Même pour un artisan aussi réputé que Cochin, la gravure prendra de longs mois, mais j'espère que tu pourras apprécier de tes yeux la fleur de la technique de gravure sur cuivre de Paris.

A propos, si un artiste aussi médiocre que moi-même s'est vu confier tant de travaux dans les palais européens, il y a à cela une raison dont je sais que tu ne peux te douter : après ton départ de Venise, les techniques de la verrerie se sont beaucoup développées, et j'en ai moi-même assimilé un certain nombre.

Le verre de Venise est actuellement fort prisé dans toute l'Europe, et considéré comme à la pointe de la modernité.

Tu le sais, les vitraux des églises sont à l'origine de cet art. Puis, grâce à l'amélioration de l'intensité des coloris, du modelage, c'est devenu un des arts décoratifs majeurs. Les œuvres les plus récentes sont d'une élégance et d'un éclat qui, sans aller jusqu'à évoquer le diamant, ne diffèrent en rien de ceux du cristal naturel.

En théorie, la maîtrise de la verrerie n'est pas très difficile. Elle est basée sur des méthodes de purification et de traitement thermique du quartz, puis des techniques de coupe à l'acier très dur.

J'ai noté ce savoir-faire en détail sur une feuille à part et je joins également à mon envoi de petits échantillons de ma main. Je ne peux m'empêcher d'espérer que ton talent exceptionnel permettra de développer dans ton pays d'adoption un magnifique artisanat de verrerie vénitienne.

Et puis – l'idée m'en vient à l'instant –, j'ai grande envie de joindre aussi à ma lettre une partition de ce violoniste que tu aimais tant, « Antonio le Roux ».

T'en souviens-tu ? Il était prêtre dans un orphelinat de Venise et jouait aussi du violon avec une virtuosité de magicien au sein de l'orchestre de la basilique Saint-Marc.

C'était alors un jeune maître de violon excentrique qui enseignait la musique aux orphelines. Il s'est mis par la suite à écrire des symphonies et des opéras avec l'aisance d'un professionnel, jusqu'à devenir un grand musicien multipliant les tournées à travers l'Europe.

Crois-moi : c'est bien le même Antonio le Roux qui venait nous importuner de ses plaisanteries stupides à l'atelier de l'école de peinture, où il n'avait pourtant rien à faire. Oui, c'est bien lui, qui trichait aux cartes au café Florian *avec l'adresse d'un prestidigitateur, et délestait ainsi de leurs espèces sonnantes de malheureux peintres et musiciens. Oui, Antonio Vivaldi, aux boucles d'un roux flamboyant !*

Je me souviens qu'un jour, irrité par une de ses mauvaises plaisanteries, tu l'as envoyé culbuter par-dessus le pont du Rialto. Ce qui ne vous empêchait pas de jouer ensemble du violon et de l'orgue en parfaite harmonie, quand l'envie vous en prenait.

Après avoir longuement réfléchi laquelle de ses nombreuses œuvres j'allais t'envoyer, j'ai choisi Les Quatre Saisons, *ma préférée, et l'une des plus représentatives.*

Il s'agit d'un concerto célèbre, dédié au comte de Bohême Von Morzin en 1725, c'est-à-dire dix ans après ton départ de Venise, et édité à Amsterdam. A peine parue, cette œuvre a remporté un grand succès et a même reçu, dit-on, les éloges de Louis XV. Dédiée à un noble de Bohême, éditée en Hollande, jouée à Paris devant la cour, voilà une musique bien dans le ton de notre « Prêtre Roux », mais il faut avouer que c'est un morceau extraordinaire.

A ce propos, tandis que je peignais le plafond du palais de Würzburg, j'avais toujours un groupe de musiciens installé à mes pieds pour me jouer Les Quatre Saisons *: cela faisait venir des images à mon esprit. La musique de Vivaldi, particulièrement, a l'étrange pouvoir d'inspirer les artistes.*

Je pense procéder de même pendant la restauration du château de Versailles, mais je ne sais si cet orgueilleux de roi Louis acceptera de céder au caprice d'un vieux Vénitien.

D'après ta lettre, l'estimé monarque de Chine, l'empereur Ch'ien-lung, est devenu fort habile à jouer du clavecin dont le roi Louis lui a fait présent. Il me semble déjà entendre résonner dans ce palais d'Orient inconnu la musique des Quatre Saisons, *habilement restituée, en écho aux accents de ton orgue.*

Hélas, Antonio Vivaldi est mort pendant son séjour à Vienne en 1741.

Ce génie hors du commun qui, au cours de sa vie, a composé plus de cinq cents œuvres musicales, et gagné, dit-on, plus de cinquante mille ducats, s'est laissé absorber par la gloire jusqu'à en oublier sa condition d'ecclésiastique. A force de jeter l'argent par les fenêtres et de se vautrer dans la débauche, il est mort dans la misère.

Si cette musique t'agrée, joue-la comme une prière en souvenir de son âme d'artiste et ses trop humaines passions.

Son génie lui a valu d'être haï de ses semblables, et chassé de l'Eglise de Rome. Il n'a eu droit pour ses misérables obsèques qu'à une vieille messe chantée par un chœur de six adolescents dans l'église San Stefano…

Paris a déjà ses teintes d'automne.

Tout en me régalant d'un vin de Bourgogne que j'ai reçu du marquis de Marigny, je contemple sans me lasser, à la lumière des flambeaux que m'ont apportés mes domestiques, ta belle écriture qui m'emplit de nostalgie. Plus je relis ta lettre, plus mes yeux usés par les ans s'emplissent de larmes.

Comment as-tu supporté le poids de ces cinquante années, dans ta lointaine cité d'Orient ?

Les jésuites m'ont tout raconté : les nombreuses persécutions ; comment, au milieu de ces épreuves, tu as fait don de ton art et de ta vie à un monarque hérétique ; comment la Compagnie de Jésus a quitté la Chine, t'y laissant seul.

Tu fais l'objet de nombreux malentendus à l'intérieur de l'Eglise, toi qui as obtenu le rang le plus élevé des dignitaires de ce pays lointain.

Pour ma part, je reste persuadé que l'art véritable, plus encore que la pensée de Dieu, a le pouvoir de changer le monde, et de guider les êtres égarés.

Devant ta toile, La Victoire, *j'ai compris que cela faisait cinquante ans que moi aussi je me trompais sur ton compte.*

Soyons clairs.

Tu ne répands pas l'enseignement du Christ. Mais plutôt, tu exprimes librement ton art. Tu essaies sans doute d'apaiser, au nom du Seigneur, les souffrances de ces hommes du bout du monde qui ne Le connaissent pas. J'imagine que c'est la raison pour laquelle tu ne quittes pas ce pays, malgré l'échec de l'évangélisation.

L'art. C'est là ta seule foi – et la mienne.

Dans un an, je retournerai à Madrid où m'attend le roi Charles. De mon vivant, je ne foulerai plus la terre de Venise.

Celui qui m'a dicté cette décision n'est autre que toi-même. Ta silhouette, le jour où je t'ai regardé quitter seul la glorieuse

Venise, renonçant aux richesses et à la renommée qui t'étaient promises. La silhouette du jeune jésuite que j'ai regardé disparaître, dans les premières lueurs de l'aube, au rythme lent de sa gondole, de l'autre côté du Grand Canal.

Oui, à plus de quatre-vingts ans, je suis toujours debout sur le pont de l'Académie, d'où je continue à crier ton nom en pleurant.

Toi qui m'as donné le courage de vivre ma vie, je te suis reconnaissant du fond du cœur. Je n'étais alors qu'un banal étudiant en peinture, indigent, malhabile et dépourvu de talent, sans le moindre avenir.

Aujourd'hui, je m'en veux et j'ai honte de ne pouvoir te payer ma dette autrement qu'avec une partition et un texte sur le verre de Venise.

A Giuseppe Castiglione, mon ami dans l'art, avec tout mon amour et toute mon amitié,

Giovanni Battista Tiepolo.

2

An 24 de l'ère Kouang-siu, sous la dynastie des Ts'ing, 1898 selon le calendrier occidental.

A l'extérieur de la porte de la Splendeur de l'Ouest, les ruelles étaient couvertes de neige gelée. Au cours des douze années écoulées depuis sa première visite à la capitale, Tchouen-yun n'avait jamais connu d'hiver aussi froid ni avec tant de neige.

Les eunuques avaient beau la balayer tous ensemble, alignés comme une armée de cloportes, la neige recommençait à tomber avant qu'ils aient achevé leur tâche.

Si on ne l'enlevait pas avant qu'elle ne s'accumule, elle se transformait en glace, si bien que ce travail pénible devait éternellement être recommencé. Les dignitaires portaient des bottes aux semelles recouvertes de cuir épais.

Après avoir ordonné aux eunuques de balayer la neige devant le palais de l'impératrice douairière, Tchouen-yun avait quitté le palais, sous prétexte d'aller s'entraîner avec la troupe impériale du Département du Sud.

Le cocher, cependant, ne prit pas la direction du théâtre, situé au bord du lac du Sud, mais descendit plus bas le long des douves gelées, conduisant la carriole à mules vers une ruelle déserte à l'extérieur des portes de la Cité Interdite.

Tchouen-yun le fit arrêter devant la demeure de Bi le Cinquième, plus délabrée que jamais, et franchit la porte-lune à demi-effondrée.

Bi le Cinquième, devenu un vieillard décrépit, passait désormais ses journées à boire, sur le matelas déchiré posé sur son lit de briques chaudes.

— Tiens, le Vénérable Li ! Je t'attendais, je n'ai presque plus de quoi payer mon vin.

A l'origine, ce n'était pas un gros buveur. Mais les temps étaient durs : ni la cour impériale ni les frères de l'empereur ne vivaient plus dans une aisance leur permettant de prendre de nouveaux eunuques à leur service. Et comme les étrangers pouvaient envahir la ville à tout moment, on ne trouvait plus de candidats spontanés à la castration.

Les castrateurs avaient pu subsister quelque temps grâce aux intérêts des prêts consentis aux eunuques et à la location des *pao*, ou « trésors », les parties intimes que les eunuques devaient montrer lors de leurs promotions. Mais plus la situation devenait instable, plus ces ressources rentraient difficilement. Même à la cour, l'argent commençait à manquer.

— Tous tant qu'ils sont, je les leur ai bien préparés, leurs petits trésors ! Ça ne leur fait donc ni chaud ni froid, de savoir que s'ils ne les rachètent pas, ils renaîtront sous forme de mules ? Hein, Vénérable Li, que se passe-t-il donc au palais pour qu'on en soit arrivé là ? lança Bi, secoué de petits rires intermittents, tout en tendant à Tchouen-yun une coupe ébréchée.

— Cesse donc de m'appeler « Vénérable Li ». Ce nom est déjà porté à la cour par quelqu'un de bien plus important que moi.

— Et comment devrais-je t'appeler ? Tout de même pas Tchouen-yun comme autrefois ?

— Moi, cela me convient. Mes supérieurs continuent à m'appeler ainsi.

— Hein ? Il y a des gens vraiment haut placés à la cour, pas vrai ? Des gens assez puissants pour arrêter familièrement au passage, en l'appelant Tchouen-yun, le célèbre intendant Petit Li dont le pouvoir, dit-on, est tel qu'il peut causer la chute d'un oiseau en plein vol ?

— Pourquoi pas ? Je ne déteste pas qu'on me nomme ainsi.

Sur les invites de Bi, Tchouen-yun avala une gorgée de son vin jaune corsé.

— A propos, combien t'en reste-t-il ?

— Eh bien... fit Bi le Cinquième en tournant vers la cuisine son visage tout hérissé de barbe.

Il y avait encore un grand nombre de vieilles fioles, suspendues à une poutre au-dessus du fourneau.

— ... Une centaine, un peu plus peut-être.

— Tu as encore de quoi t'en sortir quelque temps, diraiton.

— Mais, Vénérable Li, je veux dire Intendant Petit Li, la moitié au moins appartient à des eunuques qui ont claqué depuis longtemps et doivent commencer à se réincarner en mules à l'heure qu'il est. J'en ai à peine une cinquantaine appartenant aux castrats du palais... Tout de même, toi, tu as bien réussi dans la vie. Mais dis-moi, pourquoi fais-tu ça, finalement ?

Tchouen-yun n'avait pas la moindre arrière-pensée en rachetant au castrateur les « trésors » des eunuques du palais. Tout simplement, il n'avait ni parents à qui envoyer une pension, ni famille à nourrir, et ne disposait donc d'aucun moyen d'utiliser l'argent qu'il gagnait.

Les revenus de Tchouen-yun, qui cumulait les fonctions d'intendant des appartements privés de l'impératrice douairière, et de directeur de la troupe d'opéra impériale, se distinguaient nettement de ceux des autres grands castrats. Son salaire était sans doute le plus élevé après celui du chef de palais Li Lien-yin et du vice-chef de palais Ts'ouei Yu-kouei. Qui plus est, ces derniers temps, il remplaçait jour et nuit auprès de l'impératrice un Li Lien-yin vieillissant, et recevait en conséquence de nombreux pots-de-vin de la part des fonctionnaires du palais. Li Lien-yin passait ses journées claquemuré dans le bureau des affaires du palais, et ne faisait plus que de rares apparitions au gynécée. Ts'ouei Yu-kouei, à l'origine l'un des redoutables *santch'a* chargés de châtier les eunuques récalcitrants, avait toute l'apparence d'un homme fort, à la poigne de fer, mais comme il n'était pas très futé, il ne pouvait être affecté au service personnel de l'impératrice. Tout naturellement, le rôle de suppléant du chef de palais avait donc échu à Tchouen-yun, déjà proche serviteur de Tseu-hi.

La curieuse coutume de graisser la patte au chef de palais pour obtenir une audience auprès de l'impératrice douairière avait été établie par Li Lien-yin et nul autre. Ce genre de demande affluant tous les jours, cela représentait des sommes considérables. Tchouen-yun ne trouvait pas le procédé très honnête, mais refuser eût jeté le discrédit sur Li Lien-yin. Il n'avait pas d'autre choix que d'accepter en silence les offrandes qu'on lui faisait.

N'ayant aucun moyen d'utiliser cet argent et trouvant cette fortune trop mal acquise pour être thésaurisée, Tchouen-yun avait finalement décidé de racheter les parties intimes en dépôt auprès de Bi le Cinquième de la porte de la Splendeur de l'Ouest, et de Liu la Fine Lame de la porte de la Paix Terrestre, afin de les restituer en cachette aux castrats du palais.

Comme il ne voulait pas se prévaloir de cet acte de bonté, Tchouen-yun prétendait que les activités des castrateurs allaient bientôt être prohibées et qu'ils devaient donc rendre gracieusement à leurs propriétaires les « trésors » en leur possession. Cependant, ajoutait-il, comme certains eunuques auraient pu se plaindre de l'ordre arbitraire de la redistribution, il convenait de garder le secret.

De nombreux eunuques payaient des intérêts toute leur vie pour obtenir que le castrateur garde en gage leurs parties intimes. Comme la règle du palais exigeait qu'à chaque promotion ou mutation, les eunuques exhibent leur « trésor » pour preuve de leur entière « purification », les castrateurs leur extorquaient en outre des sommes énormes en échange d'un prêt temporaire.

Les castrats, gens fort superstitieux, croyaient dur comme fer à leur future destinée de mule, et pleuraient à chaudes larmes quand Tchouen-yun leur remettait ces fioles qu'ils avaient crues perdues à jamais.

L'argent avec lequel il rachetait les *pao* était certes d'origine douteuse, mais les sanglots reconnaissants des eunuques confortaient Tchouen-yun dans l'idée qu'il faisait une bonne action.

— C'est extraordinaire tout de même ! Il me semble que c'est hier que tu es venu me rendre visite pour la première fois en compagnie de Che-leao. On raconte partout que si Petit Li prend sa retraite en même temps que le Vieux Bouddha, ce sera toi le prochain chef de palais. Quel âge as-tu maintenant, à propos ?

— Bientôt vingt-trois ans. Mais au palais, l'âge n'a guère d'importance.

— Vingt-trois ! Ma foi, tu serais le plus jeune chef de palais de l'histoire ! Tu as donc le même âge que Lan-ts'in, du palais de la Nourriture de l'Esprit ?

— C'est vrai, c'est toi qui t'occupais de l'intendant Lan autrefois.

— Oui ! répondit Bi en levant fièrement le coude pour vider sa coupe. Il a eu l'heur de plaire au Père de Dix Mille Ans, et le voilà qui dirige aujourd'hui son service privé, ce qui signifie qu'il a sous ses ordres tous les eunuques du palais de la Nourriture de l'Esprit. Il a fini par racheter son trésor, mais ça ne l'empêche pas de venir me voir en m'appelant affectueusement « Maître ». Et il n'oublie jamais mes étrennes au Nouvel An ni à la fête des Morts, lui.

— Pour ma part, je ne te suis pas redevable de tant de soins.

Tchouen-yun déposa une bourse pleine d'argent dans la main de Bi, qui haussa les épaules en étouffant un gros rire.

— J'en emporterai trois aujourd'hui.

— Entendu, je te remercie. A propos, Intendant Li, on dit que le Vieux Bouddha ne va pas tarder à s'installer dans son palais d'été de Yi-he-yuan, est-ce vrai ?

— Bah, voilà bien dix ans que court cette rumeur. De toute façon, la Vénérable Aïeule passe déjà six mois de l'année dans son palais d'été.

— Je te demande par là si elle a l'intention de se retirer des affaires de l'Etat.

— Je l'ignore. D'ailleurs, le saurais-je que je ne pourrais rien t'en dire.

Bi le Cinquième rangea prestement la bourse dans l'échancrure de son vêtement puis, la démarche titubante, s'en alla poser une échelle contre un mur de la cuisine pour descendre trois fioles.

— A propos, castrateur, t'arrive-t-il encore d'aller boire en compagnie du jeune maître ?

La main de Bi s'immobilisa ; il feignit d'abord de ne pas comprendre :

— Le jeune maître ?... Ah, tu parles de Che-leao ! Oui, cela m'arrive de temps en temps, mais ce n'est pas moi qui l'invite. Il vient me voir quand ça lui chante.

— Il est commissaire aux Affaires Militaires et fonctionnaire de quatrième rang...

Bi dirigea vers Tchouen-yun des yeux apeurés et injectés de sang.

— Ça ne me regarde pas. Je le fréquente seulement en souvenir d'une vieille amitié. Toi aussi, tu viens bien me voir, tout intendant du palais de troisième rang que tu es !

— Moi, je viens pour une affaire précise.

— Boire ensemble, c'est une affaire tout aussi importante. Le reste ne me regarde pas. Che-leao et toi, vous essayez de me sonder à chaque fois, mais si vous avez quelque chose à vous dire, vous n'avez qu'à vous voir directement tous les deux. Vous n'êtes pas des inconnus l'un pour l'autre.

— Tu sais bien qu'il m'est impossible de le rencontrer.

Le dos voûté, Bi apporta les trois fioles.

— Non, non, non, je ne veux pas être mêlé à tout ça. Je ne sais pas si vous avez fait serment de fraternité ou pas, en tout cas, les amis d'enfance c'est comme les liens du sang. Moi, je ne veux rien savoir. Parti de l'empereur, parti de l'impératrice douairière, réformateurs, conservateurs, tout ça ne me concerne pas !

Bi le Cinquième s'épongea violemment le visage avec une manche de sa robe. Les traits émaciés, il n'était plus que l'ombre de l'homme d'autrefois.

— Mais écoute, Tchouen-yun... reprit-il, employant inopinément le prénom familier. Tout de même, il paraît que

Che-leao prend soin de ta sœur. Il y a sûrement entre lui et toi des différends qui échappent aux petites gens comme moi, mais vous n'êtes plus ni l'un ni l'autre des personnages insignifiants, personne ne peut vous dicter votre conduite, alors si vous vous rapprochiez un peu tous les deux, hein ? Je me mêle de ce qui ne me regarde pas, mais…

Tchouen-yun vida sa coupe. Il avait l'impression que Bi cherchait à lui tirer les vers du nez. Depuis leur rencontre, qui remontait déjà à un certain temps, lors de sa première apparition sur scène au palais, Tchouen-yun n'avait plus adressé la parole à Liang Wen-sieou. Il lui était arrivé de le croiser au palais : Wen-sieou avait eu plusieurs audiences avec l'impératrice douairière. Mais ils s'étaient abstenus de la moindre conversation privée. Ce n'était pas une vague appartenance au parti de l'empereur ou au parti de l'impératrice qui les séparait : l'un était l'intendant de troisième rang régissant les services privés de l'impératrice douairière, et l'autre le commissaire aux Affaires Militaires, considéré comme le personnage central du parti de la restauration de l'empereur. La situation était telle qu'ils n'osaient même pas échanger un coup d'œil en se croisant dans un couloir du palais.

Bi le Cinquième fit du regard le tour de la pièce délabrée et murmura :

— Ici, tu es dans la maison de cinq générations de castrateurs. La maison des castrateurs Bi, illustre parmi les plus illustres, au service du palais de l'empereur et des résidences princières, fonctionnaires de huitième rang de père en fils. Pas de la même espèce que Liu la Fine Lame de la porte de la Paix Terrestre, ah non, pas de la même espèce…

— Je suis fatigué de t'entendre radoter, castrateur.

Bi hocha la tête d'un air mélancolique.

— Oui. Mais tout de même, Tchouen-yun, as-tu déjà songé à ça ? Moi, Bi le Cinquième, je suis le cinquième descendant de la famille Bi à exercer la profession de castrateur, alors que mes frères ont préféré se lancer dans d'autres genres de commerce, ou acheter leur grade de fonctionnaire pour obtenir de petits postes en province. Moi, j'étais le cadet, et mon père m'a appris le métier avant que j'aie eu le temps de prendre la tangente comme mes frères. Sais-tu ce que c'est que ce métier ? Je vais te le dire. Ça consiste à émasculer un homme, lui trancher le pénis, et tout ça pour gagner sa croûte ! Quelle absurdité !

Bi le castrateur devient gâteux, songea Tchouen-yun en l'écoutant se plaindre. La voix rauque, pareille au feulement d'un fauve, la musculature rebondie d'autrefois, avaient disparu sans laisser de traces.

— Ça m'a permis de gagner ma vie jusqu'à présent, mais je suis devenu un pestiféré pour mes propres frères et leurs enfants. Et maintenant, vu l'époque où nous vivons, me voilà obligé de vendre tous les trésors, ma seule fortune. Je n'ai plus qu'à m'enivrer tout seul, sans personne pour s'occuper de moi.

Le castrateur, honni par la société ordinaire, avait dû, pour vivre parmi les hommes, élever la voix et bomber la poitrine. Maintenant qu'il était vieux, sa voix affaiblie était aussi vaine qu'un souffle de vent, son corps pitoyable pareil à une coquille vide.

— Faire carrière, c'est bien beau, mais il ne faut pas trancher les liens avec sa famille. L'argent, ça part en fumée. Dès que tu te mets à végéter, disciples et amis te tournent le dos...

— Merci beaucoup. A bientôt.

Tchouen-yun s'était levé sans même écouter jusqu'au bout.

— Ah, tu t'en vas déjà ? Je ne te raccompagne pas... A qui appartient cette vieille fiole, déjà ? Bah, peu importe, donne-la à qui tu veux. Celle-ci est à un malheureux qui restera plongeur dans les cuisines impériales pour l'éternité. Et celle-là est la propriété d'un eunuque du palais de la Nourriture de l'Esprit, il vaudrait mieux que tu la fasses remettre à son propriétaire par Lan-ts'in. Comme ça, pas d'ennuis !

Dans la cour intérieure, le gel tourbillonnait autour des branches du magnolia. Tchouen-yun revit comme si c'était hier la silhouette de Lan-ts'in enfant, jouant à la balle sous l'arbre aux fleurs épanouies.

La voix de Bi par la fenêtre le fit s'arrêter net dans le jardin gelé :

— Ne coupe pas les liens avec ta sœur. N'oublie pas que tu n'auras jamais de descendants !

La résidence de Liang Wen-sieou était située aux bords du lac Chichahohai, dans un coin tranquille du quartier résidentiel où se trouvaient de nombreux temples et oratoires.

Le bureau des Affaires Militaires était un organe politique qui exerçait un pouvoir effectif et comptait plusieurs ministres dans sa structure ; Wen-sieou y occupait le poste d'assistant de la Gauche du cabinet ministériel.

Au début de l'an 13 de l'ère Kouang-siu, Wen-sieou avait épousé la fille de Yang Si-tcheng, personnage important qui cumulait les titres de ministre des Rites et de ministre des Affaires Militaires. Wen-sieou s'était donc vu confier le poste de bras droit de son beau-père.

La charrette à mules longea lentement les murs aux motifs de pivoines en relief, qui entouraient la résidence. Tchouen-yun entrebâilla les rideaux pour jeter un coup d'œil sur la haute porte d'entrée.

La loyauté freine les avancées excessives.

La paix nourrit à l'infini les talents du Ciel.

Les inscriptions qui ornaient les bandeaux de part et d'autre de la porte étaient-elles de la main de Yang Si-tcheng ou de son gendre ? Elles seyaient en tout cas fort bien à cette élégante demeure.

La neige avait été déblayée sur les bas-côtés, mais au milieu, un tapis de glace se déployait sur la chaussée. La carriole dépassa la porte d'entrée surmontée d'une tourelle, puis s'arrêta sous le pin qui étalait ses branches au-dessus de la route.

Deux vagabonds avaient allumé un maigre feu de branchages sur le bord du chemin. Une manche de coton matelassé toute crasseuse vint agiter le rideau de la carriole.

— Une obole, Messire !

Tchouen-yun jeta une pièce de cuivre par la fenêtre.

— Mille mercis !

Après avoir lancé ces mots à la cantonade, le mendiant s'était collé tout près du rideau de la voiture, le regard affûté.

— Merci de ta peine. Comment va tout le monde ? chuchota alors Tchouen-yun.

Le mendiant sourit en réponse, et un léger rictus tordit son visage noir de suie.

— Bien, merci. Le vieux Ngan reste alité ces temps-ci, mais ce n'est rien de grave.

— Ah, vraiment ? J'aimerais bien lui rendre visite, je suis navré de n'avoir de ses nouvelles que par ouï-dire…

— Comment ? Mais voyons, l'intendant en chef, suppléant du chef de palais, ne peut tout de même pas se rendre en grande pompe à la ruelle des Vieux Nobles ! Nous te remercions en revanche pour les dons conséquents que tu nous fais chaque mois, mais attention de ne pas te dépouiller pour nous ! Nous nous débrouillerons toujours. A propos…

Un domestique venait d'apparaître à la porte, et l'homme reprit en déguisant sa voix :

— Encore une petite obole, Messire, et mon camarade vous jouera un morceau choisi ! S'il vous plaît…

Le domestique rentra dans la résidence en bâillant. Le second mendiant, toujours près du feu, se mit à jouer du luth.

— Ce matin, dès potron-minet, il est entré bien du monde… Le premier arrivé était Kouang-jen, frère cadet de K'ang Yeou-wei. Les annalistes Lin Siu et Yang Joui. Liang Ch'i-chao et Tan Sseu-tong, disciples de K'ang. Et puis vers midi, Siu Che-tchang de l'armée des mers du Nord.

L'oreille collée contre la fenêtre, Tchouen-yun fit remarquer à voix basse :

— Je vois. L'équipe habituelle. Mais Siu Che-tchang, de l'armée des mers du Nord, voilà qui est plutôt inquiétant, non ?

— La rumeur selon laquelle Yuan Che-k'ai soutiendrait financièrement le mouvement de réforme est peut-être fondée. Mais enfin, tant que ces individus ne violent pas la loi, ce n'est pas grave.

— Mais Yuan Che-k'ai est un homme dangereux : il a succédé au gouverneur Li à la tête de l'armée de l'An-houei.

— Il n'a pas assez de courage pour se rebeller. Il est prêt à retourner sa veste, selon comment le vent tourne. Il te donne pas mal de pots-de-vin, à ce qu'on dit.

— Euh… Justement, on ne peut faire confiance à ce genre de personnage. C'est un homme de faible capacité, à la tête d'une immense armée.

— Nous avons des espions à Tientsin aussi, et si un mouvement anormal se dessinait là-bas, nous t'en informerions aussitôt.

— Merci, cela nous serait d'une grande aide.

— Il y a plus inquiétant… poursuivit le mendiant en baissant encore la voix après avoir jeté un coup d'œil soupçonneux sur les alentours. Un autre personnage inattendu est entré en scène ce matin.

— Qui donc ?

— Si mes yeux ne m'ont pas trompé, il s'agissait de Chouen-kouei, le commissaire aux Affaires Générales. Qu'un personnage au sommet de la hiérarchie, un noble mandchou de surcroît, participe aux réunions du mouvement de réforme, voilà qui pose un véritable problème.

— Je savais déjà que le commissaire Chouen-kouei rendait souvent visite à la résidence du prince Kong, mais… Bon, remettons cette affaire-là à plus tard, il faut d'abord y regarder d'un peu plus près. Si l'impératrice Tseu-hi entendait parler de cela, elle en blêmirait d'effroi.

— En effet. Mais réfléchis : Chouen-kouei et Liang Wensieou ont réussi leur doctorat ensemble, ils étaient respectivement premier et second lauréats. Il ne serait pas étonnant qu'ils aient conservé des liens.

— Hum… C'est ennuyeux.

— Il y a plus ennuyeux encore : on dit que Wang Yi était le troisième lauréat à cueillir les fleurs de la célébrité cette année-là, le savais-tu ?

— Wang Yi ? En effet, il me semble en avoir entendu parler.

— Yang Si-tcheng les a pris tous trois sous son aile protectrice lorsqu'ils sont entrés à l'académie Hanlin, mais Wang Yi est parti s'installer à Tientsin, il y a déjà pas mal de temps.

— Ah, je me souviens. Le général Wang Yi, de l'armée des mers du Nord, n'est-ce pas ? C'est bien lui qui, lorsque nous sommes entrés en guerre contre le Japon à la suite de la révolte en Corée, l'année du Cheval de Bois…

— Oui, il s'est fait battre à plate couture par les Japonais en 1895, et depuis, lui et le général Li sont totalement en dehors de la course. Yuan Che-k'ai, grâce à d'habiles manœuvres, a succédé à Li. Malgré tout, le lien de Wang Yi avec les autres est inquiétant, tu ne trouves pas ?

Tchouen-yun enregistrait intérieurement toutes les informations que l'homme venait de lui livrer.

— Bon. Il faut enquêter un peu plus là-dessus. Merci beaucoup. Je reprendrai contact avec toi dès que je connaîtrai la date de la prochaine réunion des réformateurs. Tiens, ce n'est pas grand-chose mais…

Le mendiant fit disparaître prestement dans son échancrure la bourse gonflée que Tchouen-yun lui tendait.

— Merci de ta générosité, Tchouen-yun. Tu m'as déjà rendu mon « trésor », et tu me donnes tant d'argent à chaque fois… L'eunuque avait introduit ses doigts sous le rideau et agrippé le bord de la fenêtre : Nous ne faisons cela ni pour le Vieux Bouddha ni pour Petit Li, mais uniquement pour t'aider à réussir ta carrière. Tu le sais, n'est-ce pas ?

La porte de la résidence s'ouvrit à nouveau. Des enfants en pelisses fourrées sortirent en courant, suivis par une femme en long manteau rouge qui tenait la main d'une suivante.

— C'est l'épouse de Liang Wen-sieou, avec ses enfants. Au revoir, Tchouen-yun, prends soin de toi, et merci encore.

Tchouen-yun laissa retomber le rideau puis se retourna pour observer, entre les pans, l'entrée de la résidence. La carriole se mit à avancer le long de la ruelle gelée.

— Lingling… murmura Tchouen-yun, serrant dans sa main l'extrémité du rideau. Il venait de reconnaître sa sœur dans la suivante vêtue d'une belle robe indigo qui accompagnait l'épouse de Wen-sieou.

3

Jong-liu Gwarugya, de la Bannière Blanche mandchoue, était au faîte de sa puissance.

A la suite de la défaite contre le Japon, de nombreux dignitaires avaient été destitués, et cet irréductible avait alors refait surface, comme un noyé libéré de la grosse pierre qui le maintenait au fond de l'eau.

Originaire d'une illustre famille de la noblesse mandchoue, appelée Troisième Bannière Supérieure, sa carrière avait commencé tardivement.

Lors de son accession au pouvoir, la dynastie mandchoue avait fait sienne avec naïveté la politique nationale qui présidait à la destinée de l'empire chinois depuis sa fondation : égalité de tous et impartialité envers le peuple, si bien que même un descendant d'une famille de nobles mandchous devait faire des études pour accéder aux échelons du mandarinat.

Embrasser une carrière militaire constituait la seule alternative pour les jeunes nobles insuffisamment doués pour se présenter aux examens. Mais selon les usages de l'administration civile qui perduraient depuis quatre mille ans, les simples militaires ne pouvaient accéder aux sommets du pouvoir. La plupart du temps, ils finissaient donc modestement leur vie, sous les ordres de mandarins civils et militaires passés, eux, par le moule des examens. Certes, à l'apogée de l'empire mandchou, certains militaires étaient passés à la postérité pour leurs faits d'armes éclatants, tel le général Tsao Houei sous l'empereur Ch'ien-lung. Mais cela restait exceptionnel, et il était vain d'espérer la même chose en des temps où même une jeune nation comme le Japon parvenait à battre l'empire chinois à plate couture.

Jong-liu était encore tout enfant lorsque les puissances occidentales avaient commencé à envahir la Chine grâce aux guerres de l'Opium. Il avait grandi dans une époque troublée, où l'armée d'un empire déjà suranné avait subi des défaites successives, à l'intérieur face à la révolte de Taiping, à l'extérieur contre les puissances européennes. Si bien que pendant fort longtemps, et même une fois nommé général de la garde impériale, Jong-liu ne songea pas à se lancer dans la carrière militaire.

Il n'était pas question pour lui de se limiter au métier des armes, qu'il savait promis à une issue médiocre. Par ailleurs, il n'était guère doué pour les études : à peine avait-il ouvert un livre que la sueur lui perlait déjà au front. Et s'il s'avisait de prendre un pinceau, en penchant la tête d'un air appliqué comme un enfant de cinq ans, cela ne donnait que d'horribles caractères tout de guingois.

Tandis qu'il se tracassait ainsi pour son avenir, un événement imprévu vint jeter une lueur d'espoir sur ses possibilités de carrière.

A la suite des guerres de l'Opium, l'autorité et le prestige des Huit Bannières mandchoues avaient décliné, la hiérarchie s'était effondrée, la noblesse mandchoue s'était vue réduite à la misère. Les alliances entre nobles Han et mandchous étant interdites, les descendants de ces anciens chefs mandchous se mariaient entre eux.

C'est ainsi que Jong-liu se trouva fiancé à une jeune fille de la tribu Yehonala. Il était assez grave que la famille Gwarugya, une des trois branches les plus hautes de la noblesse mandchoue, ait déchu au point de s'allier avec des Yehonala, situés tout en bas de la hiérarchie. Jong-liu accepta néanmoins ce mariage : la jeune fille était en effet d'une beauté incomparable, et avait reçu une excellente éducation.

Jamais il n'aurait pu imaginer ce qui se passa alors. Car ces fiançailles qui au départ n'avaient rien de particulièrement heureux se révélèrent être la chance de sa vie.

En effet, l'empereur Sien-feng s'éprit de la fiancée, qui se rendait parfois au palais pour y apprendre les bonnes manières d'une dame de cour. Des émissaires du cabinet des affaires intérieures du palais rendirent visite aux deux familles, et firent rompre les fiançailles.

Jong-liu n'était pas un sentimental : il trouva bien que c'était un peu dommage, mais n'insista pas. La jeune Yehonala, quant à elle, était tombée follement amoureuse du général de la garde, pauvre certes, mais à la prestance virile et à l'air dur.

A l'abri d'un kiosque du parc où les chrysanthèmes achevaient de fleurir, la jeune fille serra dans la sienne la main de son fiancé en pleurant à chaudes larmes.

Elle alla jusqu'à lui proposer de s'enfuir avec lui loin des murailles de Pékin. Ou mieux encore, de se jeter ensemble dans le lac du Centre afin de lier leurs destinées dans l'autre monde.

Jong-liu tordit ses lèvres fines en un rictus sarcastique. C'était la première fois que cette expression, qui devait par la suite lui devenir coutumière, apparaissait sur son visage.

Il prit la jeune fille par les épaules et déclara, s'efforçant d'adopter le ton assuré qui sied à un jeune général :

— C'est pour l'empire qu'il convient de sacrifier nos vies. Vous devrez désormais servir Sa Majesté l'empereur de tout votre cœur. Quant à moi, je serai toujours près de vous, et vous protégerai dans l'ombre. Mes brûlantes pensées envers vous resteront dans le fourreau de mon sabre.

Il n'oublia pas de verser en sus quelques larmes. Il possédait la faculté innée de pleurer à volonté devant les puissants de ce monde.

Car Jong-liu ne doutait pas que cette jeune fille aussi intelligente que belle attirerait sur elle les faveurs exclusives de l'empereur, et qu'un jour elle donnerait naissance à un futur empereur.

Son pressentiment était juste. Yehonala, qui avait fait son entrée à la Cité Interdite en larmes, ne tarda pas à devenir la favorite de l'empereur. Elle mit un fils au monde, et, sous le nom de l'impératrice Tseu-hi, devint l'unique détentrice du pouvoir.

Son intelligence naturelle puis son expérience du pouvoir permirent à Tseu-hi de mener la politique du pays de main de maître, à l'instar d'un homme. Cependant, pareille en cela à toute femme ordinaire, elle garda toujours le tendre souvenir de son premier amour.

Veuve très jeune, privée trop tôt de l'affection de son unique fils l'empereur T'ong-che, elle resta attachée au seul amour qui ne lui avait jamais fait défaut.

Plus les intrigues de la cour empiraient, plus la situation politique se compliquait, et plus Tseu-hi se reposait sur son inaccessible bien-aimé. Ainsi, le cœur consentant d'une femme garantissait à Jong-liu la continuité d'une carrière imméritée. Ses malversations apparaissaient régulièrement au grand jour, mais tant que Tseu-hi détenait le pouvoir, il ne pouvait être condamné. Elle le révoquait en hâte en présence d'autres vassaux, ou le rétrogradait, mais dès que l'affaire s'était un peu tassée, on le voyait refaire surface à quelque poste en vue. La répétition de ce processus lui avait valu le surnom de « phénix qui renaît de ses cendres ».

C'était une exception inouïe dans un empire réputé impitoyable envers ceux qui commettaient la moindre erreur.

Les années passant, presque tout le monde en vint à connaître le secret de l'immortalité de Jong-liu sur la scène politique.

Tseu-hi et son protégé vieillirent. Mais, curieusement, les sentiments de l'impératrice restèrent d'une candeur juvénile, quoique cette femme d'un aplomb infernal et d'une volonté d'acier n'en laissât jamais rien paraître. Jong-liu était le seul à savoir que la jeune fille en pleurs dans le parc où se fanaient les chrysanthèmes vivait toujours en elle.

En 1895, la défaite contre les Japonais valut la disgrâce à de nombreux vassaux de longue date, et plus personne à la cour ne put désormais ignorer la véritable raison de la longévité de Jong-liu.

Le gouverneur général Li Hong-tchang, par exemple, fut démis de ses fonctions.

Lui, le successeur du guerrier confucianiste Tseng Kouo-fan, avait hérité du prestige et des secrets de son défunt maître, mais aussi de son incroyable sérieux et de son sens du devoir terriblement rigide.

Li Hong-tchang avait tant compati autrefois au malheur de Tseu-hi, séparée de force de son fiancé pour devenir concubine impériale, qu'il lui avait longtemps envoyé en secret des poèmes de consolation. Il rendait aussi de fréquentes visites à Jong-liu, auquel il déclara un jour, en pleurant au spectacle de son « cœur meurtri » : « Jamais je n'oublierai votre pureté ni votre loyauté, Général. Vous qui avez voué votre vie à l'impératrice, vous pouvez compter sur moi. »

Jong-liu put en effet toujours compter sur le gouverneur Li. Mais pareil soutien équivalait à *donner une barre de fer au diable*, comme dit le proverbe.

Jong-liu riait sous cape de voir finalement Li destitué. Cela l'arrangeait bien : lui-même jouissait d'une telle autorité auprès de Tseu-hi, qu'il n'avait plus besoin d'aucune aide.

Li Hong-tchang avait écrasé la révolte de Taiping, la rébellion des Nien, s'était battu contre le Japon lors de la révolte en Corée avec son armée personnelle, financée de ses propres deniers, et tout cela pour être en fin de compte renvoyé, d'un simple mot de l'impératrice.

Ah, il ne faisait pas bon vieillir !

Cette guerre n'était pas celle de l'empire Ts'ing, mais celle de l'armée de l'An-houei. Les Japonais, disait-on, appelaient cet épisode « guerre sino-japonaise », mais en fait, Li Hong-tchang avait été seul à se battre contre le Japon.

Jong-liu ne pouvait que le remercier de son aide : le gouverneur, vaincu, avait dû endosser seul l'infamie de la défaite, et subir la rude épreuve de la privation de tout pouvoir. La présence la plus gênante pour Jong-liu, le personnage qui lui faisait le plus d'ombre, était ainsi éliminé !

Le remaniement de hauts fonctionnaires qui s'ensuivit propulsa Jong-liu aux postes cumulés de ministre des Affaires Générales et ministre des Armées : il détenait désormais à la fois le pouvoir militaire et le pouvoir diplomatique à Pékin.

Tout cela, cependant, ne suffisait pas à le satisfaire, car ce à quoi il aspirait par-dessus tout, c'était le poste de ministre du Commerce avec l'étranger en Chine du Nord et gouverneur général du Hopei, autrement dit la succession de Li Hong-tchang.

Ministre des Armées n'était qu'une fonction honorifique : le dirigeant de l'armée impériale mandchoue ne pouvait pas donner d'ordres aux trois armées de la Chine du Nord, les seules à disposer d'équipements modernes. De même, le cabinet des Affaires Générales à Pékin était chargé des affaires étrangères et chapeautait tous les autres bureaux du gouvernement, mais le pouvoir diplomatique réel résidait entre les mains du gouverneur général du Hopei, basé à Tientsin.

Jong-liu voulait plus que des fonctions honorifiques : il voulait le pouvoir effectif.

Tseu-hi restait sourde aux souhaits de son vieil ami. Elle était bien consciente que donner le poste de gouverneur général du Hopei à Jong-liu, meneur de cette rivalité ridicule entre réformateurs et conservateurs, n'eût fait que mettre de l'huile sur le feu.

C'est pourquoi elle avait nommé à ce poste Wang Wenshao, un vieux courtisan falot et sans grande influence, et donné à Jong-liu des fonctions honorifiques à Pékin, en lui conseillant d'attendre son heure.

Jong-liu savait par expérience que ce genre de conseil de la part de Tseu-hi débouchait tôt ou tard sur une réalité ; cette fois, cependant, il ne voulait pas attendre.

Tseu-hi avait soixante-trois ans, et lui soixante-deux. Leur lien, si fort et si ancien fût-il, n'avait plus guère d'avenir devant lui.

Dans son bureau au cabinet des Affaires Générales, Jong-liu réfléchissait intensément tout en s'entraînant au *tai-chi-chuan* avec force cris de combat.

Physiquement, il se maintenait bien. Sa puissante musculature était toujours celle du jeune général d'autrefois, et son énergie augmentait avec les années.

Ce qui lui restait à faire maintenant, c'était, ni plus ni moins, d'écraser ce jeune blanc-bec d'empereur et le parti réformiste qui gravitait autour de lui. Tant que Tseu-hi resterait au pouvoir, sa propre gloire serait assurée. La régence avait cessé depuis un moment, et le jeune empereur exerçait lui-même le pouvoir, mais en théorie seulement. Qu'on le veuille ou non, la présence de l'impératrice douairière était encore nécessaire. Exercice direct du pouvoir impérial ou pas, Tseu-hi était le seul soutien du jeune empereur. Autrement dit, elle continuait comme par le passé à superviser les décisions politiques de son neveu.

Il va sans dire qu'avec le récent remaniement dans les hautes sphères du gouvernement, l'occasion se prêtait mieux que jamais à la réforme des lois impériales et à la reconnaissance du pays par la société internationale.

Ce qui signifiait aussi que Tseu-hi se retirerait du pouvoir et que les vieilles instances seraient destituées. A première vue, Jong-liu était en mauvaise position. Mais il avait suffisamment confiance en lui pour se croire capable de retourner la situation à son avantage.

Il avait un atout caché, dont la seule pensée le faisait bondir de joie. Un homme dont les traits puissants lui évoquaient irrésistiblement les nomades Huns du Ier siècle : Yuan Che-k'ai, le successeur officieux mais certain de Li Hong-tchang aux Affaires Militaires.

A l'époque où Jong-liu avait été banni pour corruption et rongeait son frein à Tientsin, il avait su gagner la confiance de cet homme, qui n'était alors qu'un jeune général de l'armée de l'An-houei. Aujourd'hui encore, Yuan Che-k'ai avait davantage de respect pour lui, Jong-liu, que pour son propre maître Li Hong-tchang.

La raison en était évidente.

L'honnêteté sincère et naïve de Li Hong-tchang, sa grandeur d'âme, ne pouvaient que déplaire à un homme qui avait autrefois jeté au fond d'un puits son habit indigo de licencié pour s'engager dans l'armée privée de Li Hong-tchang. Il était bien naturel qu'il ressentît davantage d'affinités avec lui, Jong-liu, parvenu aux plus hauts sommets à partir d'un simple grade d'officier de la garde impériale, que pour ce mandarin militaire issu d'un milieu lettré et incapable de la moindre plaisanterie.

Sans aucun doute, Yuan Che-k'ai ressemblait à Jong-liu. En légèrement moins retors.

En 1895, lorsque les Japonais avaient chassé les troupes chinoises de Corée, où il dirigeait une garnison, il avait battu en retraite sans livrer la moindre escarmouche. C'était un jeune général nommé Wang Yi qui avait subi tous les désavantages de la défaite : accouru avec des renforts, il avait livré bataille contre un ennemi japonais à la supériorité écrasante, et ses soldats s'étaient fait décimer jusqu'au dernier.

Yuan s'était donc laissé vaincre sans que ses troupes subissent la moindre perte et, pour cette raison même, sa responsabilité dans la défaite n'avait jamais été mise en question. Il dirigeait maintenant les troupes d'élite de la nouvelle armée de terre, et était le successeur tout désigné de Li Hong-tchang au poste de commandement militaire.

Cette roublardise, cette capacité innée à saisir l'occasion, ressemblaient bien à ses qualités à lui, Jong-liu. Ou plutôt, non, ce devait être un savoir-faire acquis en observant son maître à penser, « Son Excellence Jong-liu ».

Cet homme, Yuan Che-k'ai, qui à trente-neuf ans à peine commandait la nouvelle armée de terre, était un atout rêvé que Jong-liu pouvait manœuvrer à sa guise.

Je n'ai pas dit mon dernier mot, songea Jong-liu en étirant son corps bien entraîné pour prendre une posture de *tai-chi* imitant un héron. Puis il lança un cri étrange, plein de l'inébranlable combativité qui lui avait permis de surmonter d'innombrables luttes politiques.

Bientôt arriva, dans son palanquin abricot porté par huit hommes, le vieil allié de Jong-liu, le chef de palais Li Lien-yin.

Accompagné comme d'habitude par une vingtaine de petits castrats, le voyant cortège s'arrêta sous l'auvent, et la célèbre bête noire de la Cité Interdite, teint sombre et visage chevalin, fit irruption dans le cabinet de travail du ministre.

— Alors, Excellence, toujours en forme ? lança le chef de palais en regardant d'un œil satisfait son comparse éponger sa sueur.

Il a vieilli, songea Jong-liu. Le grand castrat qui autrefois faisait le jour et la nuit au palais de l'Elégance Accumulée avait prématurément reçu son bâton de vieillesse des mains de l'impératrice douairière, ce qui lui donnait droit à un traitement exceptionnel : il était autorisé à s'aider de sa canne pour marcher, et à se déplacer dans son palanquin abricot dans l'enceinte même du palais.

L'heure de la retraite semblait bel et bien avoir sonné pour le vieil eunuque, qui accusait lourdement le poids des ans. Il était un peu plus jeune que Jong-liu, mais sans doute l'absence de virilité accélérait-elle le processus de vieillissement.

— Tchouen-yun n'est pas encore là ?

Li Lien-yin s'assit sur une chaise, cassé en deux comme un vieillard de soixante-dix ans.

Jong-liu connaissait bien le rictus qui tordait les lèvres de l'eunuque chaque fois qu'il prononçait ce charmant prénom d'enfant.

— Tchouen-yun, hein… Tu pourrais te dispenser de l'appeler comme un vulgaire apprenti, après tout, il est maintenant intendant de troisième rang, fit remarquer Jong-liu.

L'eunuque émit un rire nasal.

— Ce gamin insolent ! Il faut le voir minauder : « Maître, épargnez-vous donc cette peine, laissez à votre humble esclave le soin de s'occuper de la Vénérable Aïeule. » Sans blague, je devrais supporter sans rien dire que ce petit drôle prenne ma place ?

— Mais Tchouen-yun se débrouille très bien. Grâce à lui, nous obtenons de précieuses informations sur le mouvement de réforme. C'est un allié puissant.

— Pour toi, peut-être, mais pour moi c'est un ennemi mortel. Même le Vieux Bouddha le couve comme la prunelle de ses yeux. « Mon petit Tchouen-yun » par ci, « mon petit Tchouen-yun » par là !

Il ferait mieux de claquer au plus vite, songea Jong-liu en contemplant l'affreux visage de l'eunuque, déformé par la jalousie. Si le pouvoir sur le gynécée passait des mains de ce vieillard à celles de Tchouen-yun, tout comme le contrôle de l'armée était passé de celles de Li Hong-tchang à celles de Yuan Che-k'ai, les choses deviendraient autrement plus faciles. Les générations pouvaient bien se succéder, les seuls à ne pas vieillir devaient rester l'impératrice douairière et lui-même, Jong-liu.

— Dis-moi, Vénérable Li, il paraît que dans ta province natale de Ta-tcheng, tu possèdes des propriétés assez vastes ?

— En effet, plus de mille *ts'ing*. Je viens d'une famille de riches propriétaires terriens, répondit Li Lien-yin avec un ricanement sinistre, puis son expression se figea. Pourquoi cette question, Jong-liu ? Voudrais-tu par hasard que je me retire dans ma province natale ? N'y compte pas ! Moi vivant, ce Tchouen-yun ne me supplantera pas. Je ne le laisserai pas faire ses quatre volontés au palais !

— Pourtant, n'est-ce pas là le sens du bâton de vieillesse que t'a offert le Vieux Bouddha ? « Tu as bien travaillé, Vénérable Li, maintenant retourne dans ta campagne et laisse à Tchouen-yun le soin des affaires du palais ! » Est-ce que je me trompe ? demanda Jong-liu, qui avait imité la voix de l'impératrice douairière.

Le vieux chef de palais jeta sa canne de chêne blanc à terre d'un geste rageur.

— Ne dis pas de sottises. Il n'y a pas besoin d'un autre Vénérable Li au palais, il suffit de moi. Attends un peu, tu vas voir que j'écraserai le parti de la réforme, et enterrerai ce jeune drôle avec !

— Je ne crois pas que ce soit si simple. Tchouen-yun est intelligent. Il sait bien qu'on tape sur les clous qui dépassent. Pour commencer, personne ne le déteste, lui.

— Moi, je le déteste.

— Si tu tentes quoi que ce soit contre lui, c'est toi qui seras honni de tous.

— Je le suis déjà. Peu m'importe, à condition que seul le Vieux Bouddha ne me haïsse pas. Le monde entier peut bien m'abhorrer, si je suis dans les bonnes grâces du Vieux Bouddha, tout se déroulera selon mes vœux.

— Hum. Quel raisonnement terrible… Mais il me paraît sensé. Cependant, Vénérable Li, les gens devraient se montrer plus francs, tu ne crois pas ? Les intrigants finissent par être pris à leur propre piège. Il faut toujours agir avec droiture et loyauté.

Les deux vieux renards échangèrent en silence un long regard rusé, puis se mirent à rire en se tenant les côtes.

Reprenant enfin leur sérieux, ils rapprochèrent leurs visages par-dessus la table. Le vieil eunuque redressa son bonnet et chuchota :

— En tout cas, nous ne laisserons personne affaiblir le pouvoir du Vieux Bouddha.

— Exactement. Il faut écraser Tsai-t'ien.

— La Vénérable Aïeule est une Kouan-yin, elle est immortelle.

— Tout à fait. Et de ce fait, nous, les deux bodhisattvas qui veillons à ses côtés, sommes également éternels, murmura Jong-liu comme s'il proférait une malédiction, en écrasant du bout de sa botte la canne de chêne offerte par l'impératrice.

— Une fois tous ces gredins hors d'état de nuire, nous écraserons les diables étrangers. L'histoire de ce pays doit être forgée par ses habitants. N'est-ce pas, Vénérable Chef de palais ?

— Certainement, Excellence Jong-liu !

Le valet en faction derrière la porte annonça une visite. Aussitôt, les deux hommes se carrèrent dans leurs fauteuils comme si de rien n'était.

— L'intendant en chef Li, du palais de l'Elégance Accumulée !

— Faites entrer.

Li Lien-yin gardait un silence dépité.

— Ne laisse rien paraître sur ton visage, Vénérable Li, murmura Jong-liu en réprimant le sourire qui lui montait aux lèvres. Montre-toi affable avec ton disciple favori, Petit Li !

Le triste visage d'âne de Li Lien-yin grimaça un sourire, tandis que « Petit Li » faisait son entrée, tel un jeune cheval fringant. Il s'agenouilla, dans sa robe brodée de dragons, pencha sa tête coiffée du bonnet de fonctionnaire de troisième rang, et frappa trois fois le sol du front, comme il se doit.

Jong-liu, l'air hilare, répondit à son salut.

— Ah, Intendant Petit Li ! Tu tombes à point, ton maître est justement là. Assieds-toi donc.

Rampant sur les genoux jusqu'en face de Li Lien-yin qui avait détourné la tête, Tchouen-yun fit à nouveau un salut complet.

— Maître, comment vous portez-vous ? J'ai ouï dire que votre santé laissait à désirer.

Li Lien-yin se portait à merveille, il boudait simplement parce que l'impératrice douairière couvrait Tchouen-yun de faveurs. Il feignait la maladie pour éviter de se rendre au palais.

— Je ne vais pas très bien. Physiquement et moralement. A propos, moi qui pensais que tu veillais sur le palais en mon absence, il paraît que tu travailles plutôt pour le compte de Son Excellence le général Jong-liu ?

Jong-liu décocha un coup de pied sous la table au vieil eunuque. Ce geste n'échappa pas à Tchouen-yun, qui adressa au général un sourire semblant signifier : « Ce n'est pas grave, Excellence, ne vous inquiétez pas. »

— Veuillez me pardonner, Maître, et daignez tolérer cet écart de ma part, cela n'est destiné qu'à protéger la Vénérable Aïeule.

— Pff. Cesse donc de prononcer le nom de la Vénérable Aïeule à chaque phrase. Tu es vraiment répugnant. On croirait à t'entendre que tu es le seul à administrer le gynécée.

Jong-liu intervint alors, en faisant signe à Tchouen-yun de s'asseoir :

— Ne dis pas cela, voyons. Nous sommes tous entièrement dévoués à l'impératrice mère. L'intendant Li enquête sur les agissements de ces sinistres gredins de réformistes. Je ne vois pas là matière à subir les remontrances de son maître.

Tchouen-yun attendit que le domestique qui apportait du thé fût reparti pour exposer en détail ses informations sur la bande qui se réunissait chez Liang Wen-sieou.

Jong-liu resta paralysé de stupeur en entendant prononcer le nom de l'aide de camp de Yuan Che-k'ai, Siu Che-tchang, de la nouvelle armée de terre. Il faudrait qu'il questionne Yuan à ce sujet.

D'après le rapport de Tchouen-yun, la bande des réformistes grossissait de jour en jour. Ces conspirateurs regroupaient leurs forces, ils étaient sûrement sur le point de mettre à exécution leur plan de réforme et de restaurer Kouang-siu à sa place d'empereur.

Tout en se gardant prudemment de révéler son nom, Tchouen-yun affirma qu'un jeune dignitaire mandchou participait ce jour-là à la réunion secrète des réformistes. Jong-liu se perdit en conjonctures : qui pouvait être ce jeune homme à la conduite inadmissible ?

Moins d'une heure plus tard, le vieux chef de palais se retirait. Peu après, Tchouen-yun quittait à son tour le bureau des Affaires Générales.

En partant, il croisa Chouen-kouei sous le porche que tiédissait le doux soleil d'automne. Il le dépassa d'abord sans le regarder, puis le héla à voix basse.

— Messire Chouen-kouei, vous repartez de bien bonne heure…

Chouen-kouei fit aussitôt volte-face ; sous le bonnet à aigrette, son visage restait serein.

— Que faisait l'intendant du palais de l'impératrice douairière dans le bureau du ministre ? rétorqua-t-il.

— J'apportais à Son Excellence Jong-liu un présent de la part du Vieux Bouddha.

Tous deux se défièrent un moment du regard, face à face sous le porche ensoleillé.

L'expression de cet homme est difficile à déchiffrer, songea Tchouen-yun. Il devait avoir un peu plus de trente ans et, puisqu'il avait obtenu le titre de docteur en même temps que Wen-sieou, était certainement d'une intelligence supérieure. Ses traits étaient ceux d'un jeune homme de famille noble, mais il avait ce visage impassible, à l'expression indéchiffrable, caractéristique des Tartares.

Il n'était peut-être pas là par hasard. Tchouen-yun se demanda s'il n'avait pas été nommé au poste de commissaire aux Affaires Générales afin de surveiller les faits et gestes de Jong-liu. Si le ministre des Affaires Militaires Yang Si-tcheng avait combiné cela, cela le concernait peut-être aussi, lui, Tchouen-yun.

Dans ce cas, Tchouen-yun, qui surveillait les conspirateurs, était peut-être, de la même manière, espionné par eux.

Chouen-kouei lança soudain de sa voix d'intellectuel, à l'articulation précise :

— J'ignorais que tu étais né l'année du Chien.

Tchouen-yun était de l'année du Rat. Que voulait donc insinuer Chouen-kouei ?

— Je ne me suis pas renseigné, poursuivit ce dernier, c'est seulement une impression. Ai-je deviné juste ?

— Malheureusement non. Je ne suis pas de l'année du Chien.

— Ah bon ? Il paraît pourtant que tu as un flair peu habituel.

Un demi-sourire crispa le visage aux traits réguliers du jeune noble mandchou.

— Je ne passe pas mon temps à renifler partout, moi. Mais les chiens, comme les rats, n'oublient jamais leur dette de reconnaissance envers leurs maîtres, voilà tout, répondit Tchouen-yun en fixant son interlocuteur droit dans les yeux.

— Je vois. C'est une réponse intelligente. Tu sembles fidèle à ta réputation. Cependant, la Vénérable Aïeule n'est pas le seul maître envers lequel tu aies des obligations…

L'allusion était évidente : il parlait de Liang Wen-sieou. Tchouen-yun se trouva à court de réponse.

— Tu sais de quoi je parle, dirait-on, reprit Chouen-kouei. Tu es un être humain, tu n'as donc aucun sens de l'honneur ?

— Pour le moment, je ne suis pas en position de payer ces deux dettes en même temps. Vous devez le comprendre ?

— Certes. Mais ce que tu as abandonné pour montrer ta reconnaissance à un maître, ce n'est pas seulement tes obligations envers l'autre.

— Qu'est-ce à dire ?

— Tu as aussi renoncé à la piété filiale et au dévouement envers tes aînés. Tu as agi de façon contraire à la Voie.

Cet homme connaissait le passé de Tchouen-yun. Il savait qu'il avait abandonné sa sœur, et aussi que Wen-sieou l'avait élevé comme un père.

C'était sans doute Wen-sieou qui lui avait raconté tout cela. Ou Lingling, peut-être ? A cette pensée, le cœur de Tchouen-yun se serra.

Chouen-kouei s'avança d'un pas, d'un air plein de mépris pour la jeunesse de Tchouen-yun, et murmura :

— Tu ne vas pas encourir les foudres divines parce que tu seras allé les saluer.

— Comment pourrais-je me rendre à la demeure du commissaire Liang ? Cessez de me tourmenter ainsi !

— Qu'as-tu donc l'intention de faire désormais ? Frères et sœurs du même sang vont-ils rester dans des camps opposés ?

— Je ne considère ni le commissaire Liang, ni vous, comme des ennemis.

— Tu es pourtant le chien de chasse à la botte du Vieux Bouddha.

L'irritation monta en Tchouen-yun en s'entendant une fois de plus comparé à un chien. Plusieurs répliques cinglantes lui vinrent à l'esprit mais, étouffant sa rage, il se contenta de répondre en souriant :

— N'est-ce pas plutôt vous-même qui vous considérez comme l'ennemi de la Vénérable Aïeule ?

— Elle est notre ennemie. En ce qui me concerne, du moins, c'est mon ennemie jurée.

— Expliquez-m'en la raison. Le Vieux Bouddha est indispensable à la dynastie actuelle. Pendant plus de trente ans, l'impératrice Tseu-hi a consacré sa vie, son temps, aux affaires du pays. Je ne puis comprendre ceux qui, comme vous, considèrent l'irremplaçable mère de l'empire comme une ennemie mortelle.

Le commissaire Chouen-kouei regarda lentement Tchouen-yun de la tête aux pieds.

— Je ne puis te révéler la raison de mon inimitié. Ni à toi ni à personne…

Le regard de Chouen-kouei s'arrêta sur la pierre qui ornait le bonnet de Tchouen-yun. Les fonctionnaires du gynécée et ceux de la cour extérieure n'étaient pas classés de la même façon ; Tchouen-yun était néanmoins d'un grade supérieur à Chouen-kouei. Tous deux portaient une pierre bleue à leur bonnet, mais le bleu clair et le bleu foncé distinguaient les fonctionnaires de troisième et de quatrième rang.

Tchouen-yun examina à son tour les vêtements de cour de Chouen-kouei. Sur la veste, passée par-dessus la robe brodée de dragons, figurait l'insigne des mandarins civils de quatrième rang : l'oie sauvage, tandis que sur la veste de l'intendant en chef du palais de l'impératrice était brodé un paon.

— … Elle est mon ennemie, murmura Chouen-kouei. L'empereur Chouen-tseu avait décidé que les eunuques ne pourraient s'élever au-delà du quatrième rang, en considération des nombreux abus de pouvoir exercés par de grands castrats dans les dynasties passées. Le Vieux Bouddha a brisé la loi du fondateur. Et toi, si tu essaies de la protéger, c'est uniquement pour défendre ta place.

— C'est faux ! répliqua aussitôt Tchouen-yun. La Vénérable Aïeule et le Père de Dix Mille Ans ne se haïssent pas. Ceux qui les entourent, pensant seulement à leurs propres intérêts, veulent les dresser l'un contre l'autre. Mais moi qui suis au service de la Vénérable Aïeule, je sais qu'ils se chérissent plus encore qu'une mère et son fils. Voilà pourquoi je suis à son service. Pour cela et nulle autre raison.

Chouen-kouei émit un rire glacial.

— Bien sûr, je comprends. Tu veux expier le crime que tu as commis en abandonnant ta propre mère… Arrière, insolent ! Ton audace me sidère : toi, un eunuque, tu prétends saisir les pensées impériales !

Tu te trompes, songea Tchouen-yun. L'empereur a confiance en l'habileté politique de sa tante, et l'impératrice douairière ne reculera devant aucune difficulté pour protéger son jeune neveu. Seuls des mandarins assoiffés de pouvoir veulent substituer à leur entente une querelle partisane.

— Je n'y peux rien si mes paroles semblent irrespectueuses, mais les seuls à connaître les profondes pensées de Sa Majesté l'empereur et de la Vénérable Aïeule sont les eunuques qui les servent.

— Tu n'as pas qualité à parler du pouvoir ni de l'Etat.

Tchouen-yun songea : Cet homme-là n'est pas corrompu. En tout cas, il a certainement une plus grande valeur humaine que le général Jong-liu ou le gouverneur Li, qui ne pensent qu'à leur intérêt personnel et ne s'en cachent même pas.

En montant dans la voiture à mules qui l'attendait sous le porche, Tchouen-yun laissa tomber :

— Je n'ai pas mentionné votre nom…

Tchouen-kouei parut surpris, et demanda après avoir réfléchi un instant :

— Pourquoi cela ?

— Je n'avais aucune arrière-pensée. Simplement, si la Vénérable Aïeule venait à apprendre que même des vassaux attachés à la dynastie mandchoue depuis sa fondation prennent part à cette querelle, elle en serait fort attristée.

La carriole s'engagea sur la route gelée et les mules se mirent à galoper en direction du palais.

4

Lasse de jouer dans la neige avec les enfants de Wen-sieou, Lingling était retournée à la cuisine.

Du cabinet de travail, de l'autre côté du jardin intérieur, lui parvenaient des éclats de voix, échos d'une discussion animée.

Le beau visage de l'épouse de Wen-sieou, qui se dirigeait à son tour vers le bâtiment principal, les enfants à sa suite, apparut dans l'entrebâillement de la porte.

— Lingling, c'est bientôt l'heure du dîner de ces messieurs.

— Bien, Madame, je le prépare tout de suite. Dois-je apporter du vin ?

— Il est peut-être encore un peu tôt ?

— Oui. C'est gênant quand Monsieur se met à chanter alors que le soleil est encore haut.

L'épouse de Wen-sieou posa sa main sur sa bouche pour étouffer un rire.

Wen-sieou avait la mauvaise habitude d'oublier toute discussion sérieuse dès qu'on apportait à boire. Tous les participants aux réunions qui se déroulaient chez lui étaient de jeunes mandarins, si bien que les réunions tournaient vite au banquet joyeux, mais le signal qui transformait ces réunions politiques en fêtes à la bonne franquette entre amis, c'était les chansons de Wen-sieou, qui chantait faux.

— Même s'il t'en réclame à cor et à cri, ne sers pas de vin ! Sinon, cela se terminera comme l'autre jour en réunion d'ivrognes dès l'après-midi, et les participants ne sauront pas ce qu'ils sont venus faire là.

— Bien, Madame. Même si Monsieur se fâche, je refuserai.

Tout en continuant à pouffer de rire, la maîtresse de maison retourna vers le bâtiment principal.

Chacun doit discerner la place qui lui revient, avait enseigné le professeur K'ang à Lingling depuis son jeune âge, et elle s'était longtemps demandé quelle était la place qui lui revenait, à elle.

Elle l'avait compris au moment où la jeune dame de la famille Yang avait épousé Wen-sieou. Le jeune maître était un personnage important, et même si Messire Yang Sitcheng était plus important encore, sa fille était elle aussi une dame de haute condition.

Elle, en comparaison, n'était qu'une orpheline sans soutien, destinée à mourir de faim dans sa masure du Tsing-hai. Le jeune maître l'avait prise en pitié et lui avait sauvé la vie, elle devait donc s'abstenir de toute jalousie à l'égard de son épouse.

Une fois qu'elle eut adopté cette façon de voir les choses, elle cessa de ruminer de tristes pensées. Les plaisanteries du professeur K'ang étaient toujours aussi exécrables mais elle le tenait désormais en haute estime.

La seule chose qui l'attristait encore était l'obligation d'appeler le jeune maître « Monsieur ». C'est ce qu'avait exigé la jeune dame avec sévérité dès son installation dans la maison.

A la réflexion, c'était tout à fait naturel, et Lingling avait honte d'avoir appelé si longtemps Wen-sieou du titre affectueux et campagnard de « Jeune Maître », sans savoir se tenir à sa propre place. Cependant, dès qu'elle se mit à l'appeler « Monsieur », Wen-sieou commença à lui paraître si inaccessible qu'elle en devint fort triste.

Maintenant, le seul qu'on nommait « Jeune Maître » dans cette maison était le fils espiègle de Wen-sieou.

Il s'approchait à pas de loup derrière Lingling, et lui donnait un coup de bâton sur le crâne. Ou bien encore lui renversait un seau d'eau sur la tête.

Lingling avait vite pris l'habitude de le laisser faire et même de lui dire :

— Pardonnez-moi, Jeune Maître.

Cet enfant était vraiment turbulent, mais il avait des côtés gentils qui le faisaient ressembler à son père. Quand il avait fait une bêtise, il venait ensuite lui dire d'un air attendrissant :

— Dis, Lingling, pourquoi ne me grondes-tu pas ? Je t'ai frappée alors que tu n'avais rien fait.

Pourquoi, en effet, ne se fâchait-elle pas ? Lingling se posait elle aussi la question. Etait-ce une façon de rester à sa place, comme le lui avait enseigné le professeur K'ang ? Non, c'était plutôt parce qu'il s'agissait du fils de Wen-sieou qu'elle lui pardonnait tout. L'eût-il frappée à la laisser pour morte qu'elle ne lui en eût pas voulu.

L'épouse de « Monsieur », gaie de nature, était fort bonne, et avait toujours le sourire aux lèvres. Sans doute n'avait-elle jamais pleuré de sa vie.

Lingling l'avait un jour accompagnée à l'opéra voir une pièce de T'an Sin-p'ei. Les scènes dramatiques avaient arraché des torrents de larmes à la jeune fille, mais sa maîtresse avait gardé les yeux secs.

— Lingling, ce n'est que du théâtre, voyons, il n'y a pas de quoi pleurer, lui avait-elle dit gentiment en tamponnant les joues humides de la servante.

L'opéra racontait l'histoire d'un enfant séparé tout petit de ses parents et qui, devenu adulte, les tue sans savoir qu'il s'agit de ses géniteurs.

— Pardonne-moi, Lingling, je ne me rendais pas compte de ce que cela représente pour toi, avait dit Madame sur le chemin du retour, et elle lui avait acheté un joli ornement de coiffure en corail.

Lingling aimait beaucoup sa patronne.

Sentant une présence dans l'entrée, Lingling, occupée à préparer le repas de ces messieurs, s'interrompit. Tan Sseu-tong, son corps maigre adossé à un pilier, jouait avec le chat. Il avait à peu près l'âge de Wen-sieou mais cet homme étrange paraissait ne jamais devoir vieillir.

Ce disciple du professeur K'ang avait, paraît-il, fait des études remarquables, mais cela ne se voyait guère sur sa personne. Il était extrêmement taciturne et les rares mots qu'il prononçait étaient mêlés de dialecte de sa province, ce qui les rendait à moitié incompréhensibles.

Las des interminables discussions de ses camarades, il avait dû sortir jouer avec le chat dans le jardin.

— Monsieur le Ressuscité, ça ne fait rien que vous vous absentiez ainsi ?

Comme tout le monde lui donnait ce surnom, Lingling l'avait elle aussi naturellement adopté. Tan Sseu-tong était la seule personne du groupe qu'elle avait du mal à appeler « Professeur ». On racontait que toute sa famille avait succombé à une épidémie alors qu'il n'était encore qu'un bébé. La mort l'avait lui aussi frôlé de si près qu'on l'avait surnommé « le Ressuscité ». Sa façon embrouillée de s'exprimer venait, disait-on, du fait qu'il avait été élevé à droite et à gauche par des parents lointains et de vagues connaissances.

Lingling ne savait rien de plus au sujet de Tan Sseu-tong. Il est vrai qu'une fois qu'elle eut pris connaissance de la triste origine de son surnom, elle n'eut pas envie d'en demander davantage. Elle se disait que s'il était taciturne, ne souriait jamais, et paraissait perpétuellement plongé dans ses réflexions, cela devait également venir de son enfance malheureuse.

— Le professeur K'ang va encore se fâcher. Je le vois déjà vous dire d'un ton de réprimande : « Ce n'est pas le moment de s'amuser ! »

— Non, ça va, répondit simplement le Ressuscité avant de soulever le chat dans ses bras et de se mettre à jouer avec lui. Sa natte sale lui pendait sur la poitrine, les épaules de sa veste matelassée étaient en lambeaux, le coton sortait par les déchirures.

— Tu as l'air très affairée, avec les préparatifs du repas.

— Oui. C'est qu'il n'y a pas de personnel dans cette maison.

A part Lingling, seul un vieux cocher était employé à la résidence Liang, et la jeune fille devait se charger de tout le travail toute seule.

— Euh, je peux te parler une minute ? parvint à articuler péniblement le Ressuscité, avec son fort accent provincial.

— Qu'y a-t-il ? Vous voilà bien cérémonieux tout à coup !

— J'ai quelque chose à te dire, c'est tout. Tu n'as pas le temps ?

Tan Sseu-tong avait déjà posé cette question à Lingling, à un moment où la jeune fille était si occupée qu'elle avait dû refuser. Cette fois, le repas est prêt, pourquoi ne pas écouter ce qu'il a à me dire ? se dit-elle.

— Entendu, si ça ne prend pas trop longtemps.

— Euh, ici, ça ne convient pas très bien. Ne peux-tu sortir une minute avec moi ?

De quoi pouvait-il s'agir ? J'espère que ce n'est pas une demande trop embarrassante, songea Lingling en sortant de la cuisine.

Après plusieurs jours de temps couvert, le ciel s'était enfin éclairci et des éclats de gel scintillaient dans l'air froid. Le Ressuscité se mit à marcher dans ce paysage lumineux, le chat toujours dans ses bras.

Puisqu'il emmène le chat, il ne compte sans doute pas aller bien loin, la conversation ne prendra pas trop de temps, songea Lingling. Après avoir pataugé dans la neige fondue de la ruelle, ils arrivèrent devant le lac Chichahohai, couvert d'une épaisse couche de glace. Le Ressuscité s'avança jusqu'au bord de l'eau puis s'arrêta enfin.

— De quoi voulez-vous donc me parler ?

Tan Sseu-tong ne répondit pas. Voûtant son dos maigre d'un air frileux, il caressait le chat en silence. Hésitait-il parce qu'il s'agissait d'une chose embarrassante à dire, ou bien parce qu'il n'arrivait pas à s'exprimer correctement ?

Tan Sseu-tong détourna enfin les yeux du chat, et dirigea son regard à l'air perpétuellement ébloui vers le lac enneigé. Il marmonna quelque chose pour lui-même comme s'il s'entraînait.

— Allons, reprenez-vous. Vous êtes un homme, non ? Si je me suis montrée incorrecte à votre égard, dites-le-moi sans hésiter, je m'amenderai.

Les lèvres de Tan Sseu-tong étaient violettes de froid.

— Non, ce n'est pas ça du tout. Tu es très dévouée au contraire.

— De quoi s'agit-il alors ? Avez-vous un travail à me demander ? Du raccommodage ? Quelque vêtement à laver ?

— Pas du tout… Pas du tout !

Lingling soupira. Quel garçon incorrigible, songea-t-elle, celui-là ne trouvera pas femme avant d'avoir trente ans passés !

Tan Sseu-tong était de plus en plus blême. Se souvenant qu'il tombait facilement malade, Lingling le tira par la manche de sa veste en loques.

— Vous allez attraper mal. Allons plutôt parler dans la cuisine. Il n'y a personne de toute façon.

La main glacée de Tan Sseu-tong s'empara soudain du bras de la jeune fille, à qui ce geste arracha un cri de surprise.

— P… pardonnez-moi ! Je vous ai fait peur.

— Mais qu'y a-t-il donc ? Parlez clairement, à la fin !

Le Ressuscité retira sa main et, le chat toujours dans les bras, baissa la tête comme un enfant qui vient de se faire gronder. Dans un souffle précipité, il murmura enfin :

— Lingling, s'il te plaît… Je t'en supplie…

— Oui, oui, je vous raccommoderai cette veste, elle est terriblement décousue.

— Puisque je te dis qu'il ne s'agit pas de ça… Lingling, épouse-moi !

Lingling sursauta, et recula de deux ou trois pas si vivement que l'emmanchure de la veste, sur laquelle elle avait posé la main, se déchira complètement, répandant un nuage de coton dans l'air.

— Ah, excusez-moi ! Je l'ai déchirée !

— Non, cela ne fait rien, cela n'a aucune importance, s'écria le Ressuscité, l'air aussi affolé que s'il venait d'ingurgiter une coupe de poison, en arrachant d'un coup la manche d'où s'échappaient des bouts de coton.

— Voyons, ne faites pas ça !

— Lingling ! Tu refuses ? Tu me détestes donc ?

— Il ne s'agit pas d'aimer ou de détester… Oh, que faire, que faire ? Je vais recoudre cette manche tout de suite !

— Cela n'a aucune importance, te dis-je !

— Mais si. On se moquera de vous. Rentrons vite, que je vous recouse cette manche.

— N'essaie pas de tricher.

— Je vais la recoudre bien comme il faut, je suis douée pour la couture, vous savez.

— Cela ne se ferait pas tout de suite. Je ne vais pas tarder à commencer ma carrière de fonctionnaire. Nous pourrions attendre que je gagne de l'argent, que j'aie une maison correcte.

— Mais je dois la recoudre tout de suite, vous ne pouvez pas rester comme ça.

Aussi effarés l'un que l'autre, les deux jeunes gens reprirent le chemin de la résidence. Ils se sentaient oppressés comme par un cauchemar, leurs pieds n'avançaient pas sur la glace. Tan Sseu-tong marchait devant Lingling comme s'il s'enfuyait. Il glissait sur le sol gelé, et tomba plusieurs fois sur le derrière.

— Tu n'as pas besoin de me répondre tout de suite. Réfléchis, parles-en avec Che-leao et son épouse.

C'est seulement une fois de retour à la résidence que Lingling comprit pleinement qu'elle venait de recevoir une demande en mariage. Au trouble succéda la tristesse et elle resta debout devant la porte, tête basse.

— Cela t'est donc désagréable à ce point ?... Tu me détestes ?

— Pas du tout, répondit Lingling en retenant ses larmes. Seulement, je ne sais ni lire ni écrire, et je n'ai pas de famille, jamais je n'ai pensé pouvoir me marier.

— Cela ne fait rien, cela ne fait rien, répéta au moins dix fois Tan Sseu-tong tout en trépignant sur la terre gelée. Cela ne fait rien, moi non plus je n'ai pas de famille, et pas d'argent. Ce n'est pas pour cela que je t'ai choisie. C'est parce que je t'aime. Je t'aime depuis longtemps.

— A m'entendre dire ça si soudainement, je ne sais que répondre. La vie ne m'a jamais rien donné de bon.

— Moi aussi, je n'ai connu que le malheur, c'est justement pour cette raison que pour une fois, j'ai voulu exprimer mon plus cher désir. Tu ne veux donc pas ? Pour toi, ce ne serait pas une bonne chose ?

Le Ressuscité avait levé les yeux : Lingling y vit briller des larmes.

Même au milieu d'une discussion politique, il était homme à se mettre à pleurer d'émotion. Il faisait sans doute tout son possible pour retenir ses larmes en ce moment.

— Laissez-moi réfléchir. Je ne sais plus où j'en suis. Il me faut un peu de temps. Pardonnez-moi...

Le son ténu d'un luth vint à point nommé à la rescousse de Lingling. Le long du mur d'enceinte de la résidence, deux mendiants se réchauffaient près d'un feu.

Le Ressuscité leva les yeux, l'air soulagé lui aussi.

— Tiens ? Que font ces mendiants ici ?

— Il en vient beaucoup ces temps-ci, parce que le maître et son épouse leur font l'aumône.

— Quelle terrible époque ! Pour les mendiants non plus, la vie ne doit pas être facile.

Le Ressuscité avait retrouvé son calme et se dirigeait vers les mendiants.

Le son du luth cessa aussitôt, et les deux infirmes, craignant sans doute d'être chassés, se recroquevillèrent au pied du mur.

— Monseigneur, l'aumône, s'il vous plaît ! supplia l'un en tendant une main grande ouverte.

Tan Sseu-tong les regarda un moment frissonner dans leurs vêtements en loques puis défit les cordons de sa bourse et versa les quelques pièces qu'elle contenait dans les mains tendues.

— Désolé, c'est tout ce que j'ai !

Les mendiants en restèrent bouche bée, oubliant les remerciements.

— Vous avez la jambe paralysée ?

— Oui...

— La guerre... ?

— Non. En fait, nous...

Son compagnon lui donna un petit coup de luth dans le dos pour l'interrompre.

— Je serais heureux d'entendre votre histoire, insista Tan Sseu-tong. Comme vous pouvez le constater, je ne suis qu'un pauvre secrétaire, je ne peux même pas vous accorder de véritable aumône. Tout ce que je peux faire, c'est pleurer avec vous.

Lingling n'en revenait pas. Le Ressuscité n'était pas assez roué pour feindre de se montrer charitable, il devait donc être sincère.

L'infirme baissait la tête, comme accablé par tant de bonté, et confessa dans un murmure leur étrange condition :

— Nous sommes des eunuques.

— Comment, des castrats ?

— Oui, nous avons eu les jambes brisées en punition de fautes commises au cours de notre service au palais.

Le Ressuscité les regarda fixement, puis s'effondra soudain sur les genoux et se mit à sangloter bruyamment.

— Qu'avez-vous, mais qu'avez-vous donc ? s'écria Lingling, stupéfaite de le voir pleurer de la sorte, griffant la neige des ongles, frappant le sol de ses poings.

— C'est atroce, atroce ! Renoncer à sa virilité pour devenir eunuque au palais, et finalement, les jambes brisées, se voir réduit à la mendicité ! Comme je vous plains !

Après avoir longuement sangloté, le Ressuscité releva la tête et se mit cette fois à se marteler la poitrine. Il semblait avoir totalement oublié la proposition de mariage qu'il venait de faire.

— Un véritable enfant ! songea Lingling.

— Eh bien, eh bien !

Le professeur K'ang arrivait en soupirant, attiré par le raffut.

— Encore ? Lingling, tu dois faire attention, sinon cela va devenir gênant.

— Faire attention ? Mais à quoi ?

K'ang Yeou-wei caressait sa fine barbiche d'un air préoccupé.

— Il est un peu bizarre, vois-tu, et il fond en larmes chaque fois que des mendiants lui racontent leur vie.

— Hein ? Quel drôle d'homme…

— Cette sensibilité est aussi une qualité. Mais la modération est quelque chose d'essentiel. Or, le Ressuscité a tendance à se sentir responsable de tous les malheurs du monde.

— C'est quelqu'un de bien.

— Certes, certes. Mais nous avons de grandes choses à accomplir. Nous n'avons pas le temps de prendre des chemins de traverse.

Peut-être le Ressuscité prend-il des chemins de traverse. Mais le professeur K'ang, lui, est trop pressé, songea Lingling.

K'ang appela son disciple d'un ton irrité.

— Hé, le Ressuscité, ressaisis-toi. Tu n'es pas beau à voir, tu sais !

Un chaton abandonné était venu se coller à Tan Sseutong et contemplait fixement son visage en larmes.

— Au contraire, c'est une bien belle chose à voir ! se récria Lingling. Professeur K'ang, vous parlez à tort et à travers, parfois.

Si j'épouse cet homme, nul doute que des épreuves terribles m'attendent, songea Lingling.

5

— Je ne peux plus me mesurer à toi, Wang Yi. Quand tu es arrivé ici, je te battais aussi facilement qu'un enfant, mais je ne peux gagner contre l'âge qui vient.

Li Hong-tchang releva son visage pensif de l'échiquier.

— Vous vous avouez déjà vaincu, Excellence ? Voilà qui est rare chez vous ! Pourtant, la partie n'a pas encore pris de tournure définitive.

Depuis quelque temps, dès qu'il se trouvait en position d'infériorité, le général semblait manquer de la combativité nécessaire pour rétablir la situation à son avantage. C'était sa terrible défaite contre le Japon qui l'avait rendu ainsi.

A l'origine, le général devait une part de ses succès à une opiniâtreté peu commune. Lors des négociations avec les étrangers, il poussait son adversaire dans ses derniers retranchements, et fixait toujours des conditions à la limite de ses possibilités.

Une opinion publique irresponsable reprochait au gouverneur une attitude jugée outrecuidante et l'accusait de vendre le pays. Mais, pour les puissances étrangères qui se pressaient aux portes de la Chine, *the president Li* de Tientsin faisait figure d'un inébranlable rocher défendant les rivages de la Chine.

Par autodérision, le gouverneur Li affirmait n'être qu'un commerçant mais en fait, depuis un quart de siècle, il jouait le rôle d'un général protégeant l'arrière-garde de son armée. Nul doute qu'il n'avait cessé de clamer à l'empire de trouver une solution, pendant qu'il s'évertuait à circonscrire l'avancée des étrangers. Ce n'était pas de gaieté de cœur que le général s'était lancé dans la guerre contre la France qui s'était emparée de l'Annam, ou contre le Japon qui visait la Corée. A Pékin, les mandarins avaient déclaré la guerre sans hésiter, à grand renfort de slogans nationalistes, et le général Li, qui avait tout fait pour éviter un conflit et trouver une issue diplomatique, s'était vu réduit à combattre seul. Il en allait toujours ainsi.

Lorsque sa responsabilité avait été mise en cause dans la défaite contre le Japon, le général Li avait aussitôt renoncé à son poste de ministre des Mers du Nord et de gouverneur du Tcheli, sans un mot pour chercher à se justifier. Il n'avait pas été révoqué, simplement, il s'avouait vaincu.

Pour la première fois depuis cinquante ans, il était revenu à la capitale, menant une vie confortable et retirée dans les faubourgs extérieurs de Pékin.

— A propos, Wang Yi, qu'as-tu l'intention de faire à l'avenir ? S'il y a un poste que tu désires, je te recommanderai.

Wang Yi ne répondit pas.

Il avait été vaincu à la tête de ses troupes lors de la guerre sino-japonaise de l'année du Cheval de Bois. Cette guerre n'étant pas celle de l'empire mandchou contre le Japon mais celle du général Li contre les Japonais, Wang Yi pensait n'avoir aucune raison de se sentir fautif vis-à-vis de l'empire. Il se sentait, cependant, profondément responsable de cet échec envers le général Li.

— Les puissances étrangères sont de plus en plus exigeantes. Mon éloignement de ce pivot essentiel qu'est Tientsin leur servira de prétexte pour faire tout ce qu'elles veulent. Si cela continue ainsi, le pays sera découpé en tranches comme une citrouille, vidé comme une cosse de pois. Un homme de ta valeur ne doit pas rester inactif.

Après la guerre, le gouverneur avait tout réglé avec une rapidité prodigieuse. A peine avait-il appris la défaite de la flotte des mers du Nord, qu'il avait aussitôt signé un traité de paix avec Itô Hirobumi, malgré l'opposition des militaristes de Pékin. Le gouverneur Li s'était battu seul, du début à la fin.

Au Japon, il avait été victime d'un attentat terroriste et grièvement blessé. Encore aujourd'hui, la cicatrice sur sa joue parcheminée le faisait souffrir.

— Cependant, Excellence, au milieu de cette lutte de partis, je ne sais à qui nous devons nous rallier ni de quelle manière.

Le vieux général considéra un moment les traits rudes de Wang Yi, puis sourit.

— Tu dis des choses que tu ne penses pas. « A qui se rallier… », pareille phrase est digne de Yuan Che-k'ai mais ne te ressemble guère.

Le général se leva pour servir lui-même le thé. C'était du thé de Russie, qu'il avait rapporté de Saint-Pétersbourg lorsqu'il avait assisté, en tant qu'émissaire impérial, au couronnement du tsar Nicolas II.

Le Japon avait, quant à lui, envoyé comme représentants officiels pour cette occasion le prince impérial Sadanaru Fushimi-no-miya et le général Yamagata Aritomo. Le seul émissaire de l'empire mandchou, qui pouvait faire équilibre face au Japon, était le gouverneur Li.

Le vieux général avait obéi en silence à l'ordre de l'impératrice douairière qui lui intimait de se rendre en Russie pour représenter la dignité de l'empire Ts'ing, alors qu'il était déjà chargé de l'ensemble des relations diplomatiques et des affaires militaires. Il y mit une seule condition : comme il avait atteint un âge si avancé qu'il pouvait succomber à tout moment en terre étrangère, il demanda à emporter avec lui un cercueil.

C'est ainsi qu'à Saint-Pétersbourg et à Moscou, et dans toutes les capitales d'Europe qu'il visita sur le chemin du retour, on put voir circuler, à la suite de sa calèche, un cercueil en bois blanc porté par six gardes du corps.

Ce genre de résistance passive ressemblait bien au général Li. Lorsque les journaux étrangers rapportèrent ce fait, photos à l'appui, les mandarins de Pékin en restèrent ébahis.

Quand le cortège officiel, toujours accompagné du cercueil, débarqua à Taku, le port de Tientsin, le vieux général déclara, se tournant vers les correspondants étrangers qui se pressaient autour de lui :

— Heureusement, mon cercueil n'a eu aucun rôle à jouer.

Les mandarins venus à sa rencontre ne comprirent pas l'allusion, mais les étrangers présents applaudirent à tout rompre. Le général se tourna alors vers l'envoyé spécial du *New York Times,* qu'il connaissait de vue, et lui dit dans un anglais parfait :

— *Hello,* Tom ! Ayez l'amabilité de mettre cet article en première page et de préciser que c'est l'unique retour triomphal de toute la vie du *president* Li.

Quelques jours plus tard, en première page du *New York Times* s'étalait le portrait du général Li, avec son air grave de confucianiste incapable du moindre mot d'esprit.

— Fume donc un peu, dit le vieux général en tendant un cigare à Wang Yi et en soufflant la fumée du sien, son regard appréciateur fixé sur le bout allumé. Le visage du général, désormais délivré du travail de bête de somme qu'il devait accomplir à Tientsin, était apaisé.

— Il sent bon, non ? C'est un présent du prince Itô.

— Itô Hirobumi ?

— Oui. Nous nous comprenons comme des frères. C'est un grand personnage, tu sais. Il a de l'étoffe. Il sait très bien que la guerre est un moyen diplomatique comme un autre.

Wang Yi ne voyait pas très bien où le général voulait en venir, mais sans aucun doute, en vantant ainsi les mérites du premier ministre du pays ennemi, il critiquait implicitement le manque de capacités des ministres de l'empire mandchou.

— Après les troubles de la restauration, le Japon a réussi à conserver deux hommes de premier ordre : Itô et Yamagata. Une révolution fait toujours beaucoup de victimes. Tout le problème est de savoir combien d'hommes valables peuvent rester en vie. Wang Yi, quoi que tu fasses, tu dois survivre à cette période difficile.

— Dans ce cas, il faut maintenir aussi une autre personne en vie, c'est Yuan Che-k'ai, répondit Wang Yi, plaisantant à demi.

Le vieux général s'adossa à sa chaise et souffla la fumée de son cigare en regardant le plafond d'un air plein d'ennui.

— Yuan … Ah, celui-là ne vaut rien. A première vue, il a la prestance d'un héros et d'un grand homme, mais ce n'est qu'un vernis trompeur.

— Un vernis trompeur ? Comme vous y allez !

— Je suis sûr que tu le pressens plus ou moins, toi aussi. Il a, à n'en pas douter, un charme propre à captiver les esprits. On le traite en héros aujourd'hui, mais un héros ne transforme pas un pays. Cette époque-là est révolue.

— Pourtant, Excellence, vous lui avez cédé le commandement de l'armée.

Le général ferma les yeux et soupira.

— Il n'y avait personne d'autre. Ni Tong Fou-siang, ni Nie Che-tcheng n'avaient les capacités requises. Je ne pouvais tout de même pas confier le poste à Jong-liu ! Quant à toi, un général vaincu, c'eût été une grave erreur de calcul.

— Je suis inexcusable.

C'était la première fois que le vieux général reprochait à Wang Yi sa défaite. Mais davantage qu'une critique, il semblait s'agir d'un regret plaintif.

— Si tu avais pris la tête de l'armée, l'empire serait en paix aujourd'hui. J'ai commis erreur sur erreur. Jamais je n'aurais pensé que Yuan battrait en retraite avec ses troupes en te laissant avec tes renforts en première ligne. Peut-être avait-il deviné jusqu'à mes intentions les plus secrètes, il aura voulu t'évincer.

— Cependant, j'ai été vaincu. Je me suis montré impuissant à résister aux troupes japonaises, qui nous ont repoussés jusqu'aux baraquements des officiers. J'ai encore d'innombrables éclats d'obus fichés dans le corps.

Les morceaux d'acier dans ses cuisses, ses hanches, son dos, le lancinèrent soudain tous ensemble. Wang Yi secoua la tête comme pour chasser les désagréables souvenirs du champ de bataille.

— Je suis bien loin d'avoir les capacités de Yuan. Il s'entend à mener les soldats en campagne. Moi, au contraire, je n'ai pas même réussi à rassembler mon état-major. Et j'ai obtenu les résultats que vous connaissez.

Le général Li se redressa sur sa chaise et déclara comme pour consoler son dauphin :

— Cet échec n'est pas dû à ton manque de capacités. Ce qui fait la force de Yuan, c'est justement son absence de qualités. Cet homme ne sait pas apaiser les conflits. Il mène toujours ses troupes avec une folle audace.

— Je lui envie sa force.

— Penses-tu vraiment que battre en retraite en abandonnant son compagnon d'armes sur le champ de bataille soit la véritable force ?

Wang Yi garda le silence. En tant que général vaincu, il n'avait pas qualité à répondre. Mais, au fond de lui, il méprisait Yuan Che-k'ai et le maudissait.

— C'est justement parce que je n'ai pas grande estime pour les capacités de Yuan, poursuivit Li, que je lui ai cédé le commandement de l'armée du Nord. Il n'a pas assez de talent pour gouverner la province. J'ai jugé plus prudent de lui confier l'armée.

Wang Yi, la gorge sèche, porta sa tasse de thé russe à ses lèvres. Puis il fit remarquer, les yeux baissés sur l'échiquier aux pions en désordre, n'ayant pas le courage de lever le regard vers le général Li :

— Yuan a tout de même maintenant en main les troupes d'élite de la nouvelle armée de terre. Votre décision, Excellence, a tout d'un pari...

— Exactement. C'est un pari, mais en soixante-dix ans de vie, mon intuition ne m'a jamais trompé, répondit le général en déplaçant soudain, avec un petit son joyeux, une des pierres sur l'échiquier. Yuan Che-k'ai ne peut rien faire, il est bloqué. J'ai déplacé les pions dans cette intention. Je ne m'avoue pas encore vaincu, loin de là.

Au bout d'un moment, Li et Wang Yi sortirent dans le parc de la résidence provisoire du général, où il faisait beau pour la première fois depuis longtemps.

Au bout du jardin encadré de pelouses, un chemin couvert de glace s'étendait vers la porte arrière. Les bourgeons des pruniers qui le bordaient étaient encore durs.

Le général étira avec bonheur son grand corps maigre qui évoquait la silhouette d'un héron. Il se tourna vers les gardes immobiles dans l'ombre de la porte arrière, et leur adressa un bref salut militaire.

— A propos, Wang Yi, as-tu lu le courrier qui m'était adressé ?

— J'ai tout lu, conformément à vos ordres.

Le général croisa les bras et se mit à arpenter la pelouse jaunie par l'hiver.

— Alors, dis-moi, quelles lettres ont attiré ton attention ?

Chaque jour, plusieurs lettres, envoyées de tout le pays, parvenaient à la résidence de Li Hong-tchang. La plupart étaient des pétitions émanant de lettrés, de fonctionnaires de province, et de membres de mouvements.

— Dans le courrier récent, j'en ai retenu deux.

— Oh ? De qui ?

— L'une venait de K'ang Yeou-wei qui, à la capitale, réclame à grand bruit la réforme. L'autre, d'un médecin du nom de Sun Yat-sen.

— Hum. En effet. Les autres ne valent même pas qu'on se mouche avec. Il faut donc que je lise ces deux-là. Livre-moi tes impressions.

Wang Yi réfléchit pendant une bonne moitié de la flânerie du général. K'ang Yeou-wei était le théoricien politique du mouvement réformiste. Ce néo-confucianiste, qui allait avoir quarante ans et venait de réussir tardivement son doctorat, s'inspirait des commentaires de Gongyang pour définir une société idéale selon le modèle confucéen.

Sun Yat-sen était son cadet de neuf ans. Il se trouvait encore à Tientsin lorsqu'il avait envoyé sa pétition au général Li, mais nul ne savait où il était actuellement. On disait qu'il recrutait des partisans à Canton, et aussi qu'il exerçait la médecine occidentale à Hong-kong. Des rumeurs le disaient au Japon, selon d'autres il étudiait en Amérique. Le fait qu'on ne puisse retrouver sa trace était certainement la preuve de son activisme intense.

— Ils se ressemblent… finit par dire franchement Wang Yi à l'issue de ses réflexions.

— C'est exact. K'ang est partisan de l'empereur et soutient les Mandchous, Sun est anti-mandchou et prône la renaissance de la Chine des Ming. Leurs buts semblent diamétralement opposés et pourtant ils se ressemblent…

— C'est une question d'impression. L'un et l'autre manquent de sens des réalités, c'est un de leurs points communs. Il veulent abolir les différences entre classes dominantes riches et paysans pauvres, égaliser les droits sur la terre, et mettre même les enfants en commun en détruisant le système familial. Cela ressemble à la pensée radicale russe. En examinant à fond l'aspect pratique des commentaires de Gongyang, on ne peut sans doute qu'imaginer ce genre de société extrémiste, mais cela me paraît contradictoire avec l'idée de soutenir l'empereur. Ils essaient d'interpréter les enseignements de Confucius comme cela les arrange.

— En effet. En tant que philosophie, c'est intéressant mais bourré de contradictions. On ne peut éviter de penser qu'il s'agit seulement d'une théorie abstraite. Le point de vue est juste mais, hélas, irréalisable.

— Quant à Sun Yat-sen, c'est un obsessionnel de la logique américaine. Je comprends que l'on puisse prendre pour modèle idéal une nation fédérale comme les Etats-Unis d'Amérique mais en quoi faut-il pour cela abattre les Mandchous et restaurer la puissance des Ming ? Je ne suis pas convaincu.

— Tu as raison. C'est vraiment dommage, car en réunissant les philosophies de K'ang et de Sun, chacun suppléerait aux contradictions de l'autre, et l'on pourrait établir le modèle d'un nouvel Etat. Ces deux personnages ne sont pas en contact ?

— En fait, si, Excellence, justement…

Wang Yi exposa au général les dernières informations qu'il tenait de l'un de ses espions.

— … Chacun est au courant des théories de l'autre. Ils se sont rendu compte qu'ils avaient des points communs et Sun yat-sen aurait récemment proposé une rencontre à K'ang Yeou-wei. Seulement K'ang, plus âgé et très orgueilleux de caractère, a refusé cette entrevue et fait répondre à Sun que, s'il souhaitait devenir un de ses disciples, il fallait déposer une demande officielle, en lui faisant part de ses antécédents.

— Ah, quel dommage ! fit le vieux général en s'arrêtant, une main sur son front rasé. Vraiment, quel dommage ! K'ang Yeou-wei est donc à ce point imbu de lui-même ?

— Les néoconfucianistes ont toujours été ainsi.

— Sun yat-sen a beau être rationaliste, il n'ira jamais frapper à la porte de K'ang pour devenir un de ses disciples !

— Effectivement. Les choses en sont donc là, à cause de la réponse discourtoise de cet obstiné de K'ang.

— Quelle ironie, alors que chacun reconnaît la validité de la pensée de l'autre... K'ang est certes trop fier mais Sun ne s'est pas montré assez convaincant.

Wang Yi donna un coup de pied dans la glace du bout de sa botte.

— K'ang Yeou-wei se vante de pouvoir réussir en quatre ans ce que le Japon a mis quarante ans à achever.

— Quel imbécile ! Si le Japon a mis quarante ans, c'est un siècle entier qu'il faudra à la Chine ! Notre pays est immense, ses habitants nombreux... Cependant, c'est inquiétant qu'il proclame des choses pareilles, poursuivit Li en fronçant les sourcils. Quel est son grade de fonctionnaire ?

— Il a passé son doctorat très tard, et n'est que simple secrétaire au ministère des Travaux Publics.

— Je vois. Il n'a donc pas encore eu d'audience avec Sa Majesté l'empereur ?

Wang Yi comprit à quoi pensait le général. L'empereur était jeune et intelligent. S'il entendait le charismatique K'ang Yeou-wei lui exposer en personne sa pensée optimiste et radicale, il la prendrait peut-être pour argent comptant et tenterait de réussir la restauration en quatre ans à peine.

— Si la situation se durcit, ce sera l'explosion !

Le général parcourut du regard l'étroit jardin de sa résidence et resta plongé un moment dans ses réflexions. Puis il se tourna vers Wang Yi, comme brusquement réveillé, et ordonna en faisant voltiger les manches de sa robe :

— Wang Yi, rends-toi à Tientsin et renseigne-toi sur les agissements de Yuan Che-k'ai. Si K'ang accélère les choses, il voudra peut-être s'emparer de la clé en possession de Yuan.

Wang Yi fit claquer ses talons, salua son supérieur militairement, à la mode occidentale, puis partit en courant, une main sur la poignée de son sabre.

Après le départ de Wang Yi, le vieux général s'assit dans un fauteuil de rotin au bout du jardin et réfléchit longuement.

Un pâle soleil printanier réchauffait le toit de l'élégante bâtisse occidentale, la neige fondue tombait goutte à goutte de l'auvent de bronze. Ce bruit rendait nerveux le vieux général.

Comme il avait été négligent de considérer K'ang Yeou-wei comme un simple philosophe sans poste officiel ! Maintenant qu'il avait obtenu le titre de docteur, il n'était plus seulement l'inspirateur du mouvement réformiste. Il pouvait écrire à l'empereur. Il pouvait même lui demander audience.

Et puis, l'empereur Kouang-siu et K'ang Yeou-wei avaient trop d'affinités. Si l'empereur décidait de mener à bien rapidement la réforme et la restauration idéales décrites par K'ang, il fallait s'attendre à de grands désordres à la capitale. Et s'il se produisait des heurts entre les conservateurs s'accrochant à leur poste, et les nouveaux venus qui espéraient en obtenir un en l'espace d'une nuit, la clé de la situation serait entre les mains du commandant en chef de l'armée.

Mais non, Yuan n'a pas cette capacité, songea le général.

Que pouvait-il faire, lui, vieux et fatigué comme il l'était maintenant ? Il décida cependant de se rendre au palais en attendant que Wang Yi lui rapporte des informations.

Il s'était promis de ne plus remettre les pieds de sa vie à la Cité Interdite mais il lui fallait redresser au plus vite cette situation instable. Alors, une fois l'impératrice douairière retirée en son palais d'été de Yi-he-yuan, l'empereur pourrait enfin commencer un véritable règne paisible et harmonieux, sous la protection du prince Kong et de lui-même.

Les hurlements irrités d'un garde lui parvinrent soudain de l'autre bout du jardin.

Sans doute quelque jeune activiste de Pékin venu solliciter un entretien, songea le général. Et si je demandais leur avis à ces jeunes gens, pour me distraire ? Sur cette pensée, il se leva et se dirigea vers l'entrée. Un garde accourait vers lui, le long du sentier fleuri qui se poursuivait jusqu'à la porte arrière de la résidence.

— Quelqu'un a des propositions à me faire ? s'enquit le général.

Après plusieurs saluts empressés, le garde répondit :

— Non, Excellence, il s'agit d'une mendiante assise près de la porte, qui refuse de bouger.

— Donnez-lui quelque chose à manger et chassez-la.

— Elle ne veut pas d'aumône. Elle prétend qu'elle doit vous voir.

Le général aperçut au loin le visage de la mendiante qui avait hissé la tête au-dessus du mur d'enceinte : il n'en crut pas ses yeux.

— … Laissez-la entrer.

— Hein ? C'est de la folie !

— C'est une vieille connaissance. Laissez-la entrer.

Le garde repartit en courant vers la porte, par le sentier couvert d'un dais de branches de pruniers.

Bientôt une vieille femme complètement décrépite, pareille à l'esprit d'un vieux prunier, fit son apparition sur ce chemin, soutenue par les gardes.

— Ah, je crois rêver ! s'exclama le général en lui tendant une chaise.

La vieille s'y laissa tomber sans un mot de remerciement. Le menton sur sa canne, elle tourna son visage parcheminé de rides vers le sentier.

— Tu ne rêves pas, Général. Certaines personnes ont des vies étonnamment longues. Les arbres continuent à fleurir et à porter des fruits. Ils ont même un riche parfum.

La vieille femme entrouvrit ses lèvres fardées de rouge épais comme un caillot de sang, et émit un ricanement qui fit fuir les gardes, effrayés. Le général tira la deuxième chaise de rotin aux côtés de la vieille femme et s'y assit.

— Quel âge as-tu donc maintenant, Pai Taitai ?

— Eh bien… J'ai compté jusqu'à quatre-vingt-dix ans mais ensuite, je ne sais pas, je n'ai pas assez de doigts. Tu es toujours aussi grossier, Général, pour demander d'emblée son âge à une femme.

Pai Taitai s'étira d'un air voluptueux, dans le rayon de soleil.

— Tientsin a changé depuis ton départ, tu sais. Les temps étaient devenus trop durs pour les mendiants, c'est pour ça que je suis venue à la capitale.

— Tu étais donc à Tientsin ? Pourquoi ne m'as-tu pas rendu visite ?

— Tu avais l'air si occupé, dit Pai Taitai en rentrant la tête dans les épaules comme une petite fille prise en faute. Tu es un homme plein de soucis. J'ai entendu dire que finalement, tu avais renoncé à ton poste pour te retirer à la capitale. J'ai fait le voyage en « voiture de feu », un bien étrange véhicule. On dit que cent chevaux sont attachés à une boîte d'acier pour la faire avancer. Mais alors, pourquoi cette fumée qui s'élève de la machine ? Le bruit qu'elle fait ne ressemble pas à des hennissements de chevaux. J'avais tellement peur que j'ai récité des sûtras tout le long du voyage, de Tientsin à la gare de Ma-tcha-pao. Ah, je suis épuisée !

La vieille femme prit la tasse de thé que lui tendait une servante à la mine effarée, et se mit à en siroter le contenu d'un air satisfait.

— En tout cas, je te remercie de me rendre visite. Holà ! Préparez un repas, et un bain…

— Non, non, ne te dérange pas pour moi, dit la vieille femme en levant son bras pareil à une branche sèche pour attraper la manche du général Li. Je ne vais pas m'attarder. J'avais seulement quelque chose de très important à te dire. Quand ce sera fini, je m'en irai.

Le général enleva son manteau doublé de renard et le posa sur les épaules de Pai Taitai.

— Général, cet homme appelé Yuan Che-k'ai…

Stupéfait de l'entendre prononcer le nom qui était au cœur de ses préoccupations, le général Li laissa tomber sa tasse.

— C'est ton subordonné, n'est-ce pas ?

— Oui. Qu'a-t-il fait ?

— Rien encore. Mais cela ne saurait tarder.

Le général resta muet de surprise.

— Puis-je te demander quel genre de relation tu as avec ce Yuan, Général ?

— Eh bien... Une fois sa licence obtenue, il a abandonné ses études. A l'époque, ses oncles paternels faisaient partie de mon état-major, ils m'ont demandé de le prendre à mon service.

— Tu n'as donc aucune obligation envers lui ?

— Ma foi non. Il a servi de longues années sous mes ordres, mais…

— Tue-le !

— Que dis-tu ? Tuer Yuan ?

Pai Taitai tourna vers le général ses orbites creuses qui donnaient à son visage l'aspect d'une tête de mort.

— Ecoute. Cet homme, Yuan, est né sous l'étoile du désastre et de la guerre. Un astre rare, sous lequel, par le passé, sont également nés l'usurpateur Wang Mang sous les Han, le rebelle An Lou-shan sous les Tang, et plus près de nous, Li Tseu-tcheng à la fin des Ming. Ceux qui naissent sous cette étoile causent immanquablement la ruine du pays, l'anéantissement des princes, la destruction des champs et des rizières et la mort de milliers de gens. Il est encore temps d'agir, Général : tue Yuan Che-k'ai.

— Tuer Yuan...

Le général, saisi d'un violent vertige, s'adossa à sa chaise.

— De quoi parles-tu donc ? Comment ruinerait-il l'empire, comment tuerait-il l'empereur ?

— Je l'ignore. Tout ce que je sais, c'est que l'astre de la destruction évolue au-dessus de sa tête. Une fois qu'il s'abandonnera au pouvoir de son astre, personne ne pourra plus l'arrêter.

Le général secoua la tête, nia la prédiction de la vieille chamane.

— Yuan n'a pas l'envergure nécessaire. Même si le pire arrivait, cet homme n'est pas capable d'anéantir l'empire.

— Ça... je ne sais pas. C'est pourtant ce qui arrivera, à moins d'une erreur dans sa date ou son lieu de naissance. Je ne me trompe jamais.

Pai Taitai ferma les yeux et murmura :

— Il est né en l'an 9 de l'ère Sien-feng (1859) à Siantchang, dans le Honan, c'est bien cela ?

— Sans aucun doute, c'est exact.

— Où est-il en ce moment ?

— A Siaokien dans les faubourgs de Pékin, où il entraîne de nouvelles troupes.

— En ce cas, agis maintenant. Envoie quelqu'un l'assassiner.

— Facile à dire ! Il est à la tête des sept mille soldats de l'armée de terre nouvellement créée. Pareille affaire ne peut s'organiser dans l'urgence. Pour commencer, je n'ai pas autour de moi d'hommes de main assez audacieux pour s'en charger.

Pai Taitai leva les yeux au ciel et poussa un profond soupir de découragement.

— C'est le destin ! Yuan est déjà sur le point d'accomplir le sien, son étoile le guide. Même en sachant ce qu'il va accomplir, il est donc impossible de l'arrêter ?

Le général Li avait repris son sang-froid. Il serra l'épaule de Pai Taitai.

— Ecoute. Cet homme, c'est moi qui l'ai éduqué. Il obéira à tout ordre venant de moi.

— Général, tu es certainement un homme d'élite, mais je ne puis croire que tu aies tant d'influence maintenant. Qui écouterait un homme qui, après avoir dirigé l'armée du pays, a pris sa retraite et ne fait plus que des sermons de vieux radoteur ?

Elle a peut-être raison, songea le général. Depuis qu'il s'était retiré de son poste, Yuan ne lui avait pas rendu visite ni écrit la moindre lettre. Il savait que c'était un homme avide de gains, et qui ne s'embarrassait ni de sentiments, ni de gratitude.

— Y a-t-il quelqu'un d'autre que toi capable d'admonester Yuan en cas de nécessité ?

Le général réfléchit un moment, puis :

— Il y a bien une personne : le prince Kong. Il a regagné la faveur de l'impératrice douairière, et a été réhabilité. Fort bien. Je vais le voir de ce pas. Accompagne-moi à sa résidence, tu auras toi aussi des choses à lui dire.

— Impossible. Le prince Kong ne peut rien faire.

— Pourquoi cela ? Depuis que je me suis retiré, Son Altesse Kong est le personnage le plus influent qui soit. Même les querelles entre les partis de l'empereur et de l'impératrice douairière se sont atténuées grâce à son intercession.

— Je sais. Le prince Kong est certainement un ferment de paix, mais…

Pai Taitai redressa lentement son corps voûté recroquevillé sur la chaise puis repartit, appuyée sur sa canne. Elle s'arrêta sur le sentier, leva la tête pour contempler le dais formé par les branches des vieux pruniers aux bourgeons encore durs, et murmura avec tristesse :

— Le prince Kong va mourir.

— Que dis-tu ?

— Le destin le veut ainsi. Bientôt, il succombera à une apoplexie. Il semble que Yuan Che-k'ai soit déjà sous la protection de l'étoile du désastre. Il n'y a plus rien à faire…

Les épaules toujours couvertes du manteau du général, Pai Taitai continua à avancer vers la porte. Le soleil s'était voilé, le vert de la pelouse avait perdu son éclat.

Li Hong-tchang se précipita au salon, s'approcha de la table, saisit son pinceau et se mit à écrire avec fièvre. Puis il apposa son sceau sur la feuille, la mit dans une enveloppe de papier huilé. Il n'avait pas eu un moment d'hésitation.

— Holà, quelqu'un ! Envoyez un messager à la gare de Ma-tcha-pao, au galop. Qu'il remette ceci à Wang Yi.

Un officier d'ordonnance accourut. Le général lui tendit la lettre ainsi que son revolver préféré.

Après le départ du messager, Li s'effondra soudain, pris d'un accès de fièvre qui l'obligea à s'aliter. Les domestiques et les servantes, saisis de crainte, furent témoins des mots sinistres que laissa échapper le vieux général frissonnant, en proie au délire :

— Wang Yi ! Tue-le, tue Yuan Che-k'ai !

6

A la concession française de Tientsin, se trouvait un bar fréquenté uniquement par les étrangers, qu'on appelait « Chez Tseu-hi ». La rumeur donnait la patronne pour la veuve d'un grand commerçant lié à la coterie militaire de Tientsin. Son établissement portait, inscrit en lettres d'or sur son enseigne, un nom assez courant, qu'aucun des clients n'utilisait, lui préférant la dénomination « Chez Tseu-hi ». Il suffisait d'un coup d'œil sur la maîtresse des lieux pour comprendre l'origine de ce surnom.

C'était une maîtresse femme. Au moindre de ses mouvements, les colliers et bracelets dont elle était couverte produisaient un tintamarre évoquant l'orchestre de l'opéra de Pékin. Elle affichait avec impertinence sa vénalité, et tout en elle, son attitude comme son apparence, faisait irrésistiblement penser à l'impératrice Tseu-hi.

Les croissants que préparait le cuisinier français, accompagnés de jambon assaisonné à la sauce de soja et de deux œufs au plat, constituaient un petit déjeuner cosmopolite et reconstituant que tous les journalistes étrangers résidant à Tientsin avaient pris l'habitude de venir consommer chez elle.

L'établissement affichait complet dès l'ouverture. Installés autour de l'accueillante table ronde, les journalistes lisaient les quotidiens du monde entier tout en avalant plusieurs tasses de café amer à la française. Aucun d'eux n'ignorait que les télégrammes qu'ils envoyaient se muaient, une fois l'océan franchi, en articles extravagants dans leurs pays respectifs. Exactement comme un bœuf accommodé, à son corps défendant, à la mode du pays où on le consomme, et transformé en steak, en bortsch ou en hamburger en fonction des goûts locaux.

Voilà pourquoi, chez Tseu-hi, on entendait résonner dès potron-minet des éclats de rire désinvoltes.

Au centre d'un plafond ajouré fait d'un solide assemblage de bois de Mandchourie, tournait lentement hiver comme été, sans que personne s'en souciât, un ventilateur de fabrication allemande, objet de la fierté de la maîtresse des lieux. La cheminée de brique à côté du comptoir était un peu trop exiguë pour chauffer l'ensemble de la vaste salle, c'est pourquoi le ventilateur de laiton restait en marche en hiver afin de diffuser la chaleur.

Oka Keinosuke, correspondant des *Nouvelles des Dix Mille Matins*, hebdomadaire qui se vantait des plus forts tirages de tout le Japon, venait de faire irruption chez Tseu-hi et secouait son écharpe bordée de gel en faisant le tour de la salle du regard. Du premier étage, une passerelle suspendue formant saillie au-dessus du rez-de-chaussée, Thomas Burton agita la main.

Cet envoyé spécial du *New York Times*, le plus ancien de tous les journalistes résidents de Pékin, vivait depuis maintenant une vingtaine d'années dans cette cité d'Extrême-Orient, et continuait à envoyer à Manhattan des articles aussi exagérés et divertissants que les *Voyages* de Gulliver.

S'il était peu scrupuleux en tant que journaliste, il disposait toujours en revanche d'informations plus sûres et plus abondantes que n'importe qui d'autre à Pékin.

Si Oka Keinosuke s'était lié d'amitié avec Thomas Burton, surnommé « Tom le Menteur » et haï comme le loup blanc dans les milieux journalistiques, c'était par admiration profonde envers ses capacités à réunir des informations, et en faisant abstraction de l'opportunisme des articles qu'il télégraphiait à New York.

— Bonjour, Kei ! Viens vite te réchauffer, avant que ton cerveau se transforme en glaçon ! lança Burton en adressant à son ami un sourire graisseux, sous sa moustache maculée de jaune d'œuf.

— *Bonjour*[1], Tom ! Ne parle pas si fort, s'il te plaît. Je suis gelé, je vais me casser en deux ! répondit Oka dans la langue de la concession, qu'il parlait couramment.

Il grimpa sur la passerelle et, dès qu'il eut passé la tête en haut de la rampe, sentit l'air chaud du ventilateur réchauffer toutes ses cellules.

Au rez-de-chaussée, autour de la table ronde, des journalistes de nationalités diverses échangeaient nombre d'informations en français, langue de communication commode qui résonnait bruyamment dans l'immense salle.

— Un vrai poulailler ! C'est une preuve d'intelligence de ta part de ne pas te mêler à eux, affirma Burton en se penchant vers le rez-de-chaussée pour lâcher un énorme rot, qui eut pour effet immédiat d'imposer silence à plusieurs de ses confrères. Comme si de rien n'était, il essuya son front dégarni avec sa serviette.

— C'est encore plus animé que d'habitude, dirait-on. Il s'est passé quelque chose de particulier ?

Oka se penchait sur la balustrade, inclinant une paire de lorgnons qui lui avait coûté son salaire. Dans le brouhaha en contrebas revenait fréquemment un nom : « le général Yuan ».

— Yuan Che-k'ai ? Que lui est-il arrivé ?

Burton entoura de ses deux mains son cou rond et gras, et tourna vers le rez-de-chaussée son visage repu.

— Il a été victime d'un attentat.

— Comment ? Il est mort ?

1. En français dans le texte. *(N.d.T.)*

— Non, tout juste égratigné. Ses gardes sont intervenus à temps. Ils sont tous là, en bas, à jouer les Sherlock Holmes pour découvrir le commanditaire du crime. Il y a de quoi rire, vraiment ! Le *London Times* prétend comme d'habitude que c'est une machination ourdie par l'impératrice douairière. Quant à la Russie, comme elle soutient Tseu-hi, elle affirme naturellement que c'est l'empereur qui a ordonné l'assassinat. A Berlin, où on prétend toujours en savoir plus qu'ailleurs, ils ont inventé une prétendue dissension entre le prince Kong et Yuan Che-k'ai, mais aucune de ces histoires n'a le moindre fondement. Ils cherchent tous de quoi étayer une théorie qui plaise à leur gouvernement pour pouvoir envoyer des télégrammes en ce sens.

Le jeune journaliste asiatique se dépêcha de tirer son carnet de sa poche. Lorsque la pointe de son crayon se cassa, Burton lui tendit aussitôt en souriant son vieux Waterman.

— Tu m'offres quelque chose, Kei ?

— Bien sûr. Du vin pour digérer ton déjeuner, ça te va ?

Burton esquissa un rictus de ses lèvres épaisses, comme pour dire « je t'ai bien eu », et appela aussitôt le serveur pour commander une bouteille du meilleur Auslese. Il reprit brusquement un air sérieux :

— Ecoute, Kei, je t'aime bien et j'aime bien le Japon. J'ai la plus haute opinion des *Dix Mille Matins*, journal antigouvernemental. Si je te confie cette information, ce n'est pas pour une bouteille de vin, comprends-tu ?

— Je sais, Tom. J'ai du respect pour toi.

— Bon. Alors, prends note. Je vais te livrer une vérité que je n'ai pas télégraphiée dans mon pays.

Il s'empara avec brusquerie du verre d'Auslese que le garçon venait de poser devant lui, et le vida bruyamment.

— Yuan Che-k'ai a reçu un coup de revolver à la caserne de Siaokien. L'arme était un vieux colt du genre que possèdent les cow-boys. L'agresseur a tiré à bout portant et il l'a cependant manqué, ce qui prouve bien qu'il n'était pas habitué à utiliser ces armes de la grande époque. Il y avait une table entre eux et dès que la balle est partie, elle s'est effondrée, de même que sa chaise.

— Une table entre eux ?

— Oui. Yuan Che-k'ai est un homme prudent, or il a reçu le visiteur dans son bureau et s'est assis en face de lui, ce qui prouve qu'il le connaissait bien et qu'il ne s'agit pas d'un simple homme de main.

— Un conflit interne, alors ?

— Non. J'ai rencontré Yuan plusieurs fois, et il ne fait jamais asseoir un subalterne en face de lui. Même moi, j'ai dû l'interviewer debout... Hé, prends des notes, je te dis. Ce n'est pas toi qui dois décider du contenu de l'enquête. La vérité se dissimule souvent dans de petits détails insignifiants en apparence.

Oka se mit à noter l'une après l'autre les phrases que Burton prononçait en français.

— Alors, le criminel ?

Burton avança la tête au-dessus de la table, et après avoir jeté un coup d'œil aux alentours, murmura, en anglais cette fois.

— Wang Yi. J'en suis sûr.

— Wang Yi ? Vraiment ?

— J'en suis sûr, je te dis. Le général Wang Yi, le bras droit du gouverneur Li, avec Yuan.

— Sur quoi est basée cette affirmation ?

— J'ai vu l'arme. Un officier de police militaire de mes amis l'a photographiée pour moi. Personne ne s'en est rendu compte, mais ce colt est un objet qui a été offert par un consul américain à Li Hong-tchang il y a près de vingt ans. Il porte un dragon gravé sur la crosse, et comme à l'époque le dragon était un symbole réservé à l'empereur, Li avait hésité à accepter ce présent, mais le consul l'avait finalement persuadé d'accepter en affirmant que ce symbole impérial lui convenait à merveille, puisque son rôle était de protéger l'empereur. J'ai assisté à la réception au gouvernement général où cela se passait. L'officier de la police militaire ne m'a pas révélé le nom de l'assassin mais je ne vois pas qui, à part Wang Yi, aurait pu à la fois avoir en main le revolver du général Li et être autorisé à s'asseoir en face de Yuan.

— Tu t'es renseigné sur les dessous de l'affaire ?

— Oui, j'ai envoyé des gens à la résidence de Li pour l'interroger. Et Wang Yi ne se trouve nulle part à Pékin.

— Ça ne prouve pas qu'il soit l'assassin.

— Un journaliste du *Washington Post* l'a aperçu à la gare de Tientsin. Seul, et en civil. Je n'ai jamais vu Wang Yi autrement qu'en tenue militaire.

— Dans ce cas, tout le monde doit le soupçonner ?

— C'est là qu'ils manquent totalement de jugement. Comme Yuan est le successeur de Li, personne n'imagine qu'il ait voulu le faire assassiner.

— C'est bien mon avis aussi. Quel serait le mobile, selon toi ?

— Il y en a des tas. En premier lieu, Wang Yi est sûrement jaloux de la carrière de Yuan. On dit qu'ils sont tous les deux les bras droits de Li, mais l'un prend sa suite à la tête de l'armée et l'autre doit se contenter de recevoir un revolver en cadeau, voilà qui énerverait n'importe qui. Dans ce cas, Wang Yi aurait agi seul. L'autre possibilité, c'est que Li Hong-tchang lui-même ait commandité le crime. Parce que, dès que Yuan a succédé au général Li, il s'est empressé d'oublier qu'il avait servi sous ses ordres pendant des années. Dans ce cas, Li et Wang Yi seraient complices.

— Quelle version tiens-tu pour vraie ? demanda Oka tout en continuant à écrire.

— Je ne sais pas. Je suis en train d'y réfléchir. Si tu lui envoies les deux hypothèses, le brillant rédacteur en chef des *Dix Mille Matins* saura bien en tirer un bon article. Ah, comment s'appelle-t-il déjà, ce traducteur de français ?

— Kuroiwa Ruikô. Il ne parle même pas un japonais correct, mais en revanche il maîtrise parfaitement la langue de Molière !

Burton se gargarisa bruyamment avec une gorgée de vin allemand puis l'avala d'un coup en éclatant de rire.

— Tout de même, toi, tu as un très bon accent. D'habitude les journalistes résidents de Tientsin ne parlent pas une seule langue correctement, mais toi, tu t'exprimes couramment en anglais, français, mandarin, sans oublier le japonais, bien sûr !

— Je suis mauvais en japonais. Je viens du Tôhoku, la campagne du Nord, et je n'arrive pas à me débarrasser de mon accent. A propos, qu'est-il arrivé à Wang Yi ? Il a été exécuté ?

— Non, il a été passé à tabac à la prison militaire de Siaokien. Tout de même, Yuan Che-k'ai a eu une sacrée veine !

Là semblaient s'arrêter les certitudes de Thomas Burton. Oka referma son carnet.

— Merci, Tom, je te revaudrai ça. A propos, puis-je passer un télégramme de chez toi ?

— D'accord, c'est un service gouvernemental qui ne coûte pas bien cher.

Tous deux enfilèrent leurs pardessus, mirent leurs bonnets fourrés et se levèrent. *Le Quotidien de Tôkyô* et *L'Information* utilisaient le dispositif télégraphique du consulat mais le journal d'Oka, qui publiait des articles antigouvernementaux, empruntait ceux des sociétés de commerce ou des journaux étrangers. Il y avait bien une compagnie télégraphique indépendante, mais depuis la guerre sino-japonaise, dès qu'on l'utilisait, les messages étaient captés par les services de renseignements de la concession japonaise. Il n'était donc pas question d'utiliser ce moyen pour envoyer une information aussi importante.

S'il envoyait un télégramme du bureau du *New York Times* dans la matinée, l'article paraîtrait le lendemain au Japon, peut-être même l'information ferait-elle l'objet d'une édition spéciale.

Oka paya sa note en francs et s'apprêtait à régler de même ses frais d'interview à Burton, quand celui-ci lui fit remarquer :

— Je préférerais la monnaie de ton pays : depuis la guerre sino-japonaise, sa valeur a grimpé en flèche. Quand on paie une prostituée en yens, on a une meilleure qualité de service !

La bise gémissait à travers les rues du quartier étranger. Le long des deux rives du canal qui serpentait à travers Tientsin, se succédaient en rangs serrés les bâtiments des légations des puissances étrangères : la France, l'Angleterre, l'Amérique, l'Allemagne, le Japon, la Russie, la Belgique, l'Italie, l'Autriche. Depuis l'ouverture du port de Tientsin en 1860 par le traité de Pékin, les concessions étrangères, zone étrangère au sein même du pays, prenaient de l'extension d'année en année.

Bien qu'il sonnât fort bien, ce terme de « concession » – *settlement* en anglais – désignait en réalité de petites colonies, destinées à maintenir une tête de pont pour une éventuelle invasion. La concession étrangère de Tientsin tenait ainsi Pékin à la gorge. Dans chaque communauté circulaient en outre les rumeurs et les intrigues les plus variées.

En marchant un moment le long d'une rue pavée, on arrivait au bureau du *New York Times*, face au canal. S'il n'y avait pas de frontière entre l'énorme concession anglaise et la concession américaine, c'était plus à cause de la langue commune que de la cordialité des relations entre les deux pays.

Thomas Burton adressa un sourire au fleuriste du coin de la rue puis au marchand de fruits et légumes devant son étal, et échangea avec eux quelques remarques familières. Le parler populaire de Pékin n'avait aucun secret pour lui.

Son caractère affable et son contact facile étaient, à n'en pas douter, la clé du talent extraordinaire qu'il montrait à réunir les informations. Cependant, pour une raison demeurée inconnue à ce jour, ses articles dans le *New York Times* consistaient toujours en élucubrations dans le style des *Voyages* de Gulliver, qui faisaient se tordre de rire les autres journalistes étrangers. Burton passait son temps à rédiger des textes rocambolesques, racontant par exemple que le chef de palais Li Lien-yin était en réalité un homme entier et non un eunuque, qu'il était l'amant de l'impératrice Tseu-hi, que l'empereur T'ong-che était le fruit de leurs amours, et que Tseu-hi avait fait empoisonner les uns après les autres tous les personnages au courant de ce secret – l'empereur Sien-feng, l'impératrice d'Orient Tseu-ngan, et enfin T'ong-che lui-même – pour les empêcher de parler.

C'était tout à fait amusant à lire, et on le savait si bien à Manhattan que les récits de Burton paraissaient en feuilleton, accompagnés d'illustrations bouffonnes, à côté de romans à l'eau de rose totalement dépourvus d'intérêt. Les articles de Burton étaient donc fort prisés, mais davantage en tant que lecture divertissante assurant l'augmentation des ventes du journal que pour leurs qualités d'information.

Frissonnant dans l'air glacial qui s'insinuait jusque dans ses chaussures, Oka Keinosuke demanda :

— A propos, Tom, pourquoi ne te sers-tu pas directement toi-même d'informations sérieuses comme celle-là ?

— Parce que ça m'ennuie.

— Ça t'ennuie ?

— Oui. Ecrire sur la politique intérieure de ce pays est une entreprise sans fin. Ici la politique est dangereuse, sournoise, insondable. Si j'écrivais les choses telles qu'elles sont, cela n'intéresserait aucun lecteur, mis à part tous ces politicards qui se prennent pour des réincarnations de Lincoln. Eux liraient mes articles avec grand intérêt, mais ça n'apporterait rien de bon. Le peuple des Etats-Unis d'Amérique n'a pas besoin de savoir ce qui se passe réellement ici.

— Et pourquoi me cèdes-tu ces informations, à moi et moi seul ?

— Parce que tu es asiatique, répondit Burton en tapant sur l'épaule d'Oka. La culture de ton pays ne manque pas d'éléments d'origine chinoise. Autrement dit, tu peux comprendre ce qui se passe ici, et le juger correctement. Vous et les Chinois avez une écriture commune, il n'y a pas de risque de quiproquo à cause de la langue. Et surtout, vous partagez la même morale : le confucianisme. Vous devez donc comprendre exactement, vous, Japonais, ce qu'est la Chine. Certes, il y a chez vous bien des imbéciles qui veulent la guerre mais, pour l'avenir de vos deux pays, mieux vaut apprendre à bien vous connaître.

Burton n'avait pas remis les pieds aux Etats-Unis depuis qu'il avait été nommé en Chine. En revanche, il allait souvent au Japon. A chaque fois, il avait une entrevue avec Kuroiwa, le rédacteur en chef des *Dix Mille Matins*, et – Oka le savait – recevait en secret une rétribution conséquente pour ses informations. Il avait beau sauver les apparences, il n'était en fait ni plus ni moins que le véritable envoyé spécial des *Dix Mille Matins*.

— … Encore une chose : je déteste Lincoln, et tous ces types qui se vantent d'être les apôtres de Dieu et se parent des noms de Liberté et de Paix comme des indulgences. Les journalistes de Manhattan viennent tous de la Côte est et sont allés à l'université. Moi, parmi eux, j'étais le vilain petit canard.

— Mais c'est la même chose aux *Dix Mille Matins.* On aura beau chercher des types de la campagne comme moi, qui ont dû faire le garçon de courses pour se payer leurs études, on n'en trouvera pas. Il n'y a là que des fils de bonne famille.

— Ah bon ? Alors, Uchimura, Kôtoku, Sakai aussi ?

— Je ne sais pas trop.

— Pourtant ils ne ressemblent pas à ces types de Manhattan. Ils ont des opinions à eux. Je suis sûr qu'un jour ce sont des hommes comme eux qui feront bouger le Japon.

Oka passa mentalement en revue ces journalistes célèbres des *Dix Mille Matins,* puis sourit avec amertume. Uchimura Kanzô, Kôtoku Shûsui, Sakai Toshihiko… Ils avaient certes l'étoffe de polémistes, mais de là à dire qu'ils allaient faire changer le Japon...

— Ce n'est pas notre journal qui fera changer le Japon. Seul un journal gouvernemental peut occuper le devant de la scène.

— Idiot ! s'exclama Burton en s'arrêtant au bord du canal devant une bâtisse occidentale qui ne payait pas de mine. Tu ne connais donc pas le pouvoir des minorités ! Profite donc d'être ici pour en apprendre quelque chose.

Il passa la tête dans l'entrebâillement de la porte de la société maritime installée au rez-de-chaussée, et lança une plaisanterie d'un ton badin. Les locaux de l'envoyé spécial du *New York Times* occupaient le premier étage. Burton ajouta soudain en grimpant quatre à quatre l'escalier sombre :

— Les hommes qui font changer l'histoire ne peuvent venir de journaux gouvernementaux. Le chien se croit le plus fort mais ne sait qu'aboyer, tandis que le coq au fond du jardin annonce l'heure !

Le bureau de Burton était comme d'habitude en désordre. Sa secrétaire somnolait, enlaçant presque le poêle. Cette jeune femme de nationalité indéterminée, revêche et taciturne, était, dieu sait pourquoi, une polyglotte accomplie. Au début, Oka l'avait prise pour la compagne de Tom, mais à les regarder tous deux, cela paraissait invraisemblable.

— *Get up, Mrs Tchang !* Nous avons un invité.

La femme bâilla à se décrocher la mâchoire puis émit une plainte grossière en anglais avant de se lever pour faire du thé, donnant des coups de pied çà et là dans le bric-à-brac ambiant. Ses traits et la couleur de sa peau évoquaient une femme d'Asie du Sud-Est, mais à en juger par la façon dont elle s'était levée sans s'étonner le moins du monde de la présence d'Oka, et par les gestes d'une simplicité sereine avec lesquels elle préparait le thé, il devait bel et bien s'agir d'une Chinoise.

— Tu veux que je te montre quelque chose d'intéressant, Kei ?

Et il invita le jeune homme à s'approcher d'une table encombrée de piles de documents et de manuscrits. Dès son entrée dans le bureau, il s'était mis à parler anglais, avec son accent du Sud difficile à saisir.

— Je pensais rendre ça public un jour ou l'autre, mais le moment approche, fit-il en désignant un papier de la largeur de deux mains, couvert de petits idéogrammes serrés, collé au mur derrière lui.

— Qu'est-ce que c'est que ça ? Un thème astrologique tibétain ?

— Regarde bien. Tu ne sais pas lire les caractères chinois ?

Burton alluma sa pipe et se mit à contempler le mur comme s'il appréciait une œuvre d'art.

— Ça alors ! Mais c'est…

— Oui, j'ai établi ça à partir de l'ensemble de mes informations, c'est la composition du pouvoir mandchou : un tableau exhaustif du système administratif extraordinairement complexe de cet empire et des relations de tous les personnages entre eux. Bientôt ce travail va prendre tout son sens.

— *Please…* fit Mrs Tchang en apportant le thé.

— Ah, ne t'inquiète pas pour elle, dit Burton en se tournant vers Oka qui se taisait, attendant le départ de la secrétaire. Mrs Tchang est l'unique membre de l'équipe de production. Elle m'a beaucoup aidé à préparer ce tableau.

Mrs Tchang poussa un soupir irrité, posa les deux mains sur ses hanches puis se mit à hurler quelque chose.

— Ça va, ça va, j'ai compris, fit Burton. Va donc t'allonger là-bas et repose-toi un moment… Excuse-la, Kei. Elle s'est levée du pied gauche. Tu comprends, elle a travaillé jusqu'au milieu de la nuit hier pour m'aider à finir ce tableau.

— Qu'a-t-elle dit ? Je n'ai rien compris.

— C'est du cantonais. Mrs Tchang connaît même des langues que tu ne comprends pas, vois-tu. « Il ne faut pas exagérer, je ne suis pas la bonne », voilà ce qu'elle a dit en gros.

Oka leva sa tasse de thé à hauteur de ses yeux et fit une petite courbette à l'adresse de Mrs Tchang qui lui sourit en retour. Son visage renfrogné s'éclaira, soudain rajeuni et devenu étonnamment gracieux.

Elle s'enveloppa d'une couverture et s'allongea sur une chaise-longue en cuir. Un instant plus tard, des ronflements sonores s'élevaient.

— Elle est chinoise, n'est-ce pas ?

— Il n'y a qu'à la regarder pour s'en rendre compte, répondit Burton en détournant son regard de Mrs Tchang d'un air écœuré. Après quoi il enleva sa cravate.

Les caractères inscrits sur la feuille au mur étaient si petits qu'Oka dut ôter ses lunettes pour les déchiffrer. A côté de chaque nom de personnalité mandchoue au pouvoir figurait une description de son aspect physique, de ses particularités, son âge, son lieu d'origine et autres renseignements personnels. Des lignes reliaient les personnages les uns aux autres : leurs relations d'intérêt, les raisons de leur amitié étaient scrupuleusement notées.

— Quel travail ! Mais pourquoi as-tu dit que le moment de rendre ce document public approchait ?

— Parce que l'explosion est proche, répondit Burton d'un air entendu, en s'asseyant sur la table.

— L'explosion ?

— Oui. L'incident d'hier est un signe annonciateur. Pékin est actuellement dans une situation très délicate.

Burton se laissa glisser de la table et se dirigea vers le tableau affiché à côté du télégraphe.

7

Oka avait fini par s'habituer à l'accent sudiste de Thomas Burton.

— Tu comprends, Kei, c'est le départ de Li Hong-tchang de Tientsin qui a mis le feu aux poudres. Si on enlève l'unique soupape de sécurité, c'est-à-dire le *president* Li, ce pays va s'embraser tout naturellement. Mais personne ne s'en rend compte, même pas lui peut-être. Yuan Che-k'ai, son successeur ? Quelle blague ! Comment pourrait-il accomplir le même travail ? La force de Li n'était pas son armée, mais son habileté politique. Yuan aura beau prendre sa suite à la tête de l'armée, il ne pourra jamais remplir le même rôle. Réfléchis un peu, Kei, à toutes les anomalies qui se sont produites depuis que Li a quitté Tientsin.

Il désigna un point sur la carte du bout de sa pipe.

— D'abord un incident antichrétien se produit dans le Chantong, l'an passé, le 1er novembre 1897 exactement. Et dès le 14 novembre, la flotte allemande occupe le golfe de Chiaochou. Habile, n'est-ce pas ? Tout s'est déroulé comme prévu. Les histoires de missionnaires assassinés n'ont jamais été rares dans ce pays. Mais se servir de ça comme prétexte à une occupation militaire sans discussion, c'est un peu trop brutal. En fait, c'est parce que la flotte des mers du Nord avait été anéantie lors de la guerre avec le Japon et que Li Hong-tchang, qu'ils craignaient comme le diable en personne, avait disparu de la scène que les Allemands ont osé faire ça. Tout ce qu'ils attendaient, c'était qu'un missionnaire soit assassiné pour pouvoir intervenir. Les coupables ne sont peut-être même pas des Chinois.

— Ce serait une machination ?

— Exactement. C'est malheureux pour le missionnaire, mais… On en a fait un martyr qui a sacrifié sa vie pour la propagation de la foi. Dans les colonies, on attribue toujours ce rôle aux prêtres. Il est vrai que celui-là est un martyr de toute façon.

Les grandes puissances européennes avaient déjà derrière elles une longue histoire d'enrichissement grâce aux colonies. L'ultime problème qui leur restait à résoudre était sans nul doute celui-ci : comment s'emparer de cet immense empire asiatique demeuré jusque-là hors de leur portée.

— En décembre, poursuivit Burton, la Russie a envoyé d'importantes troupes à Port-Arthur, sous prétexte de se protéger de la menace allemande. Une clause du traité secret conclu entre Li Hong-tchang et la Russie prévoyait l'utilisation de la base maritime du golfe de Chiaochou en cas de nécessité, c'est-à-dire pour empêcher une occupation allemande.

— Un traité secret ? Comment cela ?

— Tu n'es donc pas au courant du traité conclu entre Li et le gouvernement russe ?

Oka n'en avait jamais entendu parler. D'où Tom tirait-il pareilles informations ?

— Mais quand ont-ils pu signer un accord si important sans que personne le sache ?

— Lors du couronnement du tsar Nicolas II, pardi ! Tu te rappelles le cercueil de bois blanc que Li promenait ostensiblement partout avec lui ? Ce n'était ni une boutade ni une allusion à l'intention de Pékin, mais un habile subterfuge, une façon de détourner l'attention. Le *president* Li affichait ainsi ostensiblement son désaccord avec l'impératrice douairière, mais obéissait en fait à un ordre secret venant d'elle : il a noué à ce moment-là une alliance militaire avec les Russes.

— Je vois… gémit Oka.

Le Japon était l'ennemi commun de la Chine et de la Russie. Une alliance militaire était naturellement indispensable mais l'empire mandchou, vaincu, ne pouvait signer ouvertement pareil agrément alors que l'encre du traité de Shimonoseki était à peine sèche. D'habiles négociations pour un traité secret : voilà donc ce que dissimulait le cercueil de bois blanc, uniquement destiné à aveugler les services de renseignements japonais, connus pour leur redoutable efficacité.

— L'ouverture des hostilités entre le Japon et la Russie n'est qu'une question de temps. Une fois la guerre déclenchée, l'utilisation de la flotte basée à Vladivostok prendra une signification décisive. Objectivement, la prise de Port-Arthur peut sembler un acte étrange mais quand on connaît l'existence de ce traité secret, rien ne paraît plus judicieux.

— Finalement, la démission de Li Hong-tchang a brisé tous les équilibres en place.

— Exactement. C'est bien là la grandeur du *president* Li. Pékin a trop méconnu sa puissance. Les types à qui on a confié sa succession sont de vraies girouettes, qui ont finalement laissé s'installer les troupes d'occupation de l'Allemagne et de la Russie sans lever le petit doigt. L'Allemagne a pris le Chantong, la Russie, Port-Arthur et Talien ; à ton avis, que va-t-il se passer ensuite, Kei ?

Oka Keinosuke s'approcha de la carte. Il n'était pas difficile d'imaginer la suite des événements.

— Le Sud, sans doute. D'abord, la France prend à bail le golfe de Canton. Ensuite l'Angleterre demande l'extension de son bail sur le territoire de Hong-kong. Dans un cas comme dans l'autre, ce sont des droits déjà acquis, ce ne sera pas la peine de tuer des missionnaires pour les faire ratifier. Même sur le plan de l'équilibre des intérêts, le gouvernement mandchou n'a aucune raison de refuser.

— Hum. Réponse sensée, dit Burton en hochant la tête. Et ça, ce sera le minimum, mais, selon les cas, il y aura peut-être des exigences plus contraignantes. Par exemple, la France pourrait demander la cession du Yunnan, de Canton, du Kouang-si. L'Angleterre souhaiterait avoir les points stratégiques sur les rives du Yang-tse, et les grandes cités de Shanghai, Sou-tcheou, Nankin. Le Japon presserait la Chine de lui céder Foukien, face à Formose. Si l'on se base sur l'historique de ces régions, ces exigences sont inévitables.

— Oh, oh, mais c'est le dépècement de la Chine que tu m'annonces là !

— N'est-ce pas le but final des puissances étrangères ? Une fois le moment venu…

Le cœur d'Oka s'était mis à battre à grands coups en imaginant l'avenir de cet immense continent grignoté peu à peu. Ainsi le moment était venu. Dans cette atmosphère de crise, Pékin allait exploser.

— C'est là qu'intervient la question de la composition des forces…

Thomas Burton, enfin réchauffé, enleva son pardessus et, traversant la montagne de bric-à-brac entassé dans la pièce, revint se placer devant son bureau. Il reprit, avec le ton distant d'un savant exposant les résultats de ses recherches :

— Bon, *Mister Oka.* Je ne t'apprends rien en te disant que l'empereur a commencé à exercer sa souveraineté en 1887 mais de façon uniquement nominale puisqu'en réalité, le pouvoir effectif est resté comme par le passé entre les mains de l'impératrice douairière Tseu-hi. Si on considère leur âge à tous deux, la transmission des pouvoirs aurait dû se faire tout naturellement, mais les choses sont loin de se passer ainsi. Et sais-tu pourquoi ?

— Tout simplement parce que Tseu-hi s'accroche au pouvoir, non ?

— *No !* fit Burton en claquant de la langue et en agitant l'index. Comment va ta mère, Kei ?

— Ma… ? Elle est morte très jeune.

— La mienne aussi. Mais il doit bien t'arriver de rêver d'elle ?

— Oui, non seulement je rêve d'elle mais je pense souvent à elle dans les moment tristes ou pénibles.

— Et dans les moments heureux aussi, n'est-ce pas ? Quand tu te régales d'un bon plat, ou que tu regardes un beau paysage, tu penses à elle. Une mère, c'est important pour un homme.

— Pourquoi me racontes-tu ça ?

— Eh bien, voilà mon idée sur la question : ceux qui les entourent se livrent à une guerre de pouvoir acharnée, mais pas Tseu-hi et l'empereur. Tseu-hi a perdu son fils T'ong-che très jeune, elle adore son neveu l'empereur Kouang-siu. C'est uniquement pour cela qu'elle tient à le seconder de bout en bout dans sa tâche. En outre, Tseu-hi est une vétérante des luttes de pouvoir, elle a eu le dessus sur tous ses adversaires depuis sa jeunesse. Elle ne peut se retirer et laisser son gentil neveu tout seul en un moment aussi critique pour l'empire. Pour ma part, je n'ai jamais rencontré ni Tseu-hi ni l'empereur, mais si je fais la synthèse de toutes les interviews que j'ai faites de leurs proches vassaux, au cours des vingt dernières années, c'est cette image de relation maternelle qui se dégage.

Il avait parlé avec le plus grand sérieux, mais Oka se mit à applaudir en riant.

— Splendide ! C'est le meilleur article que tu aies jamais écrit dans les colonnes du *New York Times* !

— Ne rie pas, ce n'est pas une plaisanterie, répliqua Burton en donnant à son ami de petites tapes sur la poitrine du bout de sa pipe, ce qui mit le Japonais de mauvaise humeur.

— Attends un peu, Tom, qu'est-ce que ça signifie alors ? Tu n'as fait qu'écrire des plaisanteries de mauvais goût depuis des années ! C'est bien toi qui as prétendu que Tseu-hi était un monstre à l'instar de la célèbre impératrice Wou Tsö-tien sous les Tang.

— Mais c'était bien plus amusant à lire que la vérité. Les lecteurs sont contents, ça fait vendre le *New York Times.* Et chaque fois ça me permet de toucher un petit bonus.

— Comme du siège du journal à Tôkyô, hein ?

Burton, qui avait remis sa pipe dans sa bouche, pâlit un instant.

— Bah… Peu importe tout ça. Je continue : l'empereur Kouang-siu a donc été intronisé à l'âge de trois ans, sous la régence du prince Tch'ouen, et n'a jamais connu l'affection de ses véritables parents. Sa mère, autrement dit la sœur cadette de Tseu-hi, est morte prématurément. Son père, le prince Tch'ouen, s'est toujours comporté comme un de ses vassaux. Alors, naturellement, c'est par l'impératrice douairière, sa tante, la femme qui l'a élevé, qu'il a été choyé. Tu sais que l'impératrice Tseu-hi a beaucoup de charme.

— Du charme ? Ma foi… C'est le mot le plus éloigné d'elle que je connaisse.

— Pas du tout, répliqua Burton, dont le corps replet s'était déplacé vers la fenêtre, d'où il observait le ciel couleur de plomb. Cette femme est étrangement populaire. Demande à n'importe qui dans la rue, tu verras. Il n'y a que les lecteurs du *New York Times* pour penser que cette femme est un démon pareil à Wou Tsö-tien, pas un seul Chinois ne partage cet avis. Son nom, Tseu-hi, signifie « Compassion », elle est « Celle qui a une compassion aussi profonde que le Bouddha », et ce n'est pas elle qui a ordonné qu'on l'appelle ainsi. Pour tous les Chinois, c'est une véritable déesse, une mère bienfaisante, aussi belle qu'intelligente. Elle a beaucoup de charisme. La réputation qu'elle a acquise parmi le peuple est bien plus proche de la vérité que celle que lui font mes articles mensongers. Tseu-hi est certainement une femme merveilleuse, dotée d'un charme puissant en tant qu'être humain.

Oka Keinosuke en restait muet de surprise. Ce même homme avait pourtant répandu dans le monde entier, à travers les colonnes de son journal, l'image d'une virago monstrueuse.

Mrs Tchang se redressa sur son fauteuil d'un air renfrogné, et bâilla à se décrocher la mâchoire avant de lancer dans un français parfait :

— C'est vrai, Kei. Tout le monde en Chine respecte le Vieux Bouddha. Il y a autant de monde dans les rues pour faire des souhaits de longévité à l'occasion de son anniversaire que lors des festivités du Nouvel An. On lance des pétards, on mange des *pao-tseu*, on prie pendant des heures du fond du cœur pour que le Vieux Bouddha vive dix mille ans. Des bébés aux vieillards, tout le monde.

— Mais pourquoi ?

— C'est évident, non ? Les gens l'aiment. C'est un Bouddha vivant. Elle représente le rêve de tous les Chinois : une femme issue d'une famille modeste, qui s'est élevée jusqu'au rang d'impératrice.

Oka se retourna pour regarder Burton d'un air furieux.

— Tu es vraiment le type le plus méprisable que je connaisse !

Burton lui tapa sur l'épaule avec un rire conciliant.

— Et pourquoi ça ?

— Il n'y a sans doute pas que de Manhattan et de Tôkyô que tu reçois des rétributions. Londres, Berlin, Paris, Moscou, je parie que tu t'en mets plein les poches !

— Là, tu es trop sévère. Quelles preuves as-tu de ce que tu avances ?

— Ah, je comprends enfin pourquoi tous les journalistes étrangers te haïssent tant. Tu reçois de l'argent des politiciens pour détourner l'opinion internationale, c'est bien ça ? C'est toi qui as inventé de toutes pièces cette impératrice monstrueuse que connaît l'Occident !

Cet homme est le démon du journalisme, songeait Oka. Les grandes puissances alignaient leurs bateaux de guerre pour démanteler ce pays, mais lui, il le détruisait de l'intérieur, simplement avec son Waterman !

— Attention à ce que tu dis, Kei, fit Burton, dont l'expression s'était durcie. Je me garderais bien de nier ou d'admettre cette accusation. Je connais trop ta fierté chatouilleuse d'envoyé spécial d'un journal antigouvernemental.

Oka repoussa la main que Burton avait posée sur son épaule.

— Bien des choses me paraissaient bizarres depuis longtemps. Ce jeune activiste que tu vois souvent, ce n'est sans doute pas pour l'interviewer, qu'est-ce que tu mijotes avec lui ?

— De qui parles-tu ? Je reçois beaucoup de visiteurs dans ce bureau.

— Ne fais pas l'innocent ! Je parle de celui que tu as hébergé ici plusieurs fois. L'autre jour encore, il ronflait dans ce fauteuil.

— Ah, Sun Yat-sen. Un type formidable. Un médecin, très intelligent.

— Tu lui as donné des lettres de recommandation pour aller faire ses études à Honolulu, n'est-ce pas ? Et ce n'est pas tout. K'ang Yeou-wei vient souvent te rendre visite aussi.

— Lui aussi est fabuleux. Un penseur extraordinaire.

— Que lui as-tu dit ? Que Tseu-hi était un monstre sanguinaire qui détruisait le pays ? La réincarnation de Wou Tsö-tien ?

— Calme-toi, Kei. Voyons, assieds-toi.

Thomas Burton fit pivoter la chaise tournante et obligea Oka à s'asseoir. Le jeune Japonais fuma deux cigarettes coup sur coup pour calmer son agitation.

Burton s'accroupit devant lui et lui fit cette tirade, tout en tirant sur sa pipe, et en levant la tête de temps en temps pour l'observer :

— Tu es jeune, Kei. Et tu es un journaliste de talent. Peut-être que tes confrères plus âgés des *Dix Mille Matins*, pris dans la vague de machiavélisme à laquelle se livre ton pays, ont brisé leurs plumes et ne pourront que devenir socialistes ou se faire moines. Mais pas toi. Tu viens de la campagne, tu en as bavé pour faire tes études, tu es comme moi. Tu as cette âme persévérante qui n'appartient qu'aux minorités, comme moi.

— Allons, allons, n'essaie pas de m'amadouer. Je ne me laisserai pas faire. Quand bien même tu me donnerais dix mille dollars pour acheter mon silence, je ne te pardonnerais pas.

— Voilà exactement ce que je veux dire ! s'exclama Burton en pointant un doigt sur le visage hautain du jeune homme. Tu n'es pas comme les autres. L'expression que tu as en ce moment même, c'est celle du journaliste authentique. Jamais je n'ai confié de scoop à Mr Kuroiwa, tu comprends, Kei. Pour ta carrière à toi, je serais prêt à vendre le monde entier contre un verre d'Auslese.

— Je n'ai pas l'intention de faire carrière. Ma mission est de rendre compte de la vérité, c'est tout.

— Oui, et tu en as une autre aussi : celle de bâtir l'histoire. Pas la changer, la bâtir.

— Que me chantes-tu là ? Ce n'est pas le rôle du journalisme.

— Bien sûr que si ! Informer, c'est à la portée de tout le monde, il suffit de savoir parler français et se servir du télégraphe. Mais construire l'histoire, ça, tout le monde n'en est pas capable.

Il posa une main velue sur les genoux d'Oka et leva vers lui un visage implorant :

— Je voudrais que tu comprennes ceci : je ne suis pas à la solde des grandes puissances, et je ne veux pas que ce pays devienne une colonie. Dans ma jeunesse, j'ai été témoin de la tragédie de la colonisation indienne, j'en ai été dégoûté. La tragique histoire des riches qui tyrannisent les pauvres, d'un peuple qui en domine un autre. Comprends-tu, Kei ? Oui, je suis sûr que tu comprends.

Oka se sentit troublé par la sincérité et la gravité du regard de Burton. Il se retourna et aperçut Mrs Tchang qui le fixait elle aussi, adossée à son fauteuil.

— Ecoute bien, Kei, dit-elle, Tom n'est pas un mauvais homme.

Oka eut soudain le sentiment que sa présence dans ce bureau n'était pas fortuite. Thomas Burton devait attendre depuis longtemps l'occasion de le sermonner ainsi.

— Continue ton histoire, Tom.

Burton se leva et reprit :

— Pour éviter que ce pays devienne une colonie, il faut tout d'abord abattre les vieilles idoles, puis mettre en place un Parlement, rédiger une Constitution basée sur un système monarchique ou républicain, peu importe : ce qu'il faut, c'est construire un Etat moderne et indépendant.

— Tout à fait d'accord avec toi. Tu veux dire que la Chine ne peut devenir un Etat moderne sans se débarrasser de Tseu-hi ?

— As-tu le courage d'écouter la suite ?

— Naturellement. Mais je ne te comprends pas encore très bien. J'écoute cela comme un raisonnement de journaliste, mais…

— C'est très bien ainsi, dit Burton en s'approchant de son tableau des personnages au pouvoir. Où en étais-je ?

— Tu disais que Tseu-hi et l'empereur Kouang-siu avaient des relations de mère à enfant.

— Tout à fait. L'impératrice douairière aime l'empereur d'un amour maternel, et lui la respecte profondément. La famille idéale. Le problème, c'est leur entourage : le parti de l'impératrice, représenté en premier lieu par le premier ministre Jong-liu, et le parti de l'empereur, au centre duquel se trouve Yang Si-tcheng, ministre des Rites. C'est la base de mon diagramme.

— Mais pourquoi Li Hong-tchang et le prince Kong Yi-sin figurent-ils dans un cadre à part ? Le *president* Li est un des chefs du parti de l'impératrice douairière et soutient Jong-liu, tandis que le prince Kong est considéré comme un des principaux acteurs du mouvement contre l'impératrice.

— C'est un jugement erroné. Si je les ai mis dans un cadre différent, c'est parce que ces deux vieux vassaux ont des liens étroits à la fois avec l'impératrice douairière et avec l'empereur, et ce, depuis longtemps. Ils comprennent la réalité de la relation qui lie la tante à son neveu. Par affection pour eux, ils ne prendront parti ni pour l'un ni pour l'autre.

S'ils vont vers l'un, ils craignent de rendre l'autre malheureux.

— Maintenant que Li s'est retiré, on peut supposer que le personnage clé est le prince Kong qui, lui, a été réhabilité.

— Aucun doute là-dessus. Le prince Kong est le frère cadet de l'empereur Sien-feng, il a une riche expérience de la politique, il est respecté à l'étranger. Il est le seul arbitre à même de maîtriser les deux grandes forces en présence : Jong-liu et Yang Si-tcheng. Il est aussi très sensible aux courants de l'étranger.

— Dans ce cas, tout souci est écarté. Cela ne fait-il pas de lui une merveilleuse soupape de sécurité, apte à remplacer Li Hong-tchang ?

— Il y a un « mais », fit Burton en prenant son crâne chauve à deux mains d'un air embarrassé. Le prince Kong n'en a plus pour très longtemps à vivre.

— Que dis-tu ? C'est bien la première fois que j'entends ça ! Ces temps-ci, il déploie pourtant une activité débordante. Sa résidence à Pékin est assiégée en permanence par des journalistes étrangers.

— Je tiens cela d'un médecin allemand qui l'a examiné. Comme il se sentait mal de temps en temps, par crises, le consul d'Allemagne, qui se trouve être un de ses amis, lui a envoyé son médecin. Cela n'a pas été une mince affaire de le convaincre de se laisser examiner, parce qu'il n'a aucune confiance dans la médecine occidentale, mais finalement Li Hong-tchang a insisté également, et il a fini par accepter, à condition qu'un exorciste taoïste assiste à la consultation avec lui. Diagnostic : il souffre d'une grave angine de poitrine. Ses vaisseaux peuvent se boucher et son cœur cesser de battre à tout instant. De plus, il a une forte tension. Mais le prince s'obstine à suivre les conseils d'un stupide médecin du palais qui lui fait boire des tonnes d'infusions et le force à faire trois repas de cuisine bien grasse par jour. C'est à peine croyable. Faire ingurgiter à un malade du cœur, jusqu'à ce qu'il en rote, des fritures de mouton et de porc, bourrées de graisse à t'en donner la nausée dès la première bouchée ! Tout ça parce que le médecin de la cour a diagnostiqué une grippe de printemps !

— Une grippe de printemps ?

— Oui, c'est ainsi qu'il appelle toutes les maladies dont il ignore le nom. Il paraît que le froid accumulé pendant l'hiver provoque des attaques de grippe au printemps. Et qu'il n'y a qu'une façon de se soigner : se remplir la panse de plats caloriques, qui tiennent bien au corps !

— Quelle horreur ! Il va en mourir, c'est certain.

— Le médecin allemand m'a affirmé qu'il serait victime avant la fin de l'hiver d'une apoplexie ou d'un infarctus.

— Quel âge a-t-il ?

— Soixante-six ans. Un chiffre jugé de mauvais augure.

Evoquer le prince Kong dans le rôle d'un arbitre pouvait sembler étrange, mais le prince était certainement le seul ferment capable de maintenir le calme entre les deux camps, dans une situation aussi explosive. Si le prince Kong venait à mourir maintenant, alors que toutes les puissances s'étaient mises à avancer leurs pions en même temps, les bouillants réformistes étaient bien capables de tenter un coup d'Etat.

— Mais Tseu-hi n'a que de vieux vassaux dans son camp, reprit Oka, alors que l'empereur a l'opinion publique pour alliée. Tous les pays étrangers prendraient le parti de l'empereur, à l'exception de la Russie, alliée de l'impératrice. La question serait vite réglée.

— Ces prévisions optimistes n'engagent que toi. Tout le monde s'attend à ça parce que le point de vue général considère Tseu-hi comme un monstre, et l'empereur comme un ange de vertu.

— Grâce à toi, mon cher.

— Peut-être. Mais quoi qu'il en soit, la balance ne penchera pas nettement d'un seul côté.

Il désigna tranquillement sur son tableau le nom de « Yuan Che-k'ai, commandant général de la nouvelle armée de terre », figurant sous celui de Li Hong-tchang.

— Je ne pense pas que le général Yuan soit neutre. Le parti réformiste est un rassemblement de lettrés, et s'ils imposent leurs idées, ils couperont la route aux carrières militaires. Ce serait un coup fatal pour Yuan, qui n'a pas le titre de docteur. Mais ni Li Hong-tchang ni Wang Yi, tous deux brillamment issus de l'académie Hanlin, ne sont à même de comprendre ce que peut ressentir Yuan. Si la réforme est établie par décret impérial, nul doute qu'un général lettré sera placé au-dessus de Yuan. Le contrôle de l'armée par les fonctionnaires civils est une des grandes traditions de ce pays. Et dans ce cas, Yuan n'aura plus qu'à ronger son frein, tous ses espoirs de carrière anéantis.

— Je vois… Il n'a donc aucune raison de laisser le parti réformiste monter sans réagir.

— Exactement. Et inversement, si les réformistes sont écrasés, on s'apercevra aussitôt que Jong-liu est le seul à rester en scène. Et alors, loin d'être laissé pour compte, Yuan sera promis à un brillant avenir, en raison de sa jeunesse. Tout militaire qu'il est, cet homme-là a le sens des affaires. Il voit plus loin que le bout de son nez.

Oka repensa à la tentative d'assassinat perpétrée sur la personne de Yuan Che-k'ai, et son humeur s'assombrit. Yuan avait une réputation de couard, contrairement à ce que suggérait son apparence physique. Lors de la guerre avec le Japon, ses troupes s'en étaient tirées indemnes en évitant le combat. L'incident de la veille avait dû augmenter sa conscience de la crise que vivait l'empire, et l'avait sans aucun doute plongé dans un état de panique. Qui plus est, le coupable n'était autre que son ancien camarade d'état-major.

— Que va-t-il se passer à ton avis ?

— L'incident d'hier est très négatif, il a dû aviver les craintes du général Yuan. Quelque chose me dit que jusqu'ici, il se contentait d'observer la situation mais que maintenant il a dû prendre la décision de faire alliance avec Jong-liu. S'il ne fait rien, il risque trop de se retrouver perdant.

— Mais Jong-liu n'a aucun pouvoir effectif. C'est comme s'il était commandant de la garde d'honneur du palais, sans plus. Le seul à pouvoir donner des ordres aux trois armées des mers du Nord, c'est Wang Wen-shao, le nouveau gouverneur du Hopei.

— Ce vieux débris ? C'est un rempart bien précaire. Enfin, dans ce pays où les fonctionnaires civils ont toujours exercé le contrôle, cela peut s'avérer efficace. L'impératrice douairière est un génie de la manipulation. Wang était peut-être l'homme qu'il lui fallait pour succéder à Li qui, lui, était moins docile et a préféré se retirer de son poste. Si Tseu-hi avait commis l'erreur de nommer Jong-liu pour lui succéder, Pékin serait à feu et à sang, à l'heure qu'il est. Tout le problème est de savoir qui elle installera au poste de premier ministre une fois le prince Kong disparu.

— Yang Si-tcheng va peut-être monter en grade. Lui, il saurait régler rondement les choses.

— Voilà encore des prévisions optimistes. Il paraît que Tseu-hi déteste Yang. Il est tout dévoué à l'empereur K'ang-siu, qui lui-même le considère comme son maître et le respecte profondément. Autrement dit, Yang Si-tcheng est une épine dans l'amour-propre de Tseu-hi, un type détestable qui attise sa jalousie. Non, crois-moi, Yang ne sera jamais chef du gouvernement. Je suis prêt à parier qu'elle nommera plutôt Wang Wen-shao.

— Et qui héritera du poste de gouverneur du Hopei ?

Burton leva les yeux vers le tableau collé au mur, puis se retourna vers Oka en poussant un profond soupir.

— Jong-liu. Qui d'autre ?

A cette idée, Oka se sentit envahi par la chair de poule. Si Jong-liu, ministre des Armées, devenait gouverneur du Hopei, il détiendrait le commandement sur la totalité des armées de l'empire T'sing. Il allait sans dire que la nouvelle armée de terre, dotée de l'équipement le plus moderne, serait aussi sous ses ordres. La clique militaire de Jong-liu et Yuan Che-k'ai deviendrait ainsi invincible.

— Ça sent le roussi, ça, Tom !

— Tu peux le dire. Ce serait le pire scénario. Cela rendrait impossible l'établissement d'une Constitution et d'un Parlement comme je l'imaginais. Cela empêcherait à jamais ce pays d'accomplir une restauration idéale comme celle de l'empereur Meiji au Japon. Ils élimineraient tous les partisans de la restauration. Ensuite, intervention des grandes puissances et occupation militaire… Le grand continent chinois transformé en colonie…

Oka, la gorge sèche, but une gorgée de thé froid. La situation était donc tendue à ce point !

— La réconciliation nationale, c'est le seul moyen. Il faut que les deux clans en présence se réconcilient maintenant, dit-il.

— Je sais bien. Mais que pouvons-nous faire ? L'impératrice est intrigante et rusée. L'empereur est excessif et manque de maturité. Comment ces deux-là pourraient-ils trouver un arrangement ?

L'air perplexe, Thomas Burton tapotait son crâne chauve de l'embout de sa pipe.

— Le détonateur ! Tiens, c'est ce type-là qui gâche tout ! s'exclama-t-il soudain en désignant le nom de K'ang Yeou-wei sur son schéma. J'ai fait une erreur de jugement. A première vue, c'est un savant flegmatique, le modèle du confucianiste stoïque, du moins c'est ce que je croyais. Mais finalement, c'est un agitateur. Il attise le mécontentement des jeunes candidats venus à la capitale passer leurs examens, envoie des pétitions à l'empereur, et il paraît que certaines sont parvenues jusqu'au palais de la Nourriture de l'Esprit. L'empereur est jeune, sympathique, innocent. Il a été totalement séduit par l'idéal utopique de K'ang. Si ce dernier arrive à obtenir une audience avec l'empereur, il y aura tout de suite des décrets de réforme, sans souci des retombées. Si à ce moment-là, Jong-liu et Yuan Che-k'ai ont déjà défini leur ligne de conduite, ce sera le coup d'Etat militaire aussitôt. Garanti.

— Personne ne peut donc contrôler ce K'ang ?

— Il n'a pas de rang, mais un immense charisme. Lui et ses disciples représentent le courant principal des restaurateurs. Par exemple Liang Ch'i-chao, son principal disciple. Il pose au journaliste et a déjà fondé son journal. Extrémiste, bien entendu. A côté, le *Dix Mille Matins* est un journal progouvernemental bien sage. Et Tan Sseu-tong. Lui, c'est un passionné, un véritable héros d'opéra chinois. Non, mieux encore, il est totalement shakespearien. Il est capable de se mettre à sangloter d'émotion au milieu d'une interview. Imagine tous ces disciples entourant l'empereur. La Cité Interdite deviendrait aussitôt une scène de théâtre irréelle.

— N'est-ce pas plutôt Yang Si-tcheng leur meneur ?

— Hum, fit Burton comme s'il s'était préparé à cette question. Yang est un savant. Il est le pilier de la pensée réformiste.

Dans ce pays qui accorde une telle importance à la tradition, autrefois il aurait été un grand lettré ou un grand politicien. Mais plus maintenant. Les temps ont changé, il le sait, et son entourage aussi. Dans une société internationale, le confucianisme traditionnel n'a plus sa place. Yang, sympathisant absolu de la réforme, s'en est fait le défenseur à la cour. Celui dont Yang attend le plus pour maîtriser l'élan effréné de K'ang Yeou-wei, c'est à n'en pas douter…

Il désigna de l'embout de sa pipe un nom inscrit sous celui de Yang Si-tcheng.

— ... Liang Wen-sieou. Celui-là, c'est un type bien. Je l'ai rencontré trois fois. C'est le gendre de Yang Si-tcheng. Un génie qui, à trente-deux ans, est déjà assistant de la Gauche au bureau des Affaires Militaires. Comme tous ceux qui sortent de l'académie Hanlin, il n'est pas trop impétueux. Quand il a le temps, il va en ville, écoute ce qui se dit dans les maisons de thé, les débits de boissons. On sent chez lui la forte volonté de bâtir un Etat démocratique. Il a de l'étoffe. Dans dix ans, si l'empire T'sing est toujours debout, cet homme-là pourrait bâtir un Etat constitutionnel magnifique. C'est un homme de la trempe de Itô ou Yamagata chez vous au Japon.

— Liang Wen-sieou ! s'exclama Mrs Tchang en poussant un cri étrange et en sautant de son fauteuil. Moi aussi je le connais ! Un bel homme, très attirant. Il est plus populaire à Pékin que les célèbres acteurs T'an Sin-p'ei et Yang Yue-leou. On vend son portrait aux étals devant les portes de la ville !

Burton hocha la tête d'un air satisfait.

— *Hao,* Mrs Tchang. Dans un pays aussi peuplé, il est très important de savoir galvaniser les foules, et il faut en tout cas être au moins aussi populaire qu'un acteur d'opéra. Réfléchis, Kei. Si Li Hong-tchang a pu exercer si longtemps un pouvoir arbitraire, c'est principalement en raison de sa popularité. Il n'en reste plus trace aujourd'hui, mais il y a vingt ans, Li avait la prestance d'un acteur. Il était grand, énergique et viril, avec en même temps un masque de douceur. Dans ce pays, c'est l'apparence qui compte.

— Dans ce cas, Yuan Che-k'ai n'arrivera jamais à rien !

Tous trois éclatèrent de rire en même temps à l'évocation de la silhouette courtaude de Yuan et de ses traits puissants.

— Ma foi, si le général Yuan brigue le pouvoir, moi aussi, je pourrais me porter candidat !

Prenant la place de Burton qui s'était laissé choir en riant dans un fauteuil, Oka Keinosuke s'installa devant le plan détaillant les forces en présence, et se mit à l'examiner pardessus ses lunettes.

Pour tous les journalistes étrangers, le principal sujet d'intérêt était la querelle politique entre les deux clans. Parmi les noms des jeunes fonctionnaires activistes, Oka découvrit celui d'un homme dont il n'avait pas jusque-là entendu parler.

— Tom, tu le connais, celui-là ? Docteur en l'an 16 de K'ang-siu... Il est de la même promotion que Liang Wensieou.

Burton fit pivoter sa chaise et répondit :

— Ah, Chouen-kouei. Je ne l'ai jamais rencontré. Il paraît que le prince Kong le couve, mais son poste de commissaire aux Affaires Générales le place dans une position délicate, puisque cela fait de Jong-liu son supérieur direct. Comme on dit que ces derniers temps il assisterait aux réunions des réformistes, je l'ai mis de ce côté-là du tableau, mais en fait, je ne sais pas très bien.

— Et-ce un Mandchou ou un Han ? Pareil nom peut appartenir aux deux. Enfin, d'après la prononciation des caractères, il serait plutôt mandchou, non ?

— Exact. Noblesse de la Troisième Bannière Supérieure. Dans la hiérarchie de la noblesse mandchoue, il est d'un rang plus élevé que Tseu-hi. Mais pour l'instant, je n'ai pas la moindre information sur lui. Ces types issus d'une noblesse remontant au fondateur de la dynastie me donnent du fil à retordre. C'est une société fermée, ils ne parlent pas beaucoup, et on ne sait jamais ce qu'ils pensent. Je me demande parfois si la théorie selon laquelle les Japonais et les Mandchous auraient des origines communes n'a pas un fond de vérité.

— Un Mandchou chez les réformistes ? Voilà qui est rare.

— Certes. Mais ce n'est pas un personnage très important. Les discours de K'ang Yeou-wei ont dû toucher une fibre sensible chez lui, ou alors il est resté proche de Liang depuis l'époque du doctorat, ou encore c'est un espion travaillant pour le prince Kong ou pour Jong-liu.

Oka profita d'un blanc dans la conversation pour regarder sa montre : il était près de midi.

— Tom, tu me prêtes ton bureau un moment ? Je dois envoyer mon texte sur la tentative d'assassinat de Yuan.

Burton enleva une bonne brassée des documents empilés sur le bureau en désordre.

— Tape-le donc en français, dit-il. Si *Mister Kuroiwa* le traduit, ça devrait donner un bon article. J'ignore si c'est un journaliste efficace, mais c'est certainement un traducteur hors pair.

8

A l'arrière du quartier des résidences princières, où s'alignaient les somptueuses demeures et les organes administratifs des princes de sang, se tenait un marché qui s'allongeait tout en longueur, du nord au sud.

Après le grand incendie qui avait dévasté la capitale, des étals s'étaient regroupés çà et là dans les espaces restés vacants, et un énorme marché s'était édifié en un rien de temps. Le désordre et la licence qui y régnaient rendaient insignifiants ceux de Shanghai ou de Kowloon. Dans le flot incessant de gens de toutes nationalités qui y défilaient, on trouvait nombre de scélérats avérés qui s'étaient enfuis au bout du monde pour échapper à la pendaison. La loi et la morale n'avaient ici aucun sens, un seul ordre prévalait : celui du vice.

Quatre portes surmontées de tourelles de contrôle avaient été édifiées aux points cardinaux de ce marché immense et tortueux, mais elles ne servaient guère qu'à prévenir le peuple vertueux de l'emplacement de cette zone d'illégalité et de licence. L'existence même de ces tourelles donnait au marché l'aura d'un repaire de démons hors du monde ordinaire, où les honnêtes gens ne pouvaient s'aventurer.

Non qu'il n'y eût pas de gardes. Mais ceux qui arpentaient les ruelles, sabre au côté, avec des mines de juges des enfers, étaient gras comme des porcs. Les anciens officiers de l'armée chinoise responsables des patrouilles quittaient chaque nuit les portes de la ville pour aller se livrer à des larcins. Quand leurs forfaits étaient découverts, disait la rumeur, ils s'enfuyaient de la capitale pour grossir les rangs des brigands à cheval qui rôdaient à travers le pays.

Aux alentours de la porte du Méridien, au nord, on trouvait des magasins, salons de thé et restaurants luxueux qui faisaient marcher le commerce et où l'on se sentait en sécurité. Mais plus on s'enfonçait vers le fond du marché, plus l'atmosphère se faisait stagnante, comme dans une grotte humide et sombre. Les entrées des estaminets devenaient de plus en plus étroites et louches, l'expression des clients de plus en plus sombre et absente. Plus l'on s'enfonçait dans les ruelles, plus le quartier se transformait, tel un squelette blanchi peu à peu par le vent et la pluie. Il n'était pas facile de retrouver son chemin dans ce dédale. Mais chose étrange, tout comme des ruisseaux fangeux aboutissent dans la même baie, on finissait toujours en suivant ces innombrables ruelles par se retrouver sur la place de la Paix de l'Est, à l'extrémité sud du marché.

Une foule désœuvrée grouillait en permanence sur cette étendue extraordinairement vaste, dallée de pierre, et qui semblait abandonnée des dieux.

On y entendait parler toutes les langues du monde. A peine avait-on aperçu un groupe de saltimbanques russes faisant faire des tours à un ours dressé, qu'on tombait sur un groupe de musulmans face contre terre en train de réciter le Coran, à côté desquels déambulait une bande d'Occidentaux, revolver au poing. Des brigands du Nord-Est arpentaient le pavé, la cartouchière en bandoulière, des prostituées lourdement maquillées accrochées à leurs manches.

Tout cela dégageait l'atmosphère décadente d'un siècle agonisant, à tel point qu'on croyait presque entendre le tic-tac de l'aiguille se rapprochant infailliblement de la fin.

D'étranges effluves flottaient sur la place où régnait un vacarme incessant. Aux nuages de sable que soulevait la foule des badauds se mêlait un léger parfum de pruniers, provenant des bois qui entouraient les résidences princières, dont on voyait au loin trembler les toits, comme un mirage de la Colline des Bodhisattvas. Cependant, il n'y avait pas, dans toute cette multitude humaine, une seule personne capable d'apprécier le charme du printemps.

Vers le crépuscule, au moment où le soleil d'un pâle vermillon perçait enfin le couvercle des nuages, on put voir un homme traverser d'un pas vif l'immense place.

Il était vêtu d'un long manteau noir, le visage enfoui dans une écharpe de fourrure relevée jusqu'au nez, et portait avec désinvolture un petit bonnet sur la tête, tandis que des lunettes aux verres fumés dissimulaient son regard.

Trouvant son chemin sans hésiter à travers les ruelles, il s'arrêta bientôt devant l'entrée d'une impasse sinistre, regarda autour de lui pour vérifier qu'il n'avait pas été suivi, puis s'enfila prestement dans la ruelle.

Tout au bout se dressait une vieille demeure traditionnelle dont l'enseigne annonçait « Fumerie d'opium ». L'homme frappa à la porte rouillée, qui s'ouvrit en grinçant sur ses gonds, livrant passage à d'épaisses volutes de fumée qui envahirent aussitôt la ruelle.

L'homme se courba pour entrer, chercha son chemin à tâtons sur la terre battue, dans l'obscurité. Des rideaux fins pendant du plafond séparaient la pièce en deux, délimitant des rangées de couchettes. Les lampes à alcool posées au chevet des grabats clignotaient dans l'épaisse fumée ambiante.

La plupart des opiomanes allongés sur les couchettes étaient déjà prostrés, immobiles, l'esprit embrumé par la drogue, d'autres aspiraient au fond de leurs poumons, avec des bruits de soufflet, la drogue qui grésillait au bout de leur pipe, afin de sombrer à leur tour dans l'ivresse le plus vite possible. L'homme repoussa la pipe que tendait déjà un vieux tout cassé en deux, le patron de l'établissement, puis il entrouvrit son écharpe pour chuchoter quelque chose.

Il se faufila sous une épaisse tenture, avança dans l'obscurité, enjambant le bric-à-brac entassé là, parvint enfin devant une autre porte, derrière laquelle filtrait une vague lumière.

— C'est moi, je peux entrer ? lança-t-il.

Des bruits furtifs et précipités retentirent derrière la porte, puis un jeune homme torse nu passa un visage dégoulinant de sueur et de graisse dans l'entrebâillement, et laissa aussitôt entrer le visiteur.

— Comment ça va cette fois, Patron ? s'enquit le jeune homme en refermant vivement le loquet.

— Parfait. Beaucoup mieux qu'avec une mèche. Comme ça, au moins, pas de danger que quelqu'un la relance vers moi.

— Mais c'est justement ça qui est dangereux. Il arrive que ça explose dès qu'on appuie sur le détonateur.

— Ça n'a aucune importance. Je n'ai pas l'intention de la lancer.

— Comment ça ?

— J'appuierai sur le détonateur en la gardant dans mes bras.

— Vous êtes sérieux ? Vous serez pulvérisé en même temps, alors.

Le visiteur enleva son écharpe et ses lunettes fumées.

Il y avait un autre homme dans la pièce, torse nu lui aussi, occupé à trier des morceaux de ferraille à la lueur d'un chandelier. Il lui manquait un bras.

— Tu entends ça, Frère Aîné ? Ce client-là n'est pas ordinaire !

Le manchot répondit sans interrompre sa tâche et sans un regard vers son frère :

— Il n'y a pas de quoi s'étonner. Aucun de nos clients n'est ordinaire. Tout de même, si vous voulez vraiment tuer quelqu'un, je vous recommande plutôt la mèche. Les détonateurs, il arrive que ça ne marche pas. Mieux vaut prévoir une mèche plus courte, comme ça, vous êtes sûr de ne pas louper votre coup.

Le manchot releva finalement la tête et se mit à regarder fixement son client.

— A propos, qui voulez-vous assassiner au juste ? Ça ne me plaît pas de ne rien savoir. Selon les cas, il faut que je réfléchisse à la meilleure façon de procéder et puis, ce n'est pas parce qu'on me paie que je suis prêt à cautionner n'importe quoi.

Le visiteur tira en silence de son échancrure une bourse en cuir gonflée d'argent et la posa d'un coup sur la table. Le regard du manchot se fit plus soupçonneux encore.

— C'est une grosse somme... Dites, je me pose la question depuis le début, mais vous ne seriez pas mandchou ?

Le visiteur tourna en souriant son visage au teint pâle vers l'homme, qui avait utilisé pour le mot « mandchou » un terme injurieux qu'affectionnaient les activistes pro-chinois et anti-mandchous.

— Pourquoi ? Vous ne vendez pas de bombes aux Mandchous ?

— Ce n'est pas ça... dit le manchot en faisant prestement disparaître la bourse sous la table. Peu importe après tout, nous, nous sommes des commerçants, c'est tout. Seulement, en égard à nos autres clients, ça ne serait pas bien qu'on fasse affaire avec un Mandchou.

Le client regarda alternativement les deux frères puis répliqua sans une once de crainte :

— Je suis mandchou, pourtant.

Le plus jeune des deux hommes se mit à geindre en secouant les mains :

— Ah, dans quel monde vivons-nous ? Qu'est-ce qu'un Mandchou peut bien vouloir faire d'une bombe ? Hein ? Aller pêcher le poisson dans le fleuve du Dragon Noir ? Faire la guerre avec les Russes ?

— Arrête de plaisanter, dit l'aîné en donnant un coup de poing dans son tas de ferraille. Dites, Patron. Comme vous voyez, nous, nous avons fait la guerre contre les Japonais. Ces nabots de diables orientaux m'ont arraché un bras, et voilà où ça nous a menés : à fabriquer des engins de mort avec les réserves de poudre qu'on a chapardées au front. Ça ne nous dérange pas plus que ça, nous qui sommes revenus de l'enfer, mais enfin, on a quand même une conscience. L'idée qu'on balance une bombe de notre fabrication sur des amis de nos clients habituels nous est assez insupportable.

Le visiteur croisa les bras, réfléchit un moment. Son petit visage rond respirait l'intelligence ; il n'avait pas l'air d'un terroriste.

— Ne vous inquiétez pas, finit-il par dire. La personne que je veux tuer est celle-là même que tous vos clients rêvent de supprimer.

Le jeune artisan éclata de rire.

— Pour ça, nos clients sont tous d'accord ! Ils en veulent tous à la même : l'impératrice Tseu-hi !

— C'est bien d'elle qu'il s'agit, chuchota le visiteur.

Le rire du jeune homme s'éteignit, la main de l'aîné, qui farfouillait dans son tas de ferraille, s'immobilisa soudain.

— C'est une plaisanterie, Patron ?

— Pas du tout, je suis très sérieux.

— La chose est impossible !

— Impossible pour vos clients habituels qui cultivent leurs allures de voyous. Mais pas pour moi.

— Qui êtes-vous donc ?

Le visiteur sortit une carte de sa poche. Les deux artificiers rapprochèrent leurs visages sous le chandelier pour la déchiffrer.

— Je ne sais pas lire, moi. Qu'y a-t-il écrit, Frère Aîné ?

Le manchot se mit à lire d'un ton crispé.

— Chouen-kouei, de la Bannière Blanche mandchoue, commissaire aux Affaires Générales de toutes les provinces.

Les deux hommes levèrent un visage craintif vers Chouen-kouei.

— Un commissaire aux Affaires Générales…

Chouen-kouei reprit sa carte, la rangea dans son manteau.

— Si vous en êtes réduits à fabriquer des bombes en secret au fond d'une fumerie d'opium aussi obscure qu'un caveau, c'est la faute du Vieux Bouddha. N'ai-je pas raison ? Si vous voulez davantage d'argent, dites-le. Moi, je ne vous trahirai pas. Vous aussi, gardez le secret.

— Bien, Patron ! firent les deux hommes en chœur.

— Ecoutez, ajouta le manchot, je ne sais pas comment vous avez l'intention de procéder exactement, mais votre idée de vous tuer en même temps qu'elle m'inquiète. N'y a-t-il pas d'autre moyen ?

— Tiens, vous vous inquiétez pour ma vie ? Je vous en suis bien reconnaissant. Mais ne vous en faites pas pour moi, je connais ma mission. Je ne regrette qu'une chose, c'est de n'avoir pas su prendre cette décision plus tôt.

— Mais, Patron, vous faire sauter avec elle, la bombe dans les bras, ça va faire de vilains dégâts. Nous sommes des artificiers, sans plus, alors, qui assassine qui, ce n'est pas notre affaire, n'est-ce pas, mais vous pourriez tout de même utiliser le poison ou au moins le pistolet.

— La seule chose qui importe c'est le résultat. Je n'ai fait que choisir le moyen le plus efficace.

Intimidé par le regard de son interlocuteur, le jeune artisan recula.

— Je ne veux vous causer aucun ennui. Je vous donnerai tout l'argent que j'ai. Ça vous permettra d'aller où vous voudrez une fois l'affaire terminée.

— Tout l'argent que vous avez ?

Le manchot déglutit.

— Oui, plus d'argent que vous ne pourriez en gagner en faisant ce travail toute votre vie. Vous pourrez rentrer dans votre province natale et acheter une bonne quantité de champs. Ou, si vous restez à Pékin, vous pourrez ouvrir un commerce au grand jour.

— Mais, votre famille…

— Je n'en ai pas, ils sont tous morts. Je n'ai que faire de cet argent.

Chouen-kouei remit ses lunettes, dissimula à nouveau son visage derrière son écharpe de fourrure.

— Fabriquez-m'en une un peu plus grosse. Avec une mèche plus courte. Je reviendrai dans un mois. Vous aurez l'argent à ce moment-là.

Sur ses mots, Chouen-kouei souleva le loquet et sortit. Le jeune homme, courbé en deux pour le saluer, alla jusqu'à la porte et referma le cadenas derrière lui.

— Frère Aîné, c'est trop risqué tout ça, prenons plutôt la fuite.

Le manchot, bouche ouverte, gardait les yeux dans le vague.

— Lui, c'est un vrai, murmura-t-il. Il n'a pas le même regard que tous ces étudiants qui veulent lancer des bombes partout pour se donner des airs. Celui-là, c'est un vrai terroriste !

Le crépuscule tombait sur la place au sud du marché lorsque Chouen-kouei la traversa à nouveau d'un pas rapide, son cache-nez remonté jusqu'en haut. Des tourbillons de sable s'élevaient et, dans le ciel couleur de plomb qui n'avait rien de printanier, le vent sifflait en rafales.

9

Wang Yi se réveilla à la prison militaire de Siaokien.

Il se lava le visage à l'eau croupie, se rinça la bouche. Quel jour, quel mois était-on ? Au début, il avait gravé les dates sur les murs de brique de sa cellule pour ne pas perdre le compte, mais, au fur et à mesure que se poursuivait sa détention dans ce lieu où il n'y avait aucune différence entre le jour et la nuit, l'absurdité de l'entreprise lui était peu à peu apparue.

Il se dressa sur son lit dont les ressorts grincèrent, s'accrocha au grillage métallique de la haute lucarne pour jeter un coup d'œil au-dehors. Des champs de poiriers s'étendaient au-delà des palissades de la prison militaire. Ces vigoureux poiriers étaient sans doute la seule chose cultivable sur ce terrain rocailleux. Le blanc immaculé des fleurs l'aveugla.

Il redescendit sur la terre battue humide où rampaient des cloportes, et se mit à faire sa gymnastique. Il avait trente-deux ans. Pas question de vieillir prématurément.

Il était certes prisonnier, mais en tant que général de l'armée des mers du Nord, bénéficiait de certains égards : on lui apportait ses repas d'une maison particulière du voisinage. Craignant plus que tout de grossir, il mangeait à peine un huitième des plats et s'efforçait de prendre de l'exercice dans la mesure autorisée par l'étroite cellule.

Il serait sans doute condamné à mort dans peu de temps ; mais il ne voulait pas exposer un cadavre hideux aux regards de ses bourreaux. Il se refusait à devenir gras comme un porc, à l'image de son ancien camarade d'armée Yuan Che-k'ai.

Il était enfermé dans ce local disciplinaire depuis sa tentative d'assassinat avortée. A ce moment-là, les bourgeons des poiriers étaient encore durs. Les prisonniers qui occupaient les cellules voisines, fers aux pieds et aux mains, avaient été emmenés la nuit même de son arrivée. Il avait encore dans les oreilles le son des coups de feu qu'il avait entendus claquer dans la nuit noire. Depuis, personne d'autre n'avait été enfermé ici.

Wang Yi était resté muet comme un roc tout au long des interrogatoires musclés que lui avaient fait subir Yuan et ses subalternes. Quand ses tortionnaires s'étaient lassés, il avait ouvert lentement les yeux et avait seulement dit à Yuan :

— Mon unique raison de te tuer était de me venger de la défaite contre les Japonais. Par ta faute, j'ai perdu beaucoup de mes hommes et j'ai moi-même été blessé. Si j'ai persisté à ne rien dire, c'était par égard pour ton honneur.

Yuan Che-k'ai blêmit de rage et d'humiliation et ordonna à ses aides de camp : « Qu'on l'exécute ! » L'interrogatoire prit fin là-dessus.

Dix jours avaient passé depuis ce verdict. Yuan attendait-il quelque chose ? Ses aides de camp hésitaient-ils ? Quoi qu'il en soit, Wang Yi restait en vie.

Yuan, qui avait longtemps partagé avec lui la tente d'état-major du général Li, n'avait aucune raison de croire au motif qu'il avait invoqué. Yuan était même peut-être le seul à avoir deviné la véritable identité du commanditaire du crime. Ce qu'il voulait savoir, c'était pourquoi Li en voulait à sa vie.

Mais Wang Yi l'ignorait. Tout ce qu'il savait, c'est que la lettre reçue de l'émissaire qui l'avait rattrapé en galopant le long du train l'amenant à Tientsin portait bien l'ordre de tuer Yuan Che-k'ai, rédigé de la main de Li Hong-tchang. Le colt favori de l'ancien gouverneur accompagnait le message.

La vue du colt au dragon d'ivoire gravé sur la crosse suffisait à prouver que Li Hong-tchang était bien l'éminence grise de l'affaire. Mais apparemment, tant qu'il ne comprendrait pas pourquoi Li avait voulu le supprimer, Yuan ne se déciderait pas à faire exécuter l'assassin. Sans doute était-ce l'issue inconnue de la situation politique qui le rendait si circonspect. C'était bien dans sa nature.

Mais pourquoi, à l'instant où il avait Yuan en joue, de l'autre côté de la table, n'avait-il pas su viser juste ? Il avait une chance sur mille de le rater. Il s'était soigneusement préparé avant l'entrevue, avait fait des essais de tir. Wang Yi se refusait à croire que le salut de Yuan fût l'œuvre de quelque force occulte.

Un bruit de pas retentit dans l'escalier de pierre qui s'enfonçait vers le cachot, et la porte d'acier au bout du couloir grinça. Il n'y avait pas de gardes dans les locaux disciplinaires, seules des patrouilles passaient parfois au-dessus de la haute fenêtre grillagée de la solide geôle taillée dans la roche. Une fillette de douze ou treize ans, prénommée Shao-mei, apportait ses repas à Wang Yi.

Le prisonnier aurait bien aimé savoir en quoi consistait l'ordinaire des troupes de Yuan Che-k'ai, qui avaient reçu un entraînement à l'occidentale et bénéficiaient d'un équipement moderne unique en Chine, mais Yuan, mû par une sollicitude spéciale, faisait préparer les trois repas quotidiens de Wang Yi par une fillette du village voisin. C'était peut-être à son éducation de fils d'un propriétaire terrien de province qu'il devait ce genre d'étranges scrupules.

La cuisine de Shao-mei était loin d'être luxueuse mais elle mettait tout son cœur à la préparer.

— *Ni-hao, Wang Shen-shan !* Bonjour, Professeur Wang ! lança-t-elle d'une petite voix presque inaudible en glissant à travers le treillis de la porte le panier de saule tressé contenant le repas du prisonnier.

Shao-mei était sourde, si bien que les mots qui passaient ses lèvres ressemblaient à des sons rauques d'animal.

Au début, cela irritait Wang Yi, qui lui parlait rudement sans se rendre compte de son état, et la sommait de mieux articuler. Shao-mei se répandait chaque fois en excuses. Elle finit cependant par lui avouer qu'elle avait perdu l'ouïe à cause de la variole lorsqu'elle était petite. Sa peau, creusée de petites crevasses évoquant des écailles de poisson, en portait encore les marques.

— Mangez bien ! dit-elle comme chaque fois, ignorant pour quelle raison il laissait tant de nourriture.

Il était difficile de le lui expliquer. Wang Yi saisit les baguettes et se tourna vers elle :

— Tu ne veux pas manger un peu d'abord ? Tu sais, si je laisse de tes plats, ce n'est pas parce que je les trouve mauvais mais simplement parce que je ne veux pas grossir.

Il sortit le ventre en avant et fit le geste de se le tâter, mais visiblement la petite n'avait pas compris.

— *Tchin tô chi !* Mangez beaucoup, mangez beaucoup, répétait-elle, les mains jointes comme en prière.

Pendant que Wang Yi mangeait, Shao-mei resta assise, les genoux dans les mains, devant la porte de la cellule. Elle le regardait mâcher, de ses yeux ronds et innocents, comme si surveiller les repas du prisonnier faisait partie de ses attributions.

Wang Yi se demandait pourquoi, quand elle l'invitait à manger davantage ou qu'elle reprenait le panier, elle ne cessait de répéter « merci, merci » d'un air ému. Sans doute recevait-elle une rétribution en échange de la préparation des repas, ou bien les restes de Wang Yi suffisaient-ils à nourrir sa famille ?

— *Shie shie, tai shie shie ni la !*

Un jour, Wang Yi se prit à songer que si, au lieu de viser les examens, il avait été élevé dans la famille pauvre qui était en réalité la sienne, il aurait peut-être des enfants de cet âge aujourd'hui. D'ailleurs, même par la suite, s'il était resté à l'académie Hanlin, au lieu d'aller s'engager dans l'armée du gouverneur Li, il se serait sans doute marié et aurait maintenant des enfants.

Il avait appris par les rumeurs le mariage de Liang Wensieou avec la fille de Yang Si-tcheng. Chouen-kouei avait sans doute lui aussi épousé quelque belle jeune fille noble mandchoue. A cette idée, les dix années qu'il venait de passer dans le fracas des armes et l'odeur de la poudre à canon lui parurent soudain bien dérisoires.

Une fois par semaine environ, Shao-mei venait, accompagnée d'un vieux membre de la police militaire, faire le ménage de la cellule. Elle remettait au prisonnier des vêtements propres qui fleuraient bon le soleil, vidait et nettoyait le pot de chambre.

Wang Yi serrait la petite menotte, honteux de n'avoir rien à donner à Shao-mei pour la remercier. La fillette se raidissait alors, comme si elle se sentait indigne de ce contact.

Un beau jour, il s'était avisé qu'il avait tout de même quelque chose à lui offrir. Lui, à qui on avait tout pris, possédait une richesse dont nul ne pouvait le priver…

Son repas fini, il tendit à Shao-mei une baguette à travers le grillage qui les séparait.

— Tiens, écris, dit-il en détachant bien les syllabes.

Shao-mei hocha vigoureusement la tête et se mit à tracer des idéogrammes maladroits sur la terre humide.

— *Hen hao !* Magnifique ! Tu t'es exercée à la maison ?

Shao-mei regardait attentivement le mouvement des lèvres de Wang Yi. Quand il eut fini de parler, elle hocha fièrement la tête.

— Parfait ! Alors, maintenant, écris tout ce que tu as appris depuis le début.

Avant même qu'il ait fini sa phrase, Shao-mei s'était mise à tracer du bout de sa baguette les vingt-cinq idéogrammes de base que Wang Yi lui avait enseignés, un par un, après les repas. Elle se trompait souvent dans l'ordre des traits, mais Wang Yi se garda de la reprendre. En quelques jours, la petite muette avait mémorisé vingt-cinq caractères. Désignant du bout de sa baguette la dernière ligne qu'elle avait tracée sur le sol, Wang Yi demanda en articulant lentement :

— Tu comprends ce que ça veut dire ? *Il faut affermir la vertu, et apprendre la courtoisie.*

La petite joignit les mains devant sa poitrine pour mimer le mot « vertu », puis mit un genou à terre pour exprimer le sens de « courtoisie ».

Comment une fillette sourde, élevée dans une famille de paysans illettrés, pouvait-elle comprendre la signification du mot « vertu » ?

Shoa-mei effaça en hâte de la paume les caractères qu'elle venait de tracer et désigna la baguette dans les mains de Wang Yi en émettant un son rauque et animal. Elle était impatiente d'apprendre la suite.

— Maintenant, ça va devenir un peu plus difficile. Regarde.

Il traça un nouveau caractère, lui fit répéter la prononciation, ce qu'elle fit assez fidèlement.

Les vingt-cinq caractères de base étaient ceux avec lesquels les enfants commençaient à apprendre à écrire, les premiers rudiments de la multitude d'idéogrammes qu'il fallait connaître aux examens. Le livre de classe qu'on donnait ensuite aux élèves contenait mille caractères en deux cent cinquante vers de quatre caractères chacun, qu'il leur fallait apprendre par cœur. Tout cela prenait un temps considérable.

En écrivant le premier caractère, qui signifiait « ciel », Wang Yi hésita un instant. Il ne lui restait sans doute pas assez de temps à vivre pour apprendre la totalité des mille caractères à Shao-mei. De part et d'autre du grillage, ils se tenaient sagement assis côte à côte, tels un maître et son élève.

Le ciel est noir, la terre est jaune
Le vaste univers est sans fin.

Wang Yi montra tour à tour les caractères « ciel » et « terre », puis pointa la main gauche vers le haut et ensuite vers le bas.

— Et ça, c'est « noir », la couleur noire, le ciel la nuit, tu comprends ?

Tout en parlant, Wang Yi avait saisi une mèche de cheveux de la fillette, désigné l'eau croupie dans le pot. Shao-mei réfléchit un instant, puis hocha la tête, et traça à son tour le caractère, en le prononçant tout haut.

« L'univers ». Voilà qui était plus difficile à expliquer. Cet espace illimité autour d'eux, par quels gestes pouvait-il l'expliquer à la fillette, comment son esprit pouvait-il le concevoir ? Comment expliquer à cette fillette pauvre dont le monde se limitait à la boue, au sable et à la glace du Hopei, qu'au bout de cette plaine aride existaient des villes, des plaines luxuriantes, des océans ?

A l'issue d'efforts répétés et infructueux, Wang Yi se rendit compte que Shao-mei n'avait même pas conscience de la beauté de la nature, ce cadeau des dieux, et une tristesse infinie l'envahit.

Dans l'esprit de Shao-mei, qui confondait « l'univers » avec la terre aride sur laquelle elle vivait, le vers *Le vaste univers est sans fin* prenait un sens tout différent.

L'espoir dont vibrait le vers originel disparaissait totalement, ne laissant plus que le sable jaune et la glace du Nord de la Chine, à l'infini.

Wang Yi reposa sa baguette et dit à la fillette perdue dans ses pensées :

— Excuse-moi, Shao-mei, mais ce vers-là est trop difficile, je ne peux pas te l'expliquer.

Le regard triste de la fillette resta longtemps fixé sur cet incompréhensible caractère.

— Ça ne fait rien. Rentre chez toi, et exerce-toi. *Le vaste univers est sans fin.* Tu vis dans un univers plein d'espoir.

Wang Yi se leva, ouvrit les deux bras, prit une large inspiration, prit par les épaules la fillette qui semblait accablée de chagrin.

— Rêves. Espoir. Eternité. Ton malheur, dans ce vaste univers infini, n'est qu'une minuscule parcelle du malheur humain. J'aimerais tant que tu comprennes, Shaomei.

Mais Shao-mei, les larmes aux yeux, secoua le menton, puis s'en alla, tête basse, sans un mot.

Cette nuit-là, Wang Yi continua à griffonner par terre les mille caractères comme une incantation.

Le vaste univers est sans fin…

Vers l'aube, il fit un rêve étrange.

Non, cette vision était même trop claire pour mériter le nom de rêve. Le vent sifflait dans le ciel nocturne, des tourbillons de sable jaune se succédaient sans interruption devant la lucarne. Sous sa couverture, Wang Yi flottait dans un état second entre la veille et le sommeil, quand il entendit un bruit de pas. Quelqu'un ôta le cadenas, la porte de fer s'ouvrit dans un grincement.

L'heure de son exécution avait-elle sonné ? Wang Yi se raidit, jeta un coup d'œil vers le grillage de sa cellule. Trois silhouettes sans visage émergèrent de l'obscurité. Celle du milieu, la plus grande, était revêtue d'une étincelante armure en or et portait au côté un grand sabre incrusté de joyaux.

Deux serviteurs étaient agenouillés à côté de l'imposante silhouette. Celui de droite était un guerrier aux cheveux blancs en armure recouverte d'un mantelet jaune, signe de bravoure, et brandissait une longue lance ornée d'une queue de tigre. Le personnage de gauche, vêtu de la magnifique robe à motif de dragons des dignitaires de deuxième rang, coiffé d'un bonnet orné d'un corail et d'une fleur, tenait devant lui un objet rond enveloppé d'un carré de soie violette.

— Wang Yi…

Le guerrier aux cheveux blancs l'appelait d'une voix basse, un peu cassée. A la lumière de la lune, pénétrant par la lucarne, Wang Yi vit luire un œil borgne sous la visière du casque.

— Debout, valeureux guerrier, protecteur de la Perle du Dragon !

Un courant d'air glacé et solennel avait envahi la cellule, clairement différent du vent qu'il entendait souffler au-dessus de sa tête.

Wang Yi se redressa à demi en frissonnant.

— Qui êtes-vous ?

Un parfum de santal lui piquait les narines. Au moins, ce n'était pas là des bourreaux venus le chercher pour l'exécuter.

— Ressaisis-toi, Wang Yi ! Lève-toi et salue comme il se doit ! C'est le grand empereur Ch'ien-lung qui apparaît devant toi.

Wang Yi bondit hors de sa couche, se frappa bruyamment le front à terre à plusieurs reprises.

— Que me vaut l'honneur de la visite du grand empereur au fond de mon cachot ? demanda-t-il, prosterné, face contre terre.

Le désarroi de Wang Yi leur paraissait-il drôle à voir ? Toujours est-il que les trois personnages s'entre-regardèrent et éclatèrent de rire. Puis le dignitaire en robe de cour déclara d'une voix sèche aux modulations étranges :

— Général Wang Yi. Ecoute attentivement. Tu as été choisi pour protéger l'authentique Perle du Dragon. L'empereur, touché par les épreuves que tu endures, a quitté en notre compagnie le royaume des ombres pour te rendre visite. Tu ne dois pas mourir. Tu as pour mission de protéger la Perle du Dragon et d'établir une ère de paix pour le peuple chinois. Tu dois vivre. Tu dois survivre, quelles que soient les épreuves, afin d'assurer au peuple chinois un bonheur éternel. Telle est ta mission.

Le vieillard avait des traits étranges, qui n'appartenaient ni aux Han ni aux Mandchous. Ses orbites étaient creuses, ses sourcils et l'arête de son nez proéminents, et une chevelure rousse dépassait de son casque.

Du carré de soie violette qu'il tenait devant lui s'échappait une lumière irisée, dont les innombrables rayons tremblaient dans l'obscurité.

Une voix altière retentit alors :

— Wang Yi, tu es mon homme de confiance ici-bas. Ne crains rien et relève la tête.

Mais Wang Yi se courba encore davantage et répondit en frappant plusieurs fois son front sur le sol.

— Moi, Wang Yi, autrefois membre de l'académie Hanlin puis de l'état-major de l'armée de l'An-houei, je ne suis plus qu'un général vaincu, qui a conduit ses hommes à la mort. Comment oserais-je contempler le visage du grand empereur Ch'ien-lung ? Comment pourrais-je relever ce visage ensanglanté et souillé par les fumées de la poudre ?

— Quelle loyauté… murmura le guerrier borgne.

L'empereur se mit à rire :

— En rêve, tu peux le faire, n'est-ce pas ? Allons, Wang Yi, relève la tête.

Wang Yi redressa lentement le front. Sous son casque doré, l'empereur Ch'ien-lung ressemblait trait pour trait à ce portrait à cheval qu'il avait admiré autrefois à l'académie Hanlin. Un léger sourire flottait sur les lèvres impériales.

— Pardonnez-moi, Majesté, mais je ne puis contempler plus longtemps votre noble visage, dont la vue m'emplit d'une crainte révérencieuse.

Wang Yi s'était à nouveau courbé vers le sol ; il entendit l'empereur rire au-dessus de lui, puis répéter d'un ton plein d'autorité :

— Tu dois vivre, Wang Yi. Ne meurs pas. Tel est l'ordre que je te donne.

Wang Yi poussa un cri et s'éveilla. Comme chaque jour, une aube grise s'était levée derrière la lucarne.

Il avait donc rêvé ? Pourtant, en portant la main à son front douloureux, il sentit un peu de sang perler à une éraflure.

La cour de la caserne semblait en pleine effervescence : il entendit des ordres fuser, des cliquetis de fusil, d'équipement que l'on préparait, suivis par un piétinement d'innombrables bottes et des grincements de roue. Cela sentait le départ de troupes.

Wang Yi se dressa sur son lit, interpella un des soldats d'une patrouille qui passait au-dessus de sa cellule.

— Hé, que se passe-t-il ?

Les jambes chaussées de guêtres s'arrêtèrent, le soldat jeta un coup d'œil à travers le grillage.

— Vous êtes réveillé, Général ? Ce sont des exercices d'entraînement, il paraît qu'on va encercler Tientsin.

— Encercler Tientsin ? Ces manœuvres me paraissent bien bruyantes.

— Elles sont destinées à préparer le siège de la capitale, mais pour l'instant il s'agit d'un simple entraînement. La rumeur court que le général Yuan Che-k'ai va assiéger Pékin sous peu et s'emparer du pouvoir. Dommage que vous ne puissiez être des nôtres, Général !

Le regard méprisant qu'il abaissait sur le prisonnier venait contredire la politesse de son discours.

— Yuan, s'emparer du pouvoir ? Je n'ai jamais rien entendu d'aussi ridicule ! Il veut donc retomber dans la même erreur que le gouverneur Li !

— Vous êtes mauvais perdant, Général ! Moi je suis sûr que le commandant en chef Yuan va écraser les Mandchous. Et alors, moi aussi, je serai nommé général.

Le fantassin s'en alla, non sans faire tomber du bout de sa botte un paquet de sable sur la tête du prisonnier.

Mais l'esprit de ce dernier restait marqué par son rêve, le désespoir qui l'avait envahi depuis sa mise au cachot s'envolait à vue d'œil. « Je dois vivre », se répétait-il maintenant.

Comme s'ils n'avaient attendu que le départ du fantassin, des petits pieds chaussés de toile dévalaient maintenant l'escalier menant à la cellule. Wang Yi reconnut leur bruissement soyeux. Le cadenas fut ôté en un tournemain, et la porte d'acier s'ouvrit dans un lourd grincement.

— Professeur ! fit la voix rauque de Shao-mei.

— Bonjour ! Tu es bien matinale aujourd'hui.

Wang Yi se rendit compte aussitôt que la petite n'était pas dans son état habituel. Son ordinaire expression de tristesse avait disparu pour laisser place à une lumière inconnue qui illuminait son petit visage d'enfant. A la place du panier à repas, elle serrait contre son corps frêle des vêtements de paysan en toile bleue ainsi qu'un couvre-chef de paille tressée. Souriant de tout son visage, elle pointa un doigt vers la lucarne. Wang Yi se retourna vers l'ouverture :

— Il n'y a personne, il vient de partir.

Shao-mei poussa un grand soupir, tout en joignant les mains en prière devant sa poitrine. Elle s'accroupit devant l'entrée de la cellule, invita de la main Wang Yi à s'approcher et se mit à tracer sur le sol les deux caractères signifiant « univers ».

— *Shen-shan, wo chi-tao la !* Professeur, j'ai compris ce que cela signifiait !

Shao-mei introduisit son fardeau à travers le grillage de la porte, puis se redressa et leva les deux mains vers le ciel comme Wang Yi l'avait fait la veille, en prenant une profonde inspiration.

— L'univers, c'est tout ! Tout, partout !

Wang Yi hocha la tête, et leva les yeux vers la fillette debout sur un point de l'univers. Elle avait dû s'entraîner toute la soirée à écrire ces caractères. Son visage débordait d'espoir.

— C'est cela, Shao-mei. L'univers est vaste et infini. Et toi, tu vis dans cet univers illimité.

— Oui ! Merci, Professeur, merci ! *Shie shie, tai shie shie ni la* !

Wang Yi jeta un coup d'œil intrigué sur le paquet qu'elle avait introduit à travers le grillage.

— Qu'est-ce que c'est ?

— Changez-vous ! Vite !

Wang Yi réfléchit un moment aux paroles que la fillette venait de prononcer de sa voix étranglée. Ces vêtements rustiques devaient appartenir à son père ou son grand-père.

Shao-mei se retourna en direction de l'escalier, sortit un trousseau de clés de l'échancrure de son vêtement, et défit le cadenas de la porte menant aux cachots.

— Non, il ne faut pas, Shao-mei. Si tu fais ça…

Mais Shao-mei avait déjà ouvert également la petite porte de la cellule. Elle mit un genou à terre et se mit à supplier Wang Yi, les mains jointes, avec des mots inaudibles mais dont le condamné comprenait malgré tout fort bien le sens.

— Merci, Professeur Wang, grand merci !

« C'est la seule chose que je peux faire pour vous remercier », voilà certainement ce qu'elle voulait dire par là.

Elle se mit à frapper son front sur le sol à coups répétés tandis que Wang Yi, figé sur place, hésitait toujours.

Puis le rêve étrange de la veille lui revint à l'esprit. Tout cela était la volonté du Ciel.

Il bondit sur sa couche pour jeter un coup d'œil par la lucarne du plafond, vérifia que les alentours étaient déserts puis s'enveloppa dans les vêtements de paysan.

— Shao-mei, pars avec moi. Si tu restes ici, ils te tueront.

Il avait pris la fillette dans ses bras pour la relever mais, le visage enfoui contre sa poitrine, elle secoua la tête : c'était impossible. Si l'on apprenait qu'elle avait aidé le prisonnier à s'enfuir, c'est sa famille tout entière qui serait exécutée. Pour des soldats en colère, la vie d'un paysan ne valait pas plus que celle d'un insecte. Shao-mei était suffisamment intelligente pour avoir réfléchi au destin qui l'attendait avant d'agir.

Elle sortit de la cellule, tirant par la main Wang Yi dont les pieds s'étaient faits soudain lourds comme des pierres. Ils montèrent les marches en étouffant le bruit de leurs pas. Une fois à l'air libre, toute l'étendue de la plaine herbeuse du Hopei s'offrit à leurs yeux. Un robuste cheval mongol paissait à proximité. Un cheval de l'armée, revêtu d'une selle magnifique.

Comprenant que Shao-mei avait déjà accompli un acte irrémédiable, Wang Yi s'accroupit dans l'herbe et la serra dans ses bras. De la nuque de la fillette émanait un parfum de soleil et de terre.

— Je n'ai rien. Rien à te donner pour te remercier.

Shao-mei parut comprendre ce qu'il disait. A son tour

elle mit ses bras autour de lui, lui agrippa le dos comme pour vérifier qu'il était bien vivant, puis, s'arrachant à cette étreinte, elle se tourna vers le soleil couchant dont les rayons teignaient déjà la plaine de rouge et leva les deux bras. Respirant à pleins poumons, elle se mit à crier :

— L'univers ! Il est à moi ! Partout, partout !

Ses pupilles s'agitaient comme celles d'un enfant qui vient de naître.

— Merci, Professeur ! Merci ! Ça ira, ne vous inquiétez pas !

— Merci, Shao-mei. Je ne t'oublierai jamais.

Wang Yi sauta en selle, éperonna son cheval. Le coursier s'élança au galop vers la steppe avec un long hennissement.

— Au revoir ! cria Shao-mei en agitant la main au milieu des herbes qui lui arrivaient jusqu'à la taille. Wang Yi avait lui aussi ces mots sur les lèvres mais il fut incapable de les prononcer.

Tandis que sa monture franchissait d'un bond le rideau de barbelés, le vent de la liberté rabattit en arrière la chevelure du cavalier. Brandissant les rênes, il fouetta son cheval. Par-delà le sentier au milieu des poiriers dont les fleurs se dispersaient au vent, s'étendait jusqu'à l'horizon la vaste plaine du Hopei.

Dans le dos de Wang Yi subsistait la sensation des menottes de Shao-mei qui s'agrippaient à lui. Tout en pressant son cheval, le fuyard était obsédé par une seule pensée :

En échange de quoi cette fillette lui avait-elle offert sa vie ?

10

Quand se calmait le bruit rythmé des claquettes de bois annonçant la ronde de nuit, un profond silence s'étendait sur la Cité Interdite violette.

Après lui avoir porté sa collation du soir, Tchouen-yun confiait pour le reste de la soirée aux dames du palais le soin de s'occuper de l'impératrice douairière, et allait se coucher au plus vite. Il devait en effet se lever en pleine nuit, alors que tout le monde dormait, pour monter au palais de l'Elégance Accumulée prendre la place du petit castrat de garde. Quand l'intendant Petit Li dort-il donc ? se demandaient tous ses subalternes avec étonnement. Il dormait tout simplement quand les autres eunuques, rentrés dans leurs quartiers d'habitation du *t'a-t'a-tch'ou*, jouaient à des jeux d'argent, s'enivraient ou fumaient l'opium. Le Vieux Bouddha s'endormait contente mais se réveillait toujours d'humeur noire, ce qui valait aux apprentis de garde d'être battus sans raison chaque matin. Depuis que Tchouen-yun avait pris l'habitude de prendre leur relève avant le réveil de Tseu-hi, cette tyrannie avait cessé.

Ce soir-là, l'apprenti de garde se précipita vers Tchouen-yun dès qu'il reconnut son ombre dans la galerie.

— Intendant Petit Li, la Vénérable Aïeule s'agite dans son sommeil, elle fait un cauchemar, mais je n'ose la réveiller. Je ne sais que faire !

— Encore ! Ne t'inquiète pas, je prends le relais.

L'apprenti quitta aussitôt la salle d'un air soulagé.

Derrière la porte de la chambre à coucher de l'impératrice douairière, s'élevaient des gémissements pareils à la voix lugubre d'un spectre. Les jeunes eunuques peureux devaient en rester pétrifiés de terreur, même s'ils savaient qu'ils ne risquaient pas d'être battus.

Tchouen-yun ouvrit la porte, s'avança à genoux jusqu'au lit. Derrière la fine tenture de soie, Tseu-hi se retournait sur sa couche d'un air tourmenté. Comme une femme qui se noie, elle levait ses bras blancs pour agripper le vide, gémissant sans répit.

L'impératrice passait auprès des fonctionnaires de la cour extérieure pour une femme intrépide et maîtresse d'elle-même, mais les eunuques de son service privé savaient bien qu'elle était toujours à fleur de nerfs. Plus l'empire s'enlisait dans les difficultés, plus les querelles autour d'elle et de son neveu s'intensifiaient, plus Tseu-hi avait un sommeil troublé.

L'empereur Kouang-siu avait chaque jour des audiences avec les ministres et les princes de sang dans la salle de l'Harmonie du Milieu, mais venait consulter sa tante sur la plupart des questions en suspens. Le rôle d'acheminer les lettres échangées par la tante et le neveu revenait à l'intendant du service privé, qui multipliait les allers et retours entre la salle d'audience de l'empereur et les appartements de l'impératrice mère.

Conseiller ainsi son neveu sans pouvoir exprimer directement sa volonté irritait Tseu-hi au plus haut point.

Les grandes puissances avaient déjà la mainmise sur tout le pays, à l'exception de Pékin et de ses environs. Il n'y avait plus rien à faire pour remédier à la corruption des fonctionnaires de province, trop éloignés du pouvoir central. Pour couronner le tout, les inondations et la sécheresse ravageaient toute la zone du Hopei. Aux yeux de tout un chacun, le grand empire Ts'ing n'était plus qu'un dragon agonisant.

Personne ne savait de quoi le lendemain serait fait. Ces ténèbres qui s'étendaient de jour en jour davantage sur l'empire troublaient chaque nuit le sommeil de Tseu-hi.

— Vénérable Aïeule !

Tchouen-yun introduisit une main sous la tenture de soie, saisit celle de l'impératrice qui se tordait sur sa couche. Le corps de l'impératrice était sacré et nul n'avait le droit de poser la main sur elle, mais c'était le seul geste capable de la délivrer de son cauchemar.

— Vénérable Aïeule, réveillez-vous !

Les gémissements cessèrent, un profond soupir gonfla la poitrine impériale sous le vêtement de nuit.

— Souhaitez-vous boire de l'eau ? Ou fumer votre pipe ?

Dans un demi-sommeil, le regard vague de Tseu-hi errait dans l'obscurité, ses lèvres frissonnaient, la peur faisait trembler la main qui s'agrippait à celle de Tchouen-yun.

— Ah... Ce n'était pas un rêve, pas un rêve !

— Vénérable Aïeule, votre humble esclave est auprès de vous, tranquillisez-vous.

Tseu-hi s'appuya sur Tchouen-yun pour se lever ; elle était en sueur. Elle jeta un coup d'œil derrière la tenture pour s'assurer qu'il n'y avait personne d'autre dans la chambre et dit alors sur un ton plus calme :

— Tchouen-yun, tu sais, ces temps-ci, je fais toujours le même cauchemar. Je me demande pourquoi.

— Ah, c'est encore ce rêve ?

Il sentait les côtes dans ce dos qu'il soutenait d'une main. Tête baissée, Tseu-hi poussa une série de petits soupirs. Elle n'était plus qu'une vieille femme solitaire, sans lien avec le pouvoir. Je suis sûrement le seul au monde à savoir à quel point elle souffre, songeait Tchouen-yun. Les épaules amaigries de l'impératrice supportaient un énorme et invisible fardeau de douleur.

— Pékin est en feu, les canons tonnent dans la Cité Interdite, les tuiles des Trois Grandes Salles s'effondrent avec fracas. Sur l'instigation des diables étrangers, Tsai-t'ien vient m'arrêter.

Tseu-hi trempa ses lèvres desséchées et tremblantes dans la tasse emplie d'eau que Tchouen-yun lui tendait, puis poursuivit :

— Jong-liu et Li Lien-yin sont déjà assassinés. Et ce vieux général vient me tuer à mon tour.

— Li Hong-tchang ? Voilà qui est curieux. Le général a déposé son sabre et pris sa retraite depuis longtemps.

— L'armée japonaise envahit le palais. Tsai-t'ien ordonne que l'on me trouve : « Où est ma tante ? Pendez-la au plus vite ! » Alors le général Li arrive au galop sur un pur-sang arabe en criant : « L'impératrice est au palais de la Longévité Tranquille ! En avant ! » Il porte une armure semblable à celle du général Tsao Houei autrefois, et une grande lance ornée d'une queue de tigre. Il avance en hurlant : « Où est le Vieux Bouddha ? Où est la démone Yehonala ? » La galerie grince sous ses pas, son visage est si effrayant…

— Si vous aviez une entrevue avec le général Li, qu'en pensez-vous ? Voilà longtemps que vous ne l'avez vu.

— Mais il ne veut rien entendre. Depuis sa défaite contre les Japonais, il s'est isolé et ne met plus les pieds au palais.

Tseu-hi se mordait les ongles, comme une petite fille effrayée.

— Moi aussi, j'étais en colère à ce moment-là. Il a signé un traité alors que l'issue du conflit était loin d'être certaine. Aller exprès à Shimonoseki pour cela, et s'excuser auprès du prince Itô, c'était un peu exagéré tout de même !

— Son Excellence le général Li était mieux placé que quiconque pour juger de l'évolution de la guerre. S'il a agi ainsi, c'est certainement pour le bien de l'empire.

— Crois-tu ? fit l'impératrice en regardant le plafond, les lèvres pincées. Pourtant, la flotte était écrasée, mais pas les trois armées de terre. Pourquoi Li s'est-il rendu sans livrer de combat décisif ? Il aurait pu s'enfermer dans sa forteresse de Tientsin et se battre jusqu'au bout. Si les Japonais l'avaient assiégé, les autres pays étrangers ne seraient pas restés sans rien faire. Le général Li n'ignorait pas que le prince Kong avait entamé des négociations avec l'étranger.

Tchouen-yun ne connaissait guère Li Hong-tchang, mais il comprenait une chose : cet homme-là était plus intègre que tous les hauts dignitaires corrompus qui s'accrochaient à tout prix à leur poste. Li était respectueux des convenances au point qu'on l'eût cru tout droit sorti d'un texte de Confucius, et jamais il n'avait cherché à flatter Tchouen-yun plus que nécessaire.

— Votre humble esclave peut-il oser répondre à la Vénérable Aïeule, bien qu'il soit interdit aux eunuques de s'exprimer sur des questions officielles ?

— Parle. Il n'y a personne d'autre que nous deux ici.

— Sans doute le général Li voulait-il éviter de voir les villages incendiés, les champs ravagés par la guerre. En outre, il se refusait à utiliser l'aide des barbares étrangers. Une flotte peut couler, le peuple n'en subit aucun dommage ; en revanche, quand des combats ont lieu sur la terre ferme, le peuple n'est plus en sécurité. Si on leur demande leur aide, les diables étrangers se servent aussitôt de ce prétexte pour intervenir militairement. Au lieu de se battre contre les Japonais, ils auraient probablement envoyé leurs troupes à l'assaut de Pékin et Tientsin. A mon avis, si le gouverneur Li a entamé des négociations de paix avec les Japonais, c'est parce qu'il était conscient de tous ces risques.

Il était rare que Tseu-hi écoute si longtemps un avis en silence. Après avoir réfléchi un moment, elle laissa tomber :

— Tu es intelligent, Tchouen-yun. Ces poseurs de hauts dignitaires n'ont jamais réfléchi jusque-là.

— Vénérable Aïeule, je pense qu'ils comprennent parfaitement tout cela. S'ils ont critiqué l'attitude du général Li, c'est uniquement parce qu'ils lui enviaient tous sa place de gouverneur du Hopei.

L'impératrice douairière haussa ses beaux sourcils distingués et émit un petit rire. Sans doute la même idée lui est-elle déjà venue, songea Tchouen-yun.

Les cauchemars de Tseu-hi résumaient toutes les contradictions de l'époque. Plus ce rêve se répétait, mieux elle comprenait ce qui se passait.

L'empereur Kouang-siu pris dans le tourbillon des conflits de pouvoir. Les grandes puissances observant ces querelles avec l'œil perçant du tigre qui guette sa proie. Le général Li, seul homme d'honneur qui restât dans l'empire... Enfin, sans nul doute, elle pressentait avec terreur, comme une épée suspendue au-dessus de sa tête, le sort de la princesse Minbi de Corée, assassinée par l'armée japonaise.

A l'entrée d'une dame de cour, qui lui apportait des vêtements de rechange, l'impératrice repoussa la main de Tchouen-yun, redressa la taille et changea de ton :

— Maintenant, va-t'en, Tchouen-yun. Je vais dormir un peu, je ne ferai plus de cauchemar.

Tchouen-yun s'agenouilla, mit le front à terre, puis se retira.

Tchouen-yun passait, plongé dans ses réflexions, devant le *t'a-t'a-tch'ou* dont les bâtiments s'alignaient le long de l'enceinte extérieure du palais de L'Elégance Accumulée, quand il s'arrêta soudain devant une ouverture éclairée par la lueur d'une lanterne.

C'était la chambre de Tchen le Neuvième, où Tchouen-yun avait passé tant de temps autrefois.

Il jeta un coup d'œil à travers la lucarne ronde, surpris que Tchen fût éveillé de si bonne heure. Non, il avait dû s'adonner toute la nuit à l'opium, et était encore en proie à l'ivresse.

Tchouen-yun distingua trois ombres penchées les unes vers les autres, autour d'une table ronde éclairée par une lanterne. C'était donc ça : ils avaient passé la nuit à jouer au mah-jong. Tchouen-yun concentra son regard. Si Tchen était encore en train de plumer ses apprentis, il allait lui dire deux mots.

Mais Tchen ne jouait pas avec des apprentis : il tenait une réunion secrète avec Li Lien-yin et Jong-liu ! Tchouen-yun souffla sa torche en hâte et tendit l'oreille. La voix grave et rusée de Jong-liu parvint jusqu'à lui :

— … Une fois Yang Si-tcheng hors d'état de nuire, le reste n'est que menu fretin. Que peuvent ces jeunes blancs-becs tout seuls ? Le secrétaire des Rites Yang est le seul parmi eux à avoir un titre de ministre.

Le chef de palais Li Lien-yin chuchota de sa voix aiguë :

— Supprimer Yang ? Mais son gendre Liang Wen-sieou est un habile homme, qui sort nettement du lot : il jouit de l'entière confiance de l'empereur, sa brillante carrière et son rang suffiraient à lui assurer la succession de son beau-père. Si on tue l'un, il faut supprimer l'autre avec…

Les battements du cœur de Tchouen-yun s'étaient accélérés en entendant prononcer le nom de Wen-sieou.

— Il n'y a pas lieu de s'inquiéter. Yang une fois mort, le commissaire Liang devra prendre le deuil pour accompagner son épouse. Ils iront passer quelque temps dans la province natale de Yang, à Hang-tcheou. Quand ils reviendront à la fin d'une longue période de deuil, crois-tu que la place sera encore libre ?

La voix de Jong-liu débordait de confiance en soi. Li Lien-yin hocha longuement la tête plusieurs fois, on aurait dit un cheval.

— Et K'ang Yeou-wei ? La rumeur le donne pour un polémiste.

— Ah, celui qui a finalement réussi son doctorat lors de la dernière session ? Ne t'occupe pas de lui. Que peut faire un vil fonctionnaire de sixième rang ? Il ne peut même pas obtenir une audience avec l'empereur.

— Cependant, Jong-liu… répliqua Li Lien-yin en fronçant les sourcils d'un air inquiet, l'empereur a reçu une lettre de K'ang Yeou-wei, qui a suscité son admiration. On dit qu'il la garde toujours à portée de main. Mais K'ang n'est pas aussi discret que le commissaire Liang. Il anime des réunions de réformistes un peu partout et il est, paraît-il, très populaire auprès des jeunes fonctionnaires et des étudiants. S'il faut en supprimer un autre, plutôt lui que Liang !

— Je ne crois pas qu'il soit nécessaire d'aller jusque-là…

Le silence retomba un moment. L'odeur de l'opium qu'ils fumaient à tour de rôle piquait les narines de Tchouen-yun.

Pour finir, Tchen le Neuvième prit timidement la parole :

— Cependant, Respectable Aîné, comment comptez-vous vous y prendre pour le ministre Yang ? Moi, je n'ai pas la moindre idée sur le sujet.

— Que diriez-vous de lui envoyer des gâteaux empoisonnés, en les faisant passer pour un présent de la Vénérable Aïeule ?

Tchen éclata de rire à la proposition du chef de palais.

— Ha ha ha ! C'est le meilleur moyen pour qu'il se méfie ! Tout le monde sait que la Vénérable Aïeule et le ministre des Rites sont comme chien et chat ! Autant lui dire : « Tenez, voici des gâteaux empoisonnés, vous en prendrez bien un peu ? »

— Et si tu t'introduisais en secret dans sa résidence et lui tranchais le cou dans son sommeil, hein, Tchen ?

Le vieux Tchen secoua vivement la tête.

— Ne plaisantez pas, Respectable Aîné ! M'introduire chez lui, passe encore, mais brandir une lame, ah ça, non !

— Attendez… intervint Jong-liu. L'emploi d'une arme, blanche ou à feu, complique les choses. Cela suppose l'intervention d'un homme de main de confiance. Le poison est de loin le meilleur moyen. N'y a-t-il pas quelque restaurant où Yang aurait ses habitudes ?

— Voyez-vous, Excellence, Messire Yang est faible de l'estomac et ne prend jamais de repas dehors. Et il ne boit pas une goutte d'alcool. On ne peut tout de même pas s'introduire dans les cuisines de sa résidence !

— Faible de l'estomac… murmura Jong-liu avec désespoir.

— Oui, justement, cela me rappelle qu'il consulte à ce sujet certain médecin du consulat allemand. Il a même envoyé presque de force ce médecin chez le prince Kong qui souffrait de convulsions. Mais dans ce cas, le subterfuge serait aussitôt mis au jour. Il suffirait que ce docteur allemand, avec qui il est ami, à ce qu'on dit, l'examine pour que notre plan soit révélé au grand jour. Et si jamais les journaux étrangers parlaient d'intrigue à la cour, cela causerait de graves problèmes. Non, décidément, le poison non plus, ça ne va pas.

Li Lien-yin, plongé dans ses réflexions, se frappa soudain le front :

— Si ni les armes ni le poison ne peuvent être utilisés, il faudrait qu'un prétendu terroriste lance une bombe. Qu'en penses-tu, Tchen ?

— Cessez de plaisanter, Frère Aîné !

Chacun tira à son tour sur la pipe à opium, et le silence retomba.

— Je sais ! Voilà le seul moyen ! s'exclama soudain Jong-liu, qui invita ses complices à se rapprocher.

Tchouen-yun eut beau tendre l'oreille, il ne put saisir ce qu'il leur chuchota alors.

— Il faut d'abord... Ensuite... Cela passera pour un accident, personne ne pourra se douter de rien.

Les deux comparses hochèrent la tête d'un air admiratif, tandis que Jong-liu bombait fièrement le torse.

— Supprimons K'ang Yeou-wei aussi. Cela vaudra mieux.

— Pourquoi donc, Jong-liu ?

— Si Yang Si-tcheng meurt soudainement, K'ang sera le premier à agiter les foules. Même sans preuve, il racontera partout que nous avons comploté la mort du ministre. Les jeunes bretteurs s'échaufferont, il y aura peut-être des émeutes.

— Des émeutes ! Ce serait mauvais, ça.

— Au contraire, ce serait inespéré ! Je prendrai le poste de ministre des Affaires Militaires et j'enverrai les troupes. K'ang sera arrêté comme meneur, et tous ses camarades réformateurs seront emprisonnés en tant qu'opposants au régime.

Les deux autres gémirent d'admiration devant l'habileté du scénario de Jong-liu.

— Bravo, Excellence !

— Voilà qui est digne de l'immortel général Jong-liu. Je m'incline respectueusement devant le plan le plus ignoble qui ait jamais été fomenté ici.

— Pas d'admiration déplacée, je te prie. Il ne s'agit pas d'un plan ignoble, mais d'un stratagème destiné à protéger les lois du fondateur et à empêcher la décadence du grand empire Ts'ing. Hein, Tchen, tu seras capable de t'occuper de la chose, n'est-ce pas ?

— Ma foi… répondit Tchen d'un ton peu assuré.

Li Lien-yin regardait son incapable de frère adoptif d'un air soucieux.

— En es-tu sûr, Tchen ? Ne t'engage pas à accomplir une action au-dessus de tes forces, même pour cinq cents taels de récompense. Cela ne t'avancerait à rien.

Tchen le Neuvième tremblait. Jong-liu claqua de la langue, comme s'il regrettait d'avoir parlé de ce plan devant un eunuque si poltron.

— Dis-moi, Chef de palais Li. Il vaudrait mieux faire accomplir la chose par Tchouen-yun. Avec lui, pas de risque d'erreur.

Dans la ruelle, Tchouen-yun, collé contre le mur, avala sa salive. L'idée qu'on lui ordonne de commettre un crime lui était insupportable.

Mais Li Lien-yin s'élevait déjà contre la proposition de Jong-liu :

— Alors décidément, tout le monde surestime ce petit insolent. Hein, Tchen ? Comme le dit Jong-liu, si c'est Tchouen-yun qui s'en charge, pas de risque d'erreur. Seulement, Tchouen-yun occupe un poste trop important pour s'intéresser à un gain de cinq cents taels. Voilà pourquoi j'ai suggéré que ce soit toi, au nom de l'amitié fraternelle qui nous lie, qui accomplisses la chose. Avec tout cet argent, tu pourras racheter ton trésor, et tu te réincarneras en homme dans ta prochaine vie.

Tchen se mordait les lèvres. Il hocha la tête d'un air solennel.

— Ce n'est pas tout : quand tu quitteras ta charge au palais, tu n'auras pas besoin de chercher refuge dans la ruelle des Vieux Nobles. Tu pourras passer tranquillement le reste de ta vie au temple de la Réserve de Trésors de la Montagne d'Or, et faire de bons repas à t'en éclater la panse, tout en récitant des sûtras. Là-bas, c'est le paradis sur terre.

Le temple bouddhiste de la Réserve de Trésors de la Montagne d'Or était un lieu de retraite situé près du palais d'été de Tseu-hi. Ce lieu dont tous les eunuques rêvaient n'était la propriété de nul autre que de Li Lien-yin, qui en avait fait, en échange de dons substantiels, une résidence de retraite pour les grands castrats du palais. Tchouen-yun n'en revenait pas de la duplicité de Li Lien-yin, qui, non content d'extorquer des pots-de-vin à tout un chacun, s'arrangeait ainsi pour profiter même des économies que faisaient les eunuques pour leurs vieux jours.

— C'est trop tard pour mettre Tchouen-yun dans le coup. Je m'en chargerai, Frère Aîné…

Tout en parlant, Tchen avait plissé les yeux en direction de la lucarne. Son regard croisa soudain celui de Tchouen-yun.

— … Je ne sais pourquoi, poursuivit-il en chuchotant, je ne veux pas que Tchouen-yun se salisse les mains. Tout de même, un meurtre… Ça ne lui ressemblerait pas.

Il parlait en regardant droit vers la fenêtre, et adressa à Tchouen-yun un clin d'œil discret mais qui n'échappa pas au jeune homme.

11

Le professeur Yang était, comme à son habitude, débordé d'activités diverses.

Le secrétariat des Rites était le pivot de l'administration civile. Parmi les bureaux de la capitale privés d'activités tant par les invasions étrangères que par le despotisme des hauts fonctionnaires de province, cet organe était le seul au sein duquel le travail ne diminuait pas. Le bureau des Rites, chargés de gérer à la fois les examens, les écoles et les rites, était un lieu étrange qui avait traversé les effondrements successifs d'empires et les changements de dynastie sans jamais cesser ses fonctions.

En outre, tous les projets qui ne rentraient plus dans le cadre d'organes politiques vétustes finissaient dans ce ministère et s'empilaient sur le bureau du ministre Yang.

Yang Si-tcheng continuait également ses activités de précepteur auprès de l'empereur Kouang-siu. Il devait assister, debout à côté du trône, aux audiences quotidiennes dans la salle de l'Harmonie du Milieu, pour conseiller l'empereur en matière de politique.

Le professeur Yang, dénué de la moindre ambition politique, n'assumait qu'à contrecœur une position qui, pour un œil extérieur, ressemblait à une sorte de régence. S'il l'avait pu, il se serait retiré de la scène politique pour s'enfermer dans une pièce de l'académie Hanlin et compiler des textes. Au fond de lui, c'était la seule chose qu'il désirait vraiment, ou encore d'être nommé consul dans un pays étranger, ce qui lui aurait permis de s'extraire des intrications de la politique.

Il aurait par exemple aimé vivre dans cette cité ancienne appelée Kyôto, pour y étudier la façon dont le culture chinoise s'était transmise au Japon, comment elle y avait été assimilée. Il aurait aimé examiner à fond les circonstances dans lesquelles ce peuple proche du sien par le sang avait réussi à fonder un puissant Etat moderne.

Epuisé par la charge énorme de travail qui pesait sur lui, le professeur Yang se demandait tous les jours comment il en était arrivé à une position qui correspondait si peu à sa nature.

Il connaissait la réponse. C'était tout simplement parce qu'il n'y avait pas d'autre homme compétent parmi les mandarins de sa génération, c'est-à-dire ceux qui avaient passé le doctorat sous le règne de l'empereur précédent. Voilà pourquoi il devait assumer tant de tâches, lui qui servait de charnière entre les fonctionnaires progressistes contemporains de Kouang-siu et les vieux mandarins conservateurs en poste depuis le règne de l'empereur Sien-feng.

Yang Si-tcheng avait maintenant quarante-huit ans. Il n'existait pas un seul homme de talent dans sa génération capable d'exercer le pouvoir effectif.

Sous le règne de l'empereur Sien-feng, personnage entiché d'opéra et de musique qui ne s'était jamais soucié de politique, il ne manquait pas de lettrés susceptibles de s'en occuper à sa place. Mais la concubine impériale Tseu-hi avait finalement gagné la guerre du pouvoir et imposé à tous son autorité, s'entourant d'un groupe de mandarins conservateurs et intransigeants. La génération suivante était bien sûr différente, mais tous les hommes doués de la génération de Yang Si-tcheng qui n'étaient pas d'accord avec Tseu-hi s'étaient vus éloignés de la capitale, placés à des postes de province ou nommés à l'étranger.

Autrement dit, Yang Si-tcheng, parce qu'il était un savant impénétrable et n'avait aucune pratique du pouvoir, était le seul à être resté dans les rouages de l'administration centrale. Et avec le temps, il avait fini par devenir, à son corps défendant, une autorité provisoire. Il avait été en quelque sorte hissé malgré lui par la nouvelle génération dans le palanquin de la modernité.

Plus que jamais, les traits du professeur Yang étaient empreints d'un air de contemplation solitaire. Sur sa silhouette qui avançait d'un pas glissant dans les bureaux de l'administration, sur son visage plein de componction et toujours grave, flottait l'ombre obscure d'une solitude due à la singularité de son génie. Il était le symbole même du « sage lettré » dans un Etat basé sur le mandarinat depuis plus de quatre mille ans.

Le plus cher souhait du ministre des Rites était de voir l'empereur Kouang-siu exercer totalement le pouvoir par lui-même. Ce pays ne pourrait continuer à exister que si les vieux dignitaires, enfermés dans l'antique système de la pensée chinoise, se retiraient en même temps que l'impératrice douairière, et si la jeune génération, espoir d'une ère nouvelle, menait à bien une réforme. Yang était persuadé que c'était là la seule manière d'éviter l'invasion de la Chine par les grandes puissances, ce qui aboutirait à effacer le pays de la carte du monde.

Ce n'était pas si difficile à réaliser. C'était le cours naturel des choses.

Le professeur Yang analysa froidement tout ce qui avait entravé jusqu'à présent ce processus.

Tout d'abord, la guerre avec le Japon. Jamais il n'aurait pensé que la Chine serait amenée à se battre contre le Japon à propos de la souveraineté sur la Corée, et encore moins que la Chine serait écrasée.

La défaite avait accéléré l'invasion des grandes puissances. La destruction de la flotte chinoise et le paiement d'une lourde indemnité de deux millions de taels avaient causé un choc douloureux. Mais la plus grave erreur de calcul avait été la destitution de Li Hong-tchang, le plus important soutien de l'Etat jusque-là, qui s'était battu seul contre le Japon et avait été vaincu. Avec sa mise à l'écart, la répartition du pouvoir à la cour avait perdu son centre de gravité.

Li Hong-tchang était partisan de l'ouverture de la Chine. Bien que confucianiste rigoureux, il n'avait pas la stupidité de ces hauts dignitaires qui prétendaient conserver les lois surannées. Il constituait la seule force rationnelle capable d'entraîner la Chine vers une ère nouvelle, et de faire reculer Tseu-hi et sa vieille garde. Sa démission forcée avait restauré dans toute sa puissance le parti conservateur de la cour et fait régresser l'évolution politique en cours.

Il restait encore un obstacle important : l'empereur Kouang-siu lui-même.

L'empereur était extrêmement lucide. Il avait en main tous les éléments lui permettant d'être un brillant monarque. Mais sa perfection même le desservait.

Il était la personnification des Quatre Livres et des Cinq Classiques : l'enseignement de Confucius sur la piété filiale le tenait prisonnier aussi sûrement qu'un sort. Car l'unique parent qu'il pouvait révérer était Tseu-hi, qu'il allait jusqu'à appeler « Vénérable Père ». Là aussi, l'histoire allait en sens contraire : ce jeune empereur, qui aurait dû être le héros d'une ère nouvelle, était mis en contradiction par des forces diamétralement opposées à ses intimes convictions politiques.

Trois fois par jour, l'empereur se rendait en visite auprès de sa tante, lui faisant porter chaque fois des fleurs ou des mets fins, et se prosternant à ses pieds comme l'eût fait un vassal. Lors des grandes cérémonies de chasse qui se déroulaient deux ou trois fois par an, sur les terres de l'Est et de l'Ouest, il venait accueillir l'impératrice à la porte du Génie Militaire, un genou en terre.

Chaque été, lorsque Tseu-hi se rendait à son palais de Yi-he-yuan non loin de la capitale pour échapper aux grosses chaleurs, il assistait, agenouillé, au départ du palanquin, et une fois tout le cortège monté en bateau au temple de la Longévité, à l'extérieur de la porte de la Droiture de l'Ouest, l'empereur se rendait en chaise à porteurs rapide jusqu'au pont situé à l'entrée du palais d'été, de façon à accueillir le cortège à son arrivée, agenouillé à nouveau, tel un enfant multipliant des efforts touchants pour manifester l'ampleur de sa piété filiale.

Il avait beau donner désormais des audiences politiques dans la salle de l'Harmonie du Milieu, il informait l'impératrice douairière de tous ses projets par l'intermédiaire des intendants du gynécée, et Tseu-hi continuait comme par le passé à donner des ordres en secret. La seule chose qui avait disparu, c'était la fameuse tenture jaune derrière laquelle elle se dissimulait autrefois pour assister aux audiences impériales.

Avec les années, la piété filiale de l'empereur n'avait fait que croître, et le pouvoir de Tseu-hi était tout aussi réel, mais de plus en plus occulte. Quand le professeur Yang, ne supportant plus cette situation, lui délivrait des conseils à ce sujet, l'empereur lui opposait cette curieuse réponse :

— Mon arrière-grand-père l'empereur Kia-ts'ing prenait lui aussi l'avis de son père le grand empereur Ch'ien-lung. Il est dans l'ordre naturel des choses que les enfants demandent conseil à leurs parents.

Comme il évoquait sa parenté avec Tseu-hi, Yang Si-tcheng, qui ne faisait pas partie de la famille, ne pouvait rien répliquer.

Il avait plus d'une fois adressé de fermes observations à Tseu-hi, mais ils avaient toujours eu des incompatibilités de caractère et l'impératrice douairière faisait la sourde oreille aux remontrances du ministre des Rites, se contentant de détourner la tête.

Tandis que des jours incertains se succédaient ainsi, les tâches du ministre des Rites augmentaient sans fin. Il était si submergé de travail que, souvent, il ne rentrait pas même chez lui. Il avait fait installer un lit dans son cabinet de travail et y passait tout son temps, se démenant avec les piles de dossiers qu'on lui apportait.

Un soir de la mi-mai, par une chaleur étouffante, Liang Wen-sieou vint rendre visite à son beau-père, dans son bureau du ministère des Rites, au sud de la porte de la Tranquillité Céleste.

A l'entrée de son gendre, un sourire, qui surprit même le valet qui introduisait le visiteur, éclaira le visage austère du professeur Yang.

Outre sa fille, Yang Si-tcheng avait deux fils âgés de vingt et dix-huit ans. L'aîné était déjà licencié, le cadet bachelier, et tous deux, pareillement doués pour les études, réussiraient sans aucun doute les examens suivants. Pourtant, le professeur Yang, qui comptait bien voir se concrétiser au plus vite une nouvelle forme d'Etat, ce qui lui permettrait de se retirer de la politique, éprouvait une affection et une confiance plus grandes encore qu'envers ses propres fils pour ce gendre excellemment doué et tout désigné pour lui succéder.

Dès leur première rencontre, il avait pressenti l'avenir de ce jeune génie non conventionnel. Il avait l'intuition que c'était l'homme le plus indiqué pour aider un Etat chinois ligoté par les rites et les coutumes du passé à faire face à l'ère nouvelle.

Certes, Wen-sieou venait d'une famille de riches propriétaires terriens du Hopei, ce qui faisait de lui le type même du fonctionnaire. Seulement, étant un enfant illégitime, il avait été négligé dans son enfance et de ce fait, bien qu'il eût été reçu premier au doctorat et fût promis à une brillante carrière, il n'avait jamais eu une conscience élitiste. Pour le dire en mauvaise part, ses manières particulièrement vulgaires lui avaient valu autrefois une solide réputation d'excentrique. Tout cela lui donnait une ample vision des choses. C'était exactement l'homme qu'il fallait pour mener à bien une réforme et faire de la Chine un Etat moderne ouvert sur le monde.

Ainsi, par exemple, à peine entré dans le bureau de son beau-père, Wen-sieou s'était respectueusement agenouillé puis s'était levé, le visage hilare, pour venir lui serrer vigoureusement la main, à la mode occidentale.

Ne fût-ce qu'à cette façon de saluer, on voyait tout de suite vers quel futur pareil homme pouvait conduire le pays. En outre, sa poignée de main était toujours extrêmement chaleureuse.

— N'avez-vous pas perdu un peu de poids ces derniers temps, Excellence ? Vous n'avez pas l'air en forme… dit Wen-sieou qui avait lâché la main de son beau-père pour lui tâter le bras.

— Je ne suis pas le seul. Ceux qui travaillent n'ont pas le temps de faire de la graisse. Te rappelles-tu comme le gouverneur Li était grand et maigre ?

— Je lui ai rendu visite l'autre jour dans sa résidence. Il est toujours maigre comme un héron.

— Ah bon ? Même maintenant qu'il s'est retiré, il continue donc à se faire du souci pour le pays ? Assieds-toi.

Tout en désignant une chaise à son gendre, Yang s'assit au bord de son lit et frotta ses paupières lasses.

— Tu tombes bien, j'avais justement à te parler.

— En fait j'ai, moi aussi, une importante communication à vous faire. Mais commencez, je vous en prie.

La façon de parler de Wen-sieou comportait une part égale de respect et de familiarité. Yang s'étira en le regardant d'un air confiant.

— Je suis allé au palais aujourd'hui et je suis parvenu à une conclusion avec l'impératrice douairière. Elle avait l'air épuisée, et, chose rare, on la sentait âgée.

— Qu'entendez-vous par « conclusion » ? demanda Wen-sieou en étendant les jambes.

— L'été est proche. La Vénérable Aïeule va partir s'installer à Yi-he-yuan.

— Comme chaque année.

— Mais cette fois, elle y restera jusqu'à la fin de sa vie, c'est du moins ce que je lui ai conseillé aujourd'hui. « Tant que vous résiderez à la Cité Interdite, Sa Majesté l'empereur ne pourra prendre en main les rênes du pouvoir. Prenez votre résolution », lui ai-je dit mot pour mot.

Le professeur Yang souffla légèrement, comme si la tension éprouvée en présence de l'impératrice douairière venait de se rappeler à lui, puis il poursuivit :

— Elle commence à accuser son âge, c'est certain. Autrefois, elle n'écoutait même pas ce genre de conseil jusqu'à la fin. J'ai bien cru qu'elle allait m'ordonner de me retirer sur-le-champ, mais elle a ravalé sa colère et a réfléchi.

Ensuite elle a agité son sceptre pour éloigner ces deux traîtres qui ne la lâchent jamais.

— Li Lien-yin et Jong-liu ?

— Exactement. Ça s'annonce bien, me suis-je dit. Après avoir longuement réfléchi, la Vénérable Aïeule m'a dit : « Bien. Puisque mes conseils font de l'ombre à Sa Majesté l'empereur… »

— Ah !

L'émotion avait arraché un cri à Wen-sieou.

— … Mais elle a mis ses conditions. Cela lui ressemble bien. Cette femme est un génie.

Le ministre des Rites hocha plusieurs fois la tête d'un air admiratif.

— De quoi s'agit-il ? s'impatienta son gendre.

— Eh bien, elle accepte de se retirer au palais d'été mais me demande de démissionner en échange, tandis que Jong-liu conserverait ses fonctions actuelles.

Il sourit pour apaiser Wen-sieou qui fronçait déjà les sourcils.

— Ne te méprends pas, Che-leao. Il ne s'agit pas d'une revanche contre moi. Elle a fait preuve au contraire de clairvoyance. « Que préfères-tu, m'a-t-elle dit, retourner à l'académie Hanlin, ou partir au Japon ? » L'un comme l'autre sont mes vœux les plus chers. La Vénérable Aïeule sait ce qui convient le mieux à mes compétences. Autrement dit, elle me suggère de céder mon poste à quelqu'un de plus jeune que moi…

— Cependant, vous destituer et garder au gouvernement son homme de confiance semble en contradiction avec ce qu'elle prétend vouloir accomplir.

— Réfléchis bien, Che-leao.

Le professeur Yang ferma lentement les yeux et prit un ton doctoral :

— La fonction de ministre des Armées est purement honorifique, tu le sais. C'est le nouveau gouverneur du Hopei qui détient le pouvoir militaire réel, donc Wang Wen-shao pour l'instant. Qui plus est, le bureau des Affaires Générales est supervisé par le Conseil privé des six ministres, dont le plus important est Son Altesse le prince Kong. Tu comprends ? Si elle laissait tomber maintenant le général Jong-liu, en plein élan, qui sait de quelles intrigues il serait capable pour récupérer le pouvoir... Voilà pourquoi elle le maintient à des fonctions honorifiques, avec au-dessus de lui le prince Kong pour le circonvenir.

— Je vois...

— La Vénérable Aïeule a bien étudié la question. Elle pense au système constitutionnel dont sont dotés le Japon et l'Angleterre. Elle sait que le point le plus difficile d'une restauration serait l'établissement d'une Assemblée et d'une Constitution. Elle prépare donc une forme de gouvernement où les vieilles générations ne pourront pas exprimer leur opinion. Pour cela, ma destitution est nécessaire, et Jong-liu devra être assigné en résidence surveillée. Pour l'empereur et pour les hommes de ta génération, c'est de loin le meilleur moyen. Une nouvelle ère commencera et la longue tâche de l'impératrice douairière sera achevée.

Les yeux du professeur Yang étaient humides d'émotion. Il désigna les piles de documents entassés sur son bureau, et reprit tout en épiant l'expression de Wen-sieou :

— C'est toi qui termineras le travail en cours. Es-tu d'accord ?

Wen-sieou rectifia sa position.

Sans aucun doute, Tseu-hi et le ministre des Rites avaient, au cours de leur tête-à-tête, discuté de la composition du nouveau gouvernement.

— Chez les barbares étrangers, la restauration n'a pu avoir lieu qu'en lavant le sang par le sang. Mais ces méthodes ne conviennent pas à notre peuple. Dès demain, ajouta Yang en baissant la voix, j'en entretiendrai l'empereur. Le prince Chi-tuo sera nommé à la tête du Grand Conseil des Affaires Militaires à la place du prince Kong qui, lui, prendra la tête du ministère des Affaires Intérieures. Ainsi les politiques intérieure et étrangère seront supervisées par ces deux princes. En dessous, il y aura toi-même comme ministre des Rites. Au ministère de la Population, Chouen-kouei. Au ministère des Travaux Publics, K'ang Yeou-wei. Voilà en tout cas les trois personnes que je proposerai en m'en portant garant. Comme le ministre des Affaires Intérieures et celui des Affaires Militaires supervisent les six ministères, Jong-liu sera ainsi empêché de nuire.

Tout en parlant, les épaules maigres de Yang Si-tcheng s'étaient affaissées, comme s'il se sentait soulagé d'avoir enfin achevé sa tâche. Il leva la tête pour regarder la lune qui venait de se lever et dit, comme s'il venait soudain de s'en souvenir :

— Ah, à propos, un messager du palais de l'impératrice douairière m'a apporté ceci tout à l'heure.

Il désigna au pied de son lit, qu'éclairaient les rayons rasants de la lune, une magnifique paire de bottes fourrées de martre noire et fermées par des lacets de soie dorée. Le dessus, en cuir tanné de chèvre, luisait comme s'il était humide.

— Un cadeau de l'impératrice Tseu-hi ? Elles sont vraiment splendides…

— Oui, c'est un eunuque du palais du nom de Tchen le Neuvième qui me les a portées, avec un message disant que la Vénérable Aïeule se réjouissait de notre entretien d'aujourd'hui. J'en éprouve une vive reconnaissance. Cette journée a effacé une haine de plus de dix ans. Au fait, Che-leao, et toi, que voulais-tu me dire ?

Wen-sieou hésitait, honteux de la mesquinerie de ce qu'il avait à dire, comparé à la grande nouvelle que son beau-père venait de lui annoncer.

— Oh, rien de bien important…

— Parle. Les petites choses passent avant les grandes. En ce moment, il faut être attentif à la moindre rumeur.

— Eh bien… commença Wen-sieou après s'être retourné pour jeter un regard prudent vers la porte. Tout à l'heure, un mendiant posté devant ma résidence est venu m'apporter ce message, qui lui a été confié, m'a-t-il dit, par un inconnu.

Yang déroula la feuille que lui tendait Wen-sieou. Les caractères avaient été tracés à la hâte, mais d'une écriture si belle que c'en était presque inquiétant.

Un complot vise à assassiner Son Excellence Yang Si-tcheng. Redoublez de prudence.

Yang eut un sourire amer puis jeta le papier sur sa table.

— Un message anonyme… Pourquoi me tuerait-on à présent ? Il n'y a aucune arrière-pensée dans la décision qu'a prise aujourd'hui la Vénérable Aïeule.

— Sans doute. Sa décision de se retirer rend toute conspiration inutile. Mais les courtisans corrompus qui l'entourent ne réfléchissent pas de façon sensée. La prudence reste de mise jusqu'à l'annonce officielle.

— Hum, fit Yang en reprenant la feuille pour l'examiner. Même en admettant que Li Lien-yin et Jong-liu aient fomenté quelque plan qui nous échappe, s'il m'arrivait quoi que ce soit, les coupables seraient évidents. C'est cela même qui les exposerait à la disgrâce de la Vénérable Aïeule. Ce serait comme s'ils se tordaient le cou eux-mêmes. C'est impossible. Ils ont beau avoir vieilli, ils ne sont pas devenus stupides à ce point.

— Certes, c'est impensable, mais...

Wen-sieou se retourna vers la porte et frappa dans ses mains. La porte s'ouvrit, livrant passage à un officier de la garde des Huit Bannières à la fière allure qui mit un genou en terre. Derrière lui, dans la cour intérieure, on apercevait une dizaines de soldats, torches à la main.

— Tu es bien prévoyant !

— Ce sont tous des officiers de la garde sympathisants du mouvement de réforme. Je leur ai demandé d'assurer la sécurité de Votre Excellence, jusqu'à ce que la Vénérable Aïeule se soit retirée à Yi-he-yuan.

— Merci, Che-leao. Je pense que ton inquiétude est sans fondement. Cependant, je n'ai aucune envie de mourir, et me confie donc à ta sollicitude.

— Ils monteront la garde par cinq à tour de rôle. Tous ces jeunes officiers ont passé leurs examens militaires et ont des références sérieuses. Ce sont de vaillants guerriers qui formeront le pivot de l'armée du nouvel Etat. J'en ai posté un à la porte, deux aux fenêtres, deux dans la cour intérieure, afin d'empêcher tout assassin, si habile soit-il, de s'introduire chez vous.

Tous les officiers, grands et vigoureux, portaient par-dessus les uniformes surannés des Huit Bannières, les uns des fusils et des cartouchières, les autres des carquois et des arcs. L'officier agenouillé dans l'entrée, qui semblait être leur commandant, avait deux gros pistolets passés dans la ceinture. Il se releva et fit un signe de la main à ses hommes qui prirent aussitôt leur poste.

Wen-sieou inspecta la pièce dans le moindre recoin en même temps que l'officier. Ils regardèrent sous le lit, dans les vases, derrière les panneaux calligraphiés…

— Bien. Excellence, je vais de ce pas transmettre la nouvelle à K'ang Yeou-wei. Je suis sûr qu'il va applaudir…

— Oui. Et surtout, préviens-le de ne pas claironner la nouvelle sur tous les toits, cet homme-là est trop bavard.

— Une fois le décret de réforme passé, son éloquence prendra tout son sens. Il est le théoricien de notre mouvement.

Au moment où Wen-sieou allait quitter le bureau, après s'être agenouillé pour saluer son beau-père, ce dernier se ravisa :

— Che-leao…

— Excellence ?

— Non, rien. Sois prudent, toi aussi. Le pays compte sur toi pour protéger Sa Majesté l'empereur tout au long de sa vie, et assurer la paix au peuple. Fais attention à toi.

C'était bien la première fois que Wen-sieou voyait cette physionomie sévère de confucianiste s'épanouir en un si large sourire.

Lorsque Yang Si-tcheng alla enfin se coucher après avoir mis de l'ordre dans ses documents, la pleine lune, dardant vers lui de sinistres rayons rouges, s'apprêtait à disparaître de l'autre côté du toit de tuiles du bâtiment administratif.

Il ouvrit la fenêtre, jeta un coup d'œil dans le jardin, où deux gardes faisaient le guet.

— Merci de veiller sur moi. Je vais me coucher.

Un des robustes officiers, le fusil braqué vers les ténèbres, répondit :

— Dormez en paix, nous ne laisserons pas même entrer une souris.

Un des soldats arpentait le couloir d'un pas de métronome, un autre inspectait, torche à la main, le feuillage touffu des ormes du jardin.

Yang cadenassa sa fenêtre, éteignit sa lampe, et se coucha. D'ordinaire, il s'endormait tout de suite, épuisé, d'un sommeil de plomb, mais cette nuit-là, l'excitation le maintint en état de veille.

Incapable de fermer l'œil, il finit par se lever et s'agenouilla en direction du palais du Nord :

— Moi, Yang Si-tcheng, je jure de respecter les volontés impériales. Je prie du fond du cœur pour que la Vénérable Aïeule vive dix mille ans et que la prospérité de Sa Majesté l'empereur s'accroisse sans fin.

Il saisit ensuite la paire de bottes déposée au pied de son lit et la leva respectueusement au-dessus de sa tête. Au cours des vingt années écoulées depuis son doctorat, il avait reçu de nombreux cadeaux et témoignages de gratitude, mais jamais il n'avait reçu de récompense aussi précieuse, à la signification si profonde. Dès demain, se dit-il, je chausserai ces bottes pour me rendre à la salle de l'Harmonie du Milieu annoncer à Sa Majesté le déroulement des derniers événements.

— Je ne mérite pas pareil présent, murmura-t-il avec émotion en dénouant les lacets de soie dorée. Il souleva à nouveau les chaussures jusqu'à son front avant de les reposer à terre.

Dans la lumière des étoiles qui pénétrait pas la fenêtre, le cuir magnifique étincelait comme du mica.

Yang introduisit son pied gauche dans une des bottes. Elle était un peu grande mais très confortable grâce à la fourrure de martre dont l'intérieur était tendu. Essuyant de sa manche des larmes d'émotion, le ministre enfila la deuxième botte.

Soudain, un élancement de douleur parcourut le bout de son pied gauche. Il crut d'abord à un rivet qui dépassait de la semelle, mais sentit bientôt un corps étranger ramper le long de ses orteils. Puis une douleur aiguë lui traversa la cheville, comme un coup de ciseaux.

Saisi, il enleva la botte en hâte, et quelque chose en sortit en rampant avec un bruit inquiétant.

Un araignée ? Non…

Un petit insecte rouge traçait agilement son chemin sur le sol pour aller se dissimuler sous une chaise, et c'est seulement quand il le vit relever une queue noduleuse articulée comme une armure que Yang reconnut, avec un frisson glacé, un scorpion.

Déjà, une douleur sourde lui anesthésiait la jambe droite. Il forma un garrot sur sa cuisse à l'aide de ses deux mains serrées de toutes ses forces.

— Quelqu'un, à l'aide !

Un des gardes secoua violemment la porte fermée à clé.

— Excellence, qu'y a-t-il ?

— Un scorpion, j'ai été piqué par un scorpion !

Il tenta sans succès de se redresser et s'effondra à terre. Il ne sentait plus sa jambe droite. Au moment où un officier, brisant la fenêtre d'un coup de pied, se précipitait dans la pièce, le venin faisait déjà battre le cœur du professeur Yang comme une cloche affolée. Découvrant le minuscule criminel dissimulé sous une chaise, la queue dressée, l'officier l'écrasa aussitôt du talon de sa botte.

— N'ébruitez pas cette affaire. Ce n'est pas ma mort qu'ils veulent, mais des troubles, des émeutes, ils n'attendent que cela. Cours chez K'ang Yeou-wei et transmets ceci au commissaire Liang : surtout, pas d'agitation, surtout…

Tout en parlant, Yang s'était mis à trembler comme sous un accès de malaria, les yeux révulsés.

— Excellence !

— La jambe, coupe-moi la jambe ! Je ne dois pas mourir, pas encore !

Au moment où l'officier, résolu à obéir, dégainait son sabre, le corps émacié de Yang Si-tcheng se tendit comme un arc dans un ultime soubresaut, puis il expira en vomissant un flot de sang.

Liang Wen-sieou était encore à la résidence de K'ang Yeou-wei, située non loin du ministère des Rites, lorsqu'on vint lui faire part du brusque décès de son beau-père.

K'ang Yeou-wei avait effectivement applaudi en apprenant la décision de l'impératrice douairière, et lui et Wen-sieou avaient passé la nuit à boire pour fêter l'événement.

— Le commissaire aux Affaires Militaires Liang Wen-sieou est-il ici ? cria dès la porte l'officier accouru au grand galop.

Il se précipita aussitôt à l'intérieur de la résidence. Oubliant même les génuflexions d'usage, il fit irruption dans la pièce où se trouvait Wen-sieou et annonça sans ménagement, tremblant de tous ses membres :

— Le ministre des Rites est mort !

K'ang et Wen-sieou se levèrent d'un bond.

— Quoi ?...

K'ang restait figé sur place. Wen-sieou se précipita vers la porte et la cadenassa.

Ne sachant par où commencer pour raconter ce qui s'était passé, l'officier commença par avaler une rasade du flacon de vin jaune posé sur la table pour reprendre son souffle.

— Le professeur Yang a été piqué par un scorpion dissimulé dans une des bottes offertes par l'impératrice douairière.

Wen-sieou eut l'intuition immédiate qu'il ne pouvait s'agir d'un hasard.

— C'est un complot ourdi par le parti de l'impératrice, affirma-t-il.

L'officier interrompit le geste de K'ang Yeou-wei qui levait déjà le bras pour appeler ses gens.

— Attendez ! « N'ébruitez pas l'affaire », telles ont été les dernières paroles de Son Excellence Yang.

— Comment ne pas ébruiter pareille nouvelle ? Allons, laisse-moi passer.

— Calmez-vous. Ce sont les ordres de Son Excellence. Je dois transmettre la nouvelle uniquement au commissaire Liang. Le parti adverse n'attend qu'une chose : que la nouvelle suscite des troubles.

Repoussant l'officier, K'ang s'apprêtait à se précipiter hors de la pièce, mais Wen-sieou le saisit à bras-le-corps.

— Attends, reprends-toi. Il a raison, il ne faut pas faire de vagues, ce n'est pas le moment.

— Comment ne pas réagir à un crime aussi lâche ? Rassemblons nos camarades ! Il faut encercler la résidence de Jong-liu, l'accuser de trahison !

— Assieds-toi. Gardons-nous d'agir inconsidérément.

— Comment peux-tu garder ton sang-froid ? Quel homme insensible tu fais ! C'est ton beau-père qui vient d'être lâchement assassiné !

Avec l'aide de l'officier, Liang Wen-sieou obligea K'ang à se rasseoir. Puis il donna un grand coup de poing sur le bureau et s'assit en face de son camarade, le menton dans la main. Après avoir réfléchi un moment, il déclara :

— Ecoute-moi bien, K'ang. Conformément à la volonté de l'impératrice Tseu-hi, le ministre des Rites est parti ce soir pour sa province natale. C'est tout. Entends-tu ? Il ne s'est rien passé d'autre.

K'ang ouvrit de grands yeux.

— Dissimuler sa mort ?

Wen-sieou hocha la tête.

— Mais pourquoi ?

— La démission du professeur Yang était la condition posée par l'impératrice douairière à son propre retrait. S'il ne s'est rien passé d'autre, elle ne peut plus reculer, et l'empereur peut enfin commencer à régner.

— Attends, Che-leao. C'est peut-être elle qui a commandité ce crime.

— Impossible !

— Comment peux-tu en être aussi sûr ? Est-ce Son Excellence Yang qui te l'a dit ? Allons donc ! Le Vieux Bouddha est un véritable monstre qui est sorti vainqueur de toutes les luttes de pouvoir jusqu'à présent. Pourquoi se plierait-elle aux conseils désintéressés du tuteur de Sa Majesté l'empereur ?

Mais Wen-sieou demeurait convaincu que si K'ang considérait l'impératrice douairière comme un monstre, c'était uniquement parce qu'il n'avait encore jamais eu d'audience avec elle. L'opinion qu'avaient de Tseu-hi les fonctionnaires d'un rang qui les autorisait à la rencontrer et ceux qui ne l'avaient jamais vue, divergeait totalement, tant sa réputation était exécrable.

— Tu ne peux sans doute pas le comprendre, mais jamais la Vénérable Aïeule ne voudrait causer la moindre souffrance à l'empereur. Et Sa Majesté avait mis son entière confiance en son précepteur.

K'ang frappa à son tour des deux mains sur le bureau et se leva.

— J'ai du mal à te croire, Che-leao, tu dis des choses radicalement différentes d'habitude. Même si un amour sincère lie l'impératrice Tseu-hi à son neveu, le conflit des deux partis, réformateur et conservateur, est bien réel, n'est-ce pas ? Il n'y a rien d'étrange à ce que des assassinats se produisent dans un camp ou dans l'autre selon la tournure des événements.

— Pure illusion. Ce sont des mensonges que répandent à l'envi les activistes qui traînent dans Pékin, ou plutôt non, que les journalistes étrangers ont inventés pour se distraire ! Et nous, nous sommes manipulés comme des pantins par des illusions forgées de toutes pièces. Comment expliques-tu qu'un monstre, une sorcière, ait pu diriger ce pays sous trois générations d'empereurs ?

— Elle a usurpé leur pouvoir !

— Illusion, encore et toujours ! Pourquoi êtes-vous tous à plaindre le sort tragique de l'empereur Kouang-siu, si intelligent et si bon ? Vous êtes victimes de la rumeur publique ! Et toi, tu veux encore en rajouter !

— Que tu es naïf, Che-leao ! Tu es aveugle à ce qui se passe réellement ! Méfie-toi des interprétations trop commodes !

Tous deux, debout, s'affrontaient en hurlant, séparés par la table, prêts à en venir aux mains. L'officier, qui avait jusque-là supporté la scène en silence, finit par intervenir :

— Calmez-vous, je vous en prie. Le moment n'est pas aux querelles. Il va bientôt faire jour, les domestiques du bureau des Rites vont se lever. Que faut-il faire ? Donnez vite des ordres.

K'ang et Wen-sieou se rassirent ou plutôt s'effondrèrent sur leurs chaises, et se plongèrent dans une intense réflexion. K'ang Yeou-wei finit par dire dans un gémissement :

— Très bien. Evitons d'ébruiter l'affaire. Puisque Jong-liu n'attend que ça…

— Bien sûr. La Vénérable Aïeule craint les bandes qui traînent à la capitale et les jeunes fonctionnaires agités. Sur un seul ordre d'elle, l'armée des mers du Nord entrera à Pékin. Et Jong-liu prendra alors le commandement de l'armée de la capitale. Nos camarades seront arrêtés sous prétexte d'avoir poussé le peuple à l'insurrection. Voilà certainement ce que Son Excellence Yang a pressenti.

— Et c'est bien ce qui risque d'arriver, renchérit K'ang en fronçant les sourcils.

— Nous n'avons pas le choix, il faut garder secret l'assassinat du ministre. Il n'est rien arrivé. Le professeur Yang m'a confié sa succession puis est parti pour Hang-tcheou. J'annoncerai demain cette nouvelle à la Vénérable Aïeule. Voilà qui réduira à néant la conspiration de Jong-liu.

— Tu vas également raconter cela à Sa Majesté l'empereur ?

— J'y suis obligé. S'il apprenait la vérité, il laisserait aussitôt éclater sa colère. Ce n'est pas le moment de faire des vagues. Sa Majesté doit commencer à régner !

— Cependant… il reste… Les lèvres de K'ang tremblaient en évoquant le problème le plus crucial : le cadavre… S'il est découvert, Jong-liu inventera des preuves pour nous faire porter le chapeau.

— Le cadavre… commença Wen-sieou, puis la voix lui manqua.

Jusque-là, il n'avait pas encore eu le sentiment réel de la mort de son beau-père. Il en était sans doute de même pour K'ang. La situation était trop pressante pour leur laisser le temps de se laisser aller au chagrin.

— Je m'en charge. Je le déposerai pour un temps dans un endroit où personne ne pensera à aller le chercher.

Le poids de la mort les accabla soudain tous deux. Le principal soutien de l'empereur, Yang Si-tcheng, était mort. Un long silence s'établit entre les deux jeunes gens, tandis que la réalité étendait sur eux son voile noir.

K'ang Yeou-wei murmura enfin, le regard dans le vague :

— Dans un an, nous annoncerons que Son Excellence Yang a succombé à la maladie, dans sa résidence de retraite à Hang-tcheou. A ce moment-là, nous lui organiserons de somptueuses funérailles…

12

Cet hiver-là, il gela à pierre fendre. Quand enfin la glace desserra son étau sur le Hai-ho, fleuve qui traversait Tientsin, le froid laissa la place à un bref printemps, vite disparu.

On était vers la mi-avril, d'innombrables fleurs de saule tourbillonnaient dans le vent. L'humidité marine les transformait vite en boules cotonneuses qui roulaient en tous sens sur le sol. Voilà à quoi ressemblait le printemps dans le Hopei, avant l'arrivée des violentes tempêtes de sable de l'été.

Oka Keinosuke, le journaliste des *Dix Mille Matins*, s'était installé dans un parc au bord du fleuve et regardait le soleil décliner vers l'ouest. La saison des tempêtes de sable approchait.

La victoire du Japon sur la Chine n'avait pas seulement valu à l'empire mandchou le paiement d'un lourd tribut et l'annexion de territoires comme la péninsule de Liao-tong. Devenu une menace que ni les puissances occidentales ni la Chine elle-même n'avaient vu approcher, le Japon avait mis le couteau sous la gorge d'un empire exsangue. Cela avait précipité la crise et jeté dans le désordre l'ensemble du continent chinois, que les puissances s'apprêtaient maintenant à se partager comme une vulgaire pastèque.

Oka regardait au loin les bâtisses occidentales, teintes par les rayons du couchant, de l'enclave étrangère bâtie le long des berges du Hai-ho.

Après la guerre, la concession japonaise s'était largement étendue, on avait même comblé sur le cours inférieur du fleuve des zones marécageuses, où les constructions allaient bon train : il fallait doubler la taille de l'actuelle concession.

Personne n'était dupe : avec une pareille ampleur, il ne s'agissait plus d'une concession mais d'une véritable colonie.

Le ventre des cargos arrivant dans le port de Taku crachait continuellement des colonnes de « diables orientaux » vêtus à l'anglaise, barbus comme des Allemands, parlant français et lançant des plaisanteries américaines. Tous affluaient vers l'énorme concession de Tientsin.

Depuis la tentative d'assassinat sur la personne du général Yuan Che-k'ai, les informations avaient cessé d'arriver de Pékin. Une rumeur circulait parmi les correspondants étrangers basés à Tientsin : désormais, c'étaient les organes officiels de l'administration japonaise à Tientsin qui géraient toutes les informations. On disait même qu'un groupe occulte de conseillers politiques japonais, installé au cœur même de la Cité Interdite, dirigeait en secret le pays.

Naturellement, ce n'était là que de folles chimères issues de l'imagination de journalistes assoiffés de nouvelles fraîches. Eux qui faisaient de l'actualité leur pitance dans ce centre vital de l'Extrême-Orient, sur lequel le monde entier avait les yeux fixés, devaient se contenter de bribes de rumeurs qui ne leur remplissaient pas l'estomac.

Les journalistes japonais n'en savaient pas plus que les autres sur la situation politique à Pékin. Oka, comme tout le monde, envoyait chaque jour au siège de Tôkyô des dépêches monotones qui ne parlaient que de fonte des glaces, de chatons de saule et de tempêtes de sable à venir. Pas vraiment de quoi rassasier le lecteur.

Oka longea la berge sinueuse du Hai-ho, puis avança dans la rue bordée d'arbres de la petite colonie qui allait en se rétrécissant, pour finalement pousser la porte de *Chez Tseu-hi*, dans un coin de la concession française.

Les regards de tous les journalistes assis autour de la table d'ébène se tournèrent vers lui. Le correspondant du *London Times*, gilet déboutonné, occupé à battre des cartes, s'interrompit pour l'interpeller en français d'un ton cordial :

— *Bonjour, Monsieur Oka !* Dis, tu ne me vendrais pas tes informations pour dix livres ? Ces temps-ci, le bureau de Londres me harcèle. Dès que cet interminable hiver de Tientsin sera terminé, ils vont m'envoyer à Bombay en pleine fournaise !

Des rires où perçaient la jalousie et l'humiliation s'élevèrent un peu partout dans la salle. Oka jeta un regard circulaire sur la pièce, de derrière ses lunettes.

— A Bombay, vous seriez tous des maharajahs ! Tes dix livres, joue-les plutôt aux cartes.

Oka grimpa l'escalier qui empestait la cire à en donner la nausée. Thomas Burton, installé à sa place habituelle, lui adressa un signe de la main.

— Tiens, Tom, ça faisait longtemps. Je te croyais rentré à Manhattan.

Burton tourna un visage illuminé par le whisky vers l'escalier pour appeler le boy.

— Je te trouve dur, Kei. Ces temps-ci, les Japonais prennent au sérieux tout ce qu'on leur dit.

— Bah, qu'importe. Ce soir, ils vont envoyer comme d'habitude des articles critiquant le Japon. Je ne sais pas si tu es au courant, mais d'après le *London Times*, le Japon est le seul pays à envahir la Chine.

— Le *New York Times* c'est différent, c'est le journal le plus libéral au monde.

— L'Amérique serait donc le pays de la liberté et de la justice ? Bah, tu peux bien écrire ce que tu veux. Tout ce que vous faites, vous, les Occidentaux, est libéral, c'est ça ?

Devant la colère d'Oka, Burton rentra la tête dans les épaules.

Au cours des derniers mois, les puissances étrangères avaient entrepris de dépouiller la Chine avec une énergie féroce. Le 27 mars, la Russie avait arraché de force à la Chine la signature d'un traité lui accordant Port-Arthur et Talien comme territoires à bail. Le 9 avril, la France s'était fait reconnaître le droit de construire des chemins de fer au Yunnan ainsi que le bail du golfe de Canton. Dès le lendemain était proclamée la « non-cession des trois provinces du Yunnan, de Canton et du Kouang-si », ce qui revenait à annoncer d'une façon détournée que ces provinces ne seraient cédées à aucun autre pays que la France. Déjà la cession des rives du Yang-tse avait été promise à l'Angleterre. Les exigences que formulait chaque pays afin que ne soient pas cédées à d'autres, pour des raisons de sécurité, les zones en bordure de son territoire, permettait à terme un élargissement sans fin des zones concédées.

Le Japon, imitant cet exemple, exigea alors de l'empire Ts'ing une « proclamation de non-cession » de la province de Fou-kien, face à l'île de Formose, estimant que c'était là son droit naturel de pays vainqueur.

Le développement de la concession japonaise de Tientsin offrait le modèle réduit de la situation sur l'ensemble du territoire.

Oka lança, tout en regardant le journaliste anglais assis en contrebas, qui avait repris ses cartes :

— Et puis tu sais, j'ai une aversion particulière pour les Anglais.

— Ah bon ? Pourtant ton pays entretient de bonnes relations avec eux.

— Leurs procédés sont si évidents. Ils s'apprêtent à recommencer en Chine exactement ce qu'ils ont fait en Inde, ils veulent faire avec Hong-kong la même chose qu'avec Bombay. Ils se sont déjà emparés de Hong-kong grâce au traité de Nankin, et avec le traité de Pékin, ils ont également mis la main sur une partie de la presqu'île de Kowloon. Et maintenant ils s'apprêtent à exiger le reste de Kowloon. Les actes criminels devraient s'accomplir un peu plus discrètement, non ?

— Actes criminels ? Tu y vas un peu fort.

— Si ce n'est pas là un acte répréhensible, alors ni le vol ni la vente de drogue ni le trafic humain ne le sont. Ou alors, quand les choses se passent à l'échelon de l'Etat, cela ne s'appellerait plus un crime ? A propos, où étais-tu passé ?

Cela faisait six mois que Thomas Burton n'était pas réapparu au bar. Et chaque fois qu'Oka était passé le voir à son bureau, il avait trouvé la porte fermée à clé.

— Tu étais en reportage dans le Chantong ? On dit que les nationalistes s'y sont à nouveau soulevés.

— Ah, les fameux « groupes de justice et de concorde » ? Je voudrais bien y aller mais je n'ai pas le temps, hélas. Non, j'étais à Pékin avec Mrs Tchang, répondit Burton, l'air de rien, en allumant sa pipe.

— A Pékin ?

— Oui. Ça m'inquiétait, ce silence soudain. D'après mon expérience de ce pays, quand les informations s'arrêtent de circuler, c'est qu'un changement important est en train de se produire.

Oka avala une rasade de whisky que le boy venait de lui apporter. Tandis que le liquide lui brûlait le gosier, il jeta un coup d'œil prudent aux alentours avant de reprendre, en anglais cette fois :

— Me diras-tu de quoi il retourne ?

— Naturellement. C'est pour ça que je suis venu aujourd'hui.

Burton posa les coudes sur la table, puis la tête sur une de ses grosses mains velues, et invita Oka à rapprocher son visage.

— Ce sera rapide à télégraphier. Mais pas un mot à qui que ce soit, hein ?

— Bien sûr ! Alors, que se passe-t-il ?

La pipe au coin des lèvres, Burton chuchota :

— Il paraît que le secrétaire Yang est mort.

Oka dressa les sourcils d'étonnement puis corrigea aussitôt :

— Mais non, il est retourné dans sa province natale.

— D'où tiens-tu ça ?

— De l'attaché militaire japonais résidant à Pékin. Il ne peut pas se tromper.

— Ah oui, ton samourai d'Aizu qui dit avoir survécu aux combats de la restauration de Meiji. C'est un officier de renseignements de premier ordre. Mais cette fois, il s'est fait rouler dans la farine. Ecoute, Kei, ça m'est égal que tu te fies à tes compatriotes pour obtenir tes informations mais c'est en Chine que tu fais des reportages, alors mets-toi bien ça dans le crâne…

Son verre de whisky à la main, Burton pointa l'index vers son collègue japonais :

— Les mandarins chinois ne sont pas aussi simples que les samouraïs japonais.

Il semblait convaincu de l'information qu'il avançait. Oka savait qu'il était dans ses habitudes de prouver la véracité de ses dires en assénant ce genre de formule insolente en guise de conclusion. Burton poursuivit en anglais, avec son terrible accent du Sud :

— J'ai vérifié auprès du bureau de Shanghai. Le secrétaire Yang n'est ni à Shanghai, ni à Hang-tcheou. Quand un haut fonctionnaire du gouvernement central rentre dans sa province, il ne disparaît pas sans laisser de traces. Réfléchis, Kei. Si je rentrais à l'improviste à la Nouvelle-Orléans, mes proches organiseraient au moins une *garden-party* pour fêter mon retour. D'après les usages en vigueur ici, le retour du secrétaire Yang aurait dû donner lieu à une succession de réceptions à Shanghai et à Hang-tcheou, pendant au moins une semaine ou deux.

Oka s'étouffa avec sa deuxième gorgée de whisky. Thomas Burton avait l'air parfaitement sûr de lui.

— Que s'est-il passé, alors ?

— Cette histoire de retour au pays n'est qu'une rumeur. Il est mort, mais son entourage du parti réformateur veut dissimuler la nouvelle.

— Pourquoi ?

— Il a dû mourir d'une façon qu'il vaut mieux tenir secrète.

— Un attentat ?

— Chut, fit vivement Burton en posant un doigt sur ses lèvres et en jetant un coup d'œil aux alentours. Voilà ce qu'il en est : il y a environ un mois de cela, une voiture à cheval a quitté le ministère des Rites à la faveur de la nuit. A son bord se trouvaient le commissaire aux Affaires Militaires Liang Wen-sieou, et le secrétaire du ministère des Travaux Publics K'ang Yeou-wei. Et avec eux, enveloppé de satin blanc, un cadavre !

— Tu plaisantes ? Qui aurait bien pu assister à cette scène ?

— Mrs Tchang. Elle possède des techniques d'espionnage infaillibles. Elle parle toutes les langues du monde, avec l'accent idoine, et manie très habilement l'art du déguisement. Elle peut se transformer aussi facilement en prostituée qu'en noble mandchoue. Et elle sait, au choix, passer pour un laideron ou une beauté.

— Je crois comprendre ce que tu veux dire.

Burton prit un air grave et chuchota d'un ton incantatoire :

— Mrs Tchang espionnait K'ang Yeou-wei depuis un moment. Son rang de fonctionnaire est des plus bas, mais il est le meneur du mouvement étudiant et l'élément le plus extrémiste du parti de la réforme. Si un changement quelconque a lieu, il débutera forcément dans son entourage. Cette nuit-là, Liang Wen-sieou s'est présenté fort tard à la résidence de K'ang. Jusque-là, rien que de très ordinaire. Mais au moment où Mrs Tchang, déguisée en prostituée arpentant les rues du quartier, allait s'en aller, elle a vu arriver un coursier au galop. Un moment plus tard, K'ang et Liang sont sortis en charrette à cheval et se sont rendus au ministère des Rites. C'est là qu'intervient le cadavre : ils l'ont sorti par la porte arrière du bâtiment.

— Comment sais-tu que c'est celui de Yang ?

— Liang et K'ang pleuraient tous les deux. Ici, les gens n'ont pas l'habitude de réprimer leurs émotions comme chez vous au Japon. Mais tout de même, deux hommes d'Etat ne sanglotent pas en chœur sans une bonne raison... Non, c'est sûr, il ne peut s'agir que du cadavre de Yang Si-tcheng.

Il saisit le bras d'Oka, qui s'apprêtait à sortir son carnet.

— Note tout ça dans ta tête. Des événements terribles se préparent à Pékin. Si tu ne veux pas te faire tuer à cause d'un vulgaire carnet, ne laisse rien d'écrit derrière toi.

— Cependant, je ne vois pas comment il serait possible de dissimuler la mort d'un haut commis de l'Etat tel que le ministre Yang.

— Tu étais bien persuadé jusqu'à tout à l'heure qu'il était rentré dans sa province natale. Eh bien, voilà, la rumeur de sa démission et de son départ pour Hang-tcheou a été lancée exprès. Seules quelques personnes du parti réformiste et sa famille connaissent la vérité. Il doit bien y avoir une raison qui les oblige à dissimuler sa mort.

Et il posa son front entre ses doigts croisés, comme s'il réfléchissait intensément à cette raison.

Oka se pencha vers l'Américain pour lui poser une question motivée davantage par le goût du bizarre que celui de l'information :

— De toute façon, ils ont bien dû cacher ce cadavre quelque part, ailleurs qu'à la résidence de Yang. On l'y trouverait tôt ou tard, et puis, avec la chaleur qu'il fait, il se décomposerait rapidement.

— Ecoute, Kei. Voilà qui va réjouir les lecteurs du *New York Times* : la voiture à cheval a déchargé le cadavre devant la maison du castrateur de la porte de la Splendeur de l'Ouest. Tu dois connaître l'endroit : la maison Bi, une usine à fabriquer des eunuques.

— Un castrateur... Brr, j'en ai la chair de poule, fit Oka en tapotant les manches de sa veste.

Il imaginait la scène : la voiture à cheval transportant le cadavre du ministre des Rites s'enfonçant dans les ténèbres à travers les ruelles tortueuses du quartier le plus sinistre de la capitale.

— Mrs Tchang, qui a poursuivi la filature tout au long, m'a raconté qu'elle avait cru devenir folle de terreur. Nous, le phénomène ne nous paraît pas sans intérêt, mais chez les Chinois, les castrateurs n'éveillent rien d'autre que la peur. Par exemple, quand un enfant pleurniche, les parents le menacent en disant : « Si tu n'obéis pas, le castrateur Bi va venir te chercher ! » Naturellement, cette menace ne fait de l'effet qu'aux petits garçons.

— Je vois. Personne ne s'approche de chez lui, tellement il répugne aux gens. C'est l'endroit rêvé pour dissimuler un cadavre.

— La maison Bi existe depuis de longues générations. Le castrateur doit bien connaître l'art de momifier les parties intimes de ses victimes. Il n'est pas impossible que les deux réformistes lui aient demandé de conserver le cadavre, en évitant qu'il se décompose, jusqu'à ce que la restauration de l'empereur ait pris effet. Autrement dit, le ministre Yang, symbole du mouvement de réforme, va mourir deux fois.

De la fenêtre située à l'arrière de l'étage suspendu du bar provenait le vent nauséabond de la rivière. Dans le petit encadrement de la fenêtre, se découpaient comme un tableau des pâtés de maisons de brique rouge teintes par le couchant. Thomas Burton, suivant le regard d'Oka, fixa à son tour la fenêtre et chuchota :

— On est bien ici, à Tientsin. C'est une ville à la nationalité incertaine, mais il est facile de s'y retrouver, tandis que rien à Pékin ne correspond pas à notre logique. Une ville-énigme, faite de briques noires entassées à l'aveuglette.

— Que va-t-il se passer maintenant ?

— Je n'en ai pas la moindre idée. Comme j'ignore la raison qui a poussé K'ang et Liang à cet acte incompréhensible, je n'ai aucun moyen de prévoir la suite des événements. Simplement…

Burton, qui avait marmonné ces mots comme pour lui-même, ramena son regard vers la table.

— Tout ce que je peux dire, c'est que désormais, la mèche est allumée. La capitale ne va pas tarder à exploser.

Oka pensa soudain aux deux seuls personnages capables de mettre fin à cet état d'urgence et d'écraser sous leur botte cette mèche enflammée :

— Le *president* Li est-il au courant de ce qui se trame ?

— Bah, le *president* Li. Il a bien vieilli depuis qu'il a pris sa retraite. Il doit être écœuré.

— Et le prince Kong ?

— C'est bien là le problème, Kei. Tout comme Li, il n'a plus sa force d'autrefois, mais en tout cas, il est le frère de l'impératrice douairière et l'oncle de l'empereur Kouang-siu. Le sixième frère de l'empereur, le prince de sang Kong, soutien de la dynastie mandchoue, tient entre ses mains la clé de l'époque. En fonction des circonstances…

Burton fronça ses gros sourcils d'une épaisseur disproportionnée à sa calvitie, et rapprocha sa tête de celle d'Oka.

— Le lendemain de cet incident, le prince Kong Yi-sin s'est rendu au palais, en dépit de sa maladie. Liang Wensieou et le commissaire aux Affaires Générales Chouen-kouei l'accompagnaient. Mrs Tchang a vu leurs trois chaises à porteurs se diriger vers la porte du Génie Militaire. Ils se rendaient probablement à une audience avec l'impératrice douairière.

Oka alla repêcher dans un coin de sa mémoire le nom du jeune noble mandchou qui considérait le prince Kong comme son maître.

— Chouen-kouei…

— Oui. Comme ça, on sait enfin où il se situe, celui-là.

Le jeune noble mandchou nommé subalterne du ministre Jong-liu sur recommandation du prince Kong s'était-il rallié au mouvement réformiste, sur l'injonction du prince Kong ? Ou bien un cadre du parti réformiste était-il en place depuis le début au ministère des Affaires Générales, dans le bureau voisin de celui de Jong-liu ?

— Qu'est-ce que le prince Kong a bien pu dire à Tseuhi ?

— Simple supposition de ma part : le ministre Yang a dû être assassiné sur ordre de l'impératrice douairière elle-même ou d'un membre du parti conservateur se réclamant de son autorité. Ni le prince Kong ni le commissaire Liang ne savent qui est l'assassin. Ils annoncent donc à l'impératrice douairière que le ministre Yang a donné sa démission et quitté la capitale, et demandent à Tseu-hi de renoncer au pouvoir et de se retirer dans son palais d'été. Cette fois, même le prince Kong ne cédera pas. S'ils ne saisissent pas cette opportunité, l'empereur pourrait bien ne jamais gouverner par lui-même. Je vois d'ici le prince Kong presser l'impératrice mère d'accepter cette proposition, tout en épiant sa réaction.

— Croyez-vous que l'empereur connaisse la vérité ?

— Non, certainement pas, répondit Burton d'un ton plein d'assurance. Le ministre Yang était son tuteur depuis son plus jeune âge. Il avait une confiance totale en lui. S'il savait qu'il a été victime d'une conspiration, il entrerait dans une rage folle et n'aurait de cesse de découvrir l'assassin. Et là, la situation serait terrible. Dans ce pays, si l'empereur néglige ne serait-ce qu'un instant son office, tous les organes de fonctionnement du pays s'arrêtent. Il en allait déjà ainsi à l'époque de l'empereur Sien-feng, mais maintenant ce serait une véritable catastrophe. Un fonctionnaire de l'intelligence de Liang doit en être parfaitement conscient. Le seul but des réformistes est la publication d'un édit impérial annonçant le commencement du règne nominal de l'empereur. C'est le seul moyen d'action qui leur reste.

— Les conservateurs n'accepteront pas cela sans rien dire.

— Naturellement. Il y aura peut-être une résurgence des attentats. Mais cela limitera tout de même les effusions de sang.

— Pourquoi ?

Thomas Burton dirigea son regard vers la fenêtre. Sur la rive opposée du Hai-ho, illuminée par le couchant, s'alignaient les paisibles toits de chaume de Tientsin.

— Tientsin est une ville heureuse. Tu comprends ? C'est en prévision d'un moment comme celui-ci que Tseu-hi a nommé son vieux et fidèle vassal Wang Wen-shao gouverneur à Tientsin. Il était le seul à pouvoir succéder à Li Hong-tchang. Ah, l'impératrice douairière est une fine stratège !

Seule l'intervention de l'armée de Tientsin pouvait être déterminante en cas d'affrontement, or Wang Wen-shao, c'était certain, ne prendrait parti pour aucun des deux camps et l'armée ne bougerait pas. Quel que soit le régime mis en place, si l'armée n'intervenait pas, la tragédie serait évitée. Le plus grand danger que courait l'empire Ts'ing était la guerre civile, qui ne manquerait pas d'entraîner une ingérence militaire de la part des étrangers.

— Attends, fit tout à coup Burton, qui semblait réfléchir tout en parlant et avait levé une main velue. Attends… Mais oui, c'est ça !

— Quoi donc ? Explique-toi.

— Je viens de comprendre pourquoi ils ont caché le cadavre de Yang. Ce Liang Wen-sieou est aussi intelligent que Tseu-hi. Il craint une intervention étrangère.

— En effet. Si l'affaire s'ébruite, il y aura des troubles. Si l'armée de Tientsin vient en renfort pour les réprimer, c'est le bain de sang assuré. Les forces étrangères interviendront alors, soi-disant pour protéger leurs résidents.

— Exactement, cela leur fournirait un bon prétexte pour écraser l'empire mandchou. Paris et Londres n'attendent qu'une occasion comme celle-là.

— Et Washington ?

— Oui, peut-être. Et Tôkyô aussi. Tous les gouvernements étrangers qui ont cantonné leurs troupes dans les faubourgs de Tientsin et amarré leurs vaisseaux de guerre dans le port de Taku ont la même idée en tête.

— Dans ce cas, l'éminence grise derrière ce crime ne peut être l'impératrice mère.

— Tout à fait.

Burton vida son verre d'un coup puis leva la main pour appeler le boy.

— Tu ne crois pas que tu as assez bu, Tom ? lança la patronne derrière son comptoir en bas.

— Allons bon ! Quand tu fréquentes un bar depuis vingt ans, ils te traitent comme de la famille. Le croirais-tu, Kei ? Il y a vingt ans, cette matrone était une jeune fille à la taille élancée. Une belle femme, et je l'ai courtisée plus souvent qu'à mon tour !

— Vraiment ? Toi, et *Madame Tseu-hi* ?

— Ne prends pas cet air dégoûté ! Elle et moi on était minces il y a vingt ans. Les femmes chinoises ont des mœurs rigides. Elle est la veuve d'un *compradore*, mais elle est restée fidèle à sa mémoire, et n'a jamais manifesté que froideur à tous les hommes qui venaient la solliciter. Grâce à quoi, aujourd'hui, elle est comme une mère pour moi !

Il lécha ostensiblement la dernière goutte de son verre puis reprit le cours de son raisonnement :

— Donc, tout cela montre avec évidence l'identité de l'assassin : celui que le retrait de l'impératrice douairière gênerait le plus n'est autre que le ministre des Affaires Générales Jong-liu. Sans compter le chef de palais Li Lien-yin. Il ne s'agit donc pas d'un attentat isolé, mais bien d'une conspiration visant à évincer l'empereur Kouang-siu de son trône. Le parti conservateur n'attend qu'une chose : que l'assassinat de Yang mette le feu aux poudres et sème la révolte chez les jeunes fonctionnaires réformistes et les activistes dont la ville est pleine. Si jamais un groupe de manifestants se dirige vers la Cité Interdite, l'impératrice douairière, se rappelant la Révolution française, donnera aussitôt l'ordre à l'armée d'intervenir. Et dès que l'autorité de l'armée aura été transférée à Pékin, elle passera des mains du gouverneur du Hopei à celle du ministre des Armées : Jong-liu ! Qui se fera alors un plaisir d'écraser de ses propres mains le parti de la restauration. Et évidemment, si l'envie lui en prend, il pourrait aller jusqu'à assassiner l'empereur Kouang-siu et même Tseu-hi !

— Il n'ira pas jusque-là. Il est très proche de Tseu-hi.

— Voire. Le général Jong-liu est capable de tout. Il est connu pour sa félonie. Il ne croit en rien, ne respecte ni dieux ni bouddhas !

Thomas Burton parlait d'un ton de plus en plus exalté. Il tendit soudain son long bras, s'empara du verre d'Oka et le vida d'un trait. Son cerveau devait tourner à plein rendement, comme celui d'un loup face à un troupeau de moutons.

— Ce Liang Wen-sieou est impressionnant de lucidité : il a prévu tous les mouvements de son adversaire ! Lui aussi, il faudra que Jong-liu le supprime. C'est le genre d'homme qui bâtit l'histoire !

Il tapa sur la balustrade avec le fond de son verre.

— Hé, tu n'as pas entendu ? Un autre whisky, et vite !

Le boy leva la tête vers lui. La patronne qui actionnait son abaque, assise derrière le comptoir de bois, jeta un coup d'œil vers l'étage par-dessus ses vieilles lunettes.

— *Pu yao !* Pas question, Tom ! Le soleil n'est pas encore couché.

L'Américain frappa la balustrade de son front chauve et la supplia comme un mari ivrogne :

— *Tsai rai, tsai rai yi pen kiu, Tseu-hi tai-hô !* Encore un verre, encore un verre, Impératrice Tseu-hi ! Allez, c'est le dernier…

13

Après avoir écouté jusqu'au bout le prince Kong Yi-sin du haut de son trône, Tseu-hi croisa les jambes sous sa robe de soie noire et, un index posé sur la tempe, rouvrit lentement les yeux.

— Je vous ai bien compris, Sixième Prince. Si le ministre Yang a pris sa résolution et effectivement renoncé à son poste, je ne puis que me retirer à mon tour. Si les diables étrangers se livrent sans retenue à ce partage éhonté de notre empire, c'est certainement parce que je suis une femme et qu'ils me méprisent. Sa Majesté l'empereur a maintenant vingt-sept ans. Il est entouré de jeunes vassaux et saura sans nul doute tenir avec habileté les rênes du pouvoir. Réformer les lois du fondateur n'était certes pas dans mes intentions, mais je dois reconnaître que ces mesures sont aujourd'hui nécessaires au salut de l'empire. Je pars sur l'heure pour le palais d'été. Désormais, je ne reviendrai plus à la Cité Interdite et passerai le restant de mes jours à contempler le lac du sommet de la colline de la Longévité et à réciter des sûtras. Je vous remercie tous de votre loyauté.

Les trois visiteurs se prosternèrent devant l'impératrice mère, entourée de ses deux fidèles âmes damnées, rendus muets par la stupeur.

Prenant dans ses bras le pékinois lové au pied du trône, Tseu-hi se leva et abaissa son regard sur le prince Kong.

— Sixième Prince, vous n'avez pas bonne mine. Vous êtes-vous bien remis de votre angine de poitrine ?

— Grâce à la prescription du médecin de la cour que vous avez daigné m'envoyer, mon état n'inspire plus d'inquiétude. Je serai bientôt complètement rétabli.

— Prenez soin de vous. Si elle ne néglige pas sa santé, la lignée des Aisingyoro jouit toujours de longue vie. L'empereur Ch'ien-lung a vécu jusqu'à plus de quatre-vingts ans. Quel âge avez-vous, Prince ?

— Soixante-sept ans, Majesté.

— Vous avez encore de longues années devant vous. Surtout, ne vous approchez jamais des docteurs étrangers. De nombreuses tâches vous attendent encore.

— Je me conforme à vos ordres, Majesté.

L'impératrice douairière jeta un regard haineux sur Chouen-kouei, prosterné juste derrière le prince, puis tournant brusquement les talons d'un air contrarié, quitta la salle en faisant grincer ses hautes chaussures.

Jong-liu et Li Lien-yin, encore sous le choc du brusque renoncement au trône de l'impératrice douairière, la suivirent d'un pas chancelant.

— Place ! Place ! Sa Majesté la Vénérable Aïeule quitte le palais !

Tandis que s'éloignaient les voix des eunuques qui couraient devant le palanquin impérial, le prince Kong se releva en grimaçant de douleur.

— Vous sentez-vous mal, Altesse ?

Le prince Kong se retourna d'un air confiant vers Chouen-kouei qui s'était avancé pour le soutenir :

— Davantage que mon discours, il semble que ta présence ait mécontenté la Vénérable Aïeule. Sans doute étaitelle persuadée que seuls les Han étaient partisans de la réforme.

— La volonté de sauver l'empire n'est l'apanage ni des Han ni des Mandchous, intervint Liang Wen-sieou. L'empereur gouvernera avec l'aide des deux peuples, selon toute logique. La Vénérable Aïeule le comprendra elle aussi en temps voulu. Toujours est-il, Altesse, que grâce à vos efforts, le règne effectif de Sa Majesté va enfin pouvoir commencer. Feu Son Excellence Yang doit s'en réjouir lui aussi.

Le prince Kong blêmit soudain, jeta un coup d'œil aux alentours et répondit dans un soupir :

— La Vénérable Aïeule ne sait rien, c'est évident. L'assassin est sûrement Jong-liu. Je me demande ce qui se serait passé si vous n'aviez pas fait preuve d'une telle présence d'esprit, Commissaire Liang. Cependant, ne nous réjouissons pas trop vite. Le danger immédiat est éloigné, mais nul ne sait comment ces gredins vont riposter maintenant. Hâtez-vous de mettre en place les réformes, conformément aux volontés de Sa Majesté l'empereur.

Une fois hors de la salle d'audience impériale, Wen-sieou se dirigea vers le sud pour regagner le bureau des Affaires Militaires, tandis que la chaise à porteurs du prince Kong partait vers le nord, en direction de la porte du Génie Militaire.

Une fois passé le parc dont les pivoines embaumaient par-dessus la muraille, le prince Kong fit arrêter sa chaise à un coin désert de l'enceinte vermillon.

Il fit poser sa chaise à terre, éloigna les porteurs et l'escorte puis appela Chouen-kouei.

— Qu'en penses-tu ?

Le visage du prince, enfoncé dans sa chaise, était livide.

— Même si Jong-liu a agi cette fois sans la consulter, au départ l'instigatrice du crime est la Yehonala, répondit sans hésiter Chouen-kouei.

— Crois-tu ? Oui, sans doute…

— Altesse, ma résolution est prise. Je n'attends que votre ordre…

Soulevant à peine les paupières, le prince Kong jeta sur Chouen-kouei un regard empreint de tristesse.

— Quel âge ont tes enfants ? demanda-t-il.

Chouen-kouei hésita à répondre à cette question personnelle lancée soudain.

— J'ai deux filles de huit et six ans, et mon fils commence à peine à marcher.

— Ils doivent être bien mignons. Moi aussi, j'ai des petits-enfants de cet âge. L'autre jour, je leur ai offert des ballons. Ils y ont joué toute la journée dans les jardins du palais en criant de joie. J'en ferai envoyer à tes enfants aussi.

— J'en serai très honoré. D'autant que mes enfants ne connaissent pas leurs grands-parents, et moi, leur père, je suis si occupé qu'ils me voient à peine.

Des larmes s'étaient mises à couler des yeux sombres du prince, toujours enfoncé dans sa chaise à porteurs.

— Altesse, que vous arrive-t-il ?

Les lèvres blafardes du prince tremblaient.

— As-tu pensé à tes enfants ? Si tu commets le crime de tuer un membre de la famille impériale, ton épouse, tes enfants, tous seront condamnés à mort avec toi. Même si cet acte est destiné à sauver l'empire, c'est ta famille entière qui sera exécutée avec toi.

— Je ne l'ignore pas.

— L'empereur lui-même ne pourra te pardonner. Quels que soient les effets de ton acte, tes membres seront découpés en morceaux, ta femme, tes enfants, tes frères, tous seront décapités. Tous ceux qui te servent, jusqu'au plus bas, seront exilés.

— Quoi qu'il advienne, je dois veiller à la sécurité de l'empire. C'est à cette seule fin que, de génération en génération, ma famille a servi les Aisingyoro. Quand bien même je serais accusé de traîtrise, je saurais que je n'ai pas failli à l'ordre donné autrefois par le fondateur à mon ancêtre. Je vous en prie, ne vous souciez pas de ces détails triviaux, et donnez-moi l'ordre d'agir, quand vous voudrez.

— Quelle loyauté !

Le prince Kong, le regard levé vers le ciel par-dessus les murailles rouges, étouffait des sanglots.

— Moi-même, par le passé, combien de fois n'ai-je pas envisagé de supprimer Tseu-hi ! Mais, toujours, la pensée de mes enfants puis de mes petits-enfants me faisait hésiter. Cela a fait de moi un traître.

— Ne parlez pas ainsi, Altesse. Votre piété filiale et votre obéissance aux aînés ont simplement été plus fortes que votre loyauté.

— C'est cela justement, être déloyal. En tant que descendant des Aisingyoro, j'ai honte de ma conduite.

— Reprenez-vous, Altesse. Un descendant du grand empereur Ch'ien-lung tel que vous ne doit pas montrer ses pleurs.

Le prince Kong secoua la tête dans un violent effort pour retenir ses larmes.

— Je n'ai pas la force. J'ai essayé tant et plus de la trouver en moi. En vain. Notre ancêtre nous a privés de la force d'exercer le pouvoir. Mon frère aîné l'empereur Sien-feng était entiché d'opéra et de musique, le prince Tch'ouen ne faisait que parler sans agir, mon autre frère était un lâche qui n'osait pas même ouvrir la bouche. Et moi-même, je me suis montré incapable de mettre un terme, dès les premiers symptômes, à la décadence de l'empire. Maintenant, ma fin est proche, et tout ce que je puis me dire est ceci : le prince Kong Yi-sin fut impuissant à sauver l'empire.

— Altesse…

Après avoir cherché en vain des paroles de consolation, Chouen-kouei se releva et fit un signe de la main aux serviteurs du prince qui, agenouillés au bout de l'allée, attendaient la fin de l'entretien.

De son côté, Jong-liu avait suivi Tseu-hi jusque dans ses appartements privés du palais de l'Elégance Accumulée. Une fois parvenu dans sa chambre, il en chassa les eunuques à grands cris.

— Majesté, vous ne parliez pas sérieusement tout à l'heure ! C'est impossible ! Le parti de la réforme sans le ministre Yang à sa tête est comme un bateau sans capitaine. C'est l'occasion ou jamais de les écraser comme des…

— Silence, Jong-liu. Il n'y a pas de capitaine. Le seul maître à bord, c'est Tsai-t'ien !

Devant l'irritation de la souveraine, Li Lien-yin s'accrocha au trône en implorant :

— Vénérable Aïeule, votre humble esclave vous supplie de revenir sur votre décision. Reprenez la régence des affaires de l'empire !

L'impératrice douairière ne répondit rien. Indifférente aux supplications de son homme de confiance, elle dirigeait un regard farouche droit vers le jardin. Au bout d'un moment, elle énonça une seule phrase, qui eut le don de glacer sur place les deux gredins :

— Vous n'auriez tout de même pas assassiné Yang Sitcheng ?

Jong-liu, agenouillé à côté du trône, et Li Lien-yin, prosterné aux pieds de l'impératrice, restaient muets.

— Que s'est-il passé, Jong-liu ? Réponds clairement !

— Devant un soupçon aussi injuste, Majesté, les mots me manquent.

— Très bien. J'ordonnerai donc une enquête. J'enverrai des émissaires à Hang-tcheou. Réfléchis un peu : n'est-ce pas étrange ? Yang est certes têtu comme un roc mais aucun homme n'a davantage de bon sens. Et il serait reparti dans sa province sans venir me saluer ? Non, il a un sens des responsabilités trop poussé pour faire une chose pareille et partir en laissant son travail inachevé. Il y a anguille sous roche. Je suis sûre qu'il est mort. Qu'y a-t-il, Chef de palais, tu trembles ?

Tseu-hi poussa du bout de sa chaussure surélevée l'épaule de Li Lien-yin, dont le corps se raidit.

— Avoue donc ! C'est vous qui avez manigancé quelque sombre intrigue et assassiné le ministre Yang !

— Vénérable Aïeule, jamais nous ne…

— C'est l'unique occasion que je vous offre de dire la vérité ! Pour l'instant, je peux encore sauver la situation mais une fois que je serai au palais d'été, vous n'échapperez pas à la vengeance des amis de Yang. Si Tsai-t'ien apprenait une chose pareille, sa fureur serait sans bornes. Pour l'instant il l'ignore mais il le saura sûrement sous peu. Et à ce moment-là, je ne pourrai plus vous protéger.

Du bout de son sceptre, elle releva le menton de Li Lien-yin, prosterné au pied du trône, et jeta d'une voix étranglée, effrayante :

— Ce n'est pas une simple peine de mort que vous encourez : vos membres seront arrachés morceau par morceau. Cela ne te fait donc rien, Chef de palais ?

— Ayez pitié, Vénérable Aïeule !

— Sache que ce n'est pas moi qui vous condamnerai mais Tsai-t'ien. Ce Tsai-t'ien que tu tourmentes depuis sa plus tendre enfance !

Jong-liu rampa à genoux vers le trône et écarta d'une poussée l'eunuque sur le point de passer aux aveux.

— Majesté ! Souveraine mère impartiale et juste ! Impératrice Tseu-hi, incarnation de Kouan-yin, notre mère sacrée…

Jong-liu levait vers le ciel un regard torve.

— Ah, je connais ce regard ! Tu l'as chaque fois que tu as commis quelque méfait que tu me demandes de réparer.

— Non, non, Majesté, ce n'est nullement un méfait. Certes, nous avons réglé son compte à ce félon de Yang, mais nous ne pouvions faire autrement, c'était la punition du Ciel.

— Félon ? Yang Si-tcheng ? Cesse donc, Jong-liu. Vous deux méritez cent fois plus que lui d'être punis par le Ciel ! Dis-moi que ce n'est pas vrai ! Vous ne l'avez pas tué ?

— Si. Ce n'était que justice.

L'impératrice douairière avait blêmi. Mais Jong-liu, sans sourciller, bomba la poitrine pour lancer d'une voix claironnante de militaire :

— Yang Si-tcheng a incité Sa Majesté l'empereur à fomenter un complot pour vous assassiner, Vénérable Aïeule. Nous sommes intervenus à temps pour l'empêcher de commettre son forfait.

— Je ne te crois pas. Personne ne te croira. J'ai eu une entrevue avec lui hier à peine et nous venions de tomber d'accord pour que Tsai-t'ien commence à exercer son règne.

— C'est une conspiration. Une bombe devait envoyer votre bateau par le fond au cours du voyage vers Yi-he-yuan.

— Que me chantes-tu là ? marmonna Tseu-hi en frissonnant. Puisque je me retirais, il n'avait aucune raison de faire cela.

Jong-liu, un genou en terre à côté du trône, prit la main de Tseu-hi dans la sienne et contempla son éternelle fiancée, comme autrefois dans le kiosque des jardins du palais.

— La raison est évidente.

— Je ne comprends pas, explique-toi.

— Vous êtes une descendante des Yehonala.

Jong-liu sentit la main de Tseu-hi se raidir dans la sienne comme un coquillage.

— C'est… c'est ridicule. Yang ne pouvait connaître cette légende. Et, la connaissant, il ne l'aurait pas crue.

— Si. J'ai entendu moi-même Son Altesse le prince Kong affirmer que les difficultés dans lesquelles se débat l'empire aujourd'hui étaient dues à la malédiction proférée autrefois par Pu Yang, le chef de la tribu des Yehonala, lorsque le fondateur le vainquit.

— Le prince Kong ne saurait ajouter foi à une ancienne légende.

— La meilleure preuve en est que tout à l'heure, il est reparti escorté par le commissaire Chouen-kouei.

— Que veux-tu dire ?

— Chouen-kouei, répondit Jong-liu en serrant fermement dans la sienne la main tremblante de l'impératrice douairière, est le descendant à la vingtième génération du général Huo Yang, de la Bannière Blanche de la garde impériale. Son ancêtre fut autrefois secrètement chargé par le fondateur de protéger, de génération en génération, la dynastie impériale de la malédiction des Yehonala.

L'impératrice douairière poussa un cri et dissimula son visage dans sa manche. Jong-liu, l'haleine brûlante, lui souffla alors dans l'oreille ces paroles de soutien :

— Majesté, tant que je suis à vos côtés, vous n'avez aucune crainte à avoir. Mon ancêtre à moi était le chef de la Bannière Blanche, et lors de la bataille contre les Yehonala, il demanda au fondateur d'épargner la tribu de Pu Yang. « Cette prétendue malédiction, lui dit-il, n'est que le cri d'un vaincu dans les affres de la mort. Toute rebelle qu'elle est, la tribu des Yehonala appartient à la grande famille tartare des Jürchens de l'Ouest. Ils constitueront une force militaire supplémentaire pour lutter contre les Han. » Le fondateur daigna écouter le conseil de mon ancêtre, et c'est ainsi que les Yehonala furent épargnés, au lieu d'être massacrés jusqu'au dernier.

— Dis-tu vrai ?… Ainsi, tu…

— Oui, répondit Jong-liu, le visage éclairé par un sourire juvénile, en pressant sur sa poitrine la main de l'impératrice douairière. « Tant que le monde tartare durera, protège en secret la descendance des Yehonala », a ordonné le fondateur à mon ancêtre, tout comme il avait chargé celui de Chouen-kouei de supprimer la femme Yehonala qui devait conduire l'empire à sa perte.

— Cela semble trop beau pour être vrai…

— Non, Majesté. Je suis sûr que c'est par la grâce d'un lien fort ancien que je me suis langui d'amour pour vous autrefois. Et quand votre destin s'est uni à celui de l'empereur Sien-feng, je me suis juré en secret de…

Tseu-hi contemplait avec émotion les yeux emplis de larmes de Jong-liu. Larmes naturellement aussi feintes que celles qu'il avait répandues autrefois au moment de leur séparation.

— Que t'es-tu juré, Jong-liu ?

— Majesté, ne m'en demandez pas plus. Ces souvenirs me sont trop pénibles.

Le général s'essuya les yeux, avec exactement le même geste qu'autrefois dans le kiosque du parc.

— Dis-moi, Jong-liu, je t'en prie, que t'es-tu juré alors ?

— … De vous protéger. De protéger éternellement celle que j'aimais.

Les épaules de Li Lien-yin, prosterné au pied du trône, tremblaient toujours. Jong-liu, s'apercevant que ce tremblement, d'abord inspiré par la crainte, était maintenant l'effet du rire qui secouait l'eunuque, lui écrasa le bout des doigts du talon de sa botte.

L'impératrice douairière arborait l'expression rêveuse et ravie d'une jeune fille amoureuse.

— Je ne sais plus qui tu es, Jong-liu, je ne sais plus où j'en suis. Laisse-moi réfléchir.

— Il n'y a pas à réfléchir. Mon seul vœu est de vous voir ôter cette robe noire…

— Veux-tu bien te taire, insolent ! Que signifie ?

— Ne vous méprenez pas, Majesté. Je souhaite vous voir ôter cette robe de deuil pour revêtir la robe jaune du Dragon qui vous est due. Vous avez prié assez longtemps pour le repos de l'âme de l'empereur Sien-feng et de votre fils l'empereur T'ong-che. Je veux vous voir monter triomphalement, dans la robe jaune du Dragon, sur le trône de la salle de l'Harmonie Suprême. Ce n'est pas à vous de vous retirer du pouvoir…

Le rire de Li Lien-yin, dissimulé sous les manches de sa robe, s'était arrêté tout net. Les paroles de Jong-liu étaient toujours aussi forcées mais il n'y avait plus de quoi rire. Il parlait ni plus ni moins d'usurper le trône pour y placer Tseu-hi.

— Si vous quittez la régence pour occuper le trône du Dragon, la lumière que répandra l'empire Ts'ing éclipsera celle du Ciel ! Les diables étrangers, tremblant de peur, quitteront le pays la queue entre les jambes.

— Jamais dans l'histoire on n'a vu une femme intronisée impératrice.

— Pas en Chine, mais en Russie et en Angleterre, les exemples ne manquent pas. La réforme qui tient tant à cœur à l'empereur n'est pas autre chose ! L'empereur se méprend sur le renouvellement qui peut changer la face de l'empire ! Si Votre Majesté monte sur le trône qui occupe le centre du monde, l'empereur entendra raison, tous les mandarins se prosterneront devant votre gloire, l'univers même cessera tout mouvement ! Décidez-vous maintenant, Vénérable Aïeule. Changez votre robe de deuil pour l'éclatante robe du Dragon, comme la reine Victoria, comme l'impératrice Catherine de Russie, montrez au monde entier votre règne dans toute sa gloire !

Li Lien-yin, transporté par les phrases que répétait Jong-liu comme des incantations, contemplait de très haut leurs trois silhouettes : il lui semblait avoir traversé le toit du palais de l'Elégance Accumulée et planer dans le ciel tel un oiseau. Jong-liu, accroché à la main de l'impératrice douairière, continuait à la supplier. Tseu-hi s'abandonnait totalement à sa volonté, le regard dans le vide, pareille à une poupée sans âme.

Jong-liu ne briguait-il pas lui-même le trône ? Si cet homme prenait le pouvoir, une ère nouvelle débuterait pour l'empire mandchou, et qui sait, peut-être lui, Li Lien-yin, serait-il nommé premier ministre ?

Peu après, Jong-liu et Li Lien-yin quittaient le palais, laissant Tseu-hi dans sa chambre, l'air absent.

Se laissant aller au balancement du palanquin abricot que lui avait offert autrefois l'impératrice douairière, le chef de palais contemplait d'un œil distrait, devant lui, la chaise à porteurs de Jong-liu, que les rayons du couchant teintaient d'un jaune impérial éclatant.

Devant la porte de la Pureté Céleste, qui séparait les cours intérieure et extérieure, Jong-liu fit arrêter sa chaise.

— Chef de palais, descends donc. Nous devons nous entretenir un peu de notre réforme personnelle.

Obéissant à cette injonction, Li Lien-yin ordonna à ses serviteurs de l'attendre dans la cour intérieure du Conseil des Affaires Militaires. Comme si elle n'avait attendu que le retrait des deux palanquins vides, une tempête de sable s'abattit alors sur la place, que le soleil couchant teignait d'étranges tons orangés.

— Voici venue la saison des tempêtes de sable. Qu'elle fassent rage, qu'elles fassent donc rage… murmura Jong-liu en tournant vers le ciel son visage aux traits énergiques, peu marqués par le passage des ans.

— Que venons-nous faire ici ? s'enquit Li Lien-yin.

Laissant le chef de palais figé sur place de stupeur, Jong-liu s'avança sans répondre vers la rampe de marbre blanc qui s'étendait derrière les Trois Salles de la cour extérieure. C'était le chemin réservé à l'empereur, lorsqu'il se rendait du palais de sa tante à ses propres appartements du palais de l'Harmonie Préservée.

— Jong-liu, que fais-tu, voyons ?

Jong-liu, arrêté devant l'entrée du passage, observait les alentours.

— Rien ne presse, Chef de palais Li. J'ai tout l'avenir devant moi. Je gravirai cette pente pas à pas.

Li Lien-yin laissa échapper un cri en voyant Jong-liu poser sa botte sur les grandes dalles de marbre blanc sculptées de neuf dragons en relief.

— Tout d'abord, je serai nommé gouverneur général à Tientsin. Alors les trois armées du Nord seront à moi.

Courant derrière Jong-liu qui gravissait, imperturbable, la rampe de marbre, Li Lien-yin se mit à grimper les marches qui la bordaient.

— Comment y parviendras-tu ?

— J'y parviendrai, répondit Jong-liu en croisant derrière son dos ses mains vigoureuses. As-tu remarqué la mine du prince Kong ? Il n'en a plus pour longtemps. Yang Si-tcheng aurait pu briguer sa succession, mais celui-là est déjà éliminé. Qui sera, selon toi, le prochain ministre à la tête du Conseil des Affaires Militaires ?

— Pas toi, c'est impossible. Ni le Vieux Bouddha ni Sa Majesté l'empereur ne le permettront.

— Bien sûr. Voilà pourquoi, lentement mais sûrement...

Jong-liu marchait à plus grands pas sur la pente du Dragon.

— Il faut un homme intègre à la tête du Conseil des Affaires Militaires. Le premier ministre doit pouvoir superviser toutes les autres administrations.

— Dans ce cas, si le prince Kong meurt, je ne vois qu'une personne capable d'occuper ce poste : Son Excellence Li Hong-tchang. Il ne pourra refuser si on le lui demande à l'avance.

— Ce vieux gâteux ? Il aura autre chose à faire, une tâche dont nul autre que lui ne peut se charger.

— Quoi donc ?

— La convention pour l'extension de Hong-kong. C'est le plus grand problème à régler actuellement. Si nous échouons dans les pourparlers pour l'extension de la concession de Hong-kong, l'empire est fichu. Et dans l'état où il est, le prince Kong ne tiendra pas jusqu'au bout de cette conférence. Li aura les pleins pouvoirs pour s'en occuper.

Plus Jong-liu avançait sur les dalles de marbre réservées à l'empereur, plus Li Lien-yin rentrait la tête dans les épaules devant ce sacrilège. Autour d'eux, la tempête de sable continuait à faire rage, comme pour dissimuler au monde la vue de la téméraire entreprise de Jong-liu. Ce dernier poursuivit en clignant des yeux :

— Donc, le prince Kong est enterré, et Li occupé à négocier avec les Anglais. Il ne reste plus qu'un seul homme intègre et désintéressé.

— Qui donc ?

— Wang Wen-shao, le gouverneur de Tientsin !

— Wang Wen-shao ? Ha ha ha ! Ne me fais pas rire, Jong-liu ! Ce vieillard débonnaire, premier ministre ?

— Ce n'est pas une affaire de personnalité ni de capacités. L'empereur et ses jeunes fonctionnaires mènent la politique de réforme. Tout ce qu'il faut, c'est, au poste de premier ministre, un vétéran capable de gérer les mécontents et les insatisfaits. Je ne vois que lui, parmi les mandarins de son âge. Eh oui, le grand-père qu'on a envoyé à Tientsin pour succéder à Li Hong-tchang va faire son retour à la capitale. Un homme d'une probité absolue, c'est bien commode.

Une fois en haut des dalles de marbre blanc, Jong-liu traversa la salle de l'Harmonie Préservée comme s'il était chez lui, puis passa d'un pas rapide la salle de l'Harmonie du Milieu où se déroulaient les audiences impériales. Li Lien-yin le suivait comme un toutou, trottinant parfois à sa gauche, parfois à sa droite, appuyé sur sa canne.

— A ce moment-là, Tseu-hi m'enverra sûrement à Tientsin. Je m'arrangerai pour qu'elle ne puisse faire autrement cette fois.

— C'est impossible, impossible ! Le Père de Dix Mille Ans ne l'acceptera jamais. Il t'exècre plus que tout au monde.

— Il m'exècre ? Tant mieux, tant mieux ! Mais je lui ferai tout de même approuver ma nomination. Quand je pense à cette extension des concessions étrangères à Tientsin qu'on laisse faire sans réagir ! Le responsable n'est autre que ce béni-oui-oui de Wang Wen-shao. Tout le monde le sait, même l'empereur et le parti réformiste. Si Hong-kong est un marécage dans lequel le pays s'enlise, Tientsin est une épée posée sur la gorge de l'empereur ! Les puissances étrangères ne font aucun cas de Wang Wen-shao.

— Les armées du Nord, fondamentalement, n'obéiront jamais à ce gâteux. Il est normal que les étrangers le considèrent comme quantité négligeable.

— Exactement. Tant qu'il sera gouverneur du Hopei, les armées du Nord ne bougeront pas. Même si les puissances étrangères envahissaient Tientsin, à la suite de l'assassinat de quelque missionnaire ou membre d'un consulat, l'armée ne lèverait pas le petit doigt si l'ordre d'intervenir émanait de Wang Wen-shao. Cela peut arriver n'importe quand.

Parvenu devant la salle de l'Harmonie Suprême, Jongliu commença à en gravir les marches.

— Mais moi, je suis un militaire. Membre de la garde impériale de la Bannière Blanche, officier de la garde devenu ministre des Armées ! Mon grand-père était gouverneur militaire à Kashgar, mon père a fini commandant de l'armée des régions frontières du Liang-tcheou. Moi je suis différent. Les généraux des armées du Nord, Tong Fou-siang de la deuxième armée, Nie Che-tcheng de l'armée du Kansou, et Yuan Che-k'ai de la nouvelle armée de terre, tous m'obéiront ! Je suis le seul homme, à travers toute la Chine, capable d'ébranler les armées du Nord !

— Yuan Che-k'ai est le protégé de Li Hong-tchang. En outre, la nouvelle armée de terre est composée de troupes d'élite entraînées et équipées par le général Li en personne. Tu auras beau leur donner des ordres, si Li les arrête, ils ne bougeront pas !

Jong-liu, qui contemplait le splendide plafond de la salle de l'Harmonie Suprême, éclata de rire devant l'ignorance de l'eunuque.

— Tu ne sais rien, vil eunuque du gynécée ! Yuan Che-k'ai et Li Hong-tchang sont des ennemis jurés maintenant ! Je ne sais pas ce que Yuan lui a fait pour qu'il en arrive là, mais Li a tenté de faire assassiner son ancien protégé.

— Vraiment ?

— Oui. Yuan m'a aussitôt envoyé un messager pour m'en informer. Qui plus est, l'assassin n'est autre que ce général Wang Yi. Depuis qu'il s'est fait battre à plate couture par les Japonais, l'ancien gouverneur Li a vraiment perdu la tête !

— Ce vaillant guerrier qui a affronté seul les diables orientaux à la bataille de Pion-yang ?

— Exactement. S'il en était sorti vainqueur, il serait aujourd'hui haut commissaire des Armées. Voilà ce qui arrive aux malchanceux. A trente ans à peine, il a été mis au rancart comme Li et a pris au sérieux l'ordre de cet imbécile. Aller tenter d'assassiner Yuan Che-k'ai, avec le pouvoir qu'il a ! Bah, ce Wang Yi doit avoir les membres découpés en menus morceaux à l'heure qu'il est. Ceux qui ne sont pas avec moi sont tous promis à une mort affreuse !

Après avoir éclaté d'un rire sonore, Jong-liu jeta un coup d'œil circulaire sur la salle, puis gravit les degrés du trône qui occupait le centre de la salle de l'Harmonie Suprême.

— Allons, Jong-liu, arrête !

— Je ne suis pas pressé. J'y arriverai, pas à pas. Une fois nommé gouverneur du Hopei, je serai le maître des trois armées des mers du Nord !

Sans la moindre hésitation, Jong-liu avait installé son corps trapu et musclé sur le trône impérial. Gonflant sa poitrine sous sa veste brodée d'une licorne, insigne des fonctionnaires militaires de premier rang, il leva sa tête surmontée d'un bonnet à aigrette vers le cercle d'or, emblème du centre du monde, qui ornait le plafond au-dessus de sa tête.

— Alors, plus rien ne me sera impossible ! Je ne m'emparerai pas du pouvoir au prix de la ruine de la dynastie. Je ne répéterai pas l'erreur de Li Tseu-tcheng. Moi, j'ai le Mandat du Ciel !

La tête tournée vers le plafond, le général tartare continuait à rire, bouche grande ouverte comme pour avaler le monde.

— A propos, Chef de palais Li, je me suis livré à quelques digressions, mais que penses-tu de toute cette histoire ?

Inconsciemment, l'eunuque s'était agenouillé au pied du trône. Devant la question soudaine de Jong-liu, il se rappela le sujet dont ils devaient s'entretenir au départ.

— Ah… Ce jeune Liang Wen-sieou utilise vraiment de grosses ficelles. Je n'avais pas pensé que l'affaire prendrait cette tournure, mais…

— Tchen le Neuvième n'aurait pas manqué son coup, tout de même ?

— Non, non, impossible. J'ai fait acheter le scorpion au marché de la Paix du Sud par un domestique de confiance. C'est une variété du Sin-kiang très venimeuse, même un chameau serait mort sur le coup. Rien à voir avec ces petits scorpions qui infestent les cuisines.

— As-tu une preuve que Yang soit mort ?

— Oui. Sa mort ne fait aucun doute. Un eunuque qui surveillait sa résidence est venu m'en informer. Hier, à l'aube, est arrivé le gendre de Yang, Liang Wen-sieou, et peu après l'eunuque a entendu pleurer la femme et les fils de Yang. On a beau vouloir cacher la mort de quelqu'un, on ne peut empêcher sa famille de le pleurer. En outre, il s'agit là d'une famille de confucianistes très attachés au *Livre des rites.* Ils ont aussitôt lié leurs cheveux avec un fil de coton blanc, et se sont habillés de coton blanc pour pleurer tous ensemble.

— Hum. Des vêtements de deuil…

— Mon homme de main les a vus comme je te vois, du toit de la maison voisine. Ils sanglotaient tous en chœur.

— A-t-il aperçu le cercueil ?

— Eh bien, justement…

Tout en parlant, Li Lien-yin faisait signe à Jong-liu de se rapprocher. Jong-liu, comme brusquement dégrisé de son rêve de gloire, descendit en hâte du trône. Li Lien-yin lui murmura alors à l'oreille :

— Il n'y avait pas de cercueil. Le cadavre s'est volatilisé.

— Imbécile ! Dans ce cas, où est la preuve de sa mort ?

— Liang l'aura dissimulé quelque part. Tchen le Neuvième a bien vu un cadavre enveloppé d'un édredon blanc transporté hors du ministère des Rites, mais ce crétin est tombé en admiration devant une prostituée au teint blanc qui traînait par là, et a perdu de vue le corbillard.

— Quoi ? Qu'est-ce que cet imbécile castré peut bien faire d'une prostituée ?

— De toute façon, il faisait nuit noire, et ce vieil eunuque imbibé d'opium ne pouvait espérer suivre une carriole tirée par deux chevaux. Finalement, le cadavre a pris la fuite, et la prostituée aussi, c'est ce qu'il m'a raconté.

— Quel ennui !…

Jong-liu enleva son bonnet et posa ses deux mains sur son crâne dégarni tout luisant de sueur.

— Liang est donc allé jusque-là ? Après avoir caché je ne sais où le cadavre de son beau-père, il va se lancer dans la réforme en compagnie du prince Kong comme si de rien n'était ? Incroyable ! Jamais je n'aurais pensé ce Liang Wen-sieou capable d'échafauder une intrigue pareille. Duper l'empereur et l'impératrice douairière ! Je ne peux y croire !

— Une fois la Vénérable Aïeule installée au palais d'été, ils comptent sans doute annoncer la disparition soudaine du ministre Yang.

— Trouve-moi ce cadavre ! Les contrôles aux portes de la capitale sont sévères. Un cadavre ne peut quitter l'enceinte comme ça. La dépouille de Yang Si-tcheng se trouve quelque part à Pékin. A la résidence de Liang peut-être ? Ou encore chez le prince Kong ?

— La résidence de Liang est surveillée en permanence depuis longtemps déjà. Quant à ce superstitieux de prince Kong, pas de danger qu'il accepte de conserver chez lui un objet d'aussi mauvais augure. De toute façon, il y a beaucoup trop de gens à la résidence princière pour que ce soit possible.

— Où ce cadavre a-t-il disparu, alors ? Où l'ont-ils caché ?

— Comment le saurais-je ?

A ce moment précis, une porte s'ouvrit dans un coin de la salle, livrant passage à un tourbillon de sable. Les deux conspirateurs se turent en même temps.

— Qui va là ?

Comme si la voix de Jong-liu l'avait propulsé hors de l'ombre du pilier derrière lequel il se trouvait, un jeune eunuque en vêtement de cérémonie accourut vers eux, et s'agenouilla aussitôt.

— Qui c'est, celui-là ? demanda Jong-liu.

Li Lien-yin, fronçant les sourcils d'un air contrarié, répondit à voix basse :

— Ça tombe mal, Jong-liu. C'est un intendant du service privé de Sa Majesté l'empereur.

Le jeune eunuque de petite taille, toujours agenouillé, se jeta face contre terre et déclina son identité dans un murmure :

— Vénérable Chef de palais Li, votre humble esclave se nomme Lan-ts'in, intendant du palais de la Nourriture de l'Esprit, au service de Sa Majesté le Père de Dix Mille Ans.

— Je le sais, voyons, répondit Li Lien-yin en s'avançant précipitamment vers Lan-ts'in et en lui frappant l'épaule de sa canne de chêne. Tu écoutais aux portes ?

— Certes non, Vénérable Li. Votre humble esclave inspecte seulement le ménage des Trois Salles.

Li Lien-yin regardait Lan-ts'in droit dans les yeux ; le jeune homme paraissait sincère.

— Ah ? Eh bien, va-t'en maintenant. Son Excellence Jong-liu et moi-même faisons des arrangements pour la cérémonie de Longue Vie de Sa Majesté qui doit avoir lieu le mois prochain.

Jongliu, mains croisées derrière le dos, s'était mis à arpenter la salle en comptant ostensiblement ses pas.

— File ! Un intendant tel que toi n'a rien à faire ici, lors des préparatifs de l'anniversaire sacré du Fils du Ciel.

Lan-ts'in rentra la tête dans les épaules devant le ton courroucé de Jong-liu, et se précipita hors de la salle.

— Je ne pense pas qu'il nous ait entendus, murmura le chef de palais d'un air anxieux en refermant la porte.

— Et quand bien même ? Que ferait-il ? Avertir l'empereur ? Cela ne me fait pas peur. Quand tout sera fini, je ferai enfermer Tsai-t'ien dans la petite île au centre du lac du palais et pour l'occuper, je lui ferai démonter des montres occidentales jusqu'à sa mort !

La voix rauque de Jong-liu résonna à travers les Trois Salles, suivie d'un énorme éclat de rire.

VI

LE DRAGON BICÉPHALE

1

Sur la terrasse où les rayons du soleil de mai jouaient à travers les feuilles des marronniers, le ministre plénipotentiaire Sir Claude MacDonald attendait son invité.

Au cours de sa longue carrière de diplomate, jamais il n'avait été aussi réticent à entamer des négociations.

Assis dans sa chaise émaillée, ses longues jambes croisées, il dégustait son thé à petites gorgées entrecoupées de profonds soupirs.

Les feuilles des marronniers, au bruissement rafraîchissant, formaient au-dessus de sa tête un dais qui cachait à demi le ciel bleu.

A qui donc est destiné ce monde de sérénité ? songea le ministre plénipotentiaire en levant la tête vers les frondaisons, tandis que les rayons de soleil traversant les branches faisaient étinceler les verres de ses lorgnons.

A Sa Majesté la reine, comme il était inscrit sur les procurations émanant du bureau de Hong-kong et les télégrammes de Londres ? Certainement pas, songeait MacDonald. Il reconnaissait au fond de lui que la diplomatie qu'il exerçait dans ce pays au nom de la reine d'Angleterre était une obligation morale mais une procédure injuste. Ce militaire à la retraite, chrétien fervent, était en même temps un libéral comme on en voit peu. Les hommes de bon sens de son espèce étaient en fait quasiment inexistants au sein de la communauté européenne résidant en Asie.

MacDonald était investi des pleins pouvoirs dans les négociations pour l'élargissement de la colonie de Hong-kong, que Chinois et Anglais dénommaient en chœur « convention pour l'extension de Hong-kong ». Dès qu'il avait appris le rôle historique qui lui incombait, MacDonald s'était mis à étudier à fond l'histoire de Hong-kong des cinquante dernières années. Non tant pour pouvoir s'acquitter avec succès de sa mission que pour tenter de découvrir dans cette colonisation une justice qu'il pût comprendre.

Cependant, il ne trouva nulle part de base historique permettant de justifier ce projet d'extension brutale de la colonie anglaise à dix fois sa taille actuelle.

L'absence de justice de l'opération tourmentait donc en permanence la conscience du ministre.

« La défense légitime de Hong-kong et la protection de ses résidents… » murmurait le ministre, répétant comme une incantation les raisons qu'avait invoquées devant lui Sir Henry Brake, douzième gouverneur de Hong-kong. Le gouverneur s'était avéré incapable de lui fournir une base moins abstraite, ou plus logique, que celle-là.

N'importe quel pays pouvait exiger l'extension de ses colonies chinoises, voilà quelle était la réalité de la situation. Autrement dit, l'unique raison des exigences de l'Angleterre était celle du plus fort.

Le ministre plénipotentiaire réfléchissait.

Quand, il y avait quelque temps, le Japon avait de la même façon proclamé l'extension de sa concession de Tientsin, les puissances européennes ne l'avaient-elles pas unanimement critiqué ? Pourtant lui, MacDonald, allait annoncer tout à l'heure la même chose à son homologue chinois...

Le ministre soupira à nouveau, puis, levant les yeux vers le feuillage des marronniers, se mit à fredonner une vieille chanson populaire anglaise : *You can go to Hong-kong for me…*

Un demi-siècle plus tôt, Hong-kong n'était encore considérée que comme une ville pauvre à l'autre bout du monde.

Cette étroite bande de terre coincée entre des collines rocheuses ne convenait ni comme base militaire ni comme port pour la flotte anglaise ; située à l'extrémité de l'immense continent chinois, elle n'était pas non plus propice au développement du commerce. L'expression qu'utilisait le ministre des Affaires Etrangères Lord Palmerston, *a barren island*, « une île nue », était parfaitement appropriée.

Les Anglais s'étaient emparés du petit port de Hong-kong pour faire pendant à la gestion portugaise de Macao, sur la rive opposée. Comme l'indiquait son nom, Hong-kong, « le Port aux Parfums », était un joli petit port paisible, d'où partaient vers le nord des bateaux chargés de bois de santal, d'encens et d'aloès produits dans le Kouang-si et le Kouang-tong.

L'Angleterre avait commencé par l'utiliser comme base d'expédition du thé. Mais l'opium produit en Inde n'avait pas tardé à transiter également par ce port. Et bientôt la drogue, en échange de ce thé si cher aux Anglais, inondait toute la Chine, pour l'étrange motif de « l'équilibre du commerce ». Les guerres de l'Opium avaient été l'inévitable conséquence de ce trafic éhonté. Il n'était que juste de la part de l'empire Ts'ing d'en arriver à se battre pour cela, mais le bon droit ne triomphe pas toujours.

Cette guerre inégale où les Anglais avaient sur les Chinois la même supériorité que des adultes sur des enfants s'était soldée par la cession du bail de Hong-kong. Pendant que l'empire Ts'ing hésitait à obéir à l'injonction anglaise, d'importantes troupes s'amassaient au pied du Victoria Peak qui surplombe Hong-kong. L'*Union Jack* se mit à flotter sur Hong-kong, tandis que l'Angleterre proclamait unilatéralement la possession de la petite île. Devant les fermes protestations des Mandchous, l'Angleterre avait massé ses troupes sur Canton et Shanghai, et l'année suivante, en 1842, elle confirmait sa possession de Hong-kong par le traité de Nankin. La politique de la canonnière menée par les puissances étrangères envers la Chine faisait ses preuves.

On avait beau réfléchir, il n'y avait pas la moindre once de justice là-dedans. Les guerres pour imposer le commerce de l'opium, les annexions de territoires, tout un peuple chassé de chez lui par la guerre et transformé en horde de coolies vendus à l'Amérique et à l'Australie, alors en pleine ruée vers l'or... Et cela sans le moindre scrupule : ce trafic humain s'intitulait ouvertement *pig trade*, « vente de porcs ».

L'histoire retiendra tous ces actes de violence, songeait MacDonald. Il n'y avait dans cet asservissement d'un pays à un autre ni justice ni morale, pas même un prétexte religieux. Seuls une soif inhumaine de profit et le désir de s'enrichir en pressurant les colonies motivaient les ambitions effrénées de l'Angleterre.

Et voilà qu'il fallait mener des négociations pour décupler la taille de la colonie de Hong-kong, « afin d'assurer la défense de Hong-kong et la protection de ses résidents » ! Aligner les canons de l'invincible flotte des mers orientales vers des rivages que la défaite contre les Japonais avait rendus on ne peut plus vulnérables.

You can go to Hong-kong for me...

La chanson que MacDonald s'était remis à fredonner s'acheva en soupir. Le cœur lourd, il gardait le regard plongé dans sa tasse de thé.

Toutes les légations étrangères étaient rassemblées dans la vaste zone allant de l'avenue Tchang-an Est aux murailles de la Cité Interdite. A Pékin, il n'existait pas comme à Tientsin de territoires concédés par traité, mais il y avait bel et bien une concession étrangère de fait, car ni les soldats ni les fonctionnaires mandchous ne mettaient le pied dans ce périmètre.

MacDonald tira sa montre à gousset pour regarder l'heure : le prince Kong n'allait pas tarder à arriver dans sa calèche, accompagné d'une escorte terriblement anachronique. Sans doute le vieux prince était-il lui aussi embarrassé par l'insolence de ce traité, qui devait le faire trembler d'épouvante. MacDonald ne pouvait s'imaginer imposer cette politique de la canonnière au prince Kong, une vieille connaissance, simplement pour remplir sa tâche. Comme toute cette affaire était donc pénible !

— Sir, sortez accueillir votre hôte, le pressa son secrétaire, en lui tendant son chapeau de soie.

Des ordres résonnèrent dans le jardin entouré d'une haie de rosiers, on entendit le cliquetis lugubre des fusils qu'armaient les gardes d'honneur. Le groupe des plénipotentiaires mandchous venait d'arriver.

Accompagné de son secrétaire et de l'émissaire envoyé par les bureaux du gouverneur de Hong-kong, MacDonald sortit sous le porche. Encadrés par une suite d'attachés militaires, tous trois attendirent face à la porte d'entrée.

A peine MacDonald eut-il redressé son haut-de-forme de soie pour se donner une contenance digne, qu'il laissa tomber sa canne de surprise.

Devant la porte, la haie d'honneur des gardes venait de livrer passage, non pas au prince Kong, mais à un autre haut dignitaire chevauchant un pur-sang arabe, escorté par deux cavaliers : Li Hong-tchang en personne !

— Que se passe-t-il ? Où est le prince Kong ? Il est impossible que Li Hong-tchang ait été nommé plénipotentiaire !

MacDonald ôta son monocle et concentra son regard. Le secrétaire, bouche bée, contemplait le dignitaire en tenue de cour qui passait la garde en revue du haut de son cheval.

— Les soldats le saluent avec tous les honneurs, il semble bien être le fondé de pouvoir.

— Ça ne me paraît pas bon signe. Je vais donc devoir négocier avec le *president* Li ?

MacDonald était affolé. A en croire sa réputation, le *president* Li était d'une tout autre étoffe que le prince Kong. Les talents de diplomate de Li à l'époque où il était gouverneur de Tientsin étaient légendaires auprès des résidents étrangers. Il était le seul à ne pas afficher ce machiavélisme anachronique caractéristique des dignitaires de la cour mandchoue. Outre sa connaissance sans failles de l'Occident, il possédait des chemins de fer, des mines, une immense armée, et était le chef d'une coterie militaire.

— Je croyais le *president* Li à la retraite ?

— Normalement, oui…

MacDonald réfléchissait rapidement. Si le *president* Li était le fondé de pouvoir côté chinois, ni le ministre plénipotentiaire résidant à Pékin, ni même le gouverneur de Hong-kong ne faisaient le poids. Non, la conférence ne pouvait commencer sans la présence du premier ministre ou du ministre des Affaires Etrangères venu exprès d'Angleterre en tant qu'ambassadeur extraordinaire.

— Il aurait mieux valu l'impératrice douairière ou l'empereur en personne que lui !

— Que faisons-nous, Monsieur le ministre ?

Le jeune secrétaire paraissait sincèrement effrayé par la dignité et le prestige émanant de Li Hong-tchang. Ce dernier avait terminé la revue de la garde et s'approchait maintenant d'eux à cheval, dans un martèlement de sabots. Li Hong-tchang était vêtu d'un manteau de cérémonie de soie brodé de neuf licornes chinoises, ce qui indiquait le rang de fonctionnaire le plus élevé de la cour mandchoue. Sur son bonnet de velours brillait un bouton de corail, trois plumes de paon indiquant son mérite tremblaient à l'arrière de sa natte de cheveux blancs. Quant au gilet jaune damassé qu'il portait négligemment par-dessus son manteau, MacDonald savait fort bien qu'il s'agissait d'une distinction émérite, que chaque empereur n'accordait guère plus d'une ou deux fois au cours de sa vie.

Le ministre plénipotentiaire, s'appuyant de tout son poids sur sa canne de crainte de s'effondrer sur place, répondit à son secrétaire :

— Que faisons-nous ? C'est exactement la question que je me pose. Nous n'avons donc été prévenus de rien ?

— Non. Mais même prévenus à l'avance, il n'y avait pas grand-chose à faire. Seigneur Dieu ! Regardez, Monsieur le ministre ! C'est vraiment le *president* Li en personne !

— C'est évident. Il n'y a qu'à le regarder. Ou c'est Li Hong-tchang ou alors c'est l'amiral Nelson.

Dressé de toute sa stature, exceptionnellement haute pour un Chinois, Li Hong-tchang s'arrêta net sous le porche, souriant de tout son visage. Il sauta à bas de sa monture, avec une agilité qui contredisait son âge.

— Comment allez-vous, Sir ? C'est un honneur de vous rencontrer, lança-t-il dans un anglais parfait, en tendant sa longue main fine de pianiste au ministre anglais.

Le cœur de MacDonald battait aussi fort que lors de son audience avec l'impératrice Tseu-hi.

Il serra légèrement la main tendue du Chinois puis, sans hésiter, plia un genou à terre.

— Tout l'honneur est pour moi, Excellence. Je suis quelque peu surpris de vous voir, on m'avait annoncé la venue du prince Kong. Que s'est-il donc passé ?

Li Hong-tchang serra en retour, avec une force surprenante, la main du ministre, puis son sourire s'effaça, comme s'il ôtait un masque. La sévérité de l'expression qui apparut alors sur son visage fit trembler les Anglais.

— Peu importe qui vient, cela ne change rien pour vous. Les canons de la flotte anglaise ne font pas la différence entre un homme et un autre, que je sache.

A cette réplique, MacDonald, qui était un diplomate intègre et sincère, se sentit défaillir.

— Je plaisantais, Sir. En fait, la santé du prince Kong laisse à désirer. J'ai donc été mandé en urgence pour le remplacer. Souhaitez-vous voir mon ordre de nomination ?

— C'est inutile, Excellence. Donnez-vous la peine d'entrer.

Tel un troupeau de moutons noirs, le groupe de diplomates anglais entra dans la résidence, tête basse, derrière Li Hong-tchang.

Tout en avançant le long du couloir, Li Hong-tchang déclara d'une voix de basse qui résonna dans tout le bâtiment :

— La reine Victoria doit m'attendre avec impatience !

Le plénipotentiaire anglais, à court de repartie, s'épongea le front.

— Ah, c'est vrai, elle est souffrante, poursuivit Li. Que faire ? Moi-même je suis venu à la place du prince Kong. Mais enfin, le premier ministre, les membres du cabinet et le gouverneur de Hong-kong sont-ils malades eux aussi ? Une épidémie de peste se serait donc abattue sur l'Angleterre ?

MacDonald trouva enfin une riposte tardive :

— Excellence, je suppose qu'il ne vous est guère commode de vous exprimer en anglais. Je vous en prie, parlez donc dans votre langue, nous avons un interprète.

— Cela ne me dérange pas de parler anglais. Je m'exprime plus facilement dans cette langue qu'en cantonais. Le Sud a beau faire partie du même pays, je ne comprends pas un mot à leur dialecte. Pas un mot !

— Ah ? Vraiment ?

Li Hongtchang émit un rire nasal.

— Monsieur le ministre, décidément, vous ne goûtez pas mes plaisanteries ! Ne pouvoir riposter avec un humour cinglant en pareil cas est indigne d'un diplomate.

Li Hong-tchang s'arrêta brusquement, et la délégation qui le suivait fit de même. Il se retourna, faisant voler ses plumes de paon, et jura, en jetant un regard de mépris à ces hauts-de-forme baissés, pareils à des moutons broutant de l'herbe.

— Eh bien, Messieurs ! On ne vous a donc pas appris à manier l'ironie à Oxford, dans vos cours de gestion des colonies ?

Les moutons étaient mués en statues de sel.

Les groupes de représentants des deux pays prirent place autour de la table des négociations, dans la salle de conférence face à la pelouse du jardin.

Li Hong-tchang était seulement encadré par deux hauts fonctionnaires, représentants du gouvernement chinois ; une foule de représentants anglais leur faisait face : on eût dit que toute la communauté des résidents anglais participait à la conférence. Cette extrême différence de densité de part et d'autre de la table faisait d'autant plus ressortir la grandeur de Li Hong-tchang.

Saisissant sa tasse de thé d'un geste élégant, il murmura en se tournant vers la fenêtre, sans regarder aucun des fonctionnaires anglais serrés comme des sardines en face de lui :

— Les feuilles de marronniers ont une teinte splendide. Tout à fait estivale !

MacDonald regretta qu'un animateur de séance n'eût pas été nommé.

Dans la salle au premier étage où attendaient les journalistes de tous les pays, le brouhaha était à son comble. Face à eux, le conseiller du ministre anglais, silencieux, réfléchissait à la meilleure façon d'expliquer la situation.

Thomas Burton et Oka Keinosuke s'entre-regardèrent.

— La conférence aurait-elle été annulée ? L'état du prince Kong a dû empirer…

— Mais non, Tom. J'ai entendu donner des ordres à la garde tout à l'heure. Les représentants chinois ont dû arriver.

Comme les autres journalistes échangeaient le même genre de commentaires, les bruits de voix, se couvrant les uns les autres, formaient une rumeur assourdissante. Le conseiller, blême, toussota pour réclamer l'attention générale et entreprit de lire un document :

— Annonce à l'attention de Messieurs les journalistes ! Ce communiqué officiel émane de Sir Claude MacDonald, ministre plénipotentiaire de l'empire britannique résidant à Pékin. Le 28 mai 1898 à neuf heures du matin, ont commencé les délibérations entre l'empire Ts'ing et l'empire britannique concernant l'extension de la concession de Hong-kong. Les deux pays sont respectivement représentés par Son Excellence Li Hong-tchang et par l'ambassadeur plénipotentiaire Sir Claude MacDonald.

Un cri unanime de surprise s'éleva du groupe des journalistes :

— Le *president* Li ! s'exclama un journaliste du *Monde*, qui avait pris position devant le conseiller. Des cris identiques s'élevèrent çà et là, des têtes s'agitèrent à droite et à gauche, le brouhaha monta un instant dans la salle, comme une soirée d'opéra où l'on annonce inopinément que le premier rôle est remplacé.

— Un peu de calme, Messieurs ! La situation étant ce qu'elle est, je viendrai un peu plus tard vous annoncer les résultats des concertations.

Aussitôt, le vacarme fut à son comble, les journalistes se mirent à huer le conseiller, tandis que ce dernier tapait sur sa table pour tenter de ramener le calme. Thomas Burton se leva, se tourna vers lui en frappant sur son carnet de notes et protesta :

— Ce n'est pas ce qui était prévu ! Sir Claude MacDonald avait promis de nous laisser assister à la conférence !

D'autres journalistes se levèrent à leur tour.

— On ne veut pas nous laisser assister à des délibérations embrouillées, c'est donc ça ?

— Sir Claude MacDonald aurait-il peur de ne pas être à la hauteur ?

Le conseiller écarta désespérément les deux mains pour faire signe aux journalistes de regagner leurs sièges.

— Du calme, Messieurs, du calme ! Le ministre n'a pas l'intention de vous empêcher de faire quoi que ce soit.

— Qu'est-ce que tout cela signifie ? s'écria alors Oka Keinosuke en japonais, ce qui eut pour effet d'imposer le silence à la salle bien plus que les avertissements du conseiller.

Oka avait parlé tout seul, emporté par un élan involontaire, mais tous les journalistes, quoique ignorant le japonais, perçurent le sens de ses paroles. Il répéta donc, en anglais cette fois :

— Qu'est-ce que tout cela signifie ? C'est vraiment curieux.

C'était l'expression favorite de ce représentant de l'unique race de couleur à s'être infiltrée parmi les grandes puissances.

— Hé, Oka, arrête ! fit derrière lui la voix d'un journaliste du *Quotidien de Tôkyô*, qui le saisit par l'épaule. Oka repoussa sa main sans même se retourner et se leva pour protester, debout à côté de Thomas Burton :

— Il s'agit d'une conférence primordiale pour l'avenir de la Chine. Quels qu'en soient les résultats, notre conscience de journaliste nous impose de fournir des informations exactes. Je ne m'exprime pas en tant que Japonais, mais en tant que journaliste. Messieurs, n'ai-je pas raison ?

Il y eut un instant de silence puis le journaliste du *London Times* se mit à applaudir le premier, bientôt suivi par d'autres, de toute origine, qui soutenaient les affirmations d'Oka. Celui-ci poursuivit :

— Les négociations d'aujourd'hui ont un sens historique totalement différent de celles qui ont précédé. Il ne s'agit pas de simples négociations pour l'obtention de nouvelles concessions ou de nouveaux droits. Nos devons mettre tout notre honneur de journalistes à rédiger des articles sur la politique du gouvernement anglais en Chine ou plutôt non, en Asie. Vous êtes peut-être dans votre droit en demandant l'extension de la concession de Hong-kong, mais l'information objective est notre devoir envers l'histoire.

Une salve d'applaudissements éclata. Le conseiller se leva de son siège, très embarrassé, et quitta la salle pour revenir aussitôt en s'épongeant le front.

— Très bien, dit-il, vous êtes autorisés à assister aux entretiens. Simplement, la salle de conférence étant fort étroite, vous êtes priés d'écouter dans le calme depuis la terrasse de devant.

Avant même qu'il ait fini de parler, les journalistes se ruaient vers la porte.

— Kei, par ici !

Thomas Burton avait pris le bras d'Oka et se précipitait vers la fenêtre donnant sur le jardin. S'agrippant à la vigne vierge touffue qui grimpait le long des murs du bâtiment, il bondit à travers l'encadrement de la fenêtre, et atterrit sur le derrière sur la pelouse du jardin. Il leva la tête et invita de la main Oka à le suivre.

— Dépêche-toi ! Les premiers arrivés seront les premiers servis !

— J'ai l'impression d'être Juliette à son balcon !

Agrippant les sarments, Oka sauta à son tour et atterrit dans un parterre de fleurs. Les deux compères foncèrent alors vers les marronniers.

La terrasse fut bientôt pleine de journalistes, et la conférence commença.

Sir Claude MacDonald, extrêmement tendu, se mit à lire un document, expliquant d'une voix monocorde le projet d'extension de la concession de Hong-kong.

A chacune de ses hésitations, Li Hong-tchang faisait un petit commentaire tel que « Reprenez-vous, Monsieur le ministre, vous avez toute la flotte anglaise derrière vous ! », ce qui ne faisait qu'augmenter le trouble du plénipotentiaire, dont la gorge se serrait de plus en plus.

— L'empire britannique, afin d'assurer la juste protection de ses résidents dans ladite région…

MacDonald en était arrivé à la partie qui lui était le plus pénible à prononcer.

— Veuillez m'excuser, Monsieur le ministre… objecta alors Li Hong-tchang, en écartant les manches de sa robe de satin noir. De qui voulez-vous protéger vos résidents ?

Un sourire animait la commissure de ses lèvres, bordées d'une fine moustache blanche. C'était bien la question que le ministre anglais avait le plus redouté. Il garda le silence un moment, cherchant une réponse appropriée.

— Si vous ne voulez pas le dire, c'est moi qui vais le faire.

Le dignitaire chinois croisa les jambes et se tourna vers la foule de journalistes qui se pressait sur la terrasse.

— Y a-t-il parmi vous des journalistes français ?

— Oui, je suis le correspondant du *Monde*, s'exclama un journaliste en levant la main.

Son chinois poli et maladroit fit sourire Li Hong-tchang.

— Vous pouvez me répondre en anglais. Il paraît que l'empire britannique se sent menacé par votre pays, et craint qu'il n'envahisse la péninsule de Kowloon à partir de la baie de Canton. Y a-t-il ici des journalistes américains ?

— *Yes, Sir !* s'exclama Thomas Burton, au premier rang, en levant son stylo.

— Tiens, Tom ! Comment va ? Nous ne nous sommes pas vus depuis le couronnement du tsar Nicolas. Vous devriez songer à vous raser la tête et à porter une natte, cela vous irait à merveille.

— Je suis confus, Excellence.

Personne ne riait dans la salle.

— A propos, Tom, il paraît que lors de la guerre entre votre pays et l'Espagne à propos de la possession des Philippines, la flotte américaine a installé une base près de Kowloon ?

— C'est tout à fait exact, Excellence.

— Sa Majesté la reine Victoria en conçoit les plus grandes appréhensions. Autrement dit, la « défense et protection » invoquée par l'empire britannique doit s'exercer à l'encontre des Etats-Unis et de la France et non de la Chine. Allons bon ! Des garnements sont entrés dans le jardin d'autrui, et viennent s'y chercher querelle. Comme on manque d'arguments, on vient demander au propriétaire de la maison de se charger de l'affaire, n'est-ce pas ?

Li Hong-tchang s'exprimait dans un anglais d'une précision surprenante. Dans la salle, on aurait entendu une mouche voler.

— Ecrivez donc les choses telles quelles. Voilà ce qu'a dit Li Hong-tchang ! J'attends beaucoup du libéralisme de vos pays.

Le journaliste du *Monde* cria son approbation en chinois :

— *Ming pai la !* C'est très clair !

Li Hong-tchang promena son regard altier sur le groupe de représentants anglais qui gardait le silence, et poursuivit :

— La maison est un peu appauvrie en ce moment, le jardin est à l'abandon, les murs s'effondrent, c'est pour cela que nous vous autorisons à jouer à l'intérieur. Mais ne vous y trompez pas : vous n'êtes pas chez vous. Nous ne vous donnons pas le bout du jardin, nous vous le prêtons.

Si son anglais était parfait, sa façon de s'exprimer restait chinoise. Ses interlocuteurs devaient réfléchir au sens caché de ses paroles.

— Voulez-vous dire par là, Excellence, que vous refusez la concession ? demanda MacDonald, exprimant franchement sa pensée.

— Tout à fait. Vous êtes plus fin que je ne l'aurais cru, Monsieur le ministre. Il semble qu'on vous ait bien enseigné l'anglais à Oxford.

— Cependant, vous accepteriez à condition qu'il s'agisse d'un bail ?

— Cela ne vous satisfait point ?

MacDonald s'entretint un moment à voix basse avec les émissaires du gouvernement qui l'entouraient. Ils hésitaient, de toute évidence.

Li Hong-tchang se mit soudain à bâiller ouvertement.

— Ne vous tourmentez pas avec des choses sans intérêt. Réfléchissez plutôt un peu à ma position.

Le plénipotentiaire anglais releva soudain la tête.

— Ce qui veut dire ?

— Vous ne comprenez donc pas ? Pour vous, obtenir la cession des territoires ou obtenir un bail à perpétuité, c'est la même chose. Vous n'avez sans doute aucune intention de payer un loyer, pas plus que de rendre un jour ces territoires.

Pour moi, cependant, qui dois faire un rapport des résultats de la conférence à Sa Majesté l'empereur, cela fait une énorme différence. Je ne puis lui dire que sous la pression de la reine Victoria, j'ai été contraint de céder ces territoires.

Les Anglais poussèrent en chœur un soupir de soulagement.

— Cet arrangement devrait vous satisfaire. Hissez donc l'*Union Jack* à votre guise sur la presqu'île de Kowloon. Ainsi ni les Américains ni les Français ne pourront y toucher. Les nouveaux territoires de Kowloon vous appartiennent.

Le groupe de représentants anglais se concerta à nouveau. Cette fois, tous hochèrent la tête l'un après l'autre.

— Très bien, Excellence, nous sommes d'accord pour signer une convention de bail à perpétuité.

Feignant une surprise exagérée, Li Hong-tchang regarda tour à tour les membres de sa suite, puis éclata de rire.

— Monsieur le ministre, nous sommes bien d'accord sur le fond, mais ce terme de « bail à perpétuité » n'est-il pas un peu étrange ? Vous allez être la risée du monde entier !

— Dans ce cas, comment faire ? Si nous ne stipulons pas de durée, le terme de bail n'a plus de sens.

— Naturellement. Mais l'éternité n'est pas une unité de temps.

Li Hong-tchang se leva. Tous les assistants écarquillèrent les yeux devant sa stature qui dominait toutes les autres. Les mains croisées derrière le dos comme s'il faisait une promenade, celui que les étrangers appelaient *president Li* se mit à faire les cent pas derrière les émissaires chinois figés sur leurs chaises, la mine boudeuse, et déclara :

— Dans notre pays, nous avons une expression fort commode en pareil cas. Supposons que cent représente la perfection. Si on s'arrête un pas avant de l'atteindre, cela donne quatre-vingt-dix-neuf. Ce chiffre représente donc, chez nous, l'éternité. D'ailleurs, en chinois, « quatre-vingt-dix-neuf » est homophone d'« éternité ». Si je présente les choses ainsi à l'empereur, cela m'évitera d'être tenu pour responsable de la cession des territoires à votre pays. Un bail est un bail. Sa Majesté l'empereur comme les dignitaires de la cour comprendront tacitement ma position. Et naturellement personne ne vous fera non plus de reproches quant aux résultats de la conférence. Parce que tout le monde sait que d'ici quatre-vingt-dix-neuf ans, il ne restera rien de notre empire. Que pensez-vous de mon idée ? N'est-elle pas excellente ? Je vous propose donc de fixer la limite du bail des territoires de Hong-kong à la date du 30 juin 1997.

Des applaudissements et des cris de joie éclatèrent, célébrant la brillante idée de Li Hong-tchang.

Sur la terrasse, Oka Keinosuke, au premier rang, prenait fébrilement des notes. Il se pencha vers Burton pour lui murmurer :

— Tom, cet homme est un diplomate de génie ! Il a évité toutes les impasses, et a satisfait aussi bien aux principes chinois qu'à la logique occidentale.

Thomas Burton n'avait pas applaudi une seule fois et n'avait rien noté. Il se contentait d'observer la réaction de Li Hong-tchang aux acclamations dont il était le centre.

La signature officielle du traité fut fixée à la date propice du 9 juin. Cela fait, les représentants chinois se retirèrent rapidement. Cette conférence qui paraissait devoir s'éterniser n'avait pas duré plus d'un quart d'heure. Tous les journalistes, espérant interviewer Li Hong-tchang, s'étaient précipités vers le vestibule pour le rattraper.

— Tom ! Allons-y !

Mais Burton semblait avoir pris racine sur la terrasse. Il regardait en silence Li Hong-tchang s'éloigner sous les applaudissements et les exclamations.

— Pas de doute, c'est un génie. Pas un seul type dans cette salle n'a vraiment compris ce qu'il disait.

— Comment ça ?

Burton desserra son nœud papillon, et tourna vers Oka le visage défait d'un homme qui a été témoin de quelque chose qu'il n'aurait pas dû voir.

— Tu ne comprends pas, Kei ? Quatre-vingt-dix-neuf est le chiffre de l'éternité, sans aucun doute. Pour n'importe qui dans le monde à l'heure actuelle, c'est réellement une éternité. Mais pas pour les hommes qui vivront à cette époque-là. Pour eux, ce sera le présent.

— Je ne te suis pas.

— Dans quatre-vingt-dix-neuf ans, l'empire mandchou n'existera plus, c'est certain. Mais il y aura un gouvernement. La Chine existera toujours, et le peuple chinois aussi. Et ce jour-là, l'Angleterre devra consentir un immense sacrifice et rendre Hong-kong à la Chine. Il devront rendre cette ville avec tous ses organes de fonctionnement et, crois-moi, en quatre-vingt-dix-neuf ans, Hong-kong aura eu le temps d'engraisser.

Oka Keinosuke leva la tête vers la frondaison de marronniers qui bruissait au-dessus d'eux. La lumière filtrant entre les branches l'éblouit.

— Li Hong-tchang mourra un jour, mais le traité lui survivra…

— Exactement. Les Chinois sont un grand peuple. Ce que nous croyons être une éternité est pour Li Hong-tchang une date de rendez-vous inscrite dans son carnet.

Oka se rappela la façon dont Li Hong-tchang avait comparé les grandes puissances à des enfants jouant dans un jardin.

En 1997, plus une seule des personnes présentes dans cette salle ne serait vivante. Mais cette période de quatre-vingt-dix-neuf ans finirait par s'écouler, c'était une certitude absolue.

Le jour du retour de Hong-kong à la Chine, l'*Union Jack* serait descendu du toit du palais du gouverneur, et le protocole couleur sépia signé par Li Hong-tchang et Claude MacDonald serait jeté au rebut par leurs descendants.

— Cinq mille ans d'histoire, ce n'est pas du flan ! Le *president* Li a raison, nous ne sommes que des enfants ! murmura Oka en regardant la lumière de début d'été jouer dans les branches.

— Oui. Et vois-tu, Kei, à l'instant, j'ai vu Li tel qu'il était : un authentique mandarin qui commande au soleil, à la lune et aux étoiles. La véritable élite de la Chine !

Thomas Burton se mordit les lèvres comme s'il avait honte de son accent du Sud américain.

2

A l'aube du 29 mai, le lendemain des pourparlers menés par Li Hong-tchang, le premier ministre du moment, le prince Kong Yi-sin, succombait à une crise cardiaque.

Ce sixième fils du huitième souverain de la dynastie mandchoue, l'empereur Tao-kouang, avait vu le jour en 1832. Ses talents extraordinaires le prédisposaient à succéder à son père, mais son caractère extrémiste et son goût pour la modernité effrayèrent si bien l'empereur Tao-kouang qu'il désigna finalement pour héritier du trône le prince Yi-ning, qui devait devenir l'empereur Sien-feng.

A partir du moment où il fut nommé prince de sang de premier rang sous le nom de « Kong », c'est-à-dire « Respectueux », les épreuves se mirent à se succéder dans la vie du prince Yi-sin.

Son frère aîné, l'empereur Sien-feng, prisonnier de son amour immodéré pour l'opéra et la musique, se révéla vite incapable de gouverner et confia le soin de toutes les affaires politiques à sa concubine, l'impératrice d'Occident. Le prince Kong, seul personnage du palais à résister à l'autorité de Tseu-hi, eut maintes occasions de se quereller avec elle, au nom de tous les hauts dignitaires de la cour, tandis qu'à d'autres moments il se voyait contraint de défendre Tseu-hi et d'encourir le mécontentement des hauts dignitaires.

Lorsque l'empereur suivant, T'ong-che, mourut prématurément, ce fut le fils du prince Tch'ouen, lui-même frère cadet du prince Kong, qui lui succéda. Mais l'intronisation de son neveu rendit plus difficile encore la position du prince.

Le père de l'empereur, nommé régent, s'avéra d'une incapacité politique totale, et le prince Kong dut pour ainsi dire assumer le rôle de « régent du régent ».

En faisant monter sur le trône impérial le fils du prince Tch'ouen, Tseu-hi n'avait d'autre but que de contrôler le pouvoir du prince Kong.

Sous le « règne » de sa belle-sœur qui exerçait son arbitraire au gré de ses émotions changeantes, le prince Kong dut faire face à une série de conflits qui le laissèrent épuisé, émacié : la conspiration de Sou-chouen, la révolte de Taiping, d'innombrables guerres à l'extérieur comme à l'intérieur du pays, et des traités de paix inégaux.

Et voilà que s'achevaient ces soixante-six années de vie, au cours desquelles il n'avait jamais été estimé à sa juste valeur.

De tous ses frères, il était le plus petit et le plus frêle, mais son teint olivâtre et l'acuité de son regard lui conféraient une allure incontestable de prince tartare. Le sixième prince de sang Kong évoquait l'image d'une lame de sabre acérée.

Avec lui s'éteignait le dernier digne représentant de cette dynastie de chefs nomades, studieux et ascétiques, alliant la sagesse au courage, à l'image de l'empereur Ch'ien-lung.

Le prince Kong avait longtemps été le pilier symbolique soutenant coûte que coûte un empire défaillant.

Dès qu'il eut vent de l'état désespéré du prince Kong, Liang Wen-sieou sauta sur son cheval et se précipita à la résidence princière, à deux lis à peine de la sienne, le long du lac Chichahohai.

Prince, attendez un peu, juste encore un peu ! Telle fut son unique pensée tout au long de la chevauchée.

L'impératrice douairière était sur le point de partir pour Yi-he-yuan. L'édit de réforme allait être publié par l'empereur. Le pays sortirait du maelström périlleux des luttes politiques, une ère nouvelle commencerait.

Il fallait remplir au plus vite le vide laissé par les intrigues de Jong-liu. Le prince Kong disparu, il n'y avait plus personne qui fût capable d'assumer le poste de premier ministre.

Devant la résidence du prince étaient garées, en rangs serrés, une multitude de charrettes à cheval.

A l'entrée, deux lances croisées en travers de la grand-porte, aux pointes affûtées et étincelantes ornées d'un gland rouge, indiquaient l'état désespéré du prince.

Sautant d'un bond à bas de son cheval, Wen-sieou se précipita vers la vaste cour intérieure pavée de tuiles. Devant la porte d'entrée de la chambre du prince, sur laquelle le treillis de la tonnelle dessinait des rayures de mauvais augure, Tan Sseu-tong attendait Wen-sieou.

Lui aussi semblait s'être précipité sur les lieux dès qu'il avait appris la nouvelle, car il portait des vêtements ordinaires. Il essuya avec sa manche la sueur de son front.

— Comment va Son Altesse ? demanda aussitôt Wen-sieou.

Tan Sseu-tong paraissait avoir du mal à parler. Il détourna son visage blême.

— Il ne souffre pas trop, mais…

— Jong-liu est-il là ?

Wen-sieou avait posé sans hésiter la question qui lui tenait le plus à cœur.

— Non, selon le messager chargé de lui transmettre la nouvelle, il a refusé de le recevoir et fait répondre qu'il était absent.

Sans aucun doute, Jong-liu souhaitait éviter, en assistant aux derniers instants du prince Kong, d'être admonesté par lui devant de nombreux témoins. Les dernières paroles qu'adressaient sur leur lit de mort les princes de sang mandchous à leurs vassaux revêtaient une extrême gravité.

Les deux compagnons pénétrèrent dans l'antichambre pleine de courtisans attendant leur tour pour rendre visite au mourant, et se dirigèrent droit vers la chambre.

Sur le lit tendu de rideaux de soie légère, dans la pièce sombre et à l'atmosphère imposante, reposait le prince Kong, les traits tendus. Chouen-kouei, à son chevet, lui annonça dans un murmure l'arrivée de Wen-sieou. Le prince tourna vers lui un regard vague mais le reconnut aussitôt.

— Jong-liu n'est pas encore là ? demanda-t-il.

Il posait sans doute cette question à chaque nouveau visiteur.

— Malheureusement, il était absent de sa résidence.

— Cherchez-le. Amenez-le ici. Je ne mourrai pas sans l'avoir vu.

Le prince semblait regretter profondément d'avoir laissé échapper l'occasion de faire des remontrances à Jong-liu.

— Altesse, évitez de parler, je vous en conjure, déclara alors le médecin de la cour agenouillé au pied du lit.

A son air désemparé, il était aisé de voir que l'état du prince était désormais sans remède. De la pièce voisine parvenaient les voix tendues des prêtres taoïstes récitant des formules d'exorcisme.

— Vite, allez chercher Jong-liu…

— Calmez-vous, Altesse. Son Excellence Jong-liu ne saurait tarder, il sera là dans un instant, affirma Chouen-kouei pour apaiser le mourant.

Mais ce dernier secoua la tête. Sans aucun doute, ce prince au caractère bien trempé était torturé par des douleurs si grandes qu'il en connaissait la fatale issue.

— Tout est fini, je vais rendre l'âme. Il y a à peine un instant, le ministre Yang m'est apparu…

Wen-sieou tressaillit, son regard croisa celui de Chouen-kouei. Heureusement, personne dans la pièce ne semblait avoir relevé la phrase malheureuse du prince. Wen-sieou corrigea aussitôt :

— Que dites-vous, Altesse ? C'est impossible, le ministre Yang est à Hang-tcheou.

— Ah… c'est vrai, oui.

Le prince regarda l'un après l'autre les hauts fonctionnaires présents dans la chambre.

— Cependant, pourquoi n'y a-t-il pas un seul noble mandchou auprès de moi ?

La raison en était claire : tous les dignitaires mandchous, acquis à la cause de l'impératrice douairière, étaient des conservateurs opposés à la modernisation de l'empire et alliés de Jong-liu. Lâchement, aucun d'eux ne souhaitait entendre les paroles qu'aurait pu prononcer le prince Kong sur son lit de mort.

— Ainsi, pas un seul Mandchou… A part moi, et Chouen-kouei.

Chouen-kouei, un genou à terre au chevet du lit, dans la position du salut rituel des Mandchous, se redressa.

— Votre Altesse, moi, Chouen-kouei, je suis près de vous.

Grimaçant de douleur, le prince sortit une main amaigrie de sous son vêtement de nuit. Chouen-kouei la serra dans la sienne.

— Pourquoi Jong-liu ne vient-il pas ?

Le prince avait répété sa question d'un ton grave. Chouen-kouei jeta un coup d'œil à Wen-sieou, comme s'il hésitait à répondre. Il comprenait exactement les sentiments du prince Kong en cet instant. Si les dignitaires alignés dans la chambre avaient cédé la place au chevet du malade aux jeunes membres du parti réformateur, c'était sans nul doute parce qu'ils devinaient aux aussi le cœur du prince.

Le prince Kong entrouvrit des lèvres blêmes et tremblantes :

— Ecoutez-moi. Je veux qu'après ma mort, ces mots restent gravés dans vos consciences.

Le médecin de la cour levait déjà la main pour empêcher le mourant de parler, mais Wen-sieou le retint. Le prince Kong poursuivit, reprenant haleine entre les mots :

— Je suis vieux. La Vénérable Aïeule aussi. Elle a beau avoir le caractère bien trempé et ne pas paraître son âge, elle est âgée. Moi qui l'ait accompagnée au long de toutes les épreuves qu'elle a endurées depuis son entrée à la Cité Interdite, je me rends très bien compte que ma belle-sœur dépérit peu à peu. Tseu-hi souhaite finir paisiblement sa vie. Mais elle ne peut abandonner l'Etat en ce moment de crise. Jong-liu, lui, est jeune. Il n'a jamais fait front directement, la grossièreté même de son caractère l'en empêche, et cela lui a permis de conserver jusqu'à présent une énergie de jeune homme. Même si l'impératrice douairière se retire à Yi-he-yuan, Jong-liu fera appel à toutes ses ressources et ses capacités de réflexion pour empêcher Sa Majesté l'empereur d'exercer le pouvoir. Et il ne sera pas le seul : tous les flatteurs de son espèce qui se trouvent dans l'entourage de l'impératrice douairière sont prêts à la hisser sur le trône en dépit de son grand âge, ne serait-ce que pour évincer l'empereur.

Un eunuque vint s'agenouiller à l'entrée pour annoncer un visiteur.

— Son Excellence Li Hong-tchang !

Toutes les personnes présentes dans la chambre s'alignèrent aussitôt à droite et à gauche du passage et s'agenouillèrent. Li Hong-tchang entra, son grand corps voûté dans sa tenue de cérémonie. Sur son visage émacié de fatigue, la longue estafilade datant d'un attentat lors du traité de Shimonoseki ressortait encore davantage.

Il vint s'agenouiller devant le lit du prince.

— Altesse, je venais justement me présenter auprès de vous pour vous faire le rapport de mes pourparlers d'hier avec les Anglais, lorsque j'ai croisé vos messagers...

Les deux vieillards intègres qui, durant plus de cinquante ans, avaient soutenu de concert l'empire mandchou déclinant, échangèrent une longue et ferme poignée de main.

— Etes-vous parvenus à un arrangement ?

— Oui, un bail à perpétuité...

Un léger sourire apparut aux commissures des lèvres du prince Kong.

— Je vois... une perpétuité de quatre-vingt-dix-neuf ans, n'est-ce pas ? Parfait. Le plus important est de ne pas céder de territoires. Ce stratagème est bien digne de vous, Excellence. Certainement, c'est l'esprit de mon ancêtre qui a causé cette maladie opportune, afin de m'empêcher de mener moi-même ces négociations.

— Que dites-vous, Altesse ?

L'abattement et le découragement de Li Hong-tchang, de neuf ans l'aîné du prince Kong, faisaient peine à voir. Ce général lettré, surhumainement doué, digne successeur du célèbre général Tseng Kouo-fan, accusait maintenant son âge : il avait soixante et onze ans.

— Quel dommage que cette femme n'ait pas plutôt été un homme de la lignée des Aisingyoro...

— Vous avez raison, Altesse.

Le médecin de la cour, scrutant le visage du prince crispé par la douleur, lui murmura alors :

— Votre Altesse, prenez donc un peu d'opium, cela soulagera vos souffrances.

— Non ! répondit le prince d'un ton de réprimande. J'exècre cette drogue. Comment pourrais-je me présenter devant l'esprit de mes ancêtres dans l'au-delà, si j'adoucissais les affres de la mort avec la substance qui a causé la perte de l'empire ?

Lâchant enfin la main de Li Hong-tchang, il leva des doigts tremblants vers le vide devant lui.

— Le vois-tu, Général ?

— Qui donc, Prince ?

— Mon vénérable aïeul, le Grand Empereur Guerrier Sincère. Il est venu me chercher.

A cette phrase, toutes les personnes présentes dans la pièce se prosternèrent, face contre terre.

— L'empereur Ch'ien-lung ? Je ne le vois pas.

— Moi, si.

Toujours allongé sur le dos, le prince Kong leva ses deux mains à son front et esquissa un geste de prosternation. Aussitôt, Li Hong-tchang l'imita et frappa son front sur le sol à plusieurs reprises.

Le prince Kong écarquillait les yeux, tout à cette vision qu'il était seul à contempler.

— Majesté, moi, Yi-sin, je m'adresse respectueusement à vous. A l'instant de quitter ce monde, je ne sais ce qu'il convient de dire à mes vassaux rassemblés ici. Quelle tâche confier à mes successeurs ?... Ah, en effet. Je me conformerai à vos conseils... Oui, je vous suis, dans un instant. Attendez-moi. Vous m'aiderez à traverser les Trois Fleuves...

Tous les assistants, prosternés, écoutaient le prince Kong s'adresser au noble spectre qu'ils ne voyaient pas. Un étrange parfum d'encens flottait dans la pièce, venu des portes de la mort.

— Chouen-kouei, approche !

Le prince Kong avait levé soudain ses paupières baissées, et écarquillait les yeux.

— Je suis là, Prince.

— Viens plus près.

Chouen-kouei se rapprocha en rampant à genoux. Le regard du prince restait fixé sur le vide, tandis que des mots d'une langue inconnue s'échappaient de ses lèvres. Il formula une à une des phrases aux étranges modulations, auxquelles Chouen-kouei acquiesçait en hochant la tête.

— Que dit-il ? demanda Wen-sieou à Tan Sseu-tong à voix basse.

— Je l'ignore. Il parle mandchou.

Seul Chouen-kouei avait pu comprendre les dernières paroles du prince.

Li Hong-tchang gardait les yeux fermés.

— Prince, moi, Chouen-kouei, je jure de vous obéir et de ne jamais négliger mes obligations envers vous. Partez en paix pour le long voyage vers l'au-delà, dit Chouen-kouei en chinois lorsque le prince eut fini de parler.

Le moribond hocha la tête d'un air satisfait.

— L'ordre ne vient pas de moi, dit-il, c'est le vénérable empereur Ch'ien-lung qui a parlé par ma bouche.

Chouen-kouei se prosterna à nouveau, frappant le sol de son front.

Alors le prince Kong rendit l'âme, dans un dernier soupir.

Le prince Kong Yi-sin Aisingyoro était mort en adressant son dernier message au seul Mandchou présent dans la pièce.

Le médecin de la cour confirma le décès du prince, et cloches et tambours se mirent alors à retentir dans la pièce voisine, comme s'ils avaient attendu ce moment pour se déchaîner. Un groupe de prêtres taoïstes et de lamas tibétains firent leur apparition. Tous les assistants défilèrent un à un devant la dépouille du prince, se prosternant devant lui pour un ultime adieu. Pendant tout ce temps, Chouen-kouei demeura prosterné au chevet du cadavre, dans une immobilité de pierre.

Wen-sieou et Tan Sseu-tong sortirent dans la galerie, à la suite de Li Hong-tchang. Loin de paraître abattu, le grand homme s'éloignait à grands pas rageurs.

— Excellence, attendez !

Wen-sieou le rattrapa en courant et s'agenouilla devant lui dans la cour intérieure, comme pour lui barrer le passage.

— Excellence, vous qui comprenez le mandchou, dites-moi ce qu'a dit le prince Kong avant de quitter ce monde.

— Demande plutôt à Chouen-kouei, s'écria Li Hong-tchang d'un ton plein de colère contenue. Ces mots me sont trop désagréables à répéter.

Wen-sieou était persuadé que le prince Kong et Chouen-kouei avaient conclu un accord secret. Et il se doutait que le général Li comprenait le mandchou.

— Les jeunes générations n'ont qu'à s'arranger entre elles ! Moi, je ne veux rien savoir. Je ne veux plus rien avoir à faire avec tout cela, s'écria le général Li avec une grossièreté qui ne lui était pas coutumière, avant de se diriger, tremblant de colère, vers la vaste porte d'entrée. Il continua à crier en marchant : Même le prince Kong me déçoit ! Invoquer ainsi le grand empereur Ch'ien-lung n'est qu'une façon de se débarrasser de ses propres responsabilités. Moi, je n'ai rien vu, rien, pas même une ombre !

— Excellence, vos paroles sont par trop irrespectueuses.

Li Hong-tchang se retourna brusquement vers Wen-sieou qui venait de formuler ce reproche, et s'écria en agitant violemment les mains :

— Que savez-vous, vous autres ? Pendant plus de cinquante ans, je me suis démené pour poursuivre l'œuvre de l'empereur Ch'ien-lung. Je n'ai pas ménagé mes efforts, j'ai fait tout ce que je pouvais pour soutenir le gouvernement sans avoir le Mandat du Ciel. Délaissant mon pinceau de lettré, j'ai revêtu une armure guerrière, j'ai manié l'arc et le fusil, et vu mourir nombre de mes subalternes. Regarde ces doigts noueux ! Ces mains, qui ont abandonné la plume pour l'épée, ont écrasé tous ceux qui se sont élevés contre le pouvoir de l'empire : les rebelles de Taiping, les Nien, les Miao ! Et vous autres, qu'avez-vous fait ? Quand le prince Kong s'est-il sali les mains ? Quand ? Pas une fois ! Moi, j'ai renoncé à ma fierté de lettré, à ma robe de confucianiste, pour baisser la tête devant les barbares occidentaux et orientaux ! Et pendant ce temps, qu'a fait la Vénérable Aïeule ? Qu'ont fait l'empereur Sien-feng, l'empereur T'ong-che, l'empereur Kouang-siu ? Qu'ont-ils fait ?

Tan Sseu-tong accourut, fendant la foule, et se prosterna aux pieds de Li Hong-tchang pour déclarer d'un ton larmoyant :

— Retenez ces paroles haineuses, Excellence. Ce n'est ni le moment ni le lieu…

Mais Li Hong-tchang lui donna un coup de pied dans l'épaule et hurla :

— Recule, valet ! Jamais encore un vulgaire fonctionnaire de ton espèce ne m'a fait de remontrances ! Réforme ou restauration, agissez comme bon vous semblera ! Mais vous aurez beau faire, ce sera en vain. Il est trop tard, tout est inutile ! Par la volonté de l'empereur Ch'ien-lung, nous devrons tous endurer des épreuves, jusqu'aux générations de nos enfants et petits-enfants. Comment des hommes ordinaires comme vous pourraient-ils accomplir ce que moi-même je n'ai pu achever ? En ce qui me concerne, je ne lèverai plus le petit doigt.

Tous les assistants étaient figés sur place par la soudaine véhémence d'un homme d'ordinaire si serein.

Même quand il eut franchi la grand-porte de la résidence, on entendit encore Li Hong-tchang vociférer de l'autre côté :

— Du calme, imbécile ! Ce n'est pas la peine de tant te presser, tu arrives trop tard ! Le prince Kong a déjà franchi les Trois Fleuves du royaume des morts !

K'ang Yeou-wei déboula alors dans la cour intérieure, tout essoufflé.

— Je viens de me faire tancer vertement par Son Excellence Li ! Che-leao, est-ce vrai ? Le prince Kong n'est plus ?

Wen-sieou hocha la tête en silence, et K'ang leva la tête vers le ciel, avec une expression de profond regret plutôt que de chagrin.

— Quel dommage ! Et moi qui étais en tournée de propagande en ville… Mais, Che-leao, quelle est cette étrange agitation ?

En effet, l'intérieur de la résidence semblait en effervescence. Comme si, songea Wen-sieou, l'empire déséquilibré par la perte de son premier ministre commençait déjà à vaciller sur ses bases.

Il faut trouver un moyen d'empêcher K'ang Yeou-wei de poursuivre son action extrémiste, songea-t-il encore. Que cette action mette le feu aux poudres était la plus grande crainte de feu le ministre Yang et de feu le prince Kong.

— Che-leao, je t'en prie, organise-moi dès que possible une audience avec Sa Majesté l'empereur, il faut absolument que je le rencontre.

L'empereur Kouang-siu avait fait de la pétition de K'ang Yeou-wei sa lecture de chevet, et était fasciné par les théories de cet homme qui, cependant, n'avait pas un rang suffisant dans la hiérarchie administrative pour pouvoir obtenir une audience impériale. L'empereur avait cependant lui aussi cherché à avoir une entrevue avec lui. Il en avait été constamment empêché, par nul autre que le prince Kong.

Maintenant que les deux principaux obstacles à sa rencontre avec l'empereur, le ministre Yang et le prince Kong, n'étaient plus de ce monde, l'ardeur de K'ang Yeou-wei ne connaissait plus de bornes.

— Ne sois pas si pressé. Il faut réfléchir et garder notre sang-froid, maintenant plus que jamais.

Dépité, K'ang Yeou-wei regardait fixement son camarade.

— Mais que racontes-tu ? L'impératrice douairière va se retirer ! Le rescrit impérial va être publié. Il faut au contraire que l'empereur mette sur pied au plus vite des textes officiels de réforme.

— Nous avons attendu dix ans déjà, qu'importe quelques jours de plus ?

Wen-sieou avait saisi la manche de K'ang et lui parlait d'un ton de réprimande.

Les cris de chagrin de la famille du prince retentissaient maintenant à travers tout le jardin, et semblaient faire trembler le lattis de la tonnelle.

Chouen-kouei ressortit enfin des appartements du défunt. Contrairement à K'ang Yeou-wei, il semblait parfaitement serein. Légèrement incliné en avant, il avançait le long de la galerie à pas lents, l'air absorbé, comme s'il songeait encore aux dernières paroles du prince Kong.

— Ah ! fit-il en levant la tête, s'apercevant de la présence de ses deux camarades dans la cour intérieure.

— Commissaire Chouen-kouei, que vous a donc dit Son Altesse avant de trépasser ? demanda Tan Sseu-tong.

Chouen-kouei leva la tête vers la tonnelle qui cachait la vue vers le ciel et répondit après un instant de réflexion :

— Jong-liu n'est pas le seul ennemi. De nombreuses personnes font obstacle à l'exercice du pouvoir par l'empereur.

Après avoir jeté un regard perçant à K'ang Yeou-wei, Chouen-kouei s'écarta d'un brusque coup d'épaule de ses camarades et s'éloigna rapidement.

Les dernières paroles du prince Kong continuaient à résonner aux oreilles du jeune noble mandchou avec la force d'une cataracte, tandis que sa chaise à porteurs longeait le lac sur lequel bruissaient les feuilles de lotus.

« Ecoute, Chouen-kouei. Jong-liu n'est pas le seul traître. Il faut trancher à la racine le mal qui ébranle l'empire des Aisingyoro. Tue la Yehonala ! »

3

Le numéro des *Dix Mille Matins* daté du 31 mai de l'an 31 de Meiji (1898) regorgeait d'articles de fond sur la situation politique en Chine. Au Japon, l'excitation de la victoire remportée sur l'empire Ts'ing lors du conflit à propos de la Corée n'était pas encore retombée, et une large partie de la population vivait dans l'illusion que l'empire mandchou n'allait pas tarder à s'effondrer et à devenir un territoire japonais. Pour ces gens simples, tout étonnés d'apprendre dans les livres d'école de leurs enfants que leur pays était à peine plus grand qu'une graine de pavot, cette victoire semblait un véritable conte de fées. C'étaient leurs pères, leurs maris, leurs frères, mobilisés pour cette guerre, qui avaient vaincu la Chine. Beaucoup de paysans et de citadins pauvres rêvaient d'un ordre nouveau, qui ferait d'eux les maîtres de l'Asie. Les articles des journaux, que les personnes instruites ou les enfants scolarisés lisaient devant l'ensemble du village, gonflaient la voile de la barque de leurs chimères, voguant au vent d'une ère nouvelle.

Les Nouvelles des Dix Mille Matins, journal populaire se vantant du plus fort tirage du Japon, se faisaient naturellement un plaisir de suivre de près la situation politique en Chine.

Le même jour, un gros titre en première page annonçait l'extension de la concession de Hong-kong, arbitrairement agrandie par l'Angleterre ; suivait un article selon lequel le Japon devait lui aussi affirmer ses droits en tant que pays vainqueur, afin de ne pas prendre de retard sur les autres grandes puissances.

Juste à côté, une autre colonne annonçait le décès du premier ministre, avec des formules de condoléances débordant d'ironie.

En deuxième page, un étrange article attirait l'attention du lecteur.

Comme pour faire pendant à la gravité de ton de la première page, cet article contenait les révélations détaillées d'un eunuque du service privé de l'impératrice douairière sur la vie du gynécée impérial. Cette présentation ingénieuse – politique en première page et tranches de vie en deuxième – était tout à fait révélatrice de ce journal populaire.

L'introduction en gros caractères d'imprimerie lançait le ton :

Révélations d'un eunuque : la surprenante réalité du palais de l'impératrice Tseu-hi.

A la fin du mois de mai dernier, notre envoyé spécial à Tientsin, Oka Keinosuke, a réussi, guidé par un mystérieux collaborateur chinois, à avoir en un lieu de Pékin tenu secret une entrevue avec Li Tchouen-yun, un eunuque de haut rang très proche de l'impératrice douairière Tseu-hi. Nous publions ici le récit de cette entrevue.

L'image de monstre de Tseu-hi, universellement répandue, était profondément gravée dans l'esprit des lecteurs japonais.

Pour résumer succinctement, Tseu-hi représentait au Japon l'infamie face à la vertu de l'empereur Meiji, tout comme, en Occident, elle était l'ombre opposée à la clarté de la reine Victoria. Au Japon particulièrement, l'image de Tseu-hi se superposait facilement à celles de concubines impériales chinoises historiquement reconnues comme des monstres, telles que Lü sous les Han ou Wou Tsö-tien sous les Tang, et il était d'autant plus facile d'en tirer des sujets d'articles divertissants.

A peine les lecteurs, tout excités à l'idée des changements politiques qui se préparaient en Chine, avaient-ils tourné la page qu'ils voyaient s'étaler sous leurs yeux, sans avoir le temps de reprendre leur souffle, l'annonce alléchante de la « surprenante réalité de la vie au gynécée impérial ».

L'article se poursuivait ensuite sous la forme moderne et originale de questions de l'envoyé spécial suivies des réponses de l'eunuque :

Oka : Tout d'abord, dites-nous ce que pense l'impératrice douairière de la réforme politique de l'empire Ts'ing ?

Li Tchouen-yun : La Vénérable Aïeule a pris la décision de se retirer dans son palais d'été des faubourgs nord de Pékin et d'encourager Sa Majesté l'empereur à assumer seul la charge du pouvoir.

O : Mais l'impératrice ne se rend-elle pas rituellement chaque année dans ce palais pour échapper aux grosses chaleurs estivales de la capitale ?

L : Cette année, la température est particulièrement élevée à Pékin, si bien que Sa Majesté l'empereur prendra probablement lui aussi ses quartiers d'été à Yi-he-yuan. Cependant, il ne fait aucun doute que Sa Majesté va prendre les rênes du pouvoir en main. Un rescrit impérial va d'ailleurs l'annoncer officiellement sous peu.

O : On parle beaucoup de la réforme. Pouvez-vous nous expliquer en quoi elle consisterait exactement ?

L : Il s'agit d'adapter les anciennes lois de la dynastie impériale aux courants du monde actuel et de bâtir une monarchie moderne. Cependant, il ne s'agit pas de détruire vainement l'ancien par simple attrait de la nouveauté, mais plutôt d'établir une société dont les valeurs chinoises resteraient le fondement, tout en utilisant les connaissances occidentales.

O : Une Constitution sera-t-elle établie, une Assemblée constituée ?

L : Une réforme trop brusque n'est pas souhaitable, une réalisation progressive est actuellement à l'étude. Quel que soit le modèle choisi, il ne s'agira pas d'une monarchie constitutionnelle pareille à la vôtre.

O : Le système des examens et la hiérarchie de l'administration impériale en neuf rangs, auxquels votre pays est attaché depuis si longtemps, seront-ils transformés ?

L : La simplification du système administratif et la création d'écoles publiques sont nécessaires, mais les grandes lignes de l'ancien système seront respectées. Là encore, rien ne se fera sans une étude approfondie préalable.

O : Qui exercera le pouvoir dans le nouveau gouvernement, maintenant que le premier ministre n'est plus et que le ministre des Affaires Militaires Yang Si-tcheng a donné sa démission ?

L : Les eunuques de la cour intérieure, dont je fais partie, ne sont pas autorisés à discuter des nominations du personnel de la cour extérieure. Je préfère m'abstenir de répondre à cette question.

O : Je souhaiterais maintenant vous poser quelques questions sur la personnalité de l'impératrice douairière, et sur la vie quotidienne dans son palais. Acceptez-vous de répondre ?

L : Je peux le faire en toute franchise. Justice et impartialité ont toujours été les principes de base de la politique de la cour des Ts'ing. Je dirai la vérité en détail afin de contribuer à dissiper l'impression fausse que l'on a souvent de notre pays à l'étranger.

Après cette introduction au ton sérieux, on passait brusquement à la vie privée de l'impératrice douairière.

C'était précisément à cause de cette façon caractéristique de passer du coq à l'âne dans le même article que les *Dix Mille Matins* étaient conspués par la presse gouvernementale et les intellectuels, et subissaient la pression perpétuelle des autorités, mais bénéficiaient d'un large soutien populaire.

Il n'est pas difficile d'imaginer la répercussion qu'eut cet article, ni l'avalanche de questions et de commentaires qu'il suscita chez les lecteurs.

Du côté du comité de rédaction, le rédacteur en chef Kuroiwa Ruikô fut le premier satisfait de cet inimitable programme et fit dans la foulée un second tirage de la deuxième page, qui fut largement distribué dans les gares de Shimbashi et de Yokohama.

Il ignorait, cependant, qu'à l'instant même où les lecteurs japonais des *Dix Mille Matins* écarquillaient les yeux devant cet article, le peuple américain, à Manhattan, écarquillait les siens devant les révélations du *New York Times* concernant la même cour impériale de Chine…

Lorsque cet homme, Li Tchouen-yun, pénétra dans le luxueux restaurant, non loin de la porte principale de la Cité Interdite, où la rencontre était prévue, Oka Keinosuke et

Thomas Burton crurent d'abord que leur rendez-vous secret avait été dévoilé et qu'un juge venait les interroger, tant l'impression que donnait Tchouen-yun était loin de la mélancolie lugubre que dégageaient généralement les eunuques.

Avec sa veste noire, son bonnet de satin et son fier maintien malgré sa petite taille, on l'eût pris plutôt pour un mandarin en vêtements ordinaires que pour un eunuque. Son visage aux traits réguliers était si tendu que les deux journalistes s'attendaient à voir surgir derrière lui de vigoureux agents de police venus les interpeller.

Mais ce fut tout simplement Mrs Tchang, costumée en jeune citadine, qui fit son entrée.

Avant même d'être présenté, Tchouen-yun mit un genou à terre pour adresser aux deux hommes un salut à la mode mandchoue, dont l'extrême courtoisie les surprit. Inconsciemment, Oka s'inclina profondément en réponse, tandis que Burton retirait la main qu'il tendait déjà en avant.

Une fois tout le monde installé autour d'une table ronde, Mrs Tchang fit les présentations en chinois de sa voix chantante.

— Messieurs, l'intendant Li Tchouen-yun, du palais de l'impératrice mère. Malgré sa jeunesse, il est déjà fonctionnaire de troisième rang et intendant privé de l'impératrice Tseu-hi.

Ce rang équivalait à celui d'un préfet de province dans l'administration civile. Oka rectifia sa position et se redressa sur sa chaise.

Ainsi, cet homme vivait au fond du sombre gynécée de l'impératrice douairière, empreint de rites et d'étranges coutumes, à la cour de cette dynastie de conquérants qui, partis de leur Mandchourie natale, avaient franchi la Grande Muraille !

Mrs Tchang s'adressa ensuite à Tchouen-yun, lui expliquant qu'il s'agissait de deux journalistes dignes de confiance, qui n'écrivaient pas d'articles mensongers uniquement destinés à forcer l'intérêt du lecteur.

Lorsque Tchouen-yun hocha la tête en réponse, ne mettant visiblement pas en doute les affirmations de Mrs Tchang, Oka ressentit un léger remords de conscience.

Cet eunuque était à l'opposé de l'idée qu'il se faisait de sa corporation. L'honnêteté et la pureté qui affleuraient sur ses traits évoquaient un sage lettré. Il n'affectait cependant aucun air supérieur, et arborait tout à fait la physionomie qu'aurait eue au Japon un intendant de maison noble, ou encore le proche vassal d'un prince impérial.

Oka s'apprêtait à poser sa première question lorsque Burton lui murmura en anglais :

— Surtout, ne parle pas de son infirmité.

Oka comprit aussitôt l'avertissement : il fallait éviter d'évoquer devant un eunuque son absence de virilité.

— D'où êtes-vous originaire ? commença-t-il.

— Du Tsing-hai, dans la province de Tcheli, répondit Tchouen-yun après une légère hésitation.

— Ah oui, je vois. Depuis Tientsin, il faut descendre vers le sud le long du canal, n'est-ce pas ?

— C'est exact. La terre y est pauvre, il y a toujours eu beaucoup d'eunuques originaires de cette région.

Oka, dont la main courait déjà sur son carnet de notes, s'interrompit involontairement, en se rendant compte de la triste réalité cachée derrière cette réponse énoncée comme une évidence.

— Qu'y a-t-il, Kei ?

— Rien…

Oka repensait au voyage le long des canaux au sud de Tientsin qu'il avait fait quelques années plus tôt avec un groupe de journalistes japonais installés depuis longtemps en Chine. Les paysages marécageux du Tsing-hai, couverts de roseaux à perte de vue, lui revenaient sous les yeux. Une terre sauvage et désolée, bloquée par les glaces en hiver, désert brûlant l'été, marécage inondé à la moindre pluie…

— Dans cette province, lui avait dit un journaliste vétéran, l'expression favorite des paysans est : *mei fa-tseu*, « on n'y peut rien ».

Oka avait alors pensé à son village natal, dans la préfecture de Fukushima, à cinq lieux d'Aizu par un sentier de montagne. Son humeur s'était assombrie. Sa région d'origine, où vivaient encore sa mère et ses frères, était pauvre elle aussi, avec ses maigres récoltes d'orge et de patates, qu'il fallait arracher aux flancs d'une montagne enfouie sous la neige la moitié de l'année.

De temps en temps, survenait quelque généreux bienfaiteur qui prenait en pitié les enfants d'anciens vassaux de daïmyôs ruinés, ce qui avait permis à Oka, seul parmi ses nombreux frères et sœurs, de poursuivre des études secondaires. Comme il s'était avéré doué, on l'avait envoyé à Tôkyô, où il avait suivi des cours du soir à l'université tout en travaillant comme garçon de courses pour un journal.

Il n'y avait pas de honte à faire des efforts pour réussir mais lorsqu'il se retournait sur les circonstances passées de sa vie, il lui semblait que sa situation actuelle tenait du miracle. Sans aucun doute, ce jeune Chinois avait lui aussi connu une enfance difficile, et avait dû provoquer le même genre de miracle en se faisant castrer.

A la vue du sourire éblouissant et des traits pleins de douceur de Li Tchouen-yun, une insupportable tristesse envahit Oka. Les souvenirs de misère d'autrefois, joints à la honte d'être traité d'« ennemi de l'empereur » lors des guerres de la restauration, comme tous les habitants de l'ancien fief d'Aizu, avaient laissé chez lui des traces profondes. Cependant, l'homme qui se tenait maintenant devant lui était marqué dans sa chair autant que dans son esprit. Pour parvenir au rang de grand castrat au palais, il avait renoncé à un irremplaçable trésor. D'où venaient donc la douceur et la pureté de son sourire ?

— Qu'avez-vous, Kei ?

Mrs Tchang jeta un regard scrutateur sur Oka, qui gardait la tête obstinément baissée.

— Tom, quelque chose ne va pas : Kei pleure !

Burton, qui connaissait les origines d'Oka et était lui-même issu d'un milieu identique, devina ce que ressentait son ami.

— Courage, Kei : tu es ici pour travailler.

A ces mots, Oka se reprit et souleva ses lunettes pour essuyer ses yeux humides avant de poser, dans un mandarin précis, la première question de sa liste.

— Bien, entrons dans le vif du sujet : est-il exact que l'empereur Kouang-siu va désormais assumer seul la charge du pouvoir ?

Tchouen-yun répondit de sa voix haut perchée, aux riches modulations :

— Tout à fait. L'empereur quittera Pékin avec sa tante pour son habituel séjour d'été à Yi-he-yuan, mais à l'automne, il rentrera seul à la Cité Interdite.

— Qui succédera au prince Kong malade ?

— Sa Majesté l'empereur, dans son infinie intelligence, prendra sans doute lui-même la tête du Conseil des Affaires Militaires.

Burton reposa son stylo et, posant un doigt sur son front, demanda d'un air innocent :

— Mais c'est naturellement Son Excellence Yang Sitcheng qui, en tant que précepteur de l'empereur bénéficiant de sa totale confiance, supervisera les affaires de l'Etat ?

Li Tchouen-yun ne se troubla pas une seconde. Ignorait-il la mort de Yang ? S'il est au courant, il fait preuve du sang-froid le plus extraordinaire qu'on ait jamais vu, songea Oka.

— Le ministre Yang s'est retiré dans sa province natale à la demande de la Vénérable Aïeule, qui, dans son infinie sagesse, lui a demandé de renoncer au pouvoir en même temps qu'elle, afin de trancher à la racine la rivalité opposant les partisans de l'empereur aux siens. Mais je ne puis parler davantage de ces sujets qui ne sont pas du ressort des eunuques.

Les lèvres crispées de Tchouen-yun indiquaient sa volonté inébranlable de ne pas en dire plus. Il semblait reprocher à son interlocuteur ce glissement imprévu de la conversation.

— Je croyais que vous m'aviez demandé de venir ici pour évoquer la personnalité et la vie de la Vénérable Aïeule. C'est uniquement dans ce but que j'ai accepté cet entretien, ajouta-t-il en soulevant les longues manches de sa veste, derrière lesquelles disparaissaient ses mains, et en fixant sur Mrs Tchang un regard perçant.

La jeune femme, debout près de la porte, agita le menton en direction d'Oka.

Le projet de Burton et Oka de tirer les vers du nez à l'intendant de Tseu-hi sur ce qui se tramait réellement à la cour, sous prétexte de le questionner sur la vie quotidienne au gynécée, avait donc échoué. La douceur de ce jeune eunuque dissimulait une intelligence et une fermeté inattendues.

— De fausses rumeurs circulent à l'étranger sur la personnalité de la Vénérable Aïeule. C'est à seule fin de les dissiper que, sur son autorisation expresse, j'ai accepté de venir ici.

Oka et Burton levèrent en même temps un visage stupéfait. La permission de l'impératrice douairière ? Voilà qui était imprévu. Burton en oublia un instant son chinois.

— *Just a moment !* s'exclama-t-il. Attendez ! Il ne s'agit donc pas d'une entrevue secrète, mais d'un entretien officiel ?

— Certes non. Dans notre pays, les seules audiences officielles se déroulent au palais. Un rendez-vous dans un restaurant près des portes de la Cité Interdite ne saurait être qualifié d'officiel. C'est à titre privé que j'ai obtenu l'autorisation de la Vénérable Aïeule.

L'air absolument stupéfait, Thomas Burton se pencha vers Oka pour murmurer en anglais :

— Décidément, cet eunuque n'est pas ordinaire ! C'est sans doute le seul être au monde auquel Tseu-hi accorde une totale confiance.

Rendu soupçonneux par ces chuchotements dans une langue étrangère, Tchouen-yun déclara d'un ton sec :

— Je préfère que nous ne procédions pas par questions et réponses pour la suite de l'entretien. Je suis loin d'avoir votre intelligence, Messieurs, et je crains de ne pouvoir vous répondre. Aussi parlerai-je à mon gré tandis que vous prendrez des notes. Cela vous convient-il ?

Sur ce préambule, Li Tchouen-yun entama son récit, dans un langage fleuri qui évoquait les antiques rituels de la Cité Interdite.

4

— Je commencerai par vous expliquer l'origine du nom de Vénérable Impératrice d'Occident. Parmi les deux épouses de l'empereur Sien-feng qui, après sa mort, exercèrent conjointement la régence auprès de l'empereur T'ong-che encore enfant, l'impératrice officielle Tseu-ngan demeurait dans l'aile est de la cour intérieure, tandis que la favorite impériale Tseu-hi, mère de l'empereur, demeurait dans l'aile ouest. Ainsi, par commodité, se mit-on à nommer l'une « impératrice d'Orient » et l'autre « impératrice d'Occident. »

Ces deux appellations, cependant, sont extrêmement discourtoises et ne sont jamais utilisées à l'intérieur du palais. Vous aussi, Messieurs, je vous serais reconnaissant d'utiliser désormais au moins une partie du nom officiel de l'impératrice pour la désigner, ainsi pourriez-vous par exemple dire « Bienfaisante Impératrice Tseu-hi » ou encore « Vénérable Impératrice Mère »

Généralement, nous, les eunuques, ainsi que les dames de cour, dénommons l'impératrice « Vénérable Aïeule ». Quant au terme bien connu de « Vieux Bouddha », il est utilisé par les fonctionnaires de la cour extérieure et les gens ordinaires de la ville pour exprimer le respect et l'affection qu'ils éprouvent envers elle.

Seuls les princes de sang et les vassaux de confiance les plus proches et de noble ascendance utilisent l'appellation de « Compatissante Dame Tseu-hi ». Parmi les eunuques, les seuls autorisés à s'adresser ainsi à l'impératrice sont le chef de palais, le vice-chef de palais, et moi-même. Si un eunuque ordinaire osait la nommer ainsi face à face, il en serait aussitôt puni de cinquante coups de bâton.

Dame Tseu-hi est originaire de la bannière inférieure des Yehonala, la plus basse parmi les tribus mandchoues. Dame Tseu-ngan était, elle, originaire de la Deuxième Bannière supérieure.

Cette différence d'origine a alimenté par la suite la rumeur de leur dissentiment mais, pour ce que j'en ai entendu dire, la discorde n'a jamais régné entre les deux impératrices. Quant aux bruits selon lesquels la Vénérable Aïeule serait à l'origine du décès de la Première Epouse de l'empereur Sien-feng, je ne sais d'où ils viennent mais ils sont mal fondés et tout à fait regrettables.

Chez les tartares Jürchens, la société était divisée en bannières, ou tribus, d'importance numérique variable, mais chacune à la tête d'une armée de cinq mille cinq cents cavaliers. Il ne pouvait donc y avoir d'énormes différences hiérarchiques entre elles.

En outre, les armées des Huit Bannières n'étaient pas à l'origine destinées à protéger la maison Aisingyoro ; il serait plus juste de dire qu'il s'agissait des troupes des nobles mandchous alliés à l'empereur, puisque Nouratchi, le fondateur de la dynastie mandchoue, n'était autre que le chef d'une de ces bannières, la Bannière Jaune.

Après l'avènement de la dynastie Ts'ing, sous l'ère de grande paix de l'empereur Ch'ien-lung, les chefs militaires des différentes bannières devinrent des nobles de cour, dépourvus d'armée personnelle, et l'on commença alors à les distinguer hiérarchiquement en fonction de la taille de leurs fiefs. Quoi qu'il en soit, ces différences de statut n'étaient pas assez importantes pour représenter un facteur de discorde entre les deux impératrices.

L'impératrice Tseu-hi a toujours profondément respecté la personnalité pleine de noblesse de l'impératrice Tseu-ngan, tandis que ses propres qualités, et notamment son intelligence, lui valaient la confiance totale de Tseu-ngan.

Conformément à l'ultime souhait de l'empereur Sien-feng, les deux impératrices ont élevé ensemble l'empereur enfant T'ong-che, et ont vécu comme une famille unie.

Mon entrée au palais date de bien plus tard : l'empereur T'ong-che et l'impératrice Tseu-ngan avaient alors quitté ce monde depuis longtemps.

Je ne saurais vous dire le jour exact selon le calendrier occidental mais c'est en l'an 15 de l'ère Kouang-siu, à l'âge de quatorze ans, que j'ai fait mon entrée au palais. L'impératrice mère a daigné remarquer mes talents d'acteur, acquis en fréquentant une troupe d'opéra à Pékin, et j'ai eu la chance de faire une carrière fulgurante. Je m'étais toujours dit que mon art me serait d'un grand secours dans la vie et je ne sais malheureusement rien faire d'autre. Aujourd'hui encore, outre ma tâche d'intendant privé de l'impératrice Tseu-hi, je suis l'acteur principal et le directeur de la troupe d'opéra impérial, et je monte souvent sur scène.

La passion de l'impératrice pour l'opéra est de notoriété publique, mais que l'on ne s'y trompe pas : la musique et la danse n'ont jamais absorbé la Vénérable Aïeule au point de lui faire négliger les intérêts de l'Etat. L'opéra est le seul plaisir que s'autorise une veuve dont la vie quotidienne, entièrement consacrée aux affaires politiques, serait sinon dépourvue de toute joie.

Lorsque l'impératrice assiste à une représentation en compagnie de tous les dignitaires de la cour, cela revêt toujours un sens particulier. Si vous pouviez considérer ce divertissement comme l'équivalent des bals de la cour dans votre pays, j'en serais fort heureux.

La vie de la cour impériale est depuis toujours réglée par des rites très stricts. Aussi l'impératrice goûte-t-elle fort ces soirées d'opéra qui lui permettent de s'entretenir en toute franchise avec Sa Majesté l'empereur, leurs deux trônes alignés côte à côte. Les dignitaires trouvent là également une occasion unique de bavarder amicalement, loin des simagrées officielles. Je ne pense pas que ces représentations d'opéra soient un luxe superflu.

En l'absence de descendants, après la mort prématurée de l'empereur T'ong-che, le prince Tsai-t'ien, fils du prince Tch'ouen et de la sœur cadette de l'impératrice Tseu-hi, monta sur le trône. Il règne aujourd'hui sous le nom d'empereur Kouang-siu.

De nombreuses suppositions ont été échafaudées sur le sujet mais je puis vous affirmer que l'impératrice Tseu-hi, dans son équité et sa compassion, n'a jamais eu la moindre arrière-pensée. L'accession au trône du parent le plus proche par le sang de l'empereur T'ong-che a paru simplement à l'impératrice le plus conforme à la logique.

Beaucoup de fonctionnaires sans discernement l'ont soupçonnée alors à tort, mais les malentendus sont sans doute inévitables lorsque c'est une femme qui exerce le pouvoir.

Le fait que le prince Yi-houan était le frère cadet de l'empereur Sien-feng, que les pères des empereurs Kouang-siu et T'ong-che étaient frères et leurs mères sœurs, renforçait doublement les liens du sang de Kouang-siu avec la lignée impériale. On a beau réfléchir, il n'y avait pas de personne plus digne de succéder à l'empereur T'ong-che que son cousin germain.

Des personnes sans cœur firent courir le bruit que l'impératrice Tseu-hi faisait monter son jeune neveu sur le trône par soif de pouvoir et nommait pour les mêmes raisons au titre de régent le prince Tch'ouen au doux caractère.

On l'accusa d'agir ainsi pour protéger sa position, alors que de nombreux autres princes de sang plus mûrs, tels que le prince Kong ou le prince Tch'ouen auraient pu succéder à l'empereur T'ong-che.

Faites donc savoir la vérité au monde, Messieurs : l'empereur Kouang-siu était en fait le seul successeur possible, parce que par le sang il était aussi proche qu'un frère du jeune empereur mort sans descendance.

Les plus vieux eunuques du palais affirment que le souverain actuel est le portrait exact du défunt empereur T'ong-che. Il est un seul point sur lequel ils ne se ressemblent pas… Mais je laisse cela à votre imagination. Toujours est-il que l'empereur Kouang-siu est un Fils du Ciel magnifique, d'une intelligence extraordinaire. Il a reçu les enseignements de nombreux précepteurs et a adopté la morale des disciples de Confucius. Il possède toutes les qualités requises d'un empereur dont la gloire s'étend sur l'univers entier. Tout cela, je l'ai entendu directement de la bouche de Son Excellence Yang Si-tcheng.

Son Excellence Yang, tout en étant la plus haute autorité de l'époque en matière de confucianisme, est un polémiste connu pour ne pas mâcher ses mots. L'intelligence éclairée de Sa Majesté l'empereur Kouang-siu, propre à émouvoir même un lettré du niveau de Son Excellence Yang, rappelle celle de son ancêtre le grand empereur Ch'ien-lung.

Il est certes impardonnable de la part d'un vermisseau sans éducation comme moi de s'exprimer ainsi, mais l'empereur Kouang-siu est un monarque idéal, incarnant les cinq vertus de la morale confucéenne.

Sans doute faut-il là encore rétablir une vérité, et démontrer une autre méprise de la rumeur publique.

Sachez en effet que Sa Majesté l'empereur n'a jamais manqué à ses devoirs envers sa tante. Il l'a toujours entourée de soins, se conformant aux rites d'un vassal envers son seigneur, d'un enfant envers ses parents. A cause de cela, certains ont vu en lui un être faible craignant l'autorité de l'impératrice Tseu-hi.

L'empereur met une confiance absolue dans ses vassaux et les membres de sa famille. Il lui arrive souvent de questionner amicalement ses vassaux et de montrer un intérêt profond pour leurs personnes, sans distinction de rang ni de parti. De si hautes qualités humaines lui ont pourtant valu d'être accusé de manque de bon sens ou de jugement. Ainsi va la médisance.

Vous comprendrez qu'aucune rivalité politique ne sépare Sa Majesté l'empereur de sa vénérable tante, contrairement à ce qu'affirment en ville certaines rumeurs. Les prétendus partis de l'empereur et de l'impératrice douairière ne sont que des regroupements d'intérêts opérés par les membres de l'administration eux-mêmes. La vérité est que l'impératrice Tseu-hi a longuement hésité à confier à son cher neveu les rênes de l'Etat en une période de crise, et que l'empereur Kouang-siu a fort bien compris la compassion de sa tante. Seuls des vassaux félons cherchent dans l'affection charmante qui lie l'empereur à sa tante les bases d'un conflit politique.

Quant à moi qui suis au service de la Vénérable Aïeule, je me dois de soutenir l'empereur en le défendant contre le clan de ceux qui veulent gouverner pour leur seul profit. Si cela me vaut d'être considéré comme « membre du parti de l'impératrice », qu'y puis-je ?

J'ai ainsi un ami très cher qui sert comme intendant au palais de la Nourriture de l'Esprit, un eunuque du nom de Lan-ts'in, que j'ai connu alors que j'étais apprenti. Un lien très fort nous unit. Tenez, regardez cet ornement de cheveux en forme de papillon. Il est joli, n'est-ce pas ? C'est le seul souvenir que sa mère a laissé à Lan-ts'in avant de mourir. Eh bien, ce bijou, Lan-ts'in me l'a offert en gage d'amitié quand nous n'étions encore que des enfants. Bien que nous soyons aujourd'hui en poste dans des palais rivaux, un lien plus fort encore que celui qui peut exister entre deux frères continue à nous unir. A chacune de nos rencontres, Lan-ts'in se lamente : « Nous nous aimons comme des frères, dit-il, et il nous faut nous comporter en ennemis. » Nous sommes en effet l'un et l'autre obligés de jouer le rôle d'espions, pour protéger les intérêts de ceux que nous servons. Lan-ts'in surveille les faits et gestes des membres du parti de l'impératrice pour le compte de l'empereur, tandis que je me livre à l'activité inverse.

Vous trouvez sans doute étrange que nous soyons obligés de nous livrer à des agissements aussi dégradants alors que nous sommes tous deux intendants de troisième rang.

La raison en est simple : nous sommes avant tout des eunuques, et les eunuques ne sont pas des êtres humains, mais les esclaves du palais et de la maison Aisingyoro. On nous accorde des rangs de fonctionnaires en récompense de nos services, mais les fonctionnaires de l'administration et nous-mêmes vivons des situations bien différentes.

Voilà pourquoi nous ne pouvons exprimer nos volontés propres. Lorsque son maître lui donne un ordre, l'eunuque court l'exécuter, telle une souris en cage obéissant à son dresseur. Mais même un esclave a des yeux pour voir et des oreilles pour entendre. Il a aussi un cœur, comme un être ordinaire. Qui plus est, nous connaissons le cœur de notre maître mieux que quiconque. Nous qui devons agir à l'encontre de notre volonté, et nous épier mutuellement, chacun faisant l'espion pour son maître, je vous laisse deviner nos souffrances.

Ces derniers temps, les intrigues se sont intensifiées dans les deux camps. Maintenant que Son Excellence Li Hongtchang a pris sa retraite, que le prince Kong est alité, et que le ministre Yang, le seul qui parvenait à freiner les ardeurs des jeunes réformistes, s'est brusquement retiré en province, tout le monde semble avoir perdu la tête.

En fait – que cette confidence reste entre nous –, je vois Lan-ts'in en secret ici même une fois par mois, et nous échangeons nos informations, dans la mesure où elles ne sont pas nuisibles aux intérêts de ceux que nous servons. Nous faisons cela, bien sûr, pour le bien de nos maîtres respectifs.

Cependant, depuis quelque temps, il règne une telle tension entre les deux camps que nous ne pouvons plus rien nous révéler l'un à l'autre.

L'autre jour encore, je l'ai rencontré ici, et n'ai pu lui faire part d'aucune des nouvelles importantes que je connaissais. J'ai bien vu que Lan-ts'in hésitait aussi de son côté à me confier ses informations.

Malgré toute la loyauté dont nous faisons preuve envers nos maîtres et l'affection profonde qui nous lie, nous n'avons pu ce soir-là échanger un seul mot.

Nous avons bu en silence des coupes de mauvais alcool, puis, quand nous nous sommes levés comme les pantins que nous sommes, Lan-ts'in a éclaté en sanglots et, au moment où j'allais partir, s'est agrippé à mes épaules.

« Frère Aîné, pardonne-moi, pardonne-moi ! Si je le pouvais, je voudrais retourner à la maison du castrateur, et lui demander de me coudre la bouche, et de m'arracher la langue. »

Moi, je serrais en silence dans mes bras mon ami qui continuait à sangloter. Nous étions en proie aux mêmes pensées. Moi aussi, j'aurais voulu qu'on me crève les yeux, qu'on me tranche les oreilles.

Nos corps amputés ne nous permettront jamais de connaître l'amour d'une femme. Naturellement, je le regrette profondément, mais cette fois-là, j'ai souhaité du fond du cœur devenir un bloc de chair privé non seulement de ses parties intimes mais aussi d'yeux, de nez, de bouche. Si je pouvais seulement garder le cœur dévoué qui bat en moi, je resterais un être humain, même réduit à l'état d'un morceau de chair.

Désormais, Lan-ts'in et moi devrons renoncer à nos conversations amicales…

Mais pardonnez le tour sinistre qu'a pris mon discours, et revenons plutôt à la vie quotidienne de l'impératrice Tseu-hi.

Lorsque la Vénérable Aïeule se retirera au palais d'été, Sa Majesté l'empereur l'accompagnera sans doute comme les autres années, fuyant quelque temps les chaleurs estivales de Pékin, mais ensuite leurs habitudes de vie changeront.

L'impératrice se retirera au palais du Contentement, au bord du lac de K'ouen-ming, et passera ses journées à lire des sûtras et les Classiques. L'empereur de son côté s'installera au palais de la Tranquillité Compatissante, et commencera à diriger seul le pays.

Pour ma part, j'accompagnerai l'impératrice au palais d'été où je continuerai à la servir. Quand elle me l'ordonnera, je jouerai pour elle des pièces d'opéra. Je rêve du jour où je pourrai lui présenter la danse que j'ai préparée pour célébrer le moment béni où, loin des tracas du monde, elle redeviendra la compatissante mère qu'elle a toujours été au fond d'elle-même.

A dater de ce jour, si elle m'y autorise, je la nommerai respectueusement « Vieux Bouddha », ainsi que je le faisais lorsque j'étais enfant.

Loin des tourments de la politique, elle deviendra aux yeux de tout son peuple une belle Kouan-yin, un véritable Bouddha féminin, je n'en doute pas.

Excepté pour les cérémonies officielles, l'impératrice est toujours vêtue de sa robe de veuve et ne l'agrémente d'aucun bijou, d'aucun maquillage. Aujourd'hui encore, elle porte le deuil de son époux l'empereur Sien-feng.

Pourtant, la rumeur publique l'accuse de revêtir la robe du Dragon de l'empereur, de se couvrir d'or et de joyaux.

Tout cela est faux. On aurait beau chercher dans les meilleures familles nobles mandchoues, ou chez les gentilhommes de province les plus cossus, dans tout l'empire on ne trouverait de personne plus modeste, plus féminine, plus sobre qu'elle. C'est pourquoi, lorsqu'elle sera dans son palais d'été, je ferai retirer des réserves du palais du Contentement des bijoux et des ornements dignes d'elle, colliers de jade vert et bracelets d'or, dont je l'exhorterai à se parer. Je veux aider l'impératrice à retrouver toute sa beauté et sa féminité, elle qui, jusqu'à soixante ans passés, a sacrifié sa vie de femme à la politique.

Bien que ce soit contraire à l'étiquette du palais, je vais vous dire toute la vérité.

Dame Tseu-hi, mariée à seize ans, a dû prendre en charge le fardeau de la politique à la place d'un mari incapable ; veuve à vingt-sept ans, elle a dû depuis lors assumer toutes les affaires de l'Etat. C'est un poids de cinq mille ans et de quatre cents millions d'âmes qui pèse sur ses épaules, un poids qu'aucun individu ne devrait avoir à supporter seul.

En outre, le fils, à l'instar du père, s'est révélé être un débauché. A force de s'adonner à la luxure, il a fini par succomber à la syphilis, et c'est un empereur enfant qui lui a succédé. Dame Tseu-hi a dû ainsi durant plus de quarante années soutenir, sans jamais se soucier d'elle-même, la charpente d'un empire branlant. Pourquoi donc la traitez-vous de femme maléfique, de démone, ainsi que le feraient des belles-sœurs médisantes envers la vaillante épouse d'une ancienne famille ? Pourquoi clamez-vous que cette femme débauchée conduira l'empire à sa perte comme le firent autrefois Dame Lü et l'impératrice Wou Tsö-tien ? Dites-moi donc quand, où, envers qui l'impératrice Tseu-hi s'est conduite en mauvaise femme ?

Sans aucun doute, les paroles que j'ai prononcées ici seront elles aussi déformées et enveloppées d'un tissu de faussetés avant d'être transmises au monde…

En un sens, je ne devrais pas vous faire ainsi des reproches. Vous n'êtes, comme moi, que des esclaves au service de vos maîtres.

Cependant, si vous avez la moindre conscience en tant qu'êtres humains, dites au monde la vérité telle que je vous l'ai racontée.

Si Dame Tseu-hi a été présentée comme une démone, c'est uniquement pour servir les intérêts de vos pays, Messieurs. Celle que l'on insulte et traite de sorcière aujourd'hui à travers le monde, il fallait bien, n'est-ce pas, dresser d'elle un portrait de femme maléfique ?

Pourtant, cela n'était pas nécessaire : l'empire va de toute façon à sa perte. Mais le peuple, avec ses quatre cents millions d'âmes, continuera à exister. Savoir que dans cent ans et plus, cette femme pareille à un joyau qui a voué sa vie au salut de son peuple sera encore considérée comme une démone… Je ne puis supporter une telle absurdité.

Moi, je ne suis qu'un eunuque, je n'aurai jamais d'enfant à qui révéler la vérité.

Aussi, je vous en conjure, transmettez à ma place la vérité aux générations futures.

Moi, autrefois misérable ramasseur de crottes du Tsinghai, voilà qu'aujourd'hui, pantin guidé par le fil d'un étrange destin, je me trouve ici en face de vous. Enfant, j'avais de l'ambition, ou devrais-je dire de la ténacité. Ma soif de fortune était si terrible qu'elle m'a conduit à trancher de ma propre main mes organes vitaux. Oui, j'ai accompli cet acte abominable, après mûre réflexion, après m'être rendu compte que l'accès aux richesses me resterait à jamais interdit si je ne le faisais pas, ou plutôt, que ma famille et moi serions condamnés à mourir comme des chiens sur la terre aride du Tsing-hai.

Tout enfant que j'étais, j'avais conscience de l'horrible atteinte à la piété filiale que représentait pareil acte : attenter à ce corps précieux reçu de mes parents ! Mais, se disait le petit garçon de dix ans que j'étais, ce péché me sera pardonné puisqu'il a pour but de sauver ma mère et ma sœur.

Aujourd'hui, je sais quelle réalité se cache derrière les richesses et l'abondance.

Jamais l'or n'a racheté le malheur humain. Le seul bonheur sur Terre est celui d'aimer et d'être aimé. Cela, c'est de Dame Tseu-hi que je l'ai appris. Oui, Dame Tseu-hi, la personne la plus malheureuse que la Terre ait jamais portée, c'est elle qui m'a enseigné cela.

Je voudrais être aimé du monde entier, pour racheter la haine dont elle est l'objet. Et je veux aimer aussi.

Voilà pourquoi j'aime l'impératrice Tseu-hi, Sa Majesté l'empereur, mon ami Lan-ts'in, et les infortunés eunuques. Son Excellence Yang, Son Altesse le prince Kong, le général Jong-liu, le chef de palais Li Lien-yin, son Excellence Li Hong-tchang, les dames de cour, tous les êtres qui vivent en ce monde, je les aime du fond du cœur d'un amour infini. Et pour vous aussi, pour vous aussi, bien sûr, mon cœur déborde d'amour.

Alors, je vous en conjure. Aimez-moi, à votre tour.

Bien que la couleur de nos peaux soit différente, je vous en prie, aimez-moi, et aimez du fond de votre cœur le peuple de ce pays aux étranges coutumes.

C'est le seul, l'unique moyen pour les humains de parvenir au bonheur.

5

Oka Keinosuke et Thomas Burton marchaient vers le nord, à travers les rues de Pékin, bordées d'éblouissantes frondaisons.

Une fois passée la porte Qui Fait Face au Soleil, on entrait dans le secteur est, fief des légations étrangères.

L'accès aux différents quartiers de la ville tartare était délimité par d'innombrables portes petites et grandes, ouvertes dans les multiples rangées de murailles qui ceignaient la ville intérieure. Chaque porte menait à un quartier complètement différent, et il n'était pas rare d'être désorienté.

La seule chose commune à toutes les rues de la ville intérieure était l'admirable luxuriance des arbres.

Partout, dans les rues et les jardins, des arbres immenses étalaient leurs feuillages luxuriants, qui dissimulaient commodément à la fois les odeurs stagnantes nauséabondes et les étranges décors de la ville.

Pékin, capitale de la Chine depuis deux dynasties, les Ming et les Ts'ing. Autrefois aussi, sous les Yuan, grande capitale de l'empire mongol, dont Marco Polo avait contemplé les splendeurs. Si l'on remontait plus loin encore dans le temps, cette ville laborieusement édifiée au cours de sept cent cinquante années était la plus grande cité ayant jamais existé sous le ciel.

— Connais-tu ce mot chinois : *en-mi* ? demanda Burton, la pipe à la bouche, en remontant la grande avenue qui menait à la porte de la Paix Céleste.

Le mandarin était sans nul doute la langue que maîtrisait le mieux ce journaliste, né dans le Sud des Etats-Unis, mais désormais sans nationalité définie.

Oka Keinosuke visualisa aussitôt les deux idéogrammes composant le mot *en-mi*.

— Oui, je connais ce mot. Un collègue plus âgé me l'a appris dès mon arrivée à Pékin. Cela signifie que les ruelles arrière de Pékin sont aussi intriquées qu'une toile d'araignée et qu'il vaut mieux ne pas y pénétrer sous peine de ne jamais pouvoir en ressortir, un « labyrinthe » en quelque sorte.

Oka avait maintes fois fait l'expérience du caractère labyrinthique de la capitale chinoise, en se perdant dans ses ruelles tortueuses.

Sans ôter sa pipe, Burton étira ses lèvres épaisses en un sourire.

— Kei, tu n'as pas encore passé assez de temps ici pour comprendre ce que signifie vraiment *en-mi*.

— Mais si, je le sais. J'ai ressenti une sombre solitude au cœur des ruelles de Pékin, ne sachant plus distinguer l'est de l'ouest. A Tôkyô, il y a des pentes. A Kyôto, des montagnes. A Ôsaka, des fleuves. Mais ici, il n'y a pas le moindre point de repère. Et en plus, les branches d'arbres et les murs d'enceinte des maisons bouchent la vue. Pékin est le plus grand labyrinthe du monde.

— Non, il ne s'agit pas de ça. C'est… Comment dire ?… En tout cas, tu ne sais pas encore.

Une fois sur l'énorme place de la porte de la Paix Céleste, Burton se dirigea résolument vers l'ouest, au lieu de prendre vers le quartier des légations à l'est.

— Où allons-nous ?

— Le soleil est encore haut. Perdons-nous un peu…

Dans la foule, ces deux étrangers se remarquaient ; le Japonais en costume occidental, surtout, attirait des regards curieux. Après avoir refusé obstinément la présence des « barbares orientaux », Pékin était en train de changer très rapidement.

— *En-mi*, vois-tu, reprit Burton, comme pris d'une pensée subite, après avoir marché en silence un moment, signifie devenir prisonnier de cette ville. Pékin est dotée d'un charme étrange. Son apparence d'ancienne capitale, inchangée depuis sept cents ans, ses quatre saisons bien marquées, la diversité de ses habitants, ses inépuisables plaisirs de la table, et la langue qu'on y parle, la plus belle du monde. Quiconque passe une semaine ici reste fasciné à vie. Moi, je ne sais plus qui je suis. Voilà ce que signifie *en-mi*.

— Je vois. Il me semble comprendre ce que tu veux dire…

Cependant, un Japonais, que seules la mer du Japon et la plaine du Hopei séparaient de son pays, ne pouvait sans doute comprendre exactement de quoi il retournait. Qui plus est, la Chine et le Japon avaient entretenu des relations depuis fort longtemps, et possédaient une écriture commune.

Un Occidental, en revanche, ressentait probablement les mêmes sensations que Marco Polo autrefois. Pour Burton, Pékin était un rêve dont on ne se réveillait pas.

— Ce qu'on peut ressentir dans une ancienne capitale japonaise comme Kyôto est un peu différent. Paris ou Londres, naturellement, c'est encore autre chose. Je réfléchis depuis longtemps à ce qui peut bien créer cette atmosphère, ce charme étrange. Quand je suis revenu ce printemps et que je me suis retrouvé au milieu de ces terribles tourbillons de sable, sais-tu quelle idée m'a frappé, Kei ?

— Ma foi non.

— J'avais du sable plein la bouche et les yeux quand j'ai pensé ceci : cet endroit a dû être une oasis autrefois.

— Une oasis ?

— Oui. Je ne me suis jamais aventuré plus à l'ouest mais il paraît que quand on fait dix miles hors de l'enceinte de la cité, on se retrouve au beau milieu du désert. Cet endroit a dû aussi être autrefois un désert aride couvert de terre jaune. L'oasis au milieu de ce désert s'est muée peu à peu en ville puis en capitale. Une cité artificielle arbitrairement créée. Voilà d'où vient l'essence du charme qu'exerce cette ville sur ses visiteurs.

— Alors nous, nous sommes pareils aux caravaniers qui arrivaient ici à dos de chameau ?

— Quelque chose comme ça. Des brigands étrangers à la recherche de soie et de trésors. Qui ne se contentent pas de commercer, mais viennent piller en plein jour. Qu'en dis-tu, Kei ? Nous marchons en ce moment dans une oasis fantôme.

Les deux journalistes, échangeant ces propos de midinettes, longeaient l'un des murs d'enceinte du palais. A n'en pas douter, quelque chose dans cette ville faisait oublier la soif et la fatigue et engendrait les rêves les plus fous.

En bifurquant vers le nord dans l'avenue Tchang-an, on tombait sur des rangées d'énormes bâtiments administratifs de style chinois.

Les organes administratifs, dont les toits se succédaient par vagues, semblaient avoir débordé de la Cité Interdite, tels de monstrueux champignons.

— A propos, que penses-tu de notre entretien avec cet eunuque tout à l'heure ? demanda Thomas Burton au bout d'une heure de marche.

Pourquoi cette entrevue, qui avait nécessité une énorme préparation, leur laissait-elle à tous deux un arrière-goût si amer qu'ils osaient à peine l'évoquer ? L'interview était pourtant parfaitement réussie.

A chaque tentative de mettre leurs impressions en paroles, la vision du jeune eunuque au perpétuel sourire, aux membres souples et délicats, venait leur imposer silence.

Voyant l'hésitation de son ami, Burton reprit d'un ton où perçait son propre trouble :

— Quel sermon incroyable il nous a fait, hein ! Un vrai prêcheur ! Il ne peut pourtant pas être catholique ?

— Un eunuque ? Impossible. La religion chrétienne était interdite en Chine jusqu'à il y a peu.

Oka était cependant frappé de constater que les paroles du jeune eunuque se conformaient exactement à ce que les quelques journalistes chrétiens des *Dix Mille Matins* lui avaient dit des principes de leur foi.

— Dans les faits, c'est toujours interdit, fit remarquer Burton. Dans ce pays, l'histoire de la propagation de la foi est faite de répression et de martyrs, et aujourd'hui encore, les gens regardent les chrétiens avec étonnement. Cependant, je suis reconnaissant à ce garçon du sermon qu'il nous a fait, j'ai l'impression de sortir de la messe. Quel jour sommes-nous donc ?

Il s'interrompit et leva la tête vers le soleil, battant des paupières comme s'il venait de s'éveiller subitement d'un long sommeil.

— Cette promenade a un but précis. Accompagne-moi encore un peu, Kei.

— Où allons-nous ?

— La rencontre avec cet eunuque m'a donné envie de revoir une véritable église.

Révélant enfin sa véritable intention, Thomas Burton se mit à avancer d'un pas plus rapide vers l'église du nord, située à proximité de la porte de la Paix de l'Ouest.

A l'est, le ciel était clair comme un miroir.

Etaient-ce les eaux du lac qu'ils longeaient qui réfléchissaient ainsi les rayons du soleil de début d'été ? Bientôt, après avoir tourné à angle droit au coin des remparts de la ville intérieure, un bois délimité par un vieux mur de brique apparut à la vue des deux hommes, en bordure du lac. Des branches basses de sapins, dépassant de pans de murs à demi écroulés, s'étendaient au-dessus de leurs têtes.

— Ah, une église ! Mais elle semble plutôt délabrée.

Entre les arbres, on apercevait les deux flèches d'une vieille église désaffectée.

— Ce n'est pas là que nous allons. L'emplacement a changé il y a dix ans environ. L'église se trouve maintenant à un demi-mile d'ici, vers l'ouest.

— Un demi-mile ? Pourquoi en construire une autre si près, celle-ci devait être magnifique ?

Thomas Burton poursuivait son chemin vers l'ouest, sans même se retourner vers l'édifice à moitié en ruine.

Au bout de l'avenue de la porte de la Paix de l'Ouest se dressait, haut par-dessus les tuiles des maisons ordinaires, la flèche d'une autre église. Oka se retourna pour regarder la flèche exactement identique de l'église en ruine, toute proche. Pourquoi en édifier une autre à si peu de distance, et pourquoi l'ancien lieu de culte, délaissé depuis dix ans à peine, était-il aussi délabré ?

— C'est étrange, n'est-ce pas ? L'histoire est intéressante, tu vas voir.

Le visage de Burton s'épanouit. Il arborait le sourire satisfait de celui qui, seul, détient la solution d'une énigme.

— Parmi les quatre églises catholiques de Pékin, la plus ancienne est celle du sud, située près de la porte du Génie Militaire, mais la plus importante est celle du nord, où nous allons, parce qu'il s'y trouve un évêque. Autrement dit, les trois autres sont de simples églises, mais celle-ci est une cathédrale. La cathédrale de Pékin symbolise la gloire de la mission française qui a propagé la foi catholique en Orient.

— Ne dis pas les choses de manière trop compliquée, s'il te plaît. Je ne suis pas chrétien, moi.

— Et moi, je suis athée. Si la bénédiction du Seigneur existait réellement, ferais-je ce métier depuis vingt ans ? Bon. Toujours est-il que le précurseur de la propagation de la foi catholique à Pékin fut, il y a plus de trois cents ans, un certain Matteo Ricci, de la Compagnie de Jésus.

La Compagnie de Jésus… songea Oka. François Xavier, qui avait introduit le christianisme au Japon, en faisait partie lui aussi.

— Cela se passait au temps de l'empereur Wanli des Ming. Sous les Ts'ing, la propagation de la foi chrétienne commence avec Adam Schall, qui sauva l'église sud de l'incendie allumé par les soldats de Li Tseu-tcheng. Il arriva de Paris en plein changement de dynastie. Il semble que l'empereur Wanli se soit montré extrêmement généreux envers les catholiques et les ait protégés, si bien que l'empereur Foulin, le premier de la dynastie conquérante, autorisa lui aussi le christianisme, ce qui est assez surprenant. C'était une grande victoire pour la stratégie orientale du Vatican.

— Stratégie consistant à échanger l'évangélisation contre des techniques occidentales, sans doute ? C'est ce qui s'est passé au Japon aussi. Comme le shôgun Oda Nobunaga aimait la nouveauté…

Burton interrompit les explications d'Oka d'un air impatient.

— Oui, mais Oda Nobunaga protégeait les chrétiens pour une raison très différente : il exécrait le bouddhisme, capable de rallier à la fois les anciennes autorités et les forces insurrectionnelles du pays.

Une fois de plus, l'étendue des connaissances de Burton sur l'Asie sidéra Oka.

La flèche de la cathédrale, tel le mât d'un énorme navire entrant au port, se rapprochait lentement d'eux.

— En Chine, cependant, il n'existait aucune foi suffisamment ancrée dans les mentalités pour s'opposer à la foi chrétienne. Tu sais bien que le confucianisme n'est pas une religion. Il était aussi difficile de convertir un peuple dépourvu de dieux dignes de ce nom que de lui faire comprendre l'opéra.

— Ce qui veut dire qu'on ne pouvait pas non plus convertir ses dirigeants.

— Exactement. C'est là qu'Adam Schall eut une idée de génie. Le calendrier !

— Le calendrier ?

— Oui. Autrement dit, l'astronomie. Pour ce peuple d'agriculteurs, quoi de plus important qu'un calendrier exact ? Or, l'almanach chinois, établi avec maniaquerie, pouvait régler le destin des hommes, mais non prédire le temps qu'il ferait le lendemain. Pour un Etat féodal qui ne songeait à rien d'autre qu'à exploiter la paysannerie, la prévision du temps est un problème important. Adam Schall a donc expliqué le fonctionnement du calendrier occidental au régent Dorgon et à l'empereur enfant Foulin. Les Mandchous, tribus de chasseurs et de nomades, ignoraient tout du calendrier. Le régent demanda à Adam Schall, histoire de le mettre à l'épreuve, de prédire ce qui se passerait au cours de la deuxième année du règne de Foulin. Chose étrange, tout ce que le jésuite, qui était par ailleurs un astronome de génie, avait annoncé se réalisa. Dorgon en conclut que, pour pouvoir prédire la grêle et le tonnerre et commander aux caprices du temps, cet homme devait être doué de talents uniques. Il lui attribua donc un rang de dignitaire, le nomma à la tête de l'observatoire impérial et lui permit d'édifier, à l'intérieur de la porte de la Proclamation Militaire, une église aussi grande qu'en Occident. A la suite de ce succès, le Vatican continua d'envoyer en Chine des « hommes aux talents uniques ». Ce fut la deuxième étape de la propagation de la foi. Des techniciens brillants dans divers domaines revêtirent le costume monastique afin d'évangéliser la Chine.

— Attends un peu, Tom… coupa Oka, incrédule.

Il se demandait si Burton lui faisait une véritable leçon d'histoire ou était en train de tout inventer, comme dans ses articles. Ce récit lui paraissait du style à plaire aux lecteurs du *New York Times*.

— Dans ton pays pleins de puritains, on applaudirait certainement à cette fable, mais…

— Comment ? Tu doutes de mes paroles ? A ton aise. C'est intéressant tout de même, non ?

— Très. Mais inutilisable pour les *Dix Mille Matins.*

— Et pourquoi ça ?

— Cela touche à la politique des études occidentales. Je me ferais démolir par les partisans de l'Occident.

— Ah bon. Dommage. Moi qui voulais faire monter tes actions...

— Tu connais mon patron, pourtant ?

— Uchimura Kanzô ? Ah oui, c'est vrai, il est chrétien.

Burton éclata d'un rire à effrayer les passants chinois qu'ils croisaient dans l'avenue, et poursuivit son récit :

— L'empereur enfant Foulin vénérait Adam Schall comme un dieu, au point que le vaillant général Dorgon en prit ombrage. Si son règne avait duré quelques années de plus, Foulin se serait sans doute converti. Mais il mourut jeune. Et l'empereur K'ang-si qui lui succéda était un fin renard. Ce grand monarque, dont le nom est resté dans l'histoire universelle, fit réitérer les expériences en astronomie afin de vérifier les avantages scientifiques de la magie occidentale. A l'issue de cela, il autorisa par décret les missions catholiques dans son pays.

— Exactement comme l'espérait le Vatican !

— Pas du tout. Plutôt comme lui, l'empereur K'ang-si, le voulait. Autrement dit, son but était d'assimiler les sciences occidentales. Il se servit pour cela des missionnaires que le Vatican lui envoyait à foison. Au point de ne même pas leur laisser le temps de faire œuvre d'évangélisation. La médecine, la pharmacologie, la minéralogie, l'architecture, les grands travaux, la peinture, la science militaire, l'urbanisme, tout y est passé. *A great emperor !* C'est ainsi que les Ts'ing ont fondé un empire moderne qui dépassait de bien loin celui des Ming. A mon avis, le secret qui a permis à trois cent mille Mandchous de contrôler quatre cents millions de Han réside là. Une fois qu'ils ont obtenu tout ce qu'ils voulaient des missionnaires, les Mandchous leur ont fermé le pays. C'est ce qu'a fait l'empereur Yong-tchen, le successeur de K'ang-si :

c'est sous son règne que commence la persécution des chrétiens. La répression s'abat sur les fidèles, tous les missionnaires sont chassés, à l'exception des techniciens au service de la cour.

— Fabuleux ! Les Mandchous se sont emparés du principe de la propagation, sans laisser s'exprimer l'essence de la foi. Les missionnaires maintenus à la cour pour leurs talents ont dû pleurer toutes les larmes de leurs corps !

— Certainement. Il existe un proverbe japonais qui exprime très bien cela, je crois. Une histoire d'échelle...

— Ah, *ôter l'échelle une fois arrivé sur le toit*, c'est tout à fait ça. Et que s'est-il passé ensuite ?

— L'empereur Ch'ien-lung a continué la politique de son prédécesseur et banni les missionnaires. Ce grand souverain a étendu son territoire et défini les limites de l'empire mandchou tel que nous le connaissons. C'était une sorte de génie, sur le plan militaire et politique. Un plus grand génie que Napoléon en tout cas. Et sous le règne de cet empereur génial, est apparu un technicien également génial : Lang Shining. Giuseppe Castiglione de son vrai nom. Un monstre baroque.

— Je n'en ai jamais entendu parler. Un Italien ?

— Oui. Né à Milan, Vénitien d'adoption. Une sorte de Michel-Ange ou de Léonard de Vinci. Ch'ien-lung en a fait son favori, et lui doit maintes réalisations.

La cathédrale était toute proche maintenant. Thomas Burton s'arrêta un instant pour contempler la splendeur de l'avenue Tchang-an qui s'étendait sous leurs yeux.

— Regarde ces rangées d'arbres ! La première fois que je suis venu ici, j'ai pensé à Paris. Donc, sous les ordres de Ch'ien-lung, Castiglione a édifié cette cité d'Orient, en a fait une capitale plus belle encore que Paris. Le charme qui retient tous les visiteurs de cette ville est dû à ce magicien de Giuseppe Castiglione.

Oka ressentit une vive curiosité pour ce personnage dont il ignorait jusqu'alors le nom. Un monstre baroque, avait dit Tom. Il semblait à Oka que l'ombre noire aux mains tendues de l'artiste d'antan avait pris possession de son esprit.

— Au fait, où en étais-je avant cette digression ?

— A l'histoire des deux églises.

— Ah oui. Pourquoi l'église du nord a-t-elle changé d'emplacement ? En fait, il y a dix ans, Tseu-hi a eu l'idée de faire construire un palais à cet endroit, dit Burton en se retournant vers le chemin bordé d'arbres qui s'étendait tout droit et en montrant la flèche délabrée derrière eux. Là, tu peux me croire : il s'agit d'événements récents et vérifiables. Un beau jour, l'impératrice douairière a déclaré qu'elle voulait bâtir un immense palais sur le terrain s'étendant des bords du lac du Centre à cette église. L'église devait donc se réinstaller un demi-mile plus loin. Les conditions qu'elle offrait en échange n'étaient pas mauvaises : le nouveau terrain proposé à la mission française était assez vaste pour édifier une véritable citadelle à la gloire de la chrétienté. Outre la cathédrale, il y avait de quoi construire un orphelinat, un monastère et un dispensaire. Pour assurer leur autonomie, les moines développent souvent des activités d'appoint, qu'ils maîtrisent aussi bien que des professionnels, et ils étaient donc capables de construire eux-mêmes les bâtiments. La cour leur allouait en outre trois cent cinquante mille taels pour frais de déménagement, ainsi qu'une prime de cinq mille taels pour chaque mois gagné sur la durée des travaux.

— Pourquoi cela ?

— L'impératrice douairière voulait faire construire son palais le plus vite possible.

— Pour quelle raison ?

— Voilà le nœud de l'intrigue, répondit Burton en fixant Oka d'un air pensif.

Il essuya la sueur qui perlait de son crâne dégarni, et un sourire retroussa le coin de ses lèvres : c'était son habitude lorsqu'il s'apprêtait à développer un raisonnement dont il était sûr.

— Cela se passait donc fin 1887, au moment où s'est répandue la rumeur que Tseu-hi allait se retirer et Kouang-siu commencer à régner. Je tiens l'histoire de source sûre. Voilà ce qui a dû se passer : elle s'apprêtait réellement à quitter le pouvoir, mais se retirer au palais d'été n'avait guère de sens puisque l'empereur y passait chaque année la saison chaude. Kouang-siu avait dix-sept ans à l'époque, il serait venu la voir souvent et les hauts dignitaires comptaient encore sur elle. Le palais d'été lui paraissait donc trop éloigné et trop froid pour y passer l'hiver. Voilà comment l'idée lui est venue de bâtir un palais aux abords de la Cité Interdite, sur les berges du lac du Centre, ce qui permettait en cas de danger de faire face à l'ennemi.

— L'idée était excellente. Pourquoi n'a-t-elle pas abouti ?

— L'entourage de Tseu-hi s'y est opposé. Si Kouang-siu se mettait à exercer le pouvoir, c'était une restauration, avec tout ce que cela suppose : changement de gouvernement, abolition des anciennes lois. A l'époque, le groupe des réformateurs n'était pas très fourni, les conservateurs avaient une supériorité écrasante. Les hauts dignitaires, inquiets à l'idée de perdre leurs prérogatives, s'opposèrent au départ de Tseu-hi. Ce sont eux qui ont anéanti les espoirs de l'impératrice douairière. Cependant, quand cette femme veut quelque chose, elle est capable de déployer une énergie hors du commun. Elle a donc aussitôt envoyé Li Hong-tchang, le spécialiste des relations avec les étrangers, voir l'évêque de Pékin et lui offrir de sa part trois cent cinquante mille taels. Elle subodorait que signer un contrat avec le Vatican pour l'édification de cette église lui permettrait de venir à bout de l'opposition de son entourage. Elle a dû mettre cette stratégie au point avec l'aide de Li Hong-tchang. L'idée d'offrir une prime si le transfert s'opérait rapidement venait certainement de lui. Il a accompli des merveilles dans l'industrie minière ou la construction du chemin de fer avec ce genre de procédés. Mais l'opposition des conservateurs, qui jouaient leur vie, leur pouvoir, s'est révélée plus forte que Tseu-hi n'aurait cru : son palais n'a jamais vu le jour. Cependant, grâce à elle, les jésuites ont finalement eu droit à une nouvelle cathédrale, et à une prime en plus. Comme l'ancienne église ne servait plus à rien et qu'il n'y avait pas de raison de la démolir, elle est restée là. Cette ruine…

A ce point de son discours, Burton poussa un soupir et se retourna pour désigner du bout de sa pipe l'église à l'autre bout de l'avenue :

— … C'est le cœur en cendres de cette femme obstinée. Tu ne trouves pas, Kei ?

En haut de la flèche délabrée pointée vers le ciel maintenant dégagé, on ne voyait pas de croix.

6

Fondée au XVIe siècle, la Compagnie de Jésus, à laquelle était liée l'histoire de l'évangélisation en Asie, était relativement peu ancienne.

Elle comptait par bonheur dans ses rangs des hommes jeunes et talentueux, et surpassa vite les ordres traditionnels tels que les franciscains ou des dominicains. Elle se développa à une vitesse vertigineuse et se mit rapidement à envoyer des confesseurs dans toutes les cours d'Europe.

Cependant, la chute successive des monarchies européennes, et le renforcement du pouvoir des premiers ministres, ôtèrent peu à peu de son influence à la Compagnie de Jésus. Dans la deuxième moitié du XVIIIe siècle, les jésuites furent chassés du Portugal, et à la suite de ce précédent, des mouvements de rejet s'élevèrent également en France et en Italie, jusqu'à ce qu'en 1773 le pape Clément XIV prononce la dissolution de l'ordre.

A Pékin, les missionnaires, pressentant la crise, étaient déjà repartis dans leurs pays respectifs, mais dès l'instant où ceux qui avaient tardé à s'enfuir eurent perdu l'ordre auquel ils appartenaient, ils ne leur resta plus qu'à se réfugier en tant que laïcs dans les églises en ruine qui subsistaient en Orient.

Les jésuites présents en Chine depuis la lointaine époque de l'empereur Wanli, persécutés au nom de leur foi et ignorant les intentions politiques des monarques de leurs pays et du Vatican, devinrent ainsi des oubliés de l'histoire.

Cette situation inquiétait profondément le roi Louis XVI. Les missionnaires étaient l'emblème du droit de présence d'une puissance étrangère dans un pays. Il se refusait à ce que la mission jésuite française à Pékin fût remplacée par un autre ordre religieux portugais. Il entreprit donc de manipuler le Vatican, insistant pour envoyer en Chine des lazaristes, réputés moins colorés politiquement que les jésuites. Les lazaristes n'avaient guère laissé de traces dans l'histoire mais au moins, c'étaient de purs missionnaires français.

L'insistance de Louis XVI fit réagir le pape et, en 1784, trois missionnaires lazaristes français faisaient leur entrée dans l'église nord en ruine de Pékin, reprenant aux mains des jésuites survivants le flambeau de la foi catholique, demeuré allumé depuis la dynastie des Ming.

Cependant, les malheureux lazaristes envoyés à Pékin en urgence n'eurent guère de chance. Tout comme les jésuites abandonnés à l'étranger lors de la dissolution par le pape de leur ordre, la Révolution française qui éclata peu après leur arrivée en Chine et les guerres napoléoniennes qui s'ensuivirent leur enlevèrent bientôt leurs patrons.

En outre, ils se virent contraints de poursuivre à contrecœur leurs travaux de techniciens au service de l'empereur de Chine. Dans l'intervalle, la persécution des chrétiens avait repris à travers toute la Chine.

Les malheureux lazaristes restèrent esclaves de l'empereur de Chine jusqu'à ce que la guerre franco-chinoise de 1860 vienne les libérer.

L'histoire de l'évangélisation en Chine était faite d'oppression et de martyrs, mais l'histoire de la propagation de la foi à Pékin par les lazaristes fut plus absurde encore : tout au long, ils furent ballottés au gré des ambitions des Etats et de l'autorité du Vatican.

En tournant au nord dans l'avenue de la porte de la Paix de l'Ouest et en empruntant une ruelle qui longeait une magnifique enceinte métallique entrecoupée de tourelles en brique, on parvenait, après un dernier crochet, devant l'entrée principale de la cathédrale, ornée de bas-reliefs de style baroque.

Edifié par décret impérial, annonçait la plaque de cuivre apposée sur la porte. C'était la preuve que l'empereur des Ts'ing avait offert trois cent cinquante mille taels pour la construction de cet édifice.

La cathédrale, toute de briques flambant neuves d'un rouge éblouissant, bordées du plâtre blanc le plus pur, s'élevait droit vers le ciel bleu, sans aucun obstacle à la vue, car les arbres qui l'entouraient étaient encore bas, évoquant quelque somptueux palais d'Occident. Sur chaque aile, on distinguait un petit pavillon de style chinois.

Les accents d'un orgue s'échappaient de la grande porte en forme d'arche restée ouverte, au-dessus de laquelle un bandeau portait inscrit en caractères d'or : *La Vérité est la source de la Création tout entière*. L'écriture précise, évoquant un caractère sincère et sérieux, était bien digne du grand empereur K'ang-si.

Tout en montant l'escalier, Thomas Burton murmura à son compagnon :

— Nous allons donc rencontrer les descendants de ces malheureux lazaristes… La musique de Bach ne convient guère aux circonstances, elle est si solennelle qu'elle en devient sinistre.

Une atmosphère lugubre planait effectivement sur la cathédrale déserte. A peine entré dans la chapelle, Oka écarquilla les yeux devant la splendeur des décorations.

Le plafond en ogive, soutenu par d'innombrables colonnes peintes en vert, formait plusieurs dômes aux courbes complexes. Entre chaque colonne brillaient des chandeliers suspendus à de longs tubes de laiton, et la lumière du soleil pénétrait abondamment à travers la mosaïque rouge, jaune et bleue des vitraux ornant les hautes fenêtres. Assis à l'extrémité d'un banc d'ébène poli, un vieillard seul, la tête couverte d'un voile, murmurait des prières.

Un tableau de taille impressionnante, à la facture minutieuse, décorait le mur de l'entrée. Comme arrêté par une main invisible, Oka leva les yeux vers ce tableau et se sentit aussitôt écrasé par la force mystérieuse qui en émanait.

— Fantastique ! s'exclama-t-il. Mais cela n'a pas l'air d'être une peinture religieuse…

Burton regarda le mur à son tour et expliqua :

— C'est une œuvre de Castiglione, ce jésuite dont je t'ai parlé tout à l'heure, le monstre baroque…

— Il était donc peintre ?

— Il savait tout faire. Les artistes vénitiens dans la lignée de Michel-Ange ou de Vinci n'étaient pas seulement des peintres. As-tu déjà visité le château de Versailles ?

— Je ne suis jamais allé à Paris, malheureusement.

— Fais-le dès que tu en auras l'occasion. Versailles est un palais baroque, qui a mis cent ans à être achevé. Giovanni Battista Tiepolo, un maître de la peinture italienne, y a mis les touches finales. Cette cathédrale est bâtie dans la même lignée, et imite fidèlement l'ancienne.

Ce tableau aux coloris passés avait une étrange présence, au milieu de toutes les splendeurs décoratives de l'église. Il représentait la reddition des vaincus sur un champ de bataille. On croyait entendre les hennissements des chevaux, les cris des soldats blessés ; la fierté des vainqueurs et le désespoir des vaincus flottaient sur la scène.

— Castiglione a réalisé ce chef-d'œuvre, intitulé *La Victoire*, vers la fin de sa vie. Ceci n'est pas l'original, mais une reproduction. Incroyable, n'est-ce pas ?

— Une gravure ? Vraiment ?

Oka s'était appuyé des deux mains à une colonne pour se hisser de toute sa taille vers le tableau.

— L'empereur Ch'ien-lung, touché par la beauté de cette œuvre, l'a fait envoyer à Paris, où un célèbre graveur du nom de Cochin l'a agrandie et reproduite. En observant ce tableau, on se rend bien compte de la dégénérescence de l'art au cours de l'histoire. Il n'existera sans doute plus jamais de peintre aussi extraordinaire que celui-là, pas plus que de graveur assez habile pour reproduire une œuvre de la sorte.

L'orgue s'était tu ; un jeune religieux, une chasuble blanche passée par-dessus sa bure de moine, s'avançait vers eux dans la travée centrale.

— Bonjour, Tom, cela faisait longtemps, dit-il en français.

Le descendant des malheureux lazaristes souriait aimablement.

— Bonjour. Le père Favier est-il là ?

— Le révérend père est à l'atelier de verrerie. Voulez-vous que je l'appelle ?

— Non, je ne voudrais pas le déranger. Nous irons le voir à l'atelier.

Il tendit au religieux une enveloppe contenant une donation et s'agenouilla sur le sol de marbre blanc en se signant, non sans une certaine désinvolture. Oka l'imita et esquissa lui aussi un rapide signe de croix.

Le religieux glissa l'enveloppe sous sa large chasuble puis fit un geste de bénédiction au-dessus des têtes des deux journalistes.

— Qu'est-ce que c'est que cet atelier de verrerie ? demanda Oka tandis qu'ils traversaient un jardin à l'abandon, qui sentait bon l'herbe.

Burton s'épongea le front et désigna un bâtiment de brique situé à l'arrière de la cathédrale.

— C'est l'atelier des moines. Ils ont toujours eu besoin de maîtriser certaines techniques pour pouvoir survivre dans ce pays. Traditionnellement, les religieux de l'église nord se transmettent les techniques de la verrerie. Au départ, ce sont les derniers vieux jésuites restés dans ce pays qui ont enseigné aux lazaristes l'art des souffleurs de verre.

— Les donations ne suffisaient donc pas à entretenir les églises et la communauté religieuse ?

A peine avait-il posé cette question, inspirée par le fait qu'il avait vu Tom glisser une enveloppe au religieux un instant plus tôt, qu'Oka se rendit compte de sa stupidité.

Burton répondit, le fixant comme un professeur un élève ayant mal écouté la leçon :

— On n'est pas à New York, ici. Il n'y a pas de généreux donateurs anonymes. Les moines ont toujours fait œuvre d'évangélisation en subvenant par eux-mêmes à leurs besoins.

— Ils me font un peu pitié…

— Il y a de quoi. Pour protéger l'église, ils devaient être des maîtres artisans avant d'être des missionnaires. Triste ou pas, c'est une tradition inchangée depuis l'époque de Matteo Ricci. Les religieux sont si habitués à ce genre de vie que Monseigneur l'évêque est en ce moment même occupé à fabriquer des gobelets.

— Ainsi, l'évêque souffle le verre…

— Oui, mais attention, il n'y a rien de ridicule là-dedans : il s'agit d'un art traditionnel qu'ils maîtrisent plutôt bien. Rapportes-en donc un en souvenir et dis à tes amis que tu l'as acheté sur la place Saint-Marc à Venise. Tout le monde te croira. *Mister Uchimura* se mettra à genoux et fera le signe de croix, je n'en doute pas. Quant à *Monsieur Kuroiwa*, il en pleurera de reconnaissance.

Dans le jardin qui séparait l'église de l'atelier se dressait un bâtiment d'où provenaient des voix d'enfants : l'orphelinat, probablement. Avançant encore un peu à travers les herbes du jardin, Burton poussa une porte aux gonds cassés : une animation de place de marché, contrastant avec la froideur paisible de l'église, régnait dans la pièce aux fenêtres grandes ouvertes.

Il faisait une chaleur atroce dans l'atelier. Les deux hommes étaient à peine entrés dans la pièce qu'ils desserraient leurs cravates et ôtaient leurs chapeaux pour s'éventer.

Le père Favier, le dos de sa robe de moine imprégné de sueur, soufflait le verre. Des gouttes de transpiration couvraient son crâne à la tonsure impeccable, et chaque fois qu'il gonflait les joues, la barbe blanche qui lui mangeait la moitié de la figure s'enflait de façon comique.

— Monseigneur, comment vous portez-vous ?

Burton s'inclina, le chapeau à hauteur de la poitrine, et salua l'évêque en chinois.

Le père Favier semblait s'être rendu compte de leur présence mais ne se retourna pas. Soufflant toujours dans son tube de fer, il se concentrait sur le verre pareil à du sucre d'orge fondu qui gonflait au bout. Lorsque la forme ronde d'un gobelet apparut, il tira le tube vers lui d'un geste adroit, puis saisit avec des tenailles le gobelet qu'il tendit à un assistant.

Une fois cette tâche achevée, il se leva et s'avança vers ses visiteurs, un sourire épanoui sur son visage rond comme celui d'un Bodhidharma.

— Comment ça va, Tom ? Votre crâne s'est pas mal dégarni depuis la dernière fois !

A l'accent chantant qu'il avait en chinois, on sentait qu'il vivait dans le pays depuis fort longtemps.

Il s'approcha d'eux d'un pas élastique malgré sa corpulence. Sans se soucier de la sueur dont il était imprégné, il fit à Tom une accolade sans façons, lui tapa dans le dos, et enfin le bénit, mélangeant chinois et français dans son discours.

Pour le religieux le plus éminent de la communauté catholique de Pékin, peut-être même de la Chine tout entière, il semble plutôt bon enfant, songea Oka.

— Votre tonsure aussi semble avoir progressé depuis ma dernière visite, répliqua Burton en épongeant à l'aide d'un mouchoir la sueur qui couvrait le crâne rasé de l'évêque, dont la tête lui arrivait à peine au menton.

— Vous avez amené un ami ? Il vient du Japon, sans doute ?

Il devait parler le mandarin mieux encore que le français : il venait de s'exprimer dans sa langue natale, mais avait prononcé le mot « Japon » à la chinoise, *Ripen*.

— Ravi de vous rencontrer, Kei, c'est une bénédiction du Seigneur, poursuivit l'évêque une fois que Burton eut fait les présentations, en donnant une chaleureuse accolade à Oka qui, dans son costume d'été tout neuf, tourna un visage navré vers Tom. Son protagoniste était l'évêque de la glorieuse mission française, et il ne pouvait se dérober à cette bénédiction poisseuse de sueur.

— Vous êtes chrétien ? demanda l'évêque en frottant sur la poitrine d'Oka une barbe aussi rêche qu'une brosse à laver.

— Non, désolé, je suis bouddhiste.

— Ne soyez pas désolé, mon jeune ami. Même moi, je ne sais plus si je suis chrétien depuis quelque temps. Je suis un souffleur de verre hors pair, c'est la seule chose dont je sois sûr.

— Vous plaisantez, Monseigneur !

— Ne m'appelez donc pas comme ça. Quand un bouddhiste s'adresse ainsi à moi, j'ai l'impression qu'il se moque de moi. Il fait trop chaud ici. Allons nous rafraîchir au fond.

Traversant le vaste atelier, l'évêque entraîna les deux journalistes vers l'ombre des étagères sur lesquelles étaient entreposés une multitude de gobelets, verres à vin, décorations florales pour chandeliers.

Il y faisait plus chaud encore, à cause de la vapeur brûlante qui s'élevait de ces objets à peine achevés.

Un enfant chinois apporta des citronnades fraîches dans des gobelets de verre bleu. Le père prit le plateau et caressa affectueusement la natte du jeune apprenti, de sa main robuste d'artisan.

— Ne vous méprenez pas, Kei. Je n'exploite pas la main-d'œuvre chinoise.

Il poussa l'enfant dans le dos comme on chasse un chiot, et tourna vers Oka son regard plein de bonté.

Des dizaines de travailleurs s'activaient dans le vaste atelier : des religieux français en robes de moine toutes sales, des Chinois aux cheveux tressés, torse nu. Des enfants chinois activaient les soufflets, emportaient les verres achevés.

— Il y a un orphelinat au bout du jardin. Ainsi, les enfants un peu grands apprennent un métier. Et avec un métier en main, ils pourront toujours survivre. Dans ce pays, les pauvres ne deviennent jamais riches.

Inconsciemment, Oka rectifia la position de ses genoux, saisi d'un respect nouveau pour cet évêque qui, peu soucieux des circonstances politiques, continuait à s'occuper d'orphelins sans rien demander en contrepartie.

— Ces enfants sont sans doute chrétiens ? demanda-t-il, pensant que la conversion devait être le but de l'éducation à l'orphelinat.

Le père Favier secoua la tête en riant :

— Non. Je ne leur dis pas un mot concernant l'enseignement du Seigneur !

— Ah ? Pourquoi cela ?

— Je ne voudrais pas que des enfants sans famille se fassent en plus traiter en hérétiques. En partant d'ici, ces enfants doivent pouvoir exercer le métier de souffleur de verre n'importe où en Chine. Mon enseignement des Evangiles se résume à cela. Ce n'est déjà pas si mal. Je suis sûr que le Seigneur me pardonne mes méthodes. Le Vatican, c'est moins sûr.

— Vous ne leur enseignez ni la Bible ni les cantiques ?

— Non, mais je leur apprends à lire et à écrire. Et quelques Commandements aussi.

— Lesquels ?

— Essayez de deviner… fit l'évêque avec un rire mutin.

— Eh bien, ne pas voler par exemple.

— Bonne réponse ! Il y en a deux autres.

— Je ne vois pas…

— Je vais vous dire, dit l'évêque en levant sa grosse main de travailleur et en pliant les doigts un par un. Un : ne pas voler. Deux : ne pas s'engager dans l'armée. Trois : ne pas abandonner ses enfants.

Oka détourna les yeux, incapable de soutenir le regard plein de bonté du religieux. Il remarqua les traces de sel que la transpiration avait laissées en séchant sur sa robe de moine, aux épaules.

— Voilà la seule chose que nous enseignons aux gens de ce pays. Ce n'est pas moi qui y ai pensé tout seul. Les jésuites ont transmis autrefois ces recommandations aux premiers lazaristes envoyés ici de Paris. En même temps que l'art de souffler le verre.

Oka leva la tête vers le plafond de l'atelier. Les chandeliers aux magnifiques motifs floraux qui y étaient suspendus, à peine terminés, fumaient encore. On eût dit un parterre de fleurs épanouies.

Il changea de sujet pour ne pas se laisser submerger par l'émotion.

— C'est fabuleux. Jamais je n'aurais pensé qu'un atelier pareil puisse exister à Pékin.

— Nous avons de plus en plus de travail. Les résidences occidentales ont toujours besoin de chandeliers, de gobelets, de miroirs. A vrai dire, nous avons tant de commandes à honorer que je n'ai même plus le temps de dire la messe.

— C'est donc une affaire florissante.

Burton décocha un coup de coude dans les côtes de son ami, qui se rendit compte qu'il venait de commettre un impair.

— Ce qui m'ennuie le plus, reprit le père Favier, c'est qu'il y a maintenant l'électricité à Pékin et que nous ne pouvons plus utiliser les modèles de chandeliers d'autrefois. Tous ces magnifiques plans transmis pendant des générations sont devenus inutiles. Nous nous efforçons de les remplacer par d'autres. Qu'en pensez-vous ? La forme n'est pas bizarre ?

— Au contraire. Ils sont splendides. Mais pourquoi ne pouvez-vous utiliser les anciens modèles ?

— Eh bien, réfléchissez un peu : les flammes des bougies éclairent vers le haut, et l'électricité éclaire vers le bas. Les fleurs en bouton qui soutiennent l'éclairage doivent donc être à l'envers. Nous avons essayé d'inverser les dessins mais le résultat n'est pas probant. C'est normal : comment un homme tel que moi pourrait-il toucher aux plans dessinés autrefois par Giuseppe Castiglione ?

Oka et Burton échangèrent un regard surpris. Ainsi, le monstre baroque avait laissé sa marque jusque dans cet atelier.

Le père Favier se leva pour aller chercher un rouleau sur une étagère dans un coin de la pièce. Quand il le déroula, le dessin détaillé d'un chandelier, tracé dans une encre vieillie, apparut. Dans le coin gauche du parchemin jauni, figuraient côte à côte la signature en latin du père Castiglione et les trois caractères de son nom chinois superbement calligraphiés. Mais que pouvaient signifier les chiffres à côté : 1765-385 ?

— 1765, c'est bien sûr l'année, et 385 le numéro du plan. On dit que le père Castiglione a commencé à s'intéresser à la verrerie à la fin de sa vie, et a laissé plus de quatre cents croquis de chandeliers du style de celui-ci. C'était vraiment un génie ! Non content de bâtir une ville, des palais, de fabriquer tout ce qu'il voulait, comme un magicien, il nous a légué à la fin de sa vie, alors que ses forces déclinaient, un magnifique atelier et tous ces plans. Sans cet atelier, nous mourrions de faim, vous savez.

— A la fin de sa vie… C'est étrange, fit remarquer Burton en penchant la tête d'un air songeur.

— Qu'y a-t-il d'étrange à cela ?

— Eh bien, à cette époque, l'empereur Ch'ien-lung avait déjà pris des mesures pour interdire la religion chrétienne, n'est-ce pas ? Comment une nouvelle technique aurait-elle pu être importée d'Europe, alors que les missionnaires ne venaient plus en Chine ?

— Eh bien, le père Castiglione aura sans doute décidé de consacrer ses vieux jours à un art acquis à Venise dans sa jeunesse. Savez-vous qu'en Europe l'art de la verrerie se transmettait dans le plus grand secret ? Vous devez connaître la curieuse histoire du verre vénitien ?

— Ah oui, attendez… fit Burton en réfléchissant, son gobelet de citronnade contre le front.

— Vous êtes incollable, mon cher Tom ! Vous savez bien, l'île de Murano…

— Ça y est, j'y suis ! Tous les souffleurs de verre y étaient rassemblés. Les hommes d'Etat, craignant la fuite des techniques, avaient confiné les maîtres de la verrerie sur cette petite île de la baie de Venise. Voilà pourquoi le verre de Venise était considéré à l'instar du diamant dans les cours européennes.

— Oui. Les maîtres verriers de Murano avaient même interdiction de quitter leur île. Mais avec le temps, certains ont commencé à partir en secret. Ils exigeaient d'énormes rétributions mais finalement c'est grâce aux techniques apprises d'eux que le baroque s'est épanoui. Comme dit le proverbe chinois : *Les yeux du dragon sont peints en dernier, mais donnent toute sa valeur au tableau.* Tenez, Tiepolo, par exemple, vous voyez de qui il s'agit ?

Burton hocha la tête d'un air entendu :

— Giovanni Battista Tiepolo, le peintre vénitien qui acheva le château de Versailles.

— Exactement. Un grand artiste qui, outre la technique de la fresque, maîtrisait celles du stuc, de la ciselure, et tous les moyens d'expression de l'art baroque, mais surtout l'art de la verrerie, qui à l'époque était gardé secret. La raison pour laquelle on l'appelait le « géant vénitien » est là.

Thomas Burton fixa le plafond un moment d'un regard lointain puis revint vers les chandeliers.

Les rayons d'un soleil déclinant, pénétrant par la fenêtre à l'ouest, traversaient une forêt de verres taillés en biseaux complexes et emplissaient la pièce d'une lumière irréelle d'arc-en-ciel.

— … Dites-moi, Monseigneur, Tiepolo et Castiglione ont dû se trouver à Venise à la même époque…

— Ma foi, dit l'évêque après avoir réfléchi, en penchant son cou épais. Je crois bien que Tiepolo et Vivaldi ont vécu à Venise à la même époque, mais en ce qui concerne le père Castiglione, c'est une énigme. Il a été complètement rayé de l'histoire de l'art européen.

— Vivaldi ? Je ne vois pas le rapport, fit Burton en se mettant à siffloter l'ouverture des *Quatre Saisons.*

— Ah, je vois. Tom, vous pensez que Tiepolo aurait enseigné en secret à Castiglione les techniques du verre ?

— Déformation professionnelle, Monseigneur. Je bâtis sans arrêt diverses hypothèses. Vous croyez la chose impossible ?

— Tout à fait impensable ! Ils ont pu se rencontrer à Venise. Mais Castiglione a été lâché par le Vatican et n'a jamais remis les pieds en Europe. Et Tiepolo naturellement n'est jamais allé en Chine, alors même s'ils s'étaient connus autrefois, ils n'auraient pu rester en relation à l'époque de l'empereur Ch'ien-lung, puisque le pays était totalement fermé aux étrangers. Quant à transmettre des techniques aussi complexes, non, non, impossible.

— Vous avez sans doute raison. Alors, Castiglione aurait gardé secrète jusqu'à la fin de sa vie une technique acquise dans sa jeunesse… Hum. Cela ne paraît pas très naturel non plus.

— Peut-être, mais je ne vois pas comment il pourrait en être autrement. Tout d'abord il suffit de regarder la datation de ses croquis pour constater qu'il les a tous réalisés vers la fin de sa vie. Et comme, entre-temps, les voyages et même toute communication entre l'Europe et la Chine avaient été suspendus, on peut en conclure qu'après avoir pris la retraite de ses fonctions au palais, il s'est rappelé les techniques apprises dans sa jeunesse et les a utilisées à titre de passe-temps.

— De toute façon, à quoi bon faire des suppositions aujourd'hui sur les motivations de ce génie d'autrefois ?

— Tout à fait, Tom, tout à fait. Cela me fait penser à toutes les théories échafaudées sur le sourire de la Joconde. C'est la même chose. Non, l'œuvre d'un génie doit garder pour l'éternité sa part de mystère… A propos, Tom, quelle est la raison de votre visite aujourd'hui ?

Oui, pourquoi Tom m'a-t-il amené ici ? se demanda Oka, dont la citronnade à peine bue s'était déjà transformée en sueur qui détrempait sa chemise.

— Je suis venu m'informer auprès de vous sur un certain personnage.

— C'est-à-dire ?

Le père Favier avait levé un sourcil soupçonneux. Il avait passé bien plus de temps encore que Burton dans ce pays, et, en tant que maître verrier, avait des contacts étroits avec la cour. Il ne devait rien ignorer de ce qui s'y passait. Oka se rendit soudain compte quelle précieuse source d'informations représentait le père Favier.

Burton répondit d'une voix soudain altérée :

— Il s'agit de Li Tchouen-yun, l'intendant du service privé de Tseu-hi.

L'évêque dirigea un regard songeur vers l'atelier illuminé par les rayons irisés du couchant.

— Vous avez donc réussi à rencontrer l'intendant Petit Li ?

— Oui... Je le considérais comme la personne clé du palais, mais je le trouve insaisissable. Que pensez-vous de lui ?

Le père Favier posa une main sur son front comme s'il était au confessionnal et poussa un profond soupir :

— Ne vous êtes-vous pas fait une idée par vous-même ?

— Non. Jamais je n'ai rencontré un Chinois qui m'ait fait une telle impression.

— C'est un des plus généreux bienfaiteurs de notre orphelinat. Il a renoncé au profit de nos orphelins à toutes les richesses dont les hauts fonctionnaires de l'empire mandchou sont d'ordinaire si friands.

— Cependant, c'est un eunuque.

— Quelle différence cela fait-il ?

D'un air légèrement dépité, le père Favier sortit une croix d'argent de sous sa robe de moine et embrassa pieusement le Christ qui y était sculpté, avant d'expliquer patiemment à Burton :

— L'intendant Petit Li. Appelons-le Tchouen-yun, comme font avec respect et affection tous ceux qui le connaissent. Le trouble qu'il suscite chez vous est la preuve de votre athéisme.

Burton se taisait. Le père Favier poursuivit d'un ton grandiloquent, sa croix d'argent tendue devant lui :

— Tchouen-yun est une incarnation de Notre Seigneur Jésus-Christ. Dieu l'a envoyé pour soulager la misère des hommes de ce pays. Il est le messager du Seigneur. Tom, n'avez-vous pas même compris cela ?

7

A peine sorti du restaurant où s'était déroulée son entrevue secrète avec les deux journalistes étrangers, Tchouen-yun se fit emmener en charrette à mules vers la porte de la Splendeur de l'Ouest.

Les rues de la capitale, qu'il observait entre les pans du rideau, semblaient se préparer à un été qui s'annonçait torride.

Le soleil était encore haut. Au palais de l'Elégance Accumulée, on s'affairait aux préparatifs d'un déménagement qui avait lieu chaque année à l'approche des chaleurs estivales mais prenait cette fois-ci un sens bien différent. La montagne de tâches qui attendait Tchouen-yun l'emplissait de mélancolie : il devrait se rendre dans les vingt-quatre bureaux d'intendance de la cour intérieure pour donner des ordres à chacun des grands castrats qui les dirigeaient, et désigner les eunuques qui partiraient au palais d'été et ceux qui resteraient sur place. Son choix, cette année-là, déterminerait le destin futur des eunuques.

Les eunuques en défaveur auprès de Tseu-hi souhaitaient rester à Pékin et être rattachés au service de l'empereur ou des princes et princesses de sang. Inversement, les eunuques sous la coupe de Li Lien-yin craignaient plus que tout de rester au palais en l'absence de l'impératrice douairière, ne sachant ce qui les attendait en son absence. Le cœur de Tchouen-yun s'assombrit à l'évocation de tous ces visages suppliants, serviles ou désespérés : il ne pourrait tenir compte des désirs de chacun.

Lorsque Tchouen-yun avait soumis à sa souveraine la demande d'entrevue des deux journalistes, il était résolu à encourir sa colère, mais elle l'avait au contraire aussitôt autorisé avec un large sourire à les rencontrer.

— Tchouen-yun, te voilà devenu un bien haut personnage. Demande-leur donc de te prendre en photo, lui avait-elle dit entre autres, de sa voix douce de vieille femme.

Depuis qu'elle avait pris la décision de renoncer au pouvoir, elle semblait transfigurée. Elle ne faisait aucune objection aux décrets de l'empereur qui arrivaient chaque jour de la salle de l'Harmonie du Milieu. Elle avait même recommandé à son neveu, qui venait comme à l'accoutumée prendre trois fois par jour des nouvelles de sa santé : « Tsai-t'ien, tu es si occupé en ce moment, renonce donc à ces visites. »

Tchouen-yun, qui l'avait vue dix ans durant exercer son autorité avec poigne, en était presque attristé, tout en se disant que ce départ allait enfin délivrer la Vénérable Aïeule de ses souffrances. Il était inquiet pour l'avenir, cependant.

Pour l'instant, les jours s'écoulaient dans le calme. L'époque semblait se transformer lentement, comme lors d'un paisible changement de saison. Mais l'impératrice douairière n'ignorait pas que dans l'ombre, des complots continuaient à se tramer, des guerres silencieuses à faire rage. Elle s'apprêtait pourtant à partir en voyage en s'extasiant sur le beau temps. Elle était prête à voguer sur une mer déchaînée en prétendant ne rien voir et ne rien entendre.

Elle ne s'enfuyait pas. Non. Elle misait sur l'intelligence de l'empereur.

Sur la grande avenue qui s'étendait de la porte Qui Fait Face au Soleil à la porte de la Paix Céleste, s'alignaient les bâtiments administratifs : le ministère des Armées, le ministère des Fonctionnaires, le ministère des Travaux Publics, le bureau de la Religion… En passant devant la porte de l'imposant ministère des Rites, Tchouen-yun poussa un soupir de soulagement à la vue de l'aspect inchangé du lieu, avec ses quatre piliers circulaires soutenant les trois étages du toit.

Le ministre Yang avait apparemment échappé aux embûches. L'avertissement confié à Wen-sieou par l'entremise d'un mendiant du temple de la Noble Abondance avait-il fait son effet ? Son Excellence Yang avait démissionné de son poste pour repartir dans sa province avec une rapidité certes surprenante mais, à la réflexion, il avait fait le bon choix.

La carriole tirée par des mules pénétra dans le lacis de ruelles étroites et tortueuses qui s'étendait entre le lac du Centre et la Cité Interdite.

Cela faisait bien longtemps que Tchouen-yun n'avait rendu visite à Bi le castrateur…

Debout devant la porte gauchie, au bout de la ruelle de la Mort, Tchouen-yun se sentit soudain le cœur lourd.

Ce lieu ne lui avait jamais été agréable à visiter. Il était plein de souvenirs lugubres.

Tchouen-yun franchit la porte-lune à demi effondrée. Dans la cour intérieure complètement à l'abandon, des graminées poussaient entre les dalles. Les branches du magnolia, plus énorme que jamais, couvraient la cour, empêchant le soleil d'y pénétrer. Les âmes des enfants qui s'étaient succédé dans cette maison depuis plusieurs centaines d'années et de tous ceux qui y avaient laissé la vie semblaient planer sur les lieux.

Le calme régnait dans le jardin qui entourait la pièce principale et la cuisine, mais en tendant l'oreille, Tchouen-yun perçut un chuchotement lointain.

D'importants changements de poste, inouïs jusqu'alors, se produisaient au gynécée. Et comme le règlement exigeait qu'à chaque nouvelle nomination, les eunuques exhibent leurs « trésors » momifiés pour preuve de leur pleine et entière castration, l'un d'entre eux était sans doute en ce moment auprès de Bi, en train de discuter le prix de la partie de son anatomie conservée par le castrateur. Pensant qu'il pouvait peut-être aider l'eunuque dans de difficiles négociations, Tchouen-yun s'avança en disant à haute voix :

— Le castrateur est-il là ?

Dans la pièce, la conversation s'arrêta net.

— Qui va là ? fit la voix de Bi, tandis qu'une fenêtre s'entrouvrait sur son visage olivâtre.

Lorsqu'il reconnut le visiteur debout dans le jardin, il écarquilla les yeux et referma brusquement le battant.

— Quelle idée, de venir comme ça sans prévenir ? Attends, j'arrive tout de suite.

Mais Tchouen-yun se dirigeait déjà vers la porte, ne doutant pas que Bi fût en train d'abuser de la faiblesse d'un malheureux eunuque et de lui extorquer des sommes illégales.

— J'entre, castrateur ! Avec qui parles-tu ?

Tchouen-yun avait à peine pénétré dans la pièce qu'il se figea sur place. Le visiteur qui, assis sur une chaise, le fixait d'un air sombre, n'était autre que Liang Wen-sieou. Le jeune maître !

Bi revint à pas lents de la fenêtre et tenta aussitôt de justifier la présence chez lui du commissaire aux Affaires Militaires :

— Eh bien… Justement, nous nous apprêtions à boire une coupe. Que dirais-tu d'en prendre une avec nous, Intendant Petit Li ?

Le castrateur semblait troublé plus que de raison. Wen-sieou, en habit de mandarin, bras croisés, fermait les yeux d'un air résigné devant l'intrus venu troubler cette entrevue secrète.

Personne ne trouvant rien à dire, le silence persista un moment.

— … Assieds-toi donc. Nous ne sommes pas des inconnus après tout, finit par dire Wen-sieou en relevant la tête comme s'il émergeait d'une longue réflexion, et en désignant un siège.

Quelques jours plus tôt, Tchouen-yun avait aperçu Wen-sieou au palais de l'Elégance Accumulée : accompagné du prince Kong, il était venu annoncer à l'impératrice douairière la démission précipitée du ministre Yang et la presser de suivre à son tour ses engagements.

Tchouen-yun avait alors été surpris par la dignité qui émanait de ce jeune génie reçu premier lauréat aux examens et aujourd'hui, à trente-deux ans à peine, devenu commissaire aux Affaires Militaires et vice-ministre des Rites. Tout le désignait comme le successeur de Yang Si-tcheng, qui était à la fois son maître, son beau-père et son supérieur hiérarchique direct. Si l'empereur se mettait à exercer effectivement le pouvoir, peut-être Wen-sieou serait-il appelé à devenir ministre des Affaires Militaires.

Tchouen-yun s'agenouilla et frappa trois fois son front au sol avant de s'asseoir. Tant de questions lui brûlaient les lèvres ! Comment allait sa petite sœur Lingling ? Leur village natal ? Et surtout, il voulait expliquer à Wen-sieou quelle femme simple et sincère Tseu-hi était en réalité.

Mais l'heure n'était pas encore venue de parler à cœur ouvert avec son ancien ami, puisque des dignitaires à qui il devait obéissance avaient lancé un assassin contre le beau-père de ce dernier.

— Il ne me paraît guère convenable qu'un mandarin de votre rang, que l'on donne partout en exemple, vienne s'enivrer dans la maison d'un castrateur, au moment où le pays vit une crise des plus graves.

Le visage de Wen-sieou s'assombrit devant l'ironie qui perçait dans le ton de Tchouen-yun.

Bi le Cinquième apporta des coupes, qu'il entreprit de remplir de vin jaune d'une main tremblante.

Wen-sieou but sa coupe d'un trait puis s'adressa à Tchouen-yun :

— Intendant Li, est-ce toi qui m'as adressé un message anonyme ?

— De quoi voulez-vous parler ?

— Ne nie pas. C'est moi qui t'ai appris à lire et à écrire, je n'ai aucun mal à reconnaître ton coup de pinceau, tant il ressemble au mien.

— Si c'était le cas, cela signifierait que j'ai trahi mes supérieurs.

— Qui donc as-tu trahi ?

— Je vous le laisse deviner.

— Le chef de palais Li n'oserait pas aller aussi loin ?

— Je ne puis vous répondre. Je puis seulement vous dire que la Vénérable Aïeule réprouve l'emploi d'expédients aussi vils que le crime. On dit fort mauvaises ses relations avec Son Excellence le ministre Yang, mais au fond de son cœur, elle est la première à reconnaître ses qualités. L'impératrice Tseu-hi sait juger les gens d'un regard.

Wen-sieou eut un sourire amer.

— Dans ce cas, pourquoi a-t-elle fait de Jong-liu son favori ? Toi-même, tu sais bien quel scélérat il est.

— Mesurez vos paroles, Commissaire Liang ! Le général Jong-liu est ministre des Affaires Générales et dignitaire de premier rang.

Tout en parlant, Tchouen-yun se demandait s'il parvenait à refréner le tremblement de ses lèvres.

Tous deux burent en silence une nouvelle coupe de mauvais vin, chacun cherchant à deviner la raison de la présence de l'autre en ces lieux.

— C'est la première fois que nous sommes ainsi réunis devant des coupes de vin, n'est-ce pas, Intendant Li ?

— Non, Commissaire Liang. Avez-vous oublié ? Lorsque j'étais enfant, vous m'avez fait boire un jour, par jeu, et votre père nous a réprimandés. Il m'a poussé dans le canal, depuis le jardin à l'arrière de votre maison, vous ne vous en souvenez pas ? J'avais huit ou neuf ans à peine.

— Ah, c'est vrai... Et tu m'as entraîné dans ta chute.

— Nous avons nagé sous l'eau jusque sous une barque amarrée et nous sommes cachés en retenant notre souffle. Votre père, affolé, appelait partout à l'aide !

En se rappelant la folle inquiétude de Maître Liang à ce moment-là, Tchouen-yun et Wen-sieou se regardèrent et éclatèrent de rire comme autrefois dans les roseaux où ils s'étaient dissimulés.

Bi le Cinquième n'avait pas encore levé sa coupe, et tremblait toujours d'effroi.

— Ecoutez, vous deux, finit-il par dire, si vous changiez de crémerie, hein ? Le vin n'est pas bon dans un endroit comme celui-ci, où vous ne pouvez prendre votre temps. Hein, dites ?

Repoussant la main que Bi tendait vers lui, Wen-sieou répliqua en le regardant au fond des yeux :

— Excuse-moi, Bi, mais aurais-tu l'obligeance de nous laisser seuls ?

— Co... comment, Che-leao ? Qu'as-tu l'intention de lui dire ? N'oublie pas que Tchouen-yun...

— Je sais, je sais, Tchouen-yun est l'intendant privé de l'impératrice Tseu-hi, la personne la plus proche du Vieux Bouddha...

— Mais alors, tu vas... Bon, moi, je ne veux rien savoir. Je ne sais rien, hein ? Le monde entier peut bien s'écrouler, rien de tout ça ne me concerne !

Bi s'était mis à reculer. Au moment où il passait la porte, trébuchant presque dans sa précipitation, il hurla :

— Je ne veux pas voir ça ! Vous qui vous inquiétez tant l'un de l'autre quand vous venez seuls ici, je ne veux pas vous voir vous entre-tuer, ça non ! Ah, à quoi bon faire carrière, à quoi bon devenir riche !

Une fois que la voix de Bi se fut éloignée, Wen-sieou se pencha par-dessus la table et se versa une nouvelle coupe de vin.

Les deux convives baissaient la tête, silencieux. Le temps s'écoulait lentement, presque palpable.

Wen-sieou grinçait des dents, les mots hésitaient à passer ses mâchoires serrées. Quand enfin il s'adressa à Tchouen-yun en fermant les yeux, ce fut comme si tout le passé renaissait :

— Ecoute, Tchouen-yun, je ne veux pas avoir de secrets pour toi. J'ai rencontré beaucoup de gens dans ma vie, mais aujourd'hui encore, tu restes celui en qui j'ai le plus confiance.

Tchouen-yun se mordit les lèvres.

— Arrêtez !

— Non, je n'arrêterai pas. Si le lien que j'ai avec toi se rompait définitivement, je le regretterais toute ma vie.

— Faites-vous cela par devoir envers mon défunt Frère Aîné ? demanda Tchouen-yun en levant la tête pour contempler Wen-sieou avec tristesse.

— Non. Je ne veux pas me fâcher avec toi. Je ne suis qu'un bon à rien sans aucune expérience de la vie, aussi, il se peut que je t'ai dit des choses blessantes autrefois, mais je ne m'en rends même pas compte, vois-tu. Veux-tu me pardonner, Tchouen-yun ?

Wen-sieou, les larmes aux yeux, était redevenu le jeune maître du Tsing-hai. Tchouen-yun, baissant à nouveau la tête, secoua la mâchoire :

— C'est moi qui n'ai rien voulu entendre. Vous n'êtes pas fautif.

En un instant, le temps fut aboli, tous deux se retrouvèrent debout dans la ruelle où ils s'étaient quittés autrefois après leur dispute. Tchouen-yun se couvrit le visage de sa longue manche indigo. Il avait tant de choses à dire qu'il ne savait par où commencer.

— Comment va Lingling ? Je ne l'ai pas revue depuis que je l'ai abandonnée. Je rêve d'elle chaque nuit.

— Pourquoi ne viens-tu pas la voir ?

— Je voudrais tant. Je voudrais tant la voir, ne serait-ce qu'un instant. Mais diminué comme je suis... Si on apprend qu'elle est parente d'un eunuque, jamais elle ne trouvera à se marier. Et puis, vous et moi...

Tchouen-yun s'était mis à sangloter. Avec les larmes, toutes les carapaces qui le recouvraient semblaient disparaître les unes après les autres.

— Ne t'inquiète pas. Lingling va bien. Elle ne manque de rien. Elle est devenue une belle jeune fille.

Wen-sieou prit la main de Tchouen-yun, toute souillée de larmes et de salive, dans la sienne. La sensation de cette main consolatrice tenant la sienne pour lui insuffler le courage de vivre, ramena à nouveau Tchouen-yun vers le passé : le jeune maître était près de lui, comme autrefois dans le Tsing-hai.

— Jeune Maître, pourquoi êtes-vous si bon avec moi ? Sans vous, je serais mort depuis longtemps, et Lingling aussi.

— Mais non. C'est toi qui as fait une magnifique carrière. Les eunuques sont généralement haïs de tous, tu es le seul à échapper à cette règle. Les hauts dignitaires, les princes de sang, tous vantent tes qualités. Au fond de moi, je me sens si fier de toi quand je les entends.

— Mais je n'ai aucun mérite à cela. C'est la constellation des Pléiades qui me protège et accomplit tout à ma place. Moi, je ne fais rien.

Wen-sieou serrait la main de Tchouen-yun à en enfoncer les ongles dans la chair. Lorsqu'il baissa la tête avec un soupir douloureux, des larmes roulèrent de son menton sur la table.

— Ce que tu as accompli est magnifique, dit-il d'une voix étranglée.

— Je voudrais tant revoir Lingling. Mais pour le moment c'est impossible, n'est-ce pas ?

— Tu la reverras bientôt. Dès que l'empereur aura commencé son véritable règne, les choses s'apaiseront. Tu pourras la voir tant que tu voudras. Et puis... ajouta-t-il en relevant la tête comme s'il se rappelait soudain un fait important. C'est elle-même qui l'a voulu, je n'ai rien décidé à sa place mais, tu sais, elle va se marier.

— Vraiment ? Avec qui ?

— Tan Sseu-tong. Je ne sais pas si tu le connais. Ils ont une certaine différence d'âge mais c'est un homme de qualité.

— Je ne l'ai jamais rencontré, mais je le connais de réputation : c'est le principal disciple du professeur K'ang Yeouwei, il me semble ?

— Oui. Il occupera un poste important au gouvernement après la restauration. Mais surtout, c'est un homme bon et sincère. Lingling sera heureuse avec lui.

— Lingling va se marier avec lui ? Elle montera en palanquin et en calèche, mangera des mets raffinés, ira au théâtre comme l'épouse du jeune maître, comme une épouse de prince ou de ministre ?

— Tout à fait, Tchouen-yun, tout à fait. Et tu viendras à ses fiançailles, n'est-ce pas ? Tu es son unique parent après tout.

— Oui, j'irai, j'irai ! Mais pour le moment, cela tomberait mal. Il faudra attendre pour la cérémonie que la situation soit plus calme...

— Oui, nous attendrons que la paix règne et que tout le monde puisse aller et venir librement. Ce temps-là n'est pas si loin ! Dès l'automne, tout ira mieux. J'aurai tout arrangé.

Wen-sieou se leva alors en tirant Tchouen-yun par la main.

Ce que Tchouen-yun vit ce jour-là dans la maison de Bi le Cinquième le frappa de stupeur et d'effroi plus que n'aurait pu le faire le plus fabuleux joyau de la Cité Interdite, ou le plus étrange des rites.

Ce mystérieux objet reposait dans l'ancienne salle d'opération décorée d'or et de vermillon, où l'on parvenait en traversant une cellule désormais inutilisée, au bout du couloir sombre sur lequel donnait la porte d'acier au fond de la cuisine délabrée.

Lorsque Wen-sieou souleva le couvercle du cercueil recouvert d'une épaisse couche de laque, une odeur d'alcool frappa les narines de Tchouen-yun. Il se pencha : au fond d'un liquide rosé reposait un cadavre, entouré de bandelettes.

Wen-sieou posa son candélabre, s'agenouilla, récita un sûtra, puis redressa le cadavre sans se soucier de mouiller ses manches. Il ôta le voile de coton qui recouvrait le visage du mort, révélant les traits d'un homme d'âge mûr, dans le sommeil rigide de la mort.

— Aaah, le ministre Yang !

Tchouen-yun s'agenouilla et frappa son front sur le sol de pierre à grand bruit.

Bientôt, le cadavre glissa à nouveau au fond de son bain d'alcool rougeâtre, et Wen-sieou murmura d'une voix sans force :

— Quelqu'un a introduit un scorpion dans une des bottes offertes par l'impératrice douairière à Son Excellence Yang.

— C'est faux ! La Vénérable Altesse n'a rien offert de la sorte au ministre Yang !

Tchouen-yun devait effectivement être au courant des présents que l'impératrice douairière accordait à ses vassaux, songea Wen-sieou.

— Sans doute, répondit-il, mais qui le croira ? Tout le monde sera persuadé que c'est le Vieux Bouddha qui a fait supprimer Son Excellence Yang. Voilà pourquoi j'ai caché sa mort. Quel autre moyen avais-je ?

Tchouen-yun réfléchit, essayant de contenir les battements affolés de son cœur.

Si la capitale connaissait des troubles, des effusions de sang, les barbares étrangers feraient intervenir leur armée. Wen-sieou avait raison : il n'y avait pas d'autre moyen d'agir.

— Son Excellence Yang a été pour moi un maître et un père. Imagine mon désarroi lorsque je me suis vu contraint de traiter sa dépouille avec un tel manque de respect et empêché de porter son deuil. Je te suis reconnaissant d'avoir eu la présence d'esprit de me prévenir de ce qui se tramait. Mais le destin a abandonné Son Excellence Yang. Comprends-tu, Tchouen-yun ? Je sais maintenant que le Ciel n'a pas établi la justice sur Terre, pas autant que le dit Confucius. J'ai vu de mes yeux le mal triompher du bien.

— Tu te trompes, Wen-sieou. La Vénérable Aïeule ignore tout. Les véritables coupables…

— Je sais, Tchouen-yun, je sais. Mais quoi que tu en dises, les scélérats qui ont commis ce crime abject se cachent à l'abri des manches du Vieux Bouddha. Elle a fermé les yeux.

La tête dans les mains, Tchouen-yun tremblait. Ainsi, la réalité n'était pas aussi tendre qu'il se l'était imaginé. Il avait voulu croire jusque-là que le gouvernement de l'empire Ts'ing allait changer de mains dans la plus grande harmonie, mais en fait il n'était plus soutenu que par un unique pilier, et encore, si mince qu'il était étonnant qu'il tînt encore debout.

Le problème crucial maintenant était de déterminer qui exactement était au courant de la vérité.

— Le prince Kong, K'ang Yeou-wei. Le commissaire aux Affaires Générales Chouen-kouei. Personne d'autre. Même les instigateurs du crime, Li Lien-yin et Jong-liu, ne savent rien : ils sont persuadés que leur stratagème a échoué.

— Le Père de Dix Mille Ans ?

— L'empereur ignore tout de cette affaire, naturellement. Il doit, plus encore que quiconque, être tenu à l'écart de tout cela.

Si l'empereur au caractère pur et droit, ignorant des intrigues, apprenait la vérité sur la mort de son révéré précepteur, sa colère serait sans bornes : une ire céleste, capable de dévaster la terre entière.

— Tchouen-yun, aide-moi. Arrange-toi pour que le Vieux Bouddha parte au plus vite pour le palais d'été. Nous avançons sur le fil d'une épée.

En effet, tous deux marchaient désormais main dans la main sur le tranchant d'une lame, prête, au plus léger faux pas, à leur découper les jambes, à tailler leur corps en pièces…

8

Oka Keinosuke et Thomas Burton revinrent dans le quartier des légations à l'heure où le ciel bleu virait au gris.

La concession étrangère, enserrée le long d'un mur d'enceinte de la ville intérieure dans un périmètre allant de la porte Qui Fait Face au Soleil à la porte du Respect des Lettrés, poursuivait son extension, sans souci de la situation politique périlleuse de l'empire.

Les vieilles résidences et maisons d'habitation du quartier, détruites les unes après les autres, cédaient la place à d'imposants édifices de pierre à l'occidentale arborant des enseignes de banques, de maisons de commerce, d'hôtels, qui occupaient peu à peu le moindre espace libre entre les bâtiments des légations.

Juste au milieu du quartier, en face de la vaste légation française, une enseigne sur un mur tout neuf d'un blanc immaculé annonçait : *Pekin Press Club*. Nul ne savait qui exactement avait mis à la disposition des journalistes étrangers cette magnifique demeure occidentale de deux étages, mais comme ni les *Dix Mille Matins* ni le *New York Times* n'avaient participé d'un sou à sa construction, c'était sans doute le gouvernement mandchou lui-même qui avait dû la financer, sous la pression, comme d'habitude, des ministres résidents étrangers.

Le rez-de-chaussée comprenait un hall splendide, un restaurant et une salle de réunion, tandis que l'étage supérieur était composé d'une enfilade de pièces privées avec salles de bain adjacentes. Il y avait aussi un bureau de télégraphie doté du matériel américain le plus récent, très précieux pour envoyer des messages urgents en dehors des heures officielles d'ouverture des bureaux.

Ce club cumulait donc les fonctions de lieu d'échange d'informations entre journalistes étrangers – tout comme le bar *Chez Tseu-hi* – avec celles de bureau et d'hôtel. Nulle part au monde il ne devait exister d'installations d'une telle commodité à l'usage des correspondants étrangers.

A peine les deux hommes eurent-ils mis les pieds dans le hall qu'ils eurent le pressentiment qu'une nouvelle importante venait de tomber.

Des journalistes installés devant des tables tapaient frénétiquement sur leurs claviers, plusieurs autres faisaient la queue devant le bureau du télégraphe. Oka parvint à intercepter un correspondant russe qui déboulait d'une pièce en vociférant.

— Que se passe-t-il ?

Le journaliste se mit à expliquer volubilement quelque chose dans un charabia incompréhensible puis repoussa Oka et partit en courant. Le Japonais, qui ignorait tout de la langue russe, se tourna vers Burton d'un air interrogateur. L'Américain émit un claquement de langue et posa une main sur son front.

— Le prince Kong est mort ! dit-il. Ce matin à six heures. Une attaque...

Un frisson parcourut Oka. L'unique soutien du régime venait de s'effondrer : il fallait s'attendre à d'énormes remous.

— Que va-t-il se passer maintenant ?

— Comment le saurais-je ? En tout cas, il faut envoyer un article. Ensuite nous partagerons les informations que nous aurons glanées auprès de nos légations respectives.

Sans même entrer au club, ils rebroussèrent chemin pour se diriger, l'un vers la légation japonaise, non loin de la légation française, l'autre vers la légation américaine, un peu plus bas, dans l'alignement de la Banque sino-russe.

A l'ouest, les lueurs sinistres du couchant embrasaient le ciel.

Oka montra rapidement son laisser-passer au garde qu'il connaissait de vue, puis franchit la porte de la légation japonaise, encadrée par deux statues de lions et surmontée du blason du chrysanthème impérial.

Sur le chemin bordé d'acacias dans le prolongement du portail, Oka croisa un journaliste de *L'Information*, qui repartait au pas de course.

— Où étais-tu passé, Oka ? lui cria-t-il. Ton informateur favori, le capitaine Shiba, t'attend.

Le journaliste avait l'air affolé, comme s'il se demandait par où commencer son enquête.

Il était déjà assez occupé avec le début du règne indépendant de l'empereur Kouang-siu, le départ de l'impératrice douairière et la passation de pouvoir qui devait l'accompagner, la composition du nouveau gouvernement dont personne n'avait la moindre idée... Et voilà que survenait un événement inattendu qui allait peut-être contrecarrer la réforme. Tout pouvait arriver désormais.

Il ne fallait pas se laisser distancer par le peloton : les journalistes du monde entier, partageant les informations glanées par chacun, devaient envoyer dans leurs pays des articles les plus précis possibles sur la situation. Il était normal que les retardataires encourent les reproches de leurs collègues.

— Oka, le capitaine Shiba est particulièrement bienveillant envers toi. Ne fais pas bande à part, hein ?

— Fais-moi confiance. Je te verrai plus tard, au club.

A l'intérieur de la légation un nombre incroyable de soldats allaient et venaient, c'était à se demander où ils s'étaient dissimulés jusqu'alors.

Une fois devant la porte du bureau de l'attaché militaire, Oka remit de l'ordre dans sa tenue. Le capitaine Shiba était assez à cheval sur l'étiquette.

Il déclina son identité au garde, qui lui livra aussitôt passage. Le capitaine Shiba était déjà debout devant son bureau. Ce militaire d'une extrême politesse, sans souci de nationalité ni de hiérarchie, n'accueillait jamais un visiteur, quel qu'il soit, assis.

— Tu es en retard ! lança-t-il d'emblée à Oka. Que faisais-tu donc ? Tu as laissé les journaux gouvernementaux te passer devant.

Le capitaine désigna un siège à Oka et se rassit en faisant cliqueter son sabre.

Shiba Gorô, capitaine de l'artillerie terrestre, était originaire, tout comme Oka, de l'ancien fief d'Aizu. Trente ans plus tôt, lors des combats qui avaient entouré la restauration de Meiji, il avait, à un peu plus de dix ans à peine, affronté l'armée impériale. Blessé et fait prisonnier, il avait été conduit à Tôkyô, puis s'était évadé. Il avait mené quelque temps une existence vagabonde et connu diverses épreuves avant de comprendre qu'il voulait s'engager dans la voie militaire.

C'était un homme taciturne. Oka se gardait de l'interroger sur son passé, ayant vaguement entendu parler du sort cruel de ses sœurs et de sa mère, contraintes au suicide lors de la chute du château d'Aizu.

D'après les résidents japonais à Pékin, Shiba avait parcouru toute la Chine avec l'armée de terre et joué un rôle majeur lors de la guerre sino-japonaise, mais il n'était pas dans ses habitudes de se vanter de ses exploits.

Oka lui devait beaucoup. C'était lui qui avait rassemblé les enfants originaires d'Aizu vivant à la capitale, était devenu leur garant et avait assuré leur éducation de ses propres deniers, refusant la moindre contrepartie. Cet homme qui ne pouvait effacer l'opprobre d'être considéré comme ennemi de l'empereur avait mis tous ses espoirs dans ses protégés.

— Quoi qu'il arrive, nous ne devons plus prendre les armes contre la Chine. Considérer ce pays comme un ennemi équivaut pour nous, Japonais, à cracher vers le ciel. Si la Chine est colonisée par les grandes puissances occidentales, le Japon deviendra l'orphelin de l'Asie. Toi aussi, en tant que journaliste, tu dois t'efforcer de ne jamais perdre de vue cet enjeu.

Le capitaine Shiba s'exprimait sur un ton sévère, tout en montrant du doigt un article des *Dix Mille Matins* posé sur son bureau.

— Tout cela relève certainement de la responsabilité de tes supérieurs mais tu ne dois pas prendre parti pour ce genre d'idées.

La première page du journal regorgeait d'articles raillant un empire chinois moribond. Naturellement, Oka n'avait jamais eu l'intention d'écrire des choses pareilles, mais les papiers qu'il envoyait à Tôkyô, si impartiaux fussent-ils, étaient remaniés de manière à répondre aux attentes des lecteurs.

— Ton rédacteur en chef, Kuroiwa, on voit bien que c'est un romancier !

Oka ne savait que répondre. Le capitaine détestait les justifications.

— De toute façon, personne ne soumettra jamais ce pays par les armes. Les troubles de Corée et le traité de Shimonoseki resteront la honte de notre pays pour cent ans et plus. Se réjouir d'une victoire remportée sur un ennemi aussi affaibli, c'est honteux… Il est vrai que toi, tu n'y peux rien… Enfin, l'essentiel est que tu fasses carrière rapidement, de manière à pouvoir affirmer tes propres opinions sans que personne récrive les choses à ta place. Sur ce point, il en va de même pour moi…

Shiba ne cherchait jamais à dissimuler son accent d'Aizu, ce qui lui valait un profond respect de la part d'Oka.

Le capitaine ordonna à ses subalternes de quitter la pièce, ferma la fenêtre, tira le rideau de dentelle, avec une prudence digne d'un officier des renseignements.

— J'ai déjà donné les dernières nouvelles au *Quotidien de Tôkyô* et à *L'Information*, mais c'est à toi seul que je veux confier mes suppositions quant à la suite des événements. A toi de décider si tu veux partager ces informations ou les garder pour toi.

Après cette introduction, Shiba toussa très fort, puis se retourna vers la fenêtre, afin semble-t-il de vérifier que le son de sa voix ne parvenait pas jusqu'au groupe de fonctionnaires et de militaires en train de discuter sur la pelouse en contrebas. Il reprit ensuite dans un français parfait :

— Naturellement, je préfère que tu ne cites pas tes sources. Est-ce clair ?

Quelques années auparavant, l'éducation militaire était assurée dans les écoles d'officiers de terre par des instructeurs français et reposait sur des manuels rédigés dans cette langue, si bien que les officiers de la génération de Shiba maîtrisaient tous cette langue. Les militaires les plus âgés étaient des samouraïs qui avaient connu les guerres civiles de la restauration de Meiji et avaient été élevés selon le code d'honneur des guerriers japonais, et les plus jeunes avaient connu un nouveau système d'éducation militaire solidement établi, si bien que la génération de Shiba était la seule à avoir reçu une éducation militaire à la française. C'était d'ailleurs le capitaine Shiba lui-même qui avait appris à Oka les premiers rudiments de cette langue. Un esprit sérieux et scrupuleux à l'extrême évoquant les guerriers d'Aizu cohabitait chez cet homme, dans une harmonie étrange, avec une élégance légère à la française.

On remarquait les premiers cheveux blancs sur son crâne rasé de près, et son visage s'ornait d'une magnifique moustache à la prussienne. Ses énormes yeux ronds paraissaient disproportionnés dans son visage aux traits réguliers. Des médailles d'officier d'état-major pendaient sur son costume militaire à chevrons noirs et d'impeccables gants blancs couvraient ses mains, dont l'une reposait sur la poignée de laiton d'un sabre étincelant.

— Ce que j'appréhende le plus, maintenant que le prince Kong est mort… commença-t-il, toujours en français, baissant encore la voix d'un ton pour faire cet aveu inattendu… c'est que K'ang Yeou-wei obtienne une audience avec l'empereur.

— K'ang Yeou-wei ? Mais pourquoi ? Tôt ou tard il est voué à devenir le personnage central de la réforme et de la restauration.

— Oui, mais il est encore trop tôt pour qu'il rencontre l'empereur. Les circonstances ne sont pas favorables.

Oka se remémora la façon dont Burton avait parlé de K'ang quelque temps plus tôt : il l'avait violemment critiqué, et l'avait traité de « détonateur ».

— Le prince Kong craignait l'influence de K'ang. Plus encore que le poids écrasant des forces conservatrices, ce qui lui faisait peur, c'était l'excitation profonde que pouvait engendrer chez le jeune empereur les contes à dormir debout de K'ang Yeou-wei. As-tu déjà assisté à l'un de ses discours ?

— Non, mais j'en ai lu le contenu dans ses livres ou des articles de journaux.

— Dans ce cas, tu dois te rendre compte à quel point ses affirmations sont conceptuelles, idéalistes et extrémistes. Selon lui, ceux qui s'opposent au Ciel connaissent toujours le déclin, tandis que ceux qui évoluent avec le temps gagnent à coup sûr. Il affirme que Confucius est le plus grand maître de tous les temps, et qu'il faut d'abord assimiler son esprit puis aller à la rencontre de la culture occidentale. En dehors de ça, il manque totalement d'idées concrètes.

— Pourtant, il est le meneur incontesté du mouvement de réforme.

— Sans aucun doute. C'est bien ce qui faisait peur au prince Kong. K'ang n'est pas un leader théorique, il est auréolé d'une sorte de charisme. Ses discours sont habiles, et il excelle à écrire. Toutes les organisations politiques réformistes – et on dit qu'il y en a actuellement soixante-dix-huit en Chine – ont un lien avec lui ou sont fortement influencées par lui. Autrement dit, même s'il est incapable d'édifier une ère nouvelle, il est assez fort pour détruire l'ordre ancien. Voilà bien le danger que craignait le prince Kong.

— Mais l'empereur Kouang-siu n'est-il pas capable de deviner ce danger par lui-même ? On le dit lucide et intelligent.

— Certes, certes…

Le capitaine Shiba parlait un français d'intellectuel, bien articulé et au débit rapide, bien plus agréable que son japonais embrouillé à l'accent d'Aizu.

— Les anciennes lois stipulent que l'empereur ne peut s'adresser qu'à des fonctionnaires au moins de quatrième rang. Autrement dit, des mandarins qui s'expriment comme le *Livre des Rites* ou une dissertation en huit parties. K'ang, qui a obtenu son doctorat à près de quarante ans, a gardé son franc-parler, sa liberté d'expression de polémiste sans poste officiel. Même s'il ne parle que de rêves irréalisables, son discours plein de fraîcheur risque de paraître très stimulant à un empereur habitué aux rencontres formelles. Il cédera à la première poussée.

— Je vois. En outre, l'empereur a été manipulé par Tseu-hi pendant de longues années.

— Tout à fait. Il doit griller d'impatience d'agir. Déjà, les œuvres de K'ang sont ses lectures favorites. Pourtant, ce n'est qu'un ramassis d'idées de contes de fées, totalement inadaptées à la Chine actuelle. Après la mort de son oncle le prince Kong, le seul être capable de contrôler sa volonté, le désir le plus cher de l'empereur Kouang-siu est forcément de rencontrer K'ang Yeou-wei.

Le capitaine Shiba ouvrit un des tiroirs de son secrétaire, en sortit une liasse de documents calligraphiés à la main, dans une enveloppe marquée d'un sceau rouge : « secret ».

— Ceci est le compte rendu précis de l'interrogatoire adressé à K'ang Yeou-wei par le Conseil des Anciens en janvier de cette année. L'empereur manifestait un désir si ardent de rencontrer cet homme que ses conseillers ont décidé de sonder K'ang. Lis donc. Tu comprendras vite à quel point K'ang est un personnage dangereux pour ce jeune empereur infatué de lui-même et radical.

Oka ouvrit en hésitant cette correspondance secrète, rédigée en caractères chinois serrés, sans doute de la main d'un informateur embusqué à la cour.

Troisième jour du premier mois de l'année du Chien de Terre de l'ère Kouang-siu. Interrogatoire de K'ang Yeou-wei, fonctionnaire du ministère des Travaux Publics, dans la salle des Fleurs de l'Ouest du bureau des Affaires Générales, en présence de l'officier interrogateur, du grand lettré Li Hong-tchang, de Jong-liu, ministre des Armées, du ministre de la Justice, du ministre et du vice-ministre de la Population.

Q (Jong-liu) : Que réponds-tu à l'interdiction de changer les lois anciennes qui datent de la fondation de la dynastie ?

R : Aux débuts de la dynastie, le Fondateur s'est basé sur les antiques lois chinoises. Mais pourquoi vous obstinez-vous à les préserver maintenant qu'elles s'avèrent impuissantes à servir l'empire ? Le bureau des Affaires Générales où nous nous trouvons, par exemple, n'existait pas autrefois. Les relations diplomatiques et commerciales avec l'étranger ont rendu sa création nécessaire, et cela a été fait, sans se soucier des anciennes coutumes. Il y a une extraordinaire contradiction dans le fait que ce soit vous, Excellence Jong-liu, éminent ministre assumant la charge de ce nouvel organe, qui vouliez empêcher que l'on change les lois selon les nécessités de l'époque.

Q : Quelles réformes souhaiterais-tu réaliser ?

R : Il faut commencer par modifier le droit. Et ensuite le système administratif.

Q : Veux-tu dire établir une Constitution, comme dans les pays d'Europe et au Japon ?

R : Absolument. Une Constitution et une Assemblée sont les deux conditions nécessaires à la création d'un Etat moderne. Par conséquent, il faudra réviser les lois dans chacun des domaines soumis à la Constitution. Une fois les lois changées, et la Constitution établie, il faudra obligatoirement transformer aussi le système administratif.

Q : Vos méthodes sont dangereuses pour l'empereur. Elles peuvent entraîner un système républicain.

R : Dans ce cas, comment l'Angleterre et le Japon ont-ils fait pour maintenir une monarchie impériale ? C'est seulement parce que vous avez mal étudié la question que vous pensez que Constitution et Assemblée égalent forcément république. Moi, je suis persuadé que nous pouvons faire de la Chine une monarchie constitutionnelle.

Q (Li Hong-tchang) : Il sera extrêmement difficile d'abolir le système des six ministères transmis aux dynasties successives depuis les Han, de même que les neuf rangs de fonctionnaires. Vous ne pourrez lutter seul contre l'opposition de tout le corps des fonctionnaires. Ce changement est impossible dans l'état actuel des choses. Moi qui ai consacré une bonne partie de ma vie aux affaires occidentales, je sais que cela ne sera pas aussi simple à réaliser que vous semblez le croire.

R : L'époque est venue d'exister face aux autres nations du monde. Le système administratif actuel de l'empire et ses lois font obstacle aux relations diplomatiques avec les pays étrangers, et empêchent toute collaboration avec eux. Vous-même, Général Jong-liu, avez été nommé à des postes dépassant votre rang, cela prouve bien qu'il n'existe pas dans l'Etat de fonctions adaptées, ni de personnes appropriées à qui confier ces tâches. Il faut assurément se débarrasser d'un système gouvernemental qui a affaibli la Chine !

Q : Dans ce cas, parlez-nous maintenant des mesures que vous envisagez pour redresser les finances, dont l'état est assez inquiétant.

R : Au Japon, cette question a été résolue par l'émission de billets de banque, en France par un impôt sur les timbres, en Inde par des taxes foncières. Si l'on introduit globalement ces différents systèmes dans notre immense pays, cela fournira à l'Etat des revenus dix fois plus importants qu'aujourd'hui. Si les riches propriétaires terriens de province continuent à s'engraisser grâce aux lois anciennes, c'est à cause de la négligence de Son Excellence le ministre des Finances ! Si ce poste m'était confié, avec le soutien de Sa Majesté l'empereur, la Chine accomplirait en trois ans cette restauration que le Japon a mis trente ans à réaliser !

Oka referma le document. Il en avait lu assez pour se faire une idée précise du genre d'homme qu'était K'ang Yeou-wei. Avant d'être un constructeur ou un destructeur, c'était surtout un insolent. Comme le lui avait fait remarquer Li Hong-tchang, quoi qu'il veuille accomplir, il ne pourrait vaincre seul l'opposition générale des mandarins. Les choses n'étaient pas aussi simples qu'il voulait bien le croire.

— Qu'en dis-tu ? demanda le capitaine Shiba, en fixant sur Oka ce regard grave que jamais le moindre sourire ne venait éclairer.

— A première vue, il s'agit d'un personnage du même acabit que Takasugi Shinsaku ou Sakamoto Ryûma chez nous.

Shiba hocha la tête d'un air satisfait.

— La comparaison est judicieuse. Il n'ira pas aussi loin que Saigô Takamori, qui fit assassiner le ministre des Affaires Intérieures Okubo. Par ailleurs, il manque par trop de connaissances pour parvenir à bâtir un Etat nouveau comme l'ont fait les princes Itô et Yamagata. Il semble ignorer qu'au cours de ces trente années qu'il invoque si aisément et que mit la restauration à se mettre en place au Japon, trois générations d'acteurs se sont succédé. Quand il insiste pour avoir une audience avec l'empereur Kouang-siu, il fait effectivement penser au samouraï Takasugi Shinsaku demandant audience au jeune empereur Meiji. Mais ce genre d'action, loin d'accélérer la restauration, conduit plutôt à sa défaite.

— Seulement, peut-on empêcher K'ang de rencontrer l'empereur ?

— Yang Si-tcheng a démissionné, Li Hong-tchang se montre peu empressé à coopérer, le prince Kong n'est plus… Il ne reste plus personne pour arrêter ce cheval emballé. L'empereur aura certainement une audience avec K'ang dans les jours à venir. Personne ne peut rien contre cela. L'empereur est aussi impatient qu'un acteur qui a attendu trop longtemps son entrée en scène. Qui sait quel répertoire il va nous jouer, une fois monté sur les planches, avec dans le rôle secondaire un acteur aussi tape-à-l'œil que K'ang, et dans une pièce dépourvue du moindre scénario ?

Oka eut un moment l'impression de fixer une scène plongée dans l'obscurité au moment du changement de décor. Nul ne savait quel spectacle allait se jouer une fois que les lumières se rallumeraient.

— Voilà tout ce que je peux prévoir : l'audience de K'ang avec l'empereur, et la publication d'un décret impérial de réforme qui s'ensuivra. Et ensuite : trouble de l'administration, confusion de la politique. Naturellement, l'aile conservatrice tentera de redresser la situation avec l'énergie du désespoir. Le sang va couler. Et si une guerre civile éclate, les grandes puissances lanceront immanquablement leurs troupes à l'assaut de Pékin, afin de protéger leurs légations. Toute la cour s'enfuira à Jehol ou Si-an, comme lors de la guerre avec la France. Les grandes puissances mettront un pouvoir fantoche en place. C'en sera fini de l'empire mandchou. D'après les informations de nos forces navales, les flottes de toutes les grandes puissances se dirigent vers le nord, pour se rassembler sur la mer Jaune. Une partie d'entre elles a déjà jeté l'ancre dans la baie de Po-hai.

— Que fera le Japon, si les choses tournent comme vous le dites ?

— Nous n'aurons pas le choix : notre armée interviendra également. Si les grandes puissances européennes occupaient Pékin, l'opinion publique japonaise ne nous pardonnerait pas de rester passifs.

Le capitaine Shiba fixa Oka d'un air plein de sous-entendus puis abaissa son regard sur l'article des *Dix Mille Matins* posé sur son bureau.

— N'y a-t-il aucun moyen d'éviter cet engrenage ?

— Ce qui se passe à la cour est hors de notre portée. Je ne vois qu'une façon rationnelle d'éviter le pire.

Shiba se leva, rouvrit les rideaux. Des rayons de soleil sanglants découpaient son profil régulier contre la vitre.

— Je viens juste d'envoyer un télégramme au prince Itô. Je pars dès que possible pour Tientsin, la semaine prochaine sans doute, et je rentre au Japon.

— Vous allez rencontrer le prince Itô ?

— J'ai foi dans les intrigues pour éviter la guerre. La tragédie d'Aizu a eu lieu, non parce que nous avions perdu le combat, mais parce que nous n'avons pas su l'éviter à temps. Et à cause de cela, ma grand-mère, ma mère, mes sœurs se sont vues acculées au suicide.

Toujours tourné vers le couchant, le capitaine Shiba frappa deux ou trois fois le sol du bout du fourreau de son sabre.

— Je demanderai au prince Itô de se prêter à une intrigue, une fois dans sa vie. La seule personne encore capable de maîtriser K'ang Yeou-wei, c'est bien Hirobumi Itô, acteur principal de cette restauration japonaise que les réformateurs admirent tant. Je lui demanderai de se rendre à Pékin, pour conseiller le nouveau gouvernement sur sa politique de réformes. Quelles que soient les critiques dont le monde entier nous abreuvera, je ne vois pas d'autre expédient pour sauver l'empire mandchou.

Le capitaine Shiba Gorô resta un moment silencieux, debout devant la fenêtre, puis il lança d'un ton bref et impérieux :

— Va-t'en, maintenant.

9

Wen-sieou fit un rêve qui l'attrista.

Sa mère, jeune et belle, était debout au bord du canal, à l'arrière de la résidence paternelle à Liang-kia-t'ouen. C'était l'automne. Les fleurs pourpres des lauriers-roses répandaient un parfum exquis.

— Che-leao… disait sa mère de sa voix douce. Tu seras reçu premier aux examens, et un jour, tu atteindras le rang de premier ministre, je peux te l'assurer.

Wen-sieou avait l'âge où, dans la réalité, la mort l'avait séparé pour toujours de sa mère. Il posa sa joue contre les hanches de Concubine de Cinabre, vêtue de la simple robe indigo des domestiques, essayant de retenir un peu du parfum qu'exhalait son corps. Il aurait voulu la serrer dans ses bras de toutes ses forces mais, sentant sur lui les regards de son père, de sa belle-mère et de son frère aîné qui le surveillaient tous d'une fenêtre de la maison, il n'osait pas se rapprocher davantage de sa mère et la tenait par un pan de sa robe, l'effleurant à peine du nez.

— Tu te trompes, Concubine de Cinabre. C'est Frère Aîné qui réussira aux examens, moi, je succéderai à mon père. Je deviendrai le maître de cette maison.

— Mais non, répliqua sa mère en caressant tendrement le crâne de Wen-sieou où l'on distinguait encore la trace des fontanelles. C'est toi, mon fils, qui réussiras.

Wen-sieou leva la tête vers elle : elle avait des traits nobles, un nez fin légèrement retroussé, de grands yeux ronds, des sourcils à la ligne élégante, pareils à ceux de son fils. C'était un visage du Sud, tel qu'on en voyait peu dans la province du Hopei.

— Dis, Concubine de Cinabre, comment se fait-il que tu saches écrire ? Tu es une femme, pourtant.

— Je ne suis pas pareille aux autres femmes, Che-leao.

— Comment cela ?

— Mon nom est Tchou, « Cinabre ». Réfléchis un peu.

— Ah, j'y suis ! Tu portes le même nom que le dernier empereur des Ming, qui fut vaincu par Li Tseu-tcheng.

— C'est cela. J'ai pour ancêtre un prince Ming qui, poursuivi par Li Tseu-tcheng, dut s'enfuir vers le sud. Voilà pourquoi, bien que notre famille ait connu les pires déboires et que j'aie été vendue comme esclave, je sais au moins lire et écrire.

— Oh là là ! s'exclama le petit Wen-sieou. Ce n'est pas une bonne chose, Concubine de Cinabre. Si tu dis vrai, je serai un jour au service de tes ennemis, les princes mandchous.

Le cœur de Wen-sieou tressaillit devant la beauté de sa mère, qui le regardait en souriant en réponse.

— Non, les Mandchous ne sont pas mes ennemis. Au contraire, ils ont supprimé le mien, en tuant Li Tseu-tcheng. C'est pourquoi il est bon que tu sois au service de l'empereur mandchou. Tu le serviras avec loyauté, de tout ton cœur, et l'aideras à bâtir un monde meilleur.

Wen-sieou cueillit une fleur de laurier, arracha le pistil pour lui donner une forme de volant, jeu favori des enfants de son âge.

— Concubine de Cinabre, approche ton visage !

Sa mère se baissa vers lui, et Wen-sieou colla avec de la salive la fleur humide sur son visage. Il en colla ainsi toute une série jusqu'à former autour de sa tête une couronne de mariée.

— Te voilà jolie comme une jeune épousée !

— Merci, Che-leao. Alors, je vais me marier.

Sur ces mots, elle agita la main et monta sur une barque amarrée le long du canal.

Wen-sieou se retourna pour crier en direction de la résidence :

— Père ! Concubine de Cinabre part se marier ! Sa robe est toute sale et elle n'a rien à emporter. Donnez-lui de l'argent. Et aussi une commode, une table, un service à thé ! Il faut la maquiller, lui mettre une belle robe !

Aucune réponse ne vint de la maison, et le cœur de Wen-sieou s'assombrit.

— Pardonne-moi, Concubine de Cinabre. Je ne suis qu'un enfant, je ne possède rien. Je n'ai rien à t'offrir. Ah, si, des fleurs, je vais remplir ta barque de fleurs !

Il cueillit une pleine brassée de fleurs pourpres sur le laurier-rose du jardin arrière et, les jetant dans la barque, en couvrit sa mère jusqu'à la taille.

— Pardon, Concubine de Cinabre ! Je n'ai rien à te donner. Je fais tout ce que je peux mais, seul, je n'y arrive pas. Je fais tout ce que je peux, mais les obstacles ne cessent de se dresser sur mon chemin !

— Merci, Che-leao ! Courage ! Efforce-toi encore et encore de surmonter les épreuves ! Tu seras premier ministre, je te le promets. Un jour, tu lanceras des brassées de fleurs à tous les pauvres comme tu viens de le faire pour moi. Tu es mon enfant. Mon unique enfant…

— Attends, Concubine de Cinabre ! Ne me laisse pas ! Père ! Arrêtez-la, elle s'en va…

La barque avait quitté la berge du canal, emportant sa mère, et glissait lentement au fil de l'eau.

— Che-leao ! Mon enfant ! Mon fils chéri !

Dans le lointain, les mains blanches de sa mère s'agitaient, dressées haut au-dessus de la barque.

— Maman !

Wen-sieou, réveillé en sursaut, s'était dressé sur sa couche.

Il y eut un bruit de pas précipités dans le couloir : Lingling accourait.

— Qu'y a-t-il, Maître ?

— Ce n'est rien… Un cauchemar.

Lingling reprit son souffle et poussa un soupir.

— Ah, tant mieux ! Je vous ai cru piqué par un scorpion.

Elle avait saisi un flacon posé sur la table. Elle versa de l'eau dans une coupe et la tendit à Wen-sieou.

— Un scorpion ! Ne parle pas aussi inconsidérément, voyons !

— Oui, pardonnez-moi.

Le silence régnait sur la maison, seulement entrecoupé par le bruissement des feuilles de lotus sur le lac tout proche.

La femme et les enfants de Wen-sieou étaient partis pour Hang-tcheou. Une atmosphère de tristesse régnait sur la demeure, trop grande pour Wen-sieou et Lingling qui y étaient restés seuls.

— Je me demande si Madame est déjà arrivée. Elle a pris le train depuis la gare de Ma-tcha-pao, puis le bateau à partir de Tientsin. J'aurais bien aimé y aller aussi.

— J'aurais été bien embarrassé que tu partes aussi. Vivre comme un veuf à mon âge !

Lingling passa derrière Wen-sieou, lui fit enlever son vêtement de nuit, épongea son dos en sueur.

— Pourtant, Monsieur le Ressuscité vit seul, lui.

— Ah, c'est vrai. Il faut que je prépare ton mariage pour le début de l'automne. Je te donnerai des meubles magnifiques, de beaux habits de mariée.

— Je n'ai pas besoin de tout cela. J'irai avec ce que j'ai.

— Pas question ! Une fois la réforme en marche, le Ressuscité sera promu à un poste important. Après tout, il est le principal disciple de K'ang Yeou-wei. A propos, vous vous voyez quelquefois ?

— Bien sûr. Un secrétaire sans travail et une servante comme moi ne peuvent se marier sans jamais se rencontrer comme des gens de la haute société, nous ne pouvons nous conduire aussi élégamment. Je me rends à son logement tous les jours, pour faire son ménage et laver son linge.

— Je comprends mieux pourquoi il me semblait plus soigné ces derniers temps.

En les imaginant tous deux jouer au petit couple dans le logis de Tan Sseu-tong, Wen-sieou eut une impression bizarre. Lingling était déjà une véritable maîtresse de maison. Devant elle, le timide et peu disert Tan Sseu-tong ne devait plus savoir où se mettre.

Pour Wen-sieou, Lingling était encore la fillette qu'il avait ramenée avec lui du Tsing-hai et Tan Sseu-tong le jeune secrétaire arrivé à la capitale en portant sur son dos la malle de son maître, K'ang Yeou-wei.

Wen-sieou sourit pour lui seul et posa sans arrière-pensée la question qui venait de lui traverser l'esprit :

— As-tu déjà couché avec ton fiancé ?

Lingling cessa brusquement de lui essuyer le dos. Tandis qu'elle restait ainsi, sa main immobile posée sur le dos nu de son maître, celui-ci se reprocha d'avoir poussé la plaisanterie trop loin : il avait oublié qu'elle était une jeune fille en âge de se marier.

— Excuse-moi, je n'aurais pas dû dire ça.

La main brûlante de Lingling agrippa soudain l'épaule de Wen-sieou. Il sentit contre son dos la courbe fraîche du front de la jeune fille.

— Jeune Maître…

— Quoi donc ?

— Je… j'ai couché plein de fois avec lui, avoua Lingling dans un soupir.

— Ah, bon. C'est bien alors, c'est très bien… balbutia Wen-sieou, pris de court par cet aveu plein de franchise en réponse à une question posée sans y penser.

— Vous ne vous fâchez pas ? Vous ne me dites pas que ce n'est pas bien de faire ça avant de se marier ? Vous m'avez pourtant dit et répété depuis que je suis toute petite qu'une femme doit garder une conduite chaste.

— Mais non, ça ne me regarde pas, tu n'es plus une enfant, voyons.

— Mettez-vous donc en colère, Jeune Maître ! Vous m'avez nourrie, vêtue, appris à lire et à écrire, c'est grâce à vous que je suis devenue une femme. Et pourtant, sans vous demander la permission, j'ai couché avec un homme, plusieurs fois, oui, tellement de fois !

Lingling avait collé sa joue contre le dos de Wen-sieou, qui se tortillait pour échapper au doux parfum de femme qui émanait d'elle.

— Voyons, voyons, gronda-t-il.

Mais Lingling ne s'éloignait pas.

— Dites, Jeune Maître, vous rappelez-vous quand vous m'avez ramenée à la capitale ?

— Bien sûr, cela ne remonte pas si loin.

— Pour vous, peut-être, mais pour moi, c'était dans un lointain passé. Il n'y avait pas de couvertures à l'auberge, vous me laissiez dormir chaque nuit dans votre lit.

Combien de temps cela fait-il donc, se demanda Wen-sieou, comptant intérieurement les années écoulées. C'était au moment de son doctorat, il avait donc vingt ans, et Lingling devait en avoir six ou sept.

— C'est vrai. Mais tu étais si petite, comment fais-tu pour te souvenir de tout cela ?

— Je me le rappelle très bien. Quand j'avais des cauchemars, vous mettiez vos bras autour de ma tête et vous me serriez contre vous en disant : « Ne t'en fais pas, tout va bien, tout va bien... » Quand j'avais envie de faire pipi pendant la nuit, vous m'accompagniez toujours. J'avais un sommeil agité, et vous vous réveilliez plusieurs fois par nuit pour me border... Jeune Maître, pourquoi avez-vous toujours été si bon pour moi ?

La joue plaquée contre le dos de Wen-sieou, Lingling parlait d'une voix étranglée.

— Qu'est-ce qui te prend, Lingling ? Tu n'es pas dans ton état normal.

— Votre bonté m'a permis de vivre sans verser de larmes. Vous avez été si patient avec moi depuis ma plus tendre enfance. Faites-moi pleurer, maintenant.

— Tu es vraiment bizarre. C'est peut-être l'approche de ton mariage qui te rend triste ? Ne t'inquiète pas. Je ferai de toi une mariée magnifique dont personne ne pourra se moquer. Tu vivras heureuse avec le Ressuscité.

— Il ne s'agit pas de cela. Pourquoi, mais pourquoi donc êtes-vous si gentil avec moi ?

— Le Ressuscité doit l'être plus encore, non ?

Lingling secoua doucement la tête, en frottant son nez contre le dos de Wen-sieou.

— Personne au monde n'est plus gentil que vous. Je vous aime tant, Jeune Maître. Je vous aime plus encore que mes infortunés parents, ou que Frère Aîné.

Wen-sieou manqua lui dire qu'il avait revu Tchouen-yun, mais se mordit les lèvres à temps.

— Ne parle pas ainsi. Je suis sûr que maintenant encore, Tchouen-yun se fait du souci pour toi, plus que quiconque.

— Pourtant, il n'a jamais rien fait pour moi. Tandis que vous, vous m'avez donné à manger, et chaque soir, vous m'avez bercée dans vos bras. Vous rappelez-vous la nuit où je me suis réveillée en gémissant parce que j'avais rêvé de Maman ? Vous avez marché avec moi jusqu'à l'aube, nous sommes allés jusqu'à la porte de la Paix Céleste, je n'arrêtais pas de pleurer, et pourtant…

— Arrête, Lingling.

— Et pourtant vous ne m'avez pas abandonnée. Vous ne m'avez pas grondée, ni battue. Je vous revois encore, assis au milieu de la place, les mains autour des genoux. Vous vous êtes mis à pleurer vous aussi. Je me suis juré à ce moment-là de ne plus jamais verser de larmes. Jeune Maître, je vous en prie, fâchez-vous contre moi. Grondez-moi, criez-moi que je suis une femme légère, une débauchée. Frappez-moi !

— Allons, Lingling…

Wen-sieou se retourna, prit la jeune fille par les épaules. De sa chemise de nuit en désordre débordait une poitrine éblouissante de beauté. Wen-sieou leva la main pour rajuster le col du vêtement, mais Lingling le repoussa et se dénuda complètement le torse en le regardant droit dans les yeux :

— Prenez-moi dans vos bras, Jeune Maître, embrassez-moi les seins.

Elle avait à peine fini sa phrase qu'elle se jetait sur lui avec une souplesse de félin, et collait sa bouche sur la sienne.

Sa langue s'enroula un bref instant à celle de Wen-sieou, qui repoussa aussitôt la jeune fille.

— Que fais-tu, voyons ! Calme-toi, sinon je dirai tout à Tan Sseu-tong. Retourne dans ta chambre. Allez, va te coucher !

Lingling resta un instant assise sur le lit, l'air abattu. Puis elle inclina la tête pour s'excuser, avant de tourner son habituel visage souriant vers Wen-sieou :

— Pardon de vous taquiner ainsi, Monsieur. J'ai poussé la plaisanterie un peu loin, mais au moins, vous ne ferez plus de cauchemars. Bonne nuit.

Sur ce, elle partit en courant.

Pas de danger que je fasse un mauvais rêve ! songea Wen-sieou en se recouchant.

10

— Vénérable Intendant Petit Li ! Réveillez-vous ! C'est affreux !

Les cris des eunuques de garde réveillèrent Tchouen-yun en sursaut.

Deux visages blêmes se pressaient contre sa fenêtre.

— Pas tant de bruit, voyons ! Vous allez réveiller la Vénérable Aïeule !

Tchouen-yun enfila sa veste et sortit de sa chambre. L'air nocturne était chargé d'humidité.

Après avoir longé le palais de la Longévité Tranquille en étouffant le bruit de leurs bottes, les deux eunuques conduisirent Tchouen-yun au pas de course jusqu'aux Six Palais de l'Est. L'angle nord, où s'alignaient les bâtiments du *t'a-t'a-tch'ou*, grouillait d'eunuques que l'incident venait de tirer de leur sommeil.

Une foule de curieux était également agglutinée devant la porte de la chambre de Tchen le Neuvième. S'il y avait parmi eux tant de visages inconnus de Tchouen-yun, c'était à cause des mouvements de personnel engendrés par le proche départ de Tseu-hi : de nombreux eunuques du palais de l'empereur avaient emménagé récemment dans l'aile est.

— L'intendant Petit Li est arrivé, annonça un jeune castrat en faction devant la porte.

Aussitôt, la foule s'écarta pour livrer passage à l'intendant.

A peine entré dans la chambre, qui empestait l'opium et le vin, Tchouen-yun resta figé sur place : le corps sans vie de Tchen le Neuvième, vêtu d'une robe souillée, se balançait à la poutre maîtresse comme un vieux chiffon.

La lumière d'un candélabre allongeait l'ombre sinistre du cadavre. Dans un coin plus sombre, Tchouen-yun remarqua Lan-ts'in, assis contre le mur, l'air hébété.

— Aah... Frère Aîné !

Lan-ts'in leva la tête vers son ami comme pour se raccrocher à sa présence.

— Je venais d'emménager au *t'a-t'a-tch'ou*, et quand je suis arrivé ici, dans l'intention de rendre une visite de politesse à Tchen le Neuvième...

— Est-ce toi qui l'as découvert ?

Lan-ts'in hocha la tête en frissonnant. Tchouen-yun fit appeler les eunuques du service de la justice. Pendant qu'ils descendaient le corps de la poutre, Lan-ts'in resta assis dans son coin, dans un état second.

Le chef des eunuques chargés de veiller sur l'ordre au gynécée s'approcha de Tchouen-yun pour lui murmurer à l'oreille :

— Intendant Li... Ne trouvez-vous pas étrange l'attitude du chef du service privé de Sa Majesté l'empereur ?

Tchouen-yun se retourna, Lan-ts'in regarda aussitôt ailleurs.

— Il est de constitution trop frêle pour avoir pu faire quoi que ce soit à Tchen le Neuvième, poursuivit l'eunuque inspecteur, mais il est effrayé à un point anormal...

Tchouen-yun prit Lan-ts'in par le bras et l'entraîna dans la pièce voisine. Les petits apprentis, oubliant les règles élémentaires de politesse vis-à-vis d'un intendant, se pressèrent dans un coin de la pièce pour écouter. Tchouen-yun les chassa puis demanda à Lan-ts'in :

— Tu as vu quelque chose ?

Lan-ts'in, incapable de tenir debout, s'était accroupi dans un coin de la pièce.

— Tu sais quelque chose ? insista Tchouen-yun.

Lan-ts'in hocha la tête et se mit à chuchoter :

— Comme je venais d'emménager juste à côté, j'ai cru bon de ne pas attendre et d'aller saluer Tchen le soir même, parce qu'il est un des plus anciens eunuques du gynécée et qu'on le dit à cheval sur l'étiquette…

— Mais pourquoi venir en pleine nuit ?

— J'attendais le départ de son invité.

— Son invité ?

— Oui, il avait un visiteur. Ils ont bu et fumé de l'opium pendant un moment. Quand je l'ai entendu partir, je me suis présenté et…

— Parle clairement. Qui était ce visiteur ? Tu as dû le voir. Tu sais qui il est.

Tchouen-yun avait saisi son ami par le col. Lan-ts'in, apeuré, se couvrit le visage des deux mains.

— J'ai vu le vice-chef de palais Ts'ouei s'enfuir. Le Vénérable Tchen ne s'est pas pendu tout seul. C'est le vice-chef de palais Ts'ouei qui l'a assassiné !

Les lèvres de Tchouen-yun s'étaient mises à trembler, un gémissement de colère contenue lui échappa.

Ts'ouei Yu-kouei était l'homme de confiance de Li Lien-yin. Cet homme bien charpenté, à la musculature puissante, qui avait commencé sa carrière comme *san-tch'a*, n'avait sans doute eu aucun mal à pendre le malheureux Tchen, abruti d'alcool et d'opium.

Sans aucun doute, on avait assassiné Tchen le Neuvième pour l'empêcher de parler.

Les eunuques du service de la justice apportèrent un cercueil de cèdre tout simple. Quand il y avait un cadavre à la Cité Interdite, il fallait l'emporter le plus rapidement possible hors des enceintes. Ainsi l'exigeait la règle ancestrale de la Cité sacrée du Fils du Ciel.

Sans avoir eu le temps de verser une larme, Tchouen-yun dut allonger le corps sans vie de son ancien maître dans le cercueil tapissé de sciure de bois. En guise de rite de deuil, les pieds et le cou du mort furent liés avec des cordelettes de chanvre, afin qu'il ne puisse revenir à la vie. Pendant toute l'opération, les apprentis frappèrent sans discontinuer sur des baguettes d'exorcisme.

— Un instant ! s'écria soudain Tchouen-yun, au moment où les eunuques s'apprêtaient à refermer le cercueil.

— Je comprends ce que vous ressentez, Intendant Petit Li. Cependant, si on apprenait en haut lieu que nous avons tardé à emporter le cadavre hors des murs du palais, nous autres, du service de surveillance, serions tous sévèrement châtiés.

— Je le sais bien. Mais attendez un tout petit peu, j'en prends l'entière responsabilité.

Sur ces mots, Tchouen-yun se précipita hors du *t'a-t'a-tch'ou.* Il courut sur le chemin bordé de murs vermillon jusqu'à ses propres appartements, le long du mur d'enceinte du palais de la Longévité Tranquille, y prit un objet qu'il tenait à déposer dans le cercueil auprès de Tchen, et refit le chemin en sens inverse, courant toujours dans l'obscurité.

Il se rappelait comme si c'était hier des jours lointains passés auprès de Tchen au *t'a-t'a-tch'ou.* Tchen était un indécrottable fainéant mais avait été pour Tchouen-yun le meilleur des maîtres. Tchouen-yun se rendait compte à présent à quel point les enseignements de ce maître paresseux lui avaient été précieux pour survivre dans ce palais obscur, aux préceptes sévères et aux coutumes à mille lieues de celles du monde ordinaire. Au moins, grâce à Tchen, le jeune apprenti qu'il était alors avait su garder un cœur d'homme.

Le présent qu'il s'apprêtait à lui faire était la seule façon de payer sa dette envers lui. Il n'avait pu jusque-là racheter le *pao* de Tchen qui valait fort cher : comme il était le plus ancien eunuque du gynécée, les intérêts s'étaient accumulés. Non pas que Tchouen-yun l'eût oublié dans sa liste, mais le *pao* de Tchen valait à lui seul le prix de ceux de vingt jeunes eunuques, si bien que Tchouen-yun remettait sans cesse son rachat à plus tard.

A son retour, il trouva tous les eunuques agenouillés à la faible lueur des chandelles, dans un silence de mort.

Soudain, la voix stridente du chef de palais se fit entendre :

— Tchouen-yun, où étais-tu ? Je suis venu voir la cause de tout ce raffut et voilà que je trouve ici un cadavre impur qu'on n'a pas emporté aussitôt hors des murs ! Refermez vite le couvercle ! Il est hors de question de laisser plus longtemps à l'intérieur du palais le cadavre d'un eunuque que l'opium a rendu fou et qui s'est pendu ! Pas la peine de se perdre en cérémonies inutiles ! Il n'y a qu'à le jeter aux chiens dans la ruelle des Vieux Nobles, les maîtres des lieux pourront lui chanter des sûtras s'ils le veulent !

Parmi les silhouettes des vigoureux *san-tch'a* qui entouraient le chef de palais, Tchouen-yun reconnut celle de Ts'ouei Yu-kouei.

— Attendez, Vénérable Li !

Le chef de palais tourna vers Tchouen-yun son visage chevalin au teint olivâtre et éclata d'un rire odieux.

— Tchouen-yun, la Vénérable Aïeule ne pardonnerait à personne pareille négligence, même à toi qui lui plais tant. Prépare-toi à recevoir cent coups de bâton.

— Cent ou deux cents, peu m'importe ! répliqua Tchouen-yun sans même s'agenouiller devant Li Lien-yin.

Les eunuques présents n'en crurent pas leurs oreilles, et rentrèrent le cou dans les épaules de peur.

Tchouen-yun ne s'arrêta pas là. Il bouscula Ts'ouei qui s'avançait déjà vers lui d'un air réprobateur, repoussa Li Lien-yin et s'approcha du cercueil. S'agenouillant près du cadavre, il frappa le sol de son front plusieurs fois en murmurant d'une voix étranglée :

— Vénérable Tchen le Neuvième, mon Maître. Votre humble esclave n'a jamais pu payer sa dette envers vous. Selon les règles du palais, je ne puis chanter un seul sûtra, ni brûler un seul bâtonnet d'encens pour le repos de votre âme, mais je vous offre ce modeste présent. Acceptez-le.

Il déposa alors sur l'entrejambe souillé d'urine du cadavre la fiole contenant son propre trésor, ainsi que l'attestait le nom calligraphié sur le petit carré de soie attaché au col : *Li Tchouen-yun.* A cette vue, les eunuques présents se mirent à gémir en chœur :

— Intendant Li, que faites-vous ? Vous serez contraint de renaître sous forme de mule !

Lan-ts'in se précipita vers son ami et le prit à bras-le-corps :

— Arrête, Frère Aîné ! Ne fais pas ça !

Il y eut un silence puis le rire moqueur et strident du chef de palais s'éleva :

— Oh oh ! Quel charmant spectacle ! Le Roi des Enfers en personne se laisserait attendrir par une charité poussée aussi loin ! Tu seras peut-être le seul eunuque à te présenter devant Yama sans ton trésor et à ne pas être obligé de renaître en mule ! Ou peut-être as-tu une arrière-pensée en montrant une si inlassable compassion envers tous les castrats : chercherais-tu par hasard à en faire tes protégés pour mieux me supplanter ? Tu n'y parviendras pas ! Je suis peut-être vieux mais je ne laisserai pas un blanc-bec tel que toi me tourner en ridicule !

Agitant violemment les manches de sa veste, le chef de palais ordonna aux *san-tch'a* :

— Administrez deux cents coups de bâton à l'intendant Petit Li, ici même ! Battez-le à mort !

Mais les musculeux *san-tch'a*, mués en statues de sel, ne levaient pas le petit doigt.

— Qu'y a-t-il ? Commandant Lou, frappe !

Une silhouette se détacha du groupe : le chef des *san-tch'a*, celui que l'on surnommait « l'Equarrisseur », tira son gourdin de son étui de cuir et s'avança vers Tchouen-yun. Cependant, à peine eut-il fait siffler le bâton dans les airs pour s'encourager lui-même à la tâche que ses muscles se relâchèrent comme un ballon dégonflé. Lâchant son gourdin, l'Equarrisseur tomba à genoux devant Li Lien-yin et frappa son front à terre :

— Pardonnez-moi, Vénérable Li ! Votre humble esclave ne peut porter la main sur l'intendant Petit Li.

Le chef de palais souleva un sourcil :

— Si tu n'exécutes pas la sentence, c'est toi qui recevras la bastonnade.

— Cela ne fait rien. J'ai une dette envers l'intendant Petit Li.

— Tu lui as emprunté de l'argent ? Sa mort annulera ta dette, estime-toi heureux.

— Cependant, je ne puis le frapper.

Li Lien-yin et Ts'ouei échangèrent un regard. Le chef des *san-tch'a* poursuivit :

— L'intendant Petit Li a racheté mon trésor auprès de Liu la Fine Lame, le castrateur de la porte de la Paix Terrestre, qui m'a tourmenté pendant des années. L'intendant a dit qu'il rachetait nos trésors avec de l'argent alloué par l'Etat aux vieux eunuques, mais chacun sait que la chose est impossible. L'intendant Petit Li utilise ses propres deniers pour racheter les trésors des misérables eunuques sans le sou que nous sommes.

— Impertinent ! hurla le vice-chef de palais Ts'ouei en ramassant le gourdin de Lou.

L'Equarrisseur, attrapant l'extrémité du bâton, s'exclama :

— Vous ne pouvez pas faire ça, Vénérable Ts'ouei ! Vous ne pouvez pas ! Cela vous conduirait tout droit en enfer !

Mais le Vénérable Ts'ouei assena sans sourciller un coup de pied dans la mâchoire de l'Equarrisseur du bout de sa chaussure, puis lui administra une violente poussée dans le dos. Il était maintenant debout devant Tchouen-yun.

— Je ne supporterai pas qu'un être comme toi nous supplante, Tchouen-yun. Je vais te tuer !

Tchouen-yun leva la tête vers Ts'ouei Yu-kouei : le visage du vice-chef de palais était horrible à voir. En même temps que sa virilité, le castrateur avait dû trancher une partie de son âme d'homme.

Tchouen-yun, agenouillé jusque-là près du cercueil, se releva pour faire face au vice-chef de palais, un homme que tous les eunuques craignaient plus encore qu'un démon, et qui, à côté du petit Tchouen-yun, faisait figure de géant. Je ne me laisserai pas vaincre, pensa Tchouen-yun de toutes ses forces, je ne dois pas m'avouer vaincu.

— Tchen le Neuvième, dit-il alors, était le plus grand fainéant du gynécée. Il s'enivrait d'opium et d'alcool, passait ses nuits à jouer, c'était un bon à rien, mais il m'a appris beaucoup de choses. La façon de supporter la bastonnade, imiter le chant des oiseaux, jouer aux échecs et aux cartes, lutter au corps à corps et me battre à coups de poing. Dans cette vie dépourvue de joie, Tchen le Neuvième m'a enseigné en secret les jeux d'un enfant ordinaire. Mais de vous, Vénérable Ts'ouei, de vous, je n'ai jamais rien appris.

Ts'ouei gronda comme une bête sauvage.

— Je vais te tuer…

— A celui qui a déjà tué, rien ne coûte de recommencer, n'est-ce pas ?

Ts'ouei écarquilla les yeux. Tchouen-yun se tourna alors vers Li Lien-yin dont le sourire s'était figé.

— Chef de palais Li, avez-vous donné à Tchen la récompense de cinq cents taels que vous lui aviez promise ?

— De quoi parles-tu ?

— Si vous l'avez fait, accomplissez donc votre seconde promesse.

— Que racontes-tu ?

— Il serait impensable que vous donniez Tchen aux chiens. Faites plutôt emporter le cercueil au temple de la Réserve de Trésors comme vous le lui aviez promis, et offrez-lui une cérémonie digne de ce nom.

Li Lien-yin regarda autour de lui d'un air déconcerté, puis ordonna aux eunuques présents en agitant ses longues manches :

— Donnez la bastonnade à cet impertinent qui ose manquer de respect au chef de palais ! Dix taels d'argent à celui d'entre vous qui le frappera, cent taels à qui le battra à mort !

Tous les eunuques s'étaient relevés et entouraient maintenant le chef de palais, mais pas un ne faisait mine d'obéir à son ordre.

— Allons, qu'attendez-vous ? Cent taels d'argent !

Une voix murmura dans la foule :

— Nous ne voulons pas de votre argent.

— Qui ose parler ainsi ? Mes ordres sont les ordres de la Vénérable Aïeule !

Une autre voix répondit :

— Jamais la Vénérable Aïeule n'ordonnerait une chose pareille. Elle connaît Tchouen-yun mieux que personne.

Les eunuques s'étaient mis à murmurer comme pour maudire Li Lien-yin.

— Celui qui battra à mort l'intendant Petit Li ne renaîtra pas sous forme de mule…

— … mais sombrera dans les enfers infinis !

— Même pour mille taels nous ne le ferions pas.

L'intérieur du *t'a-t'a-tch'ou* grouillait d'eunuques, accourus de toutes parts.

Le vieux chef de palais désigna quelqu'un dans cette foule : l'intendant Tchao, de la troupe d'opéra impériale.

— Tchao ! Toi, tu t'en chargeras, n'est-ce pas ? Tchouen-yun a pris ta place. A cause de lui, tu n'as plus que des rôles de femmes de second ordre.

L'intendant Tchao secoua catégoriquement sa tête aux traits doux et réguliers qui convenait parfaitement aux rôles féminins.

— Impossible ! Tchouen-yun a été mon maître. Je me pendrais moi aussi ici même, plutôt que de frapper mon maître à mort.

Des eunuques formaient maintenant plusieurs cercles protecteurs autour de Tchouen-yun. Un vieux cuisinier des cuisines impériales déclara alors à bon escient :

— Vénérable Li, nous, les eunuques, sommes la lie de la terre, mais nous avons une conscience humaine. Ce n'est pas parce que le castrateur a tranché nos parties intimes qu'il a supprimé toute humanité en nous. Tchouen-yun est un homme juste. Même vous, vous ne pouvez ignorer cela.

— Trêve de raisonnements oiseux ! Je suis le chef de palais, je représente la Vénérable Aïeule !

— Vous n'êtes qu'un scélérat. Et le vice-chef de palais Ts'ouei également. Dans l'ombre de mes fourneaux, j'ai suivi votre carrière, à tous les deux. Vous n'avez pas le moindre mérite. Tout ce que vous avez fait, c'est d'empocher des pots de vin, exercer des sévices, baisser la tête devant plus haut que vous et écraser vos inférieurs. Si c'est là ce qu'on appelle une carrière, alors n'importe qui peut devenir chef de palais. Mais Tchouen-yun, lui, depuis son arrivée ici en tant qu'apprenti, n'a jamais commis la moindre exaction. Regarde bien, Vénérable Li !

Le vieil eunuque, protégé par une rangée de ses camarades, avait saisi le bras de Tchouen-yun et l'avait attiré contre lui.

— Regarde ! Voilà le premier eunuque qui ait fait carrière, non pas grâce à la faveur de la Vénérable Aïeule, mais grâce à la recommandation de tous les eunuques. Il y a dix ans, l'intendant Tchao, chef de la troupe du Département du Sud, lui a donné son premier rôle principal. Puis tous les eunuques l'ont recommandé pour le service privé de la Vénérable Aïeule. Et sais-tu pourquoi, Vénérable Li ? Parce que Tchouen-yun était notre rêve à nous tous, pauvres castrats battus et brimés. Contemple cet homme, Chef de palais Li ! Il a renoncé à sa virilité, renoncé à tout, sauf à sa fierté d'homme ! Voilà pourquoi il est capable d'offrir son trésor à Tchen le Neuvième comme si de rien n'était. Regarde-le, ne détourne pas les yeux ! C'est un dieu qui se tient devant toi. Pas un dieu lointain que l'on vénère ou que l'on supplie, mais un dieu toujours présent aux côtés des pauvres, qui leur redonne espoir par sa seule présence. Nous lui sommes tous reconnaissants. Si tu veux le tuer, tu devras me tuer d'abord. Ainsi, je gagnerai peut-être le paradis.

Le vieil eunuque s'était mis devant Tchouen-yun pour lui faire un bouclier de son corps. Il s'avança d'un pas pour prouver sa résolution, et aussitôt, le cercle des eunuques se resserra autour de lui et de Tchouen-yun.

— Soyez maudits ! Et rappelez-vous tous ceci – toi aussi, Tchouen-yun – : je ferai part de cet incident à la Vénérable Aïeule, et je veillerai à ce qu'aucun de vous n'échappe à son châtiment.

Sur cette dernière réplique, le chef de palais et son complice quittèrent le *t'a-t'a-tch'ou* comme deux malandrins en fuite.

Bouleversé, Tchouen-yun fit du regard le tour des visages présents. Il lui semblait être redevenu le jeune apprenti d'autrefois, à peine entré à la Cité Interdite.

— Je vous demande pardon à tous. Je suis allé trop loin, cela va causer des ennuis à tout le monde…

Comme fauchés par le regard de Tchouen-yun, les eunuques tombèrent l'un après l'autre à genoux et, les bras allongés droit devant eux, posèrent leurs fronts à terre.

— Allons, allons, arrêtez. Voyons !

Lan-ts'in releva alors la tête d'un air triomphant et déclara :

— Frère Aîné, la Vénérable Aïeule ne te punira pas. Au contraire, tu seras bientôt nommé chef de palais, j'en suis sûr.

— Le chef de palais Li Tchouen-yun, notre Frère Aîné !
— C'est toi qui monteras dans le palanquin abricot !
— Vive notre Petit Li !
— Vive notre Frère Aîné !

Même Tchen le Neuvième semblait sourire dans son cercueil.

Ils m'appellent Frère Aîné... songea Tchouen-yun, tandis que l'image de son propre frère aîné, le vaillant chef de la bande de garnements du village, s'imposait à sa mémoire.

11

La gare de Ma-tcha-pao, point de départ du chemin de fer qui reliait Pékin à Tientsin, se trouvait au milieu d'une vaste plaine, à six lis, soit environ trois kilomètres, au sud de la porte de la Loi Eternelle de la ville extérieure.

La porte de la Loi Eternelle étant située au sud du temple du Ciel, à plus de vingt lis de la porte Qui Fait Face au Soleil, qui donnait sur la ville intérieure, la situation de cette gare était on ne peut plus incommode pour les étrangers, premiers utilisateurs du train.

Les commerçants et fonctionnaires chinois commençaient cependant à utiliser eux aussi ce « véhicule de feu » dont l'arrivée les avait tant surpris au début.

De nombreuses pétitions demandaient l'extension de la ligne jusqu'à l'intérieur de Pékin afin de disposer d'une gare mieux située, mais l'impératrice douairière refusait obstinément. Pour elle, le « véhicule de feu » n'était qu'une bête sauvage, le symbole de l'invasion des diables étrangers, un moyen de transport diabolique qui gâterait le paysage de la capitale impériale.

Par conséquent, lorsque, le jour même de son départ pour le palais d'été, la souveraine exprima le désir de passer par la gare de Ma-tcha-pao pour voir le train, les fonctionnaires et les eunuques présents en furent renversés de surprise. Non seulement elle voulait voir le « véhicule de feu » de ses yeux, mais aussi se rendre compte des progrès de la construction de la ligne qui devait relier Pékin à Hankou.

Elle haïssait tant le train autrefois qu'elle était allée jusqu'à faire creuser une fosse dans la banlieue de Tientsin pour y enterrer la locomotive de Li Hong-tchang. Le fait qu'elle eût donné son accord pour la construction de la ligne Pékin-Hankou était déjà un revirement surprenant de sa part, et voilà qu'elle exprimait le souhait d'aller se rendre compte des travaux sur place ! Tout le monde avait l'habitude des lubies de Tseu-hi, mais comment concevoir pareil caprice, à la veille de son départ pour Yi-he-yuan ?

Cette idée soudaine, cependant, n'était pas sans raison. Une raison que Tseu-hi était seule à connaître, et qu'elle n'avait avouée à personne en dehors du fidèle Tchouen-yun.

Par cette belle après-midi d'été, une fois tous les préparatifs de son départ pour Yi-he-yuan achevés, l'impératrice douairière était sortie se promener dans les jardins du palais de la Longévité Tranquille.

Le lendemain, elle quitterait ce palais pour ne jamais y revenir peut-être. Elle devait s'y résoudre. Prise dans ces pensées, elle resta à contempler le jardin jusqu'à la tombée du jour.

Comme d'habitude, elle gravit la colline de rochers entourée de murs vermillon située dans un coin du parc.

Contournant les troncs de pins et de cèdres dont les racines s'agrippaient dans les interstices des pierres, attentive à l'endroit où elle posait ses pieds chaussés de hautes chaussures qui la déséquilibraient aisément, elle alla se recueillir devant un autel bouddhiste puis grimpa jusqu'au sommet, couronné d'un vieux pin majestueux dont les racines entouraient un énorme roc.

Le spectre de Ch'ien-lung demeura invisible. L'apparition qu'elle avait régulièrement rencontrée ici des années durant n'était-elle donc qu'une illusion due au surmenage causé par le poids des affaires de l'Etat ? Ou bien, maintenant que sa décision de se retirer était prise et son esprit apaisé et libéré de ses tourments, n'avait-elle plus besoin de lui ?

A cette pensée, Tseu-hi se sentit le cœur aussi léger qu'un prisonnier libéré de ses fers.

Elle contempla une dernière fois l'amoncellement de rochers. Les rayons du soleil couchant brillaient entre les bosquets.

Il n'y a rien ici, songea l'impératrice. Ni douleur, ni désir, ni doutes, ni passions.

Elle poussa un profond soupir de contentement à l'idée des jours sereins qu'elle allait couler désormais, mais un affreux soupçon la glaça soudain :

— Grand-père Ch'ien-lung... se mit-elle à supplier comme une enfant perdue. Où êtes-vous ? Répondez-moi !

Ses murmures se perdirent en vains échos sur les rochers.

— Ce n'est pas possible... Vous n'êtes tout de même pas parti tourmenter Tsai-t'ien maintenant ? Dites, Grand-père Ch'ien-lung, vous n'allez pas lui raconter les mêmes horribles histoires qu'à moi ? Montrez-vous, je vous en supplie !

Seuls lui répondirent les pépiements des oiseaux et le bruissement des branches sur la colline, traversés parfois par le cri sinistre d'un corbeau planant dans le ciel du soir.

Une nouvelle angoisse étreignit alors Tseu-hi.

Maintenant qu'elle avait renoncé au pouvoir, le spectre de Ch'ien-lung ne lui apparaîtrait plus, mais n'allait-elle pas se trouver en butte à diverses vengeances ? Les bretteurs à la solde des réformateurs qui rôdaient en bandes à la capitale, les républicains qui, disait-on, commençaient à infester le Sud de la Chine, n'allaient-ils pas tous s'en prendre à sa vie ?

Elle redescendit la colline en toute hâte, franchit comme un boulet l'ouverture hexagonale du mur qui y donnait accès.

— Tchouen-yun, où es-tu ? Où est l'intendant Petit Li ?

Tchouen-yun accourut aussitôt à l'avant du cortège qui attendait la souveraine, et se prosterna aux pieds de sa maîtresse.

— Votre humble esclave est auprès de vous, Vénérable Aïeule. Ordonnez, et j'obéirai.

— J'avais oublié... Il y a un complot contre moi, on en veut à ma vie. J'avais complètement oublié... Le bruit court que je serai attaquée sur la route du palais d'été.

Où et quand avait-elle entendu dire cela ? Elle se le rappela soudain. Jong-liu l'avait mise en garde : un assassin se préparait à lancer une bombe dans le cortège, pendant le trajet vers Yi-he-yuan.

— J'avais oublié... Tout le monde sait que je pars demain. C'est trop dangereux.

— Désirez-vous changer la date du voyage ?

— Quand sera le prochain jour faste, au cas où il y aurait de l'orage demain ?

— Dans douze jours. Cependant, d'après les prévisions des astronomes, demain est le seul jour sans pluie et sans vent.

Tchouen-yun était embarrassé. Retarder sans raison la date du départ éveillerait les soupçons de ceux qui observaient ostensiblement les préparatifs du déménagement de l'impératrice douairière. Tchouen-yun réfléchit un instant, puis s'approcha à genoux de Tseu-hi.

— Il faudrait invoquer une maladie subite, ou sinon...

Mais la souveraine tartare sans détours n'avait aucun goût pour le mensonge, même dans les situations les plus délicates.

— Non, je me refuse à contrefaire la malade. Plutôt que la date, changeons donc le trajet. J'éviterai ainsi les pièges.

D'ordinaire, pour gagner le palais d'été, le palanquin impérial quittait la Cité Interdite par la porte du Génie Militaire au nord, puis faisait le tour de la Colline de Charbon pour franchir la porte de la Paix Terrestre, longeait le lac Chichahohai et quittait la ville par la porte nord-ouest des faubourgs extérieurs. Le cortège montait alors en bateau à l'embarcadère du temple de la Longévité, puis remontait le canal jusqu'au pont Louo-gouo-ts'iao, à l'entrée du palais d'été. L'ensemble du trajet représentait une vingtaine de lis ; comme le somptueux cortège avançait lentement, il fallait compter presque une demi-journée pour le parcourir.

— Vénérable Aïeule, c'est une heureuse idée. Cependant, le brusque changement d'un trajet fixé depuis de longues années pourrait donner lieu à des spéculations diverses.

— Tous mes mouvements sont donc paralysés !

Tseu-hi soupira. Son esprit au courage inébranlable n'était jamais à court d'idées. Après avoir regardé longuement le ciel comme pour y déchiffrer quelque présage, elle déclara d'un ton décidé :

— Très bien, j'irai voir le « véhicule de feu ».

Un murmure s'éleva parmi les dames de cour et les eunuques.

— Li Hong-tchang m'a reproché autrefois de condamner ce moyen de transport et de le maudire avant même d'avoir pu juger de ses avantages. A la réflexion, il avait raison. En empruntant la porte de la Paix Terrestre puis la porte de la Loi Eternelle pour quitter la ville, la gare de Ma-tcha-pao n'est pas très éloignée. Je me rendrai donc à Yi-he-yuan en faisant un détour pour visiter la gare et me rendre compte des progrès de la nouvelle ligne, qui sera l'une des toutes premières réalisations du gouvernement de l'empereur. Qu'en penses-tu, Tchouen-yun ? Ainsi personne ne trouvera à redire à mon changement d'itinéraire.

Certes, la visite de la gare par l'impératrice douairière soulèverait un grand étonnement, mais par ailleurs, elle signifierait aussi que Tseu-hi acceptait de bon cœur la passation des pouvoirs à son neveu.

Le front soucieux de Tchouen-yun s'éclaira :

— C'est une merveilleuse idée. En partant tôt le matin, vous serez au palais d'été avant le soir, même en faisant un détour pour visiter la gare.

— Si la nuit tombe, nous pourrons faire étape à l'ermitage des Bambous Pourpres. Je n'ai pas besoin de mes gardes du corps, confions plutôt la protection du cortège à la garde personnelle de l'empereur.

Modifier le programme la veille même du voyage était certainement le plan le plus sûr pour éviter tout incident sur le trajet. Et même si un assassin se dissimulait quelque part dans le cortège, il y avait de fortes chances que ce fût parmi les gardes du corps, car la garde impériale des Huit Bannières était le corps d'armée le plus dégénéré et le moins fiable de l'empire. Tseu-hi savait fort bien qu'il ne régnait plus aucune discipline militaire dans la garde impériale et que ses soldats n'étaient qu'un ramassis de mercenaires vénaux. Depuis longtemps déjà, elle savait qu'il était plus sûr, lors de ses déplacements, de faire protéger son escorte par la garde de l'empereur qui, elle, était sous le commandement direct de son fidèle vassal Jong-liu, et dont le commandant était le propre frère cadet de la souveraine, le général Kouei-siang.

C'est ainsi que fut décidé le détour par la gare de Matcha-pao.

Bien avant l'aube, Oka Keinosuke et Thomas Burton s'étaient installés, pour guetter l'arrivée de l'impératrice douairière, au balcon d'un restaurant occidental, nommé *Jardin du Printemps Ensoleillé*, situé juste devant la gare.

La vieille bâtisse à un seul étage du *Jardin du Printemps Ensoleillé*, tout à fait dans le style de ce quartier désolé, évoquait quelque peu un saloon du Far West, mais jouissait néanmoins d'une solide réputation auprès de tous les résidents étrangers de Pékin, pour la bonne raison qu'on y trouvait d'authentiques ragoûts, bien supérieurs à ceux que servaient des restaurants de nationalité indéterminée à l'intérieur de la concession étrangère.

Le secret de ce goût exceptionnel reposait sur les talents du chef, un authentique Marseillais. En outre, l'établissement était le fournisseur officiel du wagon-restaurant de la ligne Pékin-Tientsin. Autrement dit, le terrain sur lequel était bâti le *Jardin du Printemps Ensoleillé* ressemblait plus à une extension de la concession de Tientsin qu'à la banlieue de Pékin. Ce qui ne l'empêchait pas d'arborer sur sa devanture, tout comme dans les wagons-restaurants de la ligne, un panonceau proclamant : *Interdit aux Chinois et aux chiens.*

Lorsque le ministère des Affaires Générales de Pékin avait prévenu les journalistes étrangers de se réunir à la gare pour un reportage, tout le monde avait considéré le balcon de ce restaurant comme l'endroit le plus indiqué.

Le premier étage était en effet pourvu d'un balcon, idéal pour la circonstance. La façade aux airs de saloon américain, jaunie par le sable et les rayons d'un soleil torride auquel rien ne faisait obstacle sur la vaste plaine, ne retrouvait ses allures de restaurant français méridional que les lendemains de pluie. Cependant il pleuvait si peu dans la région que bien rares étaient ceux qui se rendaient compte que la façade du *Jardin du Printemps Ensoleillé* était à l'origine peinte en blanc.

Sur le balcon du premier étage, des appareils photo fixés sur leurs trépieds attendaient, alignés comme autant de canons. Oka et Burton, installés à la table la plus proche de la gare, rongeaient leur frein en regardant se rapprocher le nuage de sable que soulevait au loin le cortège impérial, aux alentours de la porte de la Loi Eternelle.

Les six lis qui séparaient la gare des remparts de la ville extérieure étaient une sorte de no man's land désertique, sans arbres ni habitations. Une heure s'était déjà écoulée depuis que le cortège était apparu au loin, mais il ne semblait toujours pas se rapprocher.

Son carnet ouvert devant lui, Oka réfléchissait, se demandant comment il pourrait raconter la scène à ses lecteurs japonais, tant tout cela était impossible à imaginer.

Burton, l'air désœuvré, observait son compagnon.

— Même à la jumelle, le cortège n'a pas grandi d'un centimètre depuis une heure. Difficile d'expliquer ça à des lecteurs japonais.

— Pas le peine d'essayer, dans ce cas. Cela ressemblerait aux *Voyages* de Gulliver.

Burton en était à son deuxième soda. Sa veste de lin neuve était déjà trempée de sueur quand les cavaliers en avant-garde du cortège impérial arrivèrent sur la place devant la gare.

— Tiens, la garde de l'empereur. Voilà qui est rare, remarqua Burton tandis que les appareils photo commençaient à crépiter.

— A quoi la reconnais-tu ?

— Regarde. Ils ont tous des bannières jaunes.

— La garde impériale ne comprend pas les Huit Bannières mandchoues ?

— Normalement, l'armée des Huit Bannières est l'armée officielle des empereurs mandchous, mais aujourd'hui elle n'en a plus que le nom. C'est un ramassis de fumeurs d'opium. Seule la garde personnelle de l'empereur, qui a le devoir de protéger Sa Majesté, a conservé une stricte discipline militaire.

Les cavaliers, montés sur de petits chevaux mongols, brandissaient des lances aux hampes rehaussées de bannières jaunes. Revêtus de l'armure traditionnelle mandchoue, ils portaient à la taille de petits arcs en forme de demi-lune, et au côté, de long sabres recourbés, très maniables à en juger par la façon dont ils les brandissaient au-dessus de leurs têtes.

Tandis que les cavaliers faisaient le vide sur la place en chassant les badauds à grands moulinets de lances, la tête du cortège de l'impératrice douairière arriva à son tour.

Les journalistes, en proie aux violentes morsures du soleil du désert, étaient bien malheureux sur leur balcon, mais les trois palmiers à chanvre qui poussaient devant le restaurant l'étaient plus encore : leurs larges feuilles, qui avaient servi jusque-là à protéger quelque peu les correspondants étrangers de la brûlure du soleil, furent arrachées sans pitié sous prétexte qu'elles bouchaient la vue, dès que la procession eut fait son apparition sur la place.

— Il n'y a pas urgence, fit Burton d'un ton apaisant à Oka qui se penchait déjà par-dessus le balcon pour ne rien manquer de cet instant historique. Nous irons voir sur le quai une fois que tout le cortège sera là.

— Hein ? Mais les journalistes ont ordre de ne pas bouger de leurs places.

— Tu ne vas pas tarder à comprendre que les gens de ce pays ont un grand respect pour les règles mais sont aussi très mal élevés.

La puissante locomotive suivie de plusieurs wagons, déjà en place sur le quai, sifflait sans interruption comme pour accueillir la visiteuse de marque.

La procession était interminable. Les gardes impériaux arpentaient le bord extérieur, fusil ou arc à la main. Au milieu d'une rangée d'eunuques tendant des ombrelles rouges assorties, avançait un groupe de grands castrats et de dignitaires en vêtements de cour, des aigrettes en plumes de paon tremblant à leur bonnet. D'innombrables bannières, montées sur des hampes incroyablement longues, flottaient au vent. On remarquait peu de cavaliers, presque tout le cortège allait à pied.

Bientôt arriva une calèche tirée par quatre chevaux, aux quatre côtés tendus de rideaux jaune vif.

— Regarde, Tom. La pauvre, elle ne doit rien voir du paysage derrière tout ça.

— Elle préfère se priver du paysage que d'être aperçue par les gens du commun. Mais quand elle descendra de voiture, ce sera différent. Imagine, c'est une chance unique dans la vie de tous ces gens, ils vont pouvoir rendre hommage à un Bouddha vivant !

C'était sans aucun doute la raison pour laquelle une telle foule s'était précipitée à la gare, en apprenant, sans qu'on sût d'où ni comment la nouvelle avait filtré, que l'impératrice douairière devait s'y rendre.

Derrière la calèche impériale venait un groupe de musiciens de la cour frappant vaillamment sur des gongs et des lithophones, créant des sons étranges qui semblaient faire écho aux mouvements des bannières flottant au vent. Derrière l'orchestre avançaient six interminables rangées de soldats, d'eunuques et de mandarins.

Des journalistes de tous les pays observaient la scène à la jumelle, criant les noms de tel ou tel prince ou dignitaire qu'ils reconnaissaient ; les photographes pointaient aussitôt leurs appareils vers la personnalité désignée. A cette distance, malheureusement, les lunettes d'Oka ne lui étaient d'aucune utilité, et sa vue se brouillait à force de regarder à la jumelle, aussi pressait-il Burton de questions.

— Sur le cheval moucheté, là, c'est le prince Tsai-yi, commentait l'Américain. Et à côté, sur le cheval gris, c'est le prince de sang Tch'ouen Tsai-fan, frère cadet de l'empereur. Juste derrière lui, ce doit être le prince Yi-kouan. Quelle brillante assemblée ! Une véritable exposition des membres de la famille impériale !

Les journalistes présents au balcon avaient cessé de bavarder entre eux pour noter les explications détaillées de Burton.

— Tom, Li Tchouen-yun est là !

— Où ça ? Ah oui, le voilà ! fit Burton en dirigeant sa lorgnette vers un jeune eunuque qui courait le long de la calèche impériale. Il a une pierre bleue à son bonnet. Fonctionnaire de quatrième, non, de troisième rang ! C'est bien lui.

— Et les deux qui précèdent la calèche, qui sont-ils ?

— Le chef de palais Li Lien-yin, le plus puissant de tous les eunuques. Et à côté de lui, ce doit être le général Jong-liu.

En entendant Burton prononcer ce nom, tous les journalistes au balcon se mirent à chercher la silhouette du général, qu'ils considéraient comme le personnage clé du moment.

— Je ne vois pas le *president* Li. Vu son grand âge, il a peut-être voulu s'épargner les fatigues d'un long trajet, et est parti en avance pour Yi-he-yuan avec l'empereur.

A ce moment, un haut dignitaire monté sur un cheval noir passa juste sous le balcon.

— Et celui-là ?

— Un mandarin de quatrième rang, dont j'ignore le nom. Un Mandchou, apparemment.

— Il regarde par ici.

— Il doit faire partie du ministère des Affaires Générales. Il a charge de surveiller les étrangers, sans doute.

Le dignitaire à la peau étonnamment claire passa lentement, la tête levée vers les rangées de viseurs des appareils installés au balcon.

La calèche de Tseu-hi s'arrêta à côté de la gare et un tunnel de soie jaune fut aussitôt tendu jusqu'à l'entrée de l'enceinte. La foule se précipita de ce côté.

Comme l'avait prédit Burton un instant plus tôt, la foule, au mépris de toutes les lois, s'était jetée en avant, chacun voulant arriver le premier, ce que voyant, des patrouilles armées de sifflets ainsi que des gardes impériaux s'étaient mis à courir aussi vers les badauds. Il ne resta plus de chaque côté de la route que les étals abandonnés des marchands ambulants.

— Allons-y !

Au signal de Burton, tous les journalistes descendirent en courant du balcon.

— Laissez vos appareils photo, et ne sortez pas vos carnets, vous vous les feriez confisquer. Prenez l'air de diplomates !

Burton qui courait en criant des ordres en tête du groupe de journalistes, avait l'air du commandant d'une armée étrangère ordonnant l'assaut.

L'enceinte de la gare était pleine à craquer. Le seul semblant d'ordre dans cette foule où se mêlaient gens du peuple et mandarins, était représenté par les silhouettes des gardes impériaux, figés çà et là comme des statues.

Derrière la grossière barrière de bûches reliées par des cordes dressée à l'entrée du quai, une rangée de soldats, lances à la main, montait la garde. Burton et Oka, fendant la foule, se frayèrent un chemin jusque-là.

— On ne voit rien !

Au bout du quai, un groupe d'eunuques maintenait tendue une tenture jaune, au-dessus de laquelle on voyait apparaître et disparaître les plumes de paon des aigrettes. Les échos de l'étrange concert de musique de cour résonnaient toujours.

De temps en temps, un coup de sifflet retentissait, des cris fusaient dans la foule. Le quai était bondé, les gens étaient descendus jusque sur les rails. Si la locomotive s'était mise en branle à ce moment-là, plus de cent personnes auraient aussitôt péri écrasées.

Ce désordre étrange est impossible à décrire dans un article, songea Oka. Puis une idée lui vint pour commencer son papier :

Le peuple chinois, si respectueux des rites, a pourtant de très mauvaises manières. Il est étrange de constater que des militaires et des mandarins formés à une longue tradition d'ordre s'avèrent incapables de maîtriser une foule de plusieurs milliers de personnes. Sans doute la tradition chinoise s'interdit-elle de châtier la liesse populaire. Impuissant à trouver des mots capables de décrire cette extraordinaire confusion, je ne puis que rester figé sur place sur ce quai de la gare de Ma-tcha-pao…

Hum. Bon début.

12

Tout en se promenant dans la foule pour interroger les gens, Oka Keinosuke tentait de définir l'émotion et l'excitation que le peuple manifestait naturellement envers l'impératrice douairière. Tous ceux à qui il s'adressait, le prenant peut-être pour un Chinois, répondaient à ses questions en cherchant à lui faire partager leur liesse.

Le simple fait de se trouver si près du Vieux Bouddha semblait les émouvoir profondément. Tous sans exception vantaient ses mérites.

Sans aucun doute, l'image négative de Tseu-hi qui circulait en ville avait été fabriquée de toutes pièces par les étrangers. Les grandes puissances, qui ne songeaient qu'à dépecer la Chine le plus vite possible pour la coloniser, avaient beau faire pression par tous les moyens pour propager la mauvaise réputation de Tseu-hi, ils ne pouvaient changer la façon de penser d'un peuple d'illettrés. Si le peuple avait eu à choisir par un vote direct ceux qui le gouvernaient, le résultat n'aurait laissé planer aucun doute, songeait Oka. Mais naturellement, il ne pouvait formuler cette conviction dans un article.

L'excitation des eunuques et des mandarins en tenue de cérémonie était d'un autre ordre. Ces hommes, qui vivaient dans un palais où prévalaient une morale et une étiquette immuables depuis quatre mille ans, et où rien, pas même le moindre meuble, n'avait changé de place depuis sept cents ans, contemplaient, le cœur battant, le fameux « véhicule de feu ».

Les hauts dignitaires se penchaient en avant pour observer la locomotive, comme quelque étrange animal inconnu. Les eunuques effleuraient du doigt, stupéfaits, les rivets de cuivre et les vitres des fenêtres. Et à chaque sifflement de la locomotive, ils esquissaient un demi-tour pour s'enfuir, la natte au vent.

En observant ce spectacle, Oka comprit vraiment pour la première fois toute la complexité d'un mouvement de réforme en Chine. Ce pays resté refermé sur lui-même durant quatre mille ans, ce gigantesque Etat asiatique qui avait accompli sans aide extérieure ses plus grands achèvements, ne pouvait transformer en un clin d'œil sa culture et sa politique. On ne pouvait comparer la situation de la Chine à celle du Japon et de la restauration de Meiji. L'histoire de ce pays ne pouvait bifurquer aussi aisément qu'au Japon, où il avait suffi pour changer les mœurs que l'impératrice dansât en crinoline au pavillon du Rokumeikan.

Comment transmettre cette importante vérité à mes lecteurs ? se demandait Oka tout en continuant à circuler dans la foule en posant des questions.

Saisi d'une envie pressante, due sans doute aux multiples sodas absorbés plus tôt, il se dirigea vers les toilettes « modernes » installées dans la gare à l'intention des voyageurs occidentaux, « modernes » signifiant ici que l'on pouvait s'y soulager sans montrer son derrière à ses voisins.

Même au milieu de ce tohu-bohu populaire, l'entrée en restait interdite aux gens du commun. Oka dut montrer sa carte de correspondant à l'employé de gare qui montait la garde devant la porte.

Tout en soulageant sa vessie, il fit du regard le tour de la rangée de toilettes individuelles, tapissées de marbre, aux lucarnes vitrées, que l'on pouvait qualifier d'exceptionnelles à Pékin.

Lors de sa première visite en Chine, il avait été stupéfait de voir hommes et femmes faire leurs besoins au vu de tous dans les ruelles. Naturellement, il n'y avait nulle part de toilettes publiques puisque les autochtones ne semblaient pas en connaître l'usage. La coutume de faire ses besoins à l'abri des regards était-elle dans ce pays l'apanage de la haute société ? s'était-il alors demandé.

Pendant qu'il se lavait les mains, une des portes des cabinets s'ouvrit, et il vit passer la silhouette d'un homme devant le miroir. Vêtu d'un long manteau bleu, coiffé d'un petit bonnet de satin, il portait des lunettes rondes aux verres complètement noirs. Il arborait la tenue caractéristique d'un citadin ordinaire, de classe sociale légèrement élevée.

Tout en s'essuyant les mains, Oka se retourna pour jeter un coup d'œil à sa silhouette de dos, en se demandant comment l'homme avait fait pour pénétrer dans ces toilettes bien gardées. L'inconnu sortit rapidement et se perdit dans la foule.

La scène avait laissé une impression de malaise à Oka : il lui semblait avoir déjà vu quelque part ce visage dissimulé derrière des lunettes noires.

En proie à un doute étrange, il alla jeter un coup d'œil dans les toilettes que l'homme avait utilisées, et sa vague inquiétude se changea alors en un pressentiment sinistre : sur le sol de marbre gisait en désordre une tenue complète de dignitaire mandchou.

Oka ramassa le bonnet orné d'une pierre indigo et d'une plume de paon. En dépliant la robe encore tiède, il découvrit une splendide broderie représentant huit dragons dansant sur des vagues. Il se rappela enfin où il avait vu auparavant l'homme qui venait de changer de tenue dans les lieux d'aisance.

— Kei !

Thomas Burton jetait un regard dans les toilettes.

— Oui, je suis là !

— Qu'y a-t-il ? Tu as bu trop de sodas ? Il va bientôt faire nuit, la visite du chantier est interrompue.

— Tom, viens voir un peu ici.

Un éclair, aussitôt suivi d'un coup de tonnerre, zébra le ciel derrière la lucarne au-dessus de leur tête.

A la vue des vêtements roulés en boule par terre, Burton prit un air stupéfait avant même d'entendre les explications de son ami.

— Qu'est-ce que c'est que ça ?

— Tu sais, ce dignitaire qui est passé à cheval sous le balcon du restaurant tout à l'heure et qui nous a regardés... Tu m'as dit qu'il faisait partie du ministère des Affaires Générales.

Burton observa la robe de mandarin avec attention, ramassa le bonnet.

— Huit dragons, une pierre bleue : c'est un fonctionnaire de quatrième rang. Aux Affaires Générales, il ne peut s'agir que d'un commissaire.

Il agrippa d'une main fébrile le manteau brodé de dragons et s'exclama :

— C'est terrible ! C'est Chouen-kouei, le commissaire Chouen-kouei !

— Que peut-il avoir l'intention de faire, en se changeant ainsi dans les toilettes ?

Burton jeta le manteau à la figure de son ami et partit en courant.

— Tu es vraiment long à la détente, lança-t-il au passage. C'est un attentat ! Un attentat des réformateurs !

Oka, en proie à des émotions mélangées, s'appuya au mur. Le visage au teint pâle du jeune Mandchou qui avait levé la tête vers eux un peu plus tôt lui revint nettement en mémoire. Un attentat ! Le commissaire Chouen-kouei s'apprêtait à assassiner l'impératrice Tseu-hi !

Il se précipita à la suite de Burton vers la salle d'attente bondée. Au-dessus des quais, le ciel était menaçant. Des vagues de curieux cherchaient à s'approcher pour apercevoir l'impératrice, d'autres repartaient en courant pour fuir les coups de tonnerre, tous se bousculaient dans un désordre indescriptible.

— Sacrebleu ! C'est lui, c'est l'assassin !

Burton se frayait un passage à travers la foule à coups de poing comme un boxeur, tirant au passage sur des nattes de cheveux pour écarter les Chinois qui le gênaient.

— *Emergency !* Urgence ! Un attentat ! Attention, protégez l'impératrice ! Il y a un terroriste dans la foule !

Oka n'avait jamais vu Tom s'affoler ainsi. Le journaliste américain s'égosillait en vain dans sa langue natale, oubliant dans son affolement son chinois comme son français. Chaque fois qu'ils avançaient de quelques mètres, les remous de la foule les repoussaient aussitôt en arrière.

De grosses gouttes de pluie commencèrent à s'abattre sur l'enceinte de la gare, dans un crépitement infernal. Des éclairs bas zébraient le ciel, maintenant aussi noir que si une bâche avait été tendue au-dessus des quais, et des coups de tonnerre ininterrompus déchiraient l'air.

L'impératrice douairière et ses proches vassaux montaient et descendaient sans se lasser dans un wagon de première classe à l'arrêt, tous absolument fascinés par ce fameux « véhicule de feu » qu'ils contemplaient pour la première fois. Le quai était séparé du reste de la gare par deux épaisseurs de tentures jaunes et un dais était tendu au-dessus pour protéger du soleil les nobles visiteurs, si bien qu'aucun d'entre eux ne s'était aperçu que l'orage menaçait jusqu'à ce qu'il éclate au-dessus de leurs têtes. L'impératrice douairière et les princes de sang écoutaient, passionnés, les explications du jeune prince Tsai-tso, qui avait fait un voyage d'études en

Europe. Tsai-tso était entiché de l'Occident mais n'avait jusque-là jamais eu l'occasion de faire étalage de ses connaissances devant l'impératrice douairière ou les dignitaires conservateurs de la cour. Il s'identifiait parfaitement à un Européen, et sa voix aiguë s'enflait pour vanter les prouesses techniques de cette partie du monde, d'autant plus que le tonnerre qui grondait au loin et le brouhaha incessant à l'intérieur de la gare couvraient régulièrement ses paroles.

Lorsque le soleil disparut brusquement, englouti par les nuages noirs venus de l'ouest qui s'étaient rapprochés peu à peu, le petit groupe se rendit soudain compte que le crépuscule, moment de la journée honni de l'impératrice douairière, était imminent.

Tchouen-yun tenta d'apaiser la souveraine, qui avait levé un visage soudain livide vers le pan de ciel noir entre le wagon et les interstices du dais. Lui-même, pris par les explications du prince Tsai-tso, ne s'était pas rendu compte que les alentours s'obscurcissaient.

— Tout va bien, Vénérable Aïeule, tout va bien. Cette gare est de construction occidentale, elle est équipée d'un paratonnerre.

Tseu-hi s'assit en tremblant dans le fauteuil installé pour elle sur le quai, baissa la tête et se couvrit les oreilles de ses mains.

— La calèche, qu'on aille chercher ma calèche !

— C'est impossible, Vénérable Aïeule. En partant maintenant, les chevaux seront à coup sûr frappés par le tonnerre dans la plaine déserte. Il est plus sage de rester à l'intérieur de la gare.

Tous les membres de l'escorte impériale, dames de cour et princes de sang, s'étaient accroupis, les mains sur les oreilles. Seul le général Jong-liu, en tenue d'apparat, le sabre au côté, restait debout comme une statue de démon gardant l'entrée d'un temple, protégé de la peur par le manteau jaune – honneur insigne – dont l'impératrice douairière lui avait fait présent quelque temps plus tôt.

Li Lien-yin s'accrocha aux jambes de Tchouen-yun et s'exclama de sa voix stridente :

— Tchouen-yun, qu'est-ce que ce « paratonnerre » dont tu parles ? Si les forces du Ciel se déchaînent sur la Terre, le sol va s'ouvrir en deux, la gare et tous ceux qui s'y trouvent vont être engloutis dans ses profondeurs !

— Un peu de retenue, Vénérable Chef de palais. Vous allez inquiéter la Vénérable Aïeule.

— Comment ne pas être inquiet ? Moi-même, je suis fou d'angoisse. Ah, j'ai peur !

— Vénérable Li Lien-yin, n'oubliez pas que vous êtes en présence de Sa Majesté l'impératrice douairière. Les nuages ne vont pas tarder à se dissiper. Un peu de patience !

Cependant, loin de s'éclaircir, le ciel se couvrait de nuages de plus en plus épais, suspendus au-dessus de leur tête, tandis que l'obscurité s'étendait, bien qu'il ne fît pas nuit. Les coups de tonnerre claquaient comme de terribles coups de fouet, accompagnant les éclairs qui zébraient l'espace très bas, presque à portée de main. Un orage de grêle s'abattit sur la gare, avec une violence telle qu'on eût dit que tous les colliers de perles ornant les cous de la noble assemblée venaient de se casser et de rouler au sol avec un bel ensemble.

— Pardonnez-moi, Majesté, fit Tchouen-yun en prenant des mains d'une dame de cour accroupie le plaid de satin jaune de l'impératrice douairière et en le drapant lui-même autour du corps de l'impératrice, qu'il serra ensuite contre lui. Gardez votre calme, Vénérable Aïeule. Même si par le plus grand des hasards la foudre tombait sur nous, je vous protégerais de mon corps.

L'impératrice douairière tremblait comme une petite fille contre la poitrine de Tchouen-yun. Tchouen-yun se rappela soudain comment il serrait sa petite sœur Lingling contre lui autrefois pour la rassurer. Inconsciemment, il resserra son étreinte en se rendant compte que Tseu-hi avait le corps frêle et délicat d'un enfant.

— Tchouen-yun, j'ai peur, j'ai très peur ! C'est la punition du Ciel. J'ai vanté les réussites des diables étrangers à seule fin de me protéger moi-même, et le Ciel veut me punir de ce crime. La foudre va s'abattre sur moi, j'en suis sûre !

— Courage, Vénérable Aïeule. Votre humble esclave est auprès de vous. Je ne laisserai pas même le dieu du Tonnerre en personne toucher un seul de vos cheveux.

L'impératrice douairière s'accrochait en tremblant d'une main à la poitrine de Tchouen-yun, de l'autre à sa ceinture.

Le directeur de la gare, en uniforme occidental, agenouillé devant une extrémité du rideau jaune, appela Jong-liu :

— Que Sa Majesté vienne s'abriter dans mon bureau, il est tout près.

Sur un ordre de Jong-liu, la tenture s'ouvrit. L'escorte s'ébranla aussitôt en désordre, sans respecter les règles de préséance, en direction des quais, où l'on voyait la foule, terrorisée par le tonnerre, courir dans tous les sens comme des araignées dérangées de leur nid.

— C'est la punition du Ciel, la punition du Ciel !

L'impératrice douairière avançait d'un pas chancelant, la tête couverte de son châle jaune, s'abandonnant aux bras de Tchouen-yun. La foule ne s'aperçut pas plus de sa présence que Tchouen-yun et les autres dignitaires ne prêtaient attention aux gens qui fuyaient autour d'eux.

Tout à coup, le regard de Tchouen-yun tomba par hasard sur une silhouette debout sur le toit d'un wagon de première classe. Pris d'un brusque soupçon, il fit un rempart de son corps à la souveraine. Que pouvait bien faire cet homme, vêtu d'un manteau bleu détrempé par la pluie, coiffé d'un bonnet de satin noir et portant des lunettes noires rondes, sur le toit du wagon réservé à la visite impériale ? La faute était d'autant plus grave qu'il se trouvait plus haut que la personne de l'impératrice douairière, ce qui en soi représentait un sacrilège.

— Descends, insolent ! A genoux devant ta souveraine !

L'homme fit aussitôt une génuflexion et effectua un salut traditionnel mandchou étrangement raffiné. Lorsqu'il allongea les bras pour se prosterner, Tchouen-yun remarqua de la fumée qui s'échappait de la manche de son long manteau.

L'homme déclara alors, d'une voix forte et claire, entrecoupée par les coups de tonnerre :

— Impératrice Tseu-hi. Ou plutôt, femme Yehonala ! Par ordre de notre ancêtre le fondateur, prépare-toi à mourir !

Une flamme s'éleva soudain de la manche de l'homme. Tout le monde crut qu'il venait d'être frappé par la foudre.

Mais, l'instant suivant, il sautait du toit au beau milieu de l'assistance, écartait Tchouen-yun d'une poussée pour encercler à son tour l'impératrice douairière de ses bras et s'accroupir avec elle sur le quai. Tout le monde put distinguer nettement entre leurs deux poitrines une boule rouge au bout de laquelle crépitait une mèche. En un éclair, chacun comprit l'imminence du drame. C'est alors que Tchouen-yun, debout au milieu des dignitaires tétanisés de peur, bondit en avant dans un cri. Lorsqu'il sauta entre Tseu-hi et son assassin, brisant la mortelle étreinte, les lunettes de l'homme s'écrasèrent au sol, et il reconnut le commissaire Chouen-kouei.

La bombe enveloppée de tissu rouge avait roulé à terre, aux pieds des dignitaires.

Le plan de Chouen-kouei, infaillible à quatre-vingt-dix-neuf pour cent, allait échouer dans les ultimes secondes, à cause d'un enfant qui avait bondi en avant à la poursuite de la boule rouge en flammes :

— Une balle, une jolie balle avec des feux d'artifice !

Aussitôt sa jeune mère fendit la foule avec un cri.

L'assassin commit alors un acte incompréhensible. Repoussant Tchouen-yun qui s'agrippait à lui, il souleva l'enfant dans ses bras sans une hésitation et le jeta dans les bras de sa mère. L'espace d'un bref instant, son regard se posa sur la foule de curieux amassés au bord du quai : l'enfant dans les bras de sa mère, un vieillard appuyé sur sa canne, des ouvriers, des employés de gare, de petites marchandes de nourriture. Puis il se mit à hurler :

— Couchez-vous !

Alors, ouvrant grand les deux bras, pareil à une chauve-souris en plein vol, il s'étendit lentement sur la bombe.

Tchouen-yun protégea aussitôt de ses mains la tête de l'impératrice douairière, s'allongea sur elle sur le quai.

Une énorme détonation fit trembler l'air. Des éclats de verre brisé retombèrent en pluie.

— C'est la punition du Ciel ! La foudre est tombée sur nous !

— Non, c'est un attentat ! Quelqu'un a tenté d'assassiner la Vénérable Aïeule. C'est une bombe !

Le calme revint. Les nuages noirs s'étaient dissipés aussi vite qu'ils étaient venus. Des pleurs d'enfants s'élevaient au milieu de volutes de fumée blanche.

— Vénérable Aïeule, êtes-vous saine et sauve ?

Tseu-hi, protégée par le corps de Tchouen-yun et par son épais châle de satin jaune, se releva en chancelant. Plusieurs personnes gisaient à terre, ensanglantées ; le chef de palais, blessé au bras, sanglotait bruyamment.

— Un attentat ! Faites évacuer la gare ! Où sont mes gardes ? Protégez la Divine Souveraine, vite ! hurlait Jong-liu en faisant de grands moulinets avec son sabre.

Les gardes impériaux avaient envahi la gare et chassaient en bas des quais les gens qui commençaient à se relever. La fumée, épaisse comme un brouillard, ne se dissipait toujours pas.

Tchouen-yun enleva le châle qui enveloppait l'impératrice douairière, inspecta sa robe noire : elle ne semblait pas blessée.

— Tout va bien, je n'ai rien, dit Tseu-hi. Mais il y a tant de gens à terre… Où est Tsai-tso ? Et le prince Tch'ouen, le prince Touan ?

Les hauts dignitaires se relevaient lentement, hébétés. Tchouen-yun ressentit un élancement à la cuisse : il enleva le bout de verre qui y était fiché. Ses oreilles bourdonnaient.

— Tchouen-yun, retournons au palais. Va chercher ma calèche. Rentrons vite, je veux voir l'empereur.

Accrochée à la manche de Tchouen-yun, Tseu-hi semblait le supplier comme une enfant. Tchouen-yun se demanda si elle avait reconnu l'assassin.

— Je veux rentrer au palais et demander à Tsai-t'ien s'il sait qui a fait cela. Rentrons vite à Pékin, Tchouen-yun.

Cachant son sabre derrière son dos, Jong-liu mit un genou en terre :

— C'est impossible, Divine Souveraine. Courons plutôt sans tarder au palais d'été.

— Pourquoi cela ? J'ai peur. Rentrons à la Cité Interdite.

— C'est impossible, Majesté. L'auteur de l'attentat est le commissaire Chouen-kouei. C'est donc une machination des réformateurs, et le commanditaire de ce crime, pardonnez-moi, ne peut être que Sa Majesté l'empereur en personne. Cela ne fait aucun doute : il a ordonné à Chouen-kouei de supprimer Votre Majesté. En rentrant à Pékin, vous vous jetteriez dans la gueule du loup !

L'air sombre, Jong-liu écrasa du talon le bras arraché de l'assassin. Le corps de Chouen-kouei était complètement déchiqueté.

— Jamais l'empereur ne ferait une chose pareille ! Chouen-kouei a dû tout manigancer seul. N'est-ce pas, Tchouen-yun ?

Tchouen-yun hésitait à répondre. Il était impensable que Chouen-kouei ait conçu cet attentat de son propre chef, comme un spadassin des rues, sans bénéficier de solides appuis.

— Pardonnez-moi, Vénérable Aïeule. Le commissaire Chouen-kouei faisait partie de votre escorte aujourd'hui. Comment aurait-il pu mettre au point tout seul cette tentative d'assassinat ? Il a même changé de vêtements… Tout a dû être préparé de longue date.

— C'est faux, c'est faux, Tchouen-yun. Chouen-kouei s'est déguisé pour ne pas être reconnu : il craignait que sa famille n'ait des ennuis à cause de ce qu'il a fait.

Jong-liu posa une main sur l'épaule de l'impératrice douairière pour l'écarter de Tchouen-yun.

— Réfléchissez bien, Majesté. Même si Chouen-kouei s'est déguisé pour éviter des ennuis à sa famille, cela ne saurait prouver que l'empereur n'est pour rien dans cette affaire. La seule chose certaine, c'est que Chouen-kouei a essayé de vous faire sauter avec lui. Il n'aurait pas fait une chose pareille sans qu'une obligation morale extrêmement puissante l'y ait poussé.

— … C'est impossible.

Jong-liu jeta son sabre à terre et secoua violemment l'épaule de Tseu-hi.

— Réveillez-vous, Majesté ! L'empereur a beau être votre neveu, il est le souverain Aisingyoro, et vous êtes une Yehonala. Toute légende mise à part, c'est là que réside le véritable motif de la restauration que veut accomplir l'empereur. Kouang-siu, souverain de la lignée Aisingyoro, veut reprendre le pouvoir des mains des Yehonala par la force !

Tseu-hi s'était mise à trembler en écoutant les paroles courroucées de Jong-liu. Elle tourna un regard triste vers Tchouen-yun, comme pour implorer son aide.

— Tout cela n'est que mensonges. Mensonges ! N'est-ce pas, Tchouen-yun ? Tsai-t'ien, qui a toujours manifesté tant de piété filiale envers moi, vouloir m'assassiner… !

Tchouen-yun gardait le silence. L'empereur et son entourage avaient fomenté ce crime, cela ne faisait pour lui aucun doute.

— Je crains, finit-il par dire, que Son Excellence Jong-liu n'ait raison…

— Comment peux-tu, toi aussi, affirmer une chose pareille ? Non, c'est trop triste, c'est impossible.

— Cela ne devrait pas être. Cependant, votre humble esclave ne peut s'empêcher de partager l'avis de Son Excellence Jong-liu. Hélas, le Père de Dix Mille Ans, pour assurer l'entière réalisation de ses réformes, aura voulu attenter à la vie de la Vénérable Aïeule.

Des larmes de profond regret roulaient sur les genoux ensanglantés de Tchouen-yun, tandis qu'il prononçait ces mots.

— Il faut vous hâter de vous rendre au palais d'été, Vénérable Aïeule. Pour votre propre protection, vous ne devez pas retourner à la Cité Interdite.

Tchouen-yun gardait en mémoire sa dernière vision de Chouen-kouei, faisant du regard le tour de la foule figée sur place avant de se coucher résolument sur la machine infernale.

A quoi pensait-il donc à l'instant où la bombe allait éclater ? Qu'avait-il voulu protéger au prix de sa vie ?

Au moment où Oka et Burton, forçant leur chemin à contre-courant de la foule, allaient enfin sortir de la salle d'attente, une explosion assourdissante ébranla le sol, couchant tout le monde à terre. Puis une épaisse fumée blanche s'éleva autour d'eux.

— Il l'a fait ! Il a réussi !

Ecrasant les dos des badauds allongés à terre, les deux journalistes se précipitèrent vers le quai. Entre les volutes de fumée, on apercevait un wagon aux vitres brisées. Jong-liu gesticulait devant, appelant ses soldats à grand renfort de moulinets de sabre.

— L'impératrice douairière est morte ?

— Aucune idée. Allons voir.

L'orage s'était brusquement apaisé, mais la gare de Matcha-pao résonnait de plaintes et de sanglots. Oka et Burton se frayèrent un chemin au milieu des gens en pleurs, incapables de se relever, jusqu'à un groupe de soldats, lances au poing, qui leur barrait le passage. Les badauds, chassés à coups de fouet dans le dos, accroupis comme des esclaves, refluaient jusqu'au bout des quais.

Dans le carré réservé à la visite impériale, les journalistes aperçurent, par-dessus les épaules des gardes, un grand nombre de dames de cour et de dignitaires gisant sur le sol.

— L'impératrice n'a rien, je viens de la voir se relever. Li Tchouen-yun la tient dans ses bras, commenta Burton d'un ton soulagé en tapant sur l'épaule d'Oka.

Avant qu'il ait pu en voir davantage, les gardes les firent tomber tous deux avec la foule sur la voie, juste devant la locomotive. Un officier hurlait continuellement, en donnant de grands coups de fouet, l'ordre de quitter l'enceinte de la gare.

Les gens se relevèrent, les sifflements de la locomotive dans les oreilles.

— Quelles brutes ! Même la police japonaise ne traite pas les gens comme ça ! s'insurgea Oka.

— Tout le monde croit encore que c'est la foudre qui est tombée sur la gare. Viens, partons d'ici ! déclara Burton en réajustant son panama sur sa tête et en enlevant son nœud papillon tout froissé pour le fourrer dans sa poche. Les élégantes vestes de lin blanc que les deux journalistes avaient revêtues pour cette occasion unique avaient perdu toute forme.

Burton se courba, passa de l'autre côté de la locomotive et se mit à courir le long de la voie. Puis il s'arrêta pour compter les wagons.

— Ce doit être celui-là. Attention aux morceaux de verre.

Il se faufila sous le crochet d'attelage, Oka à sa suite. L'endroit où ils passèrent la tête, après avoir rampé sous le wagon en se bouchant le nez à cause de l'odeur de soufre, était bien le lieu de la tragique explosion. A preuve, juste sous leurs yeux, un pan de tissu bleu ensanglanté, et une paire de lunettes noires brisées.

— Regarde, Tom…

Oka se faufila à la place de Burton : un vieil eunuque, l'air hébété, pleurait avec une voix aiguë de femme. Du sang coulait de la manche déchirée de sa veste de cérémonie. Le général Jong-liu, le sabre dégainé, vociférait toujours.

C'est alors qu'Oka aperçut, assise la tête droite, sur la bordure du quai d'où s'échappait encore de la fumée, une noble mandchoue aux bandeaux noirs en désordre : l'impératrice Tseu-hi. Elle était bien loin de la femme qu'il imaginait, d'après les rares clichés ou portraits d'elle qu'il avait pu voir. Un luxueux plaid de satin jaune était posé sur ses genoux, mais sa robe de gaze noire, dépourvue de tout ornement, était celle d'une veuve. L'air terrorisé, blême et tremblante, elle paraissait extraordinairement jeune. Elle n'était pas maquillée, mais son visage bien dessiné, aux traits réguliers, resplendissait sans l'aide d'aucun fard.

— C'est bien elle, ce n'est pas une dame de cour, n'est-ce pas ?

Burton, en proie aux mêmes impressions que son collègue japonais, s'exclama :

— Comme elle a l'air jeune ! Je n'en reviens pas. Elle ne ressemble absolument pas aux portraits d'elle parus dans le *New York Times*.

— Elle est plutôt belle, non ? Je suis vraiment surpris moi aussi.

Li Tchouen-yun soutenait le dos de sa maîtresse et lui murmurait des paroles d'encouragement. L'impératrice avait pour seuls ornements les étuis de jade vert qui protégeaient ses ongles extraordinairement longs, un collier de perles, et la petite épingle de corail plantée dans son chignon.

— Je suis allé trop loin dans mes articles, Tom. Elle ne ressemble en rien à ce qu'on a pu dire sur son compte.

— Tout à fait d'accord avec toi, Kei.

Ils entendirent l'impératrice insister pour rentrer à Pékin, et Jong-liu tenter de l'en dissuader. Le ministre des Affaires Générales, visiblement très excité, parlait de façon volubile, accusant l'empereur de complot.

Tseu-hi suppliait qu'on la laissât rentrer au palais, comme un enfant qui fait un caprice, Jong-liu refusait de céder. Le débit de la conversation se faisait de plus en plus rapide, ils semblaient se disputer maintenant, Oka ne parvenait plus à suivre.

— Je n'y comprends rien, leur vocabulaire est tellement ampoulé…

Burton lui décocha une bourrade pour lui enjoindre de se taire, puis releva la tête pour observer la scène.

— Ça alors, je n'en reviens pas…

— De quoi parlent-ils, Tom ? Dis-moi !

— Jong-liu dit des choses étranges, il évoque une querelle intestine entre Tartares : les Aisingyoro voudraient reprendre le pouvoir sur les autres tribus…

Burton savait que les fondateurs du grand empire mandchou étaient à l'origine une confédération de tribus Jürchens, organisée en huit bannières, mais cette situation datait d'avant le règne de l'empereur Foulin, trois cents ans plus tôt. La dynastie mandchoue des Aisingyoro était-elle donc ébranlée à ce point dans ses fondements qu'un simple vassal comme Jong-liu, si puissant fût-il, pouvait se permettre de contester un pouvoir mis en place par l'empereur Ch'ien-lung en personne ?

— Tout de même, Tom, il a l'air assez convaincant.

— Hum. Ce Jong-liu est impressionnant, en effet. Mais son raisonnement est effrayant. Tseu-hi n'en a sans doute pas conscience, mais si les Aisingyoro et les Yehonala reprennent leurs querelles d'antan, cela signifie que le chef Jong-liu Gwarugya pourrait lui aussi prétendre au pouvoir… Cet empire est moribond, Kei.

Burton étendit doucement une main vers la voie et ramassa les lunettes brisées.

— Tiens, prends ça en souvenir. Je ne m'y connais guère en matière de terrorisme, mais dans le cas présent, c'est un mandarin de cet empire qui a sacrifié sa vie pour bâtir l'histoire. Bon, allons-y, le reportage est terminé.

Rampant sur la voie, tous deux se faufilèrent à nouveau sous les crochets d'attelage. Quand ils émergèrent à l'air libre, le ciel était redevenu d'un bleu limpide.

Oka déposa soigneusement dans la poche de sa veste souillée le dérisoire souvenir du terroriste. Puis les deux compagnons firent un long détour le long des voies, pour éviter l'enceinte de la gare où régnait encore une indescriptible confusion. Quand ils se retrouvèrent au premier étage du *Jardin du Printemps Ensoleillé,* Burton commanda un ragoût de queue de bœuf comme si de rien n'était.

Le boy indien, intrigué par le vacarme qui provenait de la gare, leur demanda ce qui s'était passé. Burton répondit en plissant les yeux sous les rayons éblouissants du soleil :

— D'ici peu, vois-tu, ce restaurant aura un tas de succursales dans le quartier des légations, près des portes de la cité impériale... Toi aussi, tu pourras faire une belle carrière.

Le boy s'en alla, penchant la tête d'un air perplexe. A la table voisine, un photographe allemand dont le Leica plus précieux que sa vie avait été trempé pendant l'orage, pestait et jurait, le poing levé vers le ciel.

Dans le lointain, des nuages noirs menaçants étaient suspendus au-dessus de la porte de la Loi Eternelle. De temps à autre, des éclairs illuminaient les remparts extérieurs de la ville.

Le tonnerre grondait sur Pékin.

13

Après avoir accompagné sa tante et son escorte jusqu'à la porte de la Paix Céleste, l'empereur Kouang-siu avait passé un moment au palais de la Nourriture de l'Esprit, où il avait parcouru sa correspondance, avant de se faire conduire en palanquin aux Six Palais de l'Est.

Le palais de la Vue et de la Vertu était la résidence de la favorite de l'empereur, la concubine Tchen-fei. La raison pour laquelle le jeune empereur s'était éloigné de son épouse officielle, Long-yu, nièce de Tseu-hi, et passait la plupart de son temps au palais de la Vue et de la Vertu était évidente aux yeux de tout un chacun : l'empereur était aussi un homme, et possédait le même sens esthétique que le commun des mortels.

Qui l'eût blâmé de préférer, comme n'importe quel homme ordinaire, à une épouse officielle à la peau aussi sombre que les plus obscures ruelles de Pékin, au caractère nerveux et désagréable, aux dents saillantes, à la longue figure de chameau, une concubine de deux ans plus jeune que lui, à la bouche carmin et aux dents de perle, au teint de neige, au caractère docile comme un lapin et en outre dépourvue de la moindre jalousie ?

Tchen-fei, fille d'un vassal de la Bannière Rouge, était entrée au palais à l'âge de treize ans, selon l'usage, en même temps que l'impératrice officielle. Si l'on avait demandé à mille empereurs quelle épouse ils auraient choisie entre ces deux femmes, nul doute que les mille auraient répondu d'une seule et même voix et que Tchen-fei aurait été sacrée impératrice. Cependant, en dépit de sa grande beauté, elle était la fille d'un obscur vice-ministre de la Population sans appui, tandis que Long-yu était la fille du général Kouei-siang, frère cadet de Tseu-hi. L'intègre empereur Kouang-siu avait donc épousé sans hésiter la nièce de Tseu-hi, et fait de la belle Tchen-fei sa favorite. Les vieux conseillers, qui devinaient le cœur de l'empereur, l'incitèrent à nommer l'élue de son cœur Kouei-fei, selon le rang suivant immédiatement celui d'impératrice, mais l'empereur refusa. En considération du fait que la veuve de l'empereur T'ong-che n'était que simple concubine, il ne voulut pas donner à Tchen-fei, bien qu'il l'aimât, un titre supérieur à celui de sa tante.

Tel était ce jeune empereur de vingt-sept ans.

Il nomma également la sœur aînée de Tchen-fei, Jin-fei, entrée au palais en même temps que cette dernière, au titre de concubine. Il éprouvait donc un amour profond pour la concubine Tchen-fei, aimait également quoiqu'un peu moins Jin-fei, et témoignait à son épouse officielle Long-yu une affection uniquement dictée par la piété filiale.

Personne n'eût songé à critiquer la vie privée du jeune empereur à la plaisante figure. Long-yu, qui était fort jalouse, allait souvent se plaindre en pleurant auprès de l'impératrice douairière de la conduite immorale de son époux, mais à la vue de sa longue mine de chameau passé sous une averse, Tseu-hi ne se sentait pas le cœur à blâmer son neveu.

Aux yeux de tous, Kouang-siu était un empereur irréprochable.

Il descendit de son palanquin devant le pavillon de garde de la porte de la Vue et de la Vertu, et pénétra à pied dans un petit jardin intérieur.

Tchen-fei l'y attendait, agenouillée comme il se doit. Il n'y avait personne aux alentours. C'était la volonté de l'empereur que nul n'interférât dans leurs rencontres. Transformant une à une d'anciennes coutumes dépourvues de sens, l'empereur souhaitait que la cour des Ts'ing se rapprochât peu à peu de l'ambiance des cours japonaise ou européenne, qui lui paraissaient plus humaines.

— Me voilà. Tout va bien ? lança gentiment l'empereur en arrivant, comme le faisaient sans doute, pensait-il, les nobles et les dignitaires en retrouvant leurs épouses chez eux après une journée de labeur au palais.

— Bonsoir, Majesté.

Au cours de leurs tête-à-tête, Tchen-fei s'abstenait de la prosternation chinoise complète et accueillait son époux à genoux, les mains jointes, à la manière mandchoue qu'adoptait autrefois sa mère devant son père.

Une vieille dame de cour qui l'épiait derrière une haie lui reprocha son manque de politesse envers l'empereur, mais Tchen-fei ne modifia pas sa position. Elle était persuadée que c'était là une des réformes que son époux imposerait lors de la restauration qu'il s'apprêtait à accomplir pour le salut de l'empire.

Derrière l'empereur, se tenait, comme une ombre, un jeune eunuque de petite taille aux traits magnifiques. L'intendant du service privé Lan-ts'in avait eu l'heur de plaire à l'empereur, et sans aucun doute, il serait élevé au rang de fonctionnaire de troisième rang et deviendrait son plus proche serviteur, dès que serait proclamé l'édit annonçant que l'empereur assumait seul le pouvoir. Sans aucun doute, ce jeune homme était appelé à devenir le nouveau chef de palais du gynécée impérial, une fois que Tseu-hi se serait retirée à Yi-he-yuan avec Li Lien-yin et tous ses eunuques personnels.

Lan-ts'in suivait l'empereur dans tous ses déplacements, et ces derniers temps, il portait en permanence avec lui une petite boîte laquée contenant la lecture favorite de l'empereur, les « réflexions sur la réforme japonaise » de K'ang Yeou-wei.

Un jour, l'empereur, légèrement ivre, chose qui lui arrivait rarement, avait confié à Lan-ts'in :

— Mes cinq trésors les plus précieux sont : la concubine Tchen-fei, les « réflexions sur la réforme japonaise », l'impératrice mère toute compatissante Tseu-hi, toi, Lan-ts'in, et enfin, le symbole du pouvoir impérial, la Perle du Dragon qui repose au cœur du Tang-tseu.

L'empereur leva son regard limpide vers le ciel au-dessus du palais. Des nuages approchaient. En tendant l'oreille, on entendait déjà le tonnerre gronder au loin.

— Le Vénérable Père de Famille impériale (c'est ainsi qu'il nommait sa tante) a grand-peur de la foudre. J'espère que tout ira bien.

Agenouillé aux pieds du souverain qui contemplait le ciel du sud avec inquiétude, Lan-ts'in répondit :

— L'humble esclave s'adresse au Père de Dix Mille Ans. La Vénérable Aïeule est sûrement déjà arrivée à la gare de Ma-tcha-pao. Et l'on dit que la foudre ne s'abat jamais sur les bâtiments occidentaux.

L'empereur échangea un regard amusé avec la concubine Tchen-fei et répondit d'un air entendu :

— Oui, c'est à cause des paratonnerres, un instrument de fer et de cuivre qui conduit l'énergie de la foudre à l'intérieur de la terre.

Lan-ts'in leva involontairement la tête vers le visage du Dragon et, rencontrant son regard souriant sous le front lisse, se hâta de baisser la tête à nouveau.

L'empereur était fort savant. Personne ne lui avait enseigné les sciences occidentales, et il avait appris en autodidacte en lisant seul des ouvrages savants. Lan-ts'in se demandait toujours avec stupéfaction comment il avait pu assimiler des connaissances écrites dans des livres en langues occidentales. L'empereur ne savait naturellement pas parler ces langues mais possédait dans son cabinet particulier des dictionnaires de toutes les langues d'Europe, qui lui permettaient de comprendre ces ouvrages.

Lan-ts'in était persuadé que lorsque commencerait le règne de ce monarque éclairé, la Chine accomplirait en trois ans ce que le Japon avait mis trente ans à réaliser, selon les propres termes du professeur K'ang Yeou-wei.

— Père de Dix Mille Ans, votre humble esclave vous informe que votre palanquin est prêt à vous emmener à Yi-he-yuan.

— Rien ne presse. D'après le baromètre du palais de la Nourriture de l'Esprit, les nuages devraient se dissiper rapidement. Attendons pour partir que l'orage soit passé. Je pense que le Vénérable Père attendra également à la *station* que la pluie cesse.

L'empereur aimait émailler sa conversation de mot occidentaux, et chaque fois, Lan-ts'in frissonnait. Il s'en abstenait cependant en présence de sa tante ou des anciens conseillers. Le Père de Dix Mille Ans n'était pas seulement intelligent, il était aussi sensible et prévenant.

— A propos, fit soudain Kouang-siu en regardant à nouveau le ciel, comme si une idée subite lui venait : Nous sommes toujours sans nouvelles du vénérable professeur Yang ?

— Toujours, Majesté.

— J'ai pourtant des montagnes de questions à lui poser. Il est parti sans même un mot d'adieu. J'aimerais en avoir le cœur net. Je devrais peut-être envoyer un messager à Hang-tcheou, ou un télégramme ?

— Le professeur Yang avait sûrement son idée pour faire une chose pareille. Je suis d'avis que Votre Majesté attende encore quelque temps.

L'empereur hocha la tête d'un air triste, et fit son entrée au palais de sa concubine, dans les crissements majestueux du lourd manteau de soie jaune, peu adapté à son physique délicat.

Le jeune empereur débordait d'une vibrante impatience.

Il attendait ce moment depuis vingt ans. Oui, depuis son intronisation, à l'âge de trois ans, il avait attendu le jour où sa tante partirait s'installer au palais d'été, le laissant enfin gouverner à sa guise. Il avait tant de choses à accomplir !

Son cœur était empli de reconnaissance envers l'impératrice mère, qui lui avait laissé le temps nécessaire pour que ses capacités et son énergie parviennent à maturation. Aujourd'hui, son cœur vibrait comme un arc bandé à se rompre. Chaque matin, il s'éveillait avant l'aube, s'installait à son bureau et s'attelait à la rédaction des décrets de réforme...

De grosses gouttes de pluie commencèrent à s'abattre sur le jardin du palais de Tchen-fei. L'obscurité, sombre tenture tombée soudain sur le décor, avait envahi les alentours. L'empereur alla lui-même fermer la porte. Tchen-fei, allongée sur son lit, tremblait. L'empereur ôta son bonnet, dénoua les liens de son manteau. Se déshabiller sans l'aide de ses eunuques était une entorse aux règles ancestrales des empereurs, de même que s'allonger auprès d'une concubine et l'étreindre hors de la présence des eunuques affectés au service de la chambre à coucher.

Au lit, Tchen-fei n'appelait pas son époux « Majesté » mais par son prénom, répondant en cela au souhait de l'intéressé lui-même :

— Tsai-t'ien, mon amour...

Le rideau de nuages noirs qui s'était étendu sur la Cité Interdite semblait protéger leur secret.

L'empereur enlaça sa concubine avec passion, et celle-ci répondit aussitôt amoureusement à son étreinte.

Bientôt, Tchen-fei, la chevelure en désordre, s'endormait dans les bras de son impérial amant. Tsai-t'ien tenta de chasser les pensées qui bouillonnaient en lui et somnola quelque temps, tendant vaguement l'oreille aux grondements du tonnerre. La pluie frappait avec violence les tuiles de béryl sur les toits alentours.

L'empereur, oscillant entre le sommeil et la veille, entendit soudain une voix :

— Eveille-toi, mon lointain successeur, souverain de l'empire tartare, descendant du grand khan Aisingyoro qui galopait autrefois à travers les forêts glacées de Mandchourie et la plaine mongole, monarque des Cinq Tribus et des Quatre Mers.

L'empereur se redressa, le bras toujours passé autour de la nuque de sa concubine paisiblement endormie. La robe du

Dragon, posée sur un paravent incrusté de nacre, tremblait dans le courant d'air. Tandis qu'il regardait les fils de brocart scintiller sous les éclairs comme si le tissu prenait vie, une forme humaine émergea soudain du vêtement dans l'obscurité.

Il concentra son regard sur cette apparition et saisit le sabre court en or posé à son chevet.

— Oh ! Tu es bien mon digne descendant ! Ton corps a beau être délicat comme celui d'un homme qui a oublié le maniement du sabre et l'art du tir à l'arc à cheval, je vois que tu ne manques point de courage.

— Qui va là ? Dis ton nom, insolent ! Tu es devant l'empereur du grand empire Ts'ing !

— La réciproque est vraie !

— Tu oserais te faire passer frauduleusement pour le Fils du Ciel, dépositaire du Mandat Céleste ?

L'apparition se mit à rire longuement à voix basse.

— Tu n'as pas le Mandat du Ciel ! Le véritable Fils du Ciel ne saurait avoir ton air souffreteux ! La preuve en est que tu flottes dans la robe du Dragon, elle n'est pas à ta taille.

En effet, l'apparition dressée de toute sa taille dans l'obscurité semblait mieux désignée pour porter ce vêtement.

— Pourquoi n'appelles-tu pas tes gens ? Je ne te fais donc pas peur ?

— Il n'y a pas de gardes dans les Six Palais de l'Est. A quoi bon appeler des dames de cour et des eunuques ?

Tsai-t'ien dégaina son sabre et sauta à bas du lit. Tchen-fei dormait toujours.

— Ha ha ! Tu n'as pas bonne vue, malheureux ! C'est fréquent chez les Tartares. Une fois Tseu-hi au palais d'été, tu n'auras plus à te gêner, tu pourras porter des lunettes occidentales. Elles siéront à la pâleur de ton visage.

— Comment oses-tu porter la robe du Dragon ? Misérable, tu vas expier ton crime !

— Du calme, voyons ! Cette robe a été mienne avant toi. Et tu n'as jamais trouvé à redire à mes accomplissements ! Approche-toi, n'aie crainte. Plus près. Regarde-moi !

L'empereur, dont la nudité faisait ressortir la minceur, s'approcha lentement, pas à pas. Comment ce malfaiteur aux étranges façons s'était-il introduit jusqu'ici ? Il voulait sans doute attenter à sa vie. Tsai-t'ien s'approcha jusqu'à quelques pas, le sabre dressé à hauteur de la poitrine.

— Comprends-tu qui je suis ?

L'empereur Kouang-siu, un profond sillon creusé entre les sourcils, parut s'éveiller enfin d'un lourd sommeil et concentra son regard sur le personnage dressé face à lui, qui le dépassait d'une tête.

Le spectre avait maintenant pris la forme d'un empereur en tenue d'apparat. Sur sa poitrine, par-dessus la robe de brocart brodée de dragons, étincelait un collier orné d'une énorme perle ; il était coiffé d'une toque de velours rouge, chaussé de bottes en fourrure de martre. Le vent agitait une étole de renard argenté sur ses épaules, les fils d'or du riche brocart de sa robe étincelaient à chaque éclair.

— Je suis ton arrière-arrière-grand-père...

Dès qu'il distingua les contours du corps musclé de son ancêtre dans l'obscurité, l'empereur lâcha son sabre et se jeta face contre terre.

— Est-ce un rêve ? Je ne puis croire que Sa Majesté l'empereur Ch'ien-lung ait quitté le royaume des ombres pour me rendre visite.

— Que tu le croies ou non, c'est ainsi !

L'empereur Kouang-siu se retourna légèrement pour appeler sa concubine toujours paisiblement assoupie dans le lit :

— Réveille-toi, Tchen-fei ! Mon glorieux ancêtre est là, dans la chambre, tu ne peux rester ainsi endormie en sa présence !

— Ne la réveille pas, dit l'ombre en glissant vers le lit.

Au moment où Ch'ien-lung passait près de lui et frôlait de sa manche empesée son bras nu, Tsai-t'ien sentit un parfum de santal flotter jusqu'à lui.

— Ainsi, voici la favorite de mon descendant, la concubine Tchen-fei... C'est une beauté, sa réputation ne ment pas.

— Oui... Allons, Tchen-fei, réveille-toi, tu manques de respect au Grand Empereur.

— Ne t'inquiète pas, cette jeune femme repue de plaisir est en train de rêver au paradis de la Terre Pure. Ne pas la réveiller serait un manque de respect, mais la réveiller serait un manque de délicatesse. Dis-moi, je t'ai trouvé bien gaillard tout à l'heure pour un homme d'une constitution si chétive.

— Vous nous avez donc observés ?

— Oui, et cela m'a donné matière à réflexion.

— Que voulez-vous dire ?

— Eh bien, de mon vivant, seul le souci d'avoir une florissante postérité dirigeait mon désir lors de mes rapports amoureux. Mais toi, tu as pris tout ton temps, changeant de position et de rythme pour conduire Tchen-fei aux sommets du plaisir. Cela ne m'est plus d'aucune utilité maintenant, mais cela m'a donné à réfléchir… Tu sembles gêné. Hum. Je t'ai vu lui ouvrir les cuisses, la prendre par-derrière comme un animal, et sans même songer à ton propre plaisir, te retirer pour – a-t-on jamais vu ça ? – la lécher de ta langue. C'était magnifique. Qui croirait que tu descends de moi ? Je n'usais pas de procédés aussi sophistiqués.

— Ces compliments inattendus m'emplissent de confusion. Restons-en là, et dites-moi plutôt la raison de votre visite.

— Ne sois pas si gêné, je n'ai pas terminé sur le sujet.

— Cessez cette plaisanterie !

Ch'ien-lung s'était penché sur la concubine endormie.

— Comme elle est belle… Puis-je soulever le drap ?

— Non, Vénérable Ancêtre. Tchen-fei est mon épouse. Reprenez-vous.

— Ah, c'est vrai, c'est vrai, plus rien ici ne m'appartient.

Dans un bruissement soyeux, Ch'ien-lung s'éloigna du lit et revint à sa place précédente.

— J'avais oublié, rien de tout cela n'est à moi.

— Vénérable Ancêtre, Tchen-fei est mon épouse, mais cet empire vous appartient toujours.

Devant l'empereur prosterné, les bottes de fourrure claquèrent avec énervement.

— Tsai-t'ien, tu es un homme intelligent. Je suis stupéfait que de ma descendance affaiblie par la maladie ait émergé un homme de ta trempe. C'est pour le bien de mon peuple que j'ai voulu que ma descendance s'anémie ainsi. Eu égard à la longue histoire de notre pays et à sa taille, une république ne saurait y naître en une nuit de révolution comme ce fut le cas en France ou ailleurs. Il faut cent ans et plusieurs générations d'empereurs pour qu'une dynastie s'effondre. J'en avais conscience. Cependant, des événements inattendus ne cessent de se produire : l'apparition de vassaux loyaux comme Tseng Kouo-fan et Li Hong-tchang. Des premiers ministres à la volonté inébranlable comme le prince Kong. Et surtout, une femme pleine d'abnégation qui ne ménage aucun effort pour son pays, pareille à une compatissante Kouan-yin. Je croyais l'entreprise facile, mais on ne peut faire abstraction du pouvoir de ceux qui s'élèvent contre la volonté du Ciel.

— Vénérable Ancêtre, je n'entends mot à votre discours.

— Peu importe. Je n'ai donné que trop d'explications à Tseu-hi. Cela m'a valu nombre de tourments. Grave seulement ceci dans ton esprit : jamais une nation ne se conforme à la volonté d'un seul homme. La république ne sera établie que par la volonté du peuple. Toi, tu devras souffrir la moitié de ta vie pour faire don à la Chine d'une ère de grande paix, mais sache que c'est pour le bien du peuple, et ne t'en plains jamais. Tu es mon descendant, vis dans la fierté. C'est pour t'expliquer tout cela que je te suis apparu. Pardonne-moi. Tout ce qui arrivera sera pour le bien du peuple chinois, pour le bien de quatre cents millions d'âmes.

L'empereur Kouang-siu releva la tête et resta stupéfait. Sur le paravent, il ne restait plus que la robe abandonnée ; le bonnet, les bottes, tout le reste avait disparu.

Tsai-t'ien remit au fourreau le sabre tombé à terre. L'orage s'éloignait. L'obscurité était un peu moins épaisse, la pluie avait cessé de tambouriner sur les toits. De temps à autre, un éclair venait encore illuminer la chambre.

C'était un rêve, à n'en pas douter. Il avait accumulé trop de tensions, dues à l'approche de son véritable règne. Voilà de nombreuses nuits qu'il passait éveillé, en se levant à l'aube. La fatigue pesait sur lui à son insu…

A ce moment, un chant sembla jaillir du fond de la terre. Il tendit l'oreille pour écouter cette voix pleine de noblesse : c'était bien celle de Ch'ien-lung telle qu'il l'avait entendue en rêve.

Notre pays natal
Dans les terres orientales
Est couronné par les neiges
Des monts Tchang-pai.
Il ne nous pacifiera pas,
Le brigand céleste !

Notre gloire,
C'est le drapeau tartare couleur de vent,
Rouge, blanc, bleu et jaune.
Chevauchons ensemble, hallebardes brandies !
Il ne nous anéantira pas,
L'ennemi du peuple !

Notre général,
Le héros des Aisingyoro, descend du Dragon.
Pareil à la Pléiade au firmament,
Il nous montre la voie.
Nous le vaincrons,
L'ennemi des hommes !

L'empereur se releva en tremblant. Son père le prince Tch'ouen enseignait autrefois ce chant à ses enfants, les vieux eunuques du gynécée le chantaient comme une berceuse : c'était le chant secret des Tartares, à la gloire des faits d'armes de Dorgon, le général qui avait conduit l'empereur enfant Foulin jusqu'à la capitale à travers les hauts cols de montagne, et avait vaincu le brigand Li Tseu-tcheng.

Tout ce dont se rappelait ce jeune empereur qui ne croyait pas aux événements surnaturels, c'était le compliment que lui avait fait son ancêtre (« tu es un homme intelligent… ») et ses encouragements à œuvrer pour le bien du peuple chinois.

L'empereur Ch'ien-lung lui était apparu en rêve pour l'encourager. Il fallait s'atteler à la tâche avec ardeur et énergie, et réaliser sans tarder les réformes. La première chose à faire était de rencontrer K'ang Yeou-wei, prêter une oreille bienveillante à ses suggestions et prendre des mesures énergiques pour la restauration. Cet Etat que les Japonais avaient mis trente ans à créer, la Chine y parviendrait en trois ans.

Une petite ombre vint s'agenouiller devant l'entrée de la chambre et suggéra :

— Père de Dix Mille Ans, la pluie a cessé, le tonnerre s'est éloigné. Il est temps de vous mettre en route pour le palais d'été.

— Très bien, je me prépare immédiatement.

— Votre humble esclave peut-il vous aider ?

— Non, va-t'en. Désormais, je m'occuperai seul des soins de ma personne. Moi qui suis appelé à gouverner pour le bien du peuple chinois, je ne vais pas poser au Fils du Ciel qui se laisse dorloter. Si je n'y arrive pas, je demanderai à Tchen-fei de m'aider.

— Je vous remercie, Majesté. Entrevoir le Père de Dix Mille Ans est une bénédiction pour le peuple, dont la vie sera ainsi mille fois embellie. Votre humble esclave attend devant le palanquin.

Une fois Lan-ts'in parti, l'empereur, qui manquait d'habitude, commença à s'habiller avec maladresse.

Sa tenue compliquée était facile à enlever mais la revêtir lui parut étonnamment difficile. Un léger parfum de santal flottait encore sur la robe du Dragon.

Ce somptueux vêtement que des empereurs successifs s'étaient transmis au cours de l'histoire, était effectivement trop grand et trop lourd pour l'empereur Kouang-siu, à la constitution fluette. Il se remémora la vision qu'il avait eue en rêve de l'empereur Ch'ien-lung, portant cette tenue avec magnificence.

Lui-même avait hérité cette constitution délicate de son père le prince Tch'ouen, qui était un peu mieux charpenté que lui, cependant. La génération précédente était plus grande encore, semblait-il. On eût dit qu'à chaque génération, la taille et la force des empereurs avaient décru un peu plus, en même temps que l'empire Ts'ing déclinait.

— Tsai-t'ien, mon amour…

La concubine Tchen-fei se réveillait. Faisant entendre une voix pareille à un gazouillis d'oiseau, elle se redressa sur la couche, ajusta le col de son vêtement de soie et tourna vers l'empereur ses bras voluptueux.

— Je dois rejoindre l'impératrice mère au palais d'été. Porte-toi bien pendant mon absence.

Tchen-fei se leva et, s'agenouillant aux pieds de l'empereur, leva vers lui un regard plein de tristesse.

Elle remarqua au désordre de sa tenue, au bonnet de guingois qui faisait paraître plus menu encore le visage de poupée de son époux, qu'il avait dû s'habiller seul. Elle ne pouvait cependant critiquer cette tentative.

— Qu'en penses-tu, Tchen-fei ? Ce n'est pas si difficile de se vêtir seul.

— Vous êtes magnifique, Majesté.

Mais, en abaissant le regard vers les pieds de son impérial époux, elle ne put s'empêcher de formuler un léger reproche :

— Majesté… Vous avez inversé la chaussure droite et la gauche.

L'empereur sursauta, regarda ses pieds à son tour et sourit avec embarras.

— Ah, en effet. je les trouvais bien un peu étroites…

14

Le 16 juin de l'an 24 de l'ère Kouang-siu (1898), l'empereur reçut en audience, au palais de la Vertu et de la Longévité à Yi-he-yuan, K'ang Yeou-wei, fonctionnaire de sixième rang du ministère des Travaux Publics.

C'était la première fois dans l'histoire de la Chine qu'un empereur accordait une entrevue privée à un fonctionnaire de si basse classe, et répondait à ses questions avec autant de patience et de bonté.

K'ang Yeou-wei s'avança dans la longue galerie qui décrivait de douces courbes au bord du lac, avec la dignité d'un grand conseiller impérial. Pourtant, son bonnet était orné d'un simple coquillage, sa veste seulement brodée d'un héron, et l'insigne de mérite qui tremblait à l'arrière de son bonnet était une vulgaire plume de faisan bleue.

Tous les hauts fonctionnaires qui avaient accompagné l'empereur au palais d'été, qu'ils fussent conservateurs ou réformistes, froncèrent le sourcil devant une telle arrogance.

L'empereur et K'ang Yeou-wei avaient tous deux attendu ce jour avec une grande impatience. L'empereur, déjà complètement entiché des écrits et de la pensée de K'ang, attendait cette rencontre avec l'enthousiasme d'un amant au premier rendez-vous avec sa bien-aimée. Quant à K'ang, scandaliser l'entourage de l'empereur ne lui faisait pas peur. Il ne doutait pas une seconde qu'à l'issue de cette audience, il se verrait propulsé aux plus hauts rangs de l'administration et serait l'un des principaux personnages à tenir le timon de l'ère nouvelle. C'est cette confiance absolue en lui-même qui transparaissait dans sa démarche, tandis qu'il parcourait la galerie d'une li et demie le long du lac.

Le professeur K'ang avait vu le jour dans la province de Kouang-tcheou. Cet érudit, ainsi que s'en apercevaient rapidement tous ceux qui nouaient des relations avec lui, était surtout féru en sciences naturelles. Au beau milieu d'un exposé sur Confucius, il se mettait soudain à discourir sur les sciences de l'univers, exposait ses théories sur l'origine de l'homme ou encore, en pleine lecture des Annales chinoises, se mettait à expliquer comment s'étaient instituées les langues communes et développées les différentes races du monde. Il était très imbu de ses connaissances et avait tendance à se considérer comme la fine fleur des lettrés de son temps. Comme il ne dissimulait rien de son caractère, son entourage se composait à parts égales de gens qui, le prenant pour un fou, finissaient par couper tout lien avec lui, et d'autres qui le vénéraient à l'égal d'un dieu et s'enthousiasmaient pour ses théories. L'empereur Kouang-siu était donc le plus représentatif de ses disciples.

La préfecture natale de K'ang était une zone fertile située dans le delta de la rivière des Perles. La capitale de la province, Canton, était le port de commerce le plus actif du Sud de la Chine et bénéficiait depuis toujours des apports culturels de l'étranger. Cette région, à cause de son ouverture géographique sur l'extérieur, avait donné nombre de docteurs et de licenciés à l'esprit novateur, avides de s'instruire, et fourni à la Chine des hommes bien au fait des études occidentales ou du commerce avec l'étranger, qui ne se contentaient pas du cadre confucianiste traditionnel. Ce n'était sans doute pas par hasard que le principal leader du mouvement antigouvernemental Sun Ya-tsen était lui aussi né dans cette région.

La famille de K'ang Yeou-wei comptait parmi une des plus illustres familles de hauts fonctionnaires de la province. Son grand-père avait fait partie des lettrés précurseurs des études occidentales et son père avait été non seulement préfet du Tche-kiang, mais s'était également illustré lors de l'expédition qui avait écrasé les rebelles de Taiping.

Nul besoin de dire à quel point l'héritage de K'ang Yeouwei, né dans une si illustre famille, était lourd à porter, et quelle pression avait pesé sur lui dès l'enfance.

Son grand-père était un grand intellectuel, que tous les candidats aux examens de la province considéraient comme leur directeur d'études. Elevé dans un contexte familial où l'on discutait de sujets d'avant-garde, K'ang Yeou-wei se considérait naturellement comme un être d'un talent exceptionnel et avait une très haute opinion de lui-même.

Cependant il dut lui aussi subir impartialement les épreuves des examens. Or il échoua deux fois, à quatorze puis à quinze ans, aux premières sélections qui représentaient en quelque sorte la porte d'entrée aux examens proprement dits.

Plutôt que de rester prostré après cet échec, l'adolescent qui se considérait depuis sa naissance comme un être d'essence quasi divine, trouva parfaitement absurde qu'un membre de l'élite intellectuelle du pays tel que lui fût recalé. Dès lors, s'éloignant des études néo-confucianistes dont sa famille faisait profession, il se familiarisa avec des études de dilettante, se lança dans la lecture des romans, se mit à honnir les dissertations en huit parties et cessa d'écrire le moindre vers.

A dix-neuf ans, cependant, il tenta les examens de la province, où il échoua. Déployant alors tout son zèle, il s'en alla frapper à la porte du célèbre savant Tchou Kieoukiang, ami de son grand-père. Ce faisant, plutôt que dans une école de préparation aux examens, il entrait dans une institution privée où l'on se souciait peu d'être reçu ou non aux examens.

L'enseignement du professeur Tchou sur les Classiques visait en effet à suivre au plus près l'esprit véritable de Confucius et à dénoncer les versions officielles des études Han ou Song, pleines de théories abstraites et impraticables.

Les études Han constituaient l'interprétation officielle des Classiques, et les études Song celles redéfinies par le philosophe Tchou Hi. Comme les sujets des examens étaient basés sur les commentaires des Classiques par Tchou Hi, si c'était en soi une bonne chose d'avoir à cœur d'entrer dans l'école de Tchou Kieou-kiang, en même temps cela éloignait K'ang davantage encore du système des examens.

Les reproches de sa famille poursuivirent longtemps K'ang Yeou-wei. Non pas que l'enseignement sur la nouvelle exégèse des classiques confucéens qu'il recevait chez Maître Tchou s'avérât inutile. Pendant trois ans, il étudia à fond les enseignements de cette école à part basée sur les commentaires de Gongyang, qui cherchaient à mettre en pratique les véritables préceptes de Confucius : K'ang Yeou-wei retint que le but des études était de gouverner un jour pour le salut du peuple.

Cependant, les attentes de sa famille et sa propre conscience de faire partie d'une élite l'empêchèrent de se contenter de devenir un lettré ou un maître vénéré sans poste officiel. A l'âge de vingt-cinq ans, il décida de se rendre à la capitale pour tenter à nouveau sa chance aux examens. Il avait choisi la préfecture de Tcheli pour les examens de province, à cause de la forte proportion de candidats reçus qu'on y trouvait. Pour « œuvrer au salut du peuple », il fallait réussir aux examens et obtenir un poste gouvernemental. Malgré son zèle, cependant, il échoua à nouveau. Il persista, sans se décourager, à tenter sa chance à chaque session.

Il se cultiva au cours de ses allées et venues entre la capitale et Canton, via Shanghai. Il se familiarisa avec des traités traduits de langues étrangères qu'il se procurait en chemin à Shanghai, acquit ainsi de vastes connaissances, étudia librement, fonda finalement sa propre école de pensée, rassembla des disciples, jusqu'à devenir un professeur célèbre.

Etant donné ces antécédents, l'enseignement que dispensait le professeur K'ang ne pouvait être qu'iconoclaste. Sa pensée fondée sur des axiomes tels que « une civilisation chinoise, des techniques occidentales » et « gouverner pour libérer le peuple de sa souffrance », seyait bien à une époque en pleine mutation. Son enseignement était même un peu d'avant-garde et, en tout cas, aucun intellectuel ne savait comme lui fasciner les esprits de jeunes gens ballottés çà et là au gré de théories diverses, et se retrouvant au pied du mur des examens. Depuis de longues années déjà, K'ang Yeou-wei envoyait régulièrement à l'empereur des pétitions l'enjoignant à appliquer l'essence de l'enseignement de Confucius dans sa façon de gouverner.

Cependant, il était toujours simple bachelier. Et donc, naturellement, toujours en butte aux critiques de sa famille pour qui sa profonde érudition ne comptait pas puisqu'aucun titre officiel n'était venu la sanctionner. Il fut finalement reçu, contre toute attente, aux examens de la province de Canton auxquels il se présenta à nouveau par loyauté envers sa mère qui tenait à le voir docteur. Il n'avait pas encore atteint un âge canonique lorsqu'il obtint enfin son grade de licencié, mais une vingtaine d'années s'étaient tout de même écoulées depuis qu'il avait été reçu aux examens préliminaires. Puisqu'il était arrivé jusque-là, il se devait de réussir brillamment son doctorat. Le nom du professeur K'ang, théoricien du parti réformiste, était déjà célèbre, mais il continuait, en dehors de ses activités politiques et des nombreux disciples qui l'entouraient désormais, à se présenter au doctorat et à échouer régulièrement.

Il obtint enfin son diplôme, en l'an 21 de l'ère Kouang-siu, à l'âge de trente-sept ans. Il ne fut reçu que quarante-sixième à l'examen du palais, c'est-à-dire avec des résultats tout à fait ordinaires. Il fut donc nommé à un poste sans grande envergure au ministère des Travaux Publics. Il avait cependant enfin fait le premier pas vers une mise en pratique de l'enseignement du professeur Tchou Kieou-kiang.

Il savait parfaitement qu'étant donné son âge, sa carrière de fonctionnaire serait limitée. Il n'avait donc guère de temps devant lui pour concrétiser ses idées politiques. Voilà pourquoi il voulait rencontrer l'empereur sans plus attendre, espérant gagner sa confiance et devenir son conseiller en matière de réformes. Il avait longuement préparé le terrain en envoyant diverses pétitions à l'empereur au cours de sa vie itinérante, en écrivant des traités, en rassemblant des camarades. Il disposait d'un groupe de sympathisants au sein même du gouvernement central. L'occasion était mûre.

Il avait profité de sa présence à Pékin pour les examens pour exposer la nécessité de la réforme aux candidats de la capitale et déposer au bureau du palais une pétition signée par mille trois cents personnes, mettant l'empereur en demeure d'entreprendre des réformes. Le licencié K'ang s'était rendu sur les lieux des examens en voiture officielle : l'homme qui faisait trembler les mandarins conservateurs était célèbre dans tout le pays, sa position et sa gloire reconnues par tous les autres candidats. L'obtention du titre de docteur consolida sa position de personnage central du parti des réformateurs.

K'ang fonda de nombreuses associations politiques, publia des journaux, devint le chef politique incontesté des réformateurs.

Sa philosophie d'avant-garde et ses discours passionnés lui valurent d'être vénéré comme un dieu par les uns, haï comme la peste par les autres. Il était en tout cas devenu le maître à penser d'une ère nouvelle.

Mais le célèbre professeur s'impatientait. Il était talonné par le temps, ses camarades réformateurs étaient pour la plupart bien plus jeunes que lui. Lui, K'ang Yeou-wei, habitué dès l'enfance à se considérer comme un dieu, ne pouvait se satisfaire d'être la pierre angulaire du mouvement de réforme.

L'état d'urgence régnait. Le ministre des Rites Yang Sitcheng, l'unique bouclier protégeant ses camarades réformateurs, était tombé sous les coups des conservateurs. Le prince Yi-tsin, qui jouait le rôle de tampon entre les deux camps, n'était plus. Le poste de ministre des Affaires Militaires, autrement dit de premier ministre effectif, restait vacant.

Li Hong-tchang, qui aurait pu prétendre à nouveau à ce poste, avait annoncé que les négociations sur Hong-kong constitueraient sa dernière tâche officielle. Depuis la signature du traité, le 9 juin, on ne l'avait pas revu au palais.

L'attentat contre l'impératrice douairière à la gare de Match-pao avait fait l'effet d'un coup de tonnerre dans un ciel serein. Beaucoup de hauts dignitaires, des princes de sang même, avaient été blessés. Le chef de palais Li Lien-yin, que Tseu-hi considérait comme un membre de sa famille, et Li Tchouen-yun, son eunuque favori, avaient été grièvement blessés, c'était dire l'importance de l'affaire.

Le bruit courait que l'auteur de cet attentat était le commissaire aux Affaires Générales Chouen-kouei. K'ang avait du mal à le croire. Depuis une dizaine d'années qu'il entretenait des relations amicales avec Chouen-kouei, il connaissait le caractère doux et loyal de ce jeune fonctionnaire au teint pâle. En outre, un fils de noble mandchou ne pouvait avoir trempé dans un complot contre l'impératrice douairière, mandchoue elle aussi. Il était vrai, cependant, que Chouen-kouei avait disparu depuis le jour de l'attentat et que les portes de sa résidence restaient hermétiquement closes. Tous les journaux étrangers le tenaient pour coupable. L'inertie totale des autorités judiciaires n'augurait rien de bon. Chouen-kouei était une des personnes en qui le prince Kong avait le plus confiance, il participait souvent aux réunions présidées par K'ang Yeou-wei : de toute évidence, il était membre du parti réformateur. Au vu de tous ces éléments, il était plutôt inquiétant que l'impératrice douairière restât terrée depuis l'incident dans son palais d'été, sans dire un mot de l'affaire, comme s'il ne s'était rien passé.

En quelques jours, les événements se précipitèrent. Comme si les rapports des deux camps, déjà très tendus, avaient atteint le point critique.

Cinq jours plus tôt, le 11 juin, l'empereur Kouang-siu avait promulgué un édit de réforme.

Ensuite, l'avant-veille, malgré les tentatives des réformateurs pour l'en empêcher, il s'était rendu en palanquin au palais d'été, afin, disait-il, de prouver à l'impératrice douairière son innocence dans l'affaire de la bombe et de mener de là-bas sa politique de réforme.

Mais Tseu-hi avait ignoré sa présence. Refusant de le rencontrer, elle était restée cloîtrée dans le palais qu'elle avait fait édifier au bord du lac.

Soudain, le 15 juin, l'impératrice douairière avait émis trois édits. Son retrait des affaires de l'Etat n'ayant pas encore été annoncé officiellement, ces édits avaient encore valeur d'ordres.

Le premier révoquait le ministre de la Population.

Le second nommait le ministre du Commerce avec l'étranger en Chine du Nord et gouverneur du Hopei Wang Wen-shao au poste de ministre des Affaires Militaires.

Le troisième nommait le ministre des Affaires Générales et ministre des Armées Jong-liu au poste de ministre du Commerce avec l'étranger en Chine du Nord et gouverneur du Hopei.

Ces édits avaient de quoi bouleverser les esprits chez les réformateurs. Le vieux ministre de la Population, qui leur était acquis, se voyait éliminé de la partie. L'insipide Wang Wen-shao était nommé premier ministre, et Jong-liu, le plus terrible des conservateurs, prenait sa place au poste le plus puissant de l'empire : désormais, le commandement des trois armées des mers du Nord résidait entre ses mains.

L'empereur, pantois, se trouva sans alternative : pour éviter une extrême confusion au sein même des organes centraux du pouvoir, il devait entériner l'édit de sa tante. Ce coup politique, au moment même où l'empereur venait de décider de recevoir K'ang Yeou-wei en audience, était si imprévu que l'empereur ne sut comment réagir autrement.

K'ang Yeou-wei approchait du palais de la Vertu et de la Longévité où l'attendait l'empereur.

Le chemin avait été long à parcourir, mais il touchait enfin au but, songeait-il en se retournant pour contempler le bout de l'interminable galerie.

La veille, le camarade Liang Wen-sieou était venu lui rendre visite. « K'ang, le chemin de la restauration est long. Maintenant que nous sommes si près du but, reste prudent dans tes paroles, garde la mesure », lui avait-il répété avec insistance.

Mais le professeur K'ang croyait en ses méthodes personnelles. Liang parlait, certes, avec la voix de la raison. Mais maintenant que Tseu-hi avait promulgué ces édits intolérables, la situation nécessitait des mesures d'urgence.

Si, suivant les conseils du mandarin de génie qu'était Liang, il mesurait ses paroles et sa pensée, il raterait une chance unique dans sa vie. C'était pour cela que l'empereur avait accepté de le recevoir en audience, songeait-il.

Lorsqu'il vit cet homme prosterné devant le trône lever vers lui un visage rond et serein, l'empereur songea qu'il avait trouvé un conseiller approprié. Tels étaient les espoirs qu'il avait placés en K'ang Yeou-wei.

L'empereur avait lu avec tant de passion les mémoires que le professeur lui avait envoyés par le passé qu'il les connaissait presque par cœur.

Suivant l'usage des audiences impériales, il commença par s'enquérir du nom et des qualités de son visiteur. K'ang répondit d'une voix assurée, vibrante d'énergie. Jamais encore, l'empereur n'avait eu l'occasion d'entendre la voix d'un homme accoutumé à haranguer les foules sur les places et à mener des débats publics.

Son cœur bondit dans sa poitrine en songeant qu'aux côtés de tous les souverains d'exception dont l'histoire avait gardé le souvenir s'était toujours trouvé un premier ministre aux talents d'exception.

— Yeou-wei, je connais en gros ta pensée, pour avoir lu tes traités et tes mémoires. Donne-moi sans crainte ton avis sur les réformes nécessaires.

L'empereur s'était adressé familièrement à K'ang, l'appelant par son prénom. Il congédia les vassaux et eunuques présents dans la salle.

Une fois seul avec le souverain, K'ang exposa ouvertement, de sa voix assurée d'orateur, son opinion sur le danger que représentaient pour l'empire les récentes orientations de la politique des grandes puissances :

— Sans doute Votre Majesté n'ignore-t-elle pas qu'en ce moment même, la France, l'Angleterre, l'Allemagne, la Russie et enfin le Japon sévissent sur notre territoire même ?

— Je suis au courant, cela va de soi. Le Japon occupe déjà la Corée et Formose, l'Angleterre Hong-kong et Kowloon, l'Allemagne Tsingtao, la Russie a établi une base militaire à

Talien, la France colonise l'Indochine. La situation est extrêmement grave.

On aurait pu croire que K'ang Yeou-wei, empli de confusion par la réponse de l'empereur, y adhérerait aussitôt, mais à la place, il secoua le menton d'un air découragé et répondit d'un ton énervé :

— C'est donc le seul état de crise dont Votre Majesté a conscience !

De surprise, l'empereur se dressa à demi sur son trône. La seule personne qui avait jusqu'alors osé le réprimander était Tseu-hi. Naturellement, aucune critique ne lui avait jamais été adressée par un vassal agenouillé sous son trône.

K'ang poursuivit, les yeux fixés sans ciller sur le souverain :

— Majesté, vos conseillers n'osent vous dire la vérité de crainte de vous fâcher, mais moi, humble fonctionnaire de sixième rang à presque quarante ans, ce n'est aucunement par intérêt personnel que j'ai demandé audience à Votre Majesté, et je vais vous dire ce qu'il en est en réalité. Les Japonais ont étendu leur influence non seulement en Corée et à Formose mais ont également colonisé Fou-tcheou, les Anglais remontent le Yang-tse-kiang jusqu'à Koueiyang, quant aux Allemands, Tsingtao est une base qui leur a permis d'aller jusqu'à Tsinan, au Chantong, et la partie occupée par la France s'étend de la baie de Canton jusqu'au fond du Yunnan, les Russes ont étendu leur influence en Mandchourie, terre d'origine de vos ancêtres, jusqu'à Kirin, sans parler de Moukden, qu'ils appellent désormais leur capitale, et à la Grande Muraille. Autrement dit, les seules zones que l'empire mandchou dirige encore à l'heure actuelle sont la Plaine du Milieu, les bords du fleuve Jaune jusqu'à Si-an, et c'est tout. Sur les quatre cents provinces que compte votre empire, trois cents déjà sont entre les mains des grandes puissances !

— Dis-tu vrai ? Le petit visage de poupée de l'empereur Kouang-siu s'était crispé. Il y a pourtant un gouverneur dans chaque province, et nous envoyons régulièrement des inspecteurs. Les quatre cents provinces sont bien sous le contrôle du gouvernement central.

— Le gouvernement central ne règne que sur les capitales des provinces, vos inspecteurs ne contrôlent que des points sur la carte. Les armées des grandes puissances et les marchands ont usurpé votre domination sur tous les territoires au-delà de Pékin et de ses faubourgs. Aujourd'hui quatre cents millions d'hommes, riches et pauvres, nobles et brigands confondus, vivent dans des maisons en ruine, marchent sur des flammes, le navire est en train de sombrer ! Si vous continuez à contempler ce désastre avec indifférence jusqu'à l'effondrement final, vous n'aurez eu d'empereur que le nom, Majesté, vous serez pareil à ces princes barbares qui se laissèrent assimiler par les empereurs chinois.

— Insolent ! Tu parles à l'empereur du grand empire Ts'ing ! Comment oses-tu me comparer à un prince barbare ?

— Pardonnez-moi, Majesté. Mais notre pays est en train de réitérer les mêmes erreurs que d'autres avant nous, qui sont aujourd'hui la proie des grandes puissances : l'Inde, la Birmanie, le Vietnam, la Pologne. Pourquoi attendre sans rien faire une chance inespérée d'échapper à l'inévitable ?

L'empereur était lucide, il comprit aussitôt ce que K'ang voulait dire. Son visage pâle prit les couleurs du désespoir, sa tête retomba vers sa poitrine drapée de la magnifique robe jaune du Dragon. Il murmura d'une voix sans force :

— Qu'aurais-je pu faire ? J'étais pieds et poings liés.

K'ang poussa plus loin sa critique :

— Confucius l'a dit, les empires causent eux-mêmes leur perte. Comprenez-vous, Majesté ? Avant d'être détruit par les puissances étrangères, l'empire Ts'ing se détruisait déjà lui-même ! Toute la responsabilité nous en incombe et – pardonnez-moi, Majesté – elle incombe également au Vénérable Fils du Ciel qui règne sur cet empire. Dût-on me fendre la bouche, je ne vous laisserai pas dire qu'« il n'y avait rien à faire » ! Majesté, vous régnez sur la Chine entière, vous êtes le dépositaire du Mandat du Ciel !

L'empereur gardait la tête baissée. Pendant un moment, le souverain et son vassal restèrent silencieux, chacun versant des larmes amères.

La phrase que murmura ensuite K'ang Yeou-wei d'une voix pleine de larmes fit frissonner l'empereur qui, en dépit de toute son intelligence, était un être faible :

— Majesté… Je ne puis m'empêcher de songer à la Colline de Charbon…

C'est au sommet de cette colline artificielle édifiée au nord de la Cité Interdite que l'empereur Tch'ong-tchen des Ming, poursuivi par le rebelle Li Tseu-tcheng, s'était autrefois pendu à une branche de pin ; deux cent cinquante ans plus tard, cette affaire alimentait encore les conversations à la Cité Interdite.

Les grandes puissances assiégeaient déjà la Plaine du Milieu. L'empereur pouvait se retrouver du jour au lendemain acculé au suicide, comme jadis l'empereur Ming.

— Yeou-wei, que dois-je faire ? Comment puis-je protéger l'empire ?

— Par les réformes. Mais rien ne changera si vous vous contentez de transformations minimes comme cela a été le cas jusqu'à maintenant. Il faut entreprendre une vaste réforme, c'est le seul moyen de sauver l'empire. Par exemple… K'ang se redressa de toute sa taille et poursuivit d'une voix plus assurée que jamais : Par exemple, il faut réformer entièrement le système des examens, totalement inefficace, et abolir les dissertations en huit parties.

— Que dis-tu là ? Mais tous les hauts fonctionnaires du gouvernement sont passés par ce système, jamais ils n'accepteront qu'on y touche !

— Majesté, vous n'avez pas à leur demander leur avis. Vous êtes l'empereur, vous détenez le Mandat du Ciel, et si vous promulguez un édit, tout s'accomplira selon votre volonté. Inutile de consulter vos conseillers pour mener à bien les réformes.

— Mais je n'ai ni les connaissances ni l'audace requises pour cela !

— Que dites-vous là, Majesté ? Vous êtes le Fils du Ciel. Nul n'osera s'opposer à un rescrit impérial. Quant aux connaissances, utilisez celles de votre humble serviteur. Si vous approuvez mes pétitions et promulguez des édits s'inspirant de leurs idées, vous ne pourrez que réaliser des réformes qui rendront sa force à l'empire.

— Tu veux donc que je passe outre l'avis du ministre des Affaires Militaires ?

— A l'origine, le bureau des Affaires Militaires fait partie du Conseil privé, lequel a pour rôle d'aider l'empereur à gouverner. Si vous pensez ne pouvoir passer outre l'avis du Conseil privé, j'ai une idée : nommez donc l'un de mes camarades au poste de commissaire aux Affaires Militaires. Il ne manque pas de gens compétents prêts à mettre les réformes en œuvre : Liang Wen-sieou, Tan Sseu-tong…

— Tu veux transformer en pantin le ministre des Affaires Militaires ?

— Que peuvent accomplir de vieux conseillers qui ne songent qu'à préserver des lois obsolètes ? Que peut-on attendre d'un premier ministre tel que Son Excellence Wang Wen-shao, accouru du Tcheli sur ordre de Sa Majesté l'impératrice douairière ?

Les traits du vieux vassal Wang Wen-shao, venu le remercier pour sa nomination au poste de premier ministre, revinrent en mémoire à l'empereur. Wang allait atteindre soixante-dix ans cette année-là et il était probablement un des plus anciens vassaux de l'empereur, exception faite de Li Hong-tchang, son aîné de quatre ans. Mais, comparé à cet habile diplomate de Li, Wang Wen-shao n'était qu'un vieillard débonnaire, manquant de finesse et de sens politique.

Li Hong-tchang s'était retiré des affaires de l'Etat après la signature du traité sur l'extension de la colonie de Hongkong, tandis que Wang Wen-shao accédait au poste de ministre des Affaires Militaires, autant dire de premier ministre. L'empereur ne comprenait pas où son impériale tante voulait en venir en agissant de la sorte.

— J'ai été le premier surpris de cette décision de l'impératrice mère, alors qu'elle venait d'affirmer sa détermination à me laisser désormais régler seul toutes les affaires de l'empire. Elle ne peut tout de même pas me suspecter d'avoir manigancé l'attentat de la gare de Ma-tcha-pao !

— Elle vous suspecte, rétorqua K'ang Yeou-wei sans détour. Et c'est bien pour cette raison qu'elle a nommé Wang Wen-shao premier ministre.

— Mais pourquoi ? Il n'est absolument pas la personne indiquée pour imposer une politique de réforme.

— Ah… Majesté, la profondeur de votre intelligence n'a d'égale que la pureté de votre cœur… Le but de Sa Majesté l'impératrice douairière n'était pas d'élever Wang à ce poste mais de nommer le général Jong-liu à celui de gouverneur du Hopei.

Ainsi que l'avait fait remarquer K'ang Yeou-wei, le jeune empereur était dépourvu de tout esprit de suspicion. Le réformateur reprit en martelant ses mots et en regardant bien en face l'empereur qui penchait la tête d'un air intrigué :

— Le pouvoir du gouverneur du Tcheli outrepasse celui du premier ministre. Au cours des générations précédentes, des hommes larges d'esprit et modérés tels que Li Hong-tchang ou Tseng Kouo-fan ont occupé ce poste. Mais Son Excellence Wang ne l'occupe qu'à titre provisoire. Si Sa Majesté l'impératrice douairière a nommé le général Jong-liu au poste crucial de commandant des armées du Nord, c'est bien parce qu'elle doute de vous.

— Je… je ne comprends pas. Pourquoi l'impératrice mère voudrait-elle contrôler les trois armées du Nord ?

K'ang hésita un instant puis, se frappant sur les genoux comme pour s'encourager lui-même, déclara sans ambages :

— Pardonnez mon outrecuidance, Majesté, mais l'impératrice douairière veut contrôler les armées afin de renverser la réforme, de briser votre volonté et enfin de vous faire arrêter.

— Ne dis pas de sottises !

L'empereur se leva si brusquement que son trône vacilla.

— Trêve d'insolences ! Comment oses-tu tenir des affirmations aussi invraisemblables à l'encontre du Vénérable Père de Famille impériale ?

K'ang Yeou-wei ne céda pas, même face au terrible courroux de l'empereur dressé au-dessus de lui. Il se prosterna, rampa jusque sous le trône et déclara la seule chose qui, à son avis, pouvait avoir raison de la fureur impériale :

— Sachez, Majesté, que l'impératrice Tseu-hi a fait assassiner le ministre des Rites Yang Si-tcheng.

Le sceptre impérial vint rouler aux pieds de K'ang Yeou-wei. Tsai-t'ien, debout sur les degrés du trône, était blême.

— Le Vénérable Père, assassiner mon précepteur… Tu mens !

— Je vous assure que non. Si vous doutez de ma parole, envoyez un émissaire à Hang-tcheou et vérifiez si le ministre Yang s'y trouve. Non, le temps nous est trop compté pour cela. Faites plutôt fouiller la demeure du castrateur Bi le Cinquième de la porte de la Splendeur de l'Ouest. La dépouille du ministre Yang y attend la réalisation de la restauration !

— Pourquoi ? Pourquoi ? Mon bien-aimé professeur… Comment a-t-elle pu faire cela à l'homme qui m'a tout appris depuis mon plus jeune âge, que je chérissais comme un frère aîné, comme un père ! Pourquoi ?

Dressé sur son trône, l'empereur sanglotait, la tête levée vers le ciel.

— Majesté, je compatis à votre douleur. Il importe maintenant de balayer tous les obstacles et de procéder aux réformes. Ne redoutez ni la Yehonala qui cherche à ébranler la gloire du grand empire Ts'ing, ni les vassaux félons qui veulent usurper le pouvoir. Fiez-vous à votre humble serviteur.

Après avoir sangloté à fendre l'âme, l'empereur retomba sur son trône et, la tête dans les mains, se mit à trembler.

— Nous entretenons des relations secrètes avec un camarade favorable aux réformes, Yuan Che-k'ai, qui est déjà commandant de la nouvelle armée de terre…

— Comment, Yuan Che-k'ai ? fit l'empereur en levant la tête d'entre ses manches et en soulevant ses fins sourcils de jeune fille.

— Il est à la tête d'une armée d'élite de sept mille hommes, constituée après la guerre avec le Japon. C'est le seul corps militaire de l'empire équipé à l'occidentale. Yuan manifeste depuis longtemps intérêt et compréhension pour le mouvement réformiste, il est également membre du groupe d'études que je dirige. Avec Yuan Che-k'ai à vos côtés, tous les vassaux félons se prosterneront bientôt à vos pieds.

L'empereur réfléchit un moment, ses doigts fins agrippés aux accoudoirs du trône.

— Il faut que je voie l'impératrice mère sans tarder pour m'entretenir en détail de tout cela avec elle…

— Impossible, Majesté. Désormais, vous rendre au palais d'été serait aussi dangereux que vous jeter dans les flammes d'une fournaise. Vous devez au contraire rester à la Cité Interdite et promulguer au plus tôt un édit détaillé de réforme, qui sera communiqué à l'ensemble des organes politiques.

L'empereur regardait dans le vague au-delà de K'ang Yeou-wei, vers le lac dont les clapotis parvenaient jusqu'à eux. Il aimait Tseu-hi. Il aimait profondément cette tante qui avait soutenu l'empire sur ses seules épaules, sous le règne de son oncle Sien-feng, puis de son cousin T'ong-che et enfin, sous son règne à lui, qui manquait tant de maturité. Il aimait cette femme plus que son défunt père, plus que sa propre mère défunte.

Dans les rayons du soleil d'été lui apparut comme un mirage le beau visage souriant de sa tante. Il avait pris l'habitude depuis sa tendre enfance d'appeler « Père » cette parente toujours vêtue de noir. La vision s'effaça, et d'épaisses ténèbres s'étendirent sur le cœur de l'empereur Kouang-siu.

L'audience achevée, K'ang Yeou-wei alla présenter ses hommages aux courtisans de l'empereur présents dans les bureaux du Palais Détaché.

Le soleil déclinait lorsqu'il quitta le palais. Au bout de la longue galerie aux colonnes peintes de vert et de vermillon vif qui longeait le lac, il vit s'avancer un haut dignitaire escorté par des eunuques. A la prestance de l'allure, à la veste brodée d'une grue et au bonnet orné d'un corail, K'ang reconnut un fonctionnaire de premier rang. Il s'agenouilla dans la galerie, tête baissée, avant d'avoir pu reconnaître de qui il s'agissait.

Le bruit de pas s'arrêta juste à côté de lui.

— Yeou-wei…

K'ang Yeou-wei reconnut la voix et leva la tête vers l'ombre immense au-dessus de lui.

— Excellence Li Hong-tchang…

Li le regardait d'un air pensif, lissant sa barbe blanche. Comme frappé d'une flèche, K'ang baissa aussitôt le front à nouveau.

— J'ai conseillé à Sa Majesté l'empereur de te nommer commissaire aux Affaires Générales, tu remplaceras Chouen-kouei. Personne n'a émis la moindre objection.

— Moi ?... Je vous en suis extrêmement reconnaissant, Excellence.

— Il est impossible de te nommer tout de suite à un poste plus élevé, devant les autres mandarins. Mais tu auras le titre exceptionnel de « conseiller en nouvelle politique ».

— Quelles fonctions ce titre recouvre-t-il ?

— Tu auras toute qualité pour conseiller Sa Majesté l'empereur en matière de réformes, et pourras avoir librement audience avec elle.

Cela revenait à donner à K'ang un pouvoir équivalent à celui du ministre des Affaires Militaires. Si la suggestion venait de Li Hong-tchang en personne, aucun dignitaire n'avait dû oser élever la moindre objection.

— Est-ce pour cela que vous vous êtes rendu au palais, Excellence ?

— Voilà tout ce que je peux faire pour toi. D'ailleurs, le pourrais-je que je n'en ferais pas plus.

— J'en suis fort heureux et vous remercie grandement de votre sollicitude à mon égard.

Inconsciemment, K'ang Yeou-wei s'était prosterné aux pieds de Li Hong-tchang.

— A propos, Yeou-wei. Juste une question... As-tu dit à l'empereur une chose qu'il n'aurait pas dû entendre ?

K'ang Yeou-wei frissonna. L'empereur avait-il parlé à Li Hong-tchang de ses précédentes révélations ?

— Sa Majesté a-t-elle évoqué quelque chose en particulier ?

— Non, mais je l'ai trouvée dans un état d'agitation fort singulier.

K'ang s'était toujours étonné que ce vieillard qui avait occupé une place prédominante au service de l'Etat n'eût pas davantage l'allure d'un haut dignitaire à cheval sur les principes. Qui plus est, Li avait été autrefois le bras droit de Tseng Kouo-fan et l'avait aidé à écraser la révolte de Taiping. Cet homme avait passé la moitié de sa vie sur les champs de bataille, pourtant, il ne ressemblait pas non plus à un guerrier et ne sentait ni la sueur ni la poudre à canon.

— Dis-moi, Yeou-wei, il paraît que tu es fort versé dans les commentaires de Gongyang et le néo-confucianisme.

— Oui, je les ai étudiés auprès de mon maître le professeur Tchou.

— Ah bon ? Tu es donc un partisan convaincu de cette pensée. Bien. Mais laisse-moi te dire une chose. Les commentaires de Gongyang sur les Annales sont des textes secondaires. Tu ne pourras jamais te vanter de ton érudition devant des fonctionnaires lettrés qui ont, eux, une parfaite connaissance des études Han et des études Song.

K'ang leva la tête vers Li, dont le visage restait dans l'ombre.

— Excellence, cette affirmation n'engage que vous. Une interprétation moderne des écrits de Confucius, fondée sur les commentaires de Gongyang, est au contraire ce dont notre monde a le plus besoin aujourd'hui.

— Ton peu d'ardeur à passer les examens est également une vérité incontournable. Pour ma part, j'ai obtenu mon doctorat à l'âge de vingt-quatre ans. Si tu as dû attendre un âge aussi avancé pour te voir inscrit sur la liste d'or des docteurs, c'est tout simplement que tu as trop ménagé tes efforts. N'oublie jamais que ces lettrés que tu méprises et traites de conservateurs ont fait plus d'efforts que toi dans leur vie.

Li avait une expression sévère. Ravalant les reparties qui lui venaient à la bouche, K'ang se prosterna à nouveau et frappa le sol de son front.

— Et puis, ne force pas trop les choses. L'histoire n'avance pas si aisément, elle n'est pas faite par un seul homme.

Li Hong-tchang tourna les talons, mais il s'arrêta au bout de deux ou trois pas à peine et se retourna pour déclarer :

— *Rome was not built in a day.* Comprends-tu ? C'est un célèbre dicton européen : « Rome ne s'est pas faite en un jour », et la grande nation dont tu rêves ne saurait pas davantage naître dans l'immédiat. Ni même dans trois ans.

— Pourtant, Excellence, je...

— Silence, blanc-bec ! cracha Li Hong-tchang. Comment accomplirais-tu en trois ans ce que je n'ai pu réaliser en cinquante ? Et en t'agitant comme tu le fais, c'est cinq cents ans qu'il te faudra.

Li Hong-tchang partit à grandes enjambées en continuant à fulminer.

— Excellence Li, dites-moi alors, pourquoi m'avez-vous recommandé auprès de Sa Majesté ?

Li agita sa main osseuse dans les airs sans même se retourner :

— Je n'avais pas d'autre alternative que de parier sur toi. Efforce-toi d'être à la hauteur, Yeou-wei, efforce-toi !

15

Les branches des camphriers de la résidence des princes Yu d'un côté, celles des marronniers de la légation anglaise de l'autre, formaient des arceaux qui protégeaient l'allée du soleil estival. En pénétrant dans ce lieu ombragé, Thomas Burton et Oka Keinosuke ne purent réprimer leur joie.

— Ah ! C'est le paradis ici. J'étais sur le point de m'évanouir de chaleur.

— Moi aussi. J'ai bien cru que nous n'arriverions jamais jusqu'à l'académie.

L'académie Hanlin se dressait au bout du chemin, tremblant comme un mirage dans la brume de chaleur et les volutes de sable. Derrière les deux hommes, le quartier des légations apparaissait au loin, oasis au milieu du désert. Dans l'ombre des arbres où l'on entendait par moments striduler les cigales, les passants posaient leurs bagages, s'asseyaient, ouvraient les cols de leurs vestes.

— Reposons-nous un instant, nous avons encore le temps.

Burton ôta son panama pour s'éventer et partit acheter des quartiers de pastèque à un étal. Les pastèques ne manquaient pas dans cette ville où boire de l'eau était dangereux pour la santé. On en voyait un peu partout, empilées aux devantures des échoppes, ou vendues en tranches sur des étals.

Burton ouvrit grand la bouche pour mordre dans une tranche et déclara en recrachant des pépins mêlés de jus :

— C'est bien gentil de la part du nouveau gouverneur du Hopei de nous convier à une conférence de presse pour son entrée en fonction, mais ne pouvait-il choisir une heure plus appropriée ? C'est déjà un calvaire d'arriver jusqu'à l'académie, et rien qu'à l'idée de la salle de conférence sans ventilateur où nous allons être confinés, je me sens défaillir !

— C'est bien digne de cet arrogant de Jong-liu ! Il veut vendre son image aux journaux étrangers mais se soucie comme d'une guigne du bien-être des journalistes !

Pékin connaissait de gros écarts de température en été. Matin et soir, il faisait frais au point d'avoir besoin d'une veste, mais en plein midi la température avoisinait les quarante degrés. Aussi les journalistes étrangers travaillaient-ils en général tôt le matin ou tard le soir ; dans la journée, aux heures les plus chaudes, ils se contentaient de boire de la bière au club ou de rester allongés sur leur lit, écrasés de chaleur.

Assis à l'ombre d'un arbre, les deux amis se gorgèrent de pastèque. Le portail de bronze de la légation anglaise était bordé d'arbres en fleurs, peut-être pour dissimuler l'intérieur aux regards curieux. Lauriers-roses, grenadiers, lagerstroemias, arbres à soie... Pourquoi les fleurs d'été avaient-elles des couleurs aussi vives ? se demanda Oka.

En face, les feuillages des camphriers étalaient leurs denses frondaisons.

— Qu'y a-t-il derrière ces arbres ?

— La résidence des princes Yu. Elle est encore plus vaste que la légation anglaise. Bah, la reine Victoria en fera sans doute un champ de courses un de ces jours.

— Les princes Yu ? On n'entend pas trop parler de ces princes-là...

— Moi non plus, je ne sais pas très bien. La seule chose sûre, c'est qu'ils ne sont pas aussi proches de l'empereur par le sang que les princes Tch'ouen et Kong. Je pense qu'il s'agit d'une branche collatérale qui a dû être séparée de la lignée impériale autrefois. Cet empire est si vaste qu'on y trouve quantité de familles de sang princier. Quand on pense qu'il y a même un bureau spécialement chargé de gérer l'état civil des Aisingyoro, c'est dire... Et puis ils sont classés en une hiérarchie très stricte. Princes de sang, seigneurs, ducs...

Normalement, leur rang baisse à chaque génération mais il arrive qu'en récompense d'exploits militaires ou politiques, une famille soit élevée en rang ou maintenue au même. Les princes de sang ont de toute façon le rang le plus haut dans cette hiérarchie : une lignée de princes héréditaires datant du début de la dynastie, c'est quelque chose, non ?

Tout en dévorant à belles dents sa deuxième tranche de pastèque, Burton jeta un regard circulaire sur le bois de camphriers entouré d'une enceinte vermillon.

— Tu as déjà dû en entendre parler, mais on dit que les temples tutélaires des nobles mandchous se trouvent à l'intérieur de ce bois. Les princes Yu ne se mêlent pas beaucoup de politique mais leur rôle réside là.

— Autrement dit, cette famille est chargée des offices religieux des nobles mandchous, c'est ça ?

— De toute façon, à l'origine… commença Burton, puis il jeta un coup d'œil méfiant autour de lui avant de poursuivre, la bouche collée contre l'oreille d'Oka : … les Mandchous étaient un peuple de chasseurs. Alors pour eux, aller prier sur l'Autel du Ciel, comme les empereurs chinois, n'est qu'une religion d'emprunt. Il paraît qu'aujourd'hui encore, les princes impériaux mandchous se rassemblent dans ce bois une fois par an pour se livrer à d'étranges cérémonies…

— Brr… Plutôt lugubre, ton histoire.

— Il n'y a pas si longtemps, trois cent mille Mandchous contrôlaient quatre cents millions de Han. Ils leur ont imposé le port de la natte, mais ne pouvaient tout de même pas chambouler toute la religion. C'est là qu'est toute l'intelligence des Mandchous. Ils ne sont pas allés jusqu'à imposer à leurs adversaires des épreuves révoltantes telles que de réformer leur religion.

— A l'inverse, ils ont adopté les cérémonies religieuses des Ming.

— Pas exactement, ils ont seulement fait semblant.

— Ah, je vois, d'où les activités mystérieuses une fois par an dans ce bois ?

— Oui. Ce sont des rites tartares.

Burton tira sa montre à gousset de la poche de son gilet. L'heure de la conférence de presse du général Jong-liu approchait.

La salle de conférence de l'académie Hanlin ressemblait à un bain de vapeur.

Non seulement il y faisait sombre et l'air y circulait mal, mais comme, en outre, les photographes postés le long des murs arrosaient les lieux d'éclairs de magnésium, une fumée noire flottait partout dans l'air.

Jong-liu, en habit de cérémonie de fonctionnaire de premier rang, recouvert de son manteau jaune de grand général, prenait des poses à la demande des photographes, qui souriaient en douce de leur modèle au teint sombre : ce dernier, se prenant pour un acteur, croisait ses jambes courtaudes, posait les coudes sur sa chaise de rotin, le menton dans la main, le regard lointain, les lèvres pincées.

— Regarde-moi ça, Kei, il a bien étudié le rôle, non ? ne put s'empêcher de remarquer Burton en pouffant de rire, ce qui lui valut un regard noir de la part du général.

Jong-liu essayait d'imiter les attitudes de Li Hong-tchang, cela sautait aux yeux.

Il affichait la même pose que Li sur le célèbre portrait fait lors de sa présentation aux journalistes étrangers. Ou plutôt, il essayait, sans grand succès, de l'imiter.

— C'est perdu d'avance ! D'abord ils n'ont pas la même taille, ni la même longueur de jambes.

— Ni la même tête ! Crois-tu ce masque capable de parler anglais ? rétorqua Burton en étouffant un rire.

— Il a un interprète, naturellement. Jong-liu n'a jamais mis les pieds à l'étranger. Il ne connaît rien en dehors de Pékin, Tientsin, et les environs de l'île où il a été exilé un temps lorsque ses malversations ont été révélées au grand jour. Il a bien le même uniforme, les mêmes plumes et la même pierre à son bonnet, mais la comparaison avec Li Hong-tchang s'arrête là.

— Ce gilet jaune ne lui va pas, on dirait qu'il l'a emprunté.

— C'est un présent de l'impératrice douairière. Elle veut récompenser sa loyauté par des cadeaux, des postes de pouvoir. Mais ça ne lui va pas. Ce n'est qu'un commandant de la garde mandchoue imbibé d'opium. Je frissonne à l'idée que cet homme est maintenant à la tête des trois armées du Nord.

Une fois la séance-photo terminée, deux interprètes vinrent prendre place aux côtés de Jong-liu. Le premier, grassouillet, avait l'allure d'un homme du peuple et maîtrisait assez bien le français : il devait s'agir d'un marchand d'opium de Tientsin. Le second, un fonctionnaire de bas rang dont on se demandait comment il avait réussi à passer les examens, écorchait l'anglais plutôt qu'il ne le parlait.

Le nouveau gouverneur du Hopei commença par se présenter en mandarin. Les deux interprètes traduisaient son discours en français et en anglais au fur et à mesure, en vain, puisque tous les journalistes en poste à Pékin comprenaient le chinois. La maladresse des dispositions prises par le nouveau ministre suffisait à faire la preuve de son manque total de discernement.

Une fois terminé ce laborieux discours en trois langues dans la pièce où régnait une chaleur atroce, on donna la parole aux journalistes.

— Bah, des questions… fit Burton. Ce monde est plein d'énigmes sans réponse.

Un journaliste allemand se retourna pour lui serrer la main en l'entendant murmurer ce commentaire. Le personnage était célèbre au club de la presse : il y passait ses journées à boire de la bière et à distraire ses collègues de plaisanteries souvent de très mauvais goût, mais qu'il pouvait raconter en au moins cinq langues.

Tout le monde n'avait qu'une envie : mettre fin aux questions et fuir au plus vite la chaleur étouffante de la pièce. Entre l'attentat de la gare de Ma-tcha-pao, la publication par l'empereur d'un édit de réforme, et en réaction, la nomination du fidèle Jong-liu au poste le plus puissant de l'empire par Tseu-hi, la situation était certes critique, mais le déroulement des événements répondait à une logique toute tracée. Autrement dit, personne n'avait de question importante au point de devoir supporter pareille fournaise. Jong-liu se mit à parler sans que personne ne le lui ait demandé, ponctuant son discours de gestes exagérés.

— Jong-liu espère avoir une photo de lui dans le plus grand nombre de journaux possible. Et au moins une ligne sur ses déclarations. Ce n'est pas une conférence de presse, mais une démonstration de force. Tout cela est ridicule, conclut Burton en refermant son carnet pour s'éventer avec.

Jong-liu continuait à discourir sans se soucier des journalistes qui avaient perdu tout intérêt pour cette réunion.

— J'ai une question ! s'exclama soudain en chinois le journaliste allemand en levant la main, comme pour couper court au monologue du ministre.

— Mais je vous en prie, fit aimablement Jong-liu, tandis qu'un sourire ravi s'épanouissait sur son visage.

— Monsieur le Ministre, éprouvez-vous du respect pour Son Excellence Li Hong-tchang ?

Cette question, posée dans un mandarin parfait, souleva des rires dans la salle. Le sourire forcé de Jong-liu fit aussitôt place à une mine dépitée : il avait sans doute pris conscience de l'ironie de cette question.

— Que voulez-vous dire au juste ?

— Ma question n'a aucun sens caché. Simplement, en vous entendant parler, Excellence, je n'ai pu m'empêcher de penser au *president* Li.

Des rires fusèrent à nouveau parmi les journalistes.

— Du calme ! cria Jong-liu en tapant du poing sur la table, d'un ton qui imposait silence. Il fit un effort pour recouvrer son calme et poursuivit : Je ne puis que reconnaître les qualités de politicien et de stratège de Li Hong-tchang. Cependant, je suis moi aussi un homme politique et un militaire. Quant à le respecter, c'est discutable.

L'arrogance de Jong-liu jeta un froid dans l'assistance. Jong-liu interpréta sans doute à sa façon le soupir général de dégoût qui s'éleva alors dans la salle car il poursuivit en bombant encore davantage la poitrine :

— Vous-même, éprouvez-vous une vénération particulière pour vos collègues journalistes ?

Le journaliste allemand rentra la tête dans les épaules et fit du regard le tour de l'assistance, puis, abandonnant le sourire qui lui était naturel, pointa un index sur Jong-liu en s'écriant :

— Attendez un peu, Excellence ! Ma fierté de journaliste et mes sentiments personnels sont deux choses différentes. Je respecte profondément certains des journalistes présents ici aujourd'hui. Il n'y a pas de honte à cela.

— Toujours est-il que Son Excellence Li ne me semble pas mériter mon respect.

Dans la salle, plusieurs journalistes exprimèrent ouvertement leur désapprobation. Quel que fût le contenu de leurs articles, aucun des correspondants présents, qu'il fût résident à Pékin ou à Tientsin, n'ignorait la grandeur de Li Hong-tchang.

Thomas Burton, croisant les bras derrière la tête avec un air d'ennui profond, s'adressa à son tour à Jong-liu :

— Expliquez-nous donc, Excellence, la raison pour laquelle vous vous considérez comme supérieur au remarquable homme d'Etat qu'a été le président Li.

— C'est très simple, répondit Jong-liu en levant la main comme s'il allait prêter serment. En premier lieu, Li Hong-tchang n'est jamais qu'un mandarin issu du système des examens alors que moi, Jong-liu Gwarugya, je suis un noble mandchou de la Bannière Blanche. En second lieu, Li Hong-tchang est un militaire lettré qui a hérité des secrets de son maître Tseng Kouo-fan, tandis que moi, je me suis élevé seul, après avoir débuté comme officier de la garde impériale. Enfin, Li est un Han, et moi un Mandchou.

Le brouhaha était à son comble, des rires étouffés fusèrent, plusieurs journalistes quittèrent leurs sièges. Thomas Burton fut le premier à se lever.

— Pff, tout cela est ridicule. Viens, Kei, allons-nous-en.

— A propos, Messieurs, fit soudain Jong-liu de sa voix puissante de militaire, en septembre, l'impératrice Tseu-hi, accompagnée de Sa Majesté l'empereur, se rendra en visite à Tientsin en train et aura la bonté de passer en revue les troupes des trois armées sous mon commandement. Je vous convie tous à venir faire un reportage ce jour-là.

Ayant dit tout ce qu'il avait à dire, Jong-liu se leva.

Le groupe de journalistes se retira. Oka resta en arrière, près de la fenêtre où l'air circulait un peu mieux maintenant, à regarder distraitement les arbres de la résidence des princes Yu juste en face. Au fond d'un bosquet touffu, on apercevait des toits de cuivre anciens, qu'Oka imaginait être ceux du temple secret des Tartares.

Derrière lui, Burton conversait à voix basse avec le journaliste allemand :

— Tu as entendu ça, Tom ? L'empereur et l'impératrice douairière passant en revue ensemble les troupes ? C'est du jamais vu !

— Ils prendront le train jusqu'à Tientsin…

— Et Jong-liu veut que tous les journalistes assistent à son triomphe.

Les stridulations aiguës des cigales s'élevaient vers le ciel étincelant. Oka allait s'éponger le visage quand il suspendit soudain son geste en entendant Burton dire d'une voix étranglée :

— Et si… si c'était un coup d'Etat ? Hein, Hans, qu'en dis-tu ? Jong-liu a peut-être l'intention d'en finir avec l'empereur et l'impératrice douairière d'un coup, et sous les yeux du monde entier.

Le journaliste allemand garda le silence un moment puis murmura d'une voix qui ne paraissait pas plaisanter :

— C'est tout à fait plausible. Mais même si c'est le cas, que pouvons-nous faire pour l'empêcher ? Le travail des journalistes consiste seulement à commenter les événements, n'est-ce pas ? Jong-liu le sait bien, il n'est pas complètement idiot.

L'escorte de Jong-liu avançait sur la place de la porte de la Paix Céleste, où le soleil de midi dardait ses rayons.

Jong-liu, sous une ombrelle que des eunuques tendaient au-dessus de sa tête, plissait ses yeux rusés aux paupières tombantes.

— Li, un personnage respectable, bah ! marmonnait-il, les lèvres déformés par un rictus, comme s'il était encore en train de répondre à la question du journaliste. Le seul qui mérite mon respect, n'est-ce pas le général Tsao Houei, le bras droit de l'empereur Ch'ien-lung ? Li a été vaincu par la France et le Japon, et il a courbé le front devant les Anglais. Mais le général Tsao Houei, lui, n'a jamais été vaincu ! Qui sait, hein, peut-être suis-je sa réincarnation ?

Le général Jong-liu Gwarugya s'enfonça dans sa chaise à porteurs et éclata d'un rire énorme, sa bouche grande ouverte levée vers le ciel comme pour l'engloutir tout entier.

VII

L'ÉVANGILE

1

Que la paix du Seigneur brille sur notre art et sur la personne du glorieux Vénitien Giovanni Battista Tiepolo.

En ce vingt-neuvième jour de la neuvième lune du calendrier chinois, jour de la Saint-Michel, je t'écris cette lettre, sous une tente dans le désert, bien loin par-delà la Grande Muraille.

En ce jour béni, le Seigneur nous a accordé le repos. Demain, si nous parvenons dans les terres d'origine du souverain des Tartares, je confierai cette missive à un cheval de poste. J'ai hésité longtemps pour savoir s'il convenait de te l'adresser à Madrid ou à Paris, mais j'ai finalement décidé de l'envoyer au palais du roi Carlos où tu seras attaché à l'avenir, car je me dis que si elle devait être réexpédiée de Paris, cette lettre risquerait de se perdre.

Je prie sans trêve saint Michel pour que le long périple de ce message se déroule sous les meilleurs auspices.

Nous sommes seulement en septembre, pourtant, j'entends le vent du nord siffler violemment à l'extérieur de ma tente. Demain matin, j'en suis sûr, il y aura du gel sur les dunes.

Il y a quelques jours, lorsque nous avons franchi la Grande Muraille, passé le palais d'été de Jehol, nous avons essuyé une terrible tempête de sable. Si je n'avais pas été entouré par des chameaux, des chevaux mongols bien dressés et mes cinq gardes, sans compter la robustesse de ma propre constitution, sans doute aurais-je été condamné à voir mes os blanchir dans les déserts de Mandchourie sans pouvoir accomplir l'ultime tâche dont l'empereur m'a chargé.

Ce soir, heureusement, la tempête s'est apaisée et les soldats campent en plein air avec leurs chevaux, tandis que j'ai pris mes quartiers sous la tente, en compagnie du général Tsao Houei, le célèbre héros tartare. Le général, sous les rayons de la lune, aiguise les pointes de ses flèches et polit son sabre. Tous les soirs sans exception, il se livre à cette tâche qui l'occupe plusieurs heures. De temps à autre, il fixe sur moi le regard terrible de son œil unique, et j'y sens poindre une curiosité. Lui qui ne sait ni lire ni écrire prend sans doute les lettres latines qu'il me voit tracer pour quelques étranges signes cabalistiques.

Le général est un homme extraordinairement taciturne, qui ne quitte jamais son armure et dort assis sur sa selle, appuyé sur sa longue lance. Les seuls moments où il se livre un peu sont ceux d'après le repas, lorsqu'il boit une coupe de lait de jument fermenté, mais la conversation se tarit vite, car il ne se vante jamais de ses victoires. Or, la vie tout entière du général est vouée aux exploits militaires.

Né dans un camp militaire tartare, il a passé la quasi-totalité de sa vie, c'est-à-dire quatre-vingts ans, sur les champs de bataille, et n'a ni femme ni enfants.

Je l'ai vu une seule fois évoquer des souvenirs avec tant de passion et de joie qu'il en avait les larmes aux yeux, lorsqu'il m'a raconté comment il fut nommé examinateur au concours d'admission dans l'administration impériale. Point n'est besoin de t'en dire davantage pour comprendre à quel point ce sublime héros est dévoué à Sa Majesté l'empereur Ch'ien-lung.

Le général Tsao Houei vient à l'instant d'achever de fourbir ses armes et s'apprête à s'endormir sur sa selle. Le vent coulis qui pénètre dans les interstices de la tente agite sa barbe blanche et les glands vermillon de son casque. Nul ne saurait mieux porter le bandeau jaune de la garde impériale et le gilet d'épaisse soie jaune, suprême distinction militaire.

Je suis infiniment reconnaissant au Seigneur ainsi qu'à l'empereur de me permettre d'avoir ainsi à mes côtés, au soir de ma vie, un si valeureux compagnon.

J'ai tant de choses à te dire que je ne sais par où commencer.

Une tempête de persécutions, déclenchée lors de la répression des dominicains dans la province de Fou-kien en 1746, s'est déchaînée sur le continent chinois, et tous les missionnaires présents dans ce pays ont aujourd'hui disparu, auréolés de la gloire du martyre ou repartis dans leurs pays. Les quatre églises dont s'enorgueillissait autrefois la capitale chinoise sont à l'abandon, livrées aux herbes folles. Une poignée de jésuites, que l'empereur a gardés à son service à cause de leurs connaissances techniques particulières, maintiennent à grand-peine la lumière de la religion dans ce pays. Eux et moi, nous sommes vieux maintenant, et les rares fois où nous nous rencontrons, c'est en chinois, ou dans l'ancienne langue des Tartares, que nous conversons. Dans ces circonstances, tu pardonneras le latin maladroit de cette lettre ainsi que les fautes d'orthographe que tu ne manqueras pas d'y trouver.

Je voudrais tout d'abord te dire quelque chose à propos d'Antonio le Roux, dont tu m'as annoncé le décès dans ta lettre. Commencer par ce sujet me semble l'ordre le plus approprié.

Tu l'as sans doute ignoré jusque-là, mais un lien étrange m'attachait à Antonio Vivaldi.

Je n'ai rien oublié. Je me souviens avec vivacité de ce début d'automne où la malignité d'un sirocco tiède soufflant de Syrie plongea Venise dans les affres d'une marée haute : c'est à ce moment qu'eut lieu notre rencontre prédestinée.

J'étais alors un peintre sans le sou de vingt ans à peine, et avais pour mécène le comte Pizani de San Marco, dont le soutien me permettait de suivre les cours de l'académie de peinture. Toi, à cette époque, tu passais ton temps à faire des dessins dans les ruelles de Santa Croce.

C'est au parterre du théâtre San Beneditto, également soutenu par le comte Pizani, que je vis Antonio pour la première fois. On jouait ce jour-là, si je me souviens bien, un opéra de Monteverdi, Orpheo.

Il me fit l'impression d'un jeune homme extrêmement arrogant, sûr de lui, aux manières voyantes. J'étais moi-même de caractère effacé, mais je pense que ce qui lui conférait un air si insolent n'était autre que l'originalité de son génie, qui frappa tous ceux qui purent l'approcher au cours de sa vie, et qui seyait si bien à ses boucles rousses et à son grand nez busqué. Aujourd'hui encore, je me rappelle parfaitement le contact de la main fine comme celle d'une jeune fille qu'Antonio me tendit avec un sourire jovial lorsque nous fûmes présentés l'un à l'autre.

Pour moi, l'essence de cet homme se manifestait dans la poignée de main franche et hardie de ces doigts fins comme l'archet d'un violon. N'a-t-il pas passé sa vie à déguiser sa véritable nature, pour mieux apprivoiser le cheval fougueux de l'art qui vivait en son cœur ?

A cette époque je jouais aussi de l'orgue à l'église San Stefano, sur la recommandation du comte Pizani. Quant à Antonio, en dehors des fonctions de prêtre catholique qu'il remplissait auprès des orphelines, il se produisait sur toutes les scènes de Venise, où on le considérait comme un violoniste d'avant-garde.

Moi qui me vouais à la peinture, je suis devenu missionnaire, et lui qui était prêtre a finalement abandonné le chemin de la foi pour se consacrer à la musique. Je ne puis m'empêcher de considérer cela comme le fruit d'un étrange destin.

Toujours est-il qu'à la suite de cette première rencontre, nous devînmes des amis intimes. Nos caractères étaient si contrastés, nos points de vue sur l'art si différents, que notre entourage n'eut sans doute jamais conscience de la profonde affection qui nous liait.

Ainsi par exemple, la querelle que tu évoques dans ta lettre. Il est vrai que moi qui étais d'un naturel si calme, ses plaisanteries m'avaient porté sur les nerfs au point que je le fis basculer par-dessus le pont du Rialto, mais ce n'était là qu'une expression de notre amitié. Ce soir-là, Antonio vint dormir chez moi, et pendant que ses vêtements trempés séchaient devant la cheminée, nous discutâmes longuement de l'avenir du baroque.

Il me reste un autre souvenir de lui, inoubliable.

Te souviens-tu de Veronica, la serveuse du café Florian *sur la place Saint-Marc ?*

Veronica Palladio, une beauté aux yeux bleus et aux cheveux couleur de lin… Je l'aimais en secret. Antonio Vivaldi aussi.

C'est pour cette raison que nous dépensions au café Florian *tous les gains obtenus, lui en jouant du violon, moi de l'orgue.*

Nous passions nos journées en discussions passionnées à une table au fond du café, en brûlant d'un amour secret pour cette jeune fille aussi belle et digne d'amour que la Madone *de Giovanni Bellini.*

Or, ce fut moi qui gagnai le cœur de la belle.

Je t'en prie, ne méprise pas l'homme d'église que je suis pour cet aveu. Car Veronica fut la seule femme que je connus jamais, au cours de mes soixante-dix-huit années de vie.

Elle fut pour moi, il y a plus de cinquante ans de cela, un rêve vite évanoui. Nous attachions notre gondole sous le pont des Soupirs pour contempler le Grand Canal sous le soleil couchant, et échangions des baisers alanguis. Puis, dans sa petite chambre face au pont Sciavoni, nous commettions le péché qu'Adam et Eve commirent avant nous.

Le rêve s'acheva au bout de quelques semaines à peine, un jour d'hiver où la Piazetta fut inondée par la marée.

Accompagnés par le comte Pizani, Vivaldi et moi étions ce jour-là reçus par l'évêque. Dans la salle d'audience du palais des Doges, oui, dans cette pièce que nous souhaitions tant admirer, ornée d'œuvres de Véronèse à en être saisi de vertige.

Après nous avoir donné un concert de cymbales et de violons, Monseigneur l'évêque nous demanda :

— N'iriez-vous pas en Chine, pour sauver ceux qui errent ?

Imagine un peu ma surprise. Je comprenais qu'Antonio, qui était prêtre, reçût pareil ordre. Mais moi, pauvre étudiant en peinture, pourquoi aurais-je dû entrer au séminaire et me rendre dans la lointaine capitale de la Chine ?

Lorsque je lui posai ouvertement cette question, l'évêque me répéta plusieurs fois que c'était simplement pour le Vatican et pour la gloire de Venise.

Puis il ajouta que ce n'était pas un ordre, mais un choix important qui engagerait toute la vie des jeunes gens que nous étions, aussi nous laissait-il le loisir de réfléchir avant de répondre.

Ce jour-là, debout contre la façade du palais des Doges, Antonio et moi hésitâmes longuement. Partir pour un pays étranger par-delà les Sept Mers, pour la gloire de Venise, et la victoire de la foi… Certes, il y avait à cela un honneur infini, celui d'être les messagers de Dieu. Mais que ne devrions-nous pas abandonner en échange…

Je devais laisser là mes parents âgés, mon avenir d'artiste, et surtout, mon bien le plus précieux : l'amour de Veronica.

Il est inutile aujourd'hui de revenir sur les tourments que j'endurai alors devant une décision si difficile. Toi qui éprouvais pour moi une affection fraternelle, tu m'as supplié de revenir sur ma décision. Je te revois pleurant comme un enfant au bord du canal Judecca, à l'atelier de l'école de peinture, sur le pont de l'Académie.

Merci, Tiepolo.

Jamais je n'oublierai ta sincérité, toi qui, dans l'église San Stefano, me poussas contre le mur où Tintoret a peint sa fresque de la Cène *et frappas mes joues de tes poings, encore et encore, en pleurant.*

Tandis que je restais muet de stupeur, tu me mis de force un pinceau dans les mains et tu me dis ceci :

— Giuseppe, ton destin n'est pas de prier, car c'est à la portée de tout le monde, mais de peindre ! C'est la seule chose que tu aies à accomplir en ce monde. Peins, Giuseppe, pour le bien de l'humanité, pour le salut des pauvres, peins !

Ironie du destin, ces mots de ta part ont renforcé ma décision. Je me suis aussitôt souvenu de l'histoire de ce pestiféré qui s'était éteint dans la salle du Saint-Sacrement où on l'avait conduit, oubliant ses souffrances tant la vue de la fresque de Tintoret le plongeait dans le ravissement.

La peste et les épidémies existent certainement en Chine aussi, me suis-je dit alors. De même que des enfants abandonnés par leurs parents, et des paralytiques, et des gens qui meurent de faim.

J'ai remis le pinceau dans ta main et t'ai répondu :

— Giovanni, cette tâche-là, c'est à toi qu'elle revient.

J'ai eu vent de ta haute réputation en Europe, par les missionnaires lazaristes qui m'ont remis ta missive. Et une fois de plus, de tout mon cœur, je dois te dire merci, Tiepolo. Toi qui étais toujours à la traîne à l'école de peinture, ou prêt à fondre en larmes debout devant la façade, tu as accompli ces tâches magnifiques : peindre les plafonds du palais Würzburg, réaliser l'œuvre maîtresse du palais Labbia, Antoine et Cléopâtre, *devenir directeur de l'Académie de peinture de Venise, et enfin achever ce chef-d'œuvre baroque qui mit cent ans à naître, le palais de Versailles !*

Aucun génie ne l'emportera jamais sur des efforts persévérants. C'est toi, et bien toi, qui es le digne héritier de Paolo Véronèse, le glorieux Vénitien.

Voici ce que m'a dit le lazariste qui m'a apporté ta lettre quand je me suis enquis de tes nouvelles, et je puis t'affirmer qu'il était ému comme s'il avait contemplé un rêve enchanteur :

— Au plafond du palais de Versailles, il n'y a pas de chandeliers, tant le ciel bleu que Tiepolo y a peint est clair. On dirait la véritable voûte céleste.

Ainsi tu as réussi à trouver au bout de ton pinceau ce ciel bleu qu'ont cherché toute leur vie Véronèse, le Titien et Tintoret !

Ce jour-là, dans cette salle du Saint-Sacrement de l'église San Stefano dont tu t'étais enfui en courant, j'ai décidé du chemin que ma vie allait suivre. Ce jour-là, j'ai pleuré jusqu'à l'aube, les yeux fixés sur le ciel bleu de la fresque de Tintoret, et je me suis finalement résolu à tout abandonner.

Un jour, me suis-je dit, je peindrai ce ciel bleu que les peintres vénitiens ont tant cherché. C'est moi qui, un jour, sur cette vaste terre aride où vivent quatre cents millions de pauvres et qu'on nomme la Chine, peindrai le ciel bleu dont rêvaient Véronèse, le Titien et Tintoret. Ma main tracera le bleu d'un ciel vibrant du même espoir que les habitants de cette terre païenne, libérés de leurs souffrances en écoutant prêcher les Evangiles.

Je me suis soumis à l'ordre de Monseigneur l'évêque, tandis qu'Antonio refusait de partir.

Mais, pour son honneur, je dirai seulement ceci.

Antonio Vivaldi n'a pas abandonné l'habit ecclésiastique pour devenir un musicien débauché. C'est le Vatican qui l'a rejeté pour avoir refusé l'offre de l'évêque de Venise. Quand j'y repense aujourd'hui, je me dis que le Vatican fut pour nous deux une épée de Damoclès suspendue au-dessus de nos têtes.

Vivaldi aura lui aussi, sans nul doute, cherché le ciel bleu à sa manière. Je suis sûr que ce n'est pas un hasard si tu as fait jouer Les Quatre Saisons *pour stimuler ton imagination pendant que tu peignais le plafond du palais de Würzburg, ou la salle de bal du palais Labbia.*

Nous, Vénitiens, étions tous à la recherche d'un ciel bleu empli d'espoir et de lumière.

Ainsi, dis-tu, le jour où j'ai quitté Venise, tu as regardé s'éloigner ma gondole du haut du pont de l'Académie ?

Je crois bien que je ne t'ai pas vu, ou alors, l'aurais-je oublié ? Ah, je ne souhaite à personne de vieillir…

De ce jour-là, une seule scène est restée gravée dans ma mémoire. Peut-être m'a-t-elle laissé une si profonde impression qu'elle a effacé, avec mes autres souvenirs, cette vision de toi, mon ami, debout sur le pont de bois. Je t'en demande pardon.

Une fois passé sous le pont de l'Académie qui enjambe le Grand Canal, on aperçoit les deux dômes magnifiques et le clocher de l'église Santa Maria della Salute, n'est-ce pas ?

C'était juste avant l'aube, l'horizon commençait à peine à blanchir, au-delà du clocher ; une brume laiteuse flottait sur le canal.

Au moment où ma gondole glissait lentement devant l'église, j'ai entendu une voix qui m'a aussitôt empli de nostalgie crier mon nom, depuis la façade inondée.

— Giuseppe ! Giuseppe ! Ne t'en va pas, reviens !

Veronica, debout devant la façade, dans son tablier blanc orné de dentelle, un fichu noué sur ses cheveux couleur de lin, m'appelait.

Elle portait sa tenue de serveuse du café Florian, *pourtant elle ne pouvait se rendre à son travail de si bonne heure. Elle avait dû apprendre mon départ la veille, et avait attendu l'aube sans fermer l'œil et sans quitter sa tenue de travail.*

J'étais en effet entré au séminaire peu auparavant sans un mot d'explication pour elle.

— Giuseppe ! Mon Giuseppe ! Je t'en prie, reviens ! continuait-elle à crier, ses sabots de bois trempant dans l'eau.

Couvrant mon visage de la manche de ma bure de moine flambant neuve, j'ordonnai au gondolier de passer rapidement.

J'entendais mon cœur tambouriner à un rythme affolant jusqu'au fond de mes tympans.

Veronica s'était mise à courir dans l'eau comme une démente derrière la gondole qui poursuivait sa route. De l'eau jusqu'aux genoux, elle hurlait toujours :

— Giuseppe ! Si tu t'en vas, je meurs ! Je meurs !

C'était une jeune fille douce et pure. A l'idée qu'elle ne mentait sans doute pas en disant cela, je me retournai enfin vers la façade de l'église, effrayé par ma propre cruauté.

C'est à ce moment-là que je l'ai vu.

Un musicien de la cour, vêtu d'un manteau de soie vert foncé recouvrant une jaquette à la française, coiffé d'un élégant tricorne et portant perruque argentée, s'était approché de la jeune fille en larmes et l'enlaçait par-derrière.

C'était la première fois que je voyais à Antonio Vivaldi une expression si grave. Le prêtre défroqué, devenu musicien de Vienne, tournait vers moi un visage livide.

Je ne fus pas submergé par la jalousie. Simplement, je joignis les mains et fis le signe de la croix en direction des deux silhouettes enlacées qui s'éloignaient dans la brume matinale.

Pourquoi le visage blême d'Antonio, son regard fixé sur moi, ses lèvres pincées, me furent-ils plus difficiles à oublier que les traits dévastés par le chagrin de Veronica ?

Antonio serrait la jeune fille contre lui, les pans de son manteau de soie flottant au-dessus des eaux, et il agita la main plusieurs fois dans ma direction, comme pour m'encourager à renoncer aux désirs charnels.

Va, Giuseppe. Avance sur la voie en laquelle tu crois. Vers un ciel bleu étincelant empli de bruit et de lumière.

Je suis sûr que c'est ce que signifiaient ses signes de la main.

A ce moment-là, tous trois – toi sur le pont de l'Académie, Vivaldi devant la façade léchée par la mer, et moi dans ma gondole s'éloignant dans l'aube blanche –, nous avons commencé notre route de glorieux Vénitiens.

Les nouvelles de toi que m'a apportées le lazariste, et dont je te suis reconnaissant, ont sauvé mon âme d'artiste égarée.

Tout d'abord, mon humble tableau. Je ne pourrai, hélas, pas voir la reproduction du célèbre graveur parisien mais elle parviendra sans nul doute à la capitale auprès de l'empereur Ch'ien-lung. La technique d'agrandissement que tu as fait utiliser correspond exactement à ce dont je rêvais en secret.

Si tu as l'occasion de revoir le marquis de Marigny, fais-lui part de la profonde reconnaissance de l'auteur du tableau. Mais n'oublie pas, naturellement, qu'il s'agit d'un peintre de la cour impériale de Chine du nom de Lang Shining.

Tu seras certainement fort surpris de l'apprendre, mais ce qui m'a le plus aidé, c'est l'art de fabrication du verre de Venise et les échantillons que tu m'as envoyés.

Dans ce pays qui contient les plus vastes richesses naturelles de la Terre, j'ai pu me procurer du quartz de la meilleure qualité ; on y trouve également l'acier le plus dur pour le polissage. Quant au traitement par la chaleur et à la taille, c'est devenu mon fort.

Grâce à toi, j'ai ainsi pu résoudre plusieurs problèmes cruciaux.

Tout d'abord, la subsistance des lazaristes nouvellement arrivés en Chine. La religion catholique étant désormais interdite dans ce pays, les religieux qui en sont pas en possession de techniques particulières se trouvent vite en butte aux persécutions. Bien que n'ignorant rien de cette situation depuis longtemps, le roi Louis comme le Vatican ont, par l'effet de je ne sais quelle erreur, fait traverser les Sept Mers à des lazaristes de la mission française, et qui plus est, de purs religieux, sans autre talent particulier que la prière. Ils devaient être chassés de la capitale chinoise ou condamnés au supplice du feu à la première bévue.

J'ai donc installé un atelier de verre dans les jardins de la cathédrale et appris à ces moines sans talent à confectionner gobelets et chandeliers, suivant les instructions que tu m'as données.

Fort heureusement, l'art du verre était inconnu dans ce pays. S'ils en maîtrisaient rapidement les techniques, les missionnaires pourraient accéder au rang d'ingénieurs de la cour impériale, et trouver là un moyen de continuer à vivre dans ce pays, me disais-je. J'ai donc dessiné comme j'ai pu divers modèles de chandeliers, en gardant à l'esprit le bien des lazaristes et de leurs successeurs. Dans la mesure où ils persévéreront dans cet art jusqu'à devenir eux-mêmes des maîtres artisans, jamais ils ne mourront de faim en Chine, ni eux ni les nombreux orphelins dont ils s'occupent.

Un jour, qui sait, grâce aux progrès de la science, peut-être les hommes apprivoiseront-ils la puissance de la foudre et s'en serviront-ils pour s'éclairer. Il ne reste qu'à compter sur la sagacité des descendants de la glorieuse mission française lorsque ce jour viendra.

Mais en fait, vois-tu, le véritable Evangile auquel auront accès grâce à toi quatre cents millions d'âmes chinoises, ne réside pas dans la technique de reproduction des tableaux ou de fabrication des chandeliers.

Ne dis jamais mot de ce que je vais te raconter à quiconque, car si jamais tu en parlais devant les savants d'Europe, tu passerais pour un fabulateur comme Marco Polo en son temps, et ta réputation en serait éclaboussée. Ce pays possède une histoire d'une ancienneté vertigineuse, de nombreuses dynasties et plus de mille empereurs se sont succédé à sa tête. Au cours de son long passé, jamais la Chine ne s'est laissé envahir par une religion étrangère, elle a toujours su préserver ses vastes territoires fertiles et sa prospérité. Mais derrière cette force existe un sacrement auquel seuls peuvent croire ceux qui l'ont vu de leurs yeux.

Au fond d'un bois de camphriers, dans le secret des neuf enceintes qui protègent la ville tartare, repose un joyau que l'on nomme la « Perle du Dragon ».

C'est un énorme diamant qui doit bien peser mille carats, dont la surface est taillée de la façon la plus délicate qui se puisse imaginer, et jamais on ne croirait que ces innombrables facettes ont pu être réalisées par une main humaine.

Ce joyau abrite la puissance extraordinaire nécessaire pour gouverner un peuple aussi immense, une terre aussi vaste. Depuis les premiers empereurs divins, d'innombrables souverains l'ont successivement possédé, et il fait aujourd'hui partie des trésors de l'empereur Ch'ien-lung.

Un jour, le grand et vénéré empereur Ch'ien-lung a eu la révélation de la vanité du pouvoir terrestre.

Ce souverain on ne peut plus lucide s'est rendu compte à quel point il était ridicule qu'un seul homme détienne le pouvoir absolu sur tout être vivant de son royaume, à quel point il était absurde que l'empereur lui-même soit condamné à être le plus malheureux des hommes de son peuple, parce que l'amour lui restait à jamais inconnu.

C'est la main de Dieu, j'en suis sûr, qui a voulu que je reçoive de tes nouvelles à ce moment précis et que tu me transmettes les secrets de fabrication du verre de Venise.

Car l'empereur a au même moment décidé d'enfermer pour l'éternité au fond de la terre, en un lieu à jamais inaccessible aux hommes, le joyau dont dépend la puissance des empereurs de Chine.

« Ainsi, mon peuple sera bientôt aussi libre que le peuple de Venise, et le pays prospérera. C'est la chose la plus souhaitable pour mon pays, pour mon peuple et plus que tout pour mes descendants. »

Ainsi parla l'empereur. Lui qui avait accompli tant de tâches grandioses, édifié un empire sans précédent, s'étendant des confins du désert de Gobi jusqu'aux profonds précipices de l'Himalaya et aux îles méridionales, il avait enfin compris clairement qu'affirmer sa puissance et étendre son territoire n'a jamais assuré le bonheur d'un peuple.

Il m'écouta avec grand intérêt lui expliquer les étapes de la fabrication du verre de Venise. Un grand conseil rassembla les meilleurs serviteurs de l'Etat, les princes de sang héréditaires et l'empereur lui-même, symbole de la Chine, désormais persuadé que seule une harmonie fondamentale entre le peuple, les nobles et leur monarque pouvait devenir le modèle de l'Etat idéal.

Le grand empereur Ch'ien-lung nous ordonna, au général Tsao-houei et à moi-même, d'aller enfouir pour toujours la Perle du Dragon dans les terres d'origine des Tartares, au-delà de la Grande Muraille, par-delà les déserts et la steppe.

Cependant, une fois par an, l'empereur devait présider à l'antique rite des souverains tartares. Il m'ordonna donc de fabriquer une réplique du joyau, afin que nul ne s'aperçût pendant un certain temps de la disparition de la Perle du Dragon, qui entraînerait à terme la dégénérescence de la puissance des grands khans.

Je m'enfermai donc dans la chapelle de la cathédrale déjà à demi en ruine et m'attelai à la réalisation d'un joyau de verre, retrouvant pour cela tout au fond de moi la force et le talent d'un homme autrefois nommé Giuseppe Castiglione, que l'académie de Venise considéra comme un génie et vanta comme la réincarnation de Léonard De Vinci ou de Michel-Ange. Maintenant que j'ai accompli l'œuvre capitale de ma vie, mon visage miné par la maladie évoque celui de la vieille femme peinte autrefois par Giorgione ; mes forces m'ont abandonné, me laissant pareil au Noé ivre qui orne la façade du palais des Doges, et mon âme, qui a utilisé jusqu'au bout toutes ses capacités, erre à travers le cosmos, aussi mélancolique, aussi solennelle que La Pietà *du Titien.*

Je ne sais jusqu'à quel point la nécessité d'obéir à cet ordre impérial a aiguillonné mon talent.

Naturellement, j'ai confiance en la perfection de mon œuvre au point d'être certain que même les savants et les artistes des époques à venir ne sauront discerner qu'il s'agit d'un faux. Si par hasard il se trouvait un jour au monde un homme capable de se rendre compte que la Perle du Dragon n'est pas authentique, il ne pourrait s'agir que d'un être qui a accompli toute sa vie tant d'efforts qu'il ne peut plus croire à la volonté du Ciel, et qui, doté à la fois de la force d'un guerrier et de la pureté d'un poète, serait plus proche d'un dieu que du commun des mortels.

Me voici parvenu à la fin de ma lettre.

Par bonheur, le vent s'est apaisé ; la lumière bleutée de la lune pénètre sous ma tente. En suivant du doigt les trois étoiles d'Orion, je vois scintiller dans le ciel du sud une constellation que les devins tartares tiennent pour celle de la richesse et du pouvoir : la Pléiade.

Le général Tsao-houei est profondément assoupi, en tailleur sur sa selle. Je suis sûr qu'il contemple en un rêve extatique sa jeunesse passée, et qu'il chevauche à travers la steppe dzoungare, une étole jaune nouée aux ornements vermillon de son armure. D'ailleurs, un léger sourire fait parfois tressaillir sa barbe blanche.

Une fois ma lettre achevée, je quitterai la tente et irai gravir une dune. Je n'ai plus d'œuvre à créer, plus rien à accomplir pour ce peuple de va-nu-pieds, aussi vais-je déposer la Perle du Dragon au sommet de cette colline de sable, et jouer du luth en y mettant tout mon cœur. Je jouerai, tu t'en doutes, ce magnifique concerto pour violon composé par mon ami Antonio Vivaldi : Les Quatre Saisons.

Dis-moi, Tiepolo.

Crois-tu que mon art, ou le tien, saura transmettre les Evangiles aux générations futures ? Crois-tu qu'il saura guérir de la douleur et du chagrin, de la misère, le pauvre cœur des hommes ?

Autrefois, sur la gondole qui m'emportait à l'aube loin de Venise, je me suis juré, tout en écoutant sangloter celle que j'aimais de toute mon âme, de sauver par la force de mon art ne fût-ce qu'un seul homme que la puissance de Dieu avait échoué à sauver. Oui, si j'ai abandonné Veronica, c'est afin de prouver que la puissance de mon art surpassait celle de Dieu lui-même.

Je n'ai toujours pas de réponse à cela.

Je sais pourtant qu'un jour, les œuvres que j'ai réalisées en y mettant tout mon cœur et toute la force de la beauté vénitienne l'emporteront sur le Vatican, et sur le Roi-Soleil lui-même !

Peut-être, dans cent ans, sur le vaste continent chinois, un jeune garçon pauvre que ni Dieu ni le Vatican ne seront à même de sauver, sera-t-il délivré de toutes les souffrances par la grâce évangélique de mes œuvres d'art. Je veux le croire.

Je veux croire qu'alors, ce malheureux enfant tournera vers le ciel ses paumes maculées de fumier et de boue.

Et ce qui se reflétera alors dans ses yeux étincelant de joie de vivre, ce sera un ciel bleu, plus bleu encore que celui créé par le Seigneur, ce ciel bleu dont tous les Vénitiens ont un jour rêvé, et qui n'a rien à voir avec les richesses ou la gloire.

La tenture de feutre de la porte ondule au gré du vent, m'invitant à donner aux étoiles un concert de luth.

Tu me pardonneras de ne pas terminer cette lettre par une bénédiction, selon l'usage des missionnaires de Chine. Je suis sûr que le Seigneur Jésus n'entendrait pas ma prière, moi qui ai passé ma vie à m'opposer au Vatican.

A Giovanni Battista Tiepolo, grand maître du baroque, et mon très cher ami dans l'art, avec tout mon amour, toute mon amitié, et mon humble fierté de Vénitien.

Giuseppe Castiglione, alias Lang Shining.

2

Automne de l'année du Chien de Terre de l'ère Kouangsiu, 1898 d'après le calendrier occidental.

Un magnifique concert d'instruments à cordes résonnait dans la cathédrale.

Le père Favier en personne jouait du violoncelle, deux novices, du violon, un enfant chinois – sans doute le plus âgé de l'orphelinat –, de la viole. Ce quatuor, qui aurait pu en remontrer à un orchestre professionnel, joua d'abord du Bach, comme il se doit dans une église, puis *La Petite musique de nuit* de Mozart, et enfin les deux premiers morceaux de la symphonie *Italienne* de Mendelssohn.

A la fin, des applaudissements sonores retentirent, émanant des deux seuls auditeurs présents. Les fidèles chinois ne goûtaient guère la musique occidentale, quant aux journalistes et aux diplomates, ils n'avaient plus le temps d'assister à des concerts.

Celui-ci était donné en remerciement des offrandes reçues par la cathédrale, et le public se réduisait à deux personnes. Le père Favier en fut un peu déconcerté ; non pas que ces deux auditeurs lui déplûrent, mais leur réunion en ce lieu lui semblait incongrue. Il se livra donc avant le concert à un petit préambule :

— Nous sommes tous des enfants de Dieu devant Notre Seigneur Jésus-Christ. Je vous prie d'oublier le protocole et les salutations compliquées.

Les deux spectateurs s'assirent chacun à une extrémité de deux rangées de chaises séparées par la travée centrale.

Le jeune eunuque de haut rang vêtu d'une longue veste indigo assis à gauche, n'était autre que Li Tchouen-yun.

Quant au vieillard en vêtements ordinaires qui avait pris place sur la dernière chaise à droite et fermait les yeux, le front appuyé sur le pommeau d'une canne en rotin, c'était Li Hong-tchang, maintenant âgé de soixante-quinze ans, presque méconnaissable tant il avait vieilli.

Quand la musique s'arrêta, Li Hong-tchang ouvrit lentement des yeux ensommeillés et exprima son approbation par un « *Hao, ta hao la !* » enthousiaste. Tchouen-yun, peu habitué à applaudir, garda longuement ses mains serrées l'une contre l'autre, comme s'il priait.

— Comment s'appelle le dernier morceau ? C'est la première fois que je l'entends, je le trouve vraiment magnifique.

— C'est la symphonie *Italienne* de Mendelssohn, répondit le père Favier, tout en essuyant la barbe qui pendait sur sa chasuble comme un précieux parchemin. On dirait la musique d'un pèlerinage en terre sainte, n'est-ce pas ? Nous avons essayé de la jouer en quatuor, n'avez-vous pas trouvé cela un peu bizarre, Excellence ?

— Laissez tomber l'« Excellence ». Je ne suis plus qu'un vieil homme à la retraite, fit Li Hong-tchang, en tournant en souriant le bout de sa canne vers l'évêque de Pékin, qu'il connaissait de longue date. Loin d'être bizarre, c'était extrêmement beau. Un pèlerinage en terre sainte, dites-vous... Moi aussi, il faudrait un jour que je franchisse la Grande Muraille, traverse le désert et aille me recueillir sur la tombe du fondateur de la dynastie, à Moukden. J'ai tout mon temps maintenant, et je suis encore capable de supporter quatre ou cinq jours à cheval.

— Ne parlez donc pas comme si vous étiez un vieillard décrépit, mon ami. Vous êtes encore très utile à la Chine.

Li Hong-tchang se mit à rire avec malice, en arrondissant le dos, peut-être heureux de la façon familière dont l'évêque s'adressait à lui.

— Vous avez raison, Monseigneur. Il me semble être revenu cinquante ans en arrière, à l'époque où je venais d'obtenir mon doctorat.

— Je vous envie, cependant. Nous autres lazaristes, ne pouvons nous retirer ainsi de notre charge. La retraite n'existe pas pour moi. La France comme le Vatican m'ont oublié.

— Il est bon pour un vieillard d'être oublié du monde. C'est moi, au contraire, qui vous envie.

Le père Favier ouvrit grand ses petits yeux en boutons de bottine, et leva son visage rond vers le plafond de la chapelle.

— Y a-t-il un morceau que vous souhaiteriez entendre particulièrement, *Monsieur Li* ?

— Ah oui. *Les Quatre Saisons.* Connaissez-vous ce concerto ?

— *Les Quatre Saisons* ? Non, je ne vois pas. Qui en est l'auteur ?

— Antonio Vivaldi. J'ai entendu cette musique lors d'un banquet donné par la reine Victoria. C'était inoubliable.

— Vivaldi, dites-vous ? C'est assez vieux. Ce musicien est antérieur à Bach, me semble-t-il. Le goût de la reine Victoria pour les musiques anciennes est connu. Malheureusement, je ne puis répondre à votre souhait. Ne m'en veuillez pas.

— Plus personne ne semble connaître ce musicien aujourd'hui. Mais je suis sûr qu'il réapparaîtra un jour. L'art authentique ne meurt jamais. Il peut passer par des périodes d'oubli, cependant. Comme votre merveilleuse verrerie.

— Ou encore, vos exploits.

— Mes exploits ? Je n'en ai accompli aucun. Chaque fois que j'ai fait la guerre, cela a été une succession de défaites. Beaucoup de mes soldats sont morts, j'ai perdu de nombreux territoires.

— Mais non. Vous avez légué tant de choses à la Chine : les chemins de fer, les mines, le commerce, les ateliers de tissage, la ville de Tientsin… Un jour, votre héritage sauvera ce pays.

Les musiciens s'étaient retirés, les novices revenaient avec trois tasses de café. Li Hong-tchang, le menton toujours appuyé sur sa canne, tourna la tête vers le second invité :

— Intendant Petit Li, approche donc. Buvons une tasse de café ensemble.

Tchouen-yun rectifia aussitôt sa position ; il s'apprêtait à s'agenouiller quand Li Hong-tchang l'arrêta en désignant la statue du Christ au-dessus de l'autel :

— Voyons, te prosterner ici devant moi serait inconvenant !

Tchouen-yun s'approcha à petits pas, les deux bras pendant le long de son corps, selon l'étiquette qui prévalait à la Cité Interdite, et vint s'asseoir auprès de Li Hong-tchang.

— C'est la première fois que tu bois du café, n'est-ce pas ?

— Oui, répondit Tchouen-yun auquel l'amertume du breuvage venait d'arracher une grimace involontaire.

— Cela surprend au début mais on finit par adorer. C'est l'effet que fait l'Occident lui-même. Prends ton mal en patience et bois !

La première gorgée passée, Tchouen-yun sentit un arôme puissant et indescriptible lui monter aux narines.

— Es-tu baptisé ?

— C'est impossible : je suis au service de la vénérable Aïeule.

Li Hong-tchang poussa un soupir et posa la main sur l'épaule de Tchouen-yun.

— L'impératrice douairière est donc le dieu que tu vénères ?

— Oui. Je ne viens pas ici pour prier, mais comment pourrais-je rester indifférent à un lieu où des étrangers s'occupent des orphelins de notre pays ?

— Tu es un homme libéré des passions humaines.

— Je n'ai aucun moyen d'utiliser mon argent, étant moi-même orphelin.

— Tu ne songes pas à l'utiliser pour toi ?

— Comment le pourrais-je ? Je ne bois quasiment pas d'alcool, les restes de la table impériale suffisent amplement à me nourrir, et j'exècre l'opium et le jeu. Quant aux femmes, c'est un monde qui me restera inconnu.

Li Hong-tchang tapota gentiment l'épaule de Tchouen-yun qui avait baissé la tête au fur et à mesure qu'il parlait.

— Il n'y a aucune honte à ne pas avoir de désirs. Au contraire, c'est une bénédiction. Un jour, tu seras sauvé par l'Evangile. A propos, comment se porte l'impératrice douairière ?

— Fort bien, je vous en remercie.

— A quoi occupe-t-elle ses journées ?

— Depuis qu'elle s'est installée au palais d'été, la Vénérable Aïeule élève des oiseaux dont elle prend grand soin.

Li Hong-tchang ôta sa main de l'épaule de Tchouen-yun et affirma :

— La Vénérable Aïeule est une personne merveilleuse. Je dis cela sans flatterie. Jamais je n'ai connu de femme – d'être humain, devrais-je dire – aussi belle et aussi forte qu'elle. Je la connais depuis l'époque de son mariage avec le vénéré empereur Sien-feng mais les années l'ont rendue plus belle et plus forte encore qu'autrefois. Jamais elle n'a ménagé ses efforts pour la Chine.

— La Vénérable Aïeule sera fort heureuse de ces paroles lorsque je les lui transmettrai.

— Inutile, fit sèchement Li Hong-tchang, dont le sourire s'effaça soudain. Je sais tout, poursuivit-il, je sais exactement tout ce qui se passe à Pékin en ce moment.

Un frisson parcourut l'échine de Tchouen-yun. Li Hong-tchang était peut-être au courant de la mort du ministre Yang ?

— Je sais tout, mais je n'interviendrai pas, l'envie m'en a passé.

— Pourtant, Excellence, protesta Tchouen-yun. Il savait que le protocole lui interdisait de s'exprimer ainsi mais ne put s'en empêcher. La Vénérable Aïeule ne peut, elle, parler de la sorte. Elle ne peut prendre prétexter de s'être démise de ses fonctions pour ne plus s'occuper de rien.

— Je sais, Tchouen-yun, répondit Li Hong-tchang. C'est précisément parce que je le sais que je me suis efforcé jusqu'ici de l'assister de mon mieux. Mais tout est en ruine maintenant. Pourquoi suis-je le seul à être resté à la capitale, alors que tous les mandarins de mon âge ont pris leur retraite et sont retournés dans leur province natale où ils peuvent jouir paisiblement des jours qui leur restent ? Moi aussi, je voudrais rentrer chez moi. On est bien dans le Hofei, au nord du Yang-tse-kiang, sur les rives du lac Chao Hu. La vie est douce dans mon village, loin de toutes les querelles du pouvoir. Pourtant, je ne peux pas y repartir.

Tchouen-yun n'en crut pas ses yeux : Li Hong-tchang, son visage usé appuyé sur sa canne, pleurait. Il poursuivit du bout des lèvres :

— La seule raison qui me retient ici, c'est la présence de cette belle femme tartare au caractère si fort. Je n'ai pas le courage de tourner le dos à mon devoir. Même si je sais que le combat est perdu d'avance, je ne puis continuer à vivre en laissant derrière moi un compagnon d'armes défendre seul les remparts du château au prix de sa vie.

Tchouen-yun se leva et salua le vieil homme. Il ne voulait pas en entendre davantage. Ces paroles le mettaient à la torture.

— Comprends-tu, Tchouen-yun ? C'est pour cela que je sais avec certitude que Yang Si-tcheng n'est plus de ce monde. Comme moi, c'est un mandarin dans l'âme. Quelles que soient les circonstances, jamais il n'aurait abandonné la capitale pour rentrer dans sa province. Va, Tchouen-yun. Toi, tu ne peux rien faire, sinon jouer à l'impératrice douairière son opéra favori pour la consoler.

Tchouen-yun s'inclina simplement et sortit. Les rayons garance du soleil couchant pénétraient par la porte de l'église, restée ouverte derrière lui.

— Excellence, vous venez de vous confesser, n'est-ce pas ? s'enquit doucement le père Favier après le départ de l'eunuque.

— Ne dites pas de bêtises. Pourquoi devrais-je me repentir devant votre Dieu ?

— Pourtant, Notre Seigneur Jésus vous a entendu.

Li Hong-tchang releva enfin la tête pour contempler la croix au-dessus de l'autel.

— Ne vous sentez-vous pas le cœur plus léger maintenant ?

— Bah, si ce genre de choses pouvait sauver les créatures humaines, personne ne se donnerait plus de peine. Merci de votre invitation. C'était très plaisant.

— J'ignorais jusqu'alors que vous aimiez cette femme d'amour, Excellence.

Li Hong-tchang termina sa tasse de café et se releva en s'appuyant sur sa canne. Il se dirigeait d'un pas chancelant, voûtant sa haute stature, vers la lumière du dehors lorsque le père Favier l'arrêta.

— Ah, à propos, il y a une chose que j'avais oublié de vous dire. Selon les règles de la confession, je ne devrais pas le répéter, mais…

— De quoi s'agit-il ? Si c'est instructif, je vous écoute.

— Hier, K'ang Yeou-wei est venu.

— K'ang ? Qu'est-il venu faire ici ? Vous apporter une offrande pour votre église ?

— Non. Se confesser.

Toujours appuyé sur sa canne, Li Hong-tchang se retourna vers le religieux d'un air inquiet.

— Une confession ?

— Pourquoi suis-je aussi impuissant, rien de ce que j'ai annoncé ne se réalise, a-t-il dit en pleurant devant le Seigneur. Je pense qu'il vaut mieux que vous le sachiez.

— Ah, l'imbécile !

Li Hong-tchang partit en traînant la jambe. Une fois hors de l'église, il leva la tête vers le ciel illuminé par le couchant et lança de sa voix cassée de vieillard :

— La prochaine fois, j'aimerais écouter du Vivaldi.

3

Cette année-là, l'automne fut torride.

A peine le soleil était-il levé que le ciel se couvrait d'une brume laiteuse comme une tenture de soie légère. A midi, les eaux du lac du Centre étaient si chaudes qu'on voyait à l'œil nu une fine vapeur s'en élever. En plein midi, les routes étaient désertes, à l'exception de chiens errants qui allaient, la queue basse, et d'enfants nus que les voix aiguës de leurs mères ramenaient promptement à la maison :

— Que fais-tu dehors ? Tu veux donc que le soleil te tue ?

En fait, la canicule causa quantité de morts. Le soleil était une arme meurtrière.

Le bruit courait parmi le peuple que cette cinquième saison jusqu'alors inconnue présageait des événements terribles.

Le club de la presse ressemblait à une tranchée sous les obus.

Les journalistes étaient allongés dans différentes postures, autour d'un énorme bloc de glace qui occupait le centre de la pièce.

Bières et sodas n'étaient en vente que le matin, et les journalistes, sachant qu'ils allaient perdre de l'énergie et voir toute l'eau de leur corps se muer en sueur, restaient allongés sur les canapés jusqu'au coucher du soleil.

Tous vérifiaient trois fois par jour le calendrier collé à côté du bar. Rien n'indiquait que, comme les autres années, le vent d'automne allait se lever et le ciel de Pékin prendre cette teinte bleue que tous trouvaient la plus belle du monde. L'été semblait devoir se poursuivre éternellement.

C'était seulement lorsque d'autres journalistes entraient en courant dans la pièce, telles des sentinelles venant d'échapper à une pluie de balles, que tout le monde se levait soudain comme des pantins à ressort. Après avoir avalé d'un trait une bière ou un soda, ces « rescapés » donnaient des nouvelles de l'extérieur, avant de s'effondrer dans un canapé. Puis l'ennui revenait.

Par une sorte d'accord tacite, les journalistes sortaient à tour de rôle, rendaient visite au ministère des Affaires Générales puis passaient à la légation de leur pays, avant de rentrer au club. Comme ils y restaient de l'aube à la nuit noire, chacun d'eux sortait aux nouvelles deux ou trois fois par jour et échangeait naturellement ses informations avec les autres.

Des dissensions cependant s'élevaient. Les journalistes hollandais ou autrichiens dont les légations se trouvaient à l'autre bout du quartier des étrangers exprimaient leur mécontentement, trouvant que leurs collègues français ou allemands étaient bien mieux lotis, avec leurs ambassades situées de l'autre côté de la rue. Les hommes exténués étaient tellement sur les nerfs que ce genre de problèmes puérils dégénérait vite en querelles.

Cela faisait trois mois que se poursuivait une politique de réforme extrêmement prudente – ou pour être plus exact, que se succédaient édits impériaux de la Cité Interdite et ordres contradictoires émanant du palais d'été.

On eût dit un dragon bicéphale hurlant à l'agonie, chacune de ses deux têtes tournée dans une direction opposée. Cette audacieuse comparaison aux accents littéraires, due à un journaliste français qui aspirait à devenir écrivain, traduite dans toutes les langues du monde, avait figuré en première page de la presse internationale.

— Hé, écoutez tous ! Il se passe quelque chose de terrible ! Y a-t-il un Japonais ici ?

C'est sur ces mots que le soir du 11 septembre, Hans, le jovial journaliste allemand, fit son entrée au club, l'air épuisé.

Il s'effondra aussitôt sur un canapé, comme s'il n'avait pas la force de prononcer un mot de plus, et appuya son crâne couvert de rares cheveux roux sur le bloc de glace du bar.

Les journalistes présents s'avancèrent mécaniquement vers lui, avec des mouvements ralentis par la chaleur, pour prendre connaissance des dernières nouvelles.

Après avoir bu d'un trait la bière allemande que lui présentait un boy chinois à genoux, Hans, reconnaissant Oka Keinosuke dans la foule, lui jeta un regard pénétrant.

— Qu'est-ce que cela veut dire, Kei ? Itô vient d'arriver à Taku.

Tous les journalistes présents lancèrent aussitôt des regards soupçonneux à Oka.

— Son Excellence Itô ? Je savais qu'il surveillait la Corée mais... Non, vraiment, j'ignorais qu'il avait l'intention de se rendre en Chine.

— Tu voudrais me faire croire que ce personnage qui, il y a trois mois encore, était premier ministre, a brusquement changé de projet pour venir en Chine ?

Oka se rappela soudain que le capitaine Shiba lui avait un jour confié son intention de demander à Itô de se rendre en Chine. C'était au mois de mai, avant qu'Itô Hirobumi ne démissionne de son poste de premier ministre.

Itô aurait-il accepté la proposition de Shiba, et attendu d'être libéré de ses obligations pour quitter le Japon ? Le capitaine Shiba, en tout cas, n'en avait soufflé mot à Oka.

— Sa visite en Corée n'était pas un voyage officiel. Il a sans doute l'intention de s'arrêter à Tientsin pour visiter la légation japonaise sur le chemin du retour.

Sans aucun doute. Car malgré tout le respect qu'il éprouvait pour le capitaine Shiba, Oka avait du mal à imaginer qu'un important homme d'Etat comme Itô Hirobumi pût se déplacer exprès jusqu'en Chine, simplement sur le conseil de l'attaché militaire de la légation. Même s'il s'agissait d'une visite officieuse, l'événement était bien trop important au regard de la position internationale du Japon comme de ses relations avec la Chine, pour être pris à la légère.

— Mais tout de même, Kei, il ne peut s'agir que d'une visite officielle. Itô est reçu par la Chine. Il n'est pas venu juste pour boire un verre au bar *Chez Tseu-hi*. Ce serait bien étonnant, étant donné les circonstances. Et s'il s'agit d'un voyage privé, il devrait s'en abstenir en un moment pareil, non ?

Ce que disait Hans était sensé. Et en ce moment même, peut-être le monde entier avait-il les yeux braqués sur ce Japonais qui venait de débarquer dans le port de Taku ?

— Il ne va quand même pas s'ingérer dans la politique intérieure chinoise ? Ce ne serait pas bien, ça, hein, Kei ? intervint le correspondant du *London Times*, en fronçant les sourcils derrière ses lorgnons.

Ce genre de conversation brisait un tabou car les journalistes n'affichaient normalement aucune opinion politique. C'est dire si la visite d'Itô en Chine revêtait un sens important.

— En tout cas, je vais aller me renseigner à la légation. Quand j'y suis passé ce matin, personne ne m'a rien dit. Je pense que ni le ministre ni l'attaché militaire n'étaient au courant.

Au moment où Oka allongeait la main vers son chapeau, la porte de la salle des télégrammes s'ouvrit et Thomas Burton en émergea, ruisselant de sueur.

— Ah, je meurs ! Hé, boy ! Va donc essuyer le clavier. La sueur va le faire rouiller. Alors, vous voulez connaître les projets d'Itô Hirobumi ?

Les journalistes, rassemblés autour du bloc de glace comme autour d'un feu de camp, se retournèrent vers lui avec ensemble.

— Qu'en pensez-vous, Messieurs ? La secrétaire locale du *New York Times* est fantastique, ne trouvez-vous pas ? Les nouvelles de la légation allemande permettent tout juste de savoir que le prince Itô est arrivé à Taku, mais Mrs Tchang, elle, m'a déjà télégraphié son programme pour les jours qui viennent !

Tous les journalistes sortirent leurs carnets et leurs stylos. Burton s'empressa de rafraîchir son mouchoir sur le bloc de glace et le posa sur son crâne chauve.

— Nous sommes bien d'accord, Messieurs ? Il n'est pas question que je paie ma bière !

— Très bien, Tom, tu n'auras même pas à payer ton déjeuner. Mais dépêche-toi !

Burton brandit au-dessus de sa tête le télégramme qu'il tenait et que Hans s'apprêtait à lui arracher des mains, puis se mit à le lire :

— Programme de Son Excellence Itô Hirobumi. Le 11 septembre à sept heures du soir, dîner avec Son Excellence Jong-liu, gouverneur du Hopei, au palais du gouverneur à Tientsin. Seront également présents le consul du Japon, ainsi que Tong Fou-siang, commandant de l'armée du Kansou, Nie Chetcheng, commandant de la deuxième armée, et Yuan Che-k'ai, commandant général de la nouvelle armée de terre.

Les journalistes poussèrent des cris comme une horde de bêtes sauvages. Hans hurla en s'arrachant les quelques cheveux qui lui restaient :

— Mais à quoi pense le Japon ? Pourquoi réunir Jong-liu et les commandants des trois armées du Nord ? Ils vont…

— Non ! s'écria Oka que tout le monde regardait d'un air soupçonneux. Jamais le Japon ne prendrait part à un coup d'Etat. C'est un banquet, sans plus !

— Ça reste à voir… Itô est un spécialiste de ce genre d'intrigues. N'a-t-il pas été le principal allié du Mikado il y a trente ans, n'est-ce pas lui qui a fomenté le coup d'Etat qui a remis ce dernier sur le trône ?

Les autres journalistes regardaient Oka avec froideur. Il savait que toute discussion avec eux serait vaine.

Personne n'avait prêté attention aux Japonais quand ils s'étaient à leur tour élevés au rang de grande puissance, grâce à une politique d'occidentalisation à outrance, en enrichissant leur pays et renforçant leur armée. De toute évidence, les Occidentaux méprisaient les Japonais. Oka se rendit compte pour la première fois que tous ces journalistes le regardaient avec la même froideur dans le regard que lorsqu'ils se trouvaient face à un Chinois.

Et peut-être, remarquait-il un peu tardivement, était-ce parce qu'il venait d'Aizu. Il fallait qu'il fasse part de cela aux autres Japonais : les Blancs n'admettraient jamais parmi eux quelqu'un d'une couleur de peau différente. Il fallait se graver cela dans la tête dès maintenant sous peine d'en pâtir dans le futur.

— Je vais faire un tour à la légation japonaise, annonça-t-il en quittant le club de presse pour éviter toute discussion. A peine dehors, la chaleur brûlante de la rue l'assaillit. Des larmes se mêlaient à sa sueur. Thomas Burton, qui lui avait couru après sans même prendre le temps de mettre son chapeau, l'attrapa par l'épaule. Tous deux marchèrent un moment côte à côte en silence.

— Kei, ne t'en fais pas. Tout le monde est exténué, tu sais.

Oka songea que Burton, lui, était capable de comprendre son sentiment.

— C'est normal que tout le monde doute de moi. Hans a dit tout haut ce que les autres pensaient tout bas. Même toi, tu dois me trouver bizarre.

— Pas du tout, fit Burton en ralentissant l'allure comme pour forcer Oka à s'arrêter. Ce n'est pas à cause de ça que tu t'es vexé, n'est-ce pas ? ajouta-t-il.

— Comprends-tu ce que je ressens, Tom ?

— Bien sûr. Tu as beaucoup de sang-froid malgré ton jeune âge, mais quand tu penses à ton pays natal, tu fonds tout de suite en larmes. C'est bien ce qui s'est passé aussi lors de l'interview de Li Tchouen-yun, non ?

Cet homme est un authentique journaliste, songea Oka. Chaque fois qu'il interroge quelqu'un, il lit en lui comme dans un livre ouvert.

— Je suis rentré à dix-sept ans aux *Dix Mille Matins*, comme garçon de courses. Je voulais aller à l'école du soir et j'ai cherché un logement du côté d'Ushigome, mais dès la première pension où je me suis présenté, on m'a répondu : « Vous, vous êtes d'Aizu, n'est-ce pas ? Alors, pas de place pour vous. » Le propriétaire était dans l'administration impériale.

— Mais ce genre de discrimination existe partout. En Amérique aussi. Tu penses trop à ça, Kei.

— Non, le Japon n'est pas aussi vaste que l'Amérique. Tu sais, si j'ai fait tant d'efforts pour apprendre l'anglais, le français et le chinois, ce n'était pas pour devenir journaliste, mais simplement parce que je voulais quitter le Japon. Je me disais que si je vivais à l'étranger, il n'y aurait personne pour me dire avec mépris : « Ah, vous venez d'Aizu. »

— Je vois... répondit Burton en français, avant d'enchaîner soudain en anglais : Et maintenant, tu viens de te faire traiter de « jap », c'est ça ? Je comprends, ça a dû te faire un choc.

— Oui, ça m'a touché au vif. Moi, les combats d'Aizu, je n'y étais pas, pourtant, on m'a rappelé toute ma vie que je venais d'une région qui avait lutté contre la restauration impériale. Tu comprends ce que ça veut dire, n'est-ce pas, quand un Japonais me dit que je viens d'Aizu ? Il me traite d'ennemi de l'empereur. Mais même si c'est une réalité historique, moi je n'ai aucune responsabilité là-dedans. Ce qu'on me reproche, c'est le sang qui coule dans mes veines ! Et voilà qu'ici, je subis le même genre de discrimination stupide, tout ça à cause de la couleur de ma peau.

— Tu réfléchis trop, Kei. Tout le monde au club respecte ton talent. La discrimination dont tu parles n'est qu'une illusion de ton esprit.

Oka s'arrêta. Burton avait peut-être raison, mais le fait que les grandes puissances étaient en train d'envahir la Chine, voilà qui n'avait rien d'illusoire.

— Alors pourquoi les Occidentaux ne respectent-ils pas les Chinois ? Qu'avez-vous fait de ce pays, vous autres, les Blancs ? Vous avez échangé du thé contre de l'opium, emmené avec vous des esclaves et des coolies, bombardé le port de Taku, incendié le palais d'été de Yuan-ming-yuan. Vous vous arrogez le droit de mettre la Chine à sac, mais les Japonais, qui ont pourtant la même couleur de peau que les Chinois, n'auraient pas le droit de toucher à ces territoires ? Le prince Itô vient en Chine et aussitôt vous en faites des gorges chaudes ! Voulez-vous dire que le Japon n'a aucun droit sur ce pays ?

Burton ne répondit pas.

— Tu as un accent parfait, Kei. Tu parles anglais mieux que moi.

Oka enleva son chapeau et le posa sur le crâne chauve de son ami.

— Tu vas voir le capitaine Shiba ?

— Oui, mais je pense qu'il est déjà parti à Tientsin.

— Pour accueillir Itô ?

Oka laissa Burton sur le trottoir et partit d'un pas rapide vers la légation japonaise.

Comme il s'y attendait, le capitaine Shiba ne s'y trouvait pas.

Sur l'embarcadère du port de Taku régnait une chaleur humide et étouffante.

Par chance, des nuages bas voilaient le soleil de midi, mais la vapeur qui flottait au-dessus d'une mer aux teintes sales, au lieu de se volatiliser, s'étendait en épais volutes. Même le vent qui soufflait de la baie ne faisait qu'agiter l'odeur nauséabonde du port sans la dissiper.

Les coudes posés sur la rambarde d'acier du débarcadère, le capitaine Shiba observait la mer à la jumelle. Des gouttes de sueur coulaient le long des liens de son chapeau militaire attaché sous le menton. Ses gants blancs, les manches de sa vareuse étaient eux aussi si imprégnés de sueur qu'il ne prenait même plus la peine de l'essuyer.

— Voulez-vous que je prenne des notes pour vous, Capitaine Shiba ?

En entendant le murmure harmonieux d'un français parfait contre son oreille, Shiba détourna un instant le regard de ses jumelles.

— Il sont encore plus nombreux qu'hier. Un navire français, un allemand, quatre japonais. Si cela continue, l'horizon sera bientôt noir de navires de guerre.

Shiba ne comprit pas tout de suite qui était cette femme vêtue d'une époustouflante robe chinoise mauve. L'air stupéfait de ce sérieux militaire amusa-t-il la belle ? Toujours est-il qu'elle se mit à faire tournoyer son ombrelle de dentelle blanche et éclata d'un rire enjoué. En la voyant rire, Shiba la reconnut enfin.

— Ah, c'est vous ?

— Oui, cela fait longtemps, n'est-ce pas ? Nous ne nous sommes pas vus depuis le bal du prince Tsai-tso l'année dernière.

Il ne savait toujours pas qui était cette femme, mais se rappelait avoir dansé avec elle au bal du jeune prince consort. Comme elle avait troqué la splendide robe de bal décolletée qu'elle portait à cette soirée pour un fourreau chinois à col montant, il était difficile de la reconnaître au premier coup d'œil.

— Vous m'avez donc reconnu ?

— Il n'y a guère de militaires japonais sachant danser le menuet !

— A mon époque, on apprenait à danser dans les écoles d'officiers militaires.

— C'est merveilleux. Dommage qu'on ne vous y ait pas appris aussi à faire la cour aux dames.

— Je ne sais ni votre nom, ni de quel pays vous venez.

— Mon nom ? Tout le monde m'appelle Mrs Tchang. Du nom, vous déduirez la nationalité.

— Je vous prenais pour la maîtresse du prince Tso.

— Oui, il paraît que c'est ce que le prince se plaît à raconter, mais il n'est pas du tout mon genre. Si l'on me demandait de choisir entre lui et vous, je n'hésiterais pas une seconde.

Plus encore que par le propos, Shiba était surpris par la perfection du français que parlait cette femme. Les lèvres écarlates s'approchèrent de son oreille pour susurrer :

— Vous battriez-vous en duel avec le prince pour moi ?

Shiba s'écarta et se remit à observer le large dans ses jumelles.

— Madame, cessez de plaisanter. Je suis en mission.

— C'est ce que je vois. Dans ce cas, voulez-vous un renseignement inédit ? Les navires que vous voyez là ne sont pas les seuls à avoir pris position pour accoster. Des navires de la flotte orientale anglaise, et des navires russes de la flotte de la Baltique se dirigent en ce moment même vers la péninsule du Chantong. Leurs effectifs militaires sont incomparables avec ceux de votre pays.

— Dites-vous vrai ?

— Ma foi. Aussi vrai que je ne suis pas la maîtresse du prince Tso.

Sur ces mots, Mrs Tchang tira une petite lorgnette d'opéra de son sac à main brodé de lys.

— Ah, on dirait qu'il arrive... Est-ce que je vous dérange ?

— Pas du tout, mais songez à ma fonction. Les ombrelles en dentelle ne vont guère avec les sabres.

Dans un sifflement de vapeur continu, une vedette battant pavillon japonais avançait vers le débarcadère. Entouré d'une escorte en hauts-de-forme de soie, le prince Itô, vêtu d'un costume blanc immaculé, était assis sur le pont.

— Est-ce vous qui l'avez invité, Capitaine ? demanda Mrs Tchang, le regard toujours tourné vers la mer à travers sa lorgnette.

— Le prince Itô est ici incognito. Il s'arrête à Tientsin sur le chemin du retour après sa visite en Corée.

— Pour un voyage incognito, il est accueilli en bien grande pompe.

Un orchestre militaire avait pris position à l'entrée du débarcadère. Des soldats de l'armée des mers du Nord étaient en train de dérouler un tapis rouge par terre, tout en surveillant l'approche de la vedette.

— Tiens tiens, voilà une chose extraordinaire, regardez plutôt, Capitaine !

Un groupe de dignitaires venus accueillir le prince Itô venait de sortir de sous l'auvent d'un hangar situé face au débarcadère. Le capitaine tourna ses jumelles vers eux.

— Voilà qui est étonnant. Cela relève pourtant de ma responsabilité...

— Finalement, ce n'est donc pas vous qui avez invité Son Excellence Itô.

Peu importait. L'information avait filtré, il ne savait comment, et derrière l'orchestre, tout le gratin de la société militaire de l'armée des mers du Nord était aligné, prêt à accueillir l'ancien ministre japonais !

On remarquait Jong-liu au centre, en tenue de cérémonie de fonctionnaire de premier rang, revêtu également de son manteau jaune de grand général de l'empire, entouré des généraux Tong Fou-siang et Nie Che-tcheng et, un peu à l'écart, discutant avec un aide de camp, Yuan Che-k'ai en personne, le seul à porter un uniforme européen.

— Les généraux des trois armées du Nord réunis au grand complet !

— Mais qu'est-ce donc qui relève de votre responsabilité, Capitaine ?

— Trouvez vous-même la réponse.

Mrs Tchang haussa légèrement ses blanches épaules dénudées et pouffa de rire. Elle voulait arracher un aveu par la ruse à son interlocuteur, mais, à en juger par ce rire un peu moqueur, elle connaissait déjà la réponse à sa question. Décidément, cette femme sort de l'ordinaire, songea le capitaine.

— Vous vous demandez comment l'information a pu filtrer, n'est-ce pas ? fit-elle.

Cette fois, elle lisait en lui comme dans un livre ouvert.

— Eh bien, je vais vous apprendre quelque chose qui vous sera utile. Les milieux anti-japonais en Corée sont fort liés au général Yuan. Il n'ignore rien des moindres mouvements du prince Itô.

— J'ai compris. Maintenant, cela suffit, éloignez-vous un peu. La vedette va accoster.

Mrs Tchang referma son ombrelle, croisa ses bras blancs et fit une élégante courbette.

— Voulez-vous faire un pari avec moi, Capitaine Shiba ?

— De quoi s'agit-il encore ?

Les bras toujours croisés, la femme avait pris un air grave.

— Selon vous, quelle carte va jouer le prince Itô ?

Un frisson parcourut l'échine du capitaine.

— Le prince Itô ne soutient personne, il est ici pour servir d'arbitre.

La femme pouffa à nouveau d'un rire qui suffisait à prouver qu'elle avait dévoilé le stratagème de Shiba.

— Cependant, Capitaine, selon la carte que Son Excellence Itô jouera, la Chine peut devenir ou non la propriété du Japon. Il n'y a aucune raison pour que le prince Itô, qui s'est déjà habilement emparé de la Corée, n'ait pas cela en tête.

— Dans ce cas, laissez-moi vous poser à mon tour une question ; combien de cartes contient le jeu ?

La femme se mit à compter, pliant ses doigts fins à la manière chinoise, le pouce et l'index en premier.

— Eh bien, la première carte est le parti de la réforme et de l'empereur.

— Et la seconde, l'impératrice douairière dans son palais d'été. Y en a-t-il d'autres ?

— Bien sûr. La troisième est Jong-liu. Il a maintenant la possibilité de fonder une nouvelle dynastie.

— Ridicule !

— Pourtant, tout le monde peut s'en rendre compte, il n'y a qu'à observer la scène. Jong-liu a en main les trois armées du Nord. Si le prince Itô joue la carte de Jong-liu, l'empire Ts'ing s'effondre. Ensuite, le Japon en fait ce qu'il veut.

Le sang du capitaine ne fit qu'un tour. C'était vrai, cette carte-là existait bel et bien.

— Eh bien, moi, je parierai pour la quatrième carte.

— La quatrième, Capitaine ?

— Oui : le prince Itô n'a aucune ambition particulière. Il souhaite seulement arbitrer la situation. Voilà ce que je crois, moi.

— Moi, je parierai pour la première : le prince Itô soutient l'empereur et les réformistes. Et il a sans doute des ambitions. Parce que, même si c'est un peu délicat, c'est la seule façon de mettre la main sur la Chine sans être critiqué par les grandes puissances occidentales.

— Mais qui êtes-vous à la fin ?

La femme se mit à rire sans s'arrêter, comme pour se moquer de l'air sérieux de Shiba.

— A propos, Capitaine, que pariez-vous ? Que me donnerez-vous si c'est moi qui ai raison ?

— Je danserai le menuet avec vous au palais de l'Harmonie Suprême. Son Excellence Itô aime les bals.

— Ce sera un honneur pour moi. Et si vous gagnez…

Une main en visière devant les yeux, Mrs Tchang fixa un regard ébloui sur la vedette qui s'apprêtait à accoster.

— … Faites préparer une suite à l'hôtel *Wagon Light*. Je danserai le menuet pour vous sur le lit !

Tandis que la vedette accostait, l'orchestre se mit à jouer maladroitement l'hymne national japonais. Le capitaine Shiba courut le long du tapis rouge.

— Excellence, vous devez être fatigué par ce long voyage.

Quand le prince Itô eut fini de traverser la passerelle avec précaution, il fronça les sourcils en direction de Shiba sans même répondre à son salut.

— Capitaine Shiba ! Que signifie… ?

Tout en caressant son bouc, Itô contemplait d'un air peu amène les quatre hauts dignitaires de l'empire mandchou qui se dirigeaient vers lui en file indienne.

Itô frappa du plat de la main la poitrine de Shiba, toujours incliné, et bien embarrassé de répondre.

— Je ne peux tout de même pas repartir sur-le-champ.

— Je suis désolé, Excellence. Tout cela est dû à ma maladresse.

— Te rends-tu compte des malentendus que peut faire naître pareille « maladresse » ?

Puis Itô changea complètement d'expression et se tourna vers les généraux chinois, un sourire diplomatique sur le visage.

Jong-liu s'approchait en courant, criant des formules d'accueil d'une voix suraiguë, et saisit à deux mains la main que lui tendait le prince Itô. Les commandants en chef des trois armées s'étaient agenouillés en rang, à côté du tapis rouge.

Jong-liu invitait Itô à une réception donnée en son honneur le soir même au ministère des Affaires Générales. Itô, qui ne comprenait pas le chinois, se contentait de répéter « *hao, hao* » en réponse. Shiba se mit à lui traduire à l'oreille les paroles du général.

— Un banquet ? Je ne peux m'y soustraire. Je n'ai aucun prétexte valable pour refuser. Voilà bien ce qui me dérange chez les gens d'Aizu : vous n'avez pas le caractère assez souple pour vous adapter aux situations. Quand vous avez décidé quelque chose, c'est comme ça et rien ne peut y changer. Réfléchissez un peu à votre attitude.

Itô souriait de tout son visage et avait l'air de plaisanter, mais son discours était plein de piques sans humour aucun. Quiconque se fût aperçu de ces piques aurait craint la profondeur de l'intelligence du personnage. Cet homme originaire du Chôshu, doux et intelligent, s'était toujours montré sous ce jour déroutant avec son entourage, passant sans transition de la conciliation à la menace. Il est probablement le seul homme d'Etat à ne pas souhaiter faire une carrière de héros, se disait Shiba.

Deux calèches attendaient au bout du tapis rouge. L'une envoyée par le consulat japonais, l'autre par le bureau des Affaires Générales à Tientsin. Jong-liu avançait aux côtés d'Itô, parlant avec force hochements de tête : il insistait pour qu'Itô passe tout de suite au bureau des Affaires Générales.

— Dis-lui que je le remercie de son amabilité mais que je préfère visiter la légation pendant qu'il fait encore jour, dit Itô au capitaine qui traduisit aussitôt.

Jong-liu hocha à nouveau la tête de façon exagérée et répondit que dans ce cas il attendrait Son Excellence à sept heures. Itô ignorait superbement les trois généraux qui les suivaient et qui, pour l'instant, devaient seulement voir en lui un vieillard débonnaire.

— Ah, dis-lui aussi que mon médecin m'interdit l'alcool et les repas trop riches. Qu'il comprenne que mon comportement au banquet ne sera guère convivial.

— Vous avez des problèmes de santé, Excellence ?

— Imbécile ! Tu n'as donc aucune souplesse d'esprit ? Traduis ce que je viens de dire.

Après avoir échangé une dernière poignée de main avec Jong-liu, Itô monta dans la calèche du consulat. Le capitaine Shiba fut autorisé à monter avec lui.

— Voilà ce qu'on appelle être à l'affût comme un tigre guettant sa proie ! fit remarquer Itô en regardant, les paupières plissées, les navires de guerre étrangers mouillant dans la baie. Je suis sûr que les soutes sont pleines de fantassins. Les pauvres, avec cette chaleur !

Les chevaux s'étant brusquement mis en route, il se cogna le front contre la vitre de la calèche, puis se retourna pour regarder le port qui s'éloignait. Devant la vitre, Mrs Tchang, son ombrelle blanche déployée, exécuta une élégante courbette à la mode chinoise, à laquelle Itô répondit aussitôt en ôtant son panama.

— Capitaine, connais-tu cette femme ?

— Non, elle est venue m'adresser la parole tout à l'heure mais c'est une parfaite inconnue.

— Cela vaut mieux, fit Itô en remettant son chapeau et en retrouvant son sourire bon enfant.

— Pourquoi ?

— Tu es un homme incapable de t'adapter aux circonstances, et parfaitement sincère. Des qualités qui ne conviennent absolument pas à un politicien, mais qui te permettront de grimper les échelons jusqu'au poste de général de l'armée de terre. Cependant, tu dois te méfier de tes relations. Grave-toi une fois pour toutes dans le crâne que tu ne dois faire confiance à personne.

Itô appuya sa joue contre la vitre et se retourna une dernière fois vers le débarcadère.

— ... Et surtout ne jamais te fier à ce genre de femelle chinoise. Elle serait capable de ruiner ton avenir en une seule nuit.

4

Trois mois s'étaient écoulés depuis la proclamation du premier édit de réforme le 11 juin, mais loin de s'orienter vers une politique de restauration sous la houlette des jeunes réformistes et de l'empereur, le pays s'enfonçait dans une inextricable confusion.

Tôt le matin du 13 septembre, Liang Wen-sieou, pivot de la réforme et de la nouvelle politique, se rendit au palais pour une audience avec l'empereur, plein d'une fermeté inébranlable.

L'empereur l'attendait dans son cabinet particulier, une carte de Chine dépliée sur le sol de marbre. L'impatience et l'irritation se lisaient sur le visage de Tsai-t'ien, conscient que la réforme tournait en rond.

Avant même que Wen-sieou ait achevé ses prosternations, l'empereur se leva de son trône en hurlant :

— Trêve de prosternations ! Pourquoi K'ang ne t'accompagne-t-il pas ? Lui dont l'importance est cruciale, pourquoi ne se montre-t-il pas, maintenant que toutes les oppositions sont balayées ? Son cœur s'est-il transformé en cendres ?

Wen-sieou, que la terreur maintenait plaqué au sol, réfléchissait intensément. Il reconnaissait dans les paroles pleines de colère de l'empereur des expressions empruntées à des poèmes dont l'auteur n'était autre que K'ang Yeou-wei lui-même, et où il exprimait les sentiments que lui inspirait la réforme. L'empereur s'inquiétait donc de K'ang et avait confiance en lui au point d'utiliser des termes empruntés à ses poèmes même pour exprimer sa colère. Wen-sieou répondit péniblement :

— Majesté, d'après votre édit, la réforme devait être établie en cent jours, or plus de cent journées se sont déjà écoulées depuis que vous avez annoncé la mise en œuvre des réformes proposées par K'ang. Normalement, les mesures doivent être appliquées par l'administration, mais les fonctionnaires sont déconcertés par cette succession rapide d'édits, au nombre de deux, voire trois par jour. Nos camarades réformistes et vos conseillers, craignant que si l'on continue de hâter ainsi les réformes, une vive opposition ne se renforce de tous côtés, ont décidé après délibération d'interrompre les audiences de K'ang avec Votre Majesté. K'ang désire toujours aussi ardemment la réforme, son cœur ne s'est pas transformé en cendres.

Les membres frêles de l'empereur tremblaient de rage, il trépignait comme un enfant.

— De quel droit empêchez-vous K'ang de me rendre visite ? C'est moi qui ai décidé de lui accorder audience !

— Pardonnez-moi, Majesté, mais K'ang manque de sang-froid. Une nouvelle audience avec lui ne pourrait qu'obscurcir votre jugement.

L'empereur manque lui aussi de sang-froid, songea Wen-sieou qui, naturellement, se garda d'exprimer cette pensée.

Cela faisait trois mois que l'empereur Kouang-siu n'avait vu sa tante. Elle continuait à refuser obstinément ses visites. Et des édits contredisant ceux de l'empereur continuaient à affluer du palais d'été.

Nul besoin de préciser lequel de ces deux pouvoirs aux ordres contradictoires l'administration suivait : Tseu-hi jouissait d'une grande autorité et la puissance militaire reposait désormais entre les mains de Jong-liu. Les édits de l'empereur n'étaient que des chiffons de papier…

— Je n'ai pas le souvenir de vous avoir investis, vous et vos camarades, d'un pareil pouvoir. Certes, j'ai élevé Tan Sseu-tong, Yang Joui et Lin Siu au rang de commissaires aux Affaires Militaires et de responsables de la nouvelle politique ; cependant, K'ang est leur supérieur à tous, c'est lui qui doit diriger les réformes. Comment osez-vous, de votre propre volonté, faire entrave aux actes du conseiller impérial en nouvelle politique ? C'est vous, plutôt, et non lui, qui obscurcissez mon jugement !

— Majesté, calmez-vous !

Wen-sieou releva la tête pour regarder l'empereur. Kouang-siu n'exprimait pas un simple caprice : ce souverain lucide connaissait, tout comme eux, le danger de la situation.

L'injonction de Wen-sieou suffit à faire rasseoir l'empereur. Voûtant son dos frêle, il se pencha pour regarder la carte de Chine étalée à ses pieds. Après avoir suivi du doigt les contours des territoires de son empire comme s'il cherchait un objet perdu, il murmura :

— Personne ne se conforme à mes ordres. Pourquoi la volonté du Fils du Ciel n'a-t-elle aucun effet sur ses sujets terrestres ? Même le gouverneur du Wou-han Tchang Chi-tong, celui dont je me croyais le mieux compris parmi les hauts fonctionnaires des provinces, ignore mes édits et me mystifie.

Le gouverneur des provinces du Sud, le haut dignitaire de province qui disposait du plus large pouvoir effectif, Tchang Chi-tong, venait en effet de se rallier au camp des conservateurs.

— Et il n'est pas le seul. Aucun fonctionnaire des gouvernements de province ne fait mine de changer les anciennes lois. Pas une seule des mesures que K'ang et moi avons mises au point n'a été appliquée.

— Tout s'est passé trop vite. Il faut tempérer l'enthousiasme des débuts et délibérer à nouveau.

— Vouloir abolir le système des examens était donc une mesure erronée...

— K'ang ne s'est pas trompé en ce qui concerne le fond. Mais promulguer cette mesure sans consulter les conseillers ni même nous, ses camarades réformistes...

— J'ai sans doute été trop prompt aussi à révoquer les ministres conservateurs ?

— Ce ne sont pas des postes à vie. L'entier pouvoir de nommer et révoquer les ministres vous appartient, Majesté, et vous pouvez les changer à votre guise. Cependant, il n'y avait personne de compétent pour leur succéder. Il était inévitable que d'aucuns accusent K'ang Yeou-wei de despotisme et de faire nommer et révoquer les ministres par rétorsion. Il est trop tard pour dire cela maintenant, mais si Votre Majesté m'avait consulté…

— Je croyais que les conseils de K'ang représentaient l'avis de l'ensemble des réformistes.

L'empereur était intelligent. Il saisissait parfaitement ce que Wen-sieou essayait de lui dire. Parmi les mandarins de l'administration impériale, il n'y avait pas un homme à l'esprit aussi lucide que celui-là. Seulement, il manquait d'affinités avec K'ang Yeou-wei.

Wen-sieou n'était pas resté inactif pendant ces cent jours au cours desquels avait fait rage une tempête d'avis de réforme. Pour tenter de faire appliquer au plus vite toutes les mesures, il avait parcouru les six ministères et les neuf palais, s'efforçant de convaincre les fonctionnaires de collaborer à des projets encore irréalisables, les admonestant ou les encourageant à demander audience à l'empereur pour formuler d'éventuelles objections. Il lui avait fallu rédiger plus de dix notices explicatives par jour, pour accompagner les rescrits impériaux à l'intention des organes administratifs des provinces.

— Che-leao… fit l'empereur après avoir réfléchi un moment et en tournant vers Wen-sieou son regard innocent. J'ai enfin compris. K'ang est un philosophe éclairé mais ne sait pas mettre en pratique ses idées.

— La clairvoyance de Votre Majesté est infinie.

— Encore une chose, fit l'empereur en se redressant sur son trône, un doigt pointé vers le ciel. Dans la monarchie constitutionnelle que nous cherchons à établir, l'empereur n'est plus le Fils du Ciel.

— Comment cela ?

— Eh bien, l'empereur est un organe administratif comme un autre. Or, j'ai continué à promulguer des édits en souverain absolu. Ce n'est pas parce que l'autorité de l'empereur s'est effondrée que je n'ai pu faire respecter mes décisions, mais parce que l'organe administratif appelé « empereur » a imposé comme une autorité divine des exigences déraisonnables que les politiciens n'ont pu appliquer.

Sur ce point, les avis de l'impératrice douairière étaient bien plus conformes à la réalité.

Wen-sieou s'inclina profondément.

— Majesté, vous êtes le digne descendant du sagace empereur Ch'ien-lung.

Sans attendre de se le voir reprocher, l'empereur s'était aperçu de l'échec de ses mesures de réforme. Ce jeune empereur a largement qualité pour diriger un nouvel Etat, songea Wen-sieou. Il faut simplement renverser la situation à son avantage.

— A propos, Che-leao, le bruit circule que l'ancien premier ministre japonais se rendrait en visite à la cour.

— C'est pour vous entretenir de cela que je vous ai demandé audience aujourd'hui, Majesté.

Wen-sieou se retourna pour vérifier que les jardins intérieurs du palais de la Pureté Céleste étaient déserts.

— Itô est ici en visite privée, et aucune cérémonie n'est prévue à la cour. Simplement, si Votre Majesté souhaite le rencontrer, il ne refusera pas.

— Me suggères-tu de demander le soutien du Japon pour mener à bien la réforme ? Cependant, cela risque de compromettre mon honneur…

— Son Excellence Jong-liu a déjà eu des contacts avec Itô à Tientsin.

— Dis-tu vrai ?

L'empereur en resta bouche bée de surprise.

— Itô est l'un des hommes qui ont contribué à la restauration de l'empereur Meiji. K'ang Yeou-wei a déjà dû en parler à Votre Majesté.

— En effet. Veux-tu dire qu'il serait à même de montrer de la compréhension pour ce que nous cherchons à réaliser ?

— Certes. Et si le Japon nous soutient, jamais les armées du Nord n'obéiront aux ordres de Jong-liu.

— Pourquoi cela ? Le commandement des armées repose entre ses mains.

— Yuan Che-k'ai, le commandant de la nouvelle armée de terre, a été vaincu autrefois par les Japonais, il connaît leur puissance militaire.

Le regard fixé sur Wen-sieou, l'empereur semblait réfléchir tout haut.

— Cependant, Che-leao, l'impératrice douairière pourrait bien écouter Jong-liu et donner un ordre de marche aux armées. Yuan Che-k'ai n'oserait pas désobéir à un ordre émanant de l'impératrice douairière.

Wen-sieou se décida alors à faire part à l'empereur du dernier recours dont il avait eu l'idée pour redresser la situation à leur avantage. Et cette fois, tous les réformistes étaient d'accord, K'ang Yeou-wei le premier.

— Majesté, daignez m'écouter : recevez rapidement Itô, ensuite, voyez Yuan Che-k'ai. Nommez-le vice-ministre des Armées et confiez-lui le commandement des trois armées. Puis, faites exécuter Jong-liu et assiéger le palais d'été.

Tout le sang s'était retiré du visage de l'empereur.

— Un *coup d'Etat...* ?

Wen-sieou eut un instant le souffle coupé en entendant l'empereur prononcer ce mot étranger.

— C'est cela, Majesté. La situation est désespérée, l'unique moyen qui nous reste est un coup d'Etat militaire.

— Qu'adviendra-t-il de ma vénérée tante ?

— Il n'est pas nécessaire d'attenter à sa vie. Après avoir condamné à mort Jong-liu, Li Lien-yin et tous les traîtres, il conviendra de l'emprisonner sur la petite île appelée « Terrasse de l'Océan » sur le lac du Palais.

— Séquestrer ma vénérée tante, dites-vous ?

— Il n'y a pas d'autre moyen, Majesté. C'est la seule façon de réussir la restauration et la réforme.

Tsai-t'ien se mit à gémir, la tête levée vers le ciel. Ses membres délicats tremblaient au point de faire grincer les montants du trône.

— Quelle impiété, quelle impiété, Che-leao...

— Calmez-vous, Majesté. Vous êtes le souverain du grand empire Ts'ing. Le monarque de l'Empire du Milieu, qui règne sur quatre cents millions d'âmes et sur plus de quatre cents provinces.

— Mais cette île isolée au milieu du lac du palais... Je ne puis me résoudre à pareil manquement à la piété filiale.

— La piété filiale vous conseille-t-elle de laisser à l'impératrice douairière, à l'âge avancé de soixante-quatre ans, la charge de l'Etat en période de crise ?

— Une fois le pont-levis levé, pas même un oiseau ne peut se poser sur cette île...

— Eh bien, vous irez la voir tous les jours. Mettre l'impératrice douairière à l'abri de l'influence néfaste des conservateurs, n'est-ce pas là ce qu'ordonne la véritable piété filiale ?

— Je ne le puis, je ne le puis. Emprisonner ma vénérée tante, envers laquelle j'ai tant d'obligations ? Non, cela m'est impossible !

Une angoisse vraiment extraordinaire avait saisi l'empereur : il tremblait violemment de tout son corps, son visage était aussi livide que l'émail d'une porcelaine. La crainte de manquer à cette piété filiale que tant de maîtres lui avaient inculquée dès son plus jeune âge n'était pas seule en cause. Kouang-siu, intronisé à trois ans, avait reporté sur sa tante l'attachement envers la mère, le respect envers le père, qu'il n'avait pu manifester à ses véritables parents. Qui plus est, il éprouvait envers la Vénérable Aïeule, détentrice du pouvoir sous trois générations successives d'empereurs, une dévotion quasi mystique.

Ainsi, songea Wen-sieou, l'esclave le plus fidèle de l'impératrice Tseu-hi n'est autre que l'empereur en personne ! Pour pousser le jeune souverain à la détermination, attiser davantage ses craintes semblait désormais le seul recours possible.

— Si vous ne prenez pas rapidement votre décision, c'est vous, Majesté, qui serez exécuté. Vous deviez aller passer en revue vos troupes d'élite à Tientsin, n'est-ce pas ?

— Ah oui, oui, c'était prévu pour le 9 septembre. Pourquoi ? La cérémonie a-t-elle été ajournée ?

— A cause de vos nombreuses occupations, je me suis permis de faire reporter votre voyage sans vous consulter. J'ai eu vent d'un complot visant à vous faire assassiner à Tientsin pendant les fêtes prévues en votre honneur.

— Qui oserait... ? cria l'empereur en tremblant de plus belle. Qui oserait porter la main sur le Fils du Ciel ?

— Nulle autre que l'impératrice Tseu-hi. Vous avez vingt-huit ans, elle soixante-quatre, et ne serait-ce que de ce point de vue, elle ne pourrait vous garder prisonnier toute votre vie. Les conservateurs veulent donc vous faire assassiner, en même temps que tous nos camarades. Je suis navré, Majesté, mais d'après les informations que j'ai et au vu des circonstances, il faut vous rendre à l'évidence. Hier encore, un messager de l'armée d'élite de Tientsin est arrivé au grand galop au bureau des Affaires Militaires. A l'heure qu'il est, la plupart des hauts dignitaires, tremblant devant l'autorité de l'impératrice douairière et le pouvoir du général Jong-liu, participent déjà au complot qui menace votre vie. Je vous en supplie, Majesté, moi, Liang Wen-sieou, je vous conjure de recevoir sans tarder le prince Itô au palais, de confier le commandement des armées à Yuan Che-k'ai et de vous résoudre au coup de force qui seul vous sauvera d'une situation désespérée.

L'empereur croisa les bras comme pour contenir les tremblements qui l'agitaient ; après avoir réfléchi un moment, l'air tourmenté, il finit par donner son assentiment d'un faible hochement de tête.

— Très bien. Mandez au palais Itô Hirobumi et Yuan Che-k'ai, le plus rapidement possible.

Wen-sieou fit plusieurs génuflexions et frappa au sol son front dégoulinant de sueur.

Un silence de mauvais augure régnait sur la Cité Interdite. Depuis le début de l'été, moment où Tseu-hi s'était retirée au palais d'été, les cours intérieure et extérieure avaient bouillonné d'une activité accrue liée aux débuts de règne effectif de l'empereur Kouang-siu. Cependant, au fur et à mesure que les jours passaient, les fonctionnaires s'étaient mis à déserter le palais pour rejoindre l'impératrice à Yi-he-yuan. Tout comme les années ordinaires, lorsque l'empereur et sa tante se retiraient au palais d'été pour fuir les chaleurs de Pékin, les fonctionnaires multipliaient les allers et retours entre le palais d'été et les bureaux administratifs situés à l'extérieur de la Cité Interdite dans la ville tartare. La centaine de décrets de réforme déjà publiés restaient ignorés et les fonctionnaires fidèles à l'empereur et au parti réformiste étaient de plus en plus isolés.

Un eunuque arriva, le dos rond, trottinant comme une souris le long de la galerie déserte du palais de la Pureté Céleste : c'était Lan-ts'in, l'intendant le plus proche de l'empereur. Il se prosterna devant la porte du cabinet privé de l'empereur, son échine se soulevant au rythme de sa respiration haletante. Quand enfin il parvint à parler, les mots qu'ils prononça glacèrent l'empereur sur place et firent se redresser lentement Wen-sieou, resté jusque-là face contre terre :

— L'humble esclave s'adresse respectueusement au Vénérable Père de Dix Mille Ans. L'armée sous le commandement du général Nie Che-tcheng a quitté les faubourgs de Pékin et avance vers Tientsin, tandis que l'armée du Kansou menée par le général Tong Fou-siang est stationnée devant une des portes des faubourgs extérieurs de Pékin. Elle ne semble pas animée d'intentions belliqueuses mais surveille la capitale.

L'armée du Kansou, composée pour la plupart de mercenaires musulmans au teint sombre, était connue pour être, parmi les trois armées du Nord, la plus indisciplinée mais aussi la plus intrépide.

— Où sont Jong-liu et Yuan Che-k'ai ? finit par demander l'empereur d'une voix étranglée.

— Son Excellence Jong-liu a quitté Tientsin en train et sera bientôt de retour au palais d'été. Le général Yuan est toujours cantonné avec ses troupes au fort de Siaokien, la nouvelle armée de terre ne donne aucun signe de mouvement.

Jong-liu, lui, avait déjà entamé les hostilités : l'armée du Kansou s'était déployée à quarante lis à peine des portes de la capitale, à trois heures de marche de Pékin !

— Il faut faire vite... Che-leao, dépêche sur-le-champ un émissaire secret à la légation japonaise, et un autre auprès de Yuan Che-k'ai. Vite !

L'empereur était acculé.

5

Une agitation inhabituelle régnait dans la rue des Légations.

Banques et commerces avaient fermé leurs portes, et à la place de la population ordinaire, qui se repliait sur Tientsin, des bataillons de soldats étrangers affectés à la protection de leurs légations respectives faisaient leur entrée par petits groupes dans la ville tartare. Ils installaient leurs tentes dans les jardins des légations, creusaient des tranchées, empilaient des sacs de terre pour construire leur camp fortifié. Des barbelés entouraient les limites du quartier des ambassades, où des postes de tir étaient aménagés.

Désormais, les envoyés spéciaux étrangers qui se pressaient au club de la presse n'avaient plus le loisir de se soucier de la canicule. Les journalistes, courant la ville à la recherche de nouvelles informations, doutaient souvent de l'heure indiquée par leurs montres à gousset. Chaque minute semblait longue comme une année.

L'après-midi du 14 septembre, l'arrivée en trombe dans la légation japonaise de la calèche d'Itô Hirobumi en provenance de la gare de Ma-tcha-pao porta la tension du quartier à son comble.

Vers le même moment, commença à circuler la nouvelle que l'empereur Kouang-siu se dirigeait vers le palais d'été de Yi-he-yuan, accompagné d'une petite escorte. N'importe quoi pouvait arriver dans les cinq minutes suivantes.

Dans la soirée de ce même jour, Oka Keinosuke parvint enfin à mettre la main sur le capitaine Shiba, devant les portes de la légation japonaise.

— Quelles sont les dispositions d'esprit du prince Itô ? demanda-t-il en suivant le capitaine qui venait d'enjamber les positions de tir pour sortir.

— Rien de particulier. Il est furieux, voilà tout. Il a envoyé un télégramme à Son Excellence Yamagata, le ministre des Armées, pour lui donner l'ordre de retirer ses soldats de Pékin.

— Cependant, vu les circonstances, le Japon ne peut être le seul pays à évacuer ses troupes ?

— Naturellement, mais il est impossible à Son Excellence Itô de se rendre à l'invitation de l'empereur Kouang-siu dans ces conditions. Il ne peut supporter l'idée qu'on le croie soutenu par une force militaire, même s'il n'est accompagné que de deux pelotons. La flotte japonaise a aligné ses navires dans le port de Taku, avant même qu'il ait pu jouer le rôle de médiateur entre le palais d'été et la Cité Interdite, et par-dessus le marché, Jong-liu a donné l'ordre de marche à ses armées, et l'empereur est parti pour Yi-he-yuan sur je ne sais quelle idée subite. Il est bien normal qu'il soit furieux. Quant à moi, je suis parfaitement impuissant à arranger la situation.

— J'ai du mal à imaginer le prince Itô en colère !

— Moi aussi, c'est la première fois que je le voyais dans un tel état. Il était vraiment véhément. Il a écrit dans son télégramme qu'il se demandait dans ces conditions pourquoi il avait démissionné de son poste de premier ministre. Très franchement, même moi, je ne le savais pas si résolu à trouver une issue pacifique à la crise chinoise.

— Ce qui veut dire que notre armée a bougé de sa propre initiative et à l'encontre des intentions du prince Itô ?

— Tout à fait. Itô et Yamagata ont des vues divergentes sur la stratégie à adopter.

— Où alliez-vous de ce pas, Capitaine ?

— A la légation de Grande-Bretagne. J'ai reçu l'ordre d'arranger un entretien entre Sir Claude MacDonald et Itô.

— MacDonald n'est pas là, il est parti il y a quelques jours dans les montagnes pour fuir la chaleur.

— Je sais, mais je ne peux me contenter d'une réponse aussi maladroite. Un des hommes d'Etat les plus prestigieux du Japon renonce temporairement au pouvoir pour arbitrer la crise, et l'ambassadeur anglais, lui, serait tout bonnement parti en vacances ?

Sur ce, le capitaine Shiba tourna à l'angle de la rue et lança sans même jeter un regard à Oka :

— Allons faire un tour d'abord. J'attendrai le coucher de soleil pour rentrer, la fraîcheur du soir devrait adoucir un peu l'humeur de Son Excellence !

Le bruit courait que l'empereur allait recevoir un groupe de conseillers étrangers au palais. On spéculait sur les nationalités qui seraient représentées, mais comme l'impératrice douairière avait toujours été favorable à la Russie, tout le monde pensait qu'il devait s'agir de conseillers anglais et japonais, puisque les intérêts de ces pays étaient opposés à ceux de la Russie. A l'évidence, MacDonald avait fui la capitale pour échapper non à la chaleur mais à toute implication dans la crise. L'Angleterre déclarait forfait.

— Il semble que Son Excellence Itô n'ait pas pris conscience jusqu'à présent de l'urgence de la situation. Il avait simplement l'intention d'apporter à l'empereur Kouang-siu le soutien de son expérience acquise pendant la restauration de Meiji. C'est ce qu'il m'a expliqué en chemin. Il voulait aider l'empereur à trouver un moyen de mener à bien les réformes sans effusion de sang.

Si le sang était versé, les puissances étrangères en profiteraient pour faire entrer leurs armées en scène. Or, l'intervention militaire des puissances occidentales à Pékin signifierait la fin de l'empire mandchou. Itô, pour sa part, redoutait l'effondrement de l'empire mandchou, ce qui n'était peut-être pas le cas de l'armée japonaise.

— Pourtant, lorsqu'il était chef de cabinet, Itô était favorable à la guerre contre l'empire Ts'ing.

Tout en continuant à marcher, Shiba repoussa de sa main gantée de blanc le carnet qu'Oka tenait à la main.

— Pose-moi toutes les questions que tu veux, mais ne note pas les réponses. Tu ne te rends pas compte de l'intelligence d'Itô. Tu dois faire abstraction de tes préventions à l'égard des hommes originaires du Chôshu, du moins en ce qui concerne le prince Itô.

Il eût été faux d'affirmer qu'Oka n'avait aucun motif de considérer les gens de Chôshu comme des ennemis personnels : autrefois, ils avaient attaqué Aizu et tué son grand-père. La guerre menée par les gens d'Aizu contre les forces pro-impériales des clans de Satsuma et de Chôshu était, de leur point de vue, uniquement destinée à défendre leur fief contre des brigands cherchant à prendre le pouvoir sur le Japon sous couvert de se battre sous la bannière de brocart impériale. Le père d'Oka, qui avait survécu à ces terribles combats, l'avait élevé dans cette idée. Et le capitaine Shiba, qui avait fait personnellement l'expérience de la guerre civile, partageait certainement cette opinion.

— C'est-à-dire que le prince Itô considère la guerre comme un des multiples moyens diplomatiques à sa disposition. Mais il garde présente à l'esprit la menace que représentent les grandes puissances occidentales. Ce qu'il craint plus que tout, c'est que la chute de l'empire mandchou ne fasse de ce pays une colonie occidentale. Cet homme est d'une autre étoffe que les militaires japonais qui luttent en vain contre les grandes puissances pour la suprématie en Chine. Tu comprends sans doute pourquoi la situation actuelle le met dans une telle fureur ?

— Le prince Itô cherche donc sincèrement à tirer la Chine de ce mauvais pas ?

— Tout à fait. Si les Blancs colonisent la Chine, c'en est fini de la tranquillité du Japon. Voilà pourquoi Itô est allé jusqu'à renoncer à son poste de premier ministre pour se rendre à Pékin. Rappelle-toi le dénouement du conflit sino-japonais : c'était un grand numéro joué par deux grands acteurs : Itô Hirobumi et Li Hong-tchang.

Voulait-il dire par là que ces deux personnages avaient volontairement enrayé la guerre et que Li Hong-tchang s'était laissé battre exprès pour sauver la Chine des mains des Occidentaux et préserver la position avantageuse du Japon ?

— Je ne peux te dire qu'une chose : ce n'est évidemment pas parce que je lui ai demandé de venir que le prince Itô s'est déplacé jusqu'ici. Sa décision était déjà prise, il avait reçu un courrier secret de Li Hong-tchang.

Oka remit son carnet dans sa poche. Il savait qu'il ne pourrait rien écrire de ce que Shiba était en train de lui raconter.

Au bout d'un moment, ils arrivèrent face à deux légations : la russe d'un côté de la rue et l'américaine de l'autre. Des soldats en tenue de combat entraient et sortaient d'un air affairé de l'un comme de l'autre des bâtiments.

Thomas Burton était en grande conversation avec un fonctionnaire des Affaires Etrangères devant la porte de la légation américaine. A la vue des deux Japonais, il referma son carnet et se précipita vers eux.

— Bonjour !

Il tendit la main d'un air cordial au capitaine Shiba. Ce dernier ne parlait pas anglais, et Burton très mal le japonais. Oka fit donc les présentions en chinois :

— Je vous présente un ami, Thomas Burton.

Shiba répondit à la poignée de main de Burton avec un léger sourire.

— Bonjour, Tom, cela faisait longtemps qu'on ne s'était vus.

— Vous vous connaissiez ?

— Qui pourrait vivre à Pékin sans connaître le célèbre correspondant du *New York Times* ?

Après avoir échangé les dernières nouvelles, tous trois se dirigèrent vers l'ouest du quartier étranger.

— Ce matin, je me suis rendu jusqu'au camp de l'armée aux portes de la ville, annonça Burton tout en marchant.

— Et alors ? Dans quelles dispositions se trouve l'armée du Kansou ?

— Les soldats ont pris position pour assiéger la ville, mais je ne pense pas qu'ils aient l'intention de faire quoi que ce soit.

— Qu'est-ce qu'un profane tel que toi peut comprendre à la stratégie militaire ?

— Il m'est arrivé d'accompagner l'armée du Kansou dans ses déplacements lors de la guerre contre le Japon. Quand ils sont d'humeur belliqueuse, ces soldats manifestent davantage d'ardeur. Ils ceignent leurs fronts de bandeaux, enroulent des cartouchières en croix sur leur poitrine et se lancent à l'assaut en chantant le nom d'Allah. Ils n'ont aucune peur de la mort.

Cette armée était à l'origine formée de soldats originaires de tribus ennemies vaincues par les Mandchous. Leur commandant général, Nie Che-tcheng, était musulman, comme tous ses soldats. La vaillance au combat de cette armée de mercenaires était légendaire.

— Je vois. Il s'agit donc d'une simple menace : Jong-liu fait déployer aux portes de la ville une armée dont la seule vue inspire la terreur.

— C'est ce que je pense. S'il voulait vraiment écraser les réformistes, Jong-liu enverrait plutôt la deuxième armée, connue pour sa rigueur militaire. Les seuls capables de se défendre seraient les gardes de la Cité Interdite.

A l'ouest, un énorme disque solaire commençait à sombrer derrière l'horizon. Un peloton de soldats russes, fusils pointés, surveillait la Banque sino-russe, entourée de rangées de barbelés. Un peu plus loin s'alignaient les bâtiments du ministère des Rites, du ministère des Armées et autres organes administratifs mandchous. Du point de vue géographique, ce point représentait la véritable entrée du quartier des légations.

— L'empereur est tombé dans le panneau, dirait-on. Il paraît qu'il est devenu livide à l'annonce de la nouvelle et est parti tôt ce matin pour le palais d'été. S'il présente ses excuses à l'impératrice douairière et qu'elle daigne lui pardonner, l'incident sera sans doute bientôt clos. Mais naturellement, c'en sera fini de la réforme.

Une fois qu'Oka eut ainsi exposé ce qu'il pensait de la situation, Burton répondit avec un léger sourire :

— Je ne crois pas que les choses se régleront si facilement. Les Chinois détestent les compromis. La vérité est que Chouen-kouei, qui appartenait au clan réformiste, a voulu attenter à la vie de l'impératrice douairière. Il faudrait au moins que Kouang-siu abdique et que tous les réformistes soient condamnés à mort pour que l'incident soit considéré comme définitivement clos.

— Dans ce cas, les réformistes doivent être aux abois. Que pensez-vous de tout cela, Capitaine ?

Shiba répondit, en contemplant les toits de tuiles vernissées des ministères qui étincelaient au loin dans le couchant :

— L'empereur cherche un moyen de résoudre la situation par des pourparlers. C'est sans doute la dernière chance qui lui est donnée. Si l'impératrice douairière l'éconduit, il ne le pourra plus.

— Ne risque-t-il pas d'être arrêté ?

— Li Hong-tchang l'a accompagné, sans doute dans le but de servir de médiateur. Si Li Hong-tchang est à la table des négociations, il y a des chances pour qu'elles aboutissent.

Oka songea au vieux général et à sa haute stature de héron. Li était censé avoir pris sa retraite, pourtant Itô lui envoyait un émissaire secret pour lui demander d'arbitrer le conflit, et il accompagnait l'empereur au palais d'été pour tenter de résoudre la crise…

L'immensité du ciel au-dessus de Pékin était telle qu'avant que le soleil ait complètement disparu à l'ouest, les étoiles commençaient déjà à scintiller à l'est. La température avait soudain baissé perceptiblement.

Contrairement au brouhaha qui montait du quartier des légations, un silence de mort pesait sur les ministères impériaux. Burton et le capitaine Shiba discutèrent tout au long du chemin du retour, tandis qu'ils contournaient l'avenue bordée d'arbres pour retourner vers le quartier de Tchang-an Est. Le journaliste américain et l'officier de renseignements japonais, d'ordinaire peu bavard, échangeaient à n'en pas douter des informations d'importance cruciale, tout en feignant de bavarder de choses et d'autres.

Le capitaine s'arrêta soudain pour éternuer bruyamment – peut-être la sueur qui imprégnait son uniforme avait-elle refroidi au contact de l'air du soir – juste au bord du ruisseau qui coulait du palais impérial vers la ville.

Au pied d'un saule dont les branches s'agitaient dans la brise du crépuscule, était accroupie une vieille femme en haillons. A demi assoupie, elle se balançait lentement, comme en transe. Oka se baissa et étendit la main pour lui soutenir le dos, car elle semblait sur le point de choir dans le ruisseau à force de se pencher ainsi d'avant en arrière.

— Attention, Grand-mère ! Vous allez tomber dans l'eau !

La vieille femme releva la tête en sursaut. Un sourire joyeux plissa toutes les rides de son visage :

— Vous voilà enfin ! Je vous ai attendus toute la journée !

Elle ne devait pas avoir toute sa tête. Oka lança une piécette sur la natte de paille de la vieille et se releva, mais elle le retint par un pan de sa veste.

— Attends ! Tu n'as pas honte de faire attendre une vieille femme toute la journée par cette chaleur ! Tu n'as donc pas de cœur !

Burton et Shiba se retournèrent en riant. La vieille femme parut un peu effrayée à la vue du sabre de Shiba.

— Toi aussi, tu es militaire ?

— Non, je suis un journaliste japonais.

— Un diable oriental ? Bah, peu importe ! En tout cas, tu es celui que j'attendais. Ne t'en va pas, j'ai à te parler.

— Une de tes connaissances ? murmura Shiba en riant à son jeune ami.

— Ne plaisantez pas. Elle a l'esprit dérangé, allons-nous-en.

— Attends ! cria la vieille d'une voix plus forte. Aujourd'hui est un jour de bon augure, et je suis restée assise toute la journée pour attendre ta venue. Cette rencontre résulte de la volonté des divinités tartares ! Regarde !

Elle leva sa manche loqueteuse pour désigner le ciel assombri par le crépuscule.

— Depuis que je lis l'avenir dans les mouvements des astres, jamais encore je n'avais vu l'étoile infernale essayer de s'approcher d'aussi près. Mars est un astre de mauvais augure. Le pays est en danger imminent d'être anéanti. Aide-nous !

— Grand-mère, tu fais de la divination ?

Au lieu de répondre à la question de Shiba, la vieille femme se mit à le regarder fixement dans les yeux.

— Ah, cette expression sur ton visage ! Malheureux, tu as donc vu l'enfer ?

Les traits de Shiba se crispèrent un instant. Oka intervint aussitôt :

— Tu énonces des évidences, Grand-mère ! Tous les militaires ont vu la guerre de leurs yeux.

— Ce n'est pas de cela que je parle. Cet homme-là a vu le véritable enfer. La mère a tué son enfant, la grand-mère a tué la mère, puis s'est tranché la gorge. Le frère aîné, le père, le grand-père, tous assassinés ! Ce soldat était tombé à terre, il a vu cet enfer de ses yeux.

Le capitaine Shiba était blême.

— Ecoutons ce qu'elle a à dire, finit-il par proposer en jetant quelques piécettes dans le giron de la vieille.

— En ce qui me concerne, j'en ai assez entendu. Dis-nous plutôt pourquoi tu nous as attendus ici toute la journée.

La vieille rangea l'argent dans l'échancrure de sa veste, puis leva vers le ciel des yeux papillotants.

— Prête-lui donc tes lunettes.

Ainsi exhorté par le capitaine, Oka tendit ses lunettes à la vieille qui les posa sur son nez pour inspecter le ciel en poussant par intervalles des interjections :

— Oh… On voit bien !… C'est affreux… Jamais je n'avais vu une combinaison d'astres aussi funeste. Le Fils du Ciel en fuite… La famine… L'invasion des barbares. Effusion de sang, incendies. Bientôt, le fracas des armes résonnera partout sur la terre, les massacres se succéderont, le peuple errera dans la ville emplie de cadavres…

Les trois hommes restèrent muets devant cette prédiction qui les frappait tous, tant elle correspondait au vague pressentiment qu'ils avaient jusque-là des événements à venir.

— Pourquoi nous dis-tu cela, nous n'y pouvons rien de toute façon, finit par lancer Oka.

— Vous pouvez faire au moins une chose : usez de votre influence pour sauver Che-leao.

— Qui est-ce ? Ton fils ?

— Non. Che-leao ne doit pas mourir maintenant. L'étoile qui décide du sort des armes s'est arrêtée au-dessus de Yuan. C'est lui qui causera la ruine de l'empire. Je vous en prie, sauvez Che-leao !

— Hé là, Grand-mère, montre-toi un peu plus claire. Qui est ce Yuan ?

Shiba n'avait pas fini sa phrase qu'il comprenait soudain :

— Yuan… Yuan Che-k'ai ! Oka, cette vieille nous prédit là des choses terribles ! Ainsi, son armée s'apprêterait à attaquer l'empire… Mais ce Che-leao, qui est-ce donc ?

Le regard implorant de la vieille femme observait alternativement les deux Japonais.

— Sauvez Liang Wen-sieou, je vous en prie. Il ne faut pas qu'il soit assassiné.

Burton, qui avait jusque-là écouté en silence, bouscula ses deux camarades :

— *What ?* Liang Wen-sieou, assassiné ? Liang Wen-sieou, le commissaire aux Affaires Militaires ?

— Oui… c'est un homme au caractère entier. Il sacrifiera sa vie s'il le faut, mais il ne faut pas qu'il se fasse tuer. Jeunes gens, aidez-le, je vous en prie !

La vieille s'était effondrée en larmes aux pieds des trois compagnons.

— Qu'en pensez-vous ? Moi, je n'ai pas l'impression que ce soit une prédiction de diseuse de bonne aventure ordinaire, remarqua Burton tout en allumant sa pipe pour se calmer.

Les paroles que la vieille femme venaient de prononcer continuaient à résonner en écho dans son esprit comme dans celui de ses compagnons. Une nuit d'encre s'était étendue sur les bords de la rivière. Shiba se pencha vers la vieille, dans un cliquetis de sabre.

— Je ne comprends pas très bien ce que tu racontes, Grand-mère, mais je ferai mon possible. Allons, ne pleure plus.

Pendant que le capitaine l'aidait à se relever en lui soutenant le dos, la vieille femme scrutait son visage d'un air plein de curiosité.

— Tout à l'heure, j'ai eu la vision de ton horrible passé mais ton avenir s'annonce magnifique. Tu seras général.

Shiba éclata d'un rire sonore.

— Ha ha ! Splendide ! Mais comme tu le vois, j'ai déjà renoncé à ma carrière. Je ne retournerai sans doute jamais à Tôkyô. Pour un samouraï d'Aizu qui s'est rebellé contre la bannière impériale, il est déjà exceptionnel de finir capitaine de l'armée de terre. Je suis une rare exception… Mais tu ne peux pas comprendre.

— Peut-être, mais je vois. Et je te dis qu'un jour tu seras général.

— Merci, Grand-mère. Cela suffit maintenant. Tiens, tu t'achèteras quelque chose de bon à manger.

L'air embarrassé, Shiba déposa une pièce d'argent dans la main de la vieille femme.

6

Assise sur le rebord de la fenêtre de la pension où vivait Tan Sseu-tong, à proximité du quartier populaire animé de Tsai-che-keou, à l'extérieur de la porte de la Proclamation Militaire, Lingling attendait le retour de son fiancé.

Du premier étage de ce bâtiment flambant neuf, on apercevait vaguement au loin les rangées de toits de tuiles des ruelles tortueuses de l'autre côté de la porte de la Vaste Paix. Une fois l'énorme soleil disparu derrière les remparts de la ville tartare, une agréable brise d'automne s'était levée. Le chat, installé sous la table dans la journée pour échapper à la canicule, sauta sur les genoux de la jeune femme.

— Papa est encore en retard aujourd'hui...

Au son de la voix de sa maîtresse, le chat noir devenu bien gras maintenant se mit à ronronner sous sa main. Le vieux gardien, qui avait attendu le coucher du soleil pour sortir arracher les mauvaises herbes, leva la tête vers Lingling.

— Le Ressuscité... je veux dire le Vénérable Tan, est donc si occupé qu'il en oublie de célébrer ses noces ? Ah, le travail de fonctionnaire, c'est prenant. Le voilà tellement débordé depuis qu'il a un poste important qu'il en néglige sa fiancée !

— On n'y peut rien. Il est monté en grade si vite. Il a été promu avant des centaines de fonctionnaires et a atteint un tel rang qu'il pourra bientôt avoir audience avec l'empereur en personne.

— Ça, avant de devenir commissaire aux Affaires Militaires et fonctionnaire de quatrième rang, même les docteurs doivent travailler dur et se donner de la peine. Toi aussi, tu as de la chance. Tu seras bientôt l'épouse d'un ministre !

Tout en arrachant les herbes du jardin, le vieillard leva la tête pour regarder Lingling, illuminée par le couchant dans le cadre de la fenêtre.

— Quand le Vénérable Tan Sseu-tong sera parti s'installer dans sa résidence avec toi, cela deviendra bien triste ici. Il y a vécu pendant si longtemps.

— Pardonnez-moi, Grand-père. Merci de le garder encore quelque temps. Il est si occupé qu'il n'a pas le temps de chercher une maison.

— Pourquoi ne pas vous installer ici une fois mariés ? Ces derniers temps, les étudiants de la pension n'obtiennent pas de bonnes notes, non seulement nous n'avons plus personne qui passe le doctorat, mais même les bacheliers ne viennent plus nous voir. Les chambres libres ne manquent pas… Tiens, Monsieur le commissaire Tan est de retour.

Tan Sseu-tong, vêtu de sa somptueuse robe de mandarin de quatrième rang, venait d'arriver.

— Bon retour chez vous, Monsieur le Ressu… euh, Vénérable Commissaire. Votre fiancée vous attend.

Tan Sseu-tong leva vers le premier étage un regard ébloui par le soleil.

Tendant l'oreille au pas fatigué dans l'escalier, Lingling se demanda si toute cette activité n'était pas néfaste à Tan Sseu-tong, qui avait le cœur faible.

La jeune fille s'agenouilla à l'entrée de la pièce, salua son fiancé en joignant les mains. Elle aimait cette position élégante, digne d'une épouse de mandarin, qui lui rappelait la façon dont la femme de Wen-sieou accueillait son mari à son retour du palais.

Un pas lourd s'arrêta sur le palier.

— Bienvenue chez vous, mon cher époux.

Le Ressuscité entra dans la pièce sans répondre et commença à se changer.

— Ecoute, Lingling, inutile de me saluer ainsi. Il serait temps que tu t'en ailles, tu dois préparer le dîner de Cheleao, non ?

— Je l'ai préparé avant de venir.

Elle lui apporta des vêtements de dessous en lin fraîchement lavés, et Tan Sseu-tong tourna le dos d'un air gêné.

— Est-ce que je pourrais dormir ici cette nuit ? demanda la jeune fille d'un ton hésitant.

Le Ressuscité sursauta et répondit sèchement :

— Non, non, pas question, Che-leao te gronderait.

— Au contraire, c'est lui qui m'a demandé de rester ici ce soir. Une tâche importante vous attend demain, à ce qu'il m'a dit.

— Une tâche… Oui, certes, une tâche importante. Mais pourquoi cela justifierait-il que tu dormes ici ?

— Je n'en sais rien, moi.

Tan Sseu-tong tourna son regard ébloui vers la fenêtre : la nuit commençait à tomber. Ses yeux se portaient toujours au loin de cette façon, comme s'il contemplait un spectacle perceptible à lui seul.

— Euh, Lingling…

— Oui ?

— J'ai une faveur à te demander, veux-tu m'écouter ?

Tan Sseu-tong prit dans ses bras le chat noir roulé en boule à ses pieds, et s'assit à la table sur laquelle était disposé un repas. Le regard fixé sur les plats que Lingling avait préparés à son intention, il poussa un faible soupir.

La jeune fille plia les vêtements neufs de son fiancé puis s'assit en face de lui. Le Ressuscité tourna vers elle son regard perpétuellement lointain. D'ordinaire il parlait peu, ou maladroitement, et évitait de la fixer dans les yeux, mais de temps en temps il se mettait à la contempler sans ciller. Dans ces moments-là, son regard était si droit que cela fendait le cœur de Lingling.

— Lingling, es-tu prête à m'écouter sérieusement sans te moquer de moi ?

— Je ne me moquerai pas, ce n'est pas dans mes habitudes.

— Je… euh, commença le Ressuscité en bafouillant, puis il baissa la tête. Je t'aime beaucoup, tu le sais, j'ai un peu honte, à trente ans passés, de te dire cela, mais je rêve de toi chaque nuit.

— Allons, allons, que me dites-vous là ? Vous êtes bizarre ce soir.

— Oui, je suis bizarre. Ce rêve que je fais, vois-tu, c'est toujours le même… Nous sommes à la campagne, et je suis en train de labourer un champ, Toi, tu portes un bébé dans le dos et tu viens à ma rencontre en disant : « C'est l'heure du dîner ! » Main dans la main, nous rentrons à la maison, en marchant sur le sentier de bordure des rizières. Tel est le rêve que je fais chaque nuit.

— Monsieur le commissaire, s'échinant comme un paysan ? Quel rêve étrange !

— Et si – c'est une supposition –, si j'arrêtais mon travail au ministère et que nous nous mettions à vivre ainsi ?

— Moi, ce n'est pas un fonctionnaire que j'épouse, c'est vous. C'est promis, j'irai vous chercher aux champs, notre bébé dans le dos, quand le repas sera prêt.

— Vraiment ?

— Bien sûr. Vous voulez vraiment renoncer à votre poste au ministère ?

— Non, non, ce n'était qu'une idée en l'air. Mmm, ça a l'air bon. Je peux commencer ?

Le Ressuscité prit ses baguettes et commença par donner un morceau de viande au chat lové sur ses genoux.

— Vous êtes si bon… Je suis sûr que vous ferez un père merveilleux.

— Ça, je me le demande. Je ne sais pas ce que c'est qu'une famille, moi qui ai perdu mes parents et mes frères tout petit. Alors, cela me fait drôle. Comment saurais-je m'occuper d'un enfant, alors que je ne sais rien faire pour toi, que j'aime plus que tout au monde ? Dis, Lingling…

Il reposa le chat par terre et rentra la tête dans les épaules comme un enfant qui se fait réprimander.

— Me permets-tu de t'aimer toute la vie ? De t'aimer jusqu'à ma mort, comme je t'aime maintenant ?

Sa voix était si limpide, si sincère. Les yeux timides qui la fixaient débordaient de larmes.

— Merci, Sseu-tong. Oui, aimez-moi jusqu'à la mort.

— Je n'ai pas reçu une bonne éducation comme Che-leao ou le professeur K'ang, aussi je doute de pouvoir gravir d'autres échelons. Et avec ma faible constitution, je ne suis même pas sûr que je ferai un bon paysan. Peut-être serai-je tel que je suis maintenant jusqu'à la fin de ma vie, cela ne te dérange pas ?

— Non. Je vous aime tel que vous êtes.

— Merci, merci, répéta le Ressuscité, en larmes, agitant la tête comme un pantin désarticulé. Je te le promets, Lingling, je t'aimerai toujours, toujours.

Cette nuit-là, tous deux s'endormirent ensemble dans le lit étroit de Tan Sseu-tong, blottis l'un contre l'autre comme des tourtereaux.

En éteignant la lumière, le Ressuscité déclara en guise de mots d'amour :

— Demain, une tâche très importante m'attend. Je partirai très tôt, mais toi, dors tranquillement, ne te presse pas de partir. Inutile de faire la lessive ou le ménage, repose-toi tranquillement dans ce lit.

Une fois rentré du palais d'été, l'empereur Kouang-siu se trouva fort isolé à la Cité Interdite.

Itô Hirobumi ne semblait pas faire mine de se rendre à son invitation, et tous ses contacts avec les jeunes mandarins réformistes étaient coupés. Les anciens conseillers, tous passés dans le camp des conservateurs, s'interposaient entre les commissaires responsables de la nouvelle politique et l'empereur, les empêchant de se voir.

Au palais d'été, l'impératrice douairière avait adressé une fin de non-recevoir aux tentatives de conciliation de Li Hong-tchang, et refusé d'adresser la parole à son neveu, envers qui elle n'avait eu que ce mot méprisant, au moment où il quittait l'audience : « Fils impie ! » L'injure avait profondément résonné dans le cœur de l'empereur.

Le 15 septembre, le camarade réformiste Yang Joui, enfin parvenu à avoir une audience avec l'empereur, grâce aux intrigues de l'intendant Lan-ts'in, se vit confier un édit secret rédigé de sa main.

L'empereur était seul et aux abois. Ce décret ne disait pas autre chose que : « Je ne sais plus quoi faire, aidez-moi. » Conscient de l'échec de la réforme, craignant d'être destitué, il demandait au groupe des réformistes de mettre en œuvre tous les moyens possibles pour le protéger des fureurs de sa tante.

Les réformistes, eux aussi, étaient acculés. Ils avaient placé très hauts leurs idéaux et leurs espoirs, mais sur les conseils extrémistes de K'ang Yeou-wei, les nobles mandchous s'étaient vu retirer trop vite leurs prérogatives et avaient maudit les réformateurs. Ils s'étaient également mis à dos l'ensemble des hauts fonctionnaires, profondément blessés dans leur honneur de lettrés par l'abolition de la dissertation en huit parties et la critique du système mandarinal. Les réformateurs étaient désormais encerclés d'ennemis.

Leur réponse à l'appel au secours impérial ne parvint jamais jusqu'à l'empereur. Ce dernier, ne sachant plus vers qui ou quoi se tourner, reprit le 16 septembre le chemin du palais d'été, et se hâta dès son arrivée vers le palais de la Vertu et de la Longévité, où il rencontra le commandant de la nouvelle Armée de terre Yuan Che-k'ai.

Sans passer par Jong-liu, ministre des Armées, comme l'aurait voulu la hiérarchie, l'empereur eut donc une audience directe avec Yuan et lui accorda le titre exceptionnel de vice-ministre des Armées et de fonctionnaire militaire de deuxième rang.

L'armée du Kansou, sous le commandement du général Tong Fou-siang, continuait à surveiller la Cité Interdite depuis les faubourgs extérieurs de Pékin.

Pour dissimuler à Yuan Che-k'ai ses intentions de trahir l'impératrice douairière, l'empereur n'avait d'autre alternative que de le rencontrer au palais d'été, au péril de sa vie.

N'ayant aucune certitude sur le camp dans lequel Yuan comptait se ranger, l'empereur n'eut pas le courage de lui demander une action armée. Cependant, ainsi promu au poste de vice-ministre des Armées, Yuan ne pourrait, en remerciement des faveurs impériales, que se rallier aux manœuvres des réformistes. Voilà sur quoi comptait l'empereur Kouang-siu.

Le 17 septembre, il rentra à la Cité Interdite, s'enferma dans ses appartements privés et attendit tout le jour de bonnes nouvelles.

Les réformistes, au courant des intentions de l'empereur, se réunirent en secret à la résidence du prince Song, un de leurs sympathisants, et discutèrent âprement de la stratégie à adopter. Ils étaient divisés en deux camps : ceux qui faisaient confiance à Yuan Che-k'ai, et ceux qui se méfiaient de lui.

K'ang Yeou-wei soutenait le stratagème de l'empereur, arguant que Yuan avait autrefois fait partie des partisans de la restauration impériale et apporté une large contribution financière à leur mouvement.

Le commissaire aux Affaires Militaires Lin Siu s'opposa violemment à l'idée de faire intervenir Yuan, affirmant que cet homme rusé et spéculateur n'avait aucune raison de soutenir un parti réformiste objectivement en position de faiblesse.

Liang Wen-sieou avait eu largement l'occasion, au cours de ces trois mois de politique réformiste, de mesurer les limites des capacités de K'ang Yeou-wei. Tout merveilleux théoricien qu'il était, il manquait du sens des réalités. Pour lui, il n'y avait pas à hésiter, entre les arguments qu'avançait K'ang et l'opportunisme caractéristique de Yuan qu'évoquait Lin Siu, ajoutant qu'à l'époque Yuan avait accordé son soutien aux réformateurs uniquement parce qu'il les tenait pour gagnants. De toute évidence, Lin Siu avait raison.

K'ang Yeou-wei, cependant, n'avouait pas le véritable motif pour lequel il soutenait Yuan : le temps manquait pour trouver autre chose. Ils étaient aux abois, et l'intervention militaire de Yuan était la dernière planche de salut, pour eux comme pour l'empereur.

Il suffisait désormais d'un ordre de l'impératrice douairière pour éradiquer le mouvement réformiste. Jong-liu n'avait qu'à lever le petit doigt, et l'armée du Kansou se lançait à l'assaut de Pékin. A la légation japonaise, Itô ne faisait pas mine d'intervenir, et l'ambassadeur anglais MacDonald avait fui dans les montagnes. On ne pouvait attendre aucun arbitrage extérieur.

La seule personne sur laquelle les réformateurs pouvaient s'appuyer était Yuan Che-k'ai.

Ce fut Tan Sseu-tong qui trouva la conclusion. Il avait écouté les discussions en silence, mais se leva soudain avec force contorsions en faisant tomber sa chaise et lança d'un ton plaintif :

— Plutôt que d'attendre la mort sans rien faire, tentons au moins une action, même désespérée. Ce sera notre pari, le pari de quatre cents millions d'hommes. Moi, Tan Sseu-tong, je me chargerai de convaincre le général Yuan.

L'intervention du Ressuscité imposa silence à tous. Il n'avaient plus le choix, tous le savaient déjà, avant même de se rendre à cette réunion.

Au même moment, l'empereur Kouang-siu, qui avait attendu toute la journée enfermé dans son palais, et avait abandonné tout espoir, prenait de nouveau son pinceau pour rédiger une lettre, qu'il confia ensuite à Lan-ts'in, avec ordre de la faire parvenir à K'ang Yeou-wei.

K'ang, tu dois fuir à l'étranger sans tarder... L'empereur, réduit à la dernière extrémité, voulait qu'au moins K'ang Yeou-wei, objet de sa vénération et de son amitié, pût s'enfuir à l'étranger et être sauvé de la mort pendant qu'il en était encore temps.

K'ang reçut des mains de Lan-ts'in, dans sa pension des mers du Sud, à l'extérieur de la porte de la Proclamation Militaire, cet ultime ordre de l'empereur. Au cours des trois mois qu'avait duré la réforme, il avait reçu plus de cent décrets de la main de l'empereur. Il se prosterna en direction du palais impérial et frappa violemment son front à terre à plusieurs reprises en sanglotant.

Au moment où K'ang recevait la missive secrète de l'empereur, Tan Sseu-tong rendait visite à Yuan Che-k'ai, dans une salle à l'arrière du temple du Lotus de la Loi, à l'extérieur des portes de Pékin.

Tôt le matin, il avait quitté son logement près de la porte du Génie Militaire, avait tourné plusieurs fois à travers la ville en charrette afin de semer d'éventuels poursuivants, et était enfin parvenu dans la soirée au temple du Lotus de la Loi, après avoir mûrement réfléchi à ce qu'il allait dire à Yuan Che-k'ai.

Yuan s'assit, l'air tendu, face à son visiteur, lorsque son aide de camp lui apporta un télégramme. Il le parcourut rapidement et ne put réprimer un sourire de joie. Le télégramme émanait de Jong-liu.

En apprenant que Yuan avait été nommé vice-ministre des Armées par l'empereur, Jong-liu avait blêmi. Il ordonnait à son subordonné de rentrer aussitôt à Tientsin.

L'émissaire secret de l'empereur était donc assis face à Yuan Che-k'ai, qui tenait dans ses mains un télégramme de l'âme damnée de l'impératrice douairière. A cet instant précis, Yuan sentit qu'il détenait la clé de la situation. Le tournant de l'histoire dépendait de ce qu'allait faire son armée, l'unique armée de Chine équipée à l'occidentale ! Et pour l'instant, ses desseins étaient impénétrables…

Quel que soit le camp dans lequel il allait se ranger, Yuan Che-k'ai était promis à de grands exploits. A quarante ans, pour la première fois, il prenait conscience de son pouvoir potentiel.

Il n'avait pas encore décidé avec qui il allait s'allier.

— Votre réputation dit vrai, vous avez l'allure d'un grand général, déclara d'emblée Tan Sseu-tong en préambule à leur entretien.

Yuan s'enquit d'un ton sec du but de sa visite.

— Je veux savoir ce que l'empereur attend de moi.

Tan Sseu-tong répondit sans hésiter, comme s'il était évident que c'était là la mission de Yuan :

— Rendez-vous sur l'heure au palais de l'empereur, fermement résolu à mettre votre fougue au service de la cause de la restauration, et l'empereur vous ordonnera aussitôt... Tan Sseu-tong se redressa et fixa Yuan dans les yeux : ... d'envoyer vos troupes à Tientsin pour arrêter et exécuter le traître Jong-liu. Sa Majesté vous nommera en récompense ministre du Commerce avec l'étranger en Chine du Nord et gouverneur du Hopei.

— Et ensuite ?

— Jong-liu sera déclaré coupable de rébellion contre l'empereur. Le bureau du télégraphe, les chemins de fer seront fermés. Vos troupes encercleront alors le palais d'été.

— Le palais d'été ? Pour quoi faire ?

— Votre rôle s'arrêtera là, c'est moi qui me chargerai de la suite. Le régicide va à l'encontre des obligations militaires.

— Vous ne songez tout de même pas à assassiner la Divine Souveraine ?

— La protection de l'empire exige son élimination.

— C'est donc vous qui allez vous rendre coupables de trahison.

— Bien sûr que non, puisque nous obéirons aux ordres de l'empereur en agissant ainsi. Autrement dit, c'est le Ciel qui punira Tseu-hi.

Yuan resta un instant béat de surprise. Il s'attendait à ce qu'on lui demande d'exécuter Jong-liu et d'assiéger le palais d'été. Mais jamais il n'avait envisagé l'assassinat de l'impératrice douairière sur ordre de l'empereur.

Le général hésitait. L'effondrement du parti réformiste n'était qu'une question de temps. Mais quel que soit le moyen légal dont elle userait pour supprimer la réforme, jamais Tseu-hi ne donnerait l'ordre d'exécuter Kouang-siu. L'empereur, lui, était prêt à supprimer sa tante.

Les deux hommes se jaugèrent un moment en silence.

Quel genre d'homme est-ce là ? se demandait Yuan. Tous ceux qui connaissaient la puissance de la nouvelle armée de terre le craignaient, lui, Yuan. Même Jong-liu manifestait de la retenue à son égard. Pourtant aucune peur ne semblait habiter cet homme en face de lui. Il parlait habilement, il était sûr de lui, et essayait courageusement de le convertir à sa cause. Quel homme était-ce donc ?

Au bout d'un moment, Tan Sseu-tong relâcha ses sourcils froncés et plissa les paupières comme s'il était ébloui, avant de reprendre :

— Vous avez le droit de choisir. Soit vous suivez l'ordre impérial et accomplissez une action d'éclat. Soit vous vous précipitez chez Jong-liu pour tout lui raconter, et vous vous livrez à une autre prouesse. Choisissez en toute liberté. Sur ce, je vous prie de m'excuser.

Il se leva, le brocart de sa robe de cour flambant neuve scintilla dans la lumière.

— Tan Sseu-tong, attends ! s'exclama Yuan.

— Qu'y-a-t-il, Général ? Si vous devez transmettre cette conversation à Jong-liu, tuez-moi plutôt tout de suite. Je préfère mourir de la main d'un héros tel que vous que de voir ma tête voler sur le billot de la place de Tsai-che-keou.

Des paroles totalement inattendues s'échappèrent malgré lui de la bouche de Yuan :

— Tu n'as donc pas peur de la mort ?

— Non. J'ai perdu mon père et ma mère tout petit, et si j'ai survécu jusqu'à aujourd'hui, je le dois à la bonté des parents éloignés qui m'ont élevé. Chaque jour de ma vie, j'ai remercié le Ciel de la chance inouïe d'être en vie. Ces derniers temps, j'ai rencontré de nombreux camarades, j'ai eu la chance d'enrichir mes connaissances par les études, je suis parvenu jusqu'au quatrième rang dans l'administration civile. J'ai même rencontré la femme de ma vie. Que demander de plus ?

— Un homme comme toi peut obtenir tout ce qu'il veut de la vie.

— J'ai déjà reçu plus que ma part. Une fois qu'on a rencontré l'âme sœur, tout ce que l'on désire c'est s'emplir de son amour, goûter la chaleur de son corps. Une fois que l'on a obtenu cela, que désirer de plus ? Je suis déjà parfaitement satisfait. Voilà pourquoi je ne crains pas la mort.

Sur ces mots, Tan Sseu-tong s'en alla. Pourquoi la chaise d'ébène sur laquelle il était assis un instant plus tôt parut-elle alors aussi vide à Yuan Che-k'ai ?

Le général Yuan éprouvait une jalousie féroce à l'égard de cet homme.

Moi, je ne serai jamais satisfait, songeait-il. Il me faut le pouvoir.

Il grogna comme une bête sauvage puis, soulevant au-dessus de sa tête la chaise sur laquelle l'émissaire secret de l'empereur s'était assis, la brisa de toutes ses forces contre la fenêtre.

L'aide de camp accourut au bruit.

— Je le tuerai, je les tuerai tous ! Je veux voir leurs têtes alignées sur la place du marché de Tsai-che-keou ! Prépare mon cheval !

Yuan renversa sa table, saisit sa selle et son sabre et se précipita dehors. Un soldat arriva, tenant par la bride un destrier gris.

Le général sauta en selle avec une légèreté que ne laissait pas présager son embonpoint, et s'élança vers le portail.

— Excellence, où allez-vous ?

— A Tientsin ! hurla Yuan en se retournant.

Plusieurs officiers de cavalerie se jetèrent à la suite du jeune général qui partait au galop dans la nuit.

7

Tseu-hi était restée debout, immobile, sur le balcon du palais du Contentement, jusqu'à ce que la pleine lune soit levée dans le ciel bleu marine qui surplombait le lac.

Les oiseaux s'étaient assoupis, le chœur des insectes d'automne commençait à se faire entendre. De ses propres mains, l'impératrice avait couvert d'un drap les nombreuses cages à oiseaux alignées sous l'auvent. Ces derniers jours, elle avait en effet éloigné d'elle les eunuques et les dames de cour qui l'entouraient d'ordinaire.

Les voix des gardes qui allaient et venaient dans la galerie couverte longeant le lac parvenaient jusqu'à elle, toujours debout sur le balcon où la nuit allongeait les ombres, plongée dans ses réflexions.

Soudain, elle ordonna à l'intendant Petit Li, qui attendait de l'autre côté du paravent de rotin :

— Tchouen-yun, éteins l'électricité, cela me fait mal aux yeux.

Depuis quelque temps, le palais d'été bénéficiait d'une installation électrique. Au début, Tseu-hi avait beaucoup apprécié la lumière de ces lampes éclairant comme en plein jour ; elle avait un temps donné tous les soirs sur sa terrasse des dîners éclairés à l'électricité mais voilà qu'elle s'en était lassée.

Tchouen-yun alluma des chandelles puis sortit dans le couloir éteindre les lampes. Aussitôt, la douce lumière de la lune pénétrant par le balcon emplit la salle du Contentement.

Un bruit de bottes se rapprochait dans la galerie.

— Vénérable Aïeule, la princesse Chou-ngan est là.

Un chandelier à la main, une femme mandchoue vêtue d'une splendide robe de cérémonie s'approchait, seule.

Tchouen-yun se prosterna pour la saluer.

— Bonsoir, Tchouen-yun. Ma grand-mère est éveillée ?

— Oui, Princesse Chou-ngan. Elle vous attend.

La noble mandchoue pénétra dans la salle, une main appuyée sur l'épaule de Tchouen-yun qui s'était avancé pour l'accueillir. D'envoûtants effluves émanaient toujours de ses vêtements. Elle utilisait sans doute des parfums d'Occident. La Vénérable Aïeule en en avait elle aussi déjà reçu en cadeau, mais à peine les avait-elle humés qu'elle avait grimacé et repoussé les flacons.

— Bonsoir, Grand-mère.

Ployant son dos élancé, la princesse Chou-ngan se prosterna devant Tseu-hi.

— Entre, Chou-ngan. Voyons, tu n'avais pas besoin de changer de toilette exprès pour me rendre visite !

— Mais les chevaux ont galopé à bride abattue depuis la gare de Ma-tcha-pao. Si j'étais entrée dans mes vêtements occidentaux pleins de poussière, vous en auriez eu le vertige !

— Tu es toujours un véritable garçon manqué ! Allons, assieds-toi. Tchouen-yun, apporte du thé et des gâteaux.

La grand-mère et la petite-fille s'assirent face à face, de part et d'autre d'une table en bois de poirier rouge. Tchouen-yun était chaque fois frappé par leur ressemblance. La princesse Chou-ngan avait du sang du Sud par sa mère et ses traits différaient de ceux de son aïeule, mais son attitude et l'impression de force qu'elle dégageait étaient bien les mêmes.

— Ah, si seulement tu étais née garçon, aucun de tous ces troubles n'aurait sans doute eu lieu. Le monde est mal fait.

— L'empereur lui aussi mènerait une vie paisible au palais des princes Tch'ouen.

L'expression de l'impératrice douairière était sombre.

— Cela lui aurait sans doute mieux convenu. Rien ne vaut la liberté, finalement. Toi, tu as de la chance sur ce point.

— Grâce à vous, Grand-mère.

— Ce n'est pas pour te nuire, loin de là, que j'ai refusé que tu entres au palais, tu le sais bien.

— Bien sûr, et je vous en serai toujours reconnaissante.

— Comment va ta mère ?

— Bien, comme d'habitude. Son établissement devant les Portes regorge de monde.

— Vas-tu parfois te recueillir sur la tombe de l'empereur T'ong-che, ton père ?

— Oui. Le mont Tchang-joui est un bien bel endroit, j'y vais pique-niquer au printemps et à l'automne. Et puis, il n'y a pas que la tombe de mon père là-bas, mais aussi celles de l'impératrice d'Orient et de mon grand-père l'empereur Sien-feng.

— Et celle de Ch'ien-lung aussi… Moi aussi, quand je serai morte, j'aimerais reposer là-bas, j'aime ce lieu.

— Que dites-vous, Divine Souveraine ? s'écria malgré lui Tchouen-yun qui servait le thé.

Ces derniers temps, des paroles de mauvais augure échappaient souvent à Tseu-hi, pourtant fort superstitieuse d'ordinaire.

Tchouen-yun se retira dans un coin de la pièce.

— A propos, Chou-ngan, est-il vrai que tu fréquentes Tsai-tso ?

— Pas vraiment, le prince me rend parfois visite, quand il en a envie, c'est tout.

— Je ne l'aime pas beaucoup, celui-là. Il a étudié à l'étranger, ce qui l'a rendu féru de choses occidentales, il achète des carrosses rutilants, donne des bals, mais sa stupidité l'empêche d'être un interlocuteur valable auprès des ambassadeurs étrangers. Qui plus est, il ne sait pas tenir sa langue.

— Pourtant, en ce moment, il m'est d'un grand secours.

L'impératrice douairière eut un léger sourire. Plutôt que de reprocher sa conduite à sa petite-fille, elle semblait se réjouir de son indépendance d'esprit.

— Je vois. Est-ce le prince Tso qui parle à tort et à travers de ce qui se passe au palais, et raconte sur moi des choses qui n'existent pas ?

— Jamais il ne dirait du mal de vous, Grand-mère. Il est bavard, certes, mais c'est surtout que les plaisanteries qu'il raconte sont exagérées une fois colportées à l'extérieur.

L'impératrice douairière dissimula sa bouche derrière son éventail pour rire, elle venait sans doute de se rappeler quelques-unes des rumeurs enjolivées qui couraient sur son compte.

— Il se dit même que j'ai empoisonné mon mari l'empereur Sien-feng et l'impératrice d'Orient !

— Oui, et l'empereur T'ong-che aussi !

— Dis-lui donc d'en rester là, je n'en tolérerai pas davantage.

— A qui ? demanda la princesse Chou-ngan en étirant les coins de ses jolies lèvres dans un sourire.

— A l'élu de ton cœur, voyons, ce journaliste chauve, comment s'appelle-t-il déjà ?

— Vous l'avez donc déjà vu ?

— Li Hong-tchang m'a apporté une photo de lui un jour. « Majesté, il se passe quelque chose de terrible ! » Jamais je ne lui ai vu l'air aussi affolé que ce jour-là. Je ne l'ai pas vu perdre son sang-froid à ce point-là lorsque les Japonais nous ont attaqués !

— Vous aussi, vous avez dû être surprise, Grand-mère ?

— Ah ça oui ! Apprendre que l'amant de mon unique petite-fille est un homme de quarante ans passés, un barbare d'Occident, un journaliste, et chauve de surcroît !... Bah, qu'il écrive donc ce qu'il veut. Il finira par recevoir une récompense de son journal et rentrera en Amérique. A ce moment-là, il t'emmènera certainement avec lui. Ah, au fait, toi, Tchouen-yun, tu l'as déjà rencontré, je crois ?

— Oui, répondit simplement Tchouen-yun.

A la demande de la princesse Chou-ngan, il avait accepté de se laisser interviewer par ce journaliste, mais il ne pouvait croire que ce vilain quadragénaire fût l'amant de la jeune et belle princesse.

— Après tout, chez les hommes, ce n'est pas la beauté qui compte. A propos, sait-il qui tu es réellement ?

— Certes non. Pour lui, je suis la fille de la patronne d'un débit de boissons aux portes de la Ville.

— Et Tsai-tso ?

— Le prince ne sait rien non plus, naturellement.

— S'il devient trop pressant avec toi, dis-lui donc que tu es la fille bâtarde du précédent empereur !

En imaginant l'air stupéfait du prince Tso en entendant cet aveu, la grand-mère et la petite-fille se tordirent les côtes de rire.

Lorsque la jeune femme reprit son sérieux, la beauté altière de ses traits nettement découpés ressortit plus encore.

— Bien, restons-en là pour les sujets privés.

L'impératrice douairière termina sa tasse de thé, puis s'écarta de la table et alla s'installer sur son trône encadré par deux tentures de soie fine. La princesse Chou-ngan se prosterna plusieurs fois à ses pieds.

La lumière des chandeliers éclairait de bas en haut la silhouette altière de Tseu-hi dans sa robe noire de veuve.

— Eh bien, Chou-ngan, je te pose à nouveau la question : où en sont les réformateurs ?

La princesse Chou-ngan, toujours agenouillée, répondit d'une voix sereine, sans la moindre hésitation :

— Majesté, avant-hier soir, le commissaire aux Affaires Militaires Tan Sseu-tong a rendu visite à Yuan Che-k'ai au temple du Lotus de la Loi. A l'issue de l'entrevue, le général Yuan s'est rendu à cheval à la gare de Ma-tcha-pao et a fait affréter un train spécial. Quatre heures plus tard, le général et son état-major arrivaient à la gare de Tientsin et se rendaient aussitôt au siège du gouverneur du Hopei.

— Nous pouvons donc être tranquilles un moment.

— Tout à fait. Après avoir tenu un conseil militaire, le général Yuan s'est rendu au cantonnement de la nouvelle armée de terre à Siaokien, et a donné l'ordre de route aux sept mille soldats. La deuxième armée a été affectée tout entière à la protection de Tientsin, du port de Taku et de l'embouchure du Hai-ho. Aujourd'hui, au point du jour, la nouvelle armée de terre, sous le commandement de deux généraux, s'est mise en marche vers Pékin, tandis que le général Yuan et le gouverneur Jong-liu s'y rendaient eux aussi en train.

— Vont-ils s'arrêter au palais d'été ?

— Certainement. Ils ne peuvent rien entreprendre sans un ordre écrit portant votre sceau.

L'impératrice douairière appuya sa tête contre un accoudoir du trône et réfléchit un moment.

— Je me demande ce que Tan Sseu-tong a bien pu proposer à Yuan.

— Il a dû lui faire part d'un péril imminent, à en juger par la précipitation avec laquelle le général Yuan est ressorti du temple.

— Je ne veux pas donner d'ordre trop dur…

— Je devine votre tourment, Majesté, cependant, le sort en est jeté. Une résolution énergique de votre part est maintenant nécessaire.

— A propos… L'impératrice douairière se souleva à demi du trône comme si elle allait poser la question qui lui importait le plus. Que fait K'ang Yeou-wei ?

— Il a rendu visite hier au ministre plénipotentiaire anglais, malheureusement MacDonald est parti dans sa résidence des collines pour fuir la chaleur.

— Ou plutôt pour fuir les ennuis.

— Sans doute. K'ang a également rendu visite à Itô Hirobumi à la légation japonaise mais il ne semble pas qu'il ait reçu une réponse très encourageante.

— Pourquoi cela ? Itô n'était-il pas venu dans le but d'aider les réformateurs ?

La princesse Chou-ngan se retourna et regarda la lune s'élever au-dessus de la terrasse. Elle semblait réfléchir.

— Réponds franchement. Dans ce genre de cas, on peut se fier aux suppositions de ton journaliste.

— Eh bien, la concession étrangère grouille de soldats de toutes nationalités. En fonction de l'évolution de la situation, des échauffourées entre soldats chinois et troupes étrangères peuvent se produire. Il semble que le prince Itô soit très en colère que le Japon ait envoyé son armée. Il ne peut servir de médiateur à la crise, avec les troupes du ministre Yamagata massées derrière lui ; en outre, si ses pourparlers n'aboutissaient pas et qu'il s'ensuive un conflit, c'est Yamagata qui en retirerait toute la gloire. Tout le monde dit qu'Itô est complètement coincé, il ne peut rien faire.

— La chance aurait donc lâché le professeur K'ang ? Que fait-il en ce moment ?

— Il a quitté Pékin en secret.

— Comment ? Il a abandonné ses camarades ?

— Il a reçu un ordre secret de l'empereur. Il se cache à bord d'un navire marchand anglais à l'ancre dans le port de Taku, dont le départ est prévu pour demain matin. Que faut-il faire ?

— Rien. Qu'on le laisse où il est.

— Mais ne faut-il pas trancher le mal à la racine ?

— K'ang n'est pas un haut dignitaire. En outre, s'en prendre à un homme que l'empereur considérait comme son maître…

La voix de Tseu-hi s'était étranglée.

— Je ne veux assassiner aucun de ceux que ce pauvre orphelin de Tsai-t'ien vénère comme ses maîtres. Ne dis rien de tout cela jusqu'au départ du navire. Si K'ang survit, le maître et le disciple auront peut-être un jour l'occasion de se revoir. Et si cela entraîne la ruine de l'empire, cela m'est bien égal.

A nouveau, Tchouen-yun ne put s'empêcher d'intervenir, bien qu'il lui fût strictement interdit d'interrompre une conversation entre l'impératrice douairière et sa petite-fille :

— Votre humble esclave s'adresse à vous, Vénérable Aïeule. Depuis qu'il a quitté dans le palanquin impérial la résidence du prince Tch'ouen pour être intronisé ici, l'empereur est devenu votre fils. S'il est un être qu'il vénère, c'est vous et vous seule. Vous êtes sa mère et son père en même temps. Ne vous appelle-t-il pas « Vénérable Père » ? Montrez de la compassion envers lui, je vous en prie.

— Tais-toi, Tchouen-yun, dit Tseu-hi en levant vers l'eunuque un visage accablé de chagrin. Un fils est-il capable de tuer sa mère ?

La douleur de la blessure à la cuisse de Tchouen-yun se réveilla, en même temps que le souvenir du contact du corps de l'impératrice douairière, tremblant dans ses bras comme une petite fille, lors de l'attentat de la gare de Ma-tcha-pao. A l'idée de la terrible blessure qui avait alors percé le cœur empli d'amour maternel de la souveraine, Tchouen-yun ne sut plus que répondre.

Tseu-hi se tourna à nouveau vers la princesse Chou-ngan :

— Les autres se sont-ils enfuis aussi ?

— Non. L'empereur a seulement donné l'ordre de laisser K'ang Yeou-wei quitter le pays, les autres attendent avec sang-froid d'être remis aux mains des juges.

— Hum... Ils sont jeunes mais tous hauts fonctionnaires de troisième ou quatrième rang. Même sans décret impérial, ils n'attendront pas la mort sans rien faire. Ils pourraient demander l'appui du Conseil des anciens, ou se mettre à l'abri dans une ambassade étrangère, ils ne manquent pas de moyens de protection.

— D'après ce qu'ils ont dit eux-mêmes au journaliste, si le commissaire aux Affaires Militaires Yang Joui et ses camarades demandaient appui à Tchang Chi-tong, le gouverneur du Wou-han, ils auraient la vie sauve, mais des soupçons immérités se porteraient alors sur la personne du gouverneur. Le commissaire aux Affaires Militaires Lin Siu a été autrefois une proche relation du gouverneur Jong-liu, mais il a affirmé qu'il devait maintenant attendre la mort sans rien dire. Quant au commissaire Liang Wen-sieou, il est hautement apprécié par tous les ambassadeurs étrangers, mais, sachant que s'il trouvait refuge dans une légation étrangère, cela serait cause de troubles diplomatiques, il a refusé les propositions d'émigrer à l'étranger qui lui ont déjà été faites.

L'impératrice douairière avait progressivement baissé la tête en écoutant sa petite-fille, et gardait les yeux fixés sur sa robe noire.

— Grand-mère… Je comprends ce que vous resssentez…

— Vraiment ? Non, Chou-ngan, tu ne peux pas comprendre. Tous les hommes dont tu parles sont des mandarins au service de l'Etat. Ils ont tenté de toutes leurs forces de sauver un empire affaibli et malade des griffes de ministres et de grands dignitaires qui, tout à leurs malversations et leur corruption, n'ont su que vendre le pays, l'arracher aux mains du peuple. Ces hommes-là se sont, eux, comportés en mandarins authentiques. Il aurait sans doute mieux valu qu'il me tuent, moi, la démone qui menait l'empire à sa perte. Quand je pense à ces jeunes gens qui, depuis l'âge le plus tendre, ont étudié, franchi une à une les difficiles étapes des examens, subi tant de tourments pour devenir docteurs, en songeant avec sincérité à faire progresser la nation… On dit que les docteurs font mouvoir le soleil et la lune, et tous les astres du ciel. Mais le Ciel les a abandonnés… Et moi… Ah, je hais ce vieux corps décrépit, je hais la vieille femme de soixante-quatre ans que je suis et qui, pour la troisième fois, va devoir prendre en main le sceptre impérial !

La princesse Chou-ngan et Tchouen-yun s'étaient prosternés en pleurs aux pieds de l'impératrice douairière.

— Chou-ngan…

Lorsque l'impératrice douairière releva la tête, un léger sourire flottait sur ses lèvres, sa voix avait repris la douceur d'une voix d'aïeule.

— Tu as bien travaillé. Tu as été mon principal soutien, je veux te récompenser. De quoi as-tu envie ?

— Je voudrais une seule chose, Grand-mère, répondit Chou-ngan d'une voix transformée, toute joyeuse.

— Quoi donc ? Dis-moi : un bracelet en or, une épingle à cheveux de corail ?

— Non, la vie d'un homme.

Tseu-hi battit des paupières, puis descendit de son trône.

— De qui s'agit-il ?

— Un de ceux dont je viens de vous parler : le commissaire aux Affaires Militaires Liang Wen-sieou.

Tchouen-yun releva la tête, stupéfait. La princesse Chou-ngan se traînait aux pieds de sa grand-mère, suppliante, s'accrochant au bord de sa robe noire.

— Te serais-tu lassée de ton journaliste ?

— Non, pas du tout. C'est lui qui m'a demandé d'essayer de faire quelque chose pour Liang Wen-sieou. Cet homme est important pour l'avenir du pays, m'a-t-il dit, il faut tenter de le sauver.

— Che-leao... Il a été premier lauréat aux examens du palais autrefois. Il est brillant, sans aucun doute. Cependant, je n'ai aucune raison, moi, de lui accorder la vie sauve. Au fait, Tchouen-yun, je crois que tu viens de la même province que lui ?

— Oui, Vénérable Aïeule, répondit Tchouen-yun, abîmant son front sur les dalles. Je dois beaucoup au commissaire Liang, depuis ma plus tendre enfance. Moi aussi, je vous supplie de lui accorder votre grâce.

— Me voilà bien embarrassée. Je n'ai aucun prétexte valable pour l'épargner, et lui-même ne semble pas désireux qu'on le sauve. Arrangez-vous donc tous les deux pour faire quelque chose.

Chou-ngan et Tchouen-yun se regardèrent.

— Alors vous lui accordez votre pardon, Grand-mère ?

— Il en s'agit pas de pardon. Sauvez-lui la vie si vous le pouvez, je ne vous en punirai pas.

Chou-ngan poussa un cri de joie et se releva pour sauter au cou de sa grand-mère.

— Merci, merci, Grand-mère ! Je parviendrai à le sauver, j'en suis sûre !

— Allons, allons, tiens-toi bien. Comme tu es mal élevée, voyons ! Est-ce que tu fais ce genre de choses à ton journaliste ? Arrête donc de m'embrasser, c'est répugnant !

Un eunuque du service privé accourut alors le long de la galerie :

— Vénérable Aïeule, Vénérable Aïeule !

L'impératrice douairière remonta en hâte sur son trône, Chou-ngan s'agenouilla devant elle comme si de rien n'était, tandis que Tchouen-yun se précipitait vers la porte.

— Que signifie tout ce bruit ? s'exclama-t-il. Un peu de dignité, vous êtes en présence de votre souveraine.

L'eunuque se précipita dans la salle en hurlant, comme s'il n'avait pas entendu un mot des remontrances de l'intendant Petit Li.

— C'est affreux, c'est affreux ! Sa Majesté l'empereur a fomenté un complot contre votre vie, Vénérable Aïeule, il a donné ordre en secret à la nouvelle armée de terre d'attaquer le palais d'été ! Son Excellence le gouverneur Jong-liu vient d'arriver avec ses troupes !

Tseu-hi, Tchouen-yun et Chou-ngan poussèrent en même temps un cri, feignant la surprise.

— C'est le général Yuan qui lui a révélé la nouvelle. Vous venez d'échapper à un grand péril, Vénérable Aïeule !

Trois silhouettes s'avançaient dans la galerie, faisant grincer le parquet sous leurs pas.

Jong-liu arborait avec ostentation son manteau jaune de grand général. Yuan Che-k'ai portait au côté son sabre de commandant de la nouvelle armée de terre ; derrière eux venait Li Lien-yin, en vêtements de cérémonie.

— Quels lourdauds ! murmura Tseu-hi d'un air écœuré.

La princesse Chou-ngan releva un peu son joli minois et tira subrepticement la langue.

8

L'automne s'abattit brusquement sur la capitale, juste au moment où agonisait cette tentative de restauration dans laquelle l'empire Ts'ing avait joué son avenir.

La rue des Légations résonnait sans discontinuer de bruits de bottes : les troupes évacuaient le quartier, par petites formations. Dans les jardins de la légation japonaise aussi, les soldats repliaient leurs tentes, bouchaient les tranchées.

Tan Sseu-tong, vêtu de sa robe de mandarin ornée de dragons, avait appuyé son dos fatigué contre le chambranle de la fenêtre du premier étage, par-delà laquelle s'étendait un splendide ciel bleu d'automne. Liang Wen-sieou, assis sur une chaise, fermait les yeux. Cela faisait près d'une heure qu'ils se tenaient ainsi tous les deux, immobiles.

Oka Keinosuke, présent lui aussi dans la pièce, n'avait pas le cœur de les interroger. Lorsque le capitaine Shiba l'avait laissé en leur compagnie dans le salon de la légation japonaise en lui disant de bavarder avec eux, c'était sans nul doute pour lui donner l'occasion d'une interview qui ne se reproduirait plus. Mais Oka, incapable de poser la moindre question, était simplement resté en silence auprès d'eux depuis une heure.

Non qu'il éprouvât une compassion particulière à leur égard. Ce n'était pas non plus la portée historique des événements en train de se dérouler qui l'intimidait. S'il contemplait ainsi en silence Liang Wen-sieou, c'était plutôt parce que la dignité – à ses yeux, celle d'un authentique lettré chinois – qui se dégageait de cet homme l'impressionnait au plus haut point. Ses traits nobles et distingués étaient l'emblème de cette antique sagesse chinoise, à laquelle les Japonais aspireraient éternellement.

Wen-sieou ouvrit soudain ses yeux rougis par la fatigue.

— Son Excellence Itô refuse-t-il de nous voir ?

Il s'exprimait dans un mandarin élégant et précis.

— L'attaché militaire est en ce moment même en train d'essayer de le convaincre de vous recevoir. Patientez encore un peu.

Wen-sieou se tourna vers le Japonais, l'air surpris par la perfection avec laquelle cet étranger parlait chinois.

— Vous êtes traducteur ?

— Non, je suis l'envoyé spécial d'un journal de Tôkyô. L'attaché militaire et le consul étant très occupés, je les remplace auprès de vous.

— Sans doute n'ont-ils guère envie de nous voir.

— Pas du tout, mais ils sont débordés, entre les contacts avec le bureau des Affaires Générales, les résidents dont ils doivent s'occuper, le retrait des troupes…

Wen-sieou détourna son regard triste d'Oka.

— Parlez-vous d'autres langues aussi bien que le chinois ?

— Je me débrouille en français mais ne maîtrise pas très bien l'anglais.

Wen-sieou se retourna vers Tan Sseu-tong, debout contre la fenêtre, et échangea un regard avec lui.

— Qu'y a-t-il ?

— Rien. Je suis simplement étonné qu'un civil comme vous parle autant de langues étrangères. Parmi nos camarades, aucun ne comprend autre chose que le chinois. Nous avons été stupides de vouloir réformer ce pays alors que nous avons tant de retard dans le seul domaine de l'éducation.

— Cela résulte de mesures politiques qui se perpétuaient depuis longtemps. Vous n'avez pas à en avoir honte. N'est-ce pas vous qui avez proposé le principe « des études chinoises comme fondement des valeurs et des études occidentales pour les applications pratiques » ? C'est maintenant que tout va commencer.

A peine avait-il prononcé ces mots que les lèvres d'Oka se glacèrent.

— Vous connaissez donc nos idéaux ?

— J'ai lu les œuvres du professeur K'ang Yeou-wei. J'ai même entendu certains de ses discours. J'admire beaucoup sa pensée.

Tan Sseu-tong s'était mis à contempler le ciel, comme pour éviter d'écouter ce que disait Oka.

Un bruit de bottes retentit dans le couloir, et le capitaine Shiba fit son entrée. Après un bref salut adressé aux trois hommes en penchant sa tête rasée, il s'adressa directement à Wen-sieou.

— Je suis navré de devoir vous annoncer que Son Excellence Itô ne souhaite pas vous recevoir. L'affaire dépasse ses compétences, à son grand regret.

— Vraiment ? fit Wen-sieou, dont l'expression s'était assombrie.

— Ne le prenez pas en mauvaise part. Il n'a pas reçu non plus le professeur K'ang hier. Veuillez comprendre sa position.

Wen-sieou hocha la tête en soupirant.

— Puis-je vous poser une seule question ? Savez-vous où se trouve Sa Majesté l'empereur ?

— D'après ce que j'ai entendu dire, il serait en ce moment aux arrêts dans l'île du lac du Centre.

— La Terrasse de l'Océan… fit Wen-sieou, puis il s'interrompit, tandis que Tan Sseu-tong se retournait et se laissait glisser à genoux.

Le capitaine Shiba, immobile dans sa posture militaire, poursuivit comme s'il faisait un rapport :

— Ce matin à l'aube, l'impératrice douairière a quitté le palais d'été en voiture à cheval. Elle est entrée dans la Cité Interdite par la porte de la Droiture de l'Ouest. L'empereur Kouang-siu se trouvait dans la cour extérieure, dans la salle de l'Harmonie du Milieu, c'est là qu'il a été arrêté par Li Tchouen-yun, l'intendant privé de l'impératrice douairière, et par d'autres eunuques. Il aurait ensuite été frappé par l'impératrice douairière, qui se trouvait dans une violente fureur.

— Personne ne s'est donc interposé ? demanda Wen-sieou, dont les épaules s'étaient mises à trembler.

— Il paraît que les troupes de Jong-liu ont empêché les eunuques et les gardes de Sa Majesté d'intervenir. La concubine Tchen-fei, accourue au bruit, a supplié l'impératrice douairière mais elle a été à son tour frappée violemment par Tseu-hi qui lui a crié qu'une favorite n'avait pas à intervenir dans les affaires politiques du palais.

Un gémissement échappa à Tan Sseu-tong, toujours agenouillé devant la fenêtre.

— Comment ose-t-elle dire une chose pareille, alors qu'elle même était dans ce cas…

Ce n'est pas cela, songea Oka. L'impératrice douairière était furieuse contre l'empereur qui avait tenté un coup d'Etat contre elle, mais les paroles qu'elle avait prononcées à l'égard de Tchen-fei devaient contenir un sens caché.

— Ensuite l'impératrice douairière a confisqué à Sa Majesté sa robe jaune de Dragon et son sceptre, et l'a fait envoyer en charrette jusqu'à l'île de la Terrasse de l'Océan. Un bataillon de la nouvelle armée, conduit par Yuan Chek'ai, en faction à l'extérieur de la porte du Génie Militaire, a alors pénétré dans la Cité Interdite, et ils ont confisqué tous les documents ayant trait à la réforme qu'ils ont trouvés dans les salles réservées à l'empereur. L'impératrice Tchen-fei a été enfermée dans le Cinquième Palais Froid du Nord.

L'abattement des deux réformateurs faisait peine à voir. Wen-sieou, tête basse au point que la plume de paon de son bonnet était pointée vers le plafond, et Tan Sseu-tong, griffant le sol, gémissaient tous deux de désespoir.

Wen-sieou dit sans relever la tête :

— Ce matin à l'aube, l'intendant privé du palais de Sa Majesté, Lan-ts'in, a accouru, au péril de sa vie, jusqu'à la maison où nous nous cachions, pour nous presser de demander son entremise à Itô Hirobumi sans plus tarder. Il nous a raconté ce qui se passait dans les grandes lignes. Ne pourrions-nous insister et demander une fois de plus à Son Excellence Itô d'intervenir ?

Le capitaine Shiba, toujours raidi au garde-à-vous, secoua la tête.

— Songez à la position de Son Excellence. Le changement de pouvoir a déjà eu lieu. En outre, si notre pays intervient, les autres puissances étrangères ne manqueront pas de nous reprocher notre ingérence dans les affaires politiques chinoises. Simplement... Shiba s'interrompit un instant et fixa son regard sur Wen-sieou : ... simplement, Son Excellence Itô comprend les partisans de la cause impériale, ses frères. Si vous manifestez la volonté d'émigrer, il prendra la responsabilité de vous protéger. Commissaire Liang, vous ne devez pas mourir ! Vivez, pour l'avenir de la Chine !

Wen-sieou secoua la tête, faisant voltiger la plume de paon de son bonnet.

— C'est impossible. Beaucoup de nos camarades ont déjà été arrêtés. Plusieurs légations étrangères nous ont fait la même proposition, mais c'est impossible, je refuse.

Le capitaine Shiba haussa le ton :

— Que dites-vous ? L'âme de la réforme, K'ang yeou-wei, a déjà fui sous la protection de l'Angleterre !

— Mais moi... commença Wen-sieou d'un ton calme, je suis un mandarin. J'ai connu la gloire d'être premier lauréat aux examens du palais. Ma fierté de lettré chinois m'interdit d'avoir recours à un pays étranger pour mon salut. Je ne puis m'éloigner de Sa Majesté l'empereur. K'ang est un philosophe de l'école néo-confucianiste, moi je suis un haut fonctionnaire de l'empire Ts'ing.

Le duel verbal se poursuivit un moment. Wen-sieou continuait à opposer un ferme refus à Shiba qui persistait à vouloir lui sauver la vie.

Au beau milieu de la discussion, Itô Hirobumi fit son entrée dans le salon.

Shiba et Oka se mirent aussitôt au garde-à-vous, tandis que Wen-sieou et Tan Sseu-tong faisaient une génuflexion pour le saluer à la chinoise.

— Que se passe-t-il ? Vous n'êtes toujours pas décidé ?

Itô s'assit en souriant sur une chaise, tapota le sol aux pieds de Wen-sieou du bout de sa badine. Il se tourna vers Oka :

— Toi, tu es sans doute l'interprète ? Traduis.

Oka se hâta d'obtempérer, et Itô poursuivit en caressant sa barbiche :

— De nombreux samouraïs ont perdu la vie dans le combat pour la restauration au Japon. Mais le pays s'est reconstruit, justement parce que Yamagata et moi-même avons survécu. Nous avons failli périr en maintes occasions. J'ai pensé je ne sais combien de fois qu'il était plus facile de se résoudre à mourir que de prendre le parti de vivre. Je suis certain que K'ang Yeou-wei ne s'est pas enfui, mais qu'il a choisi le chemin le plus difficile. Il vaut mieux pour lui qu'il lui reste des compagnons, ne fût-ce qu'un seul. Moi non plus, seul, je n'aurais rien pu accomplir. Yamagata a fondé une armée, Inoue s'est occupé des Relations Etrangères, Matsugata des Finances, c'est ainsi que, nantis du mandat impérial, nous avons pu exercer le pouvoir. Seul, K'ang ne pourra rien faire.

Après avoir écouté en silence la traduction d'Oka, Wen-sieou répondit, toujours agenouillé :

— Cependant, Excellence, j'ai une destinée à accomplir.

— Laquelle ?

— Rester aux côtés de Sa Majesté l'empereur et remplir avec fierté ma tâche de dignitaire, telle est ma destinée.

Itô éclata de rire en entendant Oka traduire.

— Qui donc en a décidé ainsi ?

— Le Ciel.

Itô échangea un rapide coup d'œil avec Shiba.

— Eh bien, selon vous, le fait que j'aie survécu et en sois arrivé là aujourd'hui, était-ce aussi mon destin ?

— Certainement.

— Qu'en est-il de Shiba alors ? Pourquoi refusez-vous d'entendre ce que cet homme essaie passionnément de vous expliquer ? Il a participé à la guerre civile d'Aizu à l'âge de dix ans à peine, toute sa famille a été décimée, lui aussi a été grièvement blessé. Il aurait dû mourir mais il a survécu, et aujourd'hui il sert son pays. Ce n'est pas grâce à la destinée qu'il a réussi une si belle carrière, au sein d'un gouvernement où son clan d'origine était taxé d'ennemi de l'empereur. Il a voulu vivre, il a voulu se laver de l'opprobre attaché à son clan, et c'est ainsi, par la force de sa volonté, qu'il est devenu mon attaché militaire. Voilà où les efforts peuvent mener un homme. Je le respecte, c'est un véritable samouraï d'Aizu.

La voix d'Oka s'étrangla plusieurs fois tandis qu'il traduisait. Quand il eut terminé, il ajouta seulement une phrase de son propre chef :

— Vénérable Liang, restez en vie !

Wen-sieou resta longtemps tête basse.

— Et vous, que comptez-vous faire ? demanda Itô, s'adressant cette fois à Tan Sseu-tong.

Ce dernier répondit sans une hésitation :

— Je vous suis très reconnaissant de votre sollicitude, Excellence. Cependant, la responsabilité de l'échec des pourparlers avec Yuan Che-k'ai m'incombe. Je ne veux pas survivre à cette honte.

— Oh, fit Itô en hochant la tête d'un air admiratif. Vous êtes un homme facile à comprendre. Vous voulez mourir pour expier votre faute. Voilà une réponse claire.

— Il y a une autre raison : à l'est comme à l'ouest, jamais une révolution ne s'est faite sans effusion de sang. J'ai travaillé sans négliger mes efforts mais je ne suis pas aussi brillant que les camarades K'ang ou Liang. Même si je survis, je ne serai pas utile à grand-chose. Par conséquent, je veux que mon sang, versé au nom de la révolution, encourage les révolutionnaires du futur à poursuivre leur action.

Itô ramena sa badine contre sa poitrine et ferma les yeux.

— Vous êtes vraiment un homme facile à comprendre. Je ne sais que répondre à cela.

Il quitta la pièce sans demander à Wen-sieou ce qu'il avait finalement décidé.

Les arguments d'Itô n'avaient pas ébranlé la résolution de Wen-sieou.

Son crime à lui était d'avoir poussé le jeune empereur à la révolte, il s'était rendu coupable de traîtrise en voulant assassiner l'impératrice douairière. D'après la loi, sa femme et ses enfants, qui étaient repartis pour Hang-tcheou, n'échapperaient pas non plus au châtiment.

Accompagnés par Shiba et Oka, les deux réformateurs avançaient sous la rangée d'acacias menant vers la porte de la légation. Tous leurs espoirs étaient anéantis.

Devant la porte, face à la rue des Légations, un homme en robe impériale rouge, tenant les rênes d'un cheval mongol, discutait âprement avec les gardes.

— N'est-ce pas l'intendant Petit Li ? demanda Oka.

Wen-sieou concentra son regard. L'homme qui agitait les mains en criant devant les gardes réduits au silence était bien Tchouen-yun.

— Ne te méprends pas, Tan Sseu-tong. Tchouen-yun ne cherche pas à accomplir une action d'éclat. Il est simplement venu nous chercher pour nous emmener lui-même au ministère de la Justice et nous éviter ainsi d'être arrêtés par les juges.

— Je sais, Che-leao.

Tous deux s'avancèrent en bombant fièrement la poitrine. A ce moment, le capitaine Shiba lança aux gardes un retentissant : « Laissez passer ! »

Tchouen-yun bondit aussitôt sur les dalles de la cour ensoleillée. Tout en courant, il pleurait et hurlait :

— Jeune Maître ! Jeune Maître ! Ne sortez pas d'ici, ne sortez pas !

Ecartant les larges manches de sa robe de cour comme pour lui barrer le passage, il s'accrocha à la taille de Wen-sieou.

Le grand castrat de troisième rang qu'il était avait à cet instant l'air d'un enfant de dix ans. Tout en serrant contre lui la tête de Tchouen-yun qui, agenouillé sur les dalles brûlantes de la cour, tentait de le retenir, Wen-sieou leva la tête vers le ciel bleu d'automne. Par-dessus le feuillage des acacias, il voyait défiler le temps et se retrouvait plus de dix ans en arrière.

— Ne partez pas, Jeune Maître, ne me laissez pas seul ! disait Tchouen-yun, exactement comme autrefois, avec l'accent du Hopei.

— Je ne peux plus t'être utile en rien. Notre mouvement est mort. Mais toi, ta brillante carrière continue. Ne te conduis pas ainsi, cela pourrait te nuire.

— Pourquoi, pourquoi devriez-vous mourir ? Vous n'avez rien fait de mal. Vous n'êtes pas corrompu comme tant d'autres fonctionnaires, vous n'avez jamais tourmenté vos inférieurs. Pourquoi est-il considéré comme un crime passible de mort d'avoir voulu venir en aide au Père de Dix Mille Ans et à l'empire ?

— Tchouen-yun, j'ai tenté de faire assassiner ta souveraine.

La gorge de Tchouen-yun se serra dans un gémissement puis il éclata en sanglots bruyants. Wen-sieou, impuissant à trouver des mots pour le consoler, serrait contre lui la tête ornée d'une longue natte de son ami de toujours.

— Ecoute, Tchouen-yun, te souviens-tu de ce que Pai Taitai m'a prédit autrefois ?

Frottant son nez contre la robe de mandarin de Wen-sieou, Tchouen-yun hocha plusieurs fois la tête.

— Comment l'oublier ? Elle a prédit que vous serviriez toute votre vie l'empereur et deviendriez premier ministre.

— Oui. Et j'y ai toujours cru. Aujourd'hui je sais que je ne serai jamais premier ministre, mais je veux néanmoins servir Sa Majesté l'empereur jusqu'au bout. C'est mon destin.

— Pai Taitai s'est trompée, alors ?

— Un peu, mais toi, Tchouen-yun, ce qu'elle t'avait prédit s'est réalisé mot pour mot. Comme elle te l'avait dit, tous les trésors du Vieux Bouddha sont maintenant à ta portée.

Sentant avec quelle force les bras de Tchouen-yun se serraient autour de lui, Wen-sieou songea que ces mains avaient su s'emparer d'un futur peu probable au départ. Cette pensée lui réchauffa le cœur. Comme l'avait souhaité Pai Taitai, Tchouen-yun s'était forgé un destin de ses propres mains. Sa foi en une fausse prédiction l'avait poussé à s'élever lui-même à sa position d'aujourd'hui.

Les larmes de Tchouen-yun se tarirent soudain. Il leva lentement les yeux vers Wen-sieou.

— Non, Jeune Maître…

En entendant la voix étranglée de Tchouen-yun, le cœur de Wen-sieou se glaça.

— Pai Taitai m'a menti. Je l'ai toujours su. Elle m'a fait une belle prédiction parce qu'elle avait pitié de moi. Elle me donnait toujours de menus présents, m'offrait de la bouillie, des haricots, et j'ai bien compris qu'à ce moment-là aussi, elle me faisait l'aumône, l'aumône d'un rêve.

— Tchouen-yun…

— Elle m'a fait présent de la chose la plus importante au monde. Les haricots et la bouillie se transforment en excréments, mais elle m'a donné la seule chose qui reste dans le ventre sans s'altérer. Je savais qu'elle mentait mais je lui étais si reconnaissant de m'offrir ce rêve. C'est cela qui m'a poussé à me mutiler, je me disais qu'en échange d'une douleur aussi immense, peut-être que ce qu'elle m'avait dit se réaliserait malgré tout.

— Cela s'est réalisé, tu vois, Tchouen-yun…

— Les prédictions ne sont rien d'autre que cela. Le destin, on peut le changer si on en fait l'effort. Voilà pourquoi vous devez vivre, Jeune Maître. Vous aussi, vous pouvez réaliser la prédiction de Pai Taitai, comme je l'ai fait.

Wen-sieou se laissa glisser à terre comme un pantin brisé. Tan Sseu-tong, appuyé contre un tronc d'acacia un peu plus loin, observait la scène.

— Che-leao, je ne comprends pas très bien ce qui se passe, mais reste ici, toi. Ce que je te demande là, c'est d'accomplir le plus difficile. Moi, je ne sais faire que des choses simples.

Des soldats de l'armée des mers du Nord s'étaient massés devant l'entrée de la légation. Le Ressuscité tourna vers le ciel un regard ébloui, comme s'il y distinguait quelque chose d'invisible à autrui.

— Ils sont venus me chercher, Intendant Petit Li. Mon seul regret, c'est de n'avoir pu devenir ton frère.

— Tan Sseu-tong !

Des fonctionnaires de la légation retinrent Wen-sieou, qui se précipitait à la suite de Tan Sseu-tong.

Ce dernier s'avança tête haute, sans se retourner, sur le chemin ensoleillé qui menait droit vers la sortie.

9

Un silence de mort régnait dans le foyer où résidait Tan Sseu-tong.

Le vieux gardien, les étudiants, tout le monde avait disparu. Dans la cuisine, les légumes pourrissaient, parmi les plats et la vaisselle sale renversés çà et là. Sans nul doute, les forces de police de l'armée du Nord avaient visité les lieux.

Tôt dans la matinée, une foule de soldats avait investi la résidence de Liang Wen-sieou et était repartie en emportant lettres et documents. Des officiers mandchous aux mines patibulaires avaient interrogé Lingling mais elle était restée là à pleurer, hébétée, sans rien dire. Voyant qu'il ne s'agissait que d'une servante ignorante, les policiers s'étaient retirés sans plus s'occuper d'elle.

Ces derniers jours, Wen-sieou n'avait donné aucune nouvelle. Les résidences du voisinage ne désemplissaient pas, des gens divers y allaient et venaient, et les rues grouillaient de soldats de l'armée des mers du Nord. Il s'était passé quelque chose d'important, aucun doute là-dessus. Lingling attendit quelque temps le retour de Wen-sieou puis, ne le voyant pas revenir, elle prit peur et se rendit à la pension de Tan Sseu-tong.

La chambre de Tan était sens dessus dessous. Lingling reconnut l'œuvre de la police militaire : même des voleurs n'auraient pas mis un tel désordre. Elle se demanda si le vieux gardien avait été arrêté lui aussi, ou si, pressentant le danger, il avait pu s'enfuir à temps.

La jeune fille siffla pour appeler le chat. L'animal, qui n'avait pas encore de nom, se précipitait d'habitude dès son arrivée pour frotter son museau contre ses jambes, mais cette fois, il ne se manifesta pas. Elle ne l'entendit même pas miauler.

Elle passa la journée à ranger la cuisine et la chambre. Une fois le ménage fini, songeait-elle, elle se rendrait à l'école des mers du Sud, que dirigeait K'ang Yeou-wei, dans la ruelle du marché au riz. Même si elle n'y trouvait pas K'ang et ses disciples, elle rencontrerait peut-être là-bas quelqu'un de sa connaissance. Mais si elle découvrait une maison aussi vide et dévastée qu'ici, que ferait-elle ? A cette pensée, la jeune fille, désemparée, sentit les larmes lui monter aux yeux.

De temps en temps des patrouilles armées, fusil à l'épaule, venaient jeter un coup d'œil dans le jardin.

Près du puits, Lingling se retourna en sentant quelqu'un lui taper sur l'épaule.

— Un diable d'Occident !

Sur ce cri d'effroi, elle courut se réfugier dans la cuisine, puis, un tisonnier à la main, observa l'homme à travers l'interstice de la porte. Vêtu d'un costume blanc trop large évoquant une tenue de deuil chinoise, l'Occidental regardait autour de lui comme s'il cherchait quelque chose. Son aspect effrayant, avec son long nez rouge et la barbe hirsute qui ornait son menton replet, terrorisa Lingling.

— A l'aide ! Quelqu'un ! cria la jeune fille, mais avec la fenêtre fermée, personne ne pouvait l'entendre depuis les maisons voisines. Le barbare ôta son chapeau, essuya son crâne chauve, but à grands traits de l'eau tirée du puits. Ah, le voilà qui venait par ici ! Lingling serra bien fort le tisonnier dans sa main.

— Tout va bien, ne t'inquiète pas, je suis venu te transmettre un message, déclara l'homme dans un chinois parfait.

— N'approchez pas ! Il y a du monde à l'intérieur.

— Je sais qu'il n'y a personne. Je ne te veux aucun mal, Lingling. J'ai quelque chose à te dire.

— Comment connaissez-vous mon nom ?

— C'est ton frère qui m'envoie. Il te demande de te rendre tout de suite à la légation japonaise.

— Mon frère ?

— Oui. L'intendant du palais Li Tchouen-yun.

— Menteur ! Vous dites n'importe quoi !

— Je t'assure que je ne mens pas. Ton maître Liang Wen-sieou t'attend à la légation. Va le rejoindre sans tarder.

A ces mots, Lingling jaillit de la cuisine comme un boulet. L'homme se retourna pour jeter un coup d'œil prudent vers le portail de l'entrée, puis enleva son chapeau et le posa contre sa poitrine.

— Ne t'inquiète pas. Je suis un journaliste américain, tu peux m'appeler Thomas. Thomas Burton.

Toutes les craintes de Lingling s'étaient évanouies en entendant prononcer le nom de Wen-sieou.

— Mon maître va bien ? Il n'a pas été arrêté ni jeté en prison ?

— Il est sous la protection de l'ambassade japonaise. Viens, allons-y tout de suite.

— Attendez un peu, je vais lui apporter de quoi se changer.

— Ce n'est pas la peine, il suffit que tu viennes.

Burton prit la main de Lingling et l'entraîna hors de la maison, bon gré mal gré. Il s'arrêta entre les battants du portail pour jeter un coup d'œil de chaque côté de la ruelle.

— Il y a des patrouilles de temps en temps, le prévint Lingling. Excusez-moi, mais voulez-vous me lâcher la main maintenant ?

— Ah, pardon ! Tu as saisi la situation, n'est-ce pas ?

— Je ne comprends pas très bien, mais si je vais avec vous, je retrouverai mon maître, n'est-ce pas ?

— Exactement. Tu n'auras qu'à marcher un peu derrière moi, pour ne pas nous faire remarquer.

Et il se mit à avancer à grandes enjambées, obligeant presque Lingling à courir pour le suivre. Ce barbare-là n'est pas méchant, songea-t-elle à la vue du visage de Burton qui se retournait de temps à autre vers elle d'un air inquiet. Elle le rattrapa pour lui demander :

— Vous avez vu mon frère ?

— Non, c'est ma secrétaire qui m'a apporté une lettre de lui, me demandant de t'accompagner de toute urgence auprès de ton maître à la légation. Etre étranger, c'est commode dans ce genre de situation. Nous, au moins, les soldats ne nous arrêtent pas.

— Où est mon frère ?

— Je pense qu'il est trop débordé pour pouvoir quitter le palais. Il doit être l'homme le plus occupé du monde à l'heure qu'il est. Enfin, j'ai été bien inspiré de me rendre d'abord chez Tan. Le message disait que si tu n'étais pas à la résidence Liang, je te trouverais sûrement chez Tan.

— Que s'est-il donc passé ? Je ne suis au courant de rien.

Burton ralentit un peu l'allure.

— Tu ne sais rien ? Vous êtes vraiment un drôle de peuple, vous, les Chinois ! J'ignore si c'est de la nonchalance ou de la madrerie chez vous, mais à Tôkyô ou à New York, une nouvelle pareille aurait déjà fait grand bruit. Ici, personne ne semble s'affoler. Les habitants de Pékin font leur gymnastique, mangent des poires, suspendent leurs cages à oiseaux aux fenêtres comme si de rien n'était… Le Vieux Bouddha a fait arrêter l'empereur, voilà ce qui se passe ! Le pouvoir est renversé !

Lingling s'arrêta, figée sur place par la nouvelle.

— Ne t'en fais pas, tu ne cours aucun risque. Allez, viens.

La route jusqu'à l'avenue de la porte de la Vaste Paix parut interminable à Lingling.

L'empereur arrêté ? Un renversement de pouvoir ? Tout se brouillait dans sa tête, elle n'arrivait plus à réfléchir.

— A propos, que faisais-tu au foyer ? Tu connais quelqu'un là-bas ?

A cette question, un chagrin si violent s'empara de la jeune fille qu'elle ne put répondre. Elle avait oublié le Ressuscité. Elle avait oublié l'homme qui, en ce moment même, quelque part dans cette ville, pensait à elle avec amour.

— Le Ressuscité. Vous le connaissez ? Tan Sseu-tong. Il vit dans cette pension.

— Ah oui, je le connais de nom. Tu étais venue lui rendre visite ?

— C'est mon fiancé.

Burton faillit dire quelque chose mais il se contenta de lever la tête vers le ciel. Quand ils débouchèrent dans l'avenue principale, ils tombèrent sur une foule de gens courant vers l'est. Des centaines, des milliers de Chinois sortaient de toutes les ruelles et se précipitaient dans l'avenue, en direction de la place de Tsai-che-keou.

— Que se passe-t-il ? Fais attention de ne pas me perdre.

Tandis qu'ils se laissaient emporter par le flot humain, un mauvais pressentiment saisit Lingling, qui tira son compagnon par la manche :

— Faisons un détour, je n'ai pas envie de passer par là.

Mais Burton se contenta de répondre en riant :

— Désolé, Lingling, je suis journaliste ! Quand je vois une telle foule se précipiter quelque part, je suis bien obligé de la suivre. Reste avec moi.

Il saisit le bras de la jeune fille et fendit le cercle de badauds agglutinés autour de la place, à proximité de laquelle ils arrivaient. Dans le petit carré de ciel bleu ouvert au-dessus de leurs têtes, Lingling vit se découper les silhouettes de quatre condamnés torse nu, mains liées derrière le dos, assis au milieu de la place, le bourreau debout derrière eux, un grand cimeterre à la main. Un groupe de fonctionnaires du ministère de la Justice en habit officiel et d'officiers de l'armée des mers du Nord était installé sur des rangées de chaises disposées sous un dais.

Dès qu'il eut aperçu cette scène, Burton prit la main de Lingling et essaya de l'entraîner en sens inverse dans la foule.

— Tu as raison, il vaut mieux renoncer, allons-nous-en.

Lingling se libéra de la main du journaliste. Son mauvais pressentiment était tombé juste, mais c'était sans doute le Bouddha lui-même qui l'avait guidée jusqu'ici.

— Tan Sseu-tong ! cria-t-elle, tournée vers la place.

Sa voix résonna si fort que les quatre condamnés se retournèrent. Burton saisit l'épaule de la jeune fille.

— Arrête, Lingling, tu ne dois pas assister à ça. Partons !

— Non. Je veux voir ! répliqua Lingling en faisant un pas de plus en avant. Il m'aime. Il m'a choisie, moi, parmi toutes les femmes du monde.

Elle s'avança encore, déboucha sur la place. Un soldat armé d'une baïonnette se précipita vers elle.

— Misérable, cria-t-elle, laisse-moi passer, je suis la femme de Tan Sseu-tong !

Il y eut un murmure dans la foule, le soldat abaissa son arme. Lingling hurla avec l'énergie du désespoir :

— Tan Sseu-tong ! Je te regarde ! Je suis là, je te vois !

Puis elle se redressa de toute sa taille avec la dignité d'un soldat. Ses épaules tremblaient mais elle regardait droit vers la place sans ciller, les mâchoires serrées.

Tan Sseu-tong parut s'apercevoir de sa présence.

Comme si le courage de Lingling le stimulait à son tour, il se tourna vers l'officier de justice qui venait d'énoncer la sentence et d'ordonner l'exécution, et cria de toutes ses forces :

— Vous voulez abattre les rebelles, mais vous n'avez pas le pouvoir d'arrêter l'histoire en marche ! Quant à moi, je meurs pour une juste cause ! Vive la réforme !

Un brouhaha monta des gens qui avaient envahi la place, assis au bord des fenêtres des boutiques, sur les palissades et les toits.

Jamais Lingling n'avait vu Tan si sûr de lui. Sa timidité habituelle s'était évanouie, il se tenait debout fermement sur le sol, fixant un regard fier sur l'officier de justice.

— Vous serez ridiculisés aux yeux du monde entier, témoin de votre vilenie : nous condamner et nous exécuter sans procès ! Toi, secrétaire de la Justice, qui as la charge de la justice dans ce pays, honte sur toi !

Le haut dignitaire chargé d'assister à l'exécution répondit avec un sourire mauvais :

— Je ne fais qu'obéir aux ordres de la Divine Souveraine. Quoi que tu puisses dire, je remplirai ma tâche.

— Vous qui vous réfugiez derrière l'autorité de l'impératrice douairière pour accomplir vos forfaits, vous n'êtes que des lâches ! Vous faites porter à cette femme tous les malheurs de l'Etat, et vous appelez cela de la loyauté ? Vassaux infidèles que vous êtes !

— Silence, insensé !

— Je n'ai plus rien à dire. Je meurs avec joie sous le ciel d'automne de cette magnifique cité, sans avoir à assister à la chute de l'empire Ts'ing ! Bourreau, fais ton office.

Le secrétaire de la Justice leva une main, et le bourreau traîna Tan Sseu-tong face à la foule, puis se campa derrière lui.

Au moment où le cimeterre s'abattait sur la nuque du condamné, un grand cri s'éleva de la foule, comme un coup de tonnerre. Les gens hurlaient le plus fort possible, pour éviter que l'âme du mort ne vînt s'emparer d'eux.

Lingling, elle, ne criait pas. Les lèvres serrées, elle ne quittait pas Tan Sseu-tong des yeux. Elle le vit regarder vers elle l'espace d'un instant, avec son habituelle expression de douceur. Elle se remémora les paroles qu'il avait prononcées, au crépuscule, au premier étage de la pension, en hochant la tête comme une poupée désarticulée : « Lingling, je t'aimerai jusqu'à ma mort. »

Il avait tenu promesse. Lingling, serrant convulsivement ses mains devant sa poitrine, se mit alors à hurler :

— Merci ! Merci, Tan Sseu-tong ! Je suis là, je te regarde, je te regarde !

Sa voix avait-elle porté jusqu'à lui ? Tan Sseu-tong eut un large sourire, puis son regard ébloui bascula vers le ciel...

Cherchant en vain des paroles de consolation, Thomas Burton suivait Lingling, qui s'éloignait de la place d'un pas rapide. Tandis qu'elle se dirigeait droit vers la porte de la Proclamation Militaire, le dos bien droit, son allure évoquait celle de son frère Tchouen-yun.

Chaque fois que la tête d'un condamné roulait dans la poussière, un nouveau cri houleux s'élevait de la foule.

— Pardonne-moi, Lingling, je n'aurais pas dû t'emmener là-bas.

Lingling continuait à avancer sans répondre. Burton se rappelait la sensation éprouvée lorsqu'il avait entraîné la jeune fille à l'écart de la place : son corps lui avait semblé lourd comme une pierre.

La jeune fille s'approcha d'un vieillard qui fumait, accroupi à l'ombre d'un arbre, au bord de la route, près d'une charrette contenant des cercueils en bois blanc.

— Ah, Lingling... Tout est fini, n'est-ce pas ?...

Un chat noir bondit de l'échancrure de la veste du vieil homme et vint se frotter aux jambes de Lingling.

— Grand-père, je dois retourner chez mon maître. Vous vous occuperez du reste ?

Le vieillard sursauta, remarquant la présence de Burton aux côtés de la jeune fille.

— Le Vénérable Liang est-il sain et sauf ? Tant mieux, tant mieux. Ne t'inquiète pas, Lingling, je prendrai soin de tout.

— Puis-je le prendre ? demanda la jeune fille en soulevant le petit chat dans ses bras. Où étais-tu, hein ? Maman t'a cherché partout !

— Oui, prends-en bien soin. Les choses vont être difficiles pour toi maintenant, sois courageuse. Allez, va vite.

— Merci, Grand-père !

Lingling effleura le cercueil de la main, puis s'éloigna en courant.

Parvenus devant les remparts de la ville tartare, Lingling et Thomas Burton empruntèrent une ruelle peu fréquentée le long des douves, au lieu de franchir directement la porte de la Proclamation Militaire. Lingling marchait en silence, en se mordant les lèvres.

Lorsqu'ils parvinrent aux abords de la porte Qui Fait Face au Soleil, surmontée d'un énorme pavillon, tous deux ralentirent enfin l'allure : cette porte donnait sur le quartier des légations.

— Que dois-je faire maintenant ? s'enquit la jeune fille.

Les alentours de la porte grouillaient de soldats de la nouvelle armée de terre, en uniformes occidentaux. On apercevait aussi çà et là des têtes enturbannées de soldats musulmans. Apparemment, les troupes du Kansou avaient investi Pékin, remplaçant les troupes étrangères qui évacuaient la ville. Un nombre impressionnant de soldats chinois encerclaient le quartier des légations.

— Je vais être exécutée moi aussi ?

— Non, tu pars au Japon avec Liang Wen-sieou.

— Mais comment ?

Oui, comment pourraient-ils s'enfuir ? Les troupes japonaises avaient évacué le quartier, Itô Hirobumi était déjà rentré au Japon, sous la protection d'un bataillon spécial. A la légation, il ne restait plus que l'attaché militaire et quelques diplomates.

De l'autre côté de la porte, des soldats, postés devant un bâtiment administratif face à l'avenue principale, inspectaient des bagages et des charrettes. Des soldats appartenant à l'armée de Yuan Che-k'ai avaient remplacé les soldats russes devant la barricade qui protégeait la Banque sino-russe. Les canons de leurs fusils étaient pointés sur la rue des Légations.

Le matin, quand Burton était sorti du club de la presse, le quartier n'était pas encore si étroitement surveillé. Les troupes chinoises avaient dû investir les lieux d'un coup, peu après son départ.

— Ne t'inquiète pas, je te promets que toi et ton maître irez au Japon. Il ne t'arrivera aucun mal.

— Vous, un simple journaliste, que pourrez-vous faire ?

— Regarde, Lingling, voici mon arme.

Tout en marchant, il avait sorti son Waterman de sa poche de poitrine.

— Cet objet peut faire triompher la justice.

De l'autre côté de la barricade, des soldats emmenaient une file de Chinois, mains liées derrière le dos. Les captifs gémissaient, se lamentaient, avançaient de quelques pas puis s'asseyaient par terre, se relevaient sous les coups des soldats pour repartir à nouveau.

— Oh, lui, je le reconnais ! C'est le propriétaire du *Ta-che-la*, un restaurant où K'ang Yeou-wei et mon maître se rendaient souvent…

Apparemment, de nombreux Chinois liés au mouvement de réforme s'étaient refugiés dans le quartier des légations, et l'armée de Yuan Che-k'ai en avait bouclé les issues pour faire la chasse aux suspects. Et sans aucun doute, ils étaient chargés avant tout d'arrêter le personnage clé de la réforme : Liang Wen-sieou.

Le quartier des légations n'était pas une colonie étrangère définie par un traité, mais simplement une zone réservée qui s'était développée naturellement au fil des années, à l'arrière des bâtiments administratifs de l'empire Ts'ing. Comme le tracé de ses rues à l'occidentale se différenciait clairement du reste de la ville, les Chinois avaient tendance à considérer ce quartier comme une concession étrangère échappant à l'autorité impériale, mais tous ceux qui avaient profité de leurs relations avec des banquiers ou des commerçants pour s'y réfugier n'y disposaient en fait d'aucune protection légale. Les seuls endroits où ils pouvaient espérer échapper à la loi chinoise étaient à l'intérieur même des ambassades et des légations.

— Arrêtez !

Un groupe de soldats, baïonnette au canon, encerclait Lingling et son compagnon. Un jeune officier leur expliqua d'un ton impérieux qu'il avait ordre de ne laisser passer que les personnes pouvant justifier de leur identité.

Burton montra sa carte de la légation américaine et expliqua que la jeune fille qui l'accompagnait était une des serveuses du club de la presse, mais son explication ne convainquit pas l'officier.

Lingling, blême, s'était mise à trembler et se croyait perdue lorsque Hans, le journaliste allemand, qui par un heureux hasard passait par là à ce moment précis, vint les tirer de ce mauvais pas. Remarquant l'air tendu de Burton et de la jeune fille, il s'approcha avec son habituelle jovialité de l'officier, qu'il semblait connaître, et eut tôt fait de le convaincre de laisser passer ses amis.

Une fois de l'autre côté du contrôle, Hans passa un bras autour des épaules de Lingling et se mit à avancer d'un pas rapide.

— Elle est en fuite ? demanda-t-il à Burton en anglais, après avoir jeté un coup d'œil méfiant autour de lui.

— Oui. Je l'emmène à la légation japonaise. Merci de ton aide, Hans, je ne m'attendais pas à des contrôles aussi sévères.

— Jamais je ne t'avais vu avec un air aussi défait. Les soldats de Yuan sont de fins renards, tu sais. Ils ne se contentent pas de porter de splendides uniformes, ils ont aussi le niveau d'une armée européenne. Je connaissais cet officier pour l'avoir interviewé plusieurs fois à propos des incidents du Chantong.

— Le mouvement des Boxers ?

— Oui. Le général Yuan a tellement concentré ses troupes à Pékin, qu'il en a laissé tomber la répression du mouvement des Boxers. Sept mille hommes encerclent actuellement le quartier. En admettant que tu parviennes à amener cette demoiselle jusqu'à la légation japonaise, que comptez-vous faire ensuite ? Même l'immunité diplomatique ne pourra rien pour la faire sortir du quartier.

— On pourrait peut-être la déguiser en Japonaise ?

— Ecoute, Tom, fit Hans en tournant vers Lingling son visage aux traits intelligents, toi et moi nous sommes incapables de faire la différence entre un Chinois et un Japonais, mais entre eux, ils se reconnaissent au premier coup d'œil. Est-ce que toi, tu pourrais me prendre pour un Américain ?

— C'est vrai, tu as raison…

— Le général Jong-liu ne s'est pas mal débrouillé, tu ne trouves pas ?

— Tout à fait. Après avoir bloqué le quartier de la sorte, il va pouvoir négocier les extraditions. Tous les consuls en tremblent déjà.

Burton se rappela les importants effectifs militaires aperçus à l'extérieur de la porte Qui Fait Face au Soleil. Jong-liu avait attendu que toutes les troupes étrangères évacuent le quartier des légations pour donner l'ordre de marche aux troupes sous son commandement.

Ils se turent en croisant un groupe de soldats de l'armée des mers du Nord qui avançaient au pas, puis Hans reprit à voix basse :

— Ce n'est pas seulement à l'entrée de la ville tartare. A la gare de Ma-tcha-pao, à Tientsin aussi, il y a des contrôles de l'armée partout. Il faudrait un miracle pour que cette fille parvienne à embarquer sur un bateau japonais dans le port de Taku. A propos, qui est-ce ?

Burton répondit, dans l'intention de remercier le journaliste allemand de les avoir tirés, lui et Lingling, d'un mauvais pas :

— Je vais te le dire, à condition que tu attendes qu'elle soit en sécurité à bord du navire japonais pour envoyer un télégramme à ton journal.

— D'accord, c'est promis.

— Lingling est la secrétaire du commissaire Liang Wen-sieou, un membre du gouvernement réformiste en fuite.

— Quoi ? s'exclama Hans en croisant les deux mains sur son chapeau. Mais Tom, sais-tu que c'est lui que recherchent tous les soldats chinois ?

Devant l'entrée de la légation japonaise, l'atmosphère était tendue. Des soldats japonais montaient la garde, baïonnette au canon, devant les grilles closes, tandis qu'un bataillon des mers du Nord s'était regroupé autour des lions de pierre de part et d'autre de la porte. Apparemment, les Chinois savaient que c'était là que Liang Wen-sieou avait trouvé refuge.

— Appelez le capitaine Shiba Gorô. Vite !

En entendant ce nom, un officier accourut aussitôt. A l'entrée, les gardes formèrent un bouclier protecteur devant Lingling et ses compagnons, leurs fusils pointés sur les soldats chinois.

— Merci, Hans, je te revaudrai ça, dit Burton en se retournant vers la porte.

— *Good luck !* Que Dieu vous protège ! dit Hans en s'inclinant, le chapeau contre la poitrine, dans une révérence bouffonne, avant de s'éloigner en direction du club de la presse.

10

Une fois la revue des troupes terminée, Jong-liu et Yuan Che-k'ai chevauchèrent un moment bride contre bride et franchirent ensemble le monument d'entrée de la place de la Porte de la Paix Céleste.

En tant que commandant général des trois armées du Nord, Jong-liu avait été impressionné par les troupes entraînées à l'occidentale de Yuan, mais en voyant ces mêmes soldats se diriger en rangs bien ordonnés vers la zone protégée de la Cité Interdite, une certaine inquiétude l'avait envahi. Il n'avait alors pu s'empêcher de convoquer auprès de lui le commandant de la nouvelle armée de terre.

Quarante ans. Ils avaient autant de différence d'âge qu'un père et son fils. Et les sept mille soldats sous le commandement de Yuan supplantaient de très loin, du point de vue de leur équipement comme de leur niveau d'entraînement, les mercenaires musulmans de l'armée du Kansou et la deuxième armée qui protégeait Tientsin. Même la garde impériale des Huit Bannières et les troupes de soldats Han qui protégeaient l'empire n'arrivaient pas à la cheville de l'armée de Yuan Che-k'ai.

— Yuan... Jong-liu choisit prudemment ses mots pour demander au général qui chevauchait à ses côtés : N'as-tu pas été tenté d'accepter la proposition de Tan Sseu-tong ? En passant dans l'autre camp et en assassinant l'impératrice Tseu-hi et moi-même, tu pouvais prendre ma place en un tournemain.

Yuan Che-k'ai répondit sans même tourner la tête, continuant à manier calmement ses rênes :

— Que dites-vous, Excellence ? Je suis le commandant d'une des trois armées placées sous votre autorité suprême. Comment pourrais-je diriger mon arme contre le supérieur dont je dépends directement ?

— Pourtant, tous les rebelles que nous avons arrêtés clament que tu les as trahis. Tu avais donc accepté dans un premier temps de te joindre à eux ?

— Bien sûr. Mais ce n'était qu'une ruse de ma part. Je reste persuadé que c'était la meilleure façon d'agir, étant donné les circonstances.

— Ne redoutes-tu pas l'accusation infamante de traîtrise ?

— Venant des rebelles ? Je m'en moque éperdument !

— Cependant, deux jours plus tôt à peine, l'empereur t'avait nommé vice-ministre des Armées et fonctionnaire de deuxième rang. Celui qui t'abomine le plus aujourd'hui n'est autre que l'empereur, sur l'île où il est prisonnier.

— Hélas, l'empereur en personne a été le meneur de la rébellion. Je ne suis pas un soldat privé au service de l'empereur, mais un général dévoué à l'empire Ts'ing.

— Dans ce cas, écoute. Je puis te le dire maintenant : j'avais l'intention d'écraser les réformateurs jusqu'au dernier et d'arrêter l'empereur à l'occasion de la revue des troupes impériales prévue à Tientsin. Si l'impératrice douairière t'avait donné l'ordre à ce moment-là de participer au coup de filet, qu'aurais-tu fait ? Du point de vue de l'empereur, c'est nous qui sommes des traîtres.

Même mis ainsi au pied du mur, Yuan répondit sans ciller :

— J'aurais suivi l'ordre de l'impératrice douairière, naturellement. Pour deux raisons : la première, c'est que l'idée de l'empereur de faire assassiner l'impératrice mère est contraire aux enseignements de Confucius. La seconde, c'est que je considère que les mesures de réforme des anciennes lois que l'empereur a acceptées avec légèreté à l'instigation de K'ang Yeou-wei, Liang Wen-sieou et leurs complices, sont erronées. Compte tenu de l'œuvre accomplie de longues années durant par l'impératrice douairière, et des bienfaits que vous-même m'avez accordés, je ne pouvais me rallier à la cause des réformateurs.

Jong-liu fronça les sourcils : avec quelle habileté Yuan évitait de se compromettre !

En fait, le gouverneur général n'avait aucune confiance en son subalterne.

S'il avait renvoyé la seconde armée à Tientsin et préféré placer les troupes du Kansou aux portes de la capitale, c'était dans le but de se défendre au cas où Yuan se rallierait à l'empereur. Ainsi, Tientsin serait protégée par Nie Che-tcheng, un de ses plus fidèles lieutenants, pendant que Tong Fou-siang occuperait la capitale avec les soldats du Kansou.

Les desseins de Jong-liu n'avaient sans doute pas échappé à Yuan.

Que pouvait réellement penser un homme qui, tout en participant aux réunions des réformateurs dirigés par K'ang Yeou-wei et en faisant des dons importants à ce mouvement, n'avait cessé de jurer fidélité à Jong-liu ?

— Yuan, tu es décidément un homme difficile à cerner. A l'époque où tu faisais partie de l'état-major du général Li, je pensais qu'il n'y avait pas plus facile à comprendre que toi, mais maintenant je ne sais plus.

Finalement, Yuan était sans doute opportuniste avant tout. Cependant, la façon dont il était parvenu, sans la moindre effusion de sang, au poste de secrétaire des Armées – poste naturellement valide même en cas de victoire des réformateurs – témoignait d'une habileté peu ordinaire.

Yuan Che-k'ai fit cliqueter son sabre et avancer son cheval de quelques pas. Puis, côte à côte avec le général Jong-liu qui bombait le torse dans son manteau jaune du mérite impérial, il fit cette déclaration terrifiante :

— Excellence, si jamais vous avez l'intention de profiter des circonstances pour vous emparer du pouvoir, je vous prie de me prendre à votre service, ainsi que la nouvelle armée de terre.

— Que dis-tu ?

— Ce n'est qu'une supposition, Excellence. Une simple supposition...

Yuan tourna alors pour la première fois son visage vers Jong-liu :

— Vous aurez, j'espère, la bonté de me confier le gouvernement de la nouvelle dynastie que vous fonderez. Il arrive que les empereurs délèguent ainsi leur mandat à un vassal de haute vertu.

De toute évidence, c'était une menace, et la démonstration de force à laquelle Yuan Che-k'ai se livrait aux portes de la capitale avec les sept mille hommes de son armée donnait un certain poids à ces paroles. Yuan leva son visage rond vers le ciel et éclata d'un rire énorme qui fit trembler sa large panse.

— Ne prenez pas mes paroles trop au sérieux, Général. La plaisanterie était mauvaise, étant donné les circonstances, et je m'en excuse. Je vais de ce pas m'occuper d'encercler le quartier étranger, pendant que vous vous chargerez des négociations avec la légation japonaise.

— Oui, Yuan, et surtout ne laisse pas filer notre homme. Je me moque du menu fretin qui gravite autour, mais lui, il me le faut absolument.

Après un salut militaire à l'occidentale, Yuan Che-k'ai traversa la place au trot.

— Quelle fournaise !

Yuan ôta son képi pour essuyer la sueur sur son front, et leva la tête vers le ciel d'un bleu éblouissant. Le soleil était au zénith. Que signifiait pareille canicule alors qu'on était déjà en automne ?

Le paysage tremblait dans la brume de chaleur qui montait des dalles de la place déserte. Les passants avaient fui, craignant sans doute l'ardeur de l'astre solaire. Yuan se retourna pour regarder les tuiles de béryl surmontant les remparts de la Cité Interdite, pareilles à un mirage apparu à un voyageur mourant de soif dans le désert.

Il avait dû attraper une insolation pendant sa conversation avec Jong-liu : son gosier était complètement désséché, ses tempes douloureuses battaient à se rompre.

Son cheval s'arrêta, la sueur dégoulinait le long de sa crinière. Il poussa un hennissement de souffrance, puis resta immobile, comme enraciné sur les dalles.

Lorsque Jong-liu avait appelé Yuan à la fin de la revue des troupes, ses gardes et son aide de camp s'étaient éloignés pour leur laisser le loisir de parler seul à seul. Il n'avait pas une goutte d'eau sur lui. Il aperçut un cavalier qui attendait, immobile, devant la porte, dans la chaleur brûlante de midi.

— Holà ! de l'eau !

Le cavalier s'avança au pas, dans les vapeurs qui montaient du sol.

Il se dirigeait vers Yuan avec une si irritante lenteur que le général dégaina son sabre et se mit à faire des moulinets au-dessus de sa tête en hurlant :

— Plus vite ! Hâte-toi !

Un bruit sinistre de sabots résonnait sur la place, tandis que le cavalier progressait toujours aussi lentement, indifférent aux signaux que lui adressait Yuan.

Le cheval de Yuan, qui baissait le cou, releva soudain la tête, mors tendu : c'était la position de garde-à-vous de cet animal parfaitement dressé.

Yuan se crut alors victime d'une hallucination due à la fièvre. Le cavalier était maintenant si près qu'il ne pouvait pas se tromper : c'était la silhouette, surgie du passé, d'un grand général en armure ornée de vermillon, monté sur un pur-sang arabe à la selle incrustée d'or.

— Qui es-tu ?

Yuan avait brandi son sabre. Le guerrier surgi du passé faucha alors les airs de la lance qu'il tenait au côté.

— Recule, manant ! murmura-t-il en passant devant Yuan qui le fixait, éberlué.

Il portait par-dessus son armure le même manteau jaune que Jong-liu, et une splendide queue de tigre ornait la hampe de sa lance.

C'était un rêve, sans nul doute. Yuan battit des paupières, la sueur lui coulait dans les yeux. Son cheval tendait toujours le cou, en signe de soumission au fier destrier qui passait devant lui.

Non, il ne rêvait pas. Ce cavalier tout droit sorti d'une peinture ancienne du temps de l'empereur Ch'ien-lung, était bien là, sous ses yeux. Des flèches empennées dépassaient du carquois en peau de renard accroché à sa selle dorée, le petit arc puissant des Tartares pendait sur son armure, et il portait au côté un long sabre fin au fourreau incrusté de nacre.

Une longue barbe blanche dépassait de son casque. Yuan sauta d'un bond à bas de sa monture et s'agenouilla.

— Voilà longtemps que je ne vous avais vu, Général Li. Vous avez devant vous Yuan Che-k'ai.

Le cheval du général fit halte un instant. Le cavalier tourna légèrement la tête, le dos toujours aussi droit, et déclara d'une voix glaciale :

— De quel pays es-tu, soldat ? Je n'ai pas souvenir de te connaître.

— Excellence, vous plaisantez... ?

Le général détourna les yeux avec indifférence, éperonna légèrement le flanc de sa monture du talon de ses bottes, puis disparut dans la brume qui s'élevait du sol.

Jong-liu était à l'apogée de son triomphe.

En tant que gouverneur du Hopei et ministre du Commerce avec l'étranger en Chine du Nord, il détenait les rênes du pouvoir effectif, et il avait également réussi à écraser le mouvement réformiste et à sauver la vie de l'impératrice douairière. Tous, fussent-ils prince ou premier ministre, craignaient désormais ce noble mandchou.

Il descendit de cheval à la porte du Méridien et fit son entrée en palanquin dans la Cité Interdite qu'il contemplait déjà avec des airs de propriétaire. Elle était presque à lui :

l'empereur était emprisonné sur l'île de la Terrasse de l'Océan, et Tseu-hi, fuyant la chaleur et les troubles, était repartie pour le palais d'été.

Allongé à la renverse dans sa chaise à porteurs, il se gonflait d'importance : il avait en main le pouvoir économique et le pouvoir militaire, et le mérite d'avoir sauvé le pays de la crise lui revenait tout entier.

Au secrétariat intérieur comme au bureau des Affaires Militaires, les ministres conservateurs auxquels le coup d'Etat avait rendu leur place l'accueillirent en héros.

Cette fois, il ne pouvait manquer d'être nommé ministre des Affaires Militaires. Il mettrait en place pour lui succéder au poste de gouverneur du Hopei un homme de confiance, et, une fois à la tête des Affaires Militaires, deviendrait le premier ministre le plus puissant qu'on eût jamais vu. Tseu-hi qui, grâce à lui, reprenait sa place sur le trône impérial, ne pourrait refuser d'exaucer le vœu le plus cher de son fidèle vassal.

En sortant du bureau des Affaires Militaires, il croisa le cortège du prince Tsai-tso. Le général n'avait jamais aimé ce jeune prince entiché de manières occidentales. Il avait beau être le cousin de feu l'empereur T'ong-che et de l'empereur Kouang-siu, lui, Jong-liu, saurait bien lui découvrir un lien avec les réformistes qui le ferait déchoir de son rang.

La fille de Jong-liu avait épousé peu de temps auparavant le prince Tsai-fan, de la maison des princes consorts Tch'ouen. S'il leur naissait un fils, il s'arrangerait pour le faire entrer au palais et l'installerait sur le trône, ce qui ferait de lui le grand-père de l'empereur, bien qu'il ne fût pas lui-même de sang impérial. En tant que premier ministre, il serait nommé régent et détiendrait ainsi le pouvoir absolu. Il lui restait maintenant, en prévision de ce jour, à réduire à l'impuissance les membres de la famille impériale régnante.

— Avancez. Inutile de s'arrêter, ordonna Jong-liu aux eunuques qui portaient sa chaise.

Le cortège de Tsai-tso arrivait à sa hauteur, désorienté par l'attitude du général. Les deux palanquins se croisèrent, se bousculant presque sur l'étroit chemin longeant les murs pourpres de la cité.

— Général, vous manquez à l'étiquette ! s'exclama d'un ton de reproche le prince Tsai-tso, dont le teint plus blafard que jamais parut à Jong-liu pareil à celui d'un Européen.

L'attitude du prince, cependant, n'était pas aussi bravache que le laissaient supposer ses paroles. Il réprimandait le général, mais timidement, obligé de le faire parce qu'il y allait de son honneur de prince impérial.

— Ah ? Et où voyez-vous un manquement à l'étiquette ? répliqua Jong-liu.

Le prince parut déjà terrorisé à cette seule phrase, mais Jong-liu insista :

— Si Votre Altesse en exprime le souhait, je recommanderai à Sa Majesté l'impératrice douairière de vous envoyer à nouveau étudier en Angleterre. Pas seulement pour un an ou deux, mais pour aussi longtemps qu'il vous plaira.

Tandis que les deux palanquins s'éloignaient dans des directions opposées, Jong-liu se retourna à demi et marmonna d'une voix à peine audible :

— Il y a vraiment des princes sans conscience pour s'en aller ainsi tous les soirs au bal, au milieu d'une crise aussi grave. C'est déplorable ! L'empereur Ch'ien-lung doit se retourner dans sa tombe, devant des descendants si incompétents.

Jong-liu pénétra dans le palais de la Nourriture de l'Esprit sans même quitter sa chaise à porteurs. Désormais plus personne ne régnait sur ce palais où avaient résidé les souverains successifs depuis que l'empereur K'ang-si y avait installé son cabinet de travail.

Les eunuques au service de l'impératrice douairière, revenus exprès du palais d'été, étaient occupés à ranger l'intérieur du palais, sous la direction de fonctionnaires du ministère de la Justice. Les eunuques du palais de l'empereur, désormais sans travail et sans maître, les entouraient d'explications zélées. Un certain nombre d'entre eux étaient enchaînés et menottés, et l'on apercevait derrière la fenêtre de la Chambre Chauffée de l'Est des silhouettes de juges. Sur les tables s'entassaient divers documents et décrets de réforme découverts dans le palais.

Lorsque l'eunuque posté dans la cour intérieure annonça dans un cri l'arrivée de « Son Excellence Jong-liu ! », toute l'assemblée s'agenouilla aussitôt avec ensemble. Apercevant Tchouen-yun en livrée rouge impériale debout devant la porte principale, Jong-liu l'apostropha familièrement :

— Tchouen-yun ! Ah, pardon, je veux dire Intendant Petit Li ! Les recherches progressent-elles ?

Tchouen-yun s'avança à petits pas pressés vers Jong-liu et fit une génuflexion.

— Oui, Excellence, tout se déroule sans incident.

— Le chef de palais n'est pas là ?

— Le Vénérable Li s'occupe des recherches dans le palais de la Tranquillité Céleste et les appartements privés de Sa Majesté.

Une fois Tseu-hi installée à nouveau à la Cité Interdite, il faudra que je fasse nommer ce jeune castrat prometteur au poste de chef de palais à la place du sénile Li Lien-yin, songea Jong-liu en plissant les yeux pour mieux examiner Tchouen-yun.

— Je te charge de l'enquête et des poursuites concernant les eunuques du palais de l'empereur qui ont participé aux troubles. Si les eunuques des cours intérieure et extérieure étaient jugés par le même tribunal, tu risquerais d'en pâtir plus tard. Tous ceux qui ont eu un rapport étroit avec les réformateurs seront jugés selon les lois de la cour intérieure, jusqu'à ce que le mal soit extirpé.

Jong-liu venait généreusement d'annoncer à Tchouen-yun ce qu'il désirait entendre le plus au monde. La plupart des eunuques du palais de l'empereur étaient trop jeunes et trop peu rompus aux intrigues pour nouer des alliances politiques profondes. Aucun ne s'était réellement compromis avec les réformateurs. Si ceux qui s'attendaient à être condamnés à mort s'en tiraient avec une bastonnade, leur confiance envers Tchouen-yun en serait renforcée d'autant, ce qui était dans l'intérêt de Jong-liu. Un seul, cependant, lui causait du tracas.

— A propos, Intendant Petit Li, as-tu mis la main sur Lan-ts'in ?

Le visage de Tchouen-yun s'assombrit. Jong-liu connaissait la rumeur disant que ces deux-là s'étaient juré amitié autrefois.

— Il a pris la poudre d'escampette pendant le transfert de l'empereur vers la Terrasse de l'Océan. Je le recherche activement mais ne l'ai pas encore retrouvé.

Il l'a aidé à s'évader, pressentit Jong-liu. Bah, c'était sans grande importance. De toute façon, une fois hors de la Cité Interdite, les eunuques en étaient réduits à la mendicité ou à la prostitution aux portes du palais.

— Bon, dans ce cas, abandonne les recherches. Pour les autres criminels aussi, si certains parmi eux manifestent le désir de quitter la Cité Interdite, lève leur peine et libère-les devant la porte du Génie Militaire. Mais interdiction de leur donner argent ou nourriture !

Tchouen-yun frappa son front au sol plusieurs fois, et tous les eunuques présents dans la cour l'imitèrent.

— Je m'en remets à la profonde compassion de Votre Excellence. Au nom des deux mille eunuques de la Cité Interdite, votre humble esclave exprime sa reconnaissance.

Jongliu savait que les réactions de l'intendant Petit Li étaient toujours irréprochables. S'il ne pouvait s'assurer du dévouement que d'un seul eunuque, il fallait que ce fût celui-là. Plus le Vieux Bouddha avancerait en âge, plus le pouvoir de Li Tchouen-yun augmenterait : il finirait chef de palais. Si Tseu-hi mourait, le pouvoir passerait aux mains de sa nièce l'impératrice, épouse de Kouang-siu. Tôt ou tard, les vingt-quatre bureaux d'intendance du palais seraient entre les mains de Tchouen-yun. Tout naturellement, cet eunuque acteur de la troupe impériale, que l'on disait si désintéressé, aurait à gérer, que cela lui plaise ou non, les immenses richesses de la Cité Interdite.

Jong-liu contemplait fixement la nuque de Tchouen-yun, toujours prosterné sur les dalles. Sous quelle étoile était donc né ce garçon, pour être ainsi promis à détenir un jour le contrôle sur l'immense richesse du Vieux Bouddha ? Le destin était vraiment une chose effrayante : cet eunuque qui n'avait rien demandé allait hériter sans efforts de tous ces trésors. Après le coup d'Etat qui venait d'avoir lieu, l'empereur ne reverrait sans doute jamais la lumière du jour. Les princes de sang tremblaient de peur, et les conseillers mandchous avaient fait la preuve de leur incapacité. Li Tchouen-yun devait être le seul à s'agenouiller encore dans le gynécée désert où nul n'avait plus le droit de pénétrer. L'or, le jade, les joyaux précieux de l'empereur K'ang-si, les vases marqués de cachets de cire, les tripodes, les précieuses épées antiques, tous les trésors de plus de quatre mille ans reposant au fond de la Cité Interdite seraient à la disposition de ce jeune eunuque et de lui seul !

Jong-liu, en proie à une noire jalousie, ordonna qu'on apporte sa chaise à porteurs.

Lui, Jong-liu, n'avait besoin de rien de tout cela. Il possédait le plus important : le Mandat du Ciel !

Les trois plumes de paon à l'arrière de son bonnet flottant dans l'air brûlant, sa veste de brocart jaune étincelant au soleil de midi, Jong-liu se dirigea vers le palais de la Pureté Céleste.

Une fois franchie la porte de la Lune, on voyait se dresser sur un socle de marbre blanc les lignes splendides du palais de la Pureté Céleste. De petits pavillons et des galeries entouraient le pavillon principal à double toit, les degrés de marbre qui coupaient la cour en deux menaient tout droit de la porte de la Pureté Céleste aux Trois Salles de la cour extérieure juste en face en enfilade. Cette apparence majestueuse convenait on ne peut mieux au palais contenant les appartements privés de l'empereur.

Le chef de palais Li Lien-yin était assis sur une des marches du palais, l'air complètement abattu.

— Qu'y a-t-il, Chef de palais ? Te voilà bien morose ! questionna Jong-liu d'une voix forte, en traversant à pied la cour d'où s'élevait une brume de chaleur.

Li Lien-yin pencha sa longue face de carême d'un air mélancolique.

— Ce n'est pas moi qui suis morose, mais toi qui es trop gai. Je me demande ce que tu manges, pour avoir toujours une santé si florissante.

Jong-liu grimpa les marches deux par deux et vint regarder l'eunuque sous le nez.

— Veux-tu vraiment le savoir ?

— Oui, bien sûr. De la laitance de poisson ? Du foie de serpent ? Quoi qu'il en soit, tu as trop d'énergie pour moi, je ne peux pas suivre.

— Je vais te le dire : je me nourris de chair humaine !

Le chef de palais leva un visage stupéfait vers le général, puis se reprit et grimaça un sourire :

— Je vois. Moi aussi cela m'est arrivé autrefois, mais maintenant mon estomac ne le supporte plus. Plus les aliments sont digestes, moins ils donnent d'énergie, il est vrai... En fait, Jong-liu...

Les maigres épaules de l'eunuque s'affaissaient au fur et à mesure qu'il parlait :

— Le Vieux Bouddha m'a donné mon congé hier. « Tu as travaillé de longues années, il est temps de prendre ta retraite », m'a-t-elle dit.

— Ah ? Quel dommage ! Pourtant, tu n'es pas encore gâteux.

Jong-liu se voulait encourageant, mais il était impensable que le vieil eunuque puisse supporter l'énorme charge de travail que nécessiterait le retour de Tseu-hi à la Cité Interdite.

— Autrement dit, c'est ce gredin de Tchouen-yun qui va monter en grade. Ah, je le traitais de « petit drôle » mais j'étais trop tendre !

— Allons, ne sois pas si amer. Tchouen-yun est jeune mais il a de la valeur.

Jong-liu s'assit à côté de Li Lien-yin, complètement abattu.

— La Vénérable Aïeule m'a dit que je continuerai à toucher mes émoluments actuels jusqu'à la fin de ma vie. Et que je conserverai mon grade de fonctionnaire de deuxième rang, ce qui est aussi un traitement de faveur exceptionnel. Eh bien, a-t-elle ajouté, tu n'as plus qu'à retourner dans ta province natale, à Ta-tcheng, pour t'occuper de tes domaines, ou encore couler des jours paisibles au temple de la Réserve de Trésors de la Montagne d'Or.

— C'est merveilleux. Il n'y a pas à dire, elle te traite comme le fidèle chef de palais que tu es, et qui l'a servie avec dévouement durant plus de quarante ans. Tu devrais lui en être reconnaissant. Que veux-tu, de toute façon, le moment de quitter la scène a sonné pour toi.

— Le moment de quitter la scène…

Le menton posé sur le pommeau de sa canne de chêne blanc, Li Lien-yin leva la tête vers les tuiles de béryl qui étincelaient au soleil.

— Ainsi, c'est en vain que je suis resté aux côtés de la Vénérable Aïeule pendant toutes ces années, depuis l'époque de l'empereur Sien-feng. Je me suis engraissé, il est vrai, et j'ai fomenté nombre de vilenies avec toi. Mes forces déclinent sans aucun doute, il me faut quitter la scène. Mais tout de même, à quoi m'auront servi toutes les intrigues auxquelles je me suis livré ?

Ces paroles de regret étaient bien la preuve de sa sénilité. Intérieurement, Jong-liu voua son ancien complice aux gémonies : « Dépêche-toi donc de rentrer chez toi ou de t'installer dans un temple… »

— Tu as de la chance, Général, poursuivit l'eunuque. Tu as encore l'air d'un homme de quarante ou cinquante ans. C'est sans doute parce que j'ai été privé de ma virilité que j'ai vieilli plus vite.

— Mais non, Chef de palais, ce n'est pas ça.

— Quel est en ce cas le secret de ta jeunesse ?

— Je te l'ai dit tout à l'heure. C'est simple, je possède quelque chose que les autres n'ont pas.

— Et qu'est-ce donc ?

Jong-liu se dressa sur la terrasse et émit un ricanement sinistre :

— As-tu oublié ? J'ai le Mandat du Ciel, je te l'ai dit !

Li Lien-yi se tut, ne sachant que répondre. Il était habitué aux rodomontades de son allié mais cette fois, sans aucun doute, Jong-liu ne plaisantait pas.

— Le clan Gwarugya dont je suis issu était une célèbre famille tartare affectée à l'avant-garde de l'armée du fondateur. Venus de la plaine mandchoue, c'est nous qui avons pris le pouvoir sur l'empire Ming affaibli. Mais l'empereur Aisingyoro, répétant les erreurs de la dynastie précédente, a nommé aux postes importants de l'Etat des mandarins issus du système des examens, et a négligé les guerriers qui l'avaient porté au pouvoir. Mon père, mon grand-père ont fini leur vie généraux des lointaines marches frontalières. Nous, fiers cavaliers qui avions conquis le pouvoir, avons dû descendre de nos montures, abandonner l'arc et la flèche, laisser nos sabres au fourreau, et notre décadence a commencé. Sois témoin de ceci, Li Lien-yin ! Je t'affirme que moi, Jong-liu Gwarugya, quoi que je doive faire pour cela, je reprendrai les fières chevauchées de mon clan pour conquérir le pouvoir. Je bâtirai un empire, la dynastie que je fonderai ne périclitera jamais !

Debout sur les marches qui s'étendaient droit vers la cour extérieure depuis le palais de la Pureté Céleste, Jong-liu contemplait les toits de tuiles des Trois Grandes Salles devant lui.

— Jong-liu… Puis-je te poser une question ? s'enquit le chef de palais en tournant son regard triste vers le général. J'ai servi la Vénérable Aïeule quarante années durant, je connais son cœur mieux que personne. Et je puis te dire qu'elle est amoureuse de toi depuis quarante ans.

— Et alors ?

— Cela ne te fait donc rien de te servir des sentiments touchants d'un cœur de femme pour assouvir tes ambitions ?

— Tu veux dire que c'est contraire à la Voie ? Tu es d'un ennui, vraiment ! Moi, je n'ai jamais demandé à cette femme de m'aimer. C'est elle qui est tombée d'elle-même sous mon charme et m'a accordé tous ces avancements, de son plein gré. Je n'ai pas souvenir de m'être servi d'elle.

— Tu… tu manques de respect à ta souveraine, Jong-liu. Tu es déloyal !

— La ferme, vieux gâteux !

D'un coup de pied, Jong-liu envoya rouler à terre l'eunuque qui s'accrochait à sa manche, puis éclata de rire en bombant la poitrine dans son manteau jaune du mérite impérial.

— La déloyauté, le manque de respect sont des notions inventées par les lettrés Han dégénérés ! Moi, je ne sais pas ce que c'est. La force qui coule dans mes veines, voilà l'héritage des Tartares ! Le général Tsao Houei autrefois, n'a-t-il pas remporté la victoire à tous ses combats ? Bien que borgne, n'a-t-il pas bâti le plus inébranlable des empires ? Un seul de ces généraux qui partent pour la bataille en récitant des poèmes, qui ne savent que croiser les bras sans rien faire devant les barbares étrangers, pourrait-il arriver à la cheville de Jong-liu ? Non ! Même tous ensemble, ils ne sauraient rivaliser avec moi. S'il est un seul être qui peut oser m'accuser de déloyauté, c'est le général Tsao Houei qui repose sous la terre.

A ce moment précis, un soudain bruit de sabots frappa l'oreille de Jong-liu. Le chef de palais se leva également et scruta les alentour. Avaient-ils rêvé ? Un cavalier s'était-il introduit dans la partie du palais réservée à l'empereur ?

— Chef de palais ? N'as-tu pas entendu un bruit de sabots à l'instant ?

— Si, si, il m'a bien semblé…

Cette fois, un hennissement avait clairement retenti. Les deux hommes se précipitèrent en bas des marches, le regard aux aguets.

En même temps, ils distinguèrent la silhouette d'un cavalier en armure aux attaches vermillon, dressé dans l'encadrement de la porte surmontée d'un pavillon. La vision tremblait dans les vapeurs brûlantes qui montaient du sol.

— Qu'est-ce donc… ?

Le cavalier avançait maintenant sur le chemin menant à la porte de la Pureté Céleste. Les sabots de son cheval retentissaient sur les dalles de marbre. Bientôt, Jong-liu et Li Lien-yin, dans un état second, distinguèrent une selle dorée étincelant au soleil, un panache vermillon au sommet du casque, une lance ornée d'une queue de tigre dressée au côté du cavalier.

— Qui va là ? Il porte le manteau jaune impérial du mérite ! Jong-liu, le vois-tu ?

Au moment où il distingua la barbe blanche pendant sous le casque et la bannière jaune de la garde impériale, le chef de palais culbuta en bas des marches.

— Jong-liu, vous tenez la tête trop haute. A genoux ! Prosternez-vous ! C'est Son Excellence Tsao Houei, le grand général conquérant !

Jong-liu était mué en statue de sel. Le guerrier en armure qui s'avançait droit vers lui, dans le soleil étincelant de midi, pareil à ses portraits anciens, était sans doute aucun le général Tsao Houei, le héros dont, enfant, il avait tant entendu vanter les exploits.

Jong-liu, éberlué, grimpa à reculons sur les fesses les degrés du palais de la Pureté Céleste. Quand le ministre fut parvenu à mi-chemin de l'escalier, le guerrier poussa un cri de guerre aigu et fonça sur lui au galop, sa longue lance pointée à l'horizontale. Jong-liu se précipita à l'intérieur du palais avec un hurlement. Après avoir gravi les marches au galop, le cavalier descendit de sa monture et courut droit sur lui, sabre au clair, la lance toujours brandie dans la main gauche.

— Mandchou scélérat !

Le guerrier abattit son long sabre avec fracas. D'un coup, la lame acérée arracha le couvre-chef de Jong-liu terrorisé et entailla profondément un pilier circulaire de la salle.

— Li Hong-tchang…

— Manant ! Comment oses-tu seulement prononcer mon nom ?

— Excellence…

D'une voix étouffée par la visière de son casque, Li Hong-tchang hurla :

— Pourquoi les as-tu tués ? Sans même les juger, sans même écouter leur défense, pourquoi as-tu condamné à mort ces jeunes vassaux fidèles à l'empereur ?

— M… mais, Excellence, ils avaient commis un crime impardonnable, ils ont voulu attenter à la vie de Sa Majesté l'impératrice douairière.

— Ce n'est pas elle qui a ordonné leur mort. Tseu-hi la Bienfaisante n'est pas femme à pardonner aux ennemis de l'empire, mais elle n'est pas mesquine au point de tenir pardessus tout au pouvoir. S'ils avaient pu lui expliquer ce qu'ils tentaient d'achever, elle les aurait graciés de bon cœur. Non, c'est toi qui as tout manigancé !

Jong-liu tremblait. Cet homme n'était plus le général à la retraite affaibli par le grand âge. Il était redevenu le vaillant héros de l'époque de l'empereur T'ong-che, qui, trente ans plus tôt, était venu à bout de la révolte des Nien, était parti en campagne contre les Musulmans, avait écrasé la rébellion de Taiping.

— Pourquoi aurais-je peur ? Tu n'es qu'un Tartare ramolli par la culture livresque. Tu as été l'instrument des diables étrangers, on dit de toi que tu leur as vendu le pays. Tu n'es qu'un lettré qui a changé la plume pour le sabre.

La pointe de la lance posée sur son cou, Jong-liu enserrait de ses bras le pilier circulaire de la salle.

— Tu as de l'étoffe, je le constate, mais tu as commis deux crimes qui méritent mille fois la mort : l'un est d'avoir fait exécuter les valeureux réformateurs. L'autre, de t'être joué du cœur sincère de ta souveraine. Le cœur droit d'une femme, et l'amour d'un homme pour son pays, voici les deux choses pour lesquelles tout homme doit être prêt à donner sa vie. Et toi, tu as piétiné cela !

La pointe de la lance entamait déjà la chair de son cou, quand une idée soudaine vint à Jong-liu :

— Je vais m'emparer du pouvoir. Contrairement à toi et à Tseng Kouo-fan, moi, j'ai le Mandat du Ciel.

— Le Mandat du Ciel ? Cesse cette mascarade, Jong-liu. D'où le tiendrais-tu ?

— Depuis ma tendre enfance, je fais le même rêve : je me vois tenir dans mes mains la Perle du Dragon, que l'on dit reposer au fin fond du Tang-tseu. J'ai le Mandat du Ciel qui m'autorise à régner sur cet empire.

— Et alors ? fit Li Hong-tchang en accentuant la pression de sa lance. Supposons que ce soit vrai. Si je te transperce la gorge, à quoi te servira le Mandat du Ciel ? Le destin n'est pas autre chose : comment pourrait-il exister un destin qu'aucune force humaine ne peut changer ?

Le général retira sa lance, et Jong-liu s'effondra en sanglotant à ses pieds.

— J'ai peut-être poussé la plaisanterie un peu loin. Allons, allons, ne pleure pas. Si tu désires tant cette Perle du Dragon, va donc prier au Tang-tseu et prends-en possession. Ce n'est pas moi qui t'en blâmerai.

Sur ce, le général Li quitta la salle en faisant claquer ses bottes. Il sauta lestement sur son cheval et, tout en commençant à redescendre les degrés de marbre comme si de rien n'était, se retourna vers l'eunuque qui frappait son front au sol sans relâche.

— Tu sembles avoir largement passé l'âge de servir un maître. Va-t'en. Un vil eunuque tel que toi n'a rien à faire en ce lieu réservé à l'empereur.

Le chef de palais accompagna d'un regard stupéfait la silhouette du cavalier qui disparaissait dans la brume.

11

Le prince Tsai-tso était dans une rage folle. Tout le long du chemin, dans le palanquin qui le ramenait du palais, il laissa libre cours à sa fureur sans se soucier de son entourage, tremblant si fort qu'un des vassaux de son escorte dut se joindre aux porteurs pour maintenir la chaise en équilibre. Pour finir, il acheta des poires à un marchand ambulant, les paya un prix exorbitant en lui jetant une pièce d'argent, et poursuivit ses jérémiades en s'empiffrant de fruits dans son palanquin.

— J'en ai assez, plus qu'assez ! Je pars à Londres. Puisque Jong-liu a l'outrecuidance de me parler de la sorte, je quitterai la Chine de moi-même. Faites mander l'ambassadeur anglais sur-le-champ, je veux partir dès demain.

— C'est impossible, Prince. Songez aux circonstances, le morigéna sévèrement un vieux vassal tout en ramassant les trognons de poire que le prince jetait sur le chemin.

Tsai-tso n'était pas seulement irrité par les paroles de Jong-liu. Ce jeune prince qui ne pouvait rester en place, solitaire et bavard, était accablé de soucis ces derniers temps.

Originaire d'une branche collatérale de la famille de l'empereur K'ang-si, il avait pris la suite du prince Yi-hou à la tête de la principauté de Yu, mais ne pouvait prétendre à aucun droit de succession impérial. Selon l'arbre généalogique des empereurs Ts'ing, il était cousin à la cinquième génération, assez éloigné donc, des empereurs Kouang-siu et T'ong-che. Dépourvu de camarades de jeu dans sa propre maison, il avait été élevé avec les enfants du prince Tch'ouen, qui habitaient la résidence voisine, et les considérait comme des frères. Il vouait depuis son enfance une affection fraternelle à Tsai-t'ien, et le sort malheureux qui venait de s'abattre sur le jeune empereur troublait profondément son esprit.

L'autre pression qui pesait sur lui venait de son épouse. Tseu-hi lui avait en effet imposé une union avec sa nièce, une des filles du général Kouei-siang, autrement dit la sœur de l'impératrice Long-yu. Quoi de plus normal pour des princes élevés comme des frères que d'épouser ces deux sœurs Yehonala ?

Cette sœur, cependant, ressemblait comme deux gouttes d'eau à sa cadette l'impératrice Long-yu, et Tsai-tso ne pouvait pas davantage aimer sa femme que l'empereur la sienne.

C'est dans ce contexte familial que venait d'avoir lieu le renversement politique. L'empereur destitué était sans descendance, et maintenant que le pouvoir de Tseu-hi était restauré, la question cruciale qui préoccupait tout le monde à la Cité Interdite était le choix du nouvel empereur. Seules deux personnes pouvaient répondre aux critères souhaités : le jeune prince Tch'ouen Tsai-fan, fils de la sœur de Tseu-hi, ou le prince Tsai-tso, marié à sa nièce. Beaucoup étaient d'avis que l'installation du prince Tso, grand amateur d'Occident, sur le trône, faciliterait les relations diplomatiques avec l'étranger. L'attaque violente de Jong-liu n'était rien d'autre qu'une feinte visant à empêcher l'intronisation de Tsai-tso. La propre fille de Jong-liu était mariée au prince Tsai-fan, un des fils du prince Tch'ouen à la seconde génération. Si la lignée des princes Tch'ouen était choisie, Jong-liu serait le grand-père par alliance de l'empereur…

Le prince Tsai-tso, totalement dépourvu d'ambition personnelle, était terrorisé à l'idée de se voir entraîné dans le tourbillon des querelles de pouvoir ; il n'avait aucune envie de se faire remarquer et d'être traité en adversaire politique par une partie du palais. Cette situation lui était parfaitement insupportable.

En premier lieu, cela l'empêcherait de donner des bals comme il en avait l'habitude.

— Ah, quel ennui, quel ennui ! Tout cela me trouble l'esprit. Je ne veux pas rentrer chez moi. Faites demi-tour ! Emmenez-moi au quartier des légations, j'irai dîner dans un restaurant occidental.

— Prince, que dites-vous là ? C'est impossible ! La concession étrangère est en état d'alerte.

— Et pourquoi donc ?

— Prince ! Pour vous, les étrangers ne représentent donc rien d'autre que des invités à vos bals ? Ecoutez : de nombreux réformateurs en fuite se sont réfugiés dans le quartier des légations, qui est encerclé par les armées du Nord.

— Comment, est-ce vrai ? Mais tous les restaurants ne peuvent être fermés pour autant. Nous n'aurons qu'à nous installer au premier étage d'un restaurant français et regarder les réformateurs se faire arrêter de là-haut.

— Prince, vos plaisanteries passent les bornes.

Mais ce n'était ni de l'humour ni de l'extravagance de la part de Tsai-tso. S'il rentrait chez lui, seule la longue figure de chameau de son épouse l'y attendait. Chaque nuit, elle entrait dans sa chambre et le pressait de lui donner un héritier avec des coquetteries qui lui donnaient la nausée. Il se retenait de répondre qu'il aurait encore préféré coucher avec un véritable chameau qu'avec elle. Que faire ? C'était la nièce de l'impératrice douairière…

Ce soir, je me prétendrai souffrant, songea Tsai-tso.

Pour le jeune prince au teint blanc qui avait pu profiter de sa liberté au cours de ses études à l'étranger, cette situation sans issue était on ne peut plus difficile à supporter.

Le cœur du prince avait bondi de joie à la vue de la corolle épanouie que formait une ombrelle d'un blanc éclatant sous les pâles fleurs de lagerstroemia devant la porte de sa résidence.

— Mrs Tchang ! Comment allez-vous ? Ainsi, vous êtes venue me voir ?

Tsai-tso descendit de cheval devant l'entrée et s'adressa en anglais à la jeune femme en robe chinoise de couleur vive, qui se retourna en faisant tournoyer son ombrelle. Elle pliait déjà la jambe pour une génuflexion formelle quand le prince lui saisit la main et y déposa un baiser après s'être assuré que personne ne les observait.

— La raison de votre visite ?

— Ne puis-je venir chez vous sans motif officiel ?

Les joues pâles de Tsai-tso s'empourprèrent comme celles d'un adolescent.

— Comme vous ne m'invitiez pas, je suis venue, au risque de me montrer impolie. J'étais si triste de ne plus vous voir. Méchant que vous êtes !

— Votre présence ici est un honneur pour moi, Mrs Tchang. Je ne puis vous inviter au bal mais me ferez-vous le plaisir de m'accompagner à dîner ?

Un sourire arqua le coin des yeux de Mrs Tchang. Elle était si jolie ainsi que le prince éprouva aussitôt le désir de la prendre dans ses bras. La première fois qu'il l'avait rencontrée au bal, il lui avait semblé avoir déjà vu ce sourire quelque part mais il n'arrivait pas à se rappeler où.

— J'en serai ravie. Allons dans le quartier des légations, dans ce cas. Saviez-vous que le *Jardin du Printemps Ensoleillé* avait ouvert une succursale ? Leur *tail-stew* est un véritable chef-d'œuvre.

Tsai-tso demanda, après s'être retourné vers son vieux vassal qui, debout un peu plus loin, tendait l'oreille d'un air soupçonneux :

— Mais n'est-ce pas trop dangereux ? On dit que l'armée du Nord est partout.

Mrs Tchang cacha leurs deux têtes derrière son ombrelle pour lui susurrer tout près de l'oreille :

— Il est bien plus dangereux pour vous et pour moi de poursuivre notre conversation ici !

— Vous avez raison ! Eh bien, attendez-moi un instant, voulez-vous ?

— Je suis moi-même vêtue à la chinoise, gardez donc votre robe à motif de dragons. Combien de temps devrai-je vous attendre ? Trois ans ? Cinq ans ?

— Cinq minutes, tout au plus. Nous irons en carrosse.

Tsai-tso partit rapidement, semant le vassal suspendu à ses basques.

La résidence princière, outre la somptueuse porte décorée de lions chinois, comportait, au bout d'un coude de l'allée, un portail de bronze à l'occidentale donnant sur un jardin fleuri et un pavillon de bal.

— Vite, mon carrosse ! ordonna le prince.

Le cocher en habit queue-de-pie, qui devait en permanence se tenir prêt à partir, accourut aussitôt à travers la pelouse.

Le garde en faction devant le portail ouvrit les deux battants du hangar face au jardin, et un carrosse anglais d'un vert profond, abondamment orné de ferrures de cuivre, apparut.

Deux chevaux blancs furent amenés de l'écurie qui jouxtait le hangar.

— Vite, vite ! Dépêchons !

Tsai-tso avait tiré une montre à gousset de l'échancrure de sa robe et pressait le mouvement ; il bondit sur le siège avant la fin des préparatifs de départ. Le jeune cocher, que le prince avait obligé à couper sa natte et à porter des lunettes, saisit les rênes, tandis qu'un valet grimpait sur le marchepied à l'arrière et agitait la bannière aux couleurs de la maison princière, un fanion de tissu triangulaire couleur abricot, qui portait teint en noir le caractère « Tso ».

Le vieux vassal vint coller son visage à la vitre du carrosse et cria :

— Prince ! Evitez le quartier des légations. Si une querelle vous opposait à l'armée du Nord, je ne sais ce que le général Jong-liu serait capable de faire !

— Pff, que m'importe ! Je me moque bien de Jong-liu ou de Yuan Che-k'ai !

— La Vénérable Aïeule vous réprimandera !

— Et alors ? Je suis le descendant à la cinquième génération de l'empereur K'ang-si. Je puis bien me mêler aux forces armées pour aller dîner avec une femme. Je boirai du cognac à m'en brûler le gosier, et nous danserons le menuet devant ces rustres de militaires ! En route !

Le carrosse rutilant qui n'avait pas son pareil à Tientsin ni à Pékin démarra, renversant au passage le malheureux vassal ; les chevaux partirent au trot sur l'allée de gravier, sous les érables au feuillage foisonnant.

Le prince Tso regrettait bien un peu de n'avoir pas pris le temps de changer de tenue. Mais après tout, danser le menuet en robe de cour ornée de dragons et bonnet de fonctionnaire de premier rang à perle de corail, dans un restaurant français encerclé par l'armée de Jong-liu, voilà qui n'était pas mal du tout. C'est cela ! Il fallait également inviter pour les distraire tous les ambassadeurs et attachés militaires terrorisés par le coup d'Etat.

Tout excité, Tsai-tso essuya de sa manche les vitres et les parois d'acajou, épousseta soigneusement les sièges tendus de drap rouge foncé.

— Pardonnez-moi de vous avoir fait attendre. Montez donc, Mrs Tchang.

Il tendit la main pour aider la jeune femme à monter à ses côtés, et un parfum indiciblement suave envahit le carrosse. La main blanche qui d'habitude glissait tout de suite comme un poisson hors de celle de Tsai-tso y resta cette fois enfermée, les ongles acérés mordant les paumes moites du prince comme autant de petits becs.

Tout le monde connaissait cette femme sous le nom de « Mrs Tchang ». La rumeur la donnait tantôt pour une jeune noble japonaise, tantôt pour la maîtresse de l'envoyé spécial d'un journal américain, tantôt pour celle d'un haut fonctionnaire de province, ou pour une coquette entretenue par un grand commerçant étranger. Cette femme étrange aurait pu répondre à n'importe laquelle de ces définitions. C'était une véritable polyglotte, capable de soutenir une conversation avec des diplomates du monde entier, et son type de beauté semblait correspondre aux goûts des hommes de tous les pays. Le prince n'avait pu s'assurer de la véracité d'aucune des rumeurs circulant sur son compte, et savait d'elle seulement deux choses : elle n'acceptait de danser que le menuet et pouvait boire coupe sur coupe de champagne sans que cela altérât le moins du monde la charmante pâleur de son visage.

— M'accompagneriez-vous à Londres, Madame ?

— Je vais y réfléchir, Prince.

— Je suppose que cela signifie « non ». Je parle sérieusement, pourtant.

— Détrompez-vous. Aucune femme ne saurait repousser sans états d'âme une proposition venant du prince Tso.

— Quand me donnerez-vous votre réponse ?

— Quand nous descendrons de carrosse.

Peu importe qui est réellement cette femme, et peu importe pourquoi elle m'a attendu devant ma résidence aujourd'hui, songea Tsai-tso.

Plus ils se rapprochaient du quartier des légations, plus l'atmosphère devenait insolite. Les rues, sous les lueurs orangées du couchant, grouillaient de soldats en uniformes occidentaux, armés de baïonnettes.

— Je crois que nous allons devoir renoncer à ce délicieux ragoût de queue de bœuf.

— C'est fort dommage, mais nous nous contenterons d'un restaurant à l'extérieur des portes. Qu'en dites-vous ?

Les lèvres rouge flamme de Mrs Tchang esquissèrent une moue déçue.

— Dans ce cas, pourquoi n'irions-nous pas jusqu'à Tientsin ?

— En carrosse ? Il sera minuit quand nous arriverons.

— Prince, vous m'invitez à Londres, mais Tientsin vous semble trop loin ? A la concession étrangère, on trouve des hôtels ouverts toute la nuit.

Tsai-tso commença à déborder d'excitation.

— Allons-y en train, suggéra-t-il. Nous y serons en quatre heures.

— Rien ne presse. Ce carrosse me plaît, moi. Ou alors, l'idée d'un long trajet en ma compagnie vous déplairait-elle ?

— Bien au contraire ! C'est mon plus cher désir.

Mrs Tchang se serra contre le prince, qui s'apprêta à donner l'ordre au cocher de se rendre à Tientsin.

— J'ai une autre demande à vous faire.

— Quoi donc ?

— Puis-je inviter un couple de partenaires pour le menuet ?

— Naturellement. Où devons-nous passer les prendre ?

Les lèvres de Mrs Tchang esquissèrent un sourire tandis que son regard perçant fixait le prince.

— A la légation japonaise.

Un instant, leurs visages se firent graves. Un pressentiment saisit le prince : n'était-il pas en train de se laisser entraîner dans quelque piège invisible ?

— Vous n'essayeriez pas de me rendre complice de quelque bizarrerie, n'est-ce pas ?

— Qu'entendez-vous par là ?

— Aider un fuyard, par exemple ?

Etait-ce seulement un effet de son imagination, ou les lèvres carmin de Mrs Tchang s'étaient-elles soudain durcies ?

— Et si c'était le cas ?

— Mrs Tchang, je suis amoureux de vous. Je marcherais jusque dans les flammes de l'enfer avec vous s'il le fallait.

— Vous parlez un anglais parfait, Prince. Il serait difficile d'exprimer la même chose en chinois.

— Danserez-vous le menuet avec moi ?

— Le bal est déjà commencé.

Mrs Tchang éleva la main moite du prince à hauteur de son épaule comme s'ils étaient en position pour le menuet.

Ils approchaient des barricades de la Banque sino-russe. Les chevaux s'immobilisèrent sur les petits pavés de la rue des Légations. Un officier de l'armée du Nord accourut aussitôt vers les visiteurs. Il enjamba les sacs de terre du barrage et s'arrêta devant la portière, écarquillant les yeux devant la splendeur de ce carrosse tout droit sorti d'un conte de fées.

— Un peu de respect ! Vous êtes devant Son Altesse le prince Tsai-tso, s'exclama le valet debout sur le marchepied, en agitant au-dessus de sa tête la bannière aux armes du prince, ornée d'un gland rouge. Les soldats se mirent aussitôt au garde-à-vous, baïonnette au canon, tandis que l'officier claquait des talons dans un salut militaire.

Le prince ouvrit lentement la porte, laissant apparaître un bout de sa manche de brocart ornée de dragons.

— Je me rends à la légation japonaise, pour motif officiel.

Le bout des doigts toujours sur la tempe, l'officier répondit :

— Prince Tsai-tso, nous avons ordre de ne laisser personne franchir cette limite, fût-ce un ministre ou un prince de sang.

La voix du jeune officier, qui voyait sans doute pour la première fois de sa vie un prince de sang Aisingyoro en chair et en os, vibrait d'orgueil contenu.

— Puis-je te demander de qui émane cet ordre ?

— Du général Yuan Che-k'ai, commandant de la nouvelle armée de terre.

— Et qui le lui a donné à lui ?

— Son Excellence Jong-liu, commandant en chef des trois armées du Nord.

— Et aux ordres de qui se soumet Jong-liu ?

L'officier resta muet.

— Tout commandant en chef des trois armées du Nord qu'il est, il ne peut donner d'ordre à son armée sans rescrit marqué du sceau impérial. S'agirait-il d'une rébellion de la part du ministre Jong-liu ?

— Non, certes non. Son Excellence Jong-liu a certainement reçu des ordres de Sa Majesté l'empereur.

— En ce qui me concerne, c'est sur ordre de Sa Majesté l'impératrice douairière que je me rends à la légation japonaise. Laisse-moi passer.

Sur ce, le prince referma la portière d'un air fort mécontent. L'officier fit un demi-tour réglementaire sur la droite et s'adressa à ses soldats :

— Laissez passer l'émissaire impérial ! Présentez, armes !

Les barrières de bois s'ouvrirent pour livrer passage aux visiteurs. Sous la haie d'honneur des soldats de l'armée du Nord, le carrosse vert poursuivit sa route.

L'officier avait dégainé son sabre et courait devant le carrosse en hurlant : « Place à l'émissaire impérial ! » ; les rangées de fantassins s'ouvraient comme par miracle pour les laisser passer.

— Regardez, Mrs Tchang, dit fièrement Tsai-tso. L'armée des mers du Nord n'est pas l'armée privée de Jong-liu, que je sache. Ce sont les soldats des Aisingyoro.

— Ils appartiennent donc à l'empereur…

L'éventail réapparut entre les mains de Mrs Tchang comme par un tour de passe-passe, et elle dissimula son visage derrière pour approcher ses lèvres de l'oreille du prince.

— Et à moi…

Ses lèvres dégageaient un parfum de santal.

12

— Cela vous va très bien, Jeune Maître. On dirait vraiment un Japonais.

Wen-sieou, dans son costume de lin blanc, tapotait le sol du bout de sa canne, l'air désœuvré, le dos contre le mur. Lingling ne cherchait pas à le flatter, elle trouvait sincèrement que le costume occidental seyait à merveille à la stature grande et maigre de son maître.

— Et moi, ai-je l'air d'une épouse de diplomate ?

Tenant le chat d'une main, Lingling soulevait de l'autre le bord de sa robe décolletée. Wen-sieou ne répondit pas.

La jeune fille avait imaginé ses retrouvailles avec son maître pleines de larmes et d'embrassades mais en fait, à la vue de Wen-sieou, terriblement amaigri en quelques jours, elle n'avait pu s'empêcher de rire.

A peine avaient-ils échangé quelques mots qu'un officier de l'armée japonaise était arrivé et les avait engagés à se déguiser tous deux en Japonais. Wen-sieou avait protesté au moment de couper sa natte, mais l'officier s'était montré suffisamment convaincant pour venir à bout de ses réticences.

L'officier était resté debout derrière Wen-sieou, au garde-à-vous, tout le temps que le barbier de la légation actionnait ses ciseaux.

— Qu'y a-t-il de si drôle, Lingling ? L'idée que ton fiancé ait été assassiné et que tu sois obligée de fuir avec moi au Japon te rend donc si heureuse ?

Mais Lingling ne pouvait s'empêcher de rire. Il fallait rire, et rire encore jusqu'à ce que le jeune maître retrouve sa joie de vivre.

— Quelle femme vulgaire tu fais ! Tu n'as aucun sentiment humain.

— Vous ne comprenez pas, Jeune Maître. C'est seulement que si vous gardez un air aussi triste, nous nous ferons arrêter…

Lingling, le chat toujours dans les bras, se planta devant le miroir et plia les genoux pour faire une petite révérence à la manière occidentale. Wen-sieou s'approcha en traînant les pieds dans ses chaussures de cuir.

Son visage dans le miroir derrière elle était aussi laid que celui d'un démon. Il leva sa canne et l'abattit sur le dos de Lingling de toutes ses forces.

— Je ne me rappelle pas t'avoir élevée pour faire de toi une femme aussi vulgaire. Tu révèles enfin ta vraie nature !

Lingling s'était accroupie par terre. La badine s'abattit à plusieurs reprises sur son dos.

— Quelle est ma vraie nature, selon vous ?

— Une ramasseuse de crottin, voilà ce que tu es restée au fond de toi !

Wen-sieou continua à frapper la jeune fille de toutes ses forces, trépignant comme un enfant qui fait une crise de rage.

Un Japonais accouru de la pièce voisine maîtrisa le jeune mandarin, le força à s'asseoir. Lingling, stupéfaite du comportement de son maître, ne lui avait opposé aucune résistance.

Le nouveau venu parlait le mandarin à la perfection. C'était le journaliste, il avait cédé ses vêtements à Wen-sieou, dont il portait d'ailleurs maintenant la robe.

— Excusez-moi d'être intervenu de la sorte, mais des soldats de l'armée du Nord surveillent la légation depuis les toits des maisons voisines et les murs d'enceinte des bâtiments situés à l'arrière.

— Que comptez-vous faire maintenant ? demanda Wen-sieou avec curiosité.

— Une calèche va bientôt venir vous chercher. Je me tiendrai dans le jardin, où l'on me remarquera, si bien que personne ne fera attention à vous. C'est une idée brillante, non ?

L'homme était assez grand pour un Japonais. Le costume de mandarin lui allait parfaitement, de loin on le prendrait sans doute facilement pour Wen-sieou.

— Cela ne va-t-il pas mettre votre vie en danger ?

— Je ne crois pas que les soldats oseront tirer sur la légation japonaise.

— Nul ne sait de quoi Yuan Che-k'ai est capable. Il ignore ce que le mot « loyauté » veut dire.

— Nous verrons bien le moment venu. Peu importe ce qui m'arrivera. Vous, en tout cas, vous ne devez pas mourir ici. Comprenez bien, Vénérable Liang Wen-sieou : vous avez le devoir de rester en vie.

— N'ai-je pas le droit de mourir ?

— *Mei you*... Non, répondit le journaliste en agitant vigoureusement la tête. Vos camarades sont morts pour que vous puissiez vivre. Vous avez donc le devoir de vivre, et l'interdiction de mourir !

Oka posa sur les genoux de Wen-sieou une paire de lunettes noires brisées. Voilà longtemps qu'il cherchait une occasion de les lui remettre.

— Qu'est-ce donc ?

— Un souvenir de Chouen-kouei. Je les ai ramassées sur le quai de la gare de Ma-tcha-pao.

Wen-sieou poussa un gémissement et serra les lunettes contre son cœur.

— Puis-je les garder ?

— Oui. Une fois au Japon, faites-les réparer et utilisez-les. Quel que soit le bien-fondé de l'acte que Chouen-kouei a commis, ces lunettes représentent son âme.

De derrière ces lunettes, songea Lingling, Chouen-kouei avait contemplé le monde durant les derniers instants de sa vie, avant d'être déchiqueté par sa propre bombe. Elle avait toujours eu de l'affection pour cet homme taciturne, au caractère doux.

— Comprenez bien, Vénérable Liang : le futur de ce pays est entre vos mains.

Wen-sieou baissa profondément le rebord de son panama et hocha plusieurs fois la tête.

Un certain tumulte se fit alors entendre du côté de la porte de la légation.

— Laissez passer le carrosse du prince ! criait la voix d'un officier.

Un carrosse, tiré par des chevaux au trot, s'engageait dans l'allée bordée d'acacias.

Allongés sur les toits des maisons chinoises à proximité de la légation, les hommes de l'état-major de Yuan Che-k'ai observaient la scène à la jumelle. A côté d'eux se tenaient des soldats en position de tir.

Un planton grimpa à l'échelle menant au toit.

— Comment, le carrosse du prince Tsai-tso ? Il a passé le barrage ?

En entendant les exclamations de surprise de ses officiers derrière lui, Yuan dirigea ses jumelles à son tour vers la porte d'entrée de la légation. L'attaché militaire accourait, criant l'ordre d'ouvrir la porte. Tous les soldats qui montaient la garde devant l'entrée, les Japonais comme les soldats de l'armée du Nord, présentaient les armes tandis que le carrosse se frayait un chemin vers l'intérieur.

— Excellence, il semble que le prince Tsai-tso soit venu en émissaire de Sa Majesté l'impératrice douairière. Que signifie ?…

Yuan Che-k'ai répondit, sans détourner ses jumelles de l'entrée :

— Je n'ai pas eu vent de pareil ordre. Il serait chargé des négociations pour que Liang Wen-sieou soit remis aux autorités chinoises ?

— Je ne vois pas d'autre éventualité.

— Mais Tsai-tso ne peut rien faire. Des négociations aussi importantes nécessiteraient un personnage d'un peu plus d'envergure. Envoyez un planton au ministère des Affaires Militaires vérifier de quoi il s'agit.

Les portes d'acier de la légation s'étaient ouvertes. Yuan Che-k'ai, fasciné, observa le carrosse vert dont les roues grinçaient, tiré par deux robustes chevaux gris. Il avait déjà entendu parler de cette somptueuse voiture qui, à n'en pas douter, convenait parfaitement à la personnalité de ce prince excentrique. Le cocher en habit queue-de-pie portait un haut-de-forme en soie, et sur le marchepied arrière un valet agitait une bannière aux armes princières. L'intérieur du carrosse restait invisible.

— C'est la voiture de Tsai-tso, sans doute possible.

Yuan ramena ses jumelles vers la porte principale. Les gardes japonais attendaient, fusils pointés, l'air menaçant, tandis que la patrouille chinoise hésitait sur l'attitude à adopter. Le chef d'escadron, tourné vers les toits, semblait attendre des ordres.

— Signaleur ! ordonna le général à l'officier de communication à califourchon au bout du toit. Agitez le drapeau !

Que la patrouille recule de cent mètres. Interdiction de tirer !

Toujours assis, le soldat se mit à agiter ses fanions rouge et blanc. En bas, les soldats chinois reculèrent vers l'ouest et se postèrent en deux rangs devant la banque de Shanghai et Hong-kong et devant le mur d'enceinte de la légation espagnole.

Le carrosse s'était arrêté sous le porche de la légation, mais personne n'en descendait. On ne voyait pas non plus apparaître le consul japonais, qui aurait dû normalement descendre accueillir ce visiteur de marque.

— Curieux… Il n'ont aucun étendard officiel, et personne ne vient à leur rencontre. Que faut-il faire, Excellence ? demanda l'aide de camp qui, à plat ventre sur le toit à côté de Yuan, observait la scène à la jumelle

— Si jamais Liang tente de quitter la légation à bord de ce carrosse, il faudra l'arrêter aussitôt. Cela nous obligera à une échauffourée avec l'armée japonaise. S'il résiste, vous avez autorisation de l'abattre.

— Mais, le prince Tsai-tso…

— S'il a voulu aider un criminel à s'enfuir, le prince sera considéré comme coupable lui aussi.

L'officier d'état-major appela un planton, lui transmit les ordres.

Un calme inquiétant régnait maintenant sur la légation que teintaient les rayons du couchant. Le vent était tombé, le paysage était rouge, comme à travers une feuille de papier de couleur.

Allongé sur les tuiles du toit qui commençaient à se rafraîchir enfin, Yuan réfléchit à nouveau à cette situation énigmatique.

Il n'avait jamais rencontré le prince Tso directement, mais en avait entendu parler par les grands commerçants de Tientsin. Ce prince commandait tant d'objets de facture européenne que Yuan l'avait, à un moment donné, suspecté de se livrer à un trafic d'armes. Mais d'après le rapport de la police secrète qu'il avait envoyée vérifier les marchandises à leur arrivée dans le port de Taku, le prince Tso ne commandait pas autre chose que de stupéfiantes denrées occidentales destinées à son propre divertissement. Du vin, des cigares, des vêtements et des tissus, de la vaisselle, des violons, des orgues, des horloges… Ce carrosse voyant et les pur-sang arabes de son attelage avaient été eux aussi expédiés de Londres sur commande.

Yuan avait cependant de bonnes raisons de suspecter le prince : c'était un ami d'enfance de l'empereur Kouang-siu, ils s'entendaient si bien, disait-on, qu'ils s'appelaient « frères » entre eux. Qui plus est, leurs épouses étaient sœurs. S'il était un membre de la famille impériale susceptible de déserter les rangs de l'impératrice douairière pour se rallier aux réformateurs, c'était bien le prince Tsai-tso.

Etant donné sa haute position, il pouvait représenter un danger, mais sa réputation était rassurante : selon les dignitaires conservateurs et Jong-liu, ce n'était en définitive qu'un balourd infatué d'Occident.

Malgré cela – ou peut-être justement à cause de cela –, la situation était on ne peut plus étrange.

D'après les rumeurs, K'ang-Yeou-wei s'était enfui peu avant le coup d'Etat à bord d'un navire anglais. L'autre meneur des réformistes s'était réfugié à l'intérieur de la légation japonaise, et il n'était pas question de le laisser s'échapper aussi.

— A boire ! ordonna Yuan à l'aide de camp en faction sur le bord du toit.

Le général s'empara de la gourde que son subordonné lui tendait et, toujours à plat ventre, laissa couler le long de son gosier une longue rasade d'eau tiède qu'il sentit se répandre dans son estomac sanglé dans l'uniforme.

Il n'avait jamais eu l'occasion de parler à Liang Wen-sieou. Tout au plus, dans sa jeunesse, à l'époque où il était aide de camp de Li Hong-tchang, avait-il aperçu plusieurs fois le jeune mandarin lors de ses visites au gouverneur de Tientsin. Liang Wen-sieou, le premier lauréat du doctorat de l'an 13 de l'ère Kouang-siu. Plus encore que son nom, c'était ce titre que les gens se répétaient en murmures admiratifs, qui avait impressionné Yuan. Les premiers lauréats, titre qui n'était décerné que tous les trois ans, avaient été promis tout au long de l'histoire à des postes de premiers ministres, même si des échecs politiques ou des problèmes de santé en avaient éliminé quelques-uns en cours de route.

Cependant, ce n'était pas pour cette raison que Yuan Che-k'ai se montrait si acharné à arrêter cet homme.

Il se rappelait ce que Wang Yi disait toujours de lui, au cours de leurs beuveries d'autrefois : « Il n'y en a qu'un contre lequel je ne serai jamais de force à lutter : c'est Liang Wen-sieou. »

Or, le seul homme contre lequel Yuan Che-k'ai lui-même n'était pas de taille à lutter n'était autre que Wang Yi. C'est d'ailleurs pour cette raison que lors du conflit avec le Japon en Corée, il l'avait abandonné, le laissant se défendre seul contre des forces d'une supériorité écrasante. Il savait pertinemment que, tant que Wang Yi serait en activité, lui-même n'aurait aucune chance d'avenir.

Pourtant, l'évasion de Wang Yi de la prison militaire de Siaokien ne l'avait pas inquiété outre mesure. L'homme était d'une si grotesque droiture qu'il avait dû craindre de créer des ennuis à Li Hong-tchang s'il réapparaissait, et avait probablement erré dans la plaine aride jusqu'à ce que mort s'ensuive, par la faim ou la soif.

En revanche, Yuan ne voulait surtout pas laisser échapper celui que Wang Yi lui-même estimait lui être supérieur, et qui se cachait maintenant comme un animal traqué dans le bâtiment de pierre meulière juste sous ses yeux.

Yuan releva la tête.

Liang Wen-sieou devait mourir. Peu importait ce qu'il avait fait, sa puissance, ou les difficultés auxquelles il était acculé. Pour assurer son propre avenir, lui, Yuan Che-k'ai, devait éliminer tous ceux qui pouvaient lui être supérieurs.

Il reprit ses jumelles. Le soir s'étendait sur le jardin de la légation qui lui apparut, à travers la lunette ronde, aussi sombre que son cœur. Soudain, la haute silhouette d'un mandarin en robe de brocart apparut sous l'auvent de l'entrée.

— Le voilà !

Yuan se redressa. La pierre bleue du bonnet, indiquant le grade de commissaire aux Affaires Militaires de troisième rang. L'aigrette de plumes de paon qui flottait à l'arrière... Aucun doute, c'était son homme.

Sans même un regard pour le somptueux carrosse garé sous le porche, il se dirigeait vers le jardin envahi par de vertes frondaisons de cerisiers, suivi par un groupe important de journalistes étrangers.

L'aide de camp s'exclama, stupéfait :

— Regardez, Excellence ! Est-il possible qu'il ne se soit pas rendu compte de notre présence ?

— Non, c'est une ruse du sagace docteur. Il veut nous faire savoir qu'il a l'opinion publique internationale pour alliée.

Liang Wen-sieou avait gravi la colline artificielle couverte de pelouse, d'où l'on jouissait d'une vue panoramique, comme pour annoncer au monde sa présence en ces lieux. Les journalistes firent cercle autour de lui et une conférence de presse inattendue commença. Liang Wen-sieou semblait leur adresser un discours. De quoi pouvait-il bien parler ?

Un photographe avait installé son trépied derrière la haie humaine, des éclairs de magnésium crépitaient. Liang Wen-sieou avait jeté un regard circulaire sur l'assistance, puis s'était mis à discourir avec des gestes passionnés.

— Cependant, Excellence, il ne peut s'agir d'une simple ruse. Pour qu'il s'exprime en présence d'autant de journalistes, il faut qu'une nation étrangère lui ait promis aide et protection.

Yuan ne partageait pas cet avis. Le pouvoir politique résidait tout entier entre les mains de l'impératrice douairière, et aucun pays ne pouvait être prêt à accorder maintenant son soutien à une faction réformiste déjà démantelée. Le Japon était l'unique nation éventuellement encore en mesure de le faire, grâce à l'influence d'Itô Hirobumi.

— Commandant Yuan, cet homme se moque de l'armée chinoise ! Demandons l'avis de Son Excellence Jong-liu, afin d'engager promptement des pourparlers d'extradition.

— Inutile, fit Yuan en abaissant ses jumelles, puis il ordonna à voix basse : Tireurs, en joue !

L'officier d'état-major et l'aide de camp n'en crurent pas leurs oreilles.

— Excellence, c'est impossible ! Si nous tirons sur la légation, les conséquences pourraient être terribles.

— Cela m'est égal. Où sont les tireurs ? En joue, vous dis-je !

Un tireur d'élite, armé d'un petit fusil à lunette, accourut le long de la crête du toit. Le général Yuan le fit mettre en position de tir, puis regarda lui-même dans le viseur :

— Il faut l'abattre du premier coup. Si tu le rates, tu risques d'atteindre un journaliste, et c'est la guerre assurée.

— Compris !

Le tireur repoussa sa visière en arrière, retint son souffle.

— Excellence, ne faites pas ça !

Yuan repoussa son aide de camp d'un coup de pied qui l'envoya rouler en bas du toit. Ce que voyant, l'officier d'état-major se mit à trembler de tous ses membres.

— Je l'aurai ! J'aurai la peau de ce scélérat ! Envoyez l'ordre à toutes les patrouilles de la concession étrangère de se tenir prêtes au combat.

Le planton redescendit l'échelle en courant et se mit à agiter ses fanions dans tous les sens.

Yuan fixa la colline artificielle au centre du jardin et ordonna de nouveau au tireur, d'une voix étranglée :

— Vise son bonnet, en haut de la colline, droit devant.

Immobile, l'œil vissé à ses jumelles, Yuan attendit que le plumet du bonnet de Liang Wen-sieou apparaisse entre la haie de journalistes qui l'entourait.

Une fois au sommet de la colline, Oka Keinosuke commença par observer les alentours. Il remarqua une dizaine de silhouettes de soldats sur le toit des maisons voisines, se découpant dans le ciel de l'ouest qu'embrasait le couchant. Il en distingua également sur le toit d'un bâtiment au nord, et au premier étage de la banque de Shanghai et Hongkong, de l'autre côté de l'avenue. Des canons de fusil étaient pointés sur lui de ces trois directions. Thomas Burton s'adressa aux journalistes qui entouraient son camarade :

— On le vise de là-haut. Je ne pense pas qu'ils oseront tirer, mais rapprochez-vous tout de même, on ne sait jamais.

Tous les correspondants étrangers accourus du club de la presse formèrent une haie protectrice autour d'Oka, sans qu'un seul d'entre eux exprimât la moindre inquiétude.

— Cette tenue te va très bien, Kei. Tu as tout à fait l'allure d'un mandarin Ts'ing. Allez, commence ta conférence de presse !

— Je veux bien, mais je ne sais de quoi vous parler.

Hans, le correspondant allemand, s'approcha tout près derrière lui, et ouvrit son carnet.

— C'est évident, voyons, tu vas nous raconter comment un organe du gouvernement japonais s'y est pris pour aider Liang Wen-sieou à fuir à l'étranger après le coup d'Etat de Tseu-hi. Ne t'inquiète pas, nous n'enverrons nos télégrammes qu'une fois Liang en sécurité au Japon. N'est-ce pas, vous tous ?

Le journaliste du *London Times* s'était dressé droit devant Oka, son lorgnon lançant des éclairs rouges sous les reflets du couchant.

— Ça ferait plaisir à mon gouvernement que je me fasse descendre à ta place par erreur. Hé, *Le Monde* ! Toi aussi, viens un peu par ici, mets-toi donc devant, pour faire honneur à ton pays !

L'envoyé spécial du *Monde* se rapprocha d'Oka comme si, effectivement, il comptait se sacrifier pour la France.

— *Amen !* Au moins, c'est une consolation de savoir que la légation de mon pays se trouve juste à côté d'ici. Hé, Kei, baisse un peu la tête, rien d'autre que ton aigrette ne doit dépasser.

Le photographe avait installé son trépied de l'autre côté de la foule. Tous les journalistes, qui avaient accablé Oka de leurs sarcasmes au cours des jours précédents, lui faisaient maintenant un rempart de leurs corps.

Le journaliste du *Quotidien de Tôkyô* fendit la foule pour encourager Oka qui, embarrassé, hésitait à prendre la parole.

— Tu vois, nous nous étions fait des idées sur tous nos collègues jusqu'à présent. Parle, peu importe ce que tu dis, il faut que les soldats embusqués aient l'impression que tu t'adresses à nous. Vite !

Oka jeta un nouveau coup d'œil aux silhouettes menaçantes sur les toits, et lança en mandarin la première chose qui lui vint à l'esprit :

— Merci à vous tous. Sachez seulement une chose : ceci n'est pas une ruse ourdie par le Japon.

— Nous le savons bien, Vénérable Liang ! s'exclama une voix dans la foule.

— Merci. Je pense que vous avez tous le même sentiment, mais, mis à part l'aspect moral de la chose, aider un réformateur à s'enfuir revêt une importante signification. Le mouvement de réforme a échoué et le choix politique actuel de ce pays va sans nul doute à l'encontre du vent de libéralisme qui souffle sur les nations du monde. Celui que nous voulons aider à fuir le pays est la conscience de la Chine ! Voilà pourquoi je ne vois rien d'étrange à me trouver en ce moment dans cette tenue devant vous tous. A mon sens, participer ainsi à l'histoire ne constitue en aucun cas une ingérence dans la politique intérieure chinoise de la part d'un correspondant étranger. Nos articles ont toujours été remaniés en fonction de la politique de nos pays ou des idées des journaux pour lesquels nous travaillons. Pour les gens de presse que nous sommes, c'est une humiliation insupportable. Tous nos gouvernements, sans exception, ont des visées sur cet immense empire d'Orient, abandonné par la civilisation. Mais nous qui avons appris la langue complexe de ce pays, quelque chose nous y retient maintenant pour la vie. Nous sommes pareils aux missionnaires d'autrefois, envoyés en Chine pour servir les intérêts de leurs nations respectives et qui finalement devinrent des vassaux de l'empereur de Chine. Nous avons échangé la Bible pour nos carnets de notes, et le club de la presse est notre église. Mais je ne crois pas à la gloire du martyre. Nos actes ne pourront peut-être rien changer à l'avenir de ce pays mais au moins, nous aurons participé à son histoire. K'ang Yeou-wei, exilé à Hong-kong, et Liang Wen-sieou, réfugié au Japon, parviendront peut-être un jour à faire quelque chose pour cet empire : seul cela compte, et fait l'honneur de notre profession de journalistes.

Le carrosse démarra sous le porche. Les journalistes relevèrent la tête de leurs carnets, mais pas un ne se retourna.

— Cela suffit, on arrête l'opération, fit Yuan en abaissant le canon du fusil du tireur.

Les journalistes redescendaient la colline, entourant toujours Liang Wen-sieou.

— Signalez aux patrouilles de laisser passer le carrosse du prince, et laissez tomber le dispositif d'alerte.

Liang Wen-sieou s'était rendu compte qu'il était visé. Il éviterait donc de sortir à nouveau dans le jardin. Le général Yuan donna un violent coup de poing sur les tuiles du toit.

— Un couple de diplomates est monté dans la calèche, dites-vous ? demanda l'aide de camp, en suivant à travers ses jumelles le carrosse du prince qui s'éloignait vers l'ouest.

— Oui, un couple de Japonais. A quoi songe donc le prince Tsai-tso ? Il a sans doute l'intention d'organiser un bal clandestin. Quel incorrigible fêtard !

— Faut-il le faire suivre ?

— Inutile. Cet homme-là n'est pas de taille à nous jouer des tours.

Yuan lança ses jumelles à l'aide de camp et, assis sur le toit, les bras autour des genoux, se mit à contempler d'un œil las la porte Qui Fait Face au Soleil, étincelant dans les rayons du couchant.

Il ne pouvait compter sur Jong-liu. Dès le lendemain, il se rendrait lui-même au palais d'été, demanderait audience à l'impératrice douairière, solliciterait d'elle un mandat et se chargerait lui-même des négociations pour obliger les Japonais à remettre le traître au gouvernement.

Enervé, Yuan se tourna vers le couchant et poussa un cri de rage pareil au rugissement d'un fauve.

A l'intérieur de la calèche qui filait comme une flèche dans le crépuscule le long de l'allée bordée d'acacias, régnait une étrange atmosphère.

En apercevant le prince, Wen-sieou avait failli esquisser une génuflexion sous le porche, mais les gens qui l'entouraient l'avaient poussé sans ménagement à l'intérieur du véhicule sans lui en laisser le temps. Wen-sieou s'était assis face au prince, tandis que Lingling prenait place en face de Mrs Tchang.

— Voici nos partenaires de bal, Prince. En route pour Tientsin !

Tsai-tso restait perplexe. La jeune femme en robe du soir était fort belle, mais il ne se rappelait pas l'avoir déjà vue. Quant à l'homme en costume de lin et aux airs de diplomate japonais, son visage lui disait quelque chose.

— Je vous remercie d'avoir accepté ma modeste invitation, commença-t-il en anglais mais l'homme qui lui faisait face, le bord de son chapeau baissé sur son visage, ne répondit rien.

— Prince, il ne comprend pas l'anglais.

— Ah, bien. Me voilà fort embarrassé car moi-même je ne connais pas le japonais. Pourriez-vous traduire ?

— C'est inutile. Parlez donc comme d'habitude.

— Comment ?

— Exprimez-vous dans la langue du palais, la langue des mandarins.

— Un Chinois ? s'exclama le prince.

L'homme souleva son chapeau, révélant des traits tendus, sous un front rasé de près.

— Ah ! je me disais aussi… Che-leao, c'est donc toi ? laissa échapper le prince, décontenancé, avant de revenir à la langue fleurie du palais : Puis-je savoir ce qui me vaut l'honneur de votre présence dans mon carrosse, déguisé de la sorte ? Je crois que nous risquons des ennuis.

— Pardonnez ma grossièreté, Prince, répondit seulement Wen-sieou, prêt à défaillir, en prenant appui contre Lingling à côté de lui pour ne pas tomber.

— Certes, certes, c'est fort grossier de votre part, mais au point où nous en sommes, je ne puis vous en blâmer. Mrs Tchang, veuillez m'expliquer ce qui se passe.

Réprimant un fou rire, Mrs Tchang se pencha vers l'oreille du prince et susurra derrière son éventail :

— En fait, Prince, on donne ce soir à Tientsin un bal costumé qui durera toute la nuit. Comprenez-vous mieux maintenant ?

— Je vois ! s'exclama Tsai-tso, un éclair de compréhension illuminant son visage. Voilà donc pourquoi Che-leao est habillé en diplomate japonais, et vous-même, Mrs Tchang, en jeune noble chinoise. Mais moi, alors ? Je manque singulièrement d'élégance dans cette tenue.

— Au contraire, Prince. Ne pouvant contenir son hilarité plus longtemps, Mrs Tchang appliqua sa main blanche sur ses lèvres. A Tientsin, personne ne songerait à s'habiller en vêtements de cour. Et personne là-bas n'a jamais eu l'occasion de voir un costume aussi somptueux que le vôtre.

Elle posa son éventail contre les lèvres du prince pour lui imposer silence puis, se tournant vers Wen-sieou et Lingling qui la regardaient, les yeux écarquillés, elle poussa un petit soupir.

Au moment où le carrosse franchissait la porte en pierre meulière de la légation japonaise, le visage bouffi d'un Occidental au crâne chauve se colla contre la vitre, faisant sursauter le prince.

— Qui est cet homme ? Ce n'est pas un autre de vos partenaires de menuet, Mrs Tchang, tout de même ?

— Baissez la vitre, Prince, je vous en prie, il dit quelque chose.

Une fois la fenêtre ouverte, l'homme, sans un regard pour le prince, se pencha à l'intérieur pour serrer Wen-sieou sur son cœur.

— Qui êtes-vous ? demanda Wen-sieou, une joue contre celle de l'inconnu.

— Comme vous pouvez le constater, nous n'avons pas de temps pour les présentations. Je suis venu vous souhaiter bonne chance. Et toutes mes félicitations, Vénérable Liang.

— N'est-il pas un peu tôt pour cela ?

— Chez moi, on dit *good luck* ! Je voulais aussi vous donner ceci en souvenir, ajouta Thomas Burton en tendant à Wen-sieou son Waterman fétiche. Je me suis battu avec ça pendant vingt ans. C'est une arme à l'ancienne, mais qui peut encore servir.

— Merci beaucoup, j'accepte avec joie.

— Revenez un jour à Pékin. Je vous y attendrai. Au revoir, Vénérable Liang ! *Tsai-tchen !*

— *Tsai-tchen !*

Thomas Burton redescendit de la calèche et, debout au milieu des gardes qui présentaient les armes, agita longuement les bras.

Tout en remontant la vitre, le prince Tso demanda d'un air stupéfait à Mrs Tchang :

— Il parle le mandarin à la perfection, malgré des manières assez rudes. De qui s'agit-il donc ?

— C'est mon amant, répondit Mrs Tchang.

Le prince laissa échapper un rire aigu.

— Madame, non seulement vous êtes belle mais quel esprit pétillant ! L'expression « aussi intelligente que belle » a dû être inventée pour des femmes telles que vous.

— Je tiens ça de ma grand-mère.

Ravi de cette plaisanterie qui lui paraissait une parfaite expression de l'humour anglais, le prince Tso leva les yeux au ciel et joignit ses deux mains devant sa poitrine comme s'il priait.

13

Etrange de voir à quel point l'être humain peut être résistant, songeait Wang Yi, étendu bras en croix sur la route, exposé à l'ardent soleil de midi.

Il avait choisi pour mourir ce coin à l'abri d'un feuillage ombragé et s'y était allongé, attendant la mort, mais au fur et à mesure que le temps passait, l'ombre s'était retirée, laissant ses membres en proie aux morsures du soleil.

J'ai vu pourtant vu d'innombrables cadavres au cours de ma longue errance.

Pendant le vagabondage qui l'avait mené du Hopei au Hounan, Wang Yi avait croisé partout, abandonnées au bord des chemins, les dépouilles des gens du peuple qui mouraient comme des mouches, victimes de la faim, de la sécheresse, des inondations, des épidémies, ou des brigands.

Dans le Chansi, il avait vu des villages de milliers d'habitants entièrement décimés. Dans certaines régions du Honan, l'anthropophagie était devenue monnaie courante. Dans les rues de Pinyang, on vendait de la chair humaine pour de la viande de mule, mais sur d'autres étals de marché, on la vendait pour ce qu'elle était à bas prix, et les acheteurs ne manquaient pas.

Les paysans avaient déserté leurs champs, aussi arides que la roche. Les moindres racines étaient déterrées, les arbres dépouillés de leur écorce.

Echappant par miracle à la mort, Wang Yi était descendu plus au sud, où la vie semblait un peu plus clémente. Il n'avait cessé pourtant de voir des cadavres pourrissant comme des quartiers de viande au bord des chemins, du moins ceux qui n'avaient pas été dévorés.

Au début, il voulait survivre à tout prix. Il avait même, comme tous les réfugiés qui encombraient les routes, goûté à la chair humaine. Puis graduellement, le doute s'était insinué en lui : pourquoi aurait-il dû survivre, lui parmi les autres ? Il avait continué à errer, à la recherche d'un endroit où mourir.

Redressant son dos émacié, il appuya sa tête au tronc d'arbre derrière lui.

S'il avait choisi ce lieu pour y agoniser, c'était parce qu'on apercevait au fond d'un vallon une charmante maison villageoise, au toit de tuiles jaunes, avec, devant, un étang où poussaient des lotus rouges et au bord duquel un saule étalait ses branches.

Wang Yi n'avait plus le courage d'aller y demander de l'aide. Et même s'il était parvenu à ramper jusque-là, à quoi bon mendier de quoi survivre quelques instants de plus ? En revanche, s'il mourait ici, peut-être serait-il inhumé par de charitables mains humaines, au lieu d'être dévoré par les bêtes sauvages.

Il s'était effondré vers l'aube sous cet arbre. Une demi-journée s'était déjà écoulée à attendre la mort. Sa conscience se faisait vague, il avait cru à maintes reprises sombrer dans le néant, mais il se réveillait chaque fois après un bref coma.

Un souvenir lointain lui revenait en rêve : la prophétie d'une vieille Tartare au coin d'une rue de Tientsin.

« Tu dois traverser vivant cette époque troublée. Tu dois vivre, pour protéger la Perle du Dragon, emblème du pouvoir impérial, de l'emprise des brigands. C'est pour cela que tu es né, pour cela que le Ciel t'a choisi. »

Le dos toujours appuyé au tronc d'arbre, Wang Yi baissa la tête et se mit à rire. Même pour plaisanter, cette mendiante aurait mieux fait d'annoncer des choses un peu plus raisonnables. Comparée à la mort misérable qu'il allait connaître, cette prophétie était un calembour de bien mauvais goût.

Au moment où le soleil commençait à sombrer derrière l'horizon, un vent froid se mit à souffler sur ce chemin de crête. Il avait survécu un jour de plus, mais ne pourrait résister au froid de la nuit, c'était certain.

Wang Yi se rapprocha de l'arbre, s'assit tout contre les racines, redressa le dos. Maigre comme un clou, les vêtements en loques, les cheveux hirsutes, il voulait néanmoins mourir dans une posture digne d'un homme de valeur.

Les derniers rayons du couchant, rasant la montagne, teignaient la maison au fond du vallon de lueurs orangées. Les paupières alourdies par l'épuisement, Wang Yi contempla ce paysage pendant un temps qui lui parut infini, quand soudain, une petite silhouette apparut devant lui.

— Vous êtes en train de mourir ?

Un jeune garçon proprement vêtu regardait Wang Yi.

— Cela te dérange ?

— Oui, bien sûr. En tout cas, mon père m'a dit de vous donner ceci, si vous n'étiez pas encore mort.

Wang Yi arracha des mains du garçon l'outre qu'il lui tendait et but goulûment. Du lait de chèvre au goût sucré se répandit dans son estomac.

— Petit, où sommes-nous ?

— A Chao-chan, dans la préfecture de Siang-tan. Et vous, mon oncle, d'où venez-vous ? demanda le garçon dans le doux dialecte du Sud.

— De très loin vers le nord. Tu dois avoir du mal à me comprendre, non ?

— Oui. Vous aussi ?

L'enfant s'accroupit aux pieds de Wang Yi et ramassa une branche pour tracer les caractères : *préfecture de Siang-tan, province du Hounan.*

— Tu sais écrire ?

— C'est mon professeur qui me l'a appris. Et vous, mon oncle, savez-vous écrire ?

— Un peu… répondit Wang Yi.

Prenant le rameau des mains de l'enfant, il écrivit à son tour sur le sol : *Wang Yi, Tientsin, province de Tcheli.*

L'enfant lut les caractères avec l'accent du Sud, et arrondit les yeux de surprise.

— Hé, vous venez vraiment de si loin ? Je suis épaté ! Et vous portez le même nom que le général Wang Yi de l'armée des mers du Nord ?

Wang Yi reprit l'outre, but le lait de chèvre jusqu'à la dernière goutte, puis se mit à rire :

— Tu es bien savant, petit. Comment se fait-il que tu connaisses ce nom ?

— Mon père était soldat. Autrefois nous étions très pauvres, il n'avait pas le choix. Il a économisé sur sa solde, et aujourd'hui, nous avons des champs assez vastes. La vie n'est pas si facile mais cela suffit pour payer mes études.

— Où en es-tu de tes études ?

— Je connais les *Mille caractères* par cœur. Et un peu du *Livre de la piété filiale* et des commentaires de Gongyang.

— Tu es bien précoce. Mais normalement, tu aurais dû commencer par les Quatre Livres. L'ordre dans lequel on étudie est très important.

Le garçon pencha vers Wang Yi son visage rond et intelligent et scruta son expression.

— Vous n'êtes donc pas un mendiant ordinaire.

— Je suis affamé, mais je ne suis pas un mendiant pour autant. J'ai fait des études moi aussi.

— Vous mentez !

— Non. Veux-tu que je te récite les *Quatre Livres* et les *Cinq Classiques* ?

Wang Yi murmura rapidement les premières phrases des textes que l'adolescent commençait à apprendre.

— Fantastique ! Vous êtes donc bachelier ?

— Un peu mieux que cela.

— Licencié ?

— Un peu mieux encore.

— Docteur, alors ? C'est fabuleux ! Les docteurs peuvent changer le cours des astres, de la lune et du soleil. Je n'en reviens pas. Même à la ville de Tch'ang-cha, on ne trouve pas un seul docteur !

— Petit… Wang Yi regardait la maison en contrebas, par-dessus l'épaule du garçon. C'est ta maison là-bas ?

— Oui, mais…

— As-tu un professeur à domicile ?

— J'en avais un mais il est parti tenter sa chance à Shanghai. Je devrais aller à la ville de Tch'ang-cha pour continuer mes études, mais ça ne me dit rien.

— Tu n'aimes pas étudier ?

— Si. Je voudrais devenir quelqu'un d'important plus tard. Mais je n'aime pas les gens de ma famille qui habitent Tch'ang-cha. Dites, vous êtes vraiment docteur ?

— Oui.

— Dans ce cas, vous pourriez être mon précepteur, et moi, je pourrais étudier sans être obligé d'aller vivre à Tch'ang-cha.

Wang Yi se sentait dans un état second. Comment une outre de lait de chèvre avait-elle pu lui redonner des forces à ce point ? Il flottait entre le rêve et la réalité. Les rayons rouges du couchant étincelaient sur la maison au fond du vallon ; on voyait un vieillard, sans doute le grand-père de l'enfant, jouer avec un chien près de l'étang.

— Tu veux devenir quelqu'un ? C'est très louable. Mais que feras-tu une fois célèbre ?

Le garçon entoura ses genoux de ses bras et dirigea un regard brillant d'intelligence vers Wang Yi :

— Papa m'a appris à manier l'abaque, c'est moi qui tiens le livre de comptes de la maison. Alors, j'ai bien réfléchi… L'enfant s'était mis à tracer des chiffres sur le sol avec une branche. J'ai calculé combien de riz nous rapportent nos champs par an, et ce qu'il reste une fois les cinq membres de la famille nourris à leur faim.

Wang Yi était perplexe. Les enfants qui faisaient l'apprentissage des Classiques n'étaient pas si rares, mais il n'en avait encore jamais rencontré qui tînt ce genre de raisonnement.

— Et alors ?

— Eh bien, si on vend le surplus de la récolte, cet argent permet d'acheter de nouvelles terres. Et ensuite, on peut employer des métayers et on finit par faire partie des riches. Je trouve ça étrange. Mon père et mon grand-père ont sué sang et eau pour acquérir leurs premiers champs mais ils pourraient un jour mener une vie facile sans travailler...

— Je ne vois pas ce qu'il y a d'étrange à cela ?

— Mais si ! C'est bizarre de vivre du produit de la terre sans travailler. Toutes les terres appartiennent au Fils du Ciel, n'est-ce pas ? Alors tout le monde devrait travailler de la même façon aux champs et vivre de l'argent qu'ils rapportent tous les ans. De cette façon, il n'y aurait plus de pauvres. Et le Fils du Ciel, avec toutes ses richesses accumulées, pourrait faire construire des digues, creuser des canaux. Ainsi il n'y aurait plus ni inondations, ni sécheresse, et les récoltes augmenteraient. Pourquoi ne le fait-il pas ?

— Est-ce pour cela que tu veux devenir un personnage important ?

— Oui. Ça ne sert à rien de rester à la campagne à réfléchir. Si je deviens quelqu'un, je pourrai appliquer mes idées.

En bas, dans le jardin, le grand-père agitait un bâton. Le soleil était presque couché.

— Je crois qu'il te dit de rentrer.

— Allons-y ensemble. Venez.

Le garçon serra le bras de Wang Yi contre sa petite épaule pour l'aider à se relever.

— Que ferai-je chez toi ?

— Vous me donnerez des cours, bien sûr. Je vais dire à tout le monde que j'ai ramené un précepteur, ils vont être bien étonnés ! Vous voulez bien devenir mon professeur, n'est-ce pas ?

Il me faudra du temps pour m'habituer au dialecte du Sud, songea Wang Yi.

Le garçon le tira par la main, ils commencèrent à descendre ensemble le sentier dans le crépuscule.

— Au fait, petit, comment t'appelles-tu ? Je ne peux aller chez toi sans connaître ton nom. On croirait que je suis seulement venu mendier un repas, et je ne suis pas un mendiant.

Devant la maison du garçon, toute la famille rassemblée levait la tête vers le sentier d'un air inquiet.

— Vous avez raison, dit l'enfant en ramassant une longue branche pour tracer trois grands caractères par terre.

— Mao ?

— Oui, c'est mon nom de famille.

— Mao… Mao Tsö-tong. C'est un beau nom.

— Ah, c'est ainsi qu'on dit dans le Nord ? Ici ça se prononce Mao Tsé-toung.

— Hé, ralentis un peu, ne me tire pas comme ça, je suis mort de faim, moi, je ne peux pas marcher si vite.

Le garçon descendait tout droit le petit chemin sinueux menant jusque chez lui. Agitant la longue branche d'arbre au-dessus de sa tête, il cria en direction de sa famille qui l'attendait, rassemblée dans le jardin :

— C'est fantastique ! C'est un docteur de la capitale, il veut bien me donner des cours ! Regardez, regardez ! Il meurt de faim, mais c'est un docteur, un vrai !

Alignée au bord de l'étang, toute la famille les regardait approcher d'un air éberlué. Wang Yi rajusta ses haillons, lissa de la main sa chevelure en désordre et s'avança, redressant bien la taille et tentant d'oublier son estomac qui criait famine.

Le grand-père s'agenouilla le premier. Puis tous les membres de la famille, les uns après les autres, se mirent à faire des génuflexions devant le vagabond qui avançait vers eux d'un pas chancelant.

— Je n'aurai plus besoin d'aller à Tch'ang-cha ! Un docteur, bien plus savant que mon ancien professeur, est venu chez nous !

Tout en se laissant entraîner pas à pas vers la maison qui lui semblait aussi belle qu'un palais de conte de fées, Wang Yi ruminait au fond de lui la prédiction de la vieille chamane de Tientsin, autrefois.

— Qu'y a-t-il, mon oncle ? Venez vite !

Le sens de sa vie. La faim, la souffrance, ses doutes sur la nécessité de poursuivre cette existence…

Wang Yi s'arrêta au bord de l'étang, tandis que se présentaient tour à tour à son esprit les traits de la vieille femme de Tientsin en prière, et ceux de l'empereur Ch'ien-lung et de ses vassaux qui l'avaient visité un jour en rêve au fond de son cachot.

Je suis trop faible, songeait-il. Je ne serai jamais à la hauteur de leurs espoirs.

Des larmes coulaient sur ses pieds maculés de boue. Le garçon, qui était revenu en courant à sa rencontre, le regarda d'un air inquiet.

— Pourquoi pleurez-vous ? Vous ne voulez donc pas venir chez moi ?

— Ce n'est pas ça. Je pleure parce que j'ai trahi tout le monde. Tant de mes soldats sont morts à cause de moi, et…

Il se mordit les lèvres. Oui, il avait aussi abandonné une malheureuse fillette dans la plaine de Siaokien.

— Sais-tu écrire « univers » ?

— Bien sûr. C'est tout au début des *Mille caractères* :

Le ciel est noir, la terre est jaune,
Le vaste univers est sans fin.

Le garçon s'accroupit aux pieds de Wang Yi et dessina les vers dans le sable.

— C'est bien comme ça que ça s'écrit ?

Wang Yi releva doucement l'enfant et le serra contre lui.

— Tu as une bonne vue, n'est-ce pas ? demanda-t-il.

— Bien sûr !

— Et tu n'es pas muet ?

— Pourquoi demandez-vous ça ? Vous voyez bien que je parle normalement.

— Et tu veux vraiment devenir quelqu'un ? Tu veux faire des études ?

— Oui, je me le suis promis, je veux faire des études pour pouvoir aider le monde.

— Bien, fit Wang Yi.

Serrant toujours l'enfant contre lui, il se dirigea vers la famille réunie qui l'attendait dans le soir tombant.

— Etudie bien, et deviens quelqu'un d'important. Fais-le pour tous les enfants morts avant d'avoir pu accomplir quelque chose, pour tous les jeunes soldats tombés au front. Tant que je vivrai, je resterai auprès de toi. Je te donnerai tout ce que je possède.

— Tout… ? Mais vous n'avez rien !

Tout en marchant, Wang Yi posa la main de l'enfant sur son front puis sur son cœur, par-dessus les vêtements déchirés.

— Ici, et là aussi, je possède beaucoup de choses. Veux-tu t'efforcer de réussir, avec moi, camarade Mao ?

— Camarade ?

— Oui. Nous allons étudier ensemble, lutter ensemble. Nous sommes des camarades.

Wang Yi jucha l'enfant sur ses épaules et, laissant derrière lui l'ombre qui s'étendait sur la montagne, s'avança droit vers la maison enveloppée d'une étrange lueur rouge.

14

Au-dessus de la ruelle des Vieux Nobles, le ciel était plein d'étoiles.

Les deux vieillards assis sur les marches du temple de la Noble Abondance levèrent la tête vers le carré de ciel qui apparaissait entre les immenses branches du jujubier.

— Comme le ciel est clair ce soir !

— Oui, les étoiles sont magnifiques.

— Ne peux-tu me dire quel futur elles nous réservent ?

— Ma foi… Le ciel est clair mais mon regard est voilé. Je ne suis plus capable de lire dans les astres.

Pai Taitai pressa les manches souillées de son vêtement contre le lacis de rides de ses paupières. Ngan Tö-hai, quant à lui, tournait des pupilles aveugles vers le ciel, comme s'il eût pu le voir.

— Quel âge as-tu donc maintenant, Pai Taitai ?

— Je n'ai jamais compté les années. Dès que le nombre des ans dépasse le nombre de doigts que l'on possède, ce n'est plus la peine de compter. Mais sans doute suis-je la seule personne encore vivante dans ce pays à avoir connu l'ère de l'empereur Ch'ien-lung.

— Que dis-tu… L'empereur Chi'en-lung ?

— Je me souviens que lorsque j'étais enfant, l'empereur Ch'ien-lung en personne m'a un jour caressé la tête. Je ne mens pas, vieux Ngan. Je jouais un jour près de la fontaine, dans les jardins du palais de la Perfection et de la Clarté, quand j'ai rencontré l'empereur Ch'ien-lung qui s'y promenait. Je suis restée bouche bée de surprise et d'effroi, mais il m'a caressé gentiment la tête de sa grande main douce.

— Quel genre d'homme était-ce ?

— Il était déjà âgé à l'époque mais il était grand et vigoureux. Je n'ai jamais oublié la tendresse de son visage souriant.

— Il n'a rien dû rester de l'ancien palais d'été de Yuanming-yuan après son incendie par les Français, la fontaine dont tu parles n'existe plus aujourd'hui.

— En effet, ce palais avait été construit par un peintre favori de l'empereur, qui y avait mis tout son savoir-faire.

— Pourquoi les diables occidentaux ont-ils mis à sac ce palais magnifique ?

— Par jalousie sans doute. D'après ce que j'ai entendu dire, même en France il n'existait pas de fontaines ni de monuments si splendides.

— Moi aussi, dans ma jeunesse, je me suis rendu plusieurs fois dans ce palais d'été pour y accompagner le Vieux Bouddha. C'était étrange, l'édifice principal n'avait pas de plafond.

— Pas du tout ! Il y avait bien un plafond, seulement on y avait peint un ciel si bleu qu'on pouvait le confondre avec le vrai.

— Ah bon ? Il est vrai que nous, les eunuques, avions l'habitude d'appeler ce palais « le palais au plafond bleu ». Ce ciel était donc une contrefaçon ?

— Ce bleu, plus pur que le véritable azur, était une peinture, certes, mais pas une contrefaçon.

Le vieux Ngan tourna son regard aveugle vers lcs étoiles, comme s'il contemplait ce ciel azuré perdu dans sa mémoire.

— Ah, je viens de me rappeler une chose…

Un sourire de jeune fille était apparu sur les vieilles lèvres desséchées de Pai Taitai.

— Ce jour-là, l'empereur Ch'ien-lung nous a emmenées, moi et les princesses qui étaient mes camarades de jeu, dans le palais au plafond bleu. Je revois encore ses mains, sorties des manches de sa magnifique robe de brocart, tenant gentiment celles des fillettes que nous étions.

L'attitude de Pai Taitai, son cou pâle de chamane tendu vers la lumière qui tombait des étoiles, inspirait le respect, tandis que ses anciens souvenirs reprenaient vie.

— Te rappelles-tu, vieux Ngan, de l'instrument de musique occidentale qui se trouvait dans ce palais ?

— Bien sûr, tu veux parler de l'orgue. Un instrument avec d'innombrables tuyaux ?

— C'est cela. L'empereur nous a fait asseoir sous la fresque du plafond, a remonté ses manches de brocart et joué pour nous un magnifique morceau de musique occidentale. Je revois la scène comme si c'était hier. Cette musique était si belle ! On aurait dit que des déesses dansaient au rythme de ces notes, que des personnages célestes poussaient des cris d'extase, que s'épanouissaient des fleurs de toutes saisons. Moi aussi, à ce moment-là, ce plafond m'a semblé autre chose qu'une peinture. Cet azur plus pur que celui créé par les dieux avait le pouvoir de libérer tous ceux qui le contemplaient de leurs souffrances et de leurs doutes, c'était la voûte céleste elle-même.

Le vieux Ngan, la tête toujours levée vers le ciel nocturne, poussa un profond soupir.

— Oui. Et au milieu de cet azur incomparable brillait une constellation. L'avais-tu remarquée, toi aussi, Pai Taitai ?

— Oui, c'était la Pléiade, qui décide de la richesse et du pouvoir selon l'astrologie tartare. Que voulait dire le peintre en représentant cette unique constellation au milieu du ciel ?

— Inutile de réfléchir trop loin. Ce peintre a représenté au cœur du palais une merveille telle que même les dieux n'ont pu en créer. La voûte céleste avec la Pléiade au milieu… C'était magnifique. Tout le monde tombait en extase devant ce plafond.

Pai Taitai désigna d'un doigt noueux les trois étoiles de la constellation d'Orion. Au sud, on voyait scintiller la Pléiade.

— L'art des hommes est infini.

— Oui. Les lois du Ciel ont, elles, leurs limites.

Dans le jardin illuminé par les étoiles s'éleva soudain le son d'un luth. Appuyé contre le pilier de guingois de la porte principale, un jeune eunuque égrenait des notes maladroites.

— Ce garçon porte le costume des eunuques du service de l'empereur… Il est aveugle ?

— Oui. C'était, paraît-il, l'intendant privé de l'empereur, mais après l'arrestation de ce dernier, les *san-tch'a* lui ont brisé les jambes.

— Le malheureux ! Il a eu les yeux crevés aussi ?

— Non, ses yeux, il les a crevés lui-même avec une aiguille. Il ne dit jamais un mot. C'est un personnage étrange… Joue encore, Lan-ts'in. *Hao*, c'est bien, continue. Le vieux Ngan poursuivit d'un ton où perçait la tristesse : Quand on l'a amené ici, il sanglotait à fendre l'âme. « Je ne veux plus rien voir, je ne veux plus rien entendre ! » hurlait-il. Si l'empereur avait été assassiné, il l'aurait suivi sans hésiter jusque dans le royaume des ombres, cela ne fait aucun doute. Le malheureux…

Pai Taitai gardait les yeux fixés sur un coin de ciel. Au bout d'un long moment, elle brandit vers le ciel la canne sur laquelle elle appuyait son menton et cria :

— Une des étoiles du Chariot a bougé ! Che-leao est sauvé !

L'espace d'un instant, le son du luth s'arrêta.

Cette nuit-là, un brouillard épais flottait sur le port de Taku. Les feux de côté des vaisseaux amarrés au large dans la baie étaient restés allumés toute la nuit, les sirènes de brouillard avaient résonné sans trêve. Au moment où une aube laiteuse se levait paisiblement après une nuit agitée, le carrosse du prince, tiré par des chevaux à bout de forces, s'arrêta enfin sur l'embarcadère.

Les miaulements du chat, enfermé dans une cage de rotin, éveillèrent Lingling. Les autres passagers dormaient encore profondément. La jeune fille descendit avec l'aide du valet qui lui avait ouvert la portière. Debout sur la digue enveloppée de brouillard, elle demanda :

— Le bateau est-il là ?

Le valet désigna la jetée au bout de son doigt tremblant. Dans le brouillard, on distinguait une chaloupe battant pavillon japonais.

— Pour être là, il est là, dit le valet, tremblant de tous ses membres. Moi, je n'ai rien à voir dans tout ça, ajouta-t-il. Je n'ai pas envie de me faire tuer pour vous autres.

Il jeta dans le coffre à bagages son chapeau haut-de-forme et sa veste, et s'enfuit en courant. Déjà, le cocher avait disparu.

Un bruit de sabots se rapprochait. Lingling concentra son regard : un groupe de cavaliers en ordre dispersé se dirigeait au pas vers le carrosse.

— Vite, réveillez-vous ! Des soldats !

Les trois autres passagers se levèrent en hâte, se faufilèrent hors de l'étroit habitacle. Lingling resta figée sur place, la cage du chat dans les bras. Une dizaine de cavaliers, en uniformes de l'armée du Nord, sabre cliquetant au côté, se dirigeaient vers les quatre compagnons de route.

— Allons bon ! Vous m'avez convié à un bien étrange bal, Mrs Tchang ! Moi qui avais réussi jusqu'ici à me tenir à l'écart de toute cette agitation, voilà que je vais devoir aller rejoindre l'empereur dans sa geôle.

Le prince Tso se répandait en plaintes, ouvrant des yeux encore ensommeillés.

— Nous pourrions peut-être nous en sortir comme hier, en arguant de votre autorité princière ?

— Regardez ces mines patibulaires, Mrs Tchang. Cette fois, nous n'y couperons pas !

Mrs Tchang tendit le cou comme un héron, essaya de percer le brouillard du regard.

— Ce ne sont pas les soldats de Yuan Che-k'ai, mais ceux du général Nie Che-tcheng !

— Bah, je ne vois pas la différence. Les troupes de Nie sont cantonnées à Tientsin, c'est normal que ce soient elles qui nous accueillent. De toute façon, les trois armées sont sous les ordres de Jong-liu !

Les deux cavaliers de tête brandissaient un étendard triangulaire portant en blanc sur fond bleu marine le caractère « Nie ».

Wen-sieou s'agenouilla devant le prince Tso et baissa la tête.

— Que Votre Altesse daigne accepter mes excuses, bien qu'il soit trop tard pour cela.

— Allons, allons. Certes la situation n'est guère plaisante, mais personne n'y peut rien. Je ne pense pas que le Vieux Bouddha ira jusqu'à me priver de la vie. Il s'agit plutôt de vous, Che-leao, vous m'en voyez désolé mais cette fois, je ne vois pas ce qui pourrait vous sauver.

— J'ai abusé de votre confiance, Prince.

— Ha ha ! C'est moi qui me suis laissé abuser. Allons, relève-toi, cette position n'est pas très élégante. Les prosternations ne vont pas avec les vêtements occidentaux.

Les cavaliers s'étaient arrêtés en cercle autour de la calèche. Un soldat, qui semblait être le commandant de la patrouille, sauta à bas de sa monture et vint s'agenouiller devant le prince.

— Etes-vous Son Altesse le prince Tsai-tso ?

— Cela se voit assez, il me semble. Ai-je l'air d'un lettré frais émoulu des examens ? répondit le prince en tournant vers le soldat un visage au teint blanc qui n'était pas sans ressemblance avec celui de l'empereur Kouang-siu.

— Pardonnez-moi, Altesse, je suis porteur d'un ordre de Sa Majesté l'impératrice douairière.

— Oui, oui. « Arrêtez les traîtres », c'est bien cela ? Nous n'avons pas l'intention de fuir. Arrêtez-nous vite. Cela m'est bien égal de savoir à quelle sauce nous serons mangés.

Toujours agenouillé, une main sur la poignée de son sabre, le commandant leva un regard surpris vers le prince.

— Il ne s'agit nullement de cela, Altesse. Hier, Son Excellence le chef de palais Li est venu en personne me porter un message de Sa Majesté l'impératrice douairière.

— Pff. Ce vieux gâteux, il a dû avoir la peur de sa vie en prenant le train !

— Pas du tout… Prince, veuillez prendre connaissance du message de Sa Majesté.

Le prince tomba à genoux devant le soldat qui lui tendait la missive impériale, puis fit remarquer avec irritation :

— Attends, où est l'émissaire officiel de Sa Majesté l'impératrice douairière ? Pourquoi faut-il que je me mette à genoux devant un sbire de ton espèce ?

— Son Excellence Li est déjà reparti pour la capitale où de multiples tâches l'attendent. Ne vous fâchez pas, Prince. Ce n'est pas devant moi que vous êtes agenouillé mais devant le message de Sa Majesté l'impératrice douairière que je m'apprête à vous lire.

— Je le sais bien, imbécile !

Mrs Tchang, agenouillée derrière le prince, émit un petit gloussement. Tsai-tso se retourna en fronçant les sourcils.

— Qu'y a-t-il de si drôle, Madame ? Vous riez, alors que tout ce qui arrive est de votre faute !

— Ecoutez, Prince, fit Mrs Tchang en rampant un peu sur les genoux pour approcher sa bouche de l'oreille du prince. Il paraît que Sa Majesté l'impératrice douairière aime aussi le menuet.

— Hein ?

— Personne ne sera arrêté.

L'officier toussota puis donna lecture du message impérial :

— *Prince consort Tsai-tso...*

— Oui, fit le prince en se prosternant si bas que l'aigrette de son bonnet se mit à ressembler au plumet dressé sur le derrière d'un oiseau.

— *Vous avez débusqué le meneur de la rébellion réformiste, Liang Wen-sieou, réfugié à la légation japonaise, et l'avez, au mépris du danger, emmené jusqu'à Tientsin. Votre audace et votre loyauté me réjouissent...*

— Hein... ? Oui oui oui.

— *Cependant, les consuls des légations étrangères se sont ligués pour demander sa protection sous les lois internationales. M'inclinant au nom de la concorde universelle, j'autorise donc Liang Wen-sieou à quitter le pays, et vous charge, vous, mon fidèle et loyal vassal, de veiller à ce que Liang et la femme qui l'accompagne embarquent sur-le-champ sur un navire japonais...*

L'officier rectifia sa position et tendit au-dessus de la tête du prince, qui le regardait d'un air ahuri, le message de l'impératrice douairière, avant de conclure :

— Sa Majesté l'impératrice douairière vous est reconnaissante de la peine que vous avez prise. C'est certainement fort dommage, mais comprenez que vous devez laisser Liang Wen-sieou partir en exil au Japon.

— Ah ?... Oui oui oui.

Mrs Tchang se rapprocha du prince, qui s'était à nouveau prosterné face contre terre.

— Vous avez entendu, Prince ? Sa Majesté l'impératrice douairière loue votre bonne conduite.

— Ma foi, en tout cas nous avons réussi. Je n'ai pas très bien compris, mais le principal est que je ne sois chargé d'aucun crime et que Che-leao puisse embarquer pour le Japon, n'est-ce pas ?

Le prince et Mrs Tchang se relevèrent, mais Wen-sieou et Lingling restaient prosternés, le front au sol.

— Allons, Che-leao. Tout finit bien, tu gardes ta tête sur tes épaules. Pars vite. je ne voudrais pas que les choses se compliquent davantage.

— Je ne sais comment vous exprimer ma reconnaissance. J'espère pouvoir un jour payer ma dette, dit Wen-sieou, la gorge serrée.

Le prince Tsai-tso et l'officier, prenant chacun Wen-sieou par un bras, l'aidèrent à se relever.

— Je n'ai que faire de ta gratitude. Mais si tu trouves quelque objet rare à Tôkyô, tu peux toujours me l'envoyer. Vite, vite, allons.

Le brouillard se levait sur la mer. A la vue d'un marin japonais qui tirait vers l'embarcadère les amarres d'une chaloupe, sur les flots calmes du matin, Wen-sieou prit conscience de l'urgence de la situation.

— Allons-y, Lingling.

Il prit la main de la jeune fille et la releva. Tous marchèrent jusqu'à l'embarcadère, escortés par l'officier de l'armée du général Nie. Juste avant de monter dans la chaloupe, Wen-sieou et Lingling se retournèrent vers le prince et Mrs Tchang en inclinant la tête.

— Ah, excusez-moi, j'ai failli oublier, dit alors l'officier en sortant un petit objet de la poche de son uniforme et en le déposant dans la main de Lingling. Je devais vous remettre ceci de la part de Son Excellence le chef de palais.

— Le chef de palais ?

Déjà, la chaloupe s'éloignait du quai. Après avoir répondu au salut militaire de l'officier en joignant les mains à la mode mandchoue, Lingling ouvrit ses paumes.

— Qu'est-ce que c'est, Lingling ?

Lingling se mordit les lèvres, retenant désespérément ses larmes. Elle leva la tête vers le ciel d'où la brume disparaissait peu à peu.

— Pourquoi le chef de palais t'a-t-il donné cela ?

Surtout, ne pas pleurer. Lingling se mordit les lèvres jusqu'au sang, serrant contre son cœur la pièce de cuivre à l'effigie de l'empereur Ch'ien-lung. Puis la jeune fille se redressa dans la brume. Une flamme brûlait dans sa poitrine.

— Jeune Maître, où est mon frère, Tchouen-yun ? Trouvez-le !

— Tchouen-yun ?

A travers la brume venue de la terre, la chaloupe se dirigeait vers l'embouchure du Hai-ho. Dressée sur le pont, Lingling fixait la digue qui s'éloignait.

— Il me l'avait promis, il y a longtemps. Il avait promis de revenir me chercher avec de nombreux vassaux, dans un palanquin abricot. Il avait promis de revenir quand il serait riche.

Lingling cria le nom de son frère à pleine voix. Elle avait oublié jusqu'à son visage, elle-même était si petite quand il était parti. Mais elle se rappelait la sensation de la langue qui avait doucement léché toute la boue de son visage, alors qu'elle s'accrochait à lui en pleurant pour l'empêcher de s'en aller.

— Grand Frère Tchouen-yun ! Où es-tu, où es-tu ?

La chaloupe s'en allait vers le large, portée par le courant du Hai-ho. Au moment où la proue s'engageait dans la pleine mer, le brouillard qui cachait jusque-là le delta s'entrouvrit un instant.

C'est alors que Lingling le vit. Au bout de la digue, dans un palanquin abricot soutenu par huit porteurs, il était là.

Son frère. En bonnet de fonctionnaire de deuxième rang, orné d'un corail. En robe de brocart brodée. Et, flottant sur sa nuque, sous le vent venu de la mer, deux plumes de paon indiquant son titre de chef de palais.

— Tchouen-yun ! Ohé, Tchouen-yun ! cria Wen-sieou en agitant les deux mains.

Tchouen-yun ne répondit pas à ses signaux. Les bras posés sur les montants de son palanquin, il se contentait de contempler, immobile, le bateau qui s'éloignait.

Lingling serra les poings, les yeux fixés sur la silhouette de son frère, le menton tremblant, retenant ses larmes. Ne pas pleurer. Surtout ne pas pleurer. Toute sa famille avait disparu, elle avait perdu sa maison, mais son frère, son frère avait respecté sa promesse.

— A propos, Mrs Tchang, ne m'aviez-vous pas promis quelque chose ?

Le prince avait tenu les doigts de Mrs Tchang serrés dans les siens, le bras levé à hauteur d'épaule, comme s'ils étaient en train de danser le menuet, jusqu'à ce que la chaloupe disparût dans la brume.

— Vous accorder une danse ? Quand vous voudrez, Prince.

— Non, j'en ai plus qu'assez du menuet. Je ne peux pas vous suivre, vous dansez trop vite pour moi.

— Vous parlez si bien anglais, Prince. Et vous êtes également bon danseur. Vous ferez partie de la fine fleur de la société londonienne !

— Je n'ai pas de partenaire.

— Si vous emmeniez votre épouse ?

Tsai-tso ramena son regard vers la berge et poussa un profond soupir.

— La princesse et moi avons des incompatibilités. D'ailleurs, je ne l'aime pas d'amour… Vous comprenez, n'est-ce pas ? Elle est la nièce de Sa Majesté l'impératrice douairière et nous avons été promis l'un à l'autre dès l'enfance, voilà tout.

— Si vous partiez pour Londres avec moi, ce serait le scandale assuré.

— Peu m'importe. Le scandale est l'apanage des hommes de talent.

L'éventail devant la bouche, Mrs Tchang esquissa une gracieuse révérence.

— Le bal est fini. Ce fut un honneur de danser avec vous.

Tsai-tso se hâta d'attirer à lui l'une des mains délicates de la jeune femme.

— Je suis sérieux. Si vous consentiez à venir à Londres avec moi, je renoncerais avec joie à mon rang, et même à mon honneur.

— Prince, vous ne savez rien de moi. Vous ne devriez pas faire de propositions pareilles à une femme dont vous ne connaissez pas même le véritable nom.

— Peu m'importe d'où vous venez, de qui vous êtes la maîtresse ou l'épouse. Puisque je vous aime.

— Quel beau parleur vous faites ! Cependant…

Mrs Tchang referma lentement l'éventail sur son visage d'une beauté à couper le souffle.

— Si vous le saviez, je suis sûre que cela ne vous laisserait pas indifférent.

— Eh bien, dites-le-moi. Qui êtes-vous donc ?

— Je ne puis vous le dire. Comment un prince qui n'aime pas la nièce de l'impératrice douairière pourrait-il aimer sa petite-fille ?

Le prince, figé sur place, était devenu livide. Glissant d'entre ses bras, Mrs Tchang tendit le cou vers le large comme un héron puis agita son éventail vers les lumières d'un paquebot qui s'éloignait vers le large.

15

Tsai-t'ien.

Maintenant qu'ont disparu les barrières des rites et de l'étiquette qui se dressaient entre nous, laisse-moi t'appeler ainsi.

Toi qui es certainement la personne la plus intelligente qu'il m'ait jamais été donné de rencontrer, sans doute désirais-tu au fond de toi que je te nomme ainsi. J'imagine que c'est pour cette raison que dès que tu as commencé la politique de réforme, tu es descendu du trône de l'empereur Ch'ien-lung ton ancêtre pour ouvrir ton cabinet particulier et nous y recevoir, assis à la même hauteur que nous.

Ne nous retournons pas sur les cent jours écoulés, maintenant que la plupart des camarades qui se réunissaient dans tes appartements privés sont morts. Et ceux qui restent ! Toi, enfermé dans la petite île de la Terrasse de l'Océan, sur le lac de la Cité impériale ; K'ang Yeou-wei, parti on ne sait où à bord d'un navire marchand anglais ; et moi, qui grâce au concours de nombreuses personnes vogue en ce moment vers le Japon…

Ces derniers jours, enfermé à la légation japonaise, je les ai vécus à l'état de cadavre. Je ne savais plus qui j'étais, ni où j'étais, et naturellement je n'avais pas le loisir de me pencher sur la tragédie qui venait de se dérouler. Mon âme s'était déjà envolée vers d'autres cieux, pourrait-on dire. Tu as dû éprouver le même sentiment.

Je t'écris en ce moment de la cabine de première classe d'un paquebot japonais qui file vers le sud sur la mer Jaune. Ceci n'est pas même une lettre, je sais bien qu'elle ne t'arrivera sans doute jamais, aussi est-ce surtout à moi que ces mots s'adressent. Sans doute ces feuilles vieilliront-elles au fond de ma poche, et personne ne lira jamais ces phrases. Je veux simplement conserver ce que j'écris en ce moment en guise de témoignage, pour me rappeler, une fois que la vie dans un pays inconnu aura transformé mon caractère, que je fus autrefois un fier mandarin chinois. J'ai bien pensé rédiger une dissertation en huit parties, mais cela ne m'a pas semblé en harmonie avec ce que nous désirions accomplir, avec ce que tu espérais. J'ai donc décidé d'utiliser, pour la première fois de ma vie, des phrases toutes simples, comme l'ont déjà fait Ts'ao Tchan et Wou King-tseu dans leurs romans destinés à divertir le peuple. C'est extraordinairement agréable. Chose également plaisante, j'écris non au pinceau mais avec le stylo que m'a offert ce courageux journaliste américain au moment de mon départ de Pékin.

En écrivant ainsi, je me rends compte à quel point notre éducation, faite de dissertations en huit parties, d'apprentissage de la poésie et de lecture des Classiques, a été arbitraire et nourrie de contradictions. A l'idée que nous tous qui sommes les fruits d'une telle éducation, nous nous sommes rassemblés pour tenter de bâtir un Etat équivalent aux puissances occidentales, cela me paraît aujourd'hui une entreprise bien prétentieuse et triste.

Le paquebot sur lequel je fais route vers le Japon appartient à un de ces grands trusts industriels qu'on nomme zaibatsu. *Il possède des équipements fabuleux, avance à une vitesse extraordinaire. Quand nous avons quitté le port de Taku, un vaisseau de guerre de la flotte des mers du Nord a tenté de se lancer à notre poursuite mais le paquebot japonais l'a semé sans le moindre effort. Depuis la baie de Po-hai, nous sommes escortés par un contre-torpilleur, envoyé, m'a dit le capitaine, par le prince Itô afin de protéger ma fuite.*

La nuit qui tombe sur la mer m'éloigne de mon pays natal. Au loin, les lumières du Chantong semblent encourager mon cœur qui se serre. « Va sans crainte », me disent-elles.

Quoi qu'il en soit, il faudra que je rassemble mes esprits avant l'arrivée à Yokohama. Je ne puis fouler pour la première fois un sol étranger avec un air si rude et si hébété.

Je me demande combien de vassaux tu as pu garder auprès de toi. Peut-être qu'aucun de ceux qui t'étaient proches autrefois ne sont autorisés à t'approcher, et que seuls quelques eunuques veillent sur toi, dans ta prison rustique.

Moi aussi, je dois faire le deuil de tout ce qui m'était cher. Ma femme et mes enfants, repartis pour Hang-tcheou, ont peut-être été arrêtés à l'heure qu'il est, exécutés même. Quelle que soit la profondeur de mon chagrin à cette idée, si les lois de mon pays en ont décidé ainsi, je ne peux rien y faire. Je dois comprendre toute l'indécence qu'il y a pour un personnage public à éprouver encore des sentiments personnels.

Par bonheur, j'avais déjà coupé tous les liens avec ma famille d'origine, moi qui étais le fruit illégitime des amours ancillaires de mon père. J'espère donc que mon sort n'aura aucune conséquence fâcheuse pour la maison Liang, là-bas dans le Tsing-hai.

Une seule personne m'accompagne dans ma fuite : une jeune fille que j'ai élevée comme une sœur cadette depuis sa tendre enfance, et qui a aujourd'hui dix-huit ans. D'après le scénario prévu par les Japonais, je devrais désormais vivre avec elle à Yokohama : nous prétendrons être un couple de commerçants chinois. C'est sans doute la meilleure façon de nous protéger. Je sais qu'il ne s'agit là que d'un subterfuge mais je me sens un peu honteux d'avoir à jouer cette comédie avec une enfant que je connais depuis toujours.

Il est certain que nous devons avoir un lien prédestiné, elle et moi. Tu seras sans doute surpris de l'apprendre, mais sache qu'elle n'est autre que la sœur de Li Tchouen-yun, l'intendant de l'impératrice douairière à la si haute réputation.

Tous les serviteurs de ma résidence ont pris la fuite dès que le coup d'Etat a éclaté. Elle seule est restée, n'ayant nulle part où aller, et, je ne sais à la demande de qui, elle m'a rejoint à la légation japonaise où je me cachais. Son frère Tchouen-yun a probablement joué un rôle dans cette affaire.

J'ai une bonne raison de te raconter tous ces détails d'ordre privé.

A ma grande honte, depuis que j'ai retrouvé cette jeune fille, je n'ai cessé de l'accabler de reproches. Moi qui ne lui avais jamais adressé le moindre blâme jusqu'ici, voici que je la traite maintenant en esclave, la frappe et l'injurie. Il y a un instant encore, j'ai perdu le contrôle de moi-même sous l'effet de l'alcool, et me suis acharné sur cette malheureuse.

En ce moment, assise dans un coin de la cabine, elle rafraîchit son visage endolori.

Je ne comprends pas moi-même ce qui me pousse à me comporter ainsi avec elle. Elle ne pleure jamais. Depuis sa tendre enfance, elle a l'habitude de retenir ses larmes et de garder le sourire en toutes circonstances. Sans doute ne me présente-t-elle ce visage affable que pour tenter de consoler mon désespoir. Mais j'ai beau savoir cela, ce perpétuel sourire m'est devenu insupportable.

Après l'avoir battue tout à l'heure, je me suis rendu compte en frissonnant d'une vérité primordiale, dont je veux absolument te faire part. Je me demande si cela n'explique pas aussi l'échec que nous avons rencontré dans l'application de nos idéaux.

J'affirmais tout à l'heure n'avoir jamais jusqu'ici causé le moindre tort à cette enfant. Mais est-ce bien la vérité ? J'avais beau être un enfant illégitime, j'étais le fils d'un gentilhomme de province. Je n'ai jamais manqué de rien, j'ai pu faire des études, je vivais dans un environnement propice. Or, je tenais cela pour un cadeau naturel du Ciel, un droit inné. Elle, pour sa part, était une enfant misérable du village sous la domination de mon père. Elle aussi croyait au destin et considérait sans doute que c'était le sort que le Ciel lui avait réservé.

Aussi, je ne puis dire que je la traitais avec bonté, je lui faisais plutôt l'aumône de mes bontés, comme un devoir envers une chose qui m'appartenait. Elle acceptait mes aumônes avec reconnaissance, et nos rapports étaient ainsi faits.

Tout à l'heure, dans cette étroite cabine d'où elle ne pouvait fuir, je l'ai battue à la laisser pour morte. Je considérais le fait de la battre comme un droit naturel et je n'étais pas loin de penser que son devoir à elle consistait à recevoir les coups sans rien dire.

Plus je la frappais, plus ma fureur augmentait et pour finir, je me suis mis à califourchon sur elle et, brandissant un vase de marbre qui m'était tombé sous la main, m'apprêtais à l'écraser sur sa tête. Elle, les yeux secs, ne faisait pas mine d'appeler au secours et attendait le choc sans broncher.

Mais quand j'ai lu dans ses yeux tristes levés un instant vers moi sa détermination à mourir sous mes coups... j'ai compris alors les raisons de notre échec.

Oui, j'ai su clairement à cet instant pourquoi la politique de réforme dans laquelle nous avons mis tant d'espérances, que nous avons voulu réaliser avec tant de sincérité, a pu être écrasée par nos ennemis sans que le peuple puisse seulement en saisir la portée.

Ecoute, Tsai-t'ien. Nous tous, et toi, l'empereur de Chine, y compris, nous avons voulu faire l'aumône au peuple, persuadés que plus l'aumône était importante, plus nous nous montrions charitables.

Le peuple est impuissant. Les étés brûlants dessèchent jusqu'à ses larmes ; durant les hivers glacés, il ne sait que se terrer, la peau gelée, au fond des fossés et des vallons. Il lui manque la force de résister, la voix pour protester.

J'ai lu tout cela dans les yeux de Lingling au moment où elle allait me laisser la tuer sans rien dire.

Tsai-t'ien, toi qui es né et a été élevé derrière les neuf enceintes de la ville impériale, il est sans doute cruel de chercher à te faire comprendre cela. Mais j'ai foi en ton intelligence exceptionnelle.

Toi, tu avais le Mandat du Ciel, et moi, les circonstances bénéfiques de ma destinée. Nous faisons partie de la petite poignée de gens qui n'ont jamais eu faim sur cette terre. Pourquoi le Ciel, réputé pour son impartialité, nous a-t-il accordé des positions si favorisées ?

La réponse est simple : pour remplir une mission en tant que politiciens. Le Ciel nous a choisis, parmi des hommes qui ne sont en rien différents de nous, et nous a ordonné de nous consacrer à leur bonheur.

Ce que nous devions faire était bien autre chose qu'une simple aumône. Jamais nous ne nous sommes aperçus que notre mission à nous, politiciens choisis parmi les hommes de notre pays, nous obligeait à brûler comme eux nos membres au soleil d'été, à rouler avec eux sur la terre glacée de l'hiver.

D'après les enseignements des maîtres anciens, un homme comme moi, qui refuse de céder à la corruption, est appelé un homme intègre. Mais j'ai compris que ce n'était là qu'une pureté apparente, loin de l'authentique vertu.

J'ai frappé celle qui me servait. Je l'ai rouée de coups, oubliant que des années durant elle avait préparé mes repas, raccommodé mes vêtements, lavé mon linge.

Au moment où j'allais briser ce vase sur sa tête, une pensée m'a traversé l'esprit : si elle meurt, qui préparera mes repas désormais ? Et je suis sûr qu'elle aussi venait de se demander comment je ferais pour survivre après sa mort. J'ai compris à cet instant le sens de la loyauté et de la vertu selon Confucius. Et j'ai compris aussi que l'Etat avait commencé à dégénérer de lui-même dès le moment où nous, lettrés ayant appris par cœur les enseignements des Classiques sacrés sans rien y comprendre, avions commencé à parler politique.

K'ang Yeou-wei disait que la réforme doit se donner sa propre force.

Il avait raison. Il ne peut y avoir de réforme qui ne se comprenne elle-même, qui ne bâtisse ses propres forces. L'invasion des puissances étrangères, les cataclysmes naturels, les destins individuels, toutes ces choses n'ont rien à voir avec les réformes, ce ne sont que les circonstances de la vie humaine. Aucun de nous ne s'est aperçu, pas même K'ang Yeou-wei, que le principe de la réforme devait d'abord s'enraciner dans nos esprits à nous, politiciens.

Voilà la raison pour laquelle la politique que nous brandissions comme un idéal a été jugée vaine et irréaliste. La pensée de K'ang n'était pas erronée. Aucune des mesures dont nous discutions ensemble avec passion n'était erronée : ce sont nos esprits mêmes qui étaient dans l'erreur.

Beaucoup de mes camarades ont été arrêtés, exécutés, et j'ai d'abord cru que je devais au hasard le fait d'avoir survécu. Mais en voyant ma compagne prête à sacrifier sa vie devant mon absurde fureur, j'ai compris que je devais ma survie non à une chance inespérée mais à une inéluctable réalité. Si j'ai survécu, c'est parce que nombreux sont ceux qui ont conjugué leurs efforts pour me permettre d'échapper la mort.

Comme j'ai été stupide et égoïste de me laisser aller ainsi à la violence et à mes bas instincts, alors que tant de gens fondent sur moi tous leurs espoirs !

Un moment, j'ai souhaité la mort. Mais maintenant, j'ai décidé de vivre. Toi aussi, Tsai-t'ien, j'espère que tu es dans les mêmes dispositions. Nous devons vivre, et conjuguer nos efforts pour nous consacrer au bien de quatre cents millions d'hommes. Nous dévouer à eux, et non leur faire l'aumône.

Au seuil de la mort, le camarade Tan Sseu-tong m'a dit : « Che-lao, je prends le chemin le plus facile, et toi le plus ardu. »

Je dois tenir compte du sens profond de ces paroles.

Autrefois, je fus considéré comme le meilleur parmi vingt mille candidats : le premier lauréat sur la liste d'or, celui dont quatre cents millions d'hommes pensent qu'il peut « mouvoir la lune, le soleil et les étoiles ».

Je dois garder pour toujours la responsabilité de cet honneur. Ce que Tan voulait me dire, c'est sans aucun doute que la mort ne peut racheter la responsabilité devant l'histoire d'un premier lauréat aux examens.

La nuit où j'ai passé mon doctorat il y a douze ans, j'ai fait une étrange expérience. Le vieillard de la cellule voisine m'a élevé au rang de docteur, tandis que lui-même expirait dans un flot de sang au milieu de la nuit. Longtemps, j'ai été persuadé que je devais ma réussite à une tricherie, à un échange de copies.

Maintenant, je sais que c'est faux. J'avais vingt ans et des rêves de gloire, mais j'avais peur de la responsabilité que représentait le titre de premier lauréat. C'est cette contradiction qui m'a fait imaginer un double rédigeant la copie à ma place. La peur de ne pas être à la hauteur de mon devoir, conjuguée à un profond désir de réussir, a suscité ces chimères.

J'ai appris par la suite que ce genre de phénomène était courant. Mon défunt maître lui-même, le vénéré Yang Si-tcheng, m'a raconté avoir fait une expérience similaire la nuit de son doctorat. En rentrant des latrines, il avait trouvé installé à sa table un vieillard à la barbe blanche, qui lui avait demandé de faire passer sa copie pour la sienne.

C'est moi qui ai proposé à K'ang de supprimer le système des examens. Ce système qui oblige à penser uniquement à la réussite aux concours ne pouvait donner naissance à aucun politicien authentique, pensais-je, fort de ma propre expérience. Il a supprimé les examens, les a remplacés par un système éducatif basé sur des écoles d'administration. Il avait raison de le faire, mais c'était prématuré.

Devenir docteur avant d'avoir atteint la maturité de caractère nécessaire est une charge trop lourde. Même pour un premier lauréat.

Pourtant, je n'oublierai jamais ma fierté de premier lauréat. Tant que je vivrai, même si je dois rester en exil sur une terre étrangère, voir mourir ma femme et mes enfants chéris, couper ma natte et endosser une fausse nationalité, je m'efforcerai d'être à la hauteur de mon titre.

Parce que je suis persuadé que ces efforts sont l'héritage de l'ancien système des examens, et qu'ils représentent par conséquent toute la sagesse et la splendeur de la Chine.

Voilà pourquoi toi aussi, je voudrais que tu puises en toi-même le courage de poursuivre tes efforts, sans oublier que coule dans tes veines le sang des grands empereurs K'ang-si et Ch'ien-lung, et que tu es le souverain de quatre cents millions d'hommes.

Camarade Tsai-t'ien. Pardonne-moi de t'appeler ainsi, sans souci de l'étiquette.

Même si ton corps demeure prisonnier sur la Terrasse de l'Océan, pour moi, tu resteras éternellement un de nos camarades.

Wen-sieou fut réveillé par une agréable chaleur enveloppant son corps.

Après sa crise de violence due à l'ivresse, il s'était assis à la table pour rédiger une lettre sans destinataire, puis avait bu à nouveau, et s'était finalement effondré sur sa couchette. Il avait dû dormir un moment. Les rayons de la lune, pénétrant par le hublot de la cabine, dessinaient de vagues ombres pâles sur les murs.

Le doux balancement de nacelle du paquebot voguant sur la mer Jaune au cœur des ténèbres apaisait le cœur meurtri du jeune exilé.

Dans un demi-sommeil, il enlaça une femme. De toutes ses forces, il étreignit ce corps de femme comme pour se libérer de tous les sédiments de chagrin déposés en lui.

— Merci, Che-leao, merci…

Il n'avait pas rêvé ! Lingling se collait contre sa poitrine, tandis qu'il tentait de se relever, soudain dégrisé.

— Que signifie…

— Tu ne te fâcheras plus contre moi, n'est-ce pas ? murmura Lingling, posant l'oreille contre sa poitrine pour écouter battre son cœur. Je ne savais plus quoi faire. Me pardonnes-tu maintenant ? Es-tu redevenu le gentil jeune maître d'autrefois ?

Le dos de Lingling tremblait tandis qu'elle s'efforçait de contenir son chagrin en mordant les bords de son vêtement de nuit, qui crissaient sous ses dents.

Wen-sieou se réfugia dans le corridor d'entrée de la cabine. Une chose terrible venait de se passer.

— Non, ce n'est pas vrai, ce n'est pas vrai !

Comment avait-il pu oublier une vérité aussi importante : le fiancé de Lingling était mort. Comment pouvait-il être aussi égoïste, tenir aussi peu compte des sentiments d'autrui ? Ce n'était pas seulement son camarade Tan Sseu-tong qui était mort, c'était aussi l'homme que Lingling allait épouser.

— Pourquoi, Lingling ? Pourquoi m'as-tu laissé faire ?

— Je n'aurais pas dû ? Je ne savais plus quoi faire d'autre. J'avais réfléchi à tout ce que je pouvais faire pour toi.

— Mais tu appartiens à Tan !

Le chat, dans sa cage en rotin posée sur la table, miaula. Le dos blanc de Lingling tremblait comme s'il allait se briser.

— C'est bon, Lingling, je ne me mettrai plus en colère. Pardonne-moi.

Lingling poussa un long gémissement étranglé de bête aux abois. Elle continua à gémir, mordant le bord de sa chemise de nuit pour étouffer une souffrance qui débordait.

— Comment peux-tu contenir ton chagrin à ce point ?

— Je te l'ai promis quand j'étais petite.

— Tu me l'as promis ?

— Quand tu m'as emmenée à la capitale après la mort de Maman, je pleurais tout le temps, te rappelles-tu ?

Wen-sieou avait seulement le souvenir d'une enfant vaillante, qui ne causait jamais le moindre souci.

— Un jour, tu m'as acheté un ballon rouge au marché, j'étais si contente, je jouais avec tous les soirs.

Wen-sieou se souvint d'un soir où il s'était installé à sa table de travail et avait vu Lingling quitter la pièce, son ballon rouge dans les bras.

A la nuit bien avancée, ne la voyant pas dans la cour intérieure, il l'avait appelée. En vain. Il s'était hâté de partir à sa recherche, et l'avait trouvée en larmes dans le noir, au fond d'une ruelle. L'image d'une petite fille coiffée d'un chignon et d'une frange, le visage enfoui entre les genoux, lui revenait en mémoire.

— Cette nuit-là, tu m'as gardée dans tes bras jusqu'au matin pour me consoler. Lingling, disais-tu, ne pleure plus, cela me rend si triste de te voir pleurer. C'est à ce moment-là que je t'ai promis de ne plus jamais pleurer.

— Voilà donc pourquoi tu souriais toujours ?

— Tu es si triste à cause de ce qui est arrivé, n'est-ce pas ? Tous tes camarades ont été tués, cela te rendait si triste que tu te fâchais contre moi et me frappais. Mais si j'avais pleuré, tu aurais été plus triste encore.

— Je ne supportais pas non plus de te voir sourire.

— Je sais. J'ai réfléchi, réfléchi, je ne savais plus quoi faire…

Lingling se leva. A la lumière de la lune, Wen-sieou distingua, sur son dos blanc qui frissonnait encore, les traces de ses coups absurdes.

— Che-leao… dit enfin Lingling, ses bras serrés autour de sa poitrine comme pour l'empêcher de trembler. Je n'en peux plus. M'autorises-tu à pleurer ? Rien qu'une fois. Ensuite, je ne pleurerai plus de ma vie, je te le promets.

Wen-sieou posa sans répondre une main dans le dos de la jeune fille, sur les bleus.

Lingling sortit le chat de sa cage, le serra contre son cœur, puis elle s'accroupit près du hublot, sous les rayons de la lune, et se mit à sangloter.

Par-delà les vagues sombres clignotaient les lumières du Chantong.

— Pardon, le Ressuscité, pardon, pardon !

Tandis que la jeune fille pleurait, Wen-sieou, contemplait, hébété, une tache de sang sur le drap, preuve de la virginité de la jeune fille.

La vision de Tan Sseu-tong s'éloignant sous les acacias vers l'entrée de la légation japonaise, le dos bien droit, sans se retourner, traversa son esprit.

Seul le Ressuscité connaissait la souffrance du peuple chinois. C'était lui, le héros dont les larmes avaient séché au soleil brûlant de l'été, dont le corps avait roulé sur la terre gelée en même temps que ses semblables.

A l'instant où cette pensée le traversait, Wen-sieou saisit la lettre sur la table, la froissa dans son poing en gémissant, le regard fixé sur les lumières des côtes chinoises qui s'éloignaient.

Si la voie choisie par Tan était si simple à suivre, comment allait-il faire, lui, pour avancer sur le chemin ardu que son camarade lui avait indiqué ?

Il entendit soudain la voix de son valeureux camarade murmurer à son oreille :

« Ne réfléchis pas trop, Che-leao. Point n'est besoin de force ni d'intelligence. Seule compte la bonté. Une bonté qui transcende le monde, l'espace et le temps… »

16

Un automne tardif s'étendait sur Yi-he-yuan.

L'impératrice Tseu-hi, qui devait ce jour-là repartir en triomphe pour la Cité Interdite et reprendre pour la troisième fois les rênes du pouvoir, eut soudain l'idée de gravir la colline de la Longévité. Elle voulait sacrifier à la tradition de la fête des Chrysanthèmes, qui avait été retardée d'un mois à cause du coup d'Etat, dans le pavillon des Bouddhas Parfumés qui s'élevait au nord sur les hauteurs du lac de K'ouen-ming.

Alors qu'elle aurait dû retourner le plus vite possible à Pékin et reprendre en main une scène politique en pleine confusion, elle retardait son départ de jour en jour sans raison.

Avant de quitter le palais du Contentement, Tseu-hi ordonna d'ouvrir toutes les cages installées sur le balcon et de libérer les oiseaux.

Tchouen-yun comprenait ce que ressentait la souveraine. Il devait être bien difficile de quitter ces lieux où elle s'était installée au début de l'été, croyant confier définitivement le pouvoir à son neveu. A la Cité Interdite, où elle avait pensé ne jamais revenir, l'attendaient une foule de problèmes politiques à régler et un trône laissé vacant.

Le palanquin d'apparat, porté par quarante-huit eunuques, progressait lentement le long du lac. La caravane impériale comptait cinq cents eunuques et dames de cour, qui marchaient devant et derrière le palanquin, suivis par les chaises à porteurs des princesses et concubines.

Tseu-hi descendit de son palanquin devant le magnifique palais des Nuages Flottants, et emprunta à la place une chaise à porteurs pour gravir le long escalier menant au pavillon des Bouddhas Parfumés au sommet de la colline de la Longévité. Les eunuques qui soutenaient la chaise poussaient d'involontaires soupirs en levant la tête, à la vue du pavillon haut d'une trentaine de mètres qui se dressait au-dessus d'eux dans le ciel d'automne.

Ce splendide ensemble édifié autrefois par l'empereur Ch'ien-lung avait été détruit trente ans plus tôt par les troupes anglaises et françaises, puis reconstruit à l'identique sur ordre de l'impératrice Tseu-hi.

L'aspect du pavillon des Bouddhas Parfumés, dressé sur une base de marbre blanc, avec ses quatre toits octogonaux, était particulièrement magnifique. Mais chaque fois qu'elle y montait, Tseu-hi déplorait que la beauté de cet édifice fût si loin d'égaler celle du pavillon originel.

Tchouen-yun, qui n'avait jamais vu l'édifice d'origine, pensait pour sa part qu'il ne devait rien exister de plus beau au monde.

— Ceci n'est qu'une pâle copie, affirmait l'impératrice douairière. Le pavillon incendié par les diables d'Occident était d'une beauté incomparable. Je me demande par quel miracle l'empereur Ch'ien-lung avait pu faire édifier un bâtiment d'une si irréelle beauté. Et je me demande aussi dans quel but les barbares étrangers ont mis à sac pareille splendeur.

On disait que l'impératrice Tseu-hi avait consacré à la reconstruction de ces bâtiments l'argent de l'Etat destiné à l'édification d'une flotte. Par conséquent, affirmaient les rumeurs, c'était sa faute si les vieilles jonques chinoises s'étaient fait battre à plate couture par les vaisseaux de guerre modernes de la flotte japonaise. Le seul bateau chinois qui restait aujourd'hui, disait-on, était la jonque de marbre blanc flottant élégamment sur le lac du palais d'été.

Tchouen-yun se demandait avec curiosité pourquoi la souveraine, si économe de nature et habile aux calculs, s'était livrée à pareil gaspillage.

Ce jour-là, Tseu-hi semblait très préoccupée. Elle grimpa au sommet du pavillon, sous couvert de la coutume qui exigeait que les souhaits de longue vie fussent présentés en buvant du vin de chrysanthème sur un lieu élevé, et resta longtemps à contempler en contrebas ce palais d'été qu'elle avait tant de mal à quitter.

Tous les courtisans qui avaient fait l'objet de son impériale sollicitude étaient demeurés en bas, au palais des Nuages Flottants, à l'attendre ; aucun n'avait proposé de l'accompagner au pavillon des Bouddhas Parfumés. Le seul à lui tenir compagnie sur le balcon de marbre était le jeune chef de palais nouvellement nommé, Tchouen-yun.

A leurs pieds s'étendait la vaste surface miroitante du lac de K'ouen-ming et, à perte de vue, l'immense Plaine du Milieu, baignée par les rayons du soleil automnal.

Tseu-hi but à peine une gorgée de sa coupe de vin, puis contempla en silence le paysage à ses pieds. Debout immobile dans sa robe noire, la veuve impériale au visage sans fard avait pour seuls ornements les épingles de corail piquées dans les bandeaux de sa coiffure, son collier de perles et ses bracelets de jade.

Après s'être longuement imprégnée du paysage, elle grimpa, toujours suivie de Tchouen-yun, jusqu'au belvédère.

Dans la petite pièce au sommet, dont la porte ouverte donnait sur le vide, au-dessus du lac, était seulement installé un fauteuil d'ébène incrusté de nacre. Le vent, pénétrant par la porte, chassait les derniers parfums de l'été enfermés dans la pièce.

Tassée au fond de l'immense siège, la souveraine paraissait vieillie. Loin des regards du monde, elle laissait son dos s'affaisser, et buvait des yeux avec avidité, le menton tendu en avant, le paysage qui s'offrait à ses yeux par-delà la porte ouverte.

Tchouen-yun se prosterna au pieds de sa suzeraine. Oubliant les mots de félicitation qu'il avait préparés, il s'exclama à la place, le front plaqué sur le sol glacé :

— Comme vous devez être malheureuse, Majesté !

Une voix lasse répondit au-dessus de sa tête :

— Pas du tout, Tchouen-yun. Au contraire, j'ai accompli ce que je désirais.

— Votre humble esclave ne peut supporter l'idée que Votre Majesté sera à nouveau en butte aux calomnies générales.

— Oui, on me traitera de démone, de sorcière... Mais, Tchouen-yun, si le dernier représentant d'un cycle n'est pas honni de tous, un nouvelle ère ne peut commencer. Il est bon qu'il en soit ainsi.

— Non, Vénérable Aïeule ! Les dignitaires du palais tremblent déjà d'effroi devant vous. En ce jour qui devrait être faste puisqu'il marque votre retour au palais, pas un courtisan n'est venu de Pékin vous accueillir, pas un serviteur du gynécée n'est monté avec vous jusqu'au sommet de ce pavillon !

Pour tout le monde, l'impératrice douairière est finalement devenue un véritable monstre, songeait Tchouen-yun.

— Peu m'importe, Tchouen-yun, du moment que toi, tu restes à mes côtés. Au fond, je ne suis que la fille d'un porte-étendard mandchou sans fortune, qui n'espérait même pas la satisfaction de porter de beaux atours. Je ne souffre pas autant que tu sembles le croire.

Le front toujours au sol, Tchouen-yun secoua la tête en signe de dénégation. Tseu-hi mentait, il le savait.

— Vénérable Aïeule, jamais votre humble esclave ne vous abandonnera. Je serai toujours à vos côtés.

L'impératrice douairière poussa un soupir si profond que Tchouen-yun sentit son souffle effleurer sa nuque.

— Comme tu es bon, Tchouen-yun ! Je te donnerais tout ce que je possède sans regrets. Ecoute…

La paume de l'impératrice était venue se poser doucement sur la tête du jeune homme.

— Je t'offre toute ma fortune. Cache-la quelque part avant que les barbares d'Occident ne s'en emparent. Prends tous les trésors que tu voudras, ici et à la Cité Interdite. A ma mort, tu seras l'homme le plus riche du monde.

La prédiction s'était réalisée ! A l'instant où cette pensée lui traversait l'esprit, Tchouen-yun frappa son front au sol et repoussa l'offre de sa souveraine :

— Votre humble esclave ne désire rien, Vénérable Aïeule, de votre or ni de vos joyaux.

— Allons, allons.

Tseu-hi s'était laissée glisser de son fauteuil, pour relever le visage de Tchouen-yun à deux mains.

— Je ne comprends pas bien ce que tu dis. Parle-moi sans détours, nous sommes seuls tous les deux.

Tchouen-yun frissonna en voyant les yeux usés de sa souveraine si près des siens.

— Majesté, si votre humble esclave… je veux dire, si j'ai survécu jusqu'à ce jour, c'est à vous que je le dois. Vous m'avez sauvé la vie, que pourrais-je désirer de plus ? Ne croyez pas que je sois bon. Si j'ai fait don de tous mes émoluments à l'église et au castrateur, c'est parce que je n'avais pas qualité à garder cet argent pour moi. Après tout, je n'étais qu'un petit ramasseur de crottes avant d'entrer au palais. Voyez-vous, Majesté, je suis venu à la capitale parce que je pensais – pardonnez-moi – que les excréments de votre divine personne étaient d'or et que je pourrais les vendre et devenir riche. En réalité, mes doigts sentent encore le crottin. Comment des mains aussi impures pourraient-elles seulement toucher les trésors de vos palais ?

— Tu te trompes, Tchouen-yun.

L'impératrice avait pris dans les siennes les mains que Tchouen-yun cachait derrière son dos pour les poser sur ses propres joues.

— Majesté, arrêtez ! Le Ciel me punira !

Ses paumes usées toujours posées sur celles de Tchouen-yun, Tseu-hi murmura alors ces paroles inattendues :

— Tes mains sont plus pures que les miennes. De ces mains, j'ai tué mon époux et mon fils.

— … C'est faux !

— Hélas non, Tchouen-yun. Les seuls à le savoir étaient Tseng Kouo-fan, le prince Kong et le prince Tch'ouen… Et parmi les vivants, Li Hong-tchang. Je voulais faire quelque chose pour interrompre cette lignée de monarques dégénérés sans Mandat du Ciel, voilà pourquoi j'ai tué l'empereur Sien-feng et l'empereur T'ong-che, mon propre fils.

Des larmes coulaient le long des vieilles joues, exprimant le profond chagrin de la souveraine, et mouillaient les mains de Tchouen-yun.

La vision de l'impératrice Tseu-hi présentant à son époux une coupe de poison dans une salle déserte du palais de Jehol traversa l'esprit de Tchouen-yun, suivie d'une autre : Tseu-hi glissant entre les lèvres de son débauché de fils une pilule empoisonnée, dans le palais de la Nourriture de l'Esprit plongé dans le silence. Tchouen-yun secoua la tête comme pour nier ces images. Les larmes de l'impératrice roulaient toujours sur ses joues.

— Je suis un monstre. J'ai tué mon mari et mon enfant. Je suis devenue un monstre pour préserver cet empire quarante années de plus.

Tchouen-yun comprit alors que cette femme puisait sa force dans son chagrin.

— Voilà pourquoi, quoi qu'aient pu en dire Jong-liu et Li Lien-yin, je n'ai pu me résoudre à tuer aussi Tsai-t'ien. C'est moi qui ai mené cet empire à sa perte.

L'impératrice se leva. Puis elle déclara sèchement, le regard fixé au loin, sur le vide qui s'ouvrait au-delà de la porte.

— Tchouen-yun, rentrons à la Cité Interdite. Il me reste des tâches à y accomplir.

Courbé en deux, Tchouen-yun se précipita dehors. Penché par-dessus la balustrade du balcon, il ordonna à l'escorte qui attendait en bas :

— La Divine Souveraine se prépare au départ pour le palais de Pékin, apportez ses vêtements de cour !

En ouvrant le coffre oblong que des eunuques et des dames de cour avaient porté aussitôt au sommet du pavillon, Tchouen-yun ne put retenir ses larmes. Il ordonna aux dames de cour et aux eunuques d'attendre sur le balcon.

— Laissez à votre humble esclave l'honneur de vous aider à vous changer.

Debout au milieu de la pièce, l'impératrice douairière leva les deux bras dans sa robe de veuve, que Tchouen-yun lui ôta en pleurant pour la revêtir de la robe du Dragon.

— Cette robe sent encore l'odeur de Tsai-t'ien.

— Majesté, c'est le parfum de l'encens de l'empereur Ch'ien-lung.

— J'y sens aussi l'odeur de mon fils Tsai-tch'ouen.

— Majesté, c'est le parfum de l'encens de l'empereur K'ang-si.

— Il reste encore l'odeur de Sien-feng…

— Non, Majesté, c'est celle de l'empereur Chouen-tseu. C'est le parfum des braves suzerains tartares Aisingyoro.

Ainsi drapée du brocart scintillant de la robe du Dragon, les épaules couvertes d'une veste de satin jaune, les pieds chaussés de bottes de daim, coiffée d'un chapeau de martre, l'impératrice paraissait étrangement grandie. Elle prit contre sa poitrine le sceptre d'albâtre que Tchouen-yun lui tendait à genoux, et s'assit bien droite dans son fauteuil d'ébène. Tchouen-yun l'imagina installée pour la troisième fois sur le trône du Dragon, promenant des regards altiers sur les courtisans et les mandarins assemblés autour d'elle en contrebas.

Cette silhouette était celle de la dernière représentante d'une longue lignée d'empereurs qui se perpétuait depuis les débuts de l'histoire de Chine.

Tchouen-yun maquilla en pleurant le visage de la veuve aux paupières closes. Il étala le fard sur ses joues, peignit ses lèvres de carmin, traça la ligne noire des sourcils. Quand elle rouvrit les yeux, ses traits, empreints de la dignité des grands khans, étaient ceux d'une authentique souveraine tartare.

Tchouen-yun recula à genoux pour contempler la souveraine dans toute sa gloire. Pas le moindre mot de félicitation ni de consolation ne lui vint à l'esprit.

Le nouveau chef de palais, toujours agenouillé, fit voler les grandes manches de sa robe de cour en les abaissant au sol, et cria comme s'il annonçait au monde entier :

— Tremblez et prosternez-vous ! Voici Sa Majesté l'impératrice d'Occident, la vénérée et sincère mère toute compatissante, souveraine du grand empire Ts'ing !

Tseu-hi hocha la tête d'un air satisfait.

— Approche, Chef de palais ! fit-elle en tendant son sceptre vers lui. Tu ne veux aucun de mes trésors, mais accepte cependant ceci.

Elle laissa tomber dans la paume de Tchouen-yun un collier dont elle ne se séparait jamais. La pierre, dans la main de l'eunuque, se mit à répandre d'étranges lueurs irisées.

— Ce bijou me fut offert autrefois par Li Hong-tchang, qui l'avait façonné de ses mains. J'y tiens beaucoup.

— Le général Li… Est-ce un diamant ?

Un sourire plissa les lèvres rouges de l'impératrice.

— Ma foi… la pierre est un peu tiède pour un diamant, mais trop belle pour une imitation. Chaque fois que je me sens prête à défaillir, tourmentée par les abominables réminiscences du passé, je regarde le ciel à travers, et une étrange force émane alors de la pierre.

— Votre humble esclave se sent prêt à défaillir en ce moment même…

— Eh bien, sors sur le balcon et regarde le ciel à travers. Tu recouvreras aussitôt ton énergie, le désir de vivre jaillira en toi. Essaie.

Tchouen-yun, sur le point de s'évanouir, se traîna jusqu'à la terrasse du pavillon. Le dôme du ciel automnal s'étendait au-dessus de la vaste plaine centrale.

Il ferma un œil et, tenant la pierre au bout de ses doigts, regarda le ciel à travers. Aussitôt un azur plus pur encore que celui créé par les dieux frappa ses pupilles.

— Ah ! Je sens l'eau de la vie sourdre à nouveau dans ma poitrine ! Le désir de vivre, le courage, jaillissent en moi comme une source !

La voix de Tchouen-yun vibrait de joie.

Un azur aux couleurs mêmes de la vie, qu'il lui semblait avoir déjà contemplé quelque part, étincelait devant lui.

— Tu es prêt, Grand Frère ? Ça va faire mal, sois courageux !

Lingling serrait dans ses mains le bâton de cire blanche bouchant la plaie à l'aine de son frère.

— Dépêche-toi, Lingling ! Peu m'importe d'avoir mal, si tu n'enlèves pas ça pour laisser couler l'urine, je mourrai de toute façon ! dit Tchouen-yun, la respiration rauque.

Il était allongé nu sur une paillasse, les chevilles attachées au rebord, tout le corps hérissé de chair de poule. Un coussin soutenait ses hanches, il serrait à deux mains le manche d'un balai et mordait le bord du matelas.

Lingling pria du fond du cœur : « Dieux et bouddhas et vous aussi, Vieux Bouddha, faites que mon frère survive ! »

— Prêt ? J'y vais !

Lingling arracha de toutes ses forces le bouchon de cire. Tchouen-yun poussa un hurlement, son corps émacié se tordit convulsivement deux ou trois fois sur le lit.

Du trou béant entre ses jambes jaillit alors un jet d'urine, qui dessina un arc de cercle dans l'espace.

— Ça y est, ça y est ! Grand Frère, tu es sauvé !

L'ombre de la mort disparut comme par miracle des traits de Tchouen-yun, sa poitrine dénudée reprit les couleurs de la vie. Lingling battait dans ses petites mains, se laissant éclabousser comme d'une source bienfaisante par les gouttelettes d'urine de son frère.

La fillette se tourna vers la pièce principale plongée dans la pénombre :

— Maman ! Maman ! L'urine est passée, Grand Frère est sauvé !

Le bruit du métier à tisser s'interrompit un instant, puis le claquement sec reprit. On entendit la mère murmurer :

— Ah, *mei fa-tseu,* on n'y peut rien…

Jour après jour, la mère, hébétée par le malheur, continuait à actionner un métier sans fil, tournant à vide.

— Grand Frère, tiens, bois. Tu as été courageux. Bois beaucoup, remplis-toi l'estomac.

Tchouen-yun but une large rasade d'eau à même la cruche que sa sœur lui tendait.

— C'est bon, hein ? Bois encore !

Lingling tira alors un œuf de l'échancrure de sa robe maculée de taches.

— Mange ça aussi ! Hier et avant-hier, j'ai ramassé beaucoup de crottin, le docteur Houang m'a donné cet œuf en récompense tout à l'heure. Mange, ça donne des forces.

Tchouen-yun repoussa l'œuf vers sa sœur avec un grand sourire.

— Garde-le pour toi. Moi, je vais bien maintenant.

— Pourquoi ? Allez, mange, tu dois voir faim.

— J'ai faim, c'est vrai, mais je suis un homme, je peux le supporter. Mange, toi.

Tchouen-yun se redressa sur la paillasse et se leva en chancelant.

La fièvre était en train de tomber. Avançant pas à pas, soutenu par sa sœur, il sortit dans le jardin ensoleillé, la démarche encore faible.

La lumière du jour vrilla ses paupières. Une brise tiède soufflant sur la plaine de roseaux jouait sur ses membres nus.

Une joie suffocante envahit sa poitrine : il était vivant !

Sa petite sœur, accrochée à sa taille, sanglotait, tandis qu'il foulait à nouveau la terre desséchée.

Ses petites mains maculées de crottin en visière devant les yeux, Tchouen-yun cria à pleine voix :

— *Mama ! Mao-shin tsai nar ?*

Maman, où est la Pléiade ?

Achevé d'imprimer
sur les presses de
l'Imprimerie France-Quercy
113, rue André-Breton
46000 Cahors

Dépôt légal : janvier 2000